KARINA KULBACH-FRICKE

Die Tuchhändlerin von Köln

Buch

Als die kleine Sophia im Jahre 1150 als Tochter der reichen und angesehenen Kaufleute Gunther und Hadewigis in Köln zur Welt kommt, ist ihr Weg bereits vorherbestimmt. Genau wie ihr Großvater Eckebrecht und ihre Eltern soll Sophia das Familienunternehmen weiterführen. Mit 16 Jahren darf Sophia ihre Eltern auf eine Handelsreise begleiten, und zwar auf eine ganz besondere: Ziel ist das englische Könighaus, wo sie und andere Kölner Kaufleute von Königin Alienor erwartet werden. In London beginnt für Sophia eine aufregende Zeit: Sie findet nicht nur eine Freundin in Prinzessin Mathilde, sie lernt auch den frechen Gottschalk kennen, der ihr von Anfang an den Kopf verdreht …

Autorin

Karina Kulbach-Fricke kam mit neun Jahren nach Köln. Nach dem Besuch der Irmgardisschule studierte sie Geschichte an der Kölner Universität. Nach jahrelanger Forschung über das Kölner Patriziat kann sie ihre Vorfahren bis ins 11. Jahrhundert zurückverfolgen. Eckebrecht, der »Kaufmann von Köln«, war einer ihrer Ahnen. Eckebrechts Lieblingsenkel Constantin, der »Münzmeister von Köln«, ist der Held ihres zweiten Romans. Im dritten Roman, der »Tuchhändlerin von Köln«, spielt seine Enkelin Sophia die Hauptrolle. Karina Kulbach-Fricke hat vier Kinder und lebt in Freiburg.

Von Karina Kulbach-Fricke außerdem bei Goldmann lieferbar:

Der Kaufmann von Köln. Roman (46216)
Der Münzmeister von Köln. Roman (46205)

Karina
Kulbach-Fricke

Die Tuchhändlerin von Köln

Roman

GOLDMANN

FSC
Mix
Produktgruppe aus vorbildlich
bewirtschafteten Wäldern und
anderen kontrollierten Herkünften

Zert.-Nr. SGS-COC-1940
www.fsc.org
© 1996 Forest Stewardship Council

Verlagsgruppe Random House FSC-DEU-0100
Das FSC-zertifizierte Papier *München Super* für dieses Buch
liefert Arctic Paper Mochenwangen GmbH.

1. Auflage
Originalausgabe November 2009

Umschlaggestaltung: UNO Werbeagentur, München
Umschlagfoto: The Bridgeman Art Library/Raphael
(Raffaello Sanzio of Urbino) (1483-1520) / Palazzo Pitti /
Florence, Italy © Alinari/bridgemanart.de / The Bridgeman
Art Library / Carpaccio / Vittore (c.1460-5-1523/6) / Galleria
dell'Accademia / Venice, Italy
KA · Herstellung: Str.
Satz: DTP Service Apel, Hannover
Druck und Bindung: GGP Media GmbH, Pößneck
Printed in Germany
ISBN: 978-3-442-47179-9

www.goldmann-verlag.de

Erster Teil

1210

Willst du so lieb sein und mir den Sessel etwas näher ans Fenster rücken, Kind? Ja, danke, so ist es gut. Ich mag ja alt sein, aber neugierig bin ich noch immer. Ich will sehen können, was draußen auf der Gasse passiert.

Und holst du mir vielleicht noch eine Decke für meine Knie? Du weißt ja, meine alten Knochen frieren so leicht, obwohl es noch nicht Winter ist. So ist es recht. Du bist eine gute Tochter.

Ich habe zehn Kinder zur Welt gebracht, davon leben jetzt noch acht. Das ist eine Menge. Viele Frauen müssen die Hälfte ihrer Kleinen als winzige Leichen zu Grabe tragen. Manchen bleibt nicht ein einziges Kind. Oder sie wünschen sich Kinder, und bekommen keine. Das ist schwer zu ertragen. Solch ein bitteres Schicksal ist mir erspart geblieben.

Von meinen Kindern haben bisher alle außer dir geheiratet und mir viele, viele Enkel geschenkt. Wenn ich richtig gerechnet habe, leben davon noch etwa ein Dutzend. Das ist ein Zeichen für Gottes große Gnade. Aber von all diesen zahlreichen Nachkommen bist du mir am allerliebsten, meine jüngste Tochter, meine Methildis. Du brauchst gar nicht den Kopf zu schütteln, es ist so. Wer sich so liebevoll um eine alte Frau kümmert, der muß ein gutes Herz haben. Und klug und begabt bist du auch, das macht mich glücklich.

Jetzt bin ich eine alte Frau; mehr als sechzig Sommer habe ich gesehen. Meine Haut ist faltig und weiß mein Haar. Aber in meinem Herzen verborgen bin ich noch immer die junge Mutter, die Braut, das kleine Kind, das ich einst gewesen.

Du wirst es kaum glauben können, aber bis heute habe ich niemals an meinen Tod gedacht. Natürlich weiß ich, daß das Leben eines jeden Menschen endlich ist, also auch das meine; doch es schien mir niemals nötig, mir über mein Sterben Gedanken zu machen. Aber heute war dein Bruder Henrich bei mir. Ich wollte mich mit ihm über den Erzbischof und seine Einstellung zu den Kölner Bürgern unterhalten, ein Thema, das ich für sehr wichtig halte und das mich sehr beschäftigt. Und was mußte ich feststellen? Henrich hörte gar nicht richtig zu; offenbar war es ihm wichtiger, rasch zu seiner jungen Braut zurückkehren zu können, als mit seiner alten Mutter Dinge zu besprechen, die bedeutsam für seine Handelstätigkeit sein können.

Nun ja, Henrich ist jung; die Einsicht mag ja noch kommen, und als Kaufmann macht er sich schon recht gut. Aber ich habe mich daran erinnert, welch großes Interesse ich immer an den Belehrungen durch meinen Großvater und meine Mutter hatte, und mit welcher Freude ich von klein auf deren Wissen in mich eingesogen habe. Und da du mir, meine liebe Tochter, am ähnlichsten bist, habe ich beschlossen, meine Erfahrungen an dich weiterzugeben.

Mein Gedächtnis ist noch frisch und hat vieles bewahrt, was den jungen Leuten unbekannt ist. Wenn ich sterbe – und dieser Tag wird nicht mehr allzu fern sein –, gehen all meine Erinnerungen für immer dahin. Damit dies nicht geschieht, ist es wichtig, daß ich sie vorher weitergebe, und dafür habe ich dich ausgewählt. Hast du genügend Geduld, um den Erzählungen einer Greisin zuzuhören? Du sollst alles aufschreiben. Nein, nicht jetzt, während ich dir berichte; ich möchte deine ungeteilte Aufmerksamkeit. Schreib es auf, wenn ich schlafe. Ich bin alt und brauche immer wieder eine Stunde Ruhe, dann kannst du schreiben.

Meinetwegen kannst du dir Stichpunkte auf der Wachstafel notieren.

ab 1150

Nun höre:
Im Jahre des Herrn 1150 wurde ich geboren, kurz nach dem schrecklichen Stadtbrand, der unzählige Häuser meiner Vaterstadt Köln verschlungen hat. Meine Großmutter Sophia, nach der ich benannt wurde, hat dabei ihr Leben unter einem brennenden Balken verloren. Mein Vater hat oft erzählt, daß die Familie damals fürchtete, mein Großvater Eckebrecht würde ihr sehr bald ins Grab folgen, so tief trauerte er um sie. Aber dann kam ich zur Welt. In seiner überschäumenden Freude packte mich mein Vater, kaum daß die Hebamme mich abgenabelt hatte, und rannte mit mir den kurzen Weg zum Hause seines Vaters, um mich ihm auf der Stelle zu zeigen. Und als dieser mich sah, fand Eckebrecht den Weg ins Leben zurück – sagte mein Vater.

Ich liebte und schätzte meinen Großvater Eckebrecht ganz außerordentlich, aber so schmeichelhaft es für mich wäre, ihm seinen Lebensmut zurückgegeben zu haben, so scheint mir doch, daß er auch ohne mich stark genug war, auch in seiner tiefen Trauer am Leben festzuhalten.

Hingegen habe ich nie bezweifelt, daß meine Geburt für meine Eltern ein wundervolles Geschenk war, das sie sehr glücklich machte. Gunther und Hadewigis waren bereits zehn Jahre lang verheiratet, ohne daß sich ihr Wunsch nach einem Kind erfüllt hatte. Die Hoffnung wurde zwar nie aufgegeben, war aber schon sehr gering geworden. Und dann wurde der Leib meiner Mutter doch noch gesegnet.

Für meine Eltern war es wie ein Wunder, denn Hadewigis war schon vierzig Jahre alt. Meine Eltern haben mich stets mit Liebe und zärtlicher Fürsorge überschüttet.

Wie bitte? Du meinst, das wäre zu erwarten bei einem einzigen Kind?

Das war ich aber gar nicht. Meine Mutter hatte aus ihrer ersten Ehe noch einen Sohn, meinen Bruder Hildebrand. Heute weiß niemand mehr von ihm, er hat keine Spuren auf dieser Welt hinterlassen, außer in meinem Herzen. Er war – nun, er war nicht wie andere Menschen. Mit einem Jahr ist er sehr schwer erkrankt und konnte sich nicht mehr so entwickeln, wie die Natur das vorgesehen hatte. Er lernte niemals, zu sprechen oder zu laufen. Dennoch liebte meine Mutter ihn über alles. Sie ging zärtlich und liebevoll mit ihm um und sprach zu ihm genauso vernünftig wie zu mir. Irgendwann einmal hat sie mir anvertraut, daß viele Männer sie, die reiche Witwe, umworben hatten, sie aber niemals jemand als zweiten Ehemann in Betracht zog, bis sie meinen Vater kennenlernte. Seine freundliche, gütige Art, mit Hildebrand umzugehen, gewann ihm ihr Herz.

Du wirst dich vielleicht wundern, denn du kennst mich als Menschen von scharfem Verstand, mitunter ungeduldig gegen solche, deren Gedanken schwerfälliger sind als die meinen – aber dennoch hing auch ich sehr an Hildebrand. Meine Mutter hat mir oft mit Tränen der Rührung erzählt, wie Hildebrand vom Tag meiner Geburt an nicht von meiner Wiege wegzubringen war. »Wie ein treuer Schäferhund«, sagte die Köchin einmal. Aber da wurde meine Mutter sehr zornig. »Er ist ein Mensch, kein Hund«, sagte sie eisig. »Wenn er auch nicht sprechen kann, fühlt sein Herz wie jedes andere. Ich werde nicht dulden, daß jemand achtlos über ihn spricht.«

Die Köchin schämte sich sichtlich und bat meine Mutter um Verzeihung. Sie war kein unrechter Mensch, und sie hat meinen Bruder auch niemals schlecht behandelt, sie hatte eben nur gedankenlos dahergeredet.

Du hältst mich vielleicht für etwas redselig. Nein, du brauchst nicht entsetzt abzuwehren: Alte Leute schwätzen tatsächlich oft so vor sich hin. Als Kind aber war ich ziemlich schweigsam. Vielleicht kam es daher, daß Hildebrand ja auch nicht sprach. Er stand mir sehr nahe. Wenn ich morgens erwachte, lief ich als erstes zu seinem Strohsack, weckte ihn, zog ihn an und kämmte ihm die langen Haare. Ich konnte stundenlang mit ihm spielen und langweilte mich nie mit ihm. Bei Tisch fütterte ich ihn, kaum daß ich selbst einen Löffel halten konnte.

Als ich zwölf Jahre alt war, kämpfte Hildebrand mit einer Erkältung. Am Abend hatte ich ihm einen heißen Kräutertrunk ans Bett gebracht, ihn fürsorglich in warme Decken gewickelt und ihm eine Geschichte zum Einschlafen erzählt. Als ich dann am Morgen nach ihm sah, atmete er nicht mehr. Er sah so friedlich aus, und er lächelte ein wenig. Schweigend, wie er gelebt hatte, war er von uns gegangen. Wir haben lange um ihn geweint, meine Eltern und ich.

Das ist jetzt rund fünfzig Jahre her, ein langes Menschenalter; aber niemals, solange ich lebe, werde ich vergessen, wie Hildebrands Augen leuchteten, wenn Mutter, Vater oder ich liebevoll mit ihm sprachen. Noch immer denke ich mit Zärtlichkeit an meinen Bruder. Wenn es wahr ist, daß jeder Mensch einen Schutzengel hat, dann ist es sicher Hildebrand, der seit seinem Tode über mich wacht.

Wenn ich nicht mit Hildebrand spielte, hielt ich mich besonders gern im Kontor meiner Mutter auf. Ich tat so, als wäre ich mit meiner Tocke beschäftigt; in Wirklichkeit aber beobachtete ich sie ganz genau. Es beeindruckte mich außerordentlich, wie sie mit ihren Lieferanten und den Gehilfen umging. Ihre Art war so ruhig und so liebenswürdig; und doch bestimmte ganz allein sie, wie die Geschäfte zu laufen hatten. Erst viele Jahre später habe ich begriffen, daß meine Mutter die erfolgreichste Geschäftsfrau in unserer Familie war. Dabei hatten wir so großartige Handelsherren wie meinen Großvater Eckebrecht und meinen Vetter Constantin, die beide über viele, viele Jahre zu den bedeutendsten Männern im Kölner Handel zählten. Auch mein Vater Gunther, sein Bruder Johannes in Byzanz und sein Halbbruder Fordolf waren höchst erfolgreich, wenn sie auch nicht ganz an Eckebrecht und Constantin heranreichten. Aber meine Mutter war noch besser; nur merkten das nicht viele Leute, denn sie zählte natürlich nicht zu den Ratsherren der Stadt, und sie reiste auch nicht selbst herum, sondern leitete ihren Handel ganz unauffällig von ihrem Kontor aus. Außerdem erweckte sie gern den Anschein, daß ihre großartigen Handelsergebnisse auf das Konto ihres Mannes Gunther gingen. Auch ich habe erst ganz spät bemerkt, daß es anders war.

Ich war etwa sechs Jahre alt, saß wieder einmal ganz still in einem Winkel des Kontors und hörte zu, wie Mutter einem Gürtelmacher einen größeren Auftrag erteilte. Als die Tür hinter ihm ins Schloß fiel, drehte Mutter sich um und sah mich prüfend an.

»Hast du zugehört, Sophia?« fragte sie sanft.

Ich nickte.

»Hast du auch verstanden, was ich gemacht habe?«

Ich war mir nicht sicher, nickte aber vorsichtshalber noch einmal heftig.

Mutter schmunzelte.

»Ist dir klar, daß du einmal meine Geschäfte übernehmen

sollst, und die deines Vaters dazu? Dein Bruder kann es ja nicht, und wir werden keine weiteren Kinder mehr haben.«

»Daran habe ich noch nie gedacht …«, sagte ich zögernd.

»Du wirst alles lernen, was du dazu brauchst. Ich habe es ja auch gelernt«, sagte meine Mutter schmeichelnd. »Wie ist es, wollen wir gleich damit anfangen?«

Ich nickte wieder. Wenn Mutter mir das zutraute, warum sollte ich es dann nicht versuchen?

Und so zeigte sie mir an diesem Tag, wie man mit dem Abakus rechnet. Ich war begeistert über diese neue Kunst und übte in der nächsten Zeit so ausdauernd mit dem Rechner, daß Mutter ihn mir schenkte und sich einen neuen kaufte.

Sie stiftete auch eine schön gearbeitete Ampel für die Kapelle der Ursulinerinnen. Dafür sollte eine Nonne täglich zu uns ins Haus kommen und mir Lesen und Schreiben beibringen. Ich saß stundenlang bei Hildebrand und übte immer wieder, schöne Buchstaben in eine Wachstafel zu ritzen. Wenn die Tafel voll war, gab ich Hildebrand ein Glättmesser in die Hand, und er wischte alles wieder weg und freute sich. Meine Mutter schenkte mir ein kleines Buch, einen Psalter. Ich war sehr glücklich, als das unverständliche Gekrakel darin sich plötzlich in Worte verwandelte, die ich verstehen konnte, und las Hildebrand jedes Wort vor, das ich erkannte, und später den ganzen Psalter, bis ich ihn auswendig konnte. Hildebrand hörte andächtig zu, den Kopf leicht schief gelegt, und holte tief Luft, wenn ich endete.

Jeden Abend setzte Mutter sich zu mir, ehe ich ins Bett ging, und ich durfte ihr alle Fragen stellen, die mir im Laufe des Tages eingefallen waren. Wie lange der Gürtler an einem schlichten Stück und wie lange er an einem besonders schönen Gürtel arbeiten muß. Wieviel er von meiner Mutter dafür bekommt. An wen sie die Waren verkauft, die sie einhandelt, und zu welchem Preis.

Mein Vater war damals gerade auf einer Fahrt nach England. Er blieb lange fort, und Mutter machte sich schon Sorgen. Aber dann kam Gerard Quattermart aus London zurück und berichtete, daß Vater im Sturm der Mast gebrochen war, er aber dennoch ohne weiteren Schaden einen englischen Hafen erreicht hatte und erst nach Reparatur des Schiffes heimkommen werde. Es dauerte drei Monate bis zu seiner Rückkehr. Als er heimkam, feierten wir ein Fest, und ich schenkte ihm ein kleines Pergament, auf das ich – noch ein wenig krakelig – ein Gebet geschrieben und dieses mit Blumen verziert hatte. Vater war sprachlos, und ich war ungeheuer stolz. Dieses Pergament hat er bis zu seinem Tode aufbewahrt, ich fand es in seinem Nachlaß und weinte darüber vor Rührung.

Schon immer war ich gern und oft zu Großvater Eckebrecht gegangen, weil ich mich so gut mit ihm verstand. Er war auch der einzige Großvater, den ich je hatte; der Vater meiner Mutter, Richolf von Lechenich, starb lange vor meiner Geburt, so auch ihr Bruder, der ebenfalls Richolf hieß. Daher blieben von Mutters Seite nur dessen Kinder übrig, von denen meine Vettern Hermann Scherfgin und Gerard beide das Schöffenamt bekleideten.

Meistens brachte mich unsere Magd Mechthild in Großvaters Haus *Unter Goldschmied*; in einem kleinen Leiterwagen zog sie Hildebrand hinterher. Großvater kam dann herunter und trug ihn gemeinsam mit Mechthild im Winter die Treppe hinauf ins Kontor, im Sommer in den schmalen, aber tiefen Garten hinter dem Haus. Dort hatte er immer eine kleine Kiste mit Holzspänen stehen. Damit spielte Hildebrand gern, während Großvater mir erzählte. Er konnte so spannend berichten, von seiner glücklichen Kindheit bei seinen jüdischen Eltern, die bei dem großen Judenmord so grausam ums Leben gekommen waren.

Du weißt nichts darüber? Nun, es ist ja auch vor mehr als hundert Jahren geschehen, aber Großvater hat mir so oft und so eindringlich davon berichtet, daß mir ist, als hätte ich es miterlebt. Der Papst hatte die Christen des Abendlandes aufgerufen, ins Heilige Land zu ziehen und die Heiden von den Stätten zu vertreiben, an denen unser Heiland gelebt, gewirkt und gelitten hat. Viele Ritter folgten diesem Ruf und bereiteten sich auf das lange, gefahrvolle Unternehmen vor, beschafften sich auch Geld, denn die Ausrüstung war teuer. Und bei wem liehen sie sich dieses Geld? Vor allem bei den Juden. Da lag der Gedanke nicht fern: Wozu erst ins Heilige Land ziehen, wenn mitten unter uns auch Ungläubige leben? Die sich noch dazu an unserem gottgefälligen Kreuzzug mästen? Die lassen wir nicht in unserem Rücken, wenn wir in die Ferne ziehen. Sie sollen sich taufen lassen, und wollen sie das nicht, dann schlagen wir sie tot. Und so kam es, daß in Städten mit großen jüdischen Gemeinden fanatische Männer über die Juden herfielen und unzählige Menschen töteten. Auch die Kölner Juden ereilte dieses Schicksal, und Eckebrechts Vater und seine schwangere Mutter fanden unter grausamen Umständen den Tod. Großvater war damals ein Kind von neun Jahren, und er trug noch seinen jüdischen Namen Constantin. Er entkam dem Massaker um Haaresbreite, weil der große Kaufherr Wolbero und seine Frau Blithildis ihn vor den Mördern beschützten. Die kinderlose Blithildis nahm das verwaiste Kind in ihr Haus auf und schenkte ihm ihr großes, liebevolles Herz. Sie gab den Knaben nicht mehr her, auch nicht an die überlebenden Vertreter der jüdischen Gemeinde, die das Kind halbherzig bei ihr einforderten.

Großvater konnte das so lebhaft schildern, daß ich alles vor mir sah: die jüdische Schule, sein Elternhaus, die Art, wie seine Mutter die Speisen bereitete – alles fremd für mich, und doch vertraut, denn es war ja mein Großvater Eckebrecht, der dies alles wahrhaftig erlebt hatte. Ich sah seine zweite Mutter Blithildis, die ihre Augen überall hatte und so tüchtig zupacken konnte, und auch mit dem Mundwerk rasch war. Großvaters Stimme wurde ganz weich, wenn er von ihr sprach, wie sie das trostlose, verwaiste Kind mit dem Mantel ihrer Liebe eingehüllt und beschützt hatte. Auch seinen Adoptivvater Wolbero konnte ich sehen, einen klugen Kaufmann und einflußreichen Ratsherrn, der Eckebrecht zu seinem Kind und einem Kaufmann gemacht und ihm sein großes Vermögen hinterlassen hatte.

Hildebrand saß in seiner Ecke; Großvaters Katze schlich sich auf lautlosen, samtigen Pfoten heran und schaute ihm neugierig auf die Finger, wie er die lockigen Holzspäne glattzog. Sie stupste probeweise eins der Knäuel an, und als Hildebrand sie nicht daran hinderte, zerlegte sie mit wirbelnden Pfötchen die Späne zu Sägemehl. Mein Bruder lachte fröhlich.

Ich konnte sonst nie genug von Großvaters Geschichten bekommen. Aber heute hatte ich etwas anderes auf der Seele.

»Großvater, hast du einen Abakus?« fragte ich scheinheilig. Natürlich hatte er einen, ohne dieses Rechengerät war ja ein Kaufmann wie ein Bäcker ohne Ofen oder ein Steinmetz ohne Meißel. Darum sah Großvater mich auch ziemlich erstaunt an. »Das weißt du doch, Sophia«, sagte er. »Dort auf der Truhe steht er, du siehst ihn ja immer, wenn du bei mir bist.«

Ich rutschte von meinem Schemel und ging zu der Truhe hinüber. »Darf ich?« fragte ich höflich.

»Nur zu«, sagte Großvater, neugierig, was ich jetzt

machen würde. Ich rechnete drei, vier Aufgaben und blickte dann beifallheischend hoch.

Großvater sah nachdenklich auf meine Finger. »Hat dir das deine Mutter beigebracht? Wenn du dies schon kannst, Sophia, obwohl du doch noch so jung bist, dann werde ich dir auch etwas zeigen, was nicht viele Leute können, jedenfalls nicht hierzulande. Ich werde dir beibringen, wie man im Morgenland zu rechnen versteht, mit anderen Zahlen als bei uns. Das ist ein großer Vorteil für einen Kaufmann. Aber denk daran: Es ist ein großes Geheimnis! Meine Söhne kennen es und meine Enkel, aber sonst niemand hier in Köln. Ich will dich nur einweihen, wenn du mir ganz fest versprichst, niemand diese Kunst merken zu lassen.«

Ich war sehr begierig, ein Geheimnis zu erfahren, und Rechnen machte mir ja jetzt schon großes Vergnügen. Aber etwas verstand ich nicht. Ich schaute auf den Boden, wo das Sonnenlicht einen Kringel malte, und dachte nach. Dann fragte ich zögernd:

»Hast du meiner Mutter dieses Geheimnis auch verraten?«

Großvater schaute verblüfft drein. »Natürlich nicht«.

»Aber warum nicht? Wenn es doch ein großer Vorteil für einen Kaufmann ist, dann müßte es ihr doch auch nützen?« beharrte ich.

»Schon; aber deine Mutter ist eine Frau«, sagte Großvater. Es klang nicht überzeugend, und ich gab mich nicht damit zufrieden.

»Meinst du, sie würde das Geheimnis ausplaudern?« fragte ich zweifelnd.

»Nein, bestimmt nicht«, wehrte Großvater ab. »Du weißt doch, ich mag und schätze deine Mutter sehr. Und eine Plaudertasche ist sie ganz sicher nicht, sonst wäre sie nicht eine so erfolgreiche Kauffrau. Aber Männer sind nun einmal klüger als Frauen und können besser denken.«

Zweifelnd sah ich zu meinem Bruder Hildebrand hinüber, der selig lächelnd lange Locken von Holzwolle aus dem Kistchen zog und sie nebeneinander auf dem Boden anordnete. Ich liebte ihn, aber besonders gut denken konnte er nicht, so schien es mir.

Großvater hatte meinen Blick gesehen. »Es gibt Ausnahmen«, brummte er.

Ich stimmte ihm zu. Der Sonnenkringel auf dem Fußboden war ein Stückchen näher zu mir gerückt. Die Katze hatte genug vom Spielen und rollte sich in Hildebrands Arm zusammen für ein kleines Nickerchen. Mein Bruder lauschte fasziniert ihrem Schnurren und streichelte behutsam ihr seidiges Fell.

»Und gibt es bei den Mädchen auch Ausnahmen?« fragte ich Großvater zögernd und schob meine Hand in die seine.

Da lachte Eckebrecht. »Es wird wohl so sein. Weil du ganz sicher zu ihnen zählst, mein kluges Kind, will ich dir ja auch die Kunst der Mathematik beibringen. Und da ich nicht abstreiten will, daß auch deine Mutter zu den Ausnahmen zählt, sollt ihr es beide gemeinsam lernen.«

Ich gab mich damit zufrieden – für dieses Mal.

Aber irgendwie ließen mir die Worte Eckebrechts keine Ruhe. Ich berichtete Mutter am Abend von Großvaters Angebot und fügte dann hinzu: »Mutter, ist es wahr, daß Männer klüger sind als Frauen und Jungen besser denken können als Mädchen?«

Meine Mutter zog die Augenbrauen hoch und strich sich nachdenklich über ihr schönes, glattes Haar.

»Ich denke, der liebe Gott teilt Klugheit an Männer und Frauen so aus, wie er es für richtig hält. Mir scheint, daß er dabei nicht ungerecht verfährt, denn ich habe schon so manchen Mann kennengelernt, den ich nicht als klug bezeichnen würde, dabei aber auch viele Frauen, die alles andere als dumm sind. Zum Beispiel denke ich da an deine Tante Engilradis.«

Engilradis war die Frau von Fordolf, Großvaters ältestem Sohn. Sie war eine wunderbare, stille Frau, eine, in deren Arme man sich jederzeit flüchten konnte, die auf jede Frage eine Antwort wußte, aber ihre Meinung niemals ungefragt kundtat. Seit ich denken konnte, kümmerte sie sich um arme Menschen, versorgte sie mit Nahrung, Pflege in Krankheitsfällen und weisen Ratschlägen. Ich hatte mir niemals Gedanken darüber gemacht, ob sie klug war oder nicht.

»Ich habe Tante Engilradis lieb. Aber woran kann ich denn merken, ob jemand klug ist?« fragte ich und schmiegte mich in Mutters Arm.

»Du bist zu jung, dir fehlen die Maßstäbe. Das wird sich noch ändern. Und damit kommen wir zum zweiten Punkt. Ob jemand gut denken kann, ist nicht nur von Gott gegeben, man muß es auch üben, und zwar gründlich. Wenn jemand zur Schule gehen darf und gute Lehrer hat, oder einen klugen Meister, oder, und das ist das allerwichtigste, Eltern, die darauf bedacht sind, ihr Kind nicht nur zu ernähren, sondern auch zu bilden – dann lernt er besser zu denken, als wenn er sich nur von früh bis spät abrackern muß und zu müde ist, um seinen Kopf zu gebrauchen.

Da allerdings mehr Knaben in die Schule geschickt werden als Mädchen und viele Eltern sich mit der Ausbildung ihrer Söhne mehr Mühe geben als bei den Töchtern, lernen diese Jungen mehr als ihre Schwestern. Aber das muß nicht so sein, und du kannst ganz sicher sein, daß Vater und ich dir die allerbeste Ausbildung angedeihen lassen, die möglich ist. Wenn du schön fleißig lernst, wird aus dir eine ganz kluge Frau werden, das verspreche ich dir.«

*

So vergingen meine Kinderjahre. Ich lernte mit Feuereifer. Bald konnte ich fließend lesen und geschwind schreiben, und der Umgang mit Zahlen, den Großvater seit diesem Tag Mutter und mich lehrte, schien mir wie ein herrliches, niemals langweiliges Spiel. Du lachst, Methildis. Von klein auf habe ich dich gelehrt, wie du viel leichter rechnen kannst mit diesen Zahlen, die fremdartig geschrieben werden, wenn sie auch das gleiche bedeuten wie die schwerfälligen Zahlen unserer übrigen Kaufleute. Aber für mich war das damals neu und eine großartige Erfahrung, so, als würde ein dichter Vorhang weggezogen und mir ein Ausblick auf bisher unbekannte Dinge geboten.

Aber ich lernte auch, Stoffe zu unterscheiden und abzumessen, den Preis eines Ballens im Kopf zu überschlagen, die Qualität von Gewürzen, Mehl und Salz zu beurteilen, Einkaufs- und Verkaufspreise von Gürteln, Sattelzeug, Goldborten, Seidenbändern, später auch von Edelsteinen und Schmuckstücken sogleich zu erkennen.

Jede Woche ging ich jetzt zweimal zu den Nonnen von St. Ursula. Die Äbtissin Gepa, Schwester unseres Erzbischofs Rainald von Dassel, sorgte dafür, daß ich dort in der lateinischen Sprache unterrichtet wurde, bis ich nicht nur die Texte in der Kirche verstand, sondern fließend lateinisch reden konnte.

Großvater erzählte mir auch von fremden Ländern, die er bereist hatte, und wie sich die Gebräuche der Menschen dort von den unsrigen unterschieden. Er konnte mir viel über die Geschichte meiner Heimatstadt berichten, auch wußte er vieles über die Geschichte der Juden zu sagen. Er beherrschte ein halbes Dutzend Sprachen, und es machte ihm Freude, mich auch darin zu unterrichten.

Mit all diesem Wissen sog ich mich voll wie ein Schwamm – es machte mich glücklich. Wenn mein Kopf zu sehr brummte, ging ich und spielte mit Hildebrand. »Wußtest du schon, daß ...«, sagte ich zu ihm und wiederholte dann meine letzte Lektion. Dann konnte es sein, daß er nickte oder auch den Kopf schüttelte, oder er gab einen Ton von sich, den ich als Zustimmung oder Ablehnung deuten konnte. Und so war es recht.

Einmal allerdings, ich war vielleicht neun Jahre alt, hatte Hildebrand keine Lust, meinen Erläuterungen zu lauschen. Seine Aufmerksamkeit galt einem kleinen Käfer, der über den Boden krabbelte. Ich sprach etwas lauter, aber Hildebrand kümmerte sich nicht um mich. Das ärgerte mich, und ich stampfte auf dem Boden auf und rief: »Wenn du nichts lernen willst, dann bleibst du eben dumm!« Im gleichen Augenblick wurde ich hart am Arm gepackt. Mutter stand vor mir, ihre Augen sprühten vor Zorn. Ohne ein Wort führte sie mich aus der Kammer und in ihr Kontor. Dann ließ sie mich los und betrachtete mich eine Weile schweigend, bis sie sich selbst wieder gefaßt hatte.

»Sophia«, sagte sie dann mit kalter Stimme, »du weißt ja wohl, daß du jetzt Schläge verdient hast.« Mir stockte der Atem. Noch niemals hatte mich jemand geschlagen. Aber ich schämte mich maßlos: Dafür, daß ich meinen armen Bruder beschimpft hatte, und dafür, daß Mutter es auch noch gehört hatte. Also nickte ich tapfer. Ich wußte nicht, wohin man Schläge bekam, also streckte ich beide Hände vor, um die Züchtigung entgegenzunehmen. Aber Mutter fuhr fort: »Ich schäme mich für dich, daß du einen armen kranken Menschen verächtlich behandelst. Nun glaube ich aber nicht, daß Schläge irgendetwas daran bessern.«

Ich weinte. »Mutter, es tut mir ja so leid. Ich habe Hildebrand doch lieb. Ich will es niemals wieder tun.«

Aber Mutter war noch nicht fertig mit mir.

»Das ist immerhin schon etwas; aber du mußt auch

begreifen, daß du dich selber nicht besonders klug verhalten hast. Lernen und Wissen ansammeln ist eine gute Sache; aber das anderen Menschen unter die Nase zu reiben ist ausgesprochen dumm, weil es dir Feinde schafft. Ganz besonders, wenn ein Mädchen oder eine Frau Männern gegenüber mit ihrem Wissen protzt. Erinnerst du dich an unsere Gespräche, ob Männer klüger sind als Frauen? Ich habe dir im Vertrauen gesagt, daß sie es meiner Meinung nach nicht sind; aber hast du je gehört, daß ich es vor anderen Leuten hinausposaunt hätte?

Merke dir: Klugheit ist eine Sache, Macht ist eine ganz andere. Es wäre dumm, nicht zu sehen, daß die meiste Macht bei den Männern liegt.«

Ich sah sie fragend an. »Macht – was ist das?«

»Männer können ihre Frauen schlagen und sie so zwingen, zu tun, was sie wollen.«

»Wie denn das? Hildebrand schlägt mich nie.«

Aber Mutter war es offensichtlich ernst.

»Hildebrand kann dich nicht schlagen, obwohl er viel größer und älter ist als du, weil er nicht die Kraft besitzt. Er würde dich außerdem nicht schlagen, weil er ein sanftes Herz hat und so gut wie nie in Zorn gerät.«

Das war richtig.

»Aber Vater schlägt dich auch nie«, bemerkte ich.

»So ist es. Er wäre stark genug, achtet mich jedoch zu sehr, um je die Hand gegen mich zu heben. Auch deine Onkel Fordolf und Johannes kämen nicht auf den Gedanken, ihre Frauen zu schlagen. Aber viele Männer tun es dennoch.«

Mutter neigte sich zu mir und sprach ganz leise.

»Und dann ist da noch die Kirche. Alle Priester sind Männer, oder hast du schon einmal eine Frau auf der Kanzel gesehen? Sie wollen über die Frauen herrschen und verkünden darum, daß das Weib dem Manne untertan sein soll.«

»Aber Mutter, du willst ja schließlich nicht Priester sein und ich auch nicht. Wir wollen doch Kauffrauen sein.«

»Hast du aber auch bemerkt, wie wenige Kauffrauen es gibt? Die meisten sind es, weil sie als Witwen die Geschäfte ihres verstorbenen Mannes fortführen müssen – falls sie genügend lernen durften, um das auch zu können.«

»Aber du bist doch keine Witwe, Mutter!«

»Nein, mein Kind, zum Glück nicht. Aber wenn Hildebrands Vater nicht so früh ums Leben gekommen wäre, dann wäre ich wohl für immer seine Gehilfin geblieben. Die blanke Notwendigkeit hat mich nach seinem Tod gezwungen, allen Mut zusammenzunehmen und seine Geschäfte weiterzuführen, denn ich lebte damals nicht in Köln, wo mein Vater und mein Bruder mir zur Seite gestanden hätten. Ich mußte es lernen, und ich habe es gelernt.

Und so mancher Mann, der vor deinem Vater um mich geworben hat, wollte vermutlich nur meine Geschäfte an sich reißen.

Übrigens brauchst du nicht zu glauben, daß ich so unabhängig handeln kann, wie jeder Mann es tut. Wenn ich zum Beispiel vor Gericht klagen will, weil ein Schuldner mich nicht bezahlt, brauche ich einen Mann, der mich vertritt. Deinen Vater, oder, wenn dieser auf Reisen ist, dessen Brüder oder meinen Vetter. Es ist nicht gerecht, aber das Recht will es trotzdem so.

Und nun begreifst du, daß eine wirklich kluge Frau es verstehen muß, sich zurückzuhalten. Merke es dir, Sophia, und vergiß es nie.

Daß du aber nie wieder mit deinem Bruder so sprechen sollst, wie du es vorhin getan hast, ist keine Frage der Klugheit, sondern eine Frage des Anstands und der Liebe.«

Ich merkte es mir. Es blieb, wenn ich mich recht erinnere, das einzige Mal, daß ich jemals überheblich gegen Hildebrand war, und ich schäme mich noch heute dafür. Als er einige Jahre später gestorben war, erinnerte ich mich wieder daran, wurde von meinem schlechten Gewissen geplagt und weinte mich in den Schlaf.

Aber dann träumte ich eines Nachts, daß Hildebrand vor meinem Bett stand – obwohl er doch niemals hatte stehen können. Er nahm meine Hand und sagte zärtlich: »Liebe kleine Schwester, gräme dich doch nicht mehr. Ich habe dir niemals gegrollt, und wenn, dann hätte ich dir längst verziehen. Hör jetzt auf, um mich zu weinen, und lege lieber einen Blumenkranz auf mein Grab, zum Zeichen für mich, daß du jetzt wieder fröhlich bist.«

Dies war das einzige Mal, daß Hildebrand jemals gesprochen hat, und ich lief in die Schlafkammer meiner Eltern und weckte sie, um ihnen von dem Traum zu erzählen. Im grauen Dämmerlicht des Morgens sah ich, daß meinem Vater die Tränen in die Augen traten. Aber meine Mutter saß aufrecht im Bett, den Kopf hoch erhoben, und sagte: »Ja, so war er, unser Hildebrand. Genau so. Ich konnte es in seinen Augen lesen.«

*

Nicht lange darauf geschah es, daß ich zum ersten Mal meine Mondblutung bekam. Mutter nahm es zum Anlaß, die ganze Familie einzuladen. Das war sonst durchaus nicht üblich, aber sie fand, daß es eine Feier wert sei, wenn ihre einzige Tochter zur Frau geworden war. Großvater kam natürlich und Onkel Fordolf und Tante Engilradis. Mein Vetter Constantin war wieder einmal mit Erzbischof Rainald von Dassel unterwegs, aber seine Frau Friederun kam und trank ein, zwei Gläser von Vaters Rheinwein mehr, als sie unbedingt gebraucht hätte. Sie wurde ausgesprochen fröhlich und witzig und trug damit sehr zur allgemeinen Stimmung bei.

Vetter Helperich war auf Handelsfahrt in England, seine Frau Petrissa kam aber mit ihrer kleinen Tochter Engilradis im Arm. Auch meine Basen Gertrudis und Liveradis kamen mit ihren Kindern, das Haus war voll.

Ich saß stolz, aber auch etwas verlegen zwischen meinen Eltern auf dem Ehrenplatz und schielte gelegentlich sehnsüchtig zum Tischende hinunter, wo die Kinder ihren Spaß miteinander hatten und immer lauter wurden, bis einer der Erwachsenen sie zurechtwies. Dann waren sie kurze Zeit leiser, bis es wieder von vorne losging.

Ich nahm mich zusammen. Mit meinen zwölf Jahren war ich kein Kind mehr, und jetzt schickte es sich nicht mehr für mich, mit den Kleinen zu spielen. Dieses Fest war mein erster Schritt auf dem Weg ins Erwachsenenleben.

»Großvater«, wandte ich mich an Eckebrecht, der neben Vater saß und gerade mit Genuß ein Hühnerbein abnagte, »bleibt es dabei, daß du nächste Woche nach Neuß fährst?« Großvater nickte. Er machte kaum noch Handelsfahrten, höchstens einmal eine ganz kurze, denn er hatte die siebzig schon überschritten und arbeitete fast nur noch im Kontor.

»Nimmst du mich mit?« fragte ich hoffnungsvoll.

Großvater sah mich erfreut an. »Aber gern«, sagte er bereitwillig.

»Darf ich dann auch die Fracht berechnen und die Verladung beaufsichtigen?« wollte ich weiter wissen. Dies hatte ich in den letzten Monaten so oft auf der Tafel geübt, daß es wie am Schnürchen ging, und ich hatte große Lust, meine neuen Künste einmal in Wirklichkeit auszuprobieren.

Großvater nickte mir anerkennend zu. »Wenn du mir zum Schluß noch einen prüfenden Blick erlaubst, dann können wir das so machen«, sagte er freundlich.

Das war auch nach meinem Sinne. »Gut. Ich muß mich

ja langsam darauf vorbereiten, in Zukunft auch allein zu reisen«, sagte ich zufrieden.

Da fiel Großvater das Hühnerbein aus der Hand. »Wie bitte?« fragte er und sah mir direkt ins Gesicht. »Ich höre wohl nicht recht. Es kommt selbstverständlich überhaupt nicht in Frage, daß du eines Tages alleine Handelsfahrten unternimmst.«

Ich war so verblüfft, daß mir die Luft wegblieb. »Aber, Großvater«, stammelte ich, »ich weiß natürlich, daß mir noch vieles fehlt, aber in ein paar Jahren …«

»Da hast du irgendetwas gründlich mißverstanden. Auch in ein paar Jahren wirst du keine Handelsreisen allein machen, denn dann bist du immer noch ein Mädchen oder eine junge Frau, darum kommt es überhaupt nicht in Frage.«

»Aber wozu habe ich denn dann die letzten sechs Jahre soviel gelernt?« rief ich verzweifelt.

»Um deinem späteren Ehemann, der sicher ein bedeutender Handelsherr sein wird, nach Kräften behilflich sein zu können, natürlich«, sagte Großvater unerbittlich.

Mir stiegen die Tränen in die Augen. In der großen Stube war es ganz still geworden, alle starrten zu uns herüber, auch die Kinder und das Gesinde.

»Aber meine Mutter ist doch auch eine selbständige Kauffrau«, presste ich noch hervor.

»Und geht sie etwa allein auf Handelsfahrt?« fragte Großvater mit hochgezogenen Augenbrauen.

Nein, das tat meine Mutter nicht. Aber ich hatte immer gedacht, sie hätte es nur wegen Hildebrand und mir unterlassen.

Mit großer Mühe nahm ich mich zusammen und bat mit zitternder Stimme: »Dann sag mir aber doch wenigstens, warum!«

Etwas sanfter, aber doch mit Ungeduld in der Stimme erklärte Großvater: »Mädchen und Frauen gehen nicht allein auf Fahrt, weil es zu gefährlich ist. Sie haben nicht die Körperkraft von Männern, sie können weniger gut Hitze und Kälte, Schlaf auf der nackten Erde und gelegentlich auch Hunger ertragen. Sie können Räubern und Seeräubern nicht standhalten. Ich möchte dir nicht weiter ausmalen, was dir alles zustoßen könnte. Darum wirst du Handelsfahrten nur auf ungefährlichen Strecken und in Gesellschaft deiner männlichen Verwandten unternehmen.«

Er fügte noch hinzu: »Ich wundere mich, daß man dir so etwas überhaupt erklären muß.« Dabei warf er meiner Mutter einen vorwurfsvollen Blick zu, die das aber gelassen übersah.

Ich war ganz niedergeschlagen, und die Freude an meinem Fest war mir gründlich verdorben.

Übrigens mußt du nicht etwa denken, ich hätte den ganzen Tag Zeit für meine Studien gehabt. Oh nein! Natürlich achtete meine Mutter darauf, daß ich alles, aber auch wirklich alles erlernte, was eine Hausfrau wissen muß. »Ein Haushalt ist wie ein Geschäft: Du kannst ihn nachlässig leiten, dann wird viel vergeudet und verderben, und die Not steht jederzeit vor der Tür. Du kannst ihn auch wie am Schnürchen führen, mußt dann aber deine Augen überall haben, morgens als erste auf sein und abends als letzte zu Bett gehen. Wenn du dann außerdem noch ein Handelsgeschäft betreiben willst, wird wenig Muße für dich selbst bleiben.

Sollte Gott dir dann auch noch ein Haus voller Kinder schenken – nun, dein Tag hat auch nur Zeit vom Morgengrauen bis zur Nacht. Du mußt dir dann sehr klug deine Helfer auswählen: eine tüchtige Magd, eine gute Köchin, einen treuen Knecht, einen flinken, pfiffigen Handelsgehilfen, der sich von niemandem übers Ohr hauen läßt. Diese Leute solltest du dann immer freundlich behandeln und auch sehr gut bezahlen, damit sie dir lange Zeit zu dienen bereit sind.«

Und so lernte ich, wie man Butter und Käse herstellt, Brot bäckt, Kleidung näht, wäscht und flickt – obwohl wir fast alles auf dem Markt und beim Krämer kauften. Ich lernte, wie ein Frühjahrsputz vorzunehmen ist – möglichst dann, wenn der Hausherr gerade auf Reisen ist, weil die Männer nicht gern in ihrem täglichen Ablauf gestört werden. Ich lernte, wie Fleisch in der Rauchkammer haltbar gemacht wird, wie Obst und Gemüse für den Winter eingelagert werden, ohne zu verderben. Nur Fisch räucherten wir nicht, denn Mutter konnte den Geruch auf den Tod nicht vertragen.

Viele Male stand ich bei Lisa, unserer alten Köchin, in der Küche und sah ihr zu, schnippelte dabei auch Bohnen und schrotete Körner, denn Lisa duldete keine untätigen Gaffer in ihrem Reich. Sie lehrte mich, wie man mit Kräutern, Salz und Honig Speisen schmackhaft machen kann, auch wenn es an Pfeffer und anderen teuren Gewürzen einmal fehlen sollte. Abends war ich oft so müde, daß ich mich kaum auf den Füßen halten konnte. Es war dann geradezu eine Erholung, mit Mutter ihre Geschäftsbücher durchzugehen. Es kam auch schon einmal vor, daß ich darüber einschlief.

Auch feine Handarbeiten zeigte sie mir. Ich arbeitete nicht besonders gut mit der Nadel und tue es bis heute ungern, was ich gerne auf mein hohes Alter schiebe, obwohl meine Augen noch sehr scharf sind. Aber Mutter bestand darauf, daß ich lernte, wertvolle Kleidungsstücke lange Zeit zu erhalten. Spinnen und weben brauchte ich allerdings nicht zu lernen – Mutter meinte, es würde nie so weit kommen, daß Tuch in einem Kaufmannshaus fehlen sollte.

Die Zeit verging im Handumdrehen. Ich hatte mich mit dem Leben abgefunden, das Großvater Eckebrecht mir aufgezeigt hatte: Eine Kauffrau werden, wenn auch unter der Fuchtel eines Ehemanns, dabei eine tüchtige Hausfrau und, wenn Gott es gab, Mutter von Kindern. Schließlich lebte meine eigene Mutter mir ja vor, wie man all dies leisten und dabei zufrieden und frohgemut leben konnte. Meine Eltern gingen zärtlich und herzlich miteinander um, und genauso sah ich es bei Onkel Fordolf und seiner Frau Engilradis. Auch meine Base Liveradis und ihr Bruder Helperich verstanden sich gut mit ihren Angetrauten – warum sollte mir dieses Glück nicht beschieden sein?

Freilich war es meinem Vetter Constantin mit seiner zweiten Ehefrau Friederun anders ergangen. Ich war alt genug, um zu merken, wie Friederun immer gehetzter und unglücklicher wirkte, obwohl sie meistens nach außen tadellos die Haltung bewahrte. Aber in der letzten Zeit trank sie mehr, als ihr guttat, und dann gab sie Geheimnisse preis, die sie besser für sich bewahrt hätte. Zufällig wurde ich einmal Zeugin eines Gesprächs zwischen Mutter und Tante Engilradis. Ich hatte mich mit einem Buch über die Heilige Ursula unter den dichten Fliederbusch zurückgezogen. Mutter und Tante Engilradis setzten sich direkt neben mich auf die kleine Bank. Sie hatten beide ihre Nähkörbe dabei, aber die Arbeit blieb unverrichtet.

»Wenn ich doch nur wüßte, wie man ihr helfen kann«, sagte Tante Engilradis traurig. »Ich muß mit ansehen, wie Friederun dahinwelkt, und kann nichts tun.«

Ich tat keinen Mucks. Mir war klar, daß Mutter vermutlich gleich eine Arbeit für mich finden würde, wenn sie mich hier so faul entdecken sollte; und außerdem war ich auch höchst neugierig.

Mutter seufzte. »Sie verzehrt sich vor Sehnsucht nach ihrem eigenen Ehemann, und der hat wenig Sinn dafür«, sagte sie bedauernd.

»Constantin gibt sich wirklich Mühe«, verteidigte Tante

Engilradis ihren geliebten Erstgeborenen, »aber er fühlt sich von ihr so bedrängt, daß er am liebsten weit weg wäre.«

»Ich werfe deinem Sohn ja gar nichts vor«, meinte Mutter beschwichtigend. »Mir scheint, er liebt sie eben nicht. Was hilft es da, wenn er sich Mühe gibt? Friederun ist viel zu feinfühlig, um das nicht zu bemerken. Sie will ihn ganz. Und sie hat ihn eben nicht. Was kann ihr nur helfen?«

»Die Zeit allein«, meinte Tante Engilradis. Und dann holte sie doch ein feines Hemd von Onkel Fordolf aus ihrem Korb und begann, den Saum zu flicken.

Ich blieb still in meinem Versteck liegen und dachte darüber nach. Aber ich kam nicht hinter das Geheimnis zwischen Mann und Frau, warum das eine Paar in inniger Harmonie leben konnte und ein anderes nicht. Schließlich schlief ich ein.

Bald darauf geschah das Unglück: Friederun stürzte die Treppe hinab und brach sich den Hals. Es geschah nach einem Fest bei Tante Engilradis, und wir waren alle sehr lustig gewesen, nur Constantin nahm seiner Frau dauernd den Becher weg, und sie wehrte sich lachend dagegen. Als er schließlich mit ihr heimging, stolperten sowohl ihre Zunge wie auch ihre Füße, aber sie lachte noch immer. Constantin hingegen lachte nicht, und in der Nacht hämmerte er plötzlich bei uns an die Tür, um meinen Vater zu Hilfe zu holen. Bei ihrem Begräbnis war Constantin wie versteinert, und sofort danach reiste er wieder zu Erzbischof Rainald.

Friederun war eine so schöne, witzige, lebenssprühende Frau und ihren Kindern Druda und Helperich eine solch liebevolle Mutter gewesen. Ich habe damals nicht begriffen, was sie in den frühen Tod getrieben hat. Heute bin ich klüger und weiß, was es für herrliche und schreckliche Dinge zwischen Mann und Frau geben kann.

Im Jahr darauf veränderte sich mein Unterricht. Noch immer lernte ich fleißig alles, was ich über den Handel bei meinen Eltern, Großvater, den Onkeln und Vettern aufschnappen konnte; aber im Haushalt hatte ich nun wenig zu tun. Statt dessen achtete Mutter nun noch mehr als früher darauf, daß mein Äußeres stets tadellos war. Bei uns wie auch bei Tante Engilradis waren die Ausgaben für Seife und für Zahnpulver beträchtlich, die Badehütte wurde jede Woche geheizt, und alle Familienangehörigen und auch das Gesinde hatten zu baden, ob sie das nun gern wollten oder nicht, denn beide Hausfrauen glaubten fest daran, daß Reinlichkeit die beste Methode war, sich gesund zu erhalten.

»Weißt du«, hatte mir Tante Engilradis einmal erklärt, »ich gehe doch oft zu armen kranken Frauen und helfe ihnen aus, bis sie wieder auf den Beinen sind. Du glaubst nicht, was ich dort oft für Schmutz vorfinde. Und wo Schmutz ist, da ist auch Krankheit.«

Tatsächlich schien es mir, daß unsere Familie weniger von Läusen und Flöhen geplagt war als andere.

Mutter kaufte mir nun beim Krämer Salben für Gesicht und Hände und sparte dabei nicht. Jeden Abend kämmte sie mir sorgfältig die langen braunen Locken. »Mutter, hast du auch genug Zeit, um sie so mit mir zu vertändeln?« spöttelte ich. Aber sie antwortete ganz ernsthaft: »Ich habe immer genug Zeit, um dich auf das Leben vorzubereiten.«

Du mußt wissen, mein liebes Kind: Meine Mutter war eine außergewöhnliche Frau. Ich meine damit nicht nur ihre Kenntnisse und Fähigkeiten. Ich erzählte dir ja schon, daß sie eine großartige Kauffrau war. Aber sie hatte noch mehr. Sie war eine große Persönlichkeit, und dabei so ausgeglichen. Sie strahlte ein hohes Maß an Ruhe, Sicherheit und Freundlichkeit aus. Ich aber war ein quecksilbriges Mädchen und immer auf der Suche, wenn du verstehst, was ich meine.

Wie bitte? Du meinst, auch ich sei euch Kindern immer eine vortreffliche Mutter gewesen?

So denkst du über mich? Ach, meine Methildis, damit machst du mich sehr glücklich. Solch ein Wort von einer Tochter stimmt jede Mutter froh.

Ich erinnere mich, daß ich Jahre zuvor einmal an einer schwierigen Handarbeit stichelte. Mein Bruder Hildebrand lebte damals noch, und ich hatte mir in den Kopf gesetzt, ihm ein Band mit winzigen Röschen zu besticken, das sollte er um sein Handgelenk binden. Hildebrand hatte Freude an so etwas. Aber das Muster war zu schwer für mich, die Fäden verknoteten sich, die winzige Nadel stach in meine Finger. Ich setzte an zu einem wilden Fluch, würgte ihn aber schnell wieder ab, weil Mutter im Zimmer war. Erschrocken blickte ich auf, ob sie mich jetzt tadeln würde. Aber Mutter sah mich nur an mit ihrem sanften Lächeln und schüttelte ganz sachte den Kopf. Dann stand sie auf, anmutig wie immer, kam zu mir und nahm mir die mißhandelte Näharbeit aus der Hand. Im Nu hatte sie die Knoten entwirrt und die schwierige Stelle in Ordnung gebracht. Dann gab sie mir das Band zurück und sagte: »Das ist ein besonders schweres Muster. Du hast das großartig gemacht, und Hildebrand wird sich sehr darüber freuen.«

Ich schloß sie heftig in die Arme. »Ach, Mutter! Warum kann ich nicht so sein wie du? Du bist immer so ruhig und klug, und nie verlierst du die Geduld!«

»Du brauchst nicht so zu sein wie ich. Du bist nicht Hadewigis, sondern Sophia, und so wie du bist, habe ich dich lieb,« sagte Mutter. »Meine Ruhe kommt daher, daß ich so zufrieden mit dem Leben bin. Nachdem ich in meiner Jugend solchen Schmerz erleben mußte durch Hildebrands Krankheit und den frühen Tod seines Vaters, habe ich bei meinem Gunther und dir so viel Liebe und Herzlichkeit gefunden, daß es mir an gar nichts fehlt. Aber du? Vor dir liegt ja noch das ganze Leben. Es wäre gar nicht gut, wenn du jetzt schon keine Wünsche mehr hättest, meine Tochter.«

Und nun bereitete Mutter also meinen Weg ins Erwachsenenleben vor. Sie zeigte mir die Tanzschritte, die man beim Reigen kennen muß, und übte lange mit mir, bis ich mich so anmutig zu wiegen verstand, wie sie es für richtig hielt. Erst dann nahm sie mich mit zu den Gildefesten, wo die Söhne und Töchter der Kölner Handelshäuser miteinander tanzten.

»Schau dich nur gut um, meine Sophia, welche jungen Männer dir gefallen«, sagte sie zu mir, als wir auf mein erstes Fest gehen wollten. Ich trug ein neues Kleid aus dünner blauer Seide, mit langen, engen Ärmeln, und darüber einen noch dünneren grünen Überwurf. Durch meine Locken hatte sie mir ein Band aus passender blauer Seide geflochten und eine Blume hineingesteckt. Ich hätte gerne gewußt, wie ich aussah, aber leider war mein Vater Gunther der Ansicht, Spiegel machten Frauen eitel und hätten darum in seinem Haus nichts verloren. Aber ansonsten war Vater immer großzügig und geizte niemals, wenn es darum ging, Frau und Tochter schön zu kleiden, also durfte ich ihm seine kleinen Eigenheiten nicht übelnehmen.

Ich war sehr aufgeregt. Vater merkte es und wollte mich necken. »Kannst du auch die Tanzschritte?« fragte er und tat streng. Ich nickte.

»Dann zeig sie mir.«

»Das kann ich nicht ohne Musik«, behauptete ich. Das war natürlich Unsinn, denn Mutter hatte auch keine Musik zur Hand gehabt, als sie mir die Schritte zeigte.

Da fing Vater an zu singen, so wie ein Pfeifer und dann wie ein Fiedler. Es klang entsetzlich falsch, und wir lachten alle drei sehr.

Ich merkte gleich, daß wir großes Aufsehen im Bürgerhaus erregten. Als wir ankamen, wurde schon zum Tanz aufgespielt, und ich stand schüchtern zwischen meinen Eltern in der Tür und schaute auf die jungen Männer und Mädchen, die Ratsherren und ihre Frauen, die im Reigen auf und ab schritten. Trotzdem schauten viele Leute zu uns herüber, und gleich darauf eilte ein junger Mann mit langem blondem Haar auf uns zu und verbeugte sich, die Hand auf das Herz gelegt, auf höfische Weise vor mir. Aber Vater schüttelte den Kopf. »Mein lieber junger Hardefust«, sagte er zu ihm, »den ersten Tanz ihres Lebens wird meine einzige Tochter doch hoffentlich ihrem alten Vater schenken. Ihr dürft gern derweil meine Frau zum Reigen führen.«

Da war ich sehr erleichtert und hatte keine Angst mehr vor dem Abend. Vater führte mich sicher durch das Gewühl und wußte immer ganz genau, ob wir vorwärts oder rückwärts zu schreiten hatten. Dabei konnte er auch noch lächelnd den Gruß und das Nicken vieler Tänzer erwidern, ohne daß seine Füße dabei den Weg vergessen hätten.

»Ich wußte gar nicht, Vater, daß du so großartig tanzen kannst«, murmelte ich, als der Tanz uns wieder zusammenführte. »Ja, was glaubst du denn, warum deine Mutter mich erwählt hat?« flüsterte er mir verschwörerisch ins Ohr. Ich hätte ihn küssen mögen, wenn nicht so viele Leute auf uns geschaut hätten, aber der Tanz führte ihn wieder fort von mir.

An diesem Abend kam ich nicht mehr zur Ruhe. Die Cleingedank, die Birklin, die Hardefust, die Flacco, die Quattermart, auch meine Vettern, die Scherfgin – alle hatten sie Söhne, die eifrig darum baten, mit mir tanzen zu dürfen. Ich drehte mich selig und kehrte erhitzt zu meinen Eltern zurück, die sich in einer Ecke vom Tanz erholten und mit Waltelm von der Aducht ein Schwätzchen hielten. »Ich bin durstig«, erklärte ich, und schon rannte mein Tänzer, Hartmann Gyr, los, und holte mir einen Becher Wein.

»Kommt nicht in Frage«, schob sich mein Vater dazwischen, winkte der Magd mit dem Mischkrug, trank den Becher bis auf einen Fingerhut hoch leer und füllte ihn dann bis zum Rand mit Wasser auf, ehe ich daraus trinken durfte.

»Damit du mir auch einen klaren Kopf behältst«, flüsterte er mir ins Ohr.

Ich merkte es mir. Die arme Friederun, Gott möge sie in seinen Armen halten, war mir ein warnendes Beispiel.

Es war schon Nacht, als wir nach Hause gingen. Vater bezahlte einen Fackelträger, der uns heimleuchtete, und führte meine Mutter sorgsam am Arm, damit sie im Dunkeln nicht ausglitt. Die Köchin Lisa war wach geblieben und öffnete uns die Haustür.

Ich hatte noch immer den Klang der Fiedeln im Ohr und wiegte mich in deren Takt.

»Mir scheint, unserer Tochter hat der Abend Freude gemacht«, meinte Vater belustigt. »Und wer von deinen vielen Verehrern war denn der Schönste?«

»Ich weiß es nicht. Alle!« sang ich und entschwebte in die Kammer, die ich mit Lisa teilte.

Auch Mutter fragte mich ganz beiläufig am nächsten Tag, ob mir einer der jungen Leute mehr als die anderen gefallen habe. Aber mir fiel wirklich keiner ein, der einen ganz besonderen Eindruck hinterlassen hätte.

»Bist du dir bewußt, Sophia, daß üblicherweise der Vater einen Bräutigam aussucht, ohne seine Tochter nach ihrer Meinung zu befragen?« wollte Mutter wissen und zog die Augenbrauen in die Höhe. Ja, das war mir durchaus bewußt, und ich war meinen Eltern zutiefst dankbar, daß sie mich offenbar bei einer so wichtigen Entscheidung mitreden lassen wollten.

In den nächsten Wochen hatten auffallend viele Kölner Kaufherren mittleren Alters bei Vater alle Arten von Geschäften abzuwickeln. Sie ließen dabei entweder ganz beiläufig anpreisende Bemerkungen über ihre heiratsfähigen Söhne, Neffen, Brüder oder Enkel fallen oder fragten auch ganz direkt, ob Vater dieser oder jener junge Mann als Schwiegersohn genehm sein könne.

Ich versuchte, diese Gespräche zu belauschen. Einmal erwischte Vater mich dabei, aber er schalt mich nicht.

»Ich verstehe ja gut, daß du Bescheid wissen willst. Schließlich betrifft es in erster Linie dich. Aber ist dir auch klar, mein liebes Kind, daß du im Augenblick das reichste Mädchen auf dem Kölner Heiratsmarkt bist? Sie loben alle deine fröhlichen Augen, deine reichen Locken, deine zierliche Gestalt, dein makelloses Benehmen; aber ich fürchte, die meisten denken dabei zuallererst an unser Geld. Wir wollen also durchaus nichts überstürzen.«

So verging eine ganze Weile. Mein Vater führte weitere Unterredungen, meine Mutter fertigte eine Liste der Kandidaten an, auf denen Vorzüge und Mängel aufgeführt waren. Sie holte dazu eine Menge Informationen ein, über ihren Neffen Scherfgin, über alle Männer der Familie meines Vaters, über ihre Handelspartner. Von Zeit zu Zeit strich sie einen Namen von der Liste, ohne dass ich den Grund erfuhr.

Ich als einzige tat so, als kümmere mich dies alles nicht besonders. Wenn ich als Kind einmal einen Gedanken an meinen zukünftigen Ehemann verschwendet hatte, dann dachte ich immer, er solle meinem Vater gleichen. Und die jungen Männer, die ich nun bei verschiedenen Gelegenheiten zu Gesicht bekam, hatten alle nichts mit ihm gemein.

Warum ich nicht weitererzähle? Heute habe ich genug über die alten Zeiten geredet. Ich werde jetzt schlafen gehen.

Wenn du so gut sein willst, ich hätte gern noch einen Becher warmen Würzwein mit Honig. Und wenn es dir nicht zuviel Mühe macht, vielleicht auch einen heißen Ziegelstein für mein Bett? Ich brauche dringend Wärme. Ich danke dir, mein liebes Kind.

1165

Es fällt mir schwer zu erzählen, was sich als nächstes ereignete, das hast du gestern abend wohl bemerkt. Aber nun, wo die Sonne so schön scheint, ist mein Herz leichter als gestern. Mach nur das Fenster weit auf, ich will die Strahlen nicht nur sehen, sondern auch fühlen.

Wovon ich dir jetzt berichten will, habe ich lange Zeit vergeblich aus meinem Gedächtnis zu bannen versucht. Es ist schwer, mit einer Schuld zu leben. Und ich weiß, daß ich hier eine Schuld auf mich geladen habe, die ein junges Leben zu einem vorzeitigen Ende geführt hat. Ich habe das nicht gewollt, niemals, aber ich habe es dennoch verschuldet. Daran werde ich tragen bis an das baldige Ende meiner Erdentage.

Ich war gerade dabei, die Wochenlieferung einer Seidenbortenweberin zu begutachten, als Lisa mich rief. »Du sollst zu deinen Eltern kommen. Sie erwarten dich in der großen Stube«, sagte sie bedeutsam. Es war also vermutlich soweit. Rasch kämmte ich mir das Haar und wusch die Hände, und eilte dann die Stiege hinauf.

Meine Eltern saßen auf der Bank und hielten sich an den Händen. Sie machten so feierliche Gesichter, daß ich einen kleinen Scherz machen wollte.

»Nun, Mutter, wie viele Namen hast du noch auf deiner Liste?« fragte ich.

»Nur noch einen. Vater und ich haben einen Mann gefunden, der alle Voraussetzungen erfüllt, die wir uns für dich wünschen. Unsere Wahl ist auf Gerard Birklin gefallen.«

Ich holte tief Luft. Gerard Birklin? Im Augenblick wollte mir sein Gesicht nicht einfallen. War es der mit den widerspenstigen schwarzen Locken, oder vielleicht der mit der Narbe an der Stirn?

»Du hast ihn an deinem ersten Tanzabend im Bürgerhaus gesehen«, half Mutter mir. »Er ist groß und blond und sieht deinen Vettern Constantin und Helperich ähnlich. Er ist etwa zehn Jahre älter als du und der Erbe des reichen Kaufherrn Hermann Birklin. Sein Ruf ist makellos. Er gilt bei seiner Jugend schon als vorzüglicher und kluger Händler, ist liebenswürdig und freundlich und hat, nachdem mehrere ältere Geschwister vorzeitig gestorben sind, nur noch einen jüngeren Bruder Werner, der ins Kloster gehen will. Also ist Gerard der alleinige Erbe seiner Eltern, und du kommst in hervorragende Verhältnisse. Vater hat sich gründlich erkundigt, alle Leute sagen nur das allerbeste über ihn.«

Sie sah mich erwartungsvoll an.

Folgsam antwortete ich: »Lieber Vater, liebe Mutter, ich danke euch von Herzen für eure Mühe und bin sicher, daß ihr eine ausgezeichnete Wahl getroffen habt.« Aber noch immer konnte ich mich nicht an den jungen Mann erinnern.

Vater sah mir das offenbar an, denn er lachte. »Du hast anscheinend keine Vorstellung, von wem wir reden. Aber du weißt ja, daß wir dich nicht ungefragt verheiraten wollen. Du wirst ausreichend Zeit haben, Gerard näher kennenzulernen, und dann reden wir noch einmal darüber. Bist du damit einverstanden?«

Es gab in Köln sicher nur sehr wenige Väter, die soviel Rücksicht auf die Wünsche ihrer jungen Töchter genommen hätten, und ich war darüber von Herzen froh. Als Gerard sich am folgenden Sonntag nach der Messe zu uns gesellte, erinnerte ich mich auch wieder an ihn. Er kam von da an regelmäßig. Gerard war wirklich ein netter, hübscher junger Mann, und es war nicht zu übersehen, daß er sich mehr und mehr in mich verliebte.

Ich fühlte mich plötzlich sehr wichtig, weil die ganze Familie ihre Aufmerksamkeit auf mich richtete. Nach einem Monat gab ich mein Einverständnis zu der geplanten Heirat, und wir feierten ein glanzvolles Verlobungsfest, bei dem mein Großvater Eckebrecht als das Haupt der Familie und Gerards Vater Hermann Birklin die Heiratsabsprache trafen. Hermann kaufte ein sehr schönes, geräumiges Haus bei St. Martin und überschrieb es seinem Sohn, damit er darin mit mir wohnen sollte.

Mein Vater hatte allerdings zur Bedingung gemacht, daß die Heirat erst im nächsten Jahr, nach meinem sechzehnten Geburtstag, stattfinden sollte. Er sagte, es sei schwer genug, die einzige Tochter aus dem Haus zu geben, und der Bräutigam könne noch ein wenig warten, nach der Hochzeit hätte er mich ja für immer.

Gerard versicherte mir, daß es ihn arg ankäme, so lange auf seine heißersehnte Braut warten zu müssen, aber er sehe natürlich ein, daß ich noch so kindhaft sei – wahrhaftig, so nannte er mich! – und er mir daher die Zeit geben müsse, mich an den Gedanken einer Ehe mit ihm zu gewöhnen.

Wohl damit ihm das Warten nicht allzu sauer wurde, schickte sein Vater ihn für vier Monate nach Gotland, Dänemark und Schweden. Er kam zurück, eilte zu mir, um mit seinen glänzenden Handelserfolgen Eindruck zu schinden, schenkte mir herrlichen Bernsteinschmuck und war verliebter denn je. Zuerst freute ich mich, ihn wiederzusehen, denn er war wirklich nett und angenehm; aber langsam merkte ich, daß mir seine überströmenden Ergebenheitsbezeugungen einfach zuviel wurden. Wenn er bei uns zu Gast war, saß er neben mir, nestelte sein Messer vom Gürtel und schnitt das Fleisch geschickt in kleine Bissen. Dann wählte er sorgsam die besten aus und steckte sie mir zierlich mit zwei Fingern in den Mund. Er tunkte die Soße mit einem Stückchen Brot auf und fütterte mich auch damit. Er nahm den schönen Hornlöffel, den er gleichfalls am Gürtel trug, schöpfte damit vom Gemüsebrei, probierte mit der Oberlippe, ob es auch nicht zu heiß sei, und gab ihn mir dann. Dabei strahlte er mich verliebt an. Ich fühlte mich geschmeichelt, aber es war mir trotzdem viel zuviel.

Aus beginnendem Trotz äußerte ich gelegentlich eine Meinung, die ich selbst für unsinnig hielt, um zu sehen, wie er reagierte. Mit beflissener Freundlichkeit stimmte er mir dann zu. Unmittelbar darauf sagte ich das genaue Gegenteil, und wieder gab er mir recht. Ich konnte in seinen Augen offenbar nichts falsch machen, und das ärgerte mich sehr, weil ich das Gefühl hatte, daß er ein Abbild seiner eigenen Vorstellung von einer vollkommenen Braut liebte und mich als Persönlichkeit weder erkannte noch ernst nahm.

Ich fing an, seine häufigen Besuche zunehmend als Last zu empfinden, und der Gedanke, mein ganzes Leben an seiner Seite zu verbringen und des Nachts in seinem Bett zu schlafen, mißfiel mir immer mehr. Dabei war er keinesfalls körperlich abstoßend, sondern ein wirklich hübsch anzusehender junger Mann. Ich hatte ja keinerlei Erfahrungen mit der Liebe, aber langsam wurde mir klar, daß ich überhaupt nicht in Gerard verliebt war.

Ich versuchte ganz vorsichtig, mit Mutter darüber zu sprechen; aber selbst sie, die doch immer soviel Verständnis für mich hatte, meinte nur herzlich, die Liebe stelle sich meist von ganz allein im Lauf der Zeit ein. Dann fragte sie besorgt, ob ich ihm denn irgendetwas vorwerfen könne. Ich schüttelte stumm den Kopf. Hätte ich etwa sagen sollen: Mutter, ich merke, daß ich schneller denken kann als er? Oder: Mutter, ich langweile mich in seiner Gesellschaft? Oder gar: Mutter, ich möchte ihn lieber doch nicht heiraten, laß mich noch eine Weile bei euch bleiben?

Vielleicht hätte ich es tun sollen. Vielleicht hätten meine Eltern mir den Willen gelassen, und alles wäre anders gekommen. Aber ich hielt es für viel wahrscheinlicher, daß mein Vater mir die Grillen verbieten würde, und so ließ ich die Zeit vergehen und wurde innerlich immer widerspenstiger.

1166

Mein Geburtstag war für mich eigentlich immer das schönste Fest des Jahres. Der Tag begann damit, daß Vater und Mutter früh mit mir in die Messe gingen und Gott sowie der Jungfrau Maria innig dafür dankten, daß ihnen doch noch das ersehnte Kind geschenkt worden war, eine so schöne, tüchtige und herzensliebe Tochter. Das machte mich stolz und glücklich. Am Nachmittag kam dann die ganze Familie mit Großvater an der Spitze, und wir feierten bis in die Nacht hinein.

Aber dieses Jahr, zu meinem sechzehnten Geburtstag, war mein Bräutigam dabei, und das auch schon früh am Morgen in der Kirche! Als er hörte, wie meine Eltern Gott dankten, schloß er sich gleich an und dankte ebenfalls, daß er eine so reizende Braut bekommen hätte, die nun schon bald seine Ehefrau sein würde; denn drei Tage darauf sollte die Hochzeit sein. Dann legte er, genau wie Vater, ein sehr großzügig bemessenes Opfer zu Füßen der Muttergottes nieder.

Ich stand zwischen Vater und Gerard in der Kirche und wußte, daß ich das nächste Mal das Gotteshaus als Braut betreten würde. Mir war klarer denn je, daß ich das auf keinen Fall wollte. Und nachdem meine Eltern und Gerard ihre Gebete vor dem Altar von St. Laurenz halblaut gesprochen hatten, betete ich im geheimen: »Lieber Gott, ich weiß nicht, wie ich dieser Ehe noch entkommen soll, aber finde du doch bitte einen Weg, mich davor zu bewahren. Vielleicht kann er ja vor der Hochzeit nochmals auf eine Handelsfahrt gehen und sich, weit fort von Köln, in eine andere verlieben. Oder denke dir etwas anderes aus, aber laß es bitte nicht zu dieser Heirat kommen. Amen.«

Du schüttelst den Kopf? Du hast recht, mein Kind. Dumm war ich, so dumm. Dabei glaubte ich, ich hätte die Klugheit mit Löffeln gegessen. Meine einzige Entschuldigung ist, daß ich noch so jung war. Ich hatte noch nicht erfahren, daß nur jemand klug genannt werden kann, der sich auch in andere Menschen einfühlen kann. Ich aber dachte nur an mich und bemitleidete mich selbst – und das ohne den geringsten Grund.

Zwei Tage darauf stand ich in der Schlafkammer meiner Eltern, und meine Mutter probierte mir mein Hochzeitskleid an, ein prächtiges Gewand aus weißer Seide und einem rotsamtenen Überwurf. »Da sollten wir es noch ein wenig enger nähen, bei deiner zierlichen Gestalt. Weiße Rosen wären schön als Brautkranz, was meinst du, Sophia?« fragte sie mich. Ich zuckte mit den Schultern, es war mir gleich. Da hämmerte unten jemand mit dem Klopfer an die Tür, als wollte er sie einschlagen. »Ich gehe schon«, hörten wir Vaters Stimme von nebenan. »Ich weiß doch, daß mein Frauenvolk gerade unabkömmlich ist.« Er ging die Treppe hinunter und öffnete. Dann hörten wir eine sich überschlagende Stimme etwas Unverständliches heraussprudeln und dann ein entsetztes »Oh Gott!« von meinem Vater.

Erschrocken starrten Mutter und ich uns an. Dann hörten wir Vater wieder heraufkommen, mit schwerem, langsamem Schritt. Vor der Kammer hielt er noch einmal inne, wie um seine Botschaft hinauszuzögern. Dann kam er herein, trat auf mich zu und sah mir kummervoll ins Gesicht.

»Kind, du mußt jetzt tapfer sein«, sagte er behutsam. »Sehr, sehr tapfer.«

Entsetzt rief ich: »Ist etwa Großvater etwas zugestoßen?« Vater schüttelte den Kopf. »Wieso Großvater«, sagte er. »Es ist dein Bräutigam Gerard.«

Ich verstand nicht. Gerard hatte mir am Morgen noch einen Boten geschickt, daß er mich am Nachmittag aufsuchen wolle. Ich hatte geseufzt, denn es war noch soviel zu erledigen vor dem morgigen Hochzeitsfest, und ich hatte eigentlich keine Minute übrig. Er konnte doch nicht inzwischen erkrankt sein?

Fragend und bang sah ich Vater an. »Gerard wollte dir eine Freude machen. Er hat ja kaum je das Haus betreten, ohne dir eine kleine oder größere Liebesgabe mitzubringen. Heute wollte er dir die ersten reifen Äpfel schenken. Er kletterte immer höher in den Baum, denn die schönsten Früchte hingen weit oben. Dann ist er auf einen dünnen Ast gestiegen. Er brach, und Gerard stürzte in die Tiefe.«

Mein Herz fing an, wie eine Trommel beim Leichenzug zu schlagen, ganz langsam und heftig: drrrum – drrrum – drrrum. Ich fragte noch: »Ist er schwer verletzt?« Aber ich kannte schon die Antwort, ehe Vater tiefbetrübt den Kopf schüttelte.

»Er hat sich das Genick gebrochen. Gott sei seiner armen Seele gnädig und nehme ihn zu sich in sein himmlisches Reich.«

Ich schrie nicht. Ich fiel nicht in Ohnmacht. Ich atmete tief auf, nahm Mutter mein Hochzeitskleid aus der Hand und griff mir ihre große Schere aus dem Nähkorb. Langsam schnitt ich das Kleid entzwei. Ich sah, wie Vater mir in den Arm fallen wollte und Mutter ihn mit festem Griff zurückhielt. Noch ein Schnitt und noch einer. Immer rascher schnitt ich. Mir kamen keine Tränen, aber ein trockenes, schmerzhaftes Schluchzen schüttelte mich. Der Boden der Kammer war von den Fetzen der kostbaren weißen Seide übersät wie von häßlichen Schneeresten. Ich sah mich nach dem roten Samtumhang um, um ihn auch zu zerschneiden, aber der war verschwunden, Vater hatte ihn mit einem raschen Griff vor mir versteckt. Ich schleuderte die Schere auf den Boden, rannte zur Tür hinaus und hinüber in die Schlafkammer, die ich mit Lisa teilte. Dort warf ich den Riegel vor die Tür und schluchzte weiter. Ich hörte Mutter an der Tür klopfen und um Einlaß bitten, aber ich konnte mich nicht rühren. Endlich ging sie fort. Eine lange Zeit verging, der Nachmittag war vorbei, und die Abenddämmerung setzte ein. Da klopfte es wieder an der Tür. »Mach auf, meine Sophia«, hörte ich die ruhige Stimme meines Großvaters. Ich gehorchte.

Großvater trat ein. Ich sah, wie Mutter ihm über die Schulter spähte, aber er schüttelte den Kopf und schloß die Tür hinter sich. »Komm in meinen Arm, mein Kind«, sagte er. Ich ließ mich an seine Schulter sinken, an meiner Wange kratzte sein kurzer weißer Bart, und nach einer Weile ließ das würgende Schluchzen nach. Großvater sagte nichts und wiegte mich nur sanft.

»Ich habe ihn umgebracht, dafür komme ich in die Hölle«, stieß ich schließlich hervor. Meine Stimme klang ganz fremd. Großvater sagte noch immer nichts und wiegte mich ruhig weiter. »Ich habe ihn umgebracht, aber das wollte ich doch nicht«, sagte ich noch einmal, weil ich dachte, er hätte mich nicht verstanden.

»Du hast nichts mit seinem Tod zu tun. Er ist vom Baum gestürzt. Es war ein Unglücksfall. Du warst gar nicht in der Nähe«, sagte Großvater ruhig.

»Aber ich habe zu Gott gebetet, er solle sich einen Weg einfallen lassen, damit ich Gerard nicht heiraten muss, und nun ist er tot«, flüsterte ich. Es war eine Weile still in der Kammer. Großvater fragte nicht danach, warum ich denn plötzlich von einer Ehe nichts mehr wissen wollte, der ich doch vor einigen Monaten selbst zugestimmt hatte. Aber als ich schon dachte, er werde mir gar nicht antworten, sagte er sanft: »Mein kleines Mädchen, du bist nicht wichtig genug, daß Gott wegen deiner törichten Bitte einen Menschen vernichten würde, den er doch als sein Geschöpf liebte. Gerard stürzte zufällig vom Baum, das wäre auch ohne dein Gebet geschehen. Sprich nicht mit deinen Eltern darüber, es würde sie zu tief betrüben. Wenn du mit jemandem darüber reden mußt, bin ich für dich da.«

Er erhob sich und ging zur Tür; offenbar hatte meine Mutter draußen gewartet, denn ich hörte sie im Flüsterton miteinander sprechen. Nach kurzer Zeit klopfte sie und reichte einen Becher Wein herein.

»Trink das jetzt«, meinte Großvater. Ich nahm einen Schluck und setzte den Becher wieder ab. »Der Wein ist nicht mit Wasser gemischt«, bemerkte ich. Ich bekam sonst immer nur ganz wenig Wein mit viel Wasser.

»Ich weiß. Trink ihn trotzdem, damit du schlafen kannst.«

Ich tat es, und wirklich war ich bald darauf sehr müde. »Ich werde ins Kloster gehen«, murmelte ich noch. Ich merkte nicht, wie Großvater hinausging, aber als ich am Morgen erwachte, lag nicht Lisa auf dem Strohsack neben mir, sondern Mutter.

Es dauerte einen Augenblick, bevor mein benommener Kopf wieder wußte, was gestern Schreckliches geschehen war. Und an diesem Tag hätte mein Hochzeitstag sein sollen.

»Ich gehe ins Kloster, Mutter«, sagte ich mit schwerer Zunge. Mutter widersprach mir nicht. Sie nahm mich in die Arme und machte nur: »Sch, sch!«, so wie sie mich getröstet hatte, wenn ich mir als kleines Mädchen weh getan hatte.

Der Tag, der mein Hochzeitstag hätte sein sollen, ging schleppend vorüber. Gegen Mittag wurde ich in ein ungefärbtes Kleid gesteckt und ging mit meinen Eltern zum Hause Hermann Birklins, um mich von meinem toten Bräutigam zu verabschieden. Sein Leichnam lag aufgebahrt im Hof, bereit für den Weg zur ewigen Ruhestätte. Aufrecht und tränenlos, aber mit gramverzerrtem Gesicht standen seine Eltern daneben, dahinter sein bitterlich weinender Bruder Werner, der sein Mönchsgewand bereits abgelegt hatte, und das klagende, händeringende Gesinde. Ich sah den Schmerz in all den trauernden Gesichtern und dachte immer wieder: Ich bin schuld! Ich bin schuld!

Zögernd trat ich an den offenen Sarg. Gerard lag da, als schliefe er nur. Ach, er wäre mir sicher ein guter Mann geworden – wäre ich nur die richtige Frau für ihn gewesen. Ich legte zaghaft meine Hand auf seine Brust. Ich bin schuld, ich bin schuld. Leise flüsterte ich: »Ich gehe ins Kloster!« Aber Hermann Birklin sagte mit fester Stimme: »Das wirst du nicht, Sophia. Du bist zu schade fürs Kloster. Wenn mein Sohn noch sprechen könnte, würde er dasselbe sagen. Trauere mit uns um ihn, der unsere Hoffnung war, und kehre dann ins Leben zurück.« Dann schritt ich, während die Sterbeglocke von St. Laurenz klagend läutete, hinter dem Sarg zum Friedhof.

In den nächsten Tagen erklärte ich starrköpfig immer wieder, ich wolle Nonne werden. Ich hätte schreien können, weil meine Eltern mich so rücksichtsvoll und behutsam behandelten. Sie glaubten, mein Herz sei vor Kummer gebrochen, und ahnten nicht, daß es vielmehr mein schlechtes Gewissen war, das mich peinigte. Als mein Großvater wieder an meine Kammer klopfte, ahnte ich, daß meine Eltern selbst keinen Rat mehr wußten.

Ich weiß nicht, wie lange meine Kammertür verschlossen war. Meine Eltern rätselten draußen vermutlich, welch kluge Worte Großvater für das arme verstörte Kind fand. Aber so war es nicht. Er setzte sich auf den einzigen wackligen Hocker, und da ich mich aus Höflichkeit bei seinem Eintritt erhoben hatte, mußte ich nun eben stehen. Er schaute mich mit gerunzelter Stirn und strenger Miene an, und ich starrte trotzig zurück. Sehen wir mal, wer es länger aushält, sagte sein Blick. Wenn es nur ums Starren gegangen wäre, hätte ich noch lange standgehalten, aber schließlich konnte ich nicht länger stehen. Großvater bemerkte es, seine Miene wurde milder, und er sagte einlenkend: »Genug jetzt, Sophia! Ich will kein Wort mehr vom Kloster hören.« Das war alles. Er erhob sich und verließ als Sieger meine Kammer. Ich folgte ihm und wußte nicht so recht, ob ich jetzt erleichtert oder beleidigt war.

Meine Eltern sahen uns beklommen entgegen, aber Großvater verkündete: »Sie sieht im Kloster nicht mehr ihre einzig denkbare Zuflucht.«

Ich hatte keine Lust zu widersprechen, sagte aber, ich bäte darum, kein Wort mehr über einen neuen Bräutigam zu hören, solange ich das nicht selber wünschte. Das versprach Vater mir eilig, und danach nahm niemand im Hause das Wort Hochzeit mehr in den Mund.

Ich weiß noch gut, wie elend ich mich in der folgenden Zeit fühlte. Ich ging fast täglich zu Gerards Grab, als ob ich damit irgendetwas wieder hätte gutmachen können. Daß ich bei all dem Unglück auch noch deutliche Erleichterung darüber verspürte, daß ich nun nicht mit dem armen Gerard verheiratet war, machte es keineswegs besser. Ich redete kaum, aß wenig und magerte ab. Manchmal saß ich ganz gleichgültig da, die Hände müßig, den Blick ziellos in die Ferne gerichtet. Dann wieder stürzte ich mich in die Arbeit, biß mich durch Großvaters Handelsbücher durch, bis mir der Kopf rauchte, oder half Lisa schon im Morgengrauen in der Küche. Eines Tages fand Mutter mich im Garten, wo ich mit der Wäscherin die frisch gewaschenen Laken zum Bleichen ausbreitete.

»Aber Sophia«, meinte Mutter sorgenvoll, »das brauchst du doch wirklich nicht zu machen.«

»Ich möchte arbeiten«, bemerkte ich mit zusammengebissenen Zähnen.

»Dann tu etwas Sinnvolles«, meinte Mutter, schon energischer.

»Was ist an sauberer Wäsche nicht sinnvoll?« wollte ich wissen.

Mutter verlor die Lust, mit mir zu diskutieren.

»Wir sprechen heute abend noch miteinander«, meinte sie und verschwand. Kurz darauf sah ich sie das Haus verlassen, in Richtung *Unter Goldschmied*. Aha, nun beriet sie sich wieder mit Großvater.

Und richtig: Nach dem Abendessen nahm Vater mich bei der Hand und führte mich in den Garten. Mutter folgte uns. Wir setzten uns auf die kleine Bank, wo Mutter sich bei Näharbeiten von der Arbeit im Kontor zu erholen pflegte.

»Ich fahre nächste Woche nach England«, bemerkte Vater. Ich nickte gleichgültig.

»Ich sollte eher sagen, wir fahren nach England«, fügte er hinzu.

»Ach, Mutter fährt mit?« Das war etwas Neues. Ich konnte mich gar nicht entsinnen, daß sie ihn einmal begleitet hatte.

»Ja, sie kommt mit. Und du auch.«

Jetzt war ich mit einem Schlag glockenwach. »Nach England? Wirklich? Aber Großvater –«

»Es war Großvaters Vorschlag«, fiel Vater mir ins Wort. »Er meinte, etwas Abwechslung sei dringend nötig für dich. Du mußt unbedingt von hier fort. Und unter unserer Obhut ...«

Dies war das einzige Mal, wenn ich mich recht entsinne, daß mein Großvater seine Meinung geändert hat. Trotz seines hohen Alters war er kein sturer Greis, sondern verstand es auch in schwierigen Lagen umzudenken.

Meine Schwermut war nun wie fortgewischt. Ich hatte alle Hände voll zu tun, mich auf diese Reise vorzubereiten. Vater sagte einmal halblaut zu Mutter: »Man sollte meinen, ich hätte selber keine Ahnung, was vor einer Handelsfahrt getan werden muß!« Aber ich tat so, als hätte ich es nicht gehört.

Wir luden vor allem sehr viel Rheinwein (Gott schenkte den Engländern zu unserem Glück durstige Kehlen), wertvolle Seidenstoffe und Gewürze, aber auch die kostbaren Waren aus Mutters Lager: Seidenbänder, Goldborten, kunstvolle Gürtel mit und ohne Geldtäschchen. Großvater gab uns noch ein kleines Kästchen mit Juwelen mit, die er bei dem geldknappen Kaiser Friedrich dem Rotbart nicht hatte verkaufen können und die vielleicht das Wohlgefallen der schönen englischen Königin Alienor finden würden.

Mein Vetter Constantin war gerade in Köln, und er hatte aus Italien mehr Pfeffer mitgebracht, als er absetzen konnte – eine sehr begehrte Zuladung. Seine beiden Stiefsöhne Theoderich und Heinrich fuhren mit uns, und mein Vetter Helperich auch.

Am Tag vor der Abreise rief Mutter mich in ihre Kammer. Sie kramte in Vaters Truhe und zog schließlich ein paar Kleidungsstücke hervor.

»Frauenkleider sind auf einem Schiff äußerst unpraktisch«, bemerkte sie. »Und auch sonst ist es auf Reisen besser, wenn man dich nicht sofort als Frau erkennt. Ich habe es immer so gehalten, wenn ich auf Fahrt ging.«

Sie zeigte mir, wie ich aus meinem Haar einen Knoten auf dem Kopf schlingen sollte, der unter eine Mütze paßte. Ich probierte die Bruch meines Vaters an und lachte; noch nie hatte ich Männerkleidung getragen. Dann nestelte ich die Strümpfe an die Bruch und schaute zweifelnd an mir herunter.

»Das müssen wir ein wenig auspolstern«, meinte Mutter und grinste dazu wie ein Lausbub.

Ich ging probeweise in der Kammer auf und ab und stellte fest, daß ich mich so weit bequemer bewegen konnte als im Rock.

»Nun noch den Mantel«, sagte Mutter und reichte ihn mir. Ich legte ihn um und machte die Schließe zu, aber Mutter schüttelte den Kopf.

»Du weißt doch, daß Männer den Mantel auf der Schulter schließen, nicht vorne«, bemerkte Mutter. Richtig. Fast hätte ich mich verraten.

Auf der Stiege hörte ich Schritte, und Vater betrat den Raum. Als er mich in meiner Verkleidung sah, lachte er schallend, und Mutter und ich lachten mit. Es war das erste Mal seit Gerards Tod, daß wir zusammen vergnügt waren.

Du rückst so erwartungsvoll näher und siehst mich gespannt an? Nein, liebes Kind, ich muß dich leider enttäuschen. Auf der Reise nach England erlebten wir keinerlei Abenteuer. Wir hatten bestes Wetter, wurden weder von Seeräubern überfallen, noch erlitten wir einen Mastbruch oder ähnliche häßliche Dinge. Also nicht die kleinste Katastrophe. Und doch werde ich diese Reise niemals vergessen. Es war ja das erste Mal, daß ich die Heimat verließ – von kleineren Reisen, die man besser Ausflüge nennen sollte, in der Nähe von Köln einmal abgesehen. Schon als das Schiff nach Norden aus dem Kölner Hafen glitt, dem Meer entgegen, fühlte ich mich ungeheuer frei. Ich machte mich überall nützlich und kletterte sogar am Mast hoch, wenn etwas am Segel zu richten war (welch ein Glück, daß ich keinen Rock trug!). Als Theoderich mir gutmütig zurief: »Laß nur, ich kann das besser als du!«, machte ich aus meiner Empörung kein Hehl.

Ich ließ mir den Kompaß erklären, den Onkel Constantin uns aus Italien mitgebracht hatte, nahm auch einmal das Steuer in die Hand – allerdings nur ganz kurz, bis Vater das merkliche Schlingern des Schiffes zu bedenklich wurde. Man braucht nämlich ziemlich viel Kraft, um ein Schiff auf Kurs zu halten, und die hatte ich nicht, klein und zierlich, wie ich schon immer war.

Wir kamen an Neuß vorbei, bis hier war ich einmal mit Großvater gekommen, aber weiter noch nie. Ich freute mich, wie der Wind aus Westen kam und uns die Segel füllte. Es wunderte mich nur, daß der Rhein sich wie eine Schlange durch das Land wand, sich nach rechts und links drehte, einmal in nördlicher Richtung floß, sich plötzlich wieder Richtung Süden wandte und sich dann entschloß, hinter der untergehenden Sonne herzueilen.

Bei den Bosch in Brabant warfen wir Anker und ließen dort einen Teil unserer Fracht. Mutter war froh, wieder festen Boden unter den Füßen zu haben, denn wir übernachteten bei einem brabantischen Kaufmann, mit dem Vater seit vielen Jahren Geschäfte machte. Er bekam einen Teil unseres Rheinweins und hätte gern die ganze Ladung genommen, aber Mutter rechnete in London mit noch besseren Preisen und gab nur drei Fässer her.

Als wir am nächsten Tag dann das Meer erreichten, blieb mir der Mund offenstehen. Keine Schilderung hätte mich auf diese unendliche Weite vorbereiten können. Der Wind frischte jetzt auf, und die Wellen schlugen höher, und Mutter mußte sich still in eine Ecke setzen, weil ihr übel wurde. Ich aber wurde nicht seekrank und bin es auch sonst nie im Leben gewesen.

Vater pflegte sonst geradewegs über das Meer nach England zu segeln, aber weil Mutter und ich an Bord waren, folgte er zunächst der Küste bis in die Gegend von Calais und wandte sich dann erst nordwärts. Das war zwar umständlicher und weiter, aber sicherer.

Vater und auch Theoderich, Heinrich und Helperich waren diese Strecke schon sehr oft gesegelt, denn der Englandhandel war wohl das wichtigste Standbein bei unseren Geschäften. Sie kannten darum auch die Mündungen von Rhein und Themse wie ihre Westentasche. Dennoch mußten sie vor Englands Küste einen Lotsen an Bord nehmen, der sie bis London leitete, obwohl das Schiff doch flußaufwärts getreidelt wurde. Das war überflüssig und kostete Geld, aber was soll man machen. Vorschrift ist Vorschrift.

Da der Lotse bei der Einfahrt nach London am Steuer stand, hatte Vater nichts zu tun. Er trat hinter mich, legte seinen Arm um meine Schultern und zeigte auf die Stadt.

»Du wirst sehen, London ist Köln nicht unähnlich. Allerdings hat der König hier ein Schloß; aber es ist auch nicht prächtiger als der Palast unseres Erzbischofs. Der große Unterschied ist: Du kannst die Leute hier nicht verstehen.«

Aber da hatte Vater sich geirrt. Schon lange hatte ich meine vielen Besuche bei Großvater genutzt, um mir von ihm Unterricht in den vielen Sprachen geben zu lassen, die er beherrschte. Mehr oder weniger konnte ich italienisch, englisch und französisch radebrechen. Von Theoderich, der seinen Spaß an meinem Eifer hatte, hatte ich auf der Reise noch einmal eine Menge englischer Redewendungen gelernt. Und schlimmstenfalls: Wozu war ich denn in St. Ursula im Lateinischen unterrichtet worden? Das sprachen doch alle Kaufleute in jedem Land, und ich beherrschte es fast fließend.

Mit sicherer Hand steuerte unser Lotse das Schiff an seinen Anlegeplatz, kassierte seine saftige Gebühr bei Vater und entschwand, sowie die Planke zum Ufer gelegt war. Vater und die jungen Männer beeilten sich, an Land zu kommen, denn sie wollten uns in der Gildehalle anmelden, damit wir die Nacht nicht an Bord verbringen mußten, und uns außerdem einen günstigen Platz für unsere Ware sichern. Mutter ging nach unten, um aus den Männerkleidern zu schlüpfen, aber ich blieb an Deck, denn ich hatte keine Eile, die bequeme Hose loszuwerden. Breitbeinig stellte ich mich aufs Deck, genoß die sehr unmädchenhafte Haltung und stützte mich mit den Ellbogen auf die Reling. Ich hätte gern die Mütze abgenommen und meine Haare im frischen Wind flattern lassen, aber das ging nicht, damit hätte ich mich verraten.

Fasziniert betrachtete ich das Gewimmel der Hafenarbeiter. Tiefgebeugte Schauerleute schleppten schwere Säcke von den Schiffen; Fuhrmänner warteten schon, um mit ihren pferdebespannten Karren die Lasten weiterzubefördern. Ein Schauermann rempelte einen vornehm gekleideten Kaufmann mit seinem Sack an, worauf dieser einen ellenlangen Fluch ausstieß. Ich stellte fest, daß meine Englischkenntnisse leider nicht ausreichten, um ihn zu übersetzen.

Verträumt schaute ich auf die vielen Leute, wie sie umherhasteten. Und nicht ein Mensch darunter, der mich kannte! Aber auch wenn jemand mit unserer Familie bekannt gewesen wäre: Er hätte ja nicht Gunthers Tochter Sophia, sondern nur einen schmächtigen Schiffsjungen auf dem Deck der Rheinmöwe gesehen. Ich fühlte mich unglaublich wohl in dieser Rolle und spuckte seemännisch über die Reling in die Themse. Wie benahm sich ein Schiffsjunge sonst noch? Vielleicht bohrte er in der Nase? Probehalber wanderte mein Finger zu meinem Nasenloch.

»He, Junge! Ist dies das Schiff des Kaufmanns Eckebrecht?« schallte eine laute, herrische Stimme zu mir herauf.

Ich erstarrte zur Salzsäule.

»Wenn du fertig bist mit Nasebohren, kannst du mir vielleicht antworten«, fügte die Stimme spöttisch hinzu. Sie gehörte zu dem vornehmen Kaufmann, den ich eben noch hatte fluchen hören, und zwar auf Englisch. Wieso sprach er plötzlich meine Sprache?

Außerdem merkte ich zu meinem großen Ärger, daß ich blutrot wurde. Wer läßt sich schon gern beim Nasebohren erwischen?

»Da du offenbar taubstumm bist, komme ich jetzt an Bord. Vielleicht finde ich ja jemand, welcher der Sprache mächtig ist«, erklärte er und setzte den Fuß auf die Laufplanke.

So ein eingebildeter, überheblicher Kerl, dachte ich zornig. Aber mir war inzwischen wieder eingefallen, daß er mich ja als Schiffsjungen ansah. Also machte ich eine halbherzig einladende Geste zu ihm hin, und er lief leichtfüßig über die schmale Planke. Hoffentlich fällt er ins Wasser, dachte ich gehässig. Aber den Gefallen tat er mir leider nicht. Er war sehr groß und hatte wilde dunkle Locken, dazu einen ganz kurzen schwarzen Kinnbart. Trotz seiner Größe bewegte er sich nicht im geringsten täppisch, sondern mit geschmeidiger Eleganz. Als er näher kam, erkannte ich, daß er wesentlich jünger war, als er mir auf den ersten Blick vorgekommen war, sicher nicht viel über zwanzig Jahre.

»Ist Fordolf der Kapitän oder Constantin?« fragte er. Aha, unsere Familie war ihm also bekannt.

»Gunther«, brummte ich mit tiefer Stimme. »Aber er ist an Land.«

»Und wer ist dann an Bord?« fragte er ungeduldig. Ich zählte offenbar nicht für ihn. »M... seine Frau,« brummte ich. Fast hätte ich gesagt: meine Mutter.

Damit hatte er jegliches Interesse an mir verloren, wenn er denn je eines gehabt hätte. Er wandte sich zur Kajüte und rief mit einschmeichelnder Stimme: »Frau Hadewigis, darf ich herunterkommen?« Es klang wahrhaftig anders, als er mit mir geredet hatte.

»Ich komme herauf«, hörte ich die Stimme meiner Mutter, während ich mich hinter dem Wasserfaß unsichtbar machte. Dann kam sie die Treppe herauf mit ihrem leichten Schritt, den sie ihr ganzes Leben lang bewahrte. Sie war umgekleidet und sah wieder aus wie eine reiche, selbstbewußte Handelsfrau.

»Ich grüße Euch, verehrte Frau Hadewigis« sagte der Kaufmann, zog den Hut mit der einen Hand und legte die andere auf das Herz, während er sich verneigte.

»Herr Gottschalk«, rief Mutter vergnügt, »welch eine Überraschung! Seid Ihr schon länger hier in London?«

Sie schaute sich suchend um, entdeckte mich aber nicht hinter dem Wasserfaß.

»Zwei Wochen« antwortete er.

»Dann trifft es sich ja gut, daß wir diesmal nur wenige Stoffe mitgebracht haben, die müßten wir sonst vermutlich wieder mitnehmen. Sicher habt Ihr alle Londoner Händler mit Kölner Tuch versorgt«, scherzte Mutter.

Da sie beide nicht in meine Richtung sahen, schlüpfte ich aus meinem Versteck und schlich leise die Treppe hinunter.

Unten blieb ich stehen und lauschte, konnte aber nicht verstehen, was sie sagten, sondern hörte nur, daß sie sich angeregt und fröhlich unterhielten.

Ich ärgerte mich über meine Mutter. Wie kam sie dazu, so frei und heiter mit einem fremden Mann zu sprechen? Und noch mehr ärgerte ich mich über ihn, über sein unverschämt selbstsicheres Auftreten und daß er es wagte, meiner Mutter so voller Verehrung den Hof zu machen.

Er blieb allerdings nicht lange. Während ich noch unschlüssig war, ob ich mich rasch umziehen und wieder nach oben gehen sollte, kam Mutter schon wieder die Treppe herab.

»Wer war das eigentlich?« knurrte ich. »Ach, du kennst ihn nicht?« fragte Mutter erstaunt. »Das war Gottschalk, der ältere Sohn des Kaufmanns Regenzo. Gottschalks Mutter ist Godelive aus der reichen Pilgrim-Sippe. Große Tuchhändler alle miteinander. Und so ein liebenswürdiger und gutaussehender Mann!«

Da trat ich vor Zorn gegen einen Holzeimer, daß er polternd über den Fußboden rollte, drehte mich um und verschwand in der winzigen Kajüte. Ich hoffte nur, daß ich diesen liebenswürdigen und gutaussehenden Mann nie wieder zu Gesicht bekam.

Bald darauf kam Vater und holte uns ab. Theoderich hielt die Nachtwache auf dem Schiff, denn die Waren konnten erst am nächsten Tag entladen werden.

Als wir uns zur abendlichen Tafel in der Gildehalle versammelten, kam ich als letzte. Ich trug mein grünes Seidenkleid mit der kleinen Schleppe. Vater machte große Augen. »Wieso hast du denn dieses Gewand angezogen?« wollte er wissen. »Ist das nicht etwas zu festlich?« Ich warf den Kopf zurück. »Müssen wir hier wie arme Kirchenmäuse auftreten?« fragte ich schnippisch. Mutter musterte mich nachdenklich. Ich hatte mich in die Wangen gekniffen, damit sie röter aussahen, und der Trick war ihr natürlich bekannt. Aber sie sagte nichts.

Der widerwärtige Herr Gottschalk war nicht zu sehen. Als er auch nach der Suppe noch nicht aufgetaucht war, bemerkte ich ganz beiläufig: »Dieser Kaufmann, der vorhin so um dich herumscharwenzelte – wie hieß er doch gleich? –, wird nichts mehr zu essen bekommen.«

»Gottschalk. Er heißt Gottschalk«, meinte Mutter erheitert und sah mich prüfend an, was mich schon wieder verdroß.

»Ganz schön eingebildet, dieser Gottschalk. Dieser Gottschalk Overstolz«, zischte ich.

»Er ist schon abgereist«, erklärte Mutter freundlich. »Der Name Gottschalk Overstolz paßt übrigens nicht schlecht zu ihm.«

Abgereist. Na also, dann brauchte ich mich ja nicht weiter über ihn zu ärgern. Gut so. Ich warf den Kopf in den Nakken und ärgerte mich trotzdem mächtig.

Ein ganz klein wenig schade war es aber doch, daß ich ihm nun nicht mit meinem grünseidenen Kleid mit der Schleppe imponieren konnte.

Wir wollten uns eine Woche in London aufhalten, und ich genoß jede Minute. Am liebsten wäre ich in meinem Schiffsjungenhabit allein in der Stadt herumgestrolcht, aber diesen Wunsch verwehrte Vater mir ganz schnell und verbot es nachdrücklich. Ich zog eine Flunsch, aber Mutter bemerkte dazu: »Stell dir vor, was die anderen Kölner über dich denken, wenn sie dich in Jungenkleidern in die Gildehalle zurückkommen sehen!«

Ich wußte, daß sie recht hatte, und redete von etwas anderem.

Aber Theoderich, der immer ein Herz für andere hatte, merkte, wie enttäuscht ich war, und nahm mich häufig mit – allerdings in Mädchenkleidern. Er zeigte mir den Tower, in dem der König wohnte, wenn er in London war, und ich starrte lange auf die düsteren Mauern. Ich hatte noch nie einen König gesehen! Wohl aber einen Kaiser: Friedrich den Rotbart, im letzten Jahr, als unsere ganze Familie in Aachen der Heiligsprechung Karls des Großen beiwohnte.

Dann gelang es Vater, eine Audienz bei Königin Alienor zu bekommen. Und er beschloß mit Mutter, daß ich ihn begleiten sollte! Ich war ganz außer mir. Die Königin war eine berühmte Frau, und in ganz Europa wurde über sie geklatscht. Sie besaß ein großes Fürstentum in Frankreich, war zuerst mit dem französischen König Ludwig verheiratet gewesen und hatte ihn listig dazu gebracht, die Ehe mit ihr aufzulösen, angeblich, weil sie ins Kloster gehen wollte. Dann hatte es einen riesigen Skandal gegeben, als sie sofort nach der Scheidung den Grafen Heinrich von Anjou zum Mann nahm – einen Achtzehnjährigen, und sie war fast dreißig. Das galt als besonders anstößig; ich aber fand nichts dabei, denn auch mein Vetter Constantin hatte in erster Ehe eine zehn Jahre ältere Frau geheiratet, und die beiden hatten gut zusammen gelebt. Ich habe nie etwas davon vernommen, daß Constantin sich nebenher mit jungen Mädchen vergnügt hätte – wie es Alienors Mann leider tat, der nun König Heinrich II. von England war. Den englischen Thron hätte er niemals erobern können, wenn Alienor ihm nicht ihr Geld für Truppen gegeben hätte, und darum fand ich es unverschämt und undankbar von ihm, daß er sie betrog, und das auch noch so öffentlich, daß alle Welt davon wußte. Ich schwor mir, daß ich niemals einen Mann heiraten würde, der mich betrügen könnte.

Zum Glück aber war dieser treulose König, für den ich keinerlei Respekt oder gar Zuneigung empfand, zur Zeit nicht in London, sondern trieb sich, wie meistens, auf dem Kontinent herum, wo er mal hier, mal da Krieg führte. Seine Gemahlin hatte Lust, sich Vaters Pretiosen einmal ganz unverbindlich anzuschauen, wie ihr Kämmerer betonte, als er Vater die Einladung überreichte. Mutter erklärte gleich, daß ich sozusagen als Vaters Gehilfin mitgehen sollte. Ich zögerte, denn ich glaube noch heute, daß sie mir damit ein großes Opfer brachte. »Möchtest du denn nicht die schöne Königin sehen?« murmelte ich halbherzig. Aber Vater zog Mutter an sich und stellte fest: »Madame Alienor ist eine sehr schöne Frau, aber deine Mutter ist noch weitaus schöner.« Den Blick, den meine Mutter ihm darauf zuwarf, habe ich bis heute nicht vergessen – so voller Liebe und Vertrauen, und auch ein klein wenig spöttisch. »Du übertreibst hemmungslos, du Schmeichler«, sagte sie; aber sie war doch tatsächlich etwas rot geworden.

Wir brauchten sehr viel Zeit, um uns dem feierlichen Anlaß entsprechend herauszuputzen. Damit Vaters Bedeutung als großer Kölner Kaufmann auch sichtbar wurde, ging er nicht etwa mit mir allein, obwohl wir unsere Waren, nämlich Großvaters Pretiosen und einige ausgesucht kostbare Stoffe und Goldgürtel, auch gut zu zweit hätten tragen können. Aber sein Ansehen erforderte, daß Theoderich, Heinrich und Helperich uns begleiteten – als sein Gefolge, sozusagen. Sie mußten dann allerdings im Hof des Towers zurückbleiben, nur Vater und ich durften eintreten, um dann zwei geschlagene Stunden im Vorzimmer der Fürstin zu verbringen – stehend! Als wir endlich zur Audienz gerufen wurden, konnte ich mich kaum mehr auf den Füßen halten und fragte mich insgeheim griesgrämig, warum ich mich nicht längst wieder auf den Weg zur Gildehalle zurück gemacht hatte.

Aber dann empfing uns Madame Alienor sehr herzlich. Sie hatte gerade mit ihren Töchtern gespielt; mit Mathilde, der ältesten, und der kleinen Johanna, die noch mit tapsigen Schritten, aber unaufhaltbar durchs Zimmer wanderte und jeden Winkel erforschte. Zu meinem Erstaunen war die Königin mit ihren Kindern allein in dem Raum, keine Hofdame war anwesend.

Überhaupt hatte ich mir vorgestellt, daß die Königin auf ihrem Thron im Thronsaal säße, umgeben von ihrem ganzen Hofstaat, mit der Krone auf dem Kopf. Da hatte ich mich eben gründlich geirrt.

Madame Alienor war bereits weit über vierzig, aber dennoch deutlich sichtbar schwanger. Ich stellte fest, daß Vater recht gehabt hatte: Sie war wirklich eine außerordentlich schöne Frau mit klaren, ebenmäßigen Gesichtszügen. Ihre schwarzen Haare waren sorgfältig hochgesteckt und mit Perlen geschmückt, die dunklen Augen funkelten lebhaft. Aber insgeheim dachte ich, daß meine Mutter tatsächlich noch schöner war. Ihre Haut war glatter als die der Königin, obwohl sie gut zehn Jahre älter war als diese. Vor allem aber fehlte Madame Alienor die wohltuende Ruhe und Zufriedenheit, die meine Mutter ausstrahlte. Sie bewegte sich rasch und energisch und saß kaum einmal eine Minute still.

Freundlich begrüßte sie meinen Vater, der ihr schon öfters besonders schöne und kostbare Waren verkauft hatte. Er verneigte sich tief vor ihr. Dann stellte er mich vor, und als ich den anmutigen Knicks machte, den Mutter sorgfältig mit mir einstudiert hatte, nickte sie mir huldvoll zu. »Meine Töchter Mathilde und Johanna«, sagte sie dann und wies auf die Mädchen im Hintergrund des Raumes. Sie sprach Französisch mit einem Akzent, der mir nicht vertraut war. Aber ich wußte ja, daß die Königin aus Aquitanien stammte und dieses große Herzogtum von ihrem Vater geerbt hatte.

Mit besonderem Interesse schaute ich zu dem älteren der beiden Mädchen hinüber. Prinzessin Mathilde war schmächtig, aber sogar etwas größer als ich. Sie sah noch sehr kindlich aus mit ihren elf Jahren, war jedoch schon mit Heinrich dem Löwen verlobt, dem mächtigen Herzog von Sachsen und Bayern.

Mit einem sachten Rippenstoß machte Vater mich darauf aufmerksam, daß ich die Prinzessin nun lange genug angestarrt hatte und die Königin unsere Waren zu sehen wünschte. Ich zuckte zusammen und machte mich eilig daran, die Rollen kostbarsten Seidenstoffs aufzurollen und gefällig zu drapieren. Ich hatte dazu einen Tisch gewählt, der unter einem geöffneten Fenster stand; so fielen die Sonnenstrahlen auf die Seidenrollen und ließen die herrlichen Töne in Purpur, Azurblau und Himmelblau, Sonnengelb und Lindgrün um die Wette leuchten. Ganz nach oben legte ich die teuerste Rolle in Sahneweiß mit eingewebtem Muster, und daneben Mutters schönste Goldborten und Gürtel.

Interessiert beugte die Königin sich über die Stoffe und prüfte sie sachverständig mit spitzen Fingern, hielt sie gegen das Licht und betrachtete sie sorgfältig. Sie fragte Vater nach dem Preis, und als er ihn ihr nannte, fing die hochgeborene Dame an zu feilschen wie ein Marktweib, und das in einem so geschwinden Französisch, daß mir Hören und Sehen verging. Vater jammerte und klagte, hob die Hände zum Himmel und schwor, die Preise, die Madame Alienor zu zahlen bereit sei, würden ihn an den Bettelstab bringen. Auch ich machte ein entsetztes Gesicht und rang die Hände; aber mein Schrecken hielt sich in Grenzen, denn Vaters Ausgangspreis war wahrhaftig nicht gerade niedrig gewesen.

Schließlich hatte die Königin sich mit Vater auf den Kaufpreis geeinigt, und sie nahm einen großen Teil der Stoffe, nur die schöne grüne Seide würdigte sie keines Blickes. Mit

Kennerblick begutachtete sie dann noch einen fertigen roten Umhang mit einer eleganten Schleppe und einer weiten Kapuze. Den wollte sie auch erstehen, dazu eine stattliche Anzahl Rollen Goldborte. Schließlich entdeckte sie noch ein hauchzartes Stück Linnen, sorgfältig gebleicht, mit winzigen Säumen und herrlicher Stickerei. »Das muß ich auch noch haben«, rief sie erfreut. Aber Vater schüttelte den Kopf.

»Dies ist nicht verkäuflich, Majestät«, sagte er. »Aber wenn Eure Hoheit mir die Ehre erweisen wollen, es als Geschenk anzunehmen, vielleicht als Taufkleid für den künftigen Prinzen oder die Prinzessin, so würde ich mich glücklich schätzen.«

Da lachte die Königin und sah auf einmal viel jünger aus. Ich begriff, daß sie jedes einzelne ihrer Kinder von Herzen liebte und auch diesem späten Kind mit Freude entgegensah.

»Und nun, Gunther de Cologne«, sagte sie vergnügt, »warte ich darauf, daß Ihr diesen Beutel öffnet, den Ihr um den Hals hängen habt. Ich meine mich zu erinnern, daß Ihr darin Edelsteine zu tragen pflegt, oder täusche ich mich?«

Vater lächelte und zog eine Schale aus seinem Wams, die einen Boden aus venezianischem Spiegel hatte. Er öffnete den Beutel, auf den die Königin gedeutet hatte, und nahm behutsam die Edelsteine hervor – Rubine, Türkise und andere Steine, einige davon in feinster Fassung. Darunter war auch ein wundervoller Diamant, den Großvater schon seit zwei Jahren für eine besondere Gelegenheit aufhob. Er schob die verspiegelte Schale ins Sonnenlicht, und die Steine funkelten und sprühten Feuer, daß es eine Pracht war.

Behutsam nahm die Königin die Schale in die Hand und bewegte sie im Licht. Sie freute sich eine Weile an dem Strahlen der edlen Steine, dann wandte sie sich Gunther wieder zu.

»Gunther de Cologne«, sagte sie, »ich muß gestehen, diese Geschmeide sind wirklich königlich. Wir wollen sehen, ob etwas davon würdig ist, meine liebe Tochter an ihrem Hochzeitstag zu schmücken.«

Sie winkte die Prinzessin zu sich, die in der Ecke mit ihrer kleinen Schwester gespielt hatte.

Gehorsam kam Mathilde herbei. Ihre Mutter nahm die Rolle roter Seide, die sie gerade gekauft hatte, hielt sie ihrer Tochter unter das Gesicht und betrachtete sie prüfend.

»Schön, nicht wahr? Und vielleicht die Rubine dazu?« sagte sie dann, zu mir gewandt. Leider konnte ich ihr nicht zustimmen; die zarte, jugendliche Prinzessin sah in dem prächtigen Stoff wie ein Kind aus, das sich als Erwachsene verkleiden soll. Da meine zustimmende Antwort ausblieb, drehte sich die Königin zu mir um und sah mit hochgezogenen Augenbrauen in mein betretenes Gesicht. »Oder nicht?«

Ich nahm all meinen Mut zusammen, es waren ja keine Hofdamen dabei, in deren Gegenwart ich es nie gewagt hätte, der Königin zu widersprechen. »Ihre Hoheit würde vielleicht in der hellblauen Seide noch schöner aussehen«, versuchte ich so diplomatisch wie möglich zu bleiben. »Es würde ihre herrlichen Haare wunderbar zur Geltung bringen.«

Ich übersah Vaters bohrenden Blick, der mich zum Schweigen bringen sollte. Ich wußte ja selbst, daß es eigentlich unglaublich dreist von mir war, meine Meinung vor der Königin zu äußern. Aber Madame Alienor wirkte zwar ohne jeden Zweifel äußerst hoheitsvoll, jedoch gleichzeitig auch herzlich und voller Güte.

Ich schaute suchend in die Schale mit den Edelsteinen.

»Und dazu die Aquamarine. Ja, damit wäre sie wunderschön. Und dann noch einen Kranz von Vergißmeinnicht.« Ich gebrauchte das deutsche Wort, da ich nicht wußte, wie diese Blume auf Französisch hieß.

Die Königin lachte. »Dein Vater wird es dir kaum danken, daß du die Aquamarine empfiehlst. Er hat wesentlich kostspieligere Steine. Vielleicht hättest du den Diamanten wählen sollen.«

Sie hielt die hellblaue Seide unter Mathildes Kinn und einen der Aquamarine neben ihre Augen.

»Aber du hast recht. Wie war doch gleich dein Name? Richtig, Sophia. Sophia de Cologne. Dies kleidet meine Tochter in der Tat vorzüglich. Aber was für einen Kranz meintest du?«

Ich versuchte, ihr diese Blume zu schildern. Aber entweder war mein Französisch nicht gut genug, oder sie kannte keine Vergißmeinnicht.

»Die Hochzeit findet auf Sankt Brigida statt«, sagte die Prinzessin. Es war das erste Wort, das sie sprach, und sie sagte es zu meinem Erstaunen in einem schwerfälligen, langsamen Deutsch. »Sind diese Blumen …« sie zögerte. Aber ich hatte verstanden.

»Nein«, sagte ich betrübt, »dann blühen sie noch nicht, das ist ja noch mitten im Winter.

Aber …« und ich kramte in den noch nicht verkauften Goldborten meiner Mutter. Richtig, es war eine Rolle dabei, die genau paßte. Auf die Borte war ein schmales Seidenband genäht, mit winzigen Vergißmeinnicht bestickt.

»Das gefällt mir«, sagte die Prinzessin und fuhr sacht mit der Spitze des Zeigefingers über die Stickerei.

»Ich staune, daß Hoheit deutsch sprechen«, fuhr es mir heraus.

»Ich lerne. Für mein Leben in Braunschweig.«

Sie strahlte über das ganze Gesicht. Dabei sollte sie doch einen uralten Mann heiraten! Herzog Heinrich, den man den Löwen nannte, war damals etwa 38 Jahre alt und damit älter als Mathildes Vater. Außerdem war er schon einmal verheiratet gewesen mit einer Prinzessin aus dem Haus der Zähringer. Die verstieß er dann vor einigen Jahren, aber ihre

Mitgift und die Tochter, die sie ihm geboren hatte, hat er behalten.

Nachdem ich mich selbst nicht mit meinem Verlobten hatte abfinden können, der doch ein hübscher junger Mann gewesen war, ging ich davon aus, daß Mathilde in tiefster Seele unglücklich über diese geplante Heirat sein mußte. Aber nein, ihre selige Miene sagte etwas ganz anderes. Ich verstand das zwar nicht, sagte aber höflich: »Der zukünftige Gemahl Eurer Hoheit ist ein hochangesehener und ruhmvoller Fürst. Er kann sich glücklich preisen, die Rose von England heimführen zu dürfen.«

Mathildes Miene verklärte sich noch mehr. »Das hast du schön gesagt, Sophia de Cologne. Sicher bist auch du schon verlobt?«

Ich schüttelte den Kopf. »Ich war die Braut eines Kölner Kaufmanns. Aber er starb am Vorabend unseres Hochzeitstages.«

Dabei traten mir die Tränen in die Augen. Und das war nicht geheuchelt. Immer, wenn mir Gerard in den Sinn kam, quälten mich mein schlechtes Gewissen und der Kummer über seinen allzu frühen Tod.

Mathilde konnte davon nichts wissen, aber als sie meine feuchten Augen sah, zog eine Wolke über ihr zartes Gesicht, und sie sagte traurig: »Das tut mir sehr leid.« Sie schwieg einen Moment und fügte dann bedauernd hinzu: »Vorige Woche ist mein Lehrer gestorben. Am Fieber. Nun kann ich nicht mehr lernen.«

Die Königin, welche die deutsche Sprache vermutlich nicht beherrschte, fragte besorgt, warum ihre Tochter so betrübt dreinblickte. Als sie es erfuhr, schaute sie Vater nachdenklich an.

»Wie lange habt Ihr vor, in London zu bleiben, Gunther de Cologne?«

Unsere Ladung Wein war bereits verkauft, und Vater hatte

eigentlich nach dem Besuch bei Königin Alienor abreisen wollen; aber er antwortete prompt: »Es steht noch nicht fest, Majestät. Wenn ich Euch noch einen Dienst erweisen kann …«

»Wie meine Tochter sagte, ist der Mönch, den Herzog Heinrich als Lehrer für seine Braut gesandt hatte, kürzlich am Fieber verstorben. Sie möchte sich aber so gern in der Sprache ihrer künftigen Heimat üben. Mir scheint, daß Eure Tochter ein gewandtes und guterzogenes Mädchen ist. Glaubt Ihr, sie könnte der Prinzessin ein paar Tage Gesellschaft leisten und ihr Deutsch verbessern? Und vielleicht kann sie ihr auch etwas über ihre zukünftige Heimat berichten?«

Sie wandte sich an Mathilde.

»Wäre dir das recht, mein Kind?«

Die Prinzessin lächelte schüchtern. »Ja«, sagte sie auf Französisch. Und dann auf Deutsch: »Wenn es Sophia de Cologne nicht zuviel Mühe macht …«

Ich rang nach Luft. Niemals hätte ich mir so etwas erträumt. Ich machte einen tiefen Knicks und sagte: »Nichts könnte mir mehr Freude bereiten!«

Ohne zu zögern, fügte Vater hinzu: »Majestät, es ist eine große Ehre für meine Tochter, der zukünftigen Herzogin von Sachsen zu Diensten zu sein.«

Und so kam es, daß ich zwei Wochen lang jeden Tag im Schloß der Königin von England ein und aus ging. Mit dem ersten Morgengrauen stand ich auf, aß rasch eine Schale Grütze und trank einen Becher Milch, dann brachten mich Theoderich, Heinrich oder Helperich zum Schloß. Aber so früh ich auch kam, die Prinzessin war jedesmal schon auf und erwartete mich. Sie bestand darauf, nur deutsch mit mir zu sprechen, obwohl sie noch nach so manchem Wort suchen mußte.

Heute denke ich alte Frau mit Wehmut an diese Tage zurück. Es war die erste große Zeit in meinem jungen, behüteten Leben. Du wunderst dich, mein liebes Kind, daß ich mich an eine Aufgabe wagte, für die ich nicht ausgebildet war? Tatsächlich hatte die Königin genügend Erzieher und Lehrer für ihre Kinder am Hof; aber es waren alles Priester, und keiner von ihnen hatte je in Deutschland gelebt.

Ich überlegte mir jeden Tag, was wir lernen sollten; schließlich beschäftigte sich eine Prinzessin mit anderen Dingen als eine Kaufmannstochter, nur wußte ich nicht so genau, mit welchen. Aber da sie sich so sehr auf ihren künftigen Gemahl freute, brachte ich ihr als allererstes bei, wie sie liebreich mit ihm sprechen konnte. Ich rief mir also ins Gedächtnis, was Gerard alles zu mir gesagt hatte, und stellte mir vor, daß der mächtige Herzog seine Braut ebenso umwerben würde. Ich vermutete, daß er nicht so redete wie wir normalen Leute, sondern eine höfische Sprache benutzte. Das übten wir mit verteilten Rollen, ich war Herr Heinrich und Mathilde war eben Mathilde.

»Herzensliebes Fräulein, ich entbiete Euch meinen Gruß«, begann ich. Dann schüttelte ich den Kopf. »Nein, es muß natürlich heißen: Herzensliebe Prinzessin.«

»Was muß ich jetzt sagen?« fragte Mathilde.

»Zum Beispiel: Herr Heinrich, Euer Anblick erfreut mein Herz.«

»Oh!« Mathilde strahlte. »Das ist gut. Herr Heinrich, Euer Anblick erfreut mein Herz.«

Ich schaute mich um, entdeckte eine Blumenvase und zog eine Blüte heraus.

»Nehmt diese Rose als Zeichen meiner Verehrung«, rief ich aus, kniete vor Mathilde nieder und hielt ihr die Blume entgegen.

»Das ist aber keine Rose«, sagte Mathilde. »Es ist ...« sie kannte jedoch das Wort nicht.

Ich erhob mich. »Es ist eine Aster. Um diese Jahreszeit gibt es keine Rosen mehr«, meinte ich. »Aber wenn ein Mann eine Frau mit einer Blume beschenkt, sollte es eben eine Rose sein. Und die Dame seines Herzens sollte nicht mäkeln, falls es die falsche Blume ist.« Dann lachten wir beide, und Königin Alienor kam herein und sah nach, worüber wir uns so freuten.

Am nächsten Tag lehrte ich Mathilde das Paternoster und das Ave Maria in deutscher Sprache, und sie betete den ganzen Tag, um sich die schwierigen Texte einzuprägen.

Dann kam mir in den Sinn, daß Heinrich als großer Kriegsmann von Kind auf an das Waffenhandwerk gewöhnt war, und ich lehrte Mathilde alle Waffen in seiner Sprache. »Falls Ihr ihm seine Rüstung herauslegen sollt«, meinte ich. Mathilde glaubte zwar, dies sei eher die Aufgabe seines Knappen, aber sie wollte trotzdem jede seiner Waffen benennen können. Vater ging zum Hafen, wo soeben ein Schiff der Familie Quattermart aus Köln angelegt hatte, und erwarb dort hochwertige Erzeugnisse unserer Waffenschmiede. Die brachte er dann ins Schloß und erklärte Prinzessin Mathilde, wie die einzelnen Gegenstände hießen und wozu man sie benutzte.

»Ich sehe, Ihr nehmt Eure Aufgabe sehr ernst«, bemerkte Königin Alienor dazu und kaufte die schönen Stücke für ihre jungen Söhne, nachdem sie sich mit deren Waffenmeister beraten hatte.

Bei dem Eifer, den die Prinzessin an den Tag legte, machte sie rasche Fortschritte; sie äußerte nun den Wunsch, etwas über die Geschichte ihrer zukünftigen Familie, nämlich des welfischen Hauses, zu erfahren.

Das war eine schwierige Sache. Ich beriet mich abends noch lange mit meinen Eltern. Es galt ja nicht nur, die Angelegenheiten dieser mächtigen und bedeutenden, aber Köln doch nicht allzu nahe stehenden Fürstenfamilie zu kennen; wichtig war auch, was besser verschwiegen werden sollte. So erzählte ich Prinzessin Mathilde, daß der Vater ihres Bräutigams, Heinrich der Stolze, die einzige Tochter des Kaisers Lothar von Supplinburg geheiratet hatte und ein großer Fürst als Herzog von Sachsen und Bayern war. Aber ich verschwieg ihr, daß im Jahr 1138 der neu gewählte König Konrad auf dem Hoftag in Köln Heinrich dem Stolzen nur eins seiner beiden Herzogtümer zugestehen wollte, obwohl er doch das bayrische ererbt und das sächsische erheiratet hatte. An die Szene, wie Herzog Heinrich zornentbrannt davongeritten war, konnten sich meine Eltern gut erinnern. Ich war mir aber sicher, daß Mathilde diese Schmach des welfischen Hauses kränken würde, und sagte darum kein Wort darüber.

Ich gewann die zarte Prinzessin Mathilde sehr lieb. Sie war so eifrig und gelehrig und ließ mich den Standesunterschied niemals merken. Einmal waren wir im Garten gewesen, um die Namen der Pflanzen zu lernen, und die herbstlichen Winde hatten uns das Haar zerzaust. Als wir die Kemenate wieder betraten, griff ich, ohne mir etwas dabei zu denken, nach einem Kamm und wollte Mathildes Locken wieder in Ordnung bringen. Aber sie nahm ihn mir sanft aus der Hand, legte ihn beiseite und bemerkte freundlich: »Du bist nicht meine Kammerzofe, sondern meine hochgeachtete Lehrerin und Freundin.« Das rührte mich sehr.

Nachdem wir uns näher kennengelernt hatten, fragte mich Mathilde auch nach meinem Bräutigam. Aber darüber wollte ich nicht mit ihr reden. Statt dessen erzählte ich ihr, wie mein Vater meine Mutter umworben hatte und wie glücklich sie miteinander waren. Da seufzte die Prinzessin und preßte die Lippen zusammen. Ich erschrak, denn mir dämmerte, daß sie wohl an ihre eigenen Eltern dachte, und deren Eheglück war ja nicht gerade beispielhaft. Ich hatte inzwischen auch begriffen, warum Königin Alienor unsere schöne grüne Seide keines Blickes gewürdigt hatte: König Heinrich hatte eine Geliebte namens Rosamund, die bevorzugt grüne Kleidung trug, weil sie grüne Augen und schwarzes Haar hatte. Die Königin ließ sich niemals anmerken, daß sie von der Untreue ihres Gemahls wußte; aber daß sie die grüne Farbe konsequent mied, verriet sie.

»Es war dumm von mir, von meinen Eltern zu erzählen«, entfuhr es mir. Aber Mathilde hatte sich schon wieder gefangen. Ihre Unterlippe zitterte noch etwas, aber sie sagte tapfer:

»So soll meine Ehe auch werden – so innig. Ich hoffe sehr, daß mein Gemahl mich ebenso lieben wird, wie dein Vater deine Mutter liebt. Kannst du mir verraten, wie sie das macht?«

Ich dachte lange nach. Die Liebe meiner Eltern zueinander und zu mir waren mir so völlig selbstverständlich, daß ich mir niemals Gedanken darüber gemacht hatte, auf was sie beruhte.

»Ich glaube«, begann ich dann zögernd, »daß meine Eltern sich sehr achten. Darum schimpfen und streiten sie nicht miteinander. Wenn sie verschiedener Meinung sind, sagen sie sich das freundlich, und dann denkt jeder über die Ansichten des anderen nach, statt nur die eigenen behaupten zu wollen. Und dann bemühen sich beide, den anderen zu erfreuen. Mein Vater kommt niemals von einer Handelsfahrt ohne ein kleines Geschenk für meine Mutter. Und sie achtet bei all ihrer vielen Arbeit immer darauf, daß er es behaglich hat – daß die Köchin seine Lieblingsspeisen kocht oder daß seine Kleidung immer rein und heil ist, ohne daß er darum bitten muß. Wenn er müde nach Hause kommt, ist ein Bad für ihn bereit, und sie massiert ihm den Nacken, bis er sich erholt hat. Und er holt ihr ein Kohlebecken, wenn er meint, sie könne vielleicht frieren. Solche Kleinigkeiten eben – aber die machen aus, daß sie sich miteinander wohl fühlen. Ob aber Fürsten sich mit so etwas abgeben, das weiß ich nicht.«

Da war sich Mathilde auch nicht so sicher.

»Aber ich erinnere mich noch«, meinte sie, »als ich ganz klein war, da hat mein Vater oft die Laute genommen und meiner Mutter vorgesungen, und manchmal hat er die Lieder auch selbst für sie ausgedacht. Ich weiß noch, wie sie einmal zu ihm sagte, nie hätte sie ein schöneres Lied von einem der Troubadoure gehört als von ihm – dabei gehen die doch ständig bei unserem Hof ein und aus.«

Sie wandte sich von mir ab und fuhr mit dem Finger in einen Sonnenstrahl, der durch das Fenster der Kemenate fiel und durch das Glas rot gefärbt war. Ganz leise sagte sie:

»Jetzt habe ich meinen Vater schon lange nicht mehr singen gehört, und meine Mutter ist nicht mehr so fröhlich, wie sie einmal war. Ich glaube, sie sucht Trost bei uns Kindern. Sie kümmert sich sehr gründlich um die Ausbildung meiner drei Brüder, und sie spielt so lieb mit meinen kleinen Schwestern. Und die Verlobung mit Herzog Heinrich verdanke ich auch ihr allein.

Früher war mein Vater stolz auf seine Söhne, und auf mich wohl auch. Aber ich glaube, jetzt interessiert er sich nicht mehr für uns. Immerzu fährt er übers Meer und führt dort Krieg gegen alle möglichen hohen Herrn.«

Einen Augenblick lang sah Mathilde wie ein kleines, verzagtes Mädchen aus. Aber dann streckte sie sich und verwandelte sich wieder in eine hoheitsvolle Prinzessin.

»Ich bitte dich, vergiß, was ich gesagt habe, Sophia«, sagte sie würdevoll. »Ich will meinen Vater, den König, nicht kritisieren. Ich bin ihm nicht nur als seine Tochter Gehorsam schuldig, sondern auch als seine Untertanin. Er ist ein großer König, und ich muß verstehen, daß er für seine Familie nicht viel Zeit aufbringen kann.«

Dabei sah ich aber deutlich, wie sie gegen die Tränen kämpfte. Ich hielt es darum für geraten, schleunigst das Thema zu wechseln.

»Da Ihr gerade von Königen sprecht: Der deutsche König wird nach seiner Wahl in Aachen gekrönt, das wißt Ihr sicher. Was aber nicht so bekannt ist: Die deutsche Königin erhält ihre Krone in meiner Heimatstadt Köln.«

»Oh!« schlagartig erwachte Mathildes Interesse. »Hast du solch eine Krönung schon mit angesehen?«

Bedauernd schüttelte ich den Kopf. »Leider nicht. Kaiser Friedrichs Gemahlin Beatrix von Burgund wurde, glaube ich, nur zur Kaiserin gekrönt. Und seine erste Ehefrau Adela von Vohburg, von der er sich hat scheiden lassen, hat man nie an seiner Seite gesehen. Sie war nicht einmal bei seiner Krönung zum deutschen König in Aachen anwesend. Ich hingegen war dabei; nur kann ich mich leider nicht erinnern, denn ich war erst zwei Jahre alt.

Die letzte Königinnenkrönung bei uns war lange vorher, es war Gertrud von Sulzbach, die zweite Gemahlin von König Konrad, dem Onkel des jetzigen Kaisers Friedrich.

Den wundervollen Mantel, den sie bei der Krönung trug, hat sie übrigens bei meinem Großvater Eckebrecht gekauft.«

Interessiert fragte Mathilde: »Wie sah er aus? Und war er sehr kostspielig?«

»Es war ein sehr wertvoller grüner Seidenmantel mit viel Goldstickerei und goldenen Borten. Großvater hat in ihr zu einem Spottpreis überlassen. Aber mit den vielen anderen Damen und Herren, die dann beim gleichen Handelsherrn kaufen wollten wie die Königin, hat er glänzende Geschäfte gemacht. So wie Ihr, Hoheit, Euren Vater als großen König achtet und ehrt, so bewundere ich meinen Großvater als großartigen Kaufmann.«

»Du bist so klug, Sophia, und weißt so viel«, meinte

Mathilde bewundernd. Ich wehrte bescheiden ab. »Oh nein, Prinzessin. Aber ich befrage jeden Abend meine Eltern über das Thema des nächsten Tages, und bisher sind sie mir noch keine Antwort schuldig geblieben. Große Kaufleute müssen in der Politik gut Bescheid wissen, sonst können sie keine guten Geschäfte machen.«

Mathilde nickte zufrieden.

»Kannst du mir noch etwas über meine zukünftige Familie erzählen?« bat sie.

Ich kramte in meinem Gedächtnis nach.

»Die Mutter Eures zukünftigen Gemahls war die Tochter von Kaiser Lothar; sie sollte ihrem Gatten, Herzog Heinrich dem Stolzen, außer dem Herzogtum Sachsen auch die deutsche Krone zubringen. Jeder glaubte, nach dem Tode Lothars würde Herzog Heinrich zum König gewählt. Aber statt dessen gewann der Staufer Konrad die Königswürde.«

Mathilde rückte nahe an mich heran. Ihre Augen funkelten vor Wißbegierde. »Und die Gemahlin von Kaiser Lothar, die Großmutter meines Verlobten? Wurde sie in Köln gekrönt?«

Ich zögerte. »Verzeiht, Hoheit, aber das weiß ich nicht. Kaiserin Richenza bestieg den Thron lange Zeit vor meiner Geburt. Ich kann mich nicht daran erinnern, von ihrer Krönung gehört zu haben. Sie lebte in Sachsen, vielleicht ist sie dort gekrönt worden. Und nicht jeder Königin wurde eine feierliche Krönung zuteil ...«

Die Prinzessin sann eine Weile nach, dann sagte sie leise und mit glänzenden Augen: »Stell dir vor, Sophia de Cologne, mein zukünftiger Gemahl würde deutscher König, und ich käme als Königin in deine Stadt, um dort die Krone zu erhalten ... Dann würde ich dich zu meiner Ehrendame machen, und du wärst an meiner Seite.«

Einen Augenblick lang träumte ich diesen Traum mit der Prinzessin. Ich sah mich im Dom neben ihrem Thron stehen und hörte den Chor das Te Deum singen. Aber dann nahm ich mich zusammen und schüttelte den Kopf. »Hoheit, dieser Traum wird sich vermutlich nicht erfüllen. Herr Heinrich ist ohne Zweifel der größte Fürst im deutschen Reich nach dem Kaiser; aber eine Aussicht auf die Krone hat er wohl kaum. Die Kaiserin hat bereits zwei Söhne geboren, und es können noch viele folgen.«

»Man weiß nie, welche Überraschungen die Zukunft bringt«, erklang da hinter uns die Stimme der Königin. Sie hatte offenbar schon eine Weile in der Tür gestanden und unserer Unterhaltung zugehört; und obwohl sie selbst französisch sprach, war ganz klar, daß sie zumindest den Sinn unserer Worte verstanden hatte.

Wir fuhren herum. Mathilde küßte die Hand ihrer Mutter, und ich versank in dem tiefen Knicks, der sich gehörte. »Majestät beherrscht unsere Sprache?« fuhr es mir heraus. Die Königin lächelte geheimnisvoll. »Nur ein wenig«, sagte sie versonnen. »Da war einmal ein deutscher Troubadour; seine Lieder waren so schön, daß ich verstehen wollte, was er da sang. Es war Winter, und die Abende waren lang, da lernte ich etwas von seiner Sprache ...«

Ihre schönen schwarzen Augen leuchteten verträumt, als sie das sagte.

Zwei Wochen verbrachte ich von früh bis spät mit Prinzessin Mathilde, fast möchte ich sagen: mit meiner Prinzessin. Nachdem sie die ganze Zeit über nur die deutsche Sprache gebraucht hatte, konnte sie nun schon sehr flüssig reden und freute sich über ihre großen Fortschritte. Aber dann sagte Vater, wir müßten nun an die Heimreise denken, damit wir nicht etwa in die gefährlichen Herbststürme gerieten. So mußte ich zu meinem großen Bedauern Abschied nehmen.

Königin Alienor kam, um mir adieu zu sagen. Sie hatte sich ein neues Kleid machen lassen, etwas bequemer als die anderen, denn ihre Schwangerschaft war schon weit fortgeschritten. Ich erkannte auf den ersten Blick unsere gelbe Seide. Sie sah prächtig aus zu dem schwarzen Haar der Königin. An ihrem Hals sprühte und blitzte der Diamant, den sie schließlich noch von Vater erstanden hatte.

»Meine Tochter und ich sind dir dankbar für deine Dienste, Sophia de Cologne. Mathilde freut sich sehr darauf, sich mit ihrem Gatten in seiner Muttersprache unterhalten zu können. Wir haben noch nicht über dein Honorar gesprochen.«

»Ich erwarte auch keines«, sagte ich erschrocken. Aber die Königin schüttelte den Kopf. »Du hast dir große Mühe gegeben und einen Lohn verdient. Nimm daher dies und meinen Dank dazu.«

Sie reichte mir ein Goldstück. Ich schnappte nach Luft. Das war mehr, als mein Vater den Nonnen von Sankt Ursula im ganzen Jahr für meinen Unterricht gezahlt hatte.

»Viel zu viel, Majestät«, stammelte ich verwirrt. Aber die Königin lächelte freundlich. »Einer Königin steht Geiz nicht an. Ich wünsche dir alles Gute, Sophia, und leb wohl.«

Sie nickte mir freundlich zu und ging hinaus.

Mathilde sah mich schüchtern an. »Darf ich dir auch ein kleines Geschenk geben?«, bat sie und reichte mir ein winziges Kästchen aus Elfenbein. Ich öffnete es neugierig. Es war eine dünne goldene Kette darin mit einem Anhänger, auf dem ein steigender Löwe mit der Tatze schlug; darüber war noch etwas eingraviert, das ich nicht erkennen konnte. Die Prinzessin deutete darauf. »Ein Ginsterzweig, Sophia. Das Zeichen unseres Hauses. Und der Löwe steht für Herrn Heinrich.«

Ich schenkte Mathilde zum Abschied einen goldenen Gürtel, den meine Mutter mir für sie gegeben hatte. Sie freute sich sehr darüber. »Der ist aber schön! Er wird sicher auch Herrn Heinrich gefallen.«

Ach ja, der Herzog. Von früh bis spät kreisten Mathildes Gedanken um ihren Löwen.

»Du mußt mir versprechen, daß wir uns wiedersehen, wenn ich mit meinem Gemahl in seinem Herzogtum lebe. Sachsen ist doch nicht so weit von Köln, nicht wahr?« bestürmte mich Mathilde, und sie hatte feuchte Augen, denn auch ihr tat die Trennung weh.

»Möchtest du nicht zu meiner Hochzeit nach Minden kommen? Ich lade dich herzlich ein!«

Ich hatte wenig Hoffnung, daß ich Vater überreden konnte, mit mir nach Minden zu reisen, sagte das aber nicht. Und mit einer herzlichen Umarmung trennten wir uns.

*

Früh am nächsten Morgen stand ich auf dem Deck unseres Schiffes, als wir aus dem Hafen glitten, und schaute die Themse hinauf zum Tower. Noch immer schien es mir kaum glaubhaft, daß ich zwei Wochen lang am Hof der Königin von England ein und aus gegangen war. Ein sanfter Rippenstoß holte mich aus meinen Träumen. »Los, Sophia, zieh dir die Jungenkleider an, und hilf uns ein wenig, falls das nicht unter deiner Würde ist, wo du doch jetzt die Lehrerin einer Prinzessin bist«, rief Theoderich und grinste mich an. Ich kletterte die Treppe hinunter in den Laderaum, der bis unter die Decke vollgestopft war mit Ballen bester englischer Wolle und Schaffellen, und kam bald darauf als Schiffsjunge wieder zum Vorschein. Vergnügt tummelte ich mich in den Segeln, während Vater das Steuer vom Lotsen übernahm und uns aus der Themse auf das Meer hinausführte.

Wir nahmen wieder Kurs Richtung Calais. In Sichtweite des Landes drehte Vater dann nach Nordosten. Er wollte nach Brügge, der großen Handelsstadt, dem größten Wollmarkt Europas.

Das Wetter war gut, noch fegten die gefürchteten Herbststürme nicht über das Meer. Als Vater auf die Küste zusteuerte, war ich enttäuscht, weil ich keine große Stadt entdecken konnte, aber Theoderich erklärte mir, daß Brügge landeinwärts lag und wir über den Meeresarm Zwin ins Land hineinfahren mußten. Vom Hafengebiet aus waren es noch einmal mehrere Meilen bis Brügge. Es standen darum viele Stauer bereit, die unsere Wolle entluden und unter vielen Rufen und auch Flüchen in kleinen Lastkähnen verstauten. Vater und Mutter stiegen in den ersten der Kähne, im nächsten durfte ich Platz nehmen, und die Brüder Theoderich und Heinrich folgten im letzten. Mein Vetter Helperich blieb als Wache an Bord unseres Schiffes zurück.

Über verschlungene Wasserwege führte uns der Kapitän des ersten Frachtkahns nach Brügge hinein. Schöne große Wohnhäuser säumten die Grachten und zeugten vom Wohlstand der Bevölkerung. Wir landeten schließlich im Herzen der Stadt bei der Tuchhalle und fuhren durch ein großes Tor einfach mitsamt den Schiffchen hinein! So etwas hatte ich noch nie gesehen, und Vater sagte mir später, er kenne so eine vernünftige Einrichtung auch aus keiner anderen Stadt. Die Kähne wurden nun wieder entladen und unsere Wolle in einem Verschlag gestapelt, der dann versiegelt wurde. Ich glaubte, das geschehe, um uns vor Diebstahl zu schützen, und freute mich dankbar über die Fürsorge der Brügger Beamten. Es sollte aber nur verhindern, daß etwa ein Teil unserer Wolle verkauft wurde, ehe der Zoll dafür bezahlt war.

Wir gingen dann vom Marktplatz Richtung Norden zum Quartier der Osterlinge; so hieß hier der Handelshof der deutschen Händler. Ich konnte gar nicht rasch genug nach links und nach rechts schauen, denn ein prächtiges Haus reihte sich an das andere.

»Wieso sind diese Häuser denn alle noch so neu?«, wunderte ich mich.

»Weil es noch gar nicht so lange her ist, daß Brügge zum ersten Handelsplatz dieser Küste aufstieg«, erklärte Vater. »In dem Jahr, als Konrad von Hohenstaufen zum König gewählt wurde, gab es eine gewaltige Sturmflut, die viel Land ins Meer gerissen hat. Der Zwin, über den wir nach Brügge gefahren sind, ist ein Meeresarm, der damals entstand. Es gibt bei Ebbe und Flut eine starke Sogwirkung zum Meer hin und dann wieder zum Land, das ist günstig für schwerbeladene Handelsschiffe. Wir sind hier mehr als zehn Meilen von der offenen See entfernt, die Schiffe sind also bestens geschützt. Deswegen kamen sehr viele Kaufleute mit ihrer Ware hierher, und die Handelsherrn von Brügge wurden in wenigen Jahrzehnten außerordentlich reich und konnten sich diese herrlichen Häuser bauen. Auch der Graf von Flandern ist nicht böse darüber, denn in seine Taschen strömt ebenfalls reichlich Geld.«

Das beeindruckte mich sehr. Die Wahl König Konrads war gerade ein Dutzend Jahre vor meiner Geburt gewesen, so hatte ich mir das ausgerechnet, als ich Mathilde über die Auseinandersetzung der Staufer und der Welfen berichtete. Und in dieser kurzen Zeit war solch eine prächtige Stadt entstanden. Natürlich, meine Heimatstadt hat nicht weniger stolze Häuser aufzuweisen, aber sie hat ja auch eine mehr als tausendjährige Geschichte.

»Die Osterlinge sind besonders gesuchte Handelspartner in Brügge, darum genießen wir auch etliche Vorteile«, fügte Mutter hinzu. »Nimmst du Sophia mit, wenn du die Wolle verkaufst?«

»Meinetwegen«, meinte Vater und hob mahnend den Zeigefinger. »Aber dann trägst du wieder Mädchenkleider. Die Schiffsjungenverkleidung kannst du jetzt getrost wieder einpacken; bis Köln dürften dir keine Gefahren mehr drohen.«

Ich zog einen Schmollmund, denn ich mochte die Freiheit, welche die Jungenkleider mir verschafften, noch nicht missen. Aber ein Blick in das Gesicht meiner Mutter zeigte mir, daß ich besser nicht widersprach.

Wir erreichten das Quartier der Osterlinge in der nördlichsten Ecke der Stadt. Es war ein sehr geräumiger Hof mit Stallungen, vielen Lagerräumen und einer großen Herberge. Wir betraten die Gaststube. Meine Augen mußten sich erst an den Übergang von der strahlenden Abendsonne an das gedämpfte Licht im Innern gewöhnen, darum sah ich nicht gleich, wer sich in der Stube aufhielt. Aber eine Stimme erkannte ich sofort, und es traf mich wie ein Donnerschlag.

»Welch erfreuliches Wiedersehen! Seid gegrüßt, verehrte Frau Hadewigis«, ertönte ein kräftiger Bariton, und Herr Gottschalk trat auf meine Mutter zu und verneigte sich vor ihr. Inzwischen sah ich genug, um zu bemerken, wie unverschämt er auf sie herablächelte, was mich sehr entrüstete. Dann verneigte er sich etwas weniger tief vor meinem Vater, der sich im Gegensatz zu mir anscheinend gar nicht ärgerte, sondern ihn erfreut begrüßte.

Für Theoderich und Heinrich hatte Herr Gottschalk immerhin ein freundliches Begrüßungslächeln; zuletzt fiel sein Blick auf mich, und der finstere Ausdruck, mit dem ich ihn musterte, schien ihn zu erheitern. Wie zufällig hob er den Zeigefinger zum Nasenloch und ließ erst in letzter Sekunde davon ab, tatsächlich in der Nase zu bohren. Ich wäre fast geplatzt vor Zorn.

»Meine Tochter Sophia«, bemerkte mein Vater. Aha! Das brachte mir einen zweiten, deutlich interessierteren Blick von Herrn Gottschalk ein, aber schon wandte er sich wieder zu meiner Mutter und plauderte mit ihr.

Aufgebracht ergriff ich mein Bündel und schleppte es in den Schlafraum, ehe Theoderich mir zu Hilfe kommen konnte. Ich zog mich in Windeseile um, versäumte aber doch nicht, mir auch rasch die Haare zu kämmen. Dann stolzierte ich in die Gaststube zurück. Vater und Mutter waren dort in ein Gespräch mit einem Mainzer Kaufmann vertieft, Herr Gottschalk war nicht mehr zu sehen. Ich beruhigte mich langsam und ging mit Vater in die Stadt zurück, um unsere Wolle zu verkaufen.

Wir erledigten diese Aufgabe gerade noch rechtzeitig, um zum Abendessen im Quartier einzutreffen. Vater wollte gleich mit mir zu Tisch gehen. »Ich ziehe mich nur noch schnell um«, bemerkte ich und huschte schnell in den Schlafraum, obwohl Vater mir nachrief, das sei nun wirklich nicht nötig. Aber ich hatte einen Fleck auf meinem Rock entdeckt, so konnte ich doch nicht zu Tisch gehen. Rasch schlüpfte ich in mein zweitbestes Gewand. Doch bevor ich mich auf den Weg in die Gaststube machte, musste ich noch schnell zum Abtritt neben dem Stall. Ich zögerte, mit meinen Pantöffelchen über den Hof zu gehen, hätte aber sonst noch einmal in den Schlafraum gehen müssen, um mir die Lederschuhe oder die Holzpantinen zu holen. Also eilte ich kurz entschlossen über den Hof. Danach wollte ich rasch zurück, aber wer strebte gerade zu dem Ort, den ich soeben verlassen hatte? Natürlich, dieser schreckliche Gottschalk. Ich machte einen kleinen Bogen und schaute zur anderen Seite, um ihn nicht bemerken zu müssen; aber genau in diesem Augenblick kam ein mittelgroßes Ferkel angaloppiert. Es hatte sich einen Knochen vom Misthaufen geholt, und der Hofhund mißgönnte ihm diese Beute und wollte sie ihm abjagen. Ich versuchte, dem quiekenden Schwein auszuweichen, mein rechter Fuß geriet dabei in einen übelriechenden, glitschigen Haufen. Ich rutschte aus und landete unsanft auf dem Boden. In hohem Bogen sauste mein rechtes Pantöffelchen durch die Luft, und so war ich zu allem Überfluß auch noch halb barfuß.

Im nächsten Augenblick packte mich eine feste Hand. »Welch süßes Füßchen«, rief Herr Gottschalk begeistert und hielt meinen nackten Fuß fest, so daß ich keine Chance hatte, meiner mißlichen Lage zu entgehen. Dann holte er mein Pantöffelchen, zog es mir umständlich über meinen Fuß und hob mich in die Höhe. Herr Gottschalk hütete sich davor, etwa zu lachen, aber sein Grinsen konnte man nicht anders als schallend bezeichnen. »Jammerschade um das schöne Kleid«, bedauerte er und klopfte an mir herum, was den Schmutz aber leider nur verteilte.

Ach, wenn ich doch ein Mauseloch entdeckt hätte, um darin zu verschwinden! Puterrot und mit vom Sturz zerzaustem Haar murmelte ich ein paar ungnädige Dankesworte und entschwand. Ehe ich mir einen Eimer Wasser zur Reinigung am Brunnen holen konnte, begegnete mir meine Mutter und rümpfte die Nase.

Du brauchst dir das Lachen nicht zu verkneifen, mein liebes Kind. Heute finde ich das auch sehr lustig – aber damals ganz und gar nicht, das kannst du mir glauben!

Wir reisten dann wieder nach Köln. Mein Kopf war so angefüllt mit Bildern von allem, was ich erlebt und gesehen hatte, daß er mir schwirrte. Also eilte ich zu Großvater Eckebrecht, um ihm haarklein alles zu berichten. Er hörte mir aufmerksam zu, machte aber nur: »Hm, hm!« und: »So, so!«

Schließlich bedrängte ich ihn: »Großvater, was sagst du denn dazu?« Aber er wiegte nur den Kopf und bemerkte freundlich: »Ich glaube, du wirst langsam erwachsen, meine kleine Sophia!«

Und mehr wollte er nicht sagen.

Wenige Wochen später stand ich im Lager über dem Verkaufsraum und sortierte mit Mutter ihre Vorräte an

Goldborte. Mehrere der Gürtelmacherinnen, die Mutter beschäftigte, hatten sich am Morgen Ware geholt, und nun wurde die Borte knapp. Mutters Gehilfe Friedrich stand unten im Laden und verkaufte Seidenbänder an eine üppige Metzgersfrau. Ich notierte auf meinem Wachstäfelchen, was Mutter zu kaufen wünschte, und wir überlegten, bei welchem Bortenmacher wir bestellen wollten, da hörte ich draußen ein Reitpferd. Das war selten in unserer Gasse, hier kamen meistens nur Fuhrwerke durch. Das Pferd machte offenbar in unserer Nähe halt. Neugierig trat ich an das Fenster, das wir noch nicht mit einer Schweinsblase vor den zu erwartenden kalten Winden gesichert hatten, und schaute hinaus. »Ein Reiter, Mutter, mit einem großen Federbusch auf dem Hut und einem Wappen auf dem Umhang«, rief ich nach hinten. Mutter trat neben mich. »Das sind die sächsischen Farben«, bemerkte sie. Der Mann schwang sich von seinem Rappen und trat zu meinem Erstaunen in unseren Laden. »Mach schon einmal weiter, Sophia«, bemerkte Mutter und stieg die Treppe hinab, und ich blieb mit meiner Neugierde allein. Sehr bald aber rief sie nach mir. Der Mann stand mit gezogenem Hut neben meiner Mutter. »Seid Ihr Sophia, Tochter des Kaufmanns Gunther von Köln?« fragte er feierlich. Ich nickte und war mir nicht sicher, ob ein Knicks hier angemessen war oder nicht. Also ließ ich ihn bleiben.

»Ich habe folgende Botschaft von meinem Herrn, dem Herzog Heinrich von Sachsen, den man den Löwen nennt, auszurichten«, fuhr der Reiter fort. »Auf besonderen Wunsch und im Namen seiner zukünftigen Gemahlin, der Prinzessin Mathilde von England, lädt mein Herzog Euch, Sophia, als Gast zu seiner Hochzeit, die am 1. Februar in Minden stattfinden wird. Die Prinzessin hat den Wunsch, Ihr mögt schon etwas früher anreisen und sie bei ihrer Ankunft in Sachsen begrüßen.«

Er verneigte sich – vor mir, stell dir das vor. »Was darf ich meinem Herrn melden?«

Ich war ganz blaß vor Aufregung und brachte kein Wort heraus.

Da kam mir meine Mutter zur Hilfe und sagte: »Meine Tochter dankt dem Herrn Herzog und seiner zukünftigen Gemahlin für die Einladung und wird mit Freuden bei der Ankunft der Prinzessin in Minden sein.«

Der Bote verneigte sich abermals. Ich hatte inzwischen meine Sprache wiedergefunden und platzte heraus: »Daß Ihr den weiten Weg geritten seid, nur um mir die Einladung zu überbringen ...«

Der Reiter lachte. »Nun, so weit war der Weg wohl nicht. Ich war sowieso in Köln, weil ich auch dem Herrn Erzbischof eine Einladung zu überbringen hatte.«

Da wurde ich puterrot. Was war ich doch für eine dumme Gans! Zu Tode verlegen stammelte ich, natürlich sei er für den Herrn Erzbischof nach Köln gereist und nicht für eine so unwichtige Person wie mich. Aber er lächelte mich sehr freundlich an und meinte: »Ich vermute, für Prinzessin Mathilde ist es aber sehr wichtig, Euch an ihrer Seite zu haben. Ein vertrautes Gesicht tut gut, wenn man in die Fremde kommt.« Er verbeugte sich höflich zum Abschied, setzte seinen Hut wieder auf und entschwand. Ich stand noch am gleichen Fleck, als die Hufschläge seines Pferdes schon lange verklungen waren.

Vater hatte sowieso geplant, mit anderen Kölnern nach Minden zu fahren. Eine solche Gelegenheit ließ sich kein Kaufmann gern entgehen. Außer den üblichen Stoffen und Juwelen hatte er noch eine Ladung kostbarer und teurer Spielwaren vorbereitet. »Den Rittern sitzt bei einem solchen Fest das Geld immer locker, da können sie ihren Kindern etwas von der Hochzeit mitbringen«, meinte er.

Leider passierte dann ein Unglück, das mich um diese Fürstenhochzeit zu bringen drohte. Eine Woche vor der geplanten Abreise stürzte mein Vater auf der eisglatten Gasse so unglücklich, daß er sich den Fuß böse verstauchte. Mutter holte sogleich den Bader. Dieser untersuchte den Knöchel, was meinen Vater laut aufstöhnen ließ.

»Zum Glück ist nichts gebrochen«, meinte der Bader. »Ich trage jetzt eine Heilsalbe auf und wickle den Fuß fest ein, und dann haltet Ihr ihn schön ruhig, Herr Gunther.«

Mutter hatte schon feste Binden bereitgelegt. »Dann kann mein Mann wohl kaum nächste Woche nach Minden reisen«, bemerkte sie traurig.

»Nein, daran ist überhaupt nicht zu denken«, sagte der Bader bestimmt und begann mit dem Wickeln.

Mir wurde ganz kalt vor Schreck. Und dann – ich schäme mich noch heute, es zu gestehen – fing ich an zu weinen, als sei ich ein kleines Kind. Aber die Enttäuschung war zu heftig. Ich rannte in das Kämmerlein, das ich inzwischen für mich allein hatte, denn Lisa hatte im Sommer den Gehilfen meiner Mutter geheiratet und wohnte nicht mehr in unserem Haus. Dort warf ich mich auf den Strohsack. Meine Tränen flossen in Strömen.

Später hörte ich draußen eine vertraute Stimme. Großvater war gekommen, um sich nach dem Befinden seines Sohnes zu erkundigen. Ich erhob mich also von meinem Lager und ging hinaus.

»Was ist das denn?« begrüßte mich Eckebrecht. »Verheulte Augen, zerzauste Haare – empfängt man so seinen Großvater?«

»Sie weint um die Hochzeitseinladung«, meinte Mutter halblaut.

»Über Hochzeitseinladungen sollte ein Mädchen nicht Tränen vergießen, sondern strahlen und sich gut überlegen, was es dazu anzieht«, scherzte Großvater wohlwollend.

»Ich kann doch nicht hin, wo Vater ans Haus gefesselt ist!« heulte ich schon wieder los.

Aber Großvater – ja, er war wirklich immer für eine Überraschung gut – fragte: »Aber deine eigenen Beine sind doch in Ordnung, oder nicht?« und zog die Augenbrauen hoch. Wir drei, Vater, Mutter und ich, sahen ihn verblüfft an und wußten nicht, was wir von dieser Bemerkung halten sollten. Großvater merkte es und schmunzelte stillvergnügt.

»Ach ja, habe ich etwa vergessen, euch zu sagen, daß Constantin heute unerwartet heimgekommen ist? Nun wird er die Kölner Kaufleute nach Minden führen. Es ist wohl nichts dagegen einzuwenden, ihm unsere Sophia anzuvertrauen.«

Ich jauchzte vor Freude auf und fiel Großvater um den Hals. Ich war überglücklich. Nun mußte ich nicht auf diese Hochzeit verzichten, die mir doch so wichtig war. Und meinen Vetter Constantin schätzte ich außerordentlich. Er war zwanzig Jahre älter als ich und ein äußerst wichtiger Kaufmann in Köln, aber er vergaß nie, sich mit den Kindern in der Familie abzugeben, mit uns zu scherzen und zu spielen, aber uns auch viel beizubringen, so daß wir alle sehr gern mit ihm zusammen waren. In dieser Zeit freilich war er sicher nicht so heiter wie sonst, denn er hatte gerade seinen besten Freund verloren. Der sehr beliebte und in Köln hochverehrte Erzbischof Rainald von Dassel war in diesem Jahr bei Rom an der Seuche gestorben, welche einen großen Teil des deutschen Heeres dahingerafft und Kaiser Friedrich die Früchte seines Sieges geraubt hatte. Constantin hatte den Leichnam des geliebten Freundes nicht im Feindesland zurücklassen wollen, sondern ihn unter unmenschlichen Strapazen nach Hause geschafft.

Die Tage vergingen dann wie im Flug. Emsig half ich meinem Vetter Constantin, die Waren zusammenzustellen, und brütete eingehend über den Landkarten. Der Winter ist gar keine günstige Reisezeit für Kaufleute, aber leider konnten wir den Herzog nicht bitten, seine Hochzeit doch lieber bis zum Frühjahr zu verschieben.

Januar 1168

Ob auf den Bergen, die wir zu überqueren hatten, jetzt im Januar viel Schnee liegen würde? Würden wir mit Wagen fahren können oder brauchten wir Schlitten? Ich grübelte und grübelte. Schließlich hatte ich einen glänzenden Einfall und ging damit zu Constantin.

»Ich habe mir die Karten angesehen. Wir könnten mit dem Schiff nach Minden fahren. Einfach den Rhein hinab bis zum Meer, dann an der Küste entlang Richtung Norden, und dann über die Weser direkt bis nach Minden.«

Erwartungsvoll sah ich meinen Vetter an und erwartete ein großes Lob. Aber Constantin lachte nur schallend.

»Dir hat wohl eure Seereise so viel Spaß gemacht, daß du das gerne wiederholen möchtest? Nein, Sophia, das lassen wir lieber.«

Ich war enttäuscht, ich hatte meine Idee so großartig gefunden. »Warum denn?«, fragte ich schmollend.

»Erstens kann um diese Jahreszeit viel Eis im Rhein treiben. Zweitens wäre das ein riesiger Umweg. Und drittens ist die Weser im Januar gar nicht schiffbar. Nein, wir nehmen die Fuhrwerke und Steigfelle für die Räder, falls es glatt ist. Sollten wir an ganz schwierige Stellen kommen, müssen wir halt einmal ausladen, die Waren auf den Pferden weiterschaffen und die Wagen dann nachholen. Nun schau nicht traurig, Sophia, im Winter ist es auf dem Schiff nicht halb so schön, wie du glaubst.«

Nun ja, er mußte es schließlich wissen.

Am Tag der Abreise erwachte ich vor Aufregung schon, als es noch ganz finster war. Mutter hatte wieder die Jungenkleider herausgekramt. »Es ist nicht nur sicherer im Falle eines Falles, sondern du hast in der Hose auch viel wärmere Beine«, meinte sie. Fröhlich schlüpfte ich hinein und steckte meine Haare hoch, um sie unter der Kappe zu verstecken. Dann verabschiedete ich mich herzlich von Vater. Meine Mutter ließ es sich nicht nehmen, mich mit dem Gehilfen zu Großvaters Haus zu bringen. Es war noch immer dunkel. Im Hof standen drei Wagen, schwer beladen, jeder mit zwei Zugpferden bespannt. Außerdem zwei Pferde zum Auswechseln und zwei zum Reiten. Mein Vetter Constantin überprüfte alles ein letztes Mal. Er sah blendend aus wie immer mit seinem goldblonden Haar und seinem schönen, markanten Gesicht. Sein Atem stand in der kalten Winterluft wie eine Wolke.

Großvater begrüßte uns ein wenig zerstreut. Obwohl er selbst vorgeschlagen hatte, daß ich unter Constantins Obhut mitreisen sollte, schien er sich nun doch etwas Sorgen zu machen.

»Denk an alle Regeln für die Reise, Sophia. Kann ich mich darauf verlassen, daß du sie in jedem Fall beachten wirst?« fragte er.

»Natürlich, Großvater. Warm genug anziehen. Füße trocken halten. Genug trinken. Auf den Weg achten, damit die Wagen nicht zu Schaden kommen. Die Umgebung im Auge behalten, damit sich kein Feind unbemerkt nähert.«

»Gut, gut. Aber eine der wichtigsten Regeln hast du vergessen: Constantin bedingungslos und ohne Widerspruch gehorchen. Und immer bei der Gruppe bleiben.«

»Weiß ich doch. Mach ich doch.« Ich gab ihm und Mutter einen herzlichen Kuß, aber mit meinen Gedanken war ich schon fort.

Wir trafen am *Alter Markt* auf die anderen Kölner Kaufleute, die bei dieser großen Fürstenhochzeit gerne gute Geschäfte machen wollten. Für Begrüßungen war jetzt keine Zeit, denn wir setzten sofort mit der Deutzer Fähre über den Rhein. Es blies ein kalter Wind, und der Fährmann rieb sich fröstelnd die klammen Hände. Ich fror nicht, denn Mutter hatte dafür gesorgt, daß ich so viele Kleider auf dem Leib hatte, daß ich mich wie eine Kugel fühlte. Fäustlinge, Ohrenschützer und ein Paar wundervoll weiche, warme Stiefel schützten mich bestens vor der Kälte. Außerdem hielt mich die Aufregung warm.

Am anderen Ufer stieg ich sofort auf den ersten unserer Wagen. Ich wäre lieber auf einem der Pferde geritten, aber Constantin hatte gleich abgewinkt, als ich diesen Wunsch äußerte. Lenken durfte ich aber auch nicht, das machte Alfred, ein junger Knecht Constantins, den ich noch nicht kannte. Also hüllte ich mich tief in die Felldecke und machte es mir gerade gemütlich, als eine tiefe Stimme an mein Ohr drang.

»Mit Fäustlingen kann man nicht in der Nase bohren!«

Ich fuhr hoch. Sollte man es glauben, schon wieder dieser Gottschalk! Ich wußte genau, daß er beim *Alter Markt* nicht dabeigewesen war. Nicht, daß ich ihn etwa vermißt hätte.

»Wo kommt Ihr denn her?« fragte ich ungnädig.

»Ich habe seit gestern die Lager der Schwertfeger und Speermacher in Deutz leergekauft«, erklärte er, tippte lässig mit dem Finger an die nicht vorhandene Krempe seiner Fellmütze und entschwand zu Constantin, mit dem er eine lange Unterhaltung anfing. Mich hätte sehr interessiert, worüber sie sprachen, aber sie waren zu weit weg von meinem Wagen.

Es fing jetzt an zu dämmern, und der Wagenzug setzte sich in Richtung Osten in Bewegung, in das Gebiet der Grafen von Berg. Es war gerade so kalt, daß die Wege fest waren, aber nicht zu bitter eisig. Die Hufe der Pferde waren mit Lappen aus Fell umwickelt, damit sie festen Halt fanden. Ich kontrollierte das gewissenhaft bei jedem Halt. Noch war der Winter nicht zu weit fortgeschritten, und wir konnten bei den Bauern Nahrungsmittel und Futter für die Pferde kaufen und so die mitgeführten Vorräte für Notfälle schonen.

Es war ein ganz neues, sehr aufregendes, aber auch anstrengendes Leben für mich. Eine Stunde vor Tagesanbruch weckten uns die Wachen. Jeder hatte seine feste Aufgabe: Zunächst wurde das Feuer geschürt, das die ganze Nacht gebrannt hatte, und ein Morgenbrei gekocht, aus Mehl oder Hirse, mit getrocknetem Fleisch, Speck und Kohl. Bei dem kalten Wetter brauchte man ein kräftiges Frühstück. Dazu gab es viel heißen Kräutertee mit Honig. Die Pferde, die über Nacht gut zugedeckt waren, wurden gefüttert, getränkt und angeschirrt. Zu packen gab es nicht viel. Inzwischen dämmerte es, und jeder Kaufmann sah noch einmal nach, ob seine Wagenladungen sicher festgezurrt waren. Ich überprüfte bei jedem Pferd die Fellschuhe sorgfältig, und mit dem ersten Morgenlicht ging die Fahrt weiter. Es gab dann nur um die Mittagszeit eine kurze Verschnaufpause, damit die Pferde gefüttert werden konnten; für die Menschen gab es nur ein paar Bissen zwischendurch, eine warme Mahlzeit wurde erst am Abend wieder gekocht, wenn das Nachtlager aufgeschlagen wurde. Dann wurden die Nachtwachen eingeteilt. Mich bestimmte Constantin auf der ganzen Reise nicht als Nachtwache. Ich war ein wenig beleidigt, weil er mir diese Verantwortung nicht zumutete; aber am Abend war ich immer so todmüde, daß ich das Beleidigtsein vergaß und gerne in mein warmes Nest schlüpfte. Auch sonst erwiesen die Männer mir viele Gefälligkeiten, schoben mir beim Essen die besten Bissen zu und machten mir auf dem Wagen aus Ästen und Decken ein kleines Zelt, das bald durch meinen

Atem warm wurde. Sie selber schliefen in Felle gehüllt auf dem Boden, möglichst nah am Feuer. Tagsüber machten sie sich den Spaß, mich Gereon zu nennen, weil ich doch wie ein Junge gekleidet war.

Die beiden Wachen umrundeten ständig das Lager, einer rechts herum, der andere links herum, und gaben auf das klein gehaltene Feuer acht. Nach zwei Stunden wurden sie abgewechselt und schlüpften erleichtert in die noch warmen Felle der Ablösung.

Nach vier Tagen erreichen wir Dortmund in letzter Minute, ehe die Stadttore geschlossen wurden. Constantin überließ es Alfred, unsere drei Wagen im Handelshof unterzubringen, und machte sich mit mir gleich auf den Weg zum Haus des befreundeten Kaufmanns Hildebrand. Ich freute mich sehr darauf. Zum einen war die Aussicht auf eine Nacht in einem schönen Bett sehr verlockend, zum anderen war ich auf Hildebrand gespannt. Meine liebe Mutter war vor vielen Jahren mit seinem Bruder, dem reichen Handelsherrn Bertram in Soest, verheiratet gewesen, und aus dieser Ehe stammte mein Bruder Hildebrand, nach seinem Onkel benannt. Bertram war nach einem Überfall auf einer Handelsreise seinen Verletzungen erlegen, und meine Mutter war als Witwe mit ihrem kleinen Sohn in ihre Heimatstadt Köln zurückgekehrt, wo sie später meinen Vater geheiratet hatte. Obwohl, genaugenommen, der Dortmunder Hildebrand nicht mit mir blutsverwandt war, fühlte ich mich ihm doch durch meinen Bruder verbunden und war neugierig auf ihn und seine Familie.

Der Weg war nicht weit. Vor einem großen, prächtigen Haus hielt Constantin an und schwang den Türklopfer. Sofort wurde die Tür aufgerissen, und eine dicke Frau preßte zuerst mich und dann Constantin an ihren üppigen Busen.

»Wir haben schon so auf euch gewartet! Kommt herein, kommt herein, und seid von Herzen willkommen!« rief sie.

»Gerne, wenn du uns Platz machen möchtest«, schmunzelte Constantin. Sie lachte und trat beiseite, um uns erst einmal hereinzulassen, nahm mich aber dann gleich wieder in die Arme.

»Und dieser Junge muß wohl Sophia sein!« rief sie und strahlte mich an. »Ich freue mich! Du mußt dich aufwärmen, und das Abendessen ist auch gleich fertig!« Sie legte den Arm um meine Schultern und zog mich fort – eine Sturmflut war nichts gegen Adelgunde, die Herrin dieses Hauses. Constantin grinste belustigt und stapfte mit meinem Sack hinter uns her.

»Macht es dir etwas aus, in der Kammer unserer Köchin zu schlafen? Ich habe ja leider keine Tochter, obwohl ich mir immer ein Mädchen gewünscht habe – so eins, wie du bist. Statt dessen habe ich vier Söhne. Was die an Hosen zerrissen haben, als sie noch klein waren! Jetzt sind sie natürlich alle erwachsen. Hier wäre also die Kammer.« Sie öffnete eine Tür. Das Kämmerlein war klein, aber blitzblank. Neben dem Strohsack der Köchin lag ein zweiter, mit schneeweiß gebleichten Bettlaken und molligen Decken. Ich freute mich schon richtig auf die Nacht.

»Gleich bekommst du warmes Wasser. Ich weiß ja, daß bei solchen Winterreisen kaum Gelegenheit ist, sich einmal richtig zu waschen.«

Da hatte sie recht. Ich war es von zu Hause gewöhnt, mich jeden Tag von Kopf bis Fuß zu waschen und einmal in der Woche zu baden, aber bei dem kalten Wetter und unter lauter Männern war die Reinlichkeit weitgehend auf der Strecke geblieben.

»Oh nein! « protestierte ich dennoch. »Warmes Wasser macht viel zuviel Mühe. Zuhause wasche ich mich auch immer kalt.«

»Ach, laß mich dich doch ein wenig verwöhnen, die Reise ist noch lang«, sagte Adelgunde und entschwand. Ich hatte mein Kleid noch kaum ausgepackt, da war sie schon wieder da und brachte einen Eimer heißes Wasser aus der Küche mit, das sie in eine Schüssel goß. Dann setzte sie sich ungeniert auf einen kleinen Hocker in der Ecke, während ich Hände und Gesicht wusch und beschloß, die restliche Reinigung bis zum Schlafengehen zu verschieben. Adelgunde half mir noch, meine Haare zu kämmen, die ich tagelang unter der Kappe versteckt hatte, und mein Kleid anzuziehen. Dabei redete sie unaufhörlich, über ihren Mann Hildebrand, über die vier Söhne, über die Köchin, die so vorzüglich zu kochen verstand, und über die vergeßliche Magd – ich hatte Mühe, ihr zu folgen, weil sie unbekümmert von einem Punkt zum nächsten sprang. Dann gingen wir gemeinsam in den Saal hinüber, aus dem es schon so verheißungsvoll duftete, daß mir vor Heißhunger das Wasser im Mund zusammenlief.

Constantin war auch schon da, frisch gekleidet, aber unrasiert. Ich lachte und tätschelte ihm die Stoppeln, denn so kannte ich ihn nicht. In Köln war er immer bartlos. »Nach der Reise kommt der wieder herunter«, meinte er und gab mir einen Klaps auf die Finger.

Ich lernte nun den Hausherrn kennen. Er war so mager, wie seine Frau dick war, und würdevoll, aber dabei sehr freundlich. »Du mußt an meiner Seite sitzen, Sophia, und mir viel von deiner Familie erzählen«, meinte er. Frau Adelgunde protestierte. »Das kann ich mir denken, daß du gern ein hübsches junges Mädchen neben dir hast. Aber Sophia sollte bei dem jungen Volk sitzen. Schließlich hast du vier Söhne, mit denen wird sie sich lieber unterhalten!«

Ich schüttelte jedoch den Kopf. Ich wollte sehr gern von Hildebrand etwas über das frühere Leben meiner Mutter und ihrer damaligen Familie erfahren und nahm darum an der Seite des Hausherrn Platz.

Während die dampfende Suppe ausgeschenkt wurde, fragte mich Hildebrand über meine Familie aus. Ich erzählte von meiner großartigen Mutter, von meinem freundlichen Vater und schließlich auch von meinem Bruder Hildebrand, der so anders gewesen war als die meisten Menschen, und der dennoch einen großen Platz in meinem Herzen eingenommen hatte. Über meine Brautzeit und den jähen Tod Gerards sagte ich nichts.

Hildebrand hörte mir aufmerksam zu.

»Man kann deutlich merken, daß du deine Eltern liebst, Sophia«, sagte er. »Und das ist recht so. Deinen Vater kenne ich nur ganz flüchtig, aber deine Mutter gehörte jahrelang zu unserer Familie, und ich kannte sie sehr gut. Sie ist ein ganz besonderer Mensch.«

»Und das schon seit ihrer Geburt«, bemerkte ich. Hildebrand hob fragend die Augenbrauen. Die Mägde kamen gerade mit dem nächsten Gang und tischten auf, daß die Tafel sich bog: gebratenes Ferkel mit Backpflaumen und Klößen, eingemachtes Gemüse und ein Kapaun.

Ich wartete, bis Hildebrand sich und mir davon aufgetan hatte, und erzählte dann:

»Kennst du denn die Geschichte ihrer Geburt nicht?«

Hildebrand schüttelte den Kopf. Ich schmunzelte vergnügt, denn über diese Legende freute sich die ganze Familie.

»Also: Mein Großvater Richolf von Lechenich machte 1109 eine Wallfahrt nach Jerusalem. Da er bei einer so weiten und gefahrvollen Reise auch mit dem Schlimmsten rechnen mußte, übertrug er seinen gesamten Besitz seiner Frau Friederun für den Fall, daß er nicht zurückkehren würde.

Zum Glück ist meinem Großvater aber nichts zugestoßen, und ein Jahr darauf war er wieder daheim. Die Freude, seine

Frau wiederzusehen, muß riesig gewesen sein, denn er nahm sich nicht einmal die Zeit, den Reisestaub abzuwaschen, sondern nahm sie gleich nach dem Begrüßungskuß an der Hand und zog sie in die Bettkammer. Das Ergebnis dieser freudigen Begrüßung war dann die kleine Tochter Hadewigis. Darüber amüsierte sich die ganze Familie und erzählte dem Kind die besondere Geschichte seiner Entstehung immer wieder. Darum glaubt meine Mutter noch heute, daß sie ein Glückskind sei.«

Hildebrand nickte wehmütig. »Oh ja, das ist sie ganz sicher. Auch sie hat schwere Schicksalsschläge einstecken müssen, aber letzten Endes ist sie doch vom Glück begünstigt worden. Soll ich dir sagen, wie deine Mutter meinen Bruder kennengelernt hat?«

Ich nickte eifrig, und Hildebrand erzählte:

»Es ist rund vierzig Jahre her, daß mein Bruder Bertram, der damals unsere Niederlassung in Soest führte, zu einem Festessen eingeladen wurde, das die reiche Kaufmannswitwe Argentea gab. Anlaß war der Besuch ihres Bruders Richolf von Lechenich aus Köln.«

»Aber das war ja mein Großvater«, unterbrach ich ihn. Hildebrand nickte.

»Dein Großvater, genau. Bertram sah Richolfs Tochter Hadewigis, und es war um ihn geschehen. Er mißachtete die von Argentea bestimmte Sitzordnung, die für ihn einen Platz neben Argenteas ältester Tochter vorgesehen hatte, zwängte sich mit fröhlicher Miene auf die Bank neben Hadewigis und rührte sich dort nicht mehr weg. Das Essen war längst vorbei, die Tafel wieder abgetragen, das Gesinde war schlafen gegangen – aber Bertram saß noch immer und redete mit Hadewigis. Schließlich sprach Argentea ein Machtwort.

»Ich möchte nicht unhöflich zu einem Gast sein«, sagte sie zu meinem Bruder, »aber der Nachtwächter hat schon zweimal seine Runde gedreht, wir sollten diesen Abend jetzt beenden und schlafen gehen.«

Bertram wandte mit Mühe den Blick von Hadewigis ab, ging zu Richolf und bat sofort um die Hand seiner Tochter. Argentea traf fast der Schlag. Sie hatte Bertram eingeladen, weil sie ihn gern als Bewerber einer ihrer Töchter gesehen hätte.

Richolf lachte über den übereifrigen Bewerber. Nachdem er aber in der Nacht die Meinung seiner Frau vernommen und am nächsten Morgen in das glückstrahlende Gesicht seiner Tochter geschaut hatte, gab er seine Zustimmung. Bertrams Herkunft und Handelstätigkeit waren ihm ja bestens bekannt. Mein Bruder war der älteste Sohn des größten Handelsherrn hier in Dortmund und führte seit mehreren Jahren unsere Niederlassung in Soest. Deine Mutter kam also in glänzende Verhältnisse. Du mußt aber essen, Sophia, sonst ist meine Frau beleidigt. Du kannst doch gleichzeitig schmausen und zuhören?«

Das konnte ich sehr wohl, hatte es mich aber nicht getraut, weil ich nicht unhöflich sein wollte. Nun löffelte ich meine Klöße mit Backpflaumen und Schweinebraten in mich hinein, während Hildebrand fortfuhr:

»Mein Vater hatte große Ideen: Soest sollte nur ein Sprungbrett für Bertram sein; er sollte später nach Oberitalien gehen und dort eine Niederlassung gründen. Unser zweiter Bruder Arno sollte dann Soest übernehmen und ich als Jüngster später die Arbeit unseres Vaters in Dortmund fortführen. Ich vermute, Vater hatte sogar schon Pläne für die einstweilen noch gar nicht geborenen Enkel.«

Ich langte vergnügt nach dem Kapaun, denn die Köchin verdiente wahrhaftig die gute Meinung ihrer Brotgeberin. Auch Hildebrand aß mit Genuß, vergaß aber dabei nicht, mir immer wieder einen besonderen Bissen auf ein Stück Brot zu legen.

»Leider wurde aus diesen Plänen aber nichts«, fuhr er schließlich fort. »Unser Bruder Arno starb am Fieber, ich war noch in der Lehre, und die Enkel ließen auf sich warten. Nachdem Hadewigis ein Jahr lang in Soest gesessen und sich über die leere Wiege gegrämt hatte, begann Bertram, sie auf seine Reisen mitzunehmen. Unsere Mutter regte sich darüber auf, aber Bertram erklärte, sie sei nicht nur seine große Liebe, sondern auch die beste Gehilfin, die er sich denken könne, und er habe keine Lust, immer wieder viele Wochen ohne sie verbringen zu müssen. Er brachte ihr alles bei, was ein Kaufmann wissen soll, und sie reiste mehrere Jahre lang mit ihm im Land herum. Oh, sie war eine großartige Frau! Blitzschnell konnte sie im Kopf rechnen, wußte alle Preise und Zölle, und handeln konnte sie wie der Teufel! Dabei war sie so schön – so anmutig, so gelassen. Du merkst schon, auch ich war in sie verliebt – wie das halt so bei sehr jungen Männern ist. Meine Frau kannte ich damals ja noch gar nicht, aber du brauchst es ihr trotzdem nicht zu erzählen. Und deiner Mutter natürlich auch nicht, hörst du, Sophia!«

Jetzt wurden noch getrocknete Äpfel, süßer Brei und Honigplätzchen aufgetragen. Ich war schon bis zum Platzen satt und lehnte den Brei dankend ab, aber Hildebrand nötigte mir die schönsten Apfelschnitze und Plätzchen auf. Dann fuhr er fort:

»Bis Hadewigis dann eines Tages doch schwanger war. Diese Freude in der ganzen Familie! Sie gebar einen wunderschönen, kräftigen Sohn und bat mich, die Patenschaft zu übernehmen. Sie hatte mich gern und neckte mich oft, hatte aber natürlich von meiner Schwärmerei für sie keine Ahnung.

So hielt ich stolz den kleinen Hildebrand über die Taufe. Ich hatte meine Lehre inzwischen beendet und reiste bereits für meinen Vater; sooft ich konnte, kehrte ich in Soest ein und spielte mit meinem Taufsohn. Natürlich reiste Hadewigis jetzt nicht mehr mit ihrem Mann, sondern hütete daheim ihr Kind.«

Hildebrand seufzte tief und tat einen mächtigen Zug aus dem Pokal, der gerade in der Runde herumgereicht wurde. Dann fuhr er traurig fort:

»Bis dann die schreckliche Seuche kam, die gerade unter den kleinsten Kindern so viele Todesopfer forderte. Als ich zu seinem ersten Geburtstag nach Soest kam, erkrankte auch unser kleiner Junge und schwebte lange zwischen Leben und Tod. Bertram befand sich auf einer Handelsreise, aber Hadewigis wich Tag und Nacht nicht von der Wiege ihres Kindes. Sie wechselte die schweißnasse Wäsche, sie kühlte ihm die Stirn und flößte ihm tropfenweise Wasser und Milch ein. Wenn sie vom Schlaf übermannt wurde, nahm sie ihr heftig fieberndes Kind in die Arme, damit es sie jederzeit aufwecken konnte. Ich flehte sie an, sich auszuruhen und mir die Sorge für ein paar Stunden zu überlassen, aber nichts konnte sie von der Seite des kleinen Hildebrand reißen. Und endlich kam der Tag, wo es dem Kleinen besserging. Das Fieber sank, und Hadewigis weinte vor Glück.

Am gleichen Tag kam Bertram zurück. Hadewigis und ich redeten gleichzeitig auf ihn ein, um ihn an dem großen Glück der Gesundung des Kindes teilhaben zu lassen. Er eilte in die Schlafkammer und trat an die Wiege. Lange betrachtete er seinen kleinen Sohn, und sein Gesicht war ernst und wurde immer blasser. Hadewigis und ich sahen uns an.

»Es ist doch überstanden, Liebster«, sagte sie und legte die Hand auf seinen Arm.

Es dauerte noch eine Weile, bis er mit belegter Stimme herausbrachte: »Seht ihr denn nicht, was mit ihm ist?«

Wir schauten in die Wiege. Die Stirn des Kindes war endlich trocken, die zarten braunen Löckchen nicht mehr schweißverklebt. Mir fiel nichts Sonderbares auf.

»Seine Augen«, sagte Bertram dumpf. »Und seine Hände.«

Nun sahen wir es auch. Die Augen des Kindes fixierten uns nicht, sondern wanderten ziellos durch den Raum, schielten sogar ein wenig. Die kleinen Fingerchen waren nicht zu Fäustchen geballt, sondern wirkten wie verrenkt.

»Das gibt sich wieder«, sagte Hadewigis hoffnungsvoll. »Du weißt ja nicht, wie schlimm es mit ihm war. Wie er von Krämpfen geschüttelt wurde, gewimmert und vor Fieber geglüht hat! Jetzt ist er ruhig. Es geht ihm schon viel besser.«

Bertram schwieg noch immer und betrachtete seinen Sohn. »Ist ein Arzt dagewesen?« fragte er dann. Hadewigis nickte. »Bruder Melchior von Sankt Patrokli, er kommt jeden Abend«, sagte sie.

Bertram strich dem Kind sanft über die Stirn; der Kleine reagierte nicht.

Bald darauf kam Bruder Melchior. Seine geübten Hände befühlten das Kind.

»Deine Gebete und deine hingebungsvolle Pflege haben geholfen, Hadewigis«, sagte er. »Gott hat dich erhört, dein Kind wird leben.«

Das löste nicht den Jubel aus, den er erhofft hatte. Ich sah, wie Hadewigis und Bertram einen Blick wechselten.

»Er bewegt sich merkwürdig«, sagte Bertram ruhig. »Was können wir tun, damit er sich ganz erholt?«

Der Mönch schwieg. Er wandte sich zur Wiege, nahm das Kind heraus und wiegte es sanft in seinen Armen. Die Windel war verrutscht, das linke Beinchen hing herunter. Die Zehen waren verkrampft.

»Ich kann euch keinen weiteren Rat geben, als auf Gott zu vertrauen«, sagte er schließlich.

»Nicht jeder Mensch von den wenigen, die diese Krankheit überleben, wird wieder ganz gesund. Es können erhebliche Behinderungen zurückbleiben. Ich weiß kein Mittel dagegen. Außer dem Gebet natürlich.«

Er zeichnete dem Kleinen ein Kreuz auf die Stirn und legte ihn behutsam in die Wiege zurück. Dann wandte er sich noch einmal zu den Eltern und sagte eindringlich:

»Euer Kind ist auch Gottes Kind und wird von ihm geliebt. Denkt immer daran.«

Er neigte den Kopf und ging.

Bertram nickte ein paarmal wie ein alter Mann. Dann straffte er sich. Er wußte Bescheid und würde diese schwere Last ertragen.

Hadewigis sah ihn an. Erst jetzt begriff sie wirklich. Ich sah, wie die Hoffnung in ihrem Gesicht erlosch. Sie hob die Hände und stieß einen langen, durchdringenden Schrei aus. Dann erhob sie sich wie vorher ihr Mann und sagte mit zitternder Stimme: »Aber er lebt. Und wir lieben ihn.«

Hildebrand wandte sich mir zu. Er sah, daß mein Gesicht tränenüberströmt war.

»Du mußt nicht weinen, Sophia«, sagte er liebevoll. »Es ging dem Kind gut. Hadewigis kümmerte sich mit aufopfernder Liebe um ihn, und Bertram dachte insgeheim an weitere Kinder. Aber dazu kam es nicht mehr. Schon auf seiner nächsten Reise wurde er von Wegelagerern überfallen und bei der Verteidigung seines Eigentums schwer verletzt. Seinen Knechten gelang es, ihn nach Soest heimzubringen, aber er hatte zu viel Blut verloren und starb in Hadewigis' Armen.

Ich werde dir jetzt ein Geheimnis gestehen, das nie jemand erfahren hat, Sophia. Als ich am Grab meines Bruders stand und um ihn weinte, hatte ich die feste Absicht, Hadewigis später einmal zu heiraten. Aber sie gab mir leider nicht das leiseste Zeichen, daß ihr dies willkommen sein könnte. Sie verkaufte ihr Haus und ihr Warenlager an meinen Vater, umarmte meine Eltern noch einmal voller Liebe – auch mich, aber leider nur so, wie man einen Bruder umarmt –, und zog dann nach Köln zurück. Wenn sich mir die Gelegenheit bot, reiste ich dorthin und besuchte sie. Sie begrüßte mich stets freundlich und herzlich, nahm mich aber nicht in ihr Haus auf, weil sich das für eine Witwe nicht schickte. Ich hoffte jedesmal aufs neue, aber ich war ja auch viel jünger als sie und wagte nicht, sie um ihre Hand zu bitten. So schützte ich immer vor, ich käme nur, um nach meinem Patenkind und Neffen zu sehen. Na ja, und eines Tages traf ich sie dann als Frau deines Vaters wieder.

Weißt du, Sophia, was mich dabei noch heute sehr ärgert? Dein Vater ist nicht älter als ich. Wenn er sich traute, sie um ihre Hand zu bitten, warum habe ich es dann nicht gewagt?

Jedenfalls habe ich von da an die Reisen nach Köln anderen überlassen, und darum habe ich dich auch bis heute noch nie gesehen.

Ich habe mich dann in Dortmund nach einer Frau umgesehen, und Adelgunde ist eine rechtschaffene, liebe Person, eine vorbildliche Mutter unserer vier Söhne, und kümmert sich hervorragend um meinen großen Haushalt. Ich bin ihr von Herzen zugetan; aber in einem stillen Winkel meiner Seele lebt noch immer mein Traumbild Hadewigis.«

Ich sah verstohlen zu Hildebrand hinüber. Sein Blick schweifte in die Ferne, und seine Aussprache war ein klein wenig undeutlich geworden. Die erheblichen Mengen an Wein und Bier, die ihn im Laufe des Abends beschwingt hatten, waren wohl schuld daran, daß er mir sein Geheimnis anvertraut hatte. Ich beschloß, es niemals auszuplaudern.

Aber dir kann ich es jetzt ja erzählen, denn niemand der Beteiligten ist mehr am Leben.

Frau Adelgunde saß an der anderen Seite des Tisches neben Constantin. Sie konnte unmöglich gehört haben, was ihr Gatte mir erzählte, aber mit der Erfahrung von vielen Ehejahren konnte sie seinen verschwommenen Blick deuten.

Sie kam nun herüber, nahm meine Hand und führte mich zielstrebig zu ihren vier Söhnen, die mich mit freudigem Zuspruch aufnahmen. Sie sahen sich alle sehr ähnlich, vier jugendliche Abbilder ihres Vaters. Ich muß gestehen, daß es mir nicht gelang, sie zu unterscheiden. Darum vermied ich es auch, sie mit ihren Vornamen anzureden. Aber ich wußte jetzt, wie mein lieber Bruder Hildebrand ausgesehen hätte, wenn er gesund gewesen wäre.

Vom Rest des Abends weiß ich nicht mehr viel. Ich war sehr, sehr müde von der Reise und von dem vielen guten Essen und wohl auch vom Wein – bei uns zu Hause bekam ich immer nur einen winzigen Schluck davon in einem großen Humpen Wasser. Und dann gingen mir auch Hildebrands Erzählungen im Kopf herum. Die vier Brüder redeten zwar die ganze Zeit auf mich ein, aber ich war mit meinen Gedanken ganz woanders. Ich nickte und lächelte ab und zu, und das schien ihnen zu genügen. Peinlicherweise bin ich dann bei Tisch eingeschlafen und wurde nur kurz wach, als Constantin mich in die Kammer der Köchin trug.

»Nun schlaf mal schön, Sophia«, sagte er liebevoll. »Und das nächste Mal hältst du dich beim Wein etwas zurück, nicht wahr? Du bist nicht daran gewöhnt!«

Er legte mich auf den Strohsack, deckte mich zu und verschwand. Ich hatte das Gefühl, daß der Raum sich um mich drehte, aber im nächsten Augenblick war ich schon eingeschlafen.

Als ich am Morgen erwachte, fiel soviel Licht durch die Kalbshaut vor der Fensteröffnung, daß die Sonne schon hoch stehen mußte.

Ich erschrak. Was mußte das für einen Eindruck auf Frau Adelgunde machen, die ganz gewiß keine Langschläferin sein konnte! Ich schlüpfte schleunigst aus dem herrlichen

Bett. Das Waschwasser von gestern abend war inzwischen natürlich eiskalt, aber das machte mir nichts aus.

Adelgunde versuchte, mich zu einem üppigen Frühstück zu nötigen. Ich hatte das Gefühl, daß mein Magen sich gegen jede Nahrung wehren würde; aber nachdem ich erst zimperlich im Haferbrei gestochert hatte, bekam ich dann doch Appetit und langte ordentlich zu.

An diesem Tag wollten wir noch nicht weiterfahren. Die Pferde mußten sich ausruhen, und den Menschen tat ein Tag Rast auch gut. Außerdem wollte Constantin noch Geschäfte abwickeln. Eine Wagenladung Wein war für Dortmund bestimmt. Die Hälfte sollte im Hof des Erzbischofs bleiben, die andere Hälfte übernahm Hildebrand, der einer der größten Handelsherrn Dortmunds war.

Gerade, als ich mit dem Essen fertig war, kam Constantin herein, begleitet von einer Kältewolke.

»Nanu, schon auf, Sophia?«, rief er mir zu. Ich wurde rot, aber er tätschelte mir den Kopf. »Macht ja nichts, Mädchen«, sagte er. »Du hast dich bis hierher sehr tapfer gehalten, da darfst du auch einmal ausschlafen.«

Jetzt kam auch Hildebrand herein. »Dein Wein ist gut, Constantin«, meinte er. Und dann zu mir: »Weißt du auch, was ich dafür an euch verkaufe?«

Ich wußte es nicht. Mein Kopf funktionierte noch nicht ganz so, wie er sollte.

»Dann komm einmal mit«, meinte Hildebrand, und ich ging mit den beiden Männern in sein hinteres Warenlager. Das war aus Stein erbaut, denn dort befand sich seine kostbarste Ware, und die sollte im Falle eines Brandes geschützt sein. Die Tür zum Lager war mit mehreren Riegeln und einem riesigen Schloß versehen. Hildebrand öffnete mit einem Schlüssel, den er wie eine Hausfrau am Gürtel trug.

Ich erblickte viele Rollen Seide, Wolle und Leinen. Eine weitere Tür führte zu einem kleinen Nebenraum. Es war zu dunkel, um etwas zu erkennen, denn Hildebrand hatte keine Kerze mitgenommen. Aber dann öffnete er einen verriegelten Fensterladen, und im strahlenden Licht der Wintersonne sah ich die schönsten Pelze, die ich je gesehen hatte.

»Meine letzte Ladung aus Livland«, sagte Hildebrand stolz. »Du kannst sie haben – zu einem ordentlichen Preis zwar, aber in Minden wirst du sie bis zum letzten Stück bestens verkaufen können, schätze ich. Ich selbst bin zu alt für eine Reise um diese Jahreszeit, und meine Söhne sind noch nicht erfahren genug, um so kostbare Ware angemessen teuer zu verkaufen. Wie denkst du darüber?«

Sie handelten noch ein wenig über den Preis, und ich schmiegte mein Gesicht andächtig in ein Fell, das mich wie mit zarten Fingern zu streicheln schien.

»Man sieht, daß du eine Kaufmannstochter bist, Sophia«, bemerkte Hildebrand. »Mit sicherer Hand hast du das wertvollste Stück herausgegriffen. Das ist ein schwarzblauer Zobel, den könnte Herzog Heinrich seiner jungen Braut zu den Morgengaben legen.«

Ich hatte aber gar nicht an Preise und Gewinne gedacht, sondern nur daran, wie wunderschön sich der Pelz auf meiner Haut anfühlte.

»Abgemacht«, sagte Constantin, und mit einem Handschlag besiegelten die beiden Männer das Geschäft. Hildebrand rief seine sämtlichen Gehilfen, damit sie die Pelze für die Reise sicher verpackten.

»Und du, liebe Sophia, kommst bitte mit mir«, sagte er dann und führte mich in sein Kontor. Ich wartete neugierig, während er in einem Schrein kramte.

»Meine Eltern lebten beide nicht mehr lange, nachdem Hadewigis uns verlassen hatte«, sagte er dann. »Sie haben niemals erfahren, wie es um ihren Enkel Hildebrand stand, und glaubten bis zu ihrem Tod, er würde sich wieder erholen. Darum haben sie ihn als einziges Kind meines Bruders auch als ihren Erben betrachtet. Sie starben beide im nächsten Sommer an einer Seuche. Von ihren Kindern lebte nur noch ich, und so beerbte ich sie.«

Er sah mich prüfend an. Ich zog ratlos die Schultern hoch. »Das ist doch auch in Ordnung so, oder?« fragte ich unsicher.

»Ich hätte mit meinem Neffen teilen können«, erklärte Hildebrand.

Ich dachte darüber nach, was ich vom Kölner Erbrecht wußte. »Bei uns in Köln ist das so: Es hängt von der Heiratsvereinbarung ab. Man kann bestimmen, daß beim Tod eines Ehepartners, sofern keine Kinder da sind, der Besitz an den Überlebenden fällt. Oder auch, daß der Besitz an die Sippe des Verstorbenen zurückgeht«, sagte ich dann.

»Bertram und Hadewigis hatten aber ein Kind, das seinen Vater beerbte. Also konnte es auch seine Großeltern beerben«, sagte Hildebrand.

»Aber mein Bruder hätte mit einem halben Handelsunternehmen nichts anfangen können. Er freute sich an Dingen wie Sägespänen, Blumen, einem Stoffball, einer Puppe, die ich für ihn machte, als ich noch recht klein war. Er blieb immer ein Kind«, sagte ich.

Hildebrand gab sich mit dieser Antwort zufrieden.

»Das sagte deine Mutter auch, als ich sie das letzte Mal vor ihrer Heirat sah. Ich bin nämlich kein Lump, liebe Sophia. Ich habe ihr selbstverständlich angeboten, das Erbe meiner Eltern zu teilen. Aber Hadewigis wollte nichts davon nehmen.

Nun hat meine Mutter aber eine sehr schöne Kette besessen, die ihr mein Vater von einer Reise ins Morgenland mitbrachte. Sie hat auf ihrem Sterbebett zu mir gesagt, diese Kette solle Hildebrand eines Tages seiner Braut schenken.

Du bist seine Halbschwester, ich denke, du sollst sie haben. Nimm sie als Vermächtnis deines Bruders an.«

Und er reichte mir eine feingliedrige, unglaublich filigran geschmiedete Kette, in deren Mitte eine kleiner Goldanhänger baumelte, der mit einem roten Stein und winzigen Perlen besetzt war. Ich hatte nie ein schöneres Schmuckstück gesehen.

Mir stockte der Atem. Eine solche Kostbarkeit für mich? »Warum hast du diese Kette nicht deiner Frau gegeben?« fragte ich.

Hildebrand sah mich reumütig an. »Ich muß gestehen, das hatte ich. Da warst du allerdings noch gar nicht geboren, und daß es niemals eine Braut für Hildebrand geben konnte, war leider gewiß. Adelgunde hat die Kette auch lange getragen. Sie hat erst vor eurem Besuch erfahren, daß Hildebrand eine junge Schwester hat; und nun hat sie selbst darauf bestanden, daß ich dir diese Kette gebe.«

Er hielt mir das Schmuckstück hin. Ich schüttelte den Kopf und machte keine Anstalten, es zu nehmen.

»Damit würdest du Adelgunde sehr kränken, das darfst du nicht«, sagte Hildebrand und lächelte. »Und mein Gewissen würde es auch beruhigen.«

Mein Gesichtsausdruck war jetzt offenbar nicht mehr ganz so ablehnend, denn er trat auf mich zu, legte mir die Kette um den Hals und schob dann sorgfältig meinen Kragen darüber.

»Es muß nicht jeder sehen, was du Kostbares besitzt«, erklärte er.

Da erschien Frau Adelgunde. Ich wollte ihr für die Kette danken, aber sie wehrte nach den ersten Worten entschieden ab.

»Sie ist schon immer dein Eigentum gewesen. Hätte ich früher von dir gewußt, dann hätte ich diese Kette nicht getragen«, sagte sie bestimmt und sah ihren Mann strafend an. Dann nahm sie mich bei der Hand, wie das ihre Art war, und zog mich hinaus.

»Du mußt auch etwas von unserer schönen Stadt sehen«, erklärte sie. »Meine Söhne warten schon darauf, dich herumzuführen.«

»Etwa alle vier?« entfuhr es mir. Es waren wirklich nette Jungen, aber ich fand es doch ziemlich anstrengend, wenn sie alle vier auf mich einredeten – und das meist auch noch gleichzeitig.

Adelgunde schaute etwas pikiert. Ihre Söhne waren ihr ein und alles. »Nein, nur Patroklus und Reinhold«, antwortete sie. »Friedrich ist im Handelshof und Bertram in der Schule.«

Ich schlüpfte schnell in meinen wärmsten Umhang, und dann zogen wir los. Dortmund war natürlich mit Köln nicht zu vergleichen, aber die beiden Jungen waren sehr stolz auf ihre Heimatstadt. Sie wollten mir gerade die Martinskirche zeigen, da schlug sich Patroklus vor den Kopf.

»Ich soll doch Samuel etwas von Vater ausrichten. Das hätte ich jetzt fast vergessen. Kommt, da müssen wir zuerst hin.«

Wir gingen also zum Judenviertel, das im Westen der Stadt lag. Patroklus führte uns zu einem hohen, schmalen Haus. Unten war der Laden, oben die Wohnung, wie bei uns auch. Ein sehr alter Mann kam uns entgegen, gebeugt und hager, mit einem langen grauen Bart und spärlichem weißen Haupthaar unter dem Käppchen. Er begrüßte uns freundlich und hörte sich an, was Patroklus ihm von Hildebrand auszurichten hatte, dabei machte er sich Notizen auf seiner Wachstafel. Danach lud er uns ein, Tee mit ihm zu trinken. Wir hatten nichts dagegen. Während wir uns die Hände an den heißen Bechern wärmten, fragte mich Samuel nach dem Woher und Wohin unserer Reise aus. Er nickte beifällig, als er hörte, daß ich aus Köln kam, und fragte nach meiner Familie.

»Mein Vater ist der Kaufmann Gunther, und meine Mutter Hadewigis war früher mit dem Onkel von Patroklus und Reinhold verheiratet«, berichtete ich.

Samuel nickte, aber die Namen schienen ihm nichts zu sagen. Ich war enttäuscht, schließlich genossen wir als Händlerfamilie einen außerordentlichen Ruf.

»Das eigentliche Oberhaupt der Familie und unseres Handels ist aber noch immer mein Großvater Eckebrecht«, fügte ich darum hinzu und hielt ihm meinen Becher hin, damit er ihn noch einmal mit dem Kräuterhonigtee füllen sollte.

Samuel erstarrte und wurde erst blaß, dann puterrot. Er riß mir den Becher aus der Hand und schrie: »Hinaus, sage ich! Sofort hinaus aus meinem Laden!« Dann tobte er in einer Sprache, die ich nicht verstand.

Patroklus und Reinhold packten mich an den Armen und rannten mit mir hinaus. Ich war fassungslos, und Tränen schossen mir vor Zorn in die Augen. Noch nie in meinem Leben hatte mich jemand so angeschrien, und noch nie war ich irgendwo hinausgeworfen worden.

In sicherem Abstand von dem Laden entfernt, hielt ich inne.

»So habe ich Samuel noch nie gesehen, er ist sonst immer sehr höflich«, sagte Patroklus hilflos.

Ich stampfte mit dem Fuß auf. »Das brauche ich mir nicht gefallen zu lassen. Ich gehe jetzt zurück.«

»Bloß nicht«, sagten die Brüder wie aus einem Mund und wollten mich zurückhalten. Aber ich kümmerte mich nicht darum, wand mich unwirsch aus ihrer Umklammerung und stapfte grimmig zu dem Laden zurück. Samuel sollte mir gefälligst erklären, was das zu bedeuten hatte.

Ich hörte kein Getobe mehr, als ich vor der Tür stand.

Vorsichtig öffnete ich, darauf gefaßt, daß mir irgend ein Gegenstand an den Kopf geworfen wurde. Aber nichts rührte sich. Ich trat ein und ließ die Tür weit offen. Ganz hinten im Laden fand ich Samuel. Er lag auf dem Boden und schnappte mühsam nach Luft, seine Hände waren ganz verkrampft.

Oh Gott! Mit einem Schlag war meine Wut verflogen. Ich kniete mich neben ihn, hob seinen Kopf auf meinen Schoß und streichelte sanft seine Hand. Ich wußte nicht, was ich sonst noch hätte tun können, aber ich murmelte beruhigend: »Es ist schon gut! Es ist schon gut!« Ich hatte große Angst, der alte Mann könnte vor meinen Augen sterben. Hildebrands Söhne schauten vorsichtig zur Tür herein, aber ich gab ihnen ein Zeichen, sich still hinzusetzen und abzuwarten.

Nach ein paar Minuten, die mir endlos erschienen, begann Samuel wieder ruhiger zu atmen, und die Finger entkrampften sich. »Es tut mir leid«, brachte er mühsam hervor. Ich half ihm, sich aufzusetzen, und brachte ihm seinen Teebecher. Nachdem er einen kleinen Schluck getrunken hatte, schien es ihm besserzugehen.

So weit, so gut. Aber ich war noch nicht fertig mit ihm, ich wollte eine Erklärung.

»Und was sollte das nun?« fragte ich milde.

»Eckebrecht ist ein Verräter«, sagte Samuel. Es klang nicht überzeugend, weil seine Stimme noch sehr matt war. »Aber das ist nicht deine Schuld, ich hätte dich nicht anschreien dürfen«, fügte er schnell hinzu, als er sah, wie ich unmutig die Stirn runzelte.

»Mein Großvater ist ein wunderbarer Mann. Wir lieben, achten und bewundern ihn sehr. Wenn du glaubst, ihn beschimpfen zu müssen, dann solltest du schon einen guten Grund haben«, sagte ich verärgert.

»Er hat unseren Glauben verraten!« Samuel regte sich nun so auf, daß ihm prompt die Luft wegblieb. Rasch tätschelte ich ihm die Hand, denn ich hatte Angst, er könne einen neuen Anfall bekommen, und ließ ihn reden.

»Du mußt wissen, als Junge kannte ich deinen Großvater gut, und das von klein auf. Ich bin nämlich in Köln geboren. Damals hieß dein Großvater noch Constantin und war der Sohn des jüdischen Händlers Alexander. Unsere Familien waren entfernt miteinander verwandt und befreundet, wir wurden vom selben Rabbi unterrichtet. Mein Vater unternahm gerade eine Handelsreise nach Spanien, als das Entsetzliche geschah. Obwohl ich eigentlich noch ein paar Jahre zu jung war, wollte er mich unbedingt mitnehmen. Meine Mutter tobte und wollte es nicht zulassen, es hätte mir ja ein Unheil auf der weiten Reise widerfahren können! Aber Vater setzte seinen Willen durch. Wir waren monatelang fort. In ganz Europa redete man nur über den Kreuzzug, auf dem die Christen ihr Heiliges Grab in Jerusalem aus den Händen der Heiden befreien wollten. Vater dachte, das ginge uns wenig an. Aber dann hörten wir auf dem Rückweg das schreckliche Gerücht, es seien viele Juden im Rheinland erschlagen worden. In großer Sorge hetzten wir nach Norden. Als wir in Köln ankamen, war es bereits für jede Hilfe zu spät. Wilde Horden hatten zwei Wochen zuvor die Stadt überfallen und alle Juden getötet, die sie finden konnten. Ich habe meine Mutter nie wiedergesehen, und meine vier jüngeren Geschwister auch nicht – sie müssen unter den Ermordeten gewesen sein. Die Christen hatten sie alle schon begraben, es waren hunderte. Mein Vater stand mit mir auf dem jüdischen Friedhof. Er war schlagartig ein alter Mann geworden und stützte sich schwer auf mich. Seine Augen irrten umher; wir hatten ja nicht einmal ein Grab, an dem wir unsere Liebsten hätten betrauern können.«

Samuel schwieg. Seine Augen waren trüb. Ich wartete eine Weile. Als er nichts mehr sagte, bemerkte ich: »Was für ein trauriges Schicksal. Ich verstehe, daß dies entsetzlich für dich war. Aber mein Großvater ist ja selbst bei diesem Morden nur ganz knapp mit dem Leben davon gekommen und hat beide Eltern verloren, und du hattest immerhin noch deinen Vater. Dir ging es also besser als ihm. Ich begreife daher nicht, was du ihm eigentlich vorwirfst.«

Samuel wackelte eigensinnig mit dem Kopf. »Unser Haus war zerstört, die Familie tot, nichts hielt uns mehr in Köln. Mein Vater zog darum mit mir hierher nach Dortmund und fing von vorne an. Darum erfuhren wir auch erst viel später, daß Constantin überlebt hatte – und sich in einer christlichen Familie aufhielt. Und daß er dort auch bleiben wollte und sich weigerte, zu uns Juden zurückzukehren!« Samuel schnaubte empört.

»Er war ein Kind, Samuel, ein neunjähriges Kind!« sagte ich eindringlich. »Er war allein und völlig verstört. Er wäre zugrunde gegangen, wenn ihn nicht seine Mutter Blithildis voller Liebe in ihre schützenden Arme genommen hätte.«

»Seine Mutter hieß Rachel, sie war Jüdin, und sie war tot!« rief Samuel wild.

»Eben. Sie war tot«, sagte ich leise.

Aber Samuel war nicht zu überzeugen. »Das war ja noch nicht alles«, sagte er unbeugsam. »Er war nicht mehr klein und hilflos, als er sich von Wolbero und Blithildis adoptieren ließ. Als er sich taufen ließ, war er alt genug, um auch ohne die beiden auf eigenen Füßen zu stehen. Weißt du eigentlich, daß diese Mordbanden meine jüdischen Mitbrüder mit dem Tod bedroht haben und ihnen Schonung versprachen, falls sie sich taufen ließen? Ich habe erfahren, daß viele Väter ihre Frauen und Kinder getötet haben und sich dann selber das Leben nahmen, um nicht zur Taufe gezwungen zu werden. Unser Glaube geht uns über alles.«

Seine Erzählung ging mir sehr zu Herzen.. Ich stellte mir die Todesangst der Menschen vor und ihre Gewissensnot, die sie dazu trieb, lieber ihre Angehörigen umzubringen, als die Taufe über sich ergehen zu lassen. Ich hatte auch gehört, daß manche Juden sich aus lauter Angst doch taufen ließen und hinterher dann Klage führten, da dies nur unter äußerstem Zwang geschehen sei. Die Antwort der Christen war: Eine Taufe sei nie mehr abwaschbar, ganz gleich unter welchen Umständen sie zustande gekommen sei.

Insgeheim dachte ich, daß ich selbst niemals das Messer gegen einen Angehörigen gehoben hätte und daß ein wenig Taufwasser so schlimm nicht sein könne. Schließlich ertrinkt man nicht darin. Aber das wollte ich dem alten Juden lieber nicht sagen.

»Ich verstehe, was du meinst«, sagte ich einlenkend. »Aber das ist doch schon so lange her. Ich weiß, daß mein Großvater sich sein Leben lang bemüht hat, den Juden zu helfen. Zuerst während einer Hungersnot und dann, als vor dem zweiten Kreuzzug ähnliche Greuel zu befürchten waren. Da hatte er die rettende Idee, die Kölner Juden sollten die Wolkenburg vom Erzbischof mieten und sich darin verschanzen, bis die Zeiten wieder sicher waren. Der Erzbischof, stets in Geldnot, stimmte zu – freilich für einen hohen Preis, der zu einem Teil aus der Tasche meines Großvaters bestritten wurde – was der Erzbischof niemals erfuhr.«

»Das hat Constantin getan? Das wußte ich nicht!« entfuhr es Samuel. »Eckebrecht. Der Christ Eckebrecht hat es getan«, betonte ich. »Aus Fürsorge für das Volk, dem er selber entstammte. Und das ihn immer verurteilt hat, seit er ein Kind von neun Jahren war.«

Samuel schwieg und schnaufte einmal tief. Dann wandte er sich mir zu. »Ich billige nicht und werde niemals billigen, daß Constantin Christ wurde«, erklärte er. »Aber ich will es ihm jetzt verzeihen, damit er die wenigen Jahre, die uns noch bleiben mögen, ohne meine Verachtung leben kann.«

Ich dankte ihm demütig für diese großzügige Haltung. Da

die ganze Zeit keine Kunden kamen, blieben wir jetzt noch ein bißchen bei Samuel sitzen, um die erhitzten Gemüter abzukühlen. Dabei erzählte er mir Dinge über die Juden, die mir ganz neu waren. Oder hättest du gewußt, daß ein römischer Kaiser vor langer, langer Zeit die Juden zwang, ihre Hauptstadt Jerusalem zu verlassen und sie diese mehr als hundert Jahre nicht einmal mehr betreten durften? Und daß viele von ihnen nach Alexandria in Ägypten auswanderten, später mit den Arabern nach Spanien zogen und dann dort lebten? Von da kam dann der Großvater meines Großvaters Eckebrecht und heiratete eine Kölner Jüdin.

Oder wußtest du, daß die Juden sich in Deutschland lange Zeit ihr Brot mit Sklavenhandel verdienten? Sie kauften die slawischen Kriegsgefangenen und verkauften sie nach Spanien. Das galt als völlig rechtschaffen, solange die Slawen Heiden waren. Die Kirche hatte nichts dagegen, daß Heiden wie Vieh gehandelt wurden. Aber nachdem die slawischen Völker im Osten dann missioniert waren, hörte der Spaß auf. Als Christen durften sie nicht mehr versklavt werden.

»Weißt du auch, wie lange wir Juden schon in Köln lebten?« fragte mich Samuel und hob den Finger wie ein strenger Lehrer. Ich schüttelte den Kopf.

»Wir waren schon zur Zeit von Kaiser Constantin dort«, sagte er stolz. Ich hatte den Namen zwar schon gehört, wußte aber nicht genau, zu welcher Zeit er gelebt hatte, und schämte mich dafür.

»Du weißt nicht, wie lange das her ist?« fragte Samuel schadenfroh. »Tausend Jahre, Sophia. Tausend Jahre!« Das beeindruckte mich sehr, wenn ich auch später herausfand, daß er damit übertrieben hatte. Es waren nur achthundert Jahre – also auch noch eine sehr lange Zeit.

»Und wie lange leben deine Leute schon in Köln?« fragte er unbarmherzig weiter. Ich konnte es nicht sagen. Sicher keine tausend Jahre. Aber dann triumphierte ich: »Mein

Großvater Eckebrecht stammt von euch ab. Also sind seine Vorfahren auch schon tausend Jahre in Köln! Und seine Ahnen sind doch auch meine.«

Samuel sah mich mit Respekt an. »Da hast du recht. Und wenn ich es genau bedenke: Da dein Großvater mein entfernter Vetter ist, bist du auch mit mir verwandt. Ich hätte gar nicht gedacht, daß eine junge Christin zu meinen Verwandten zählt, aber du gefällst mir nicht schlecht.«

Nun betraten gleich mehrere Kunden den Laden, und wir verabschiedeten uns. Es war inzwischen so spät geworden, daß wir schleunigst nach Hause gingen; für weitere Stadtbesichtigungen war keine Zeit mehr. Den Arm, den Patroklus schützend um meine Schultern legen wollte, schüttelte ich freundlich, aber bestimmt ab.

Am nächsten Morgen ging es dann in aller Frühe weiter. Ich konnte es kaum noch erwarten, nach Minden zu kommen, weil ich so gespannt auf die fürstliche Hochzeit war und weil ich mich sehr auf das Wiedersehen mit meiner Prinzessin freute.

Wir rechneten mit mindestens fünf Tagen bis zur Ankunft in Minden, wenn nichts Unvorhergesehenes dazwischenkam. Es war sehr kalt und trocken. Nachdem ich Frau Adelgundes Fürsorge und Abschiedsküsse glücklich überstanden hatte, rollten die Wagen aus Herrn Hildebrands Hof. Draussen warteten schon die anderen Kölner, um die Reise mit uns fortzusetzen. Patroklus rannte noch eine Weile neben mir her. Sein Atem verwandelte sich in dicke Dampfwolken, und er schickte mir einen traurigen Blick nach, als er zurückbleiben mußte. Selbstverständlich ritt genau in diesem Moment Herr Gottschalk vorbei und sah es. Er zog eine Augenbraue hoch und warf mir einen spöttischen Blick zu, den ich ebenso selbstverständlich ignorierte.

Wir kamen gut voran und waren nach vier Tagen schon kurz vor der Westfälischen Pforte, wo die Weser sich einen Durchbruch durch das Gebirge geschaffen hat. Als wir am Abend haltmachten, dachte ich froh, daß dies nun die letzte Nacht unserer Hinreise war. Ich träumte von einem schönen warmen Bett in einer gemütlichen Herberge, von heißem Essen, das nicht schon auf dem Weg vom Kochkessel bis zu meinem Mund vom Frost kalt geworden war, und natürlich vom Wiedersehen mit meiner Prinzessin. Es kann schon sein, daß ich darum mit meinen Gedanken nicht ganz bei meiner Arbeit war, als ich, wie jeden Abend, die Pferdehufe kontrollierte. Herr Gottschalk inspizierte gründlich das Pferd, dessen Hufe ich gerade mit Fell umwickelt hatte, und rief mir dann mißbilligend zu: »Dieser Huf ist nicht richtig behandelt!«

Ich ärgerte mich, kam aber näher, um zu sehen, was er zu beanstanden hatte. Er bohrte gerade mit seinem Messer einen kleinen, aber scharfkantigen Stein aus dem Pferdehuf.

»Wenn du eine Arbeit nicht ordentlich machen kannst, dann überlaß sie lieber uns Männern«, sagte er frostig.

Ich kochte vor Zorn. Einerseits mußte ich ihm recht geben, das Pferd hätte sicher am nächsten Tag gelahmt, und ich hatte in der Dämmerung nicht genau genug hingeschaut und den Stein übersehen. Aber diese rüde Art der Kritik! Besonders: Überlaß sie uns Männern! Als ob Männer nicht auch Fehler aus Nachlässigkeit machen könnten! Ich fauchte wütend und raste davon in den Wald hinein. Nie und nimmer sollte Herr Gottschalk sehen, daß mir Tränen in den Augen standen, weil ich mich so über ihn ärgerte und mich gleichzeitig für meine eigene Nachlässigkeit schämte.

Die schneebedeckten Zweige, die mir ins Gesicht klatschten, kühlten mich etwas ab. Mir fiel ein, daß ich noch eben meine Blase entleeren sollte – lieber hier in der Stille als in dem Winkel am Lagerrand, den ich höchst ungern aufsuchte und immer in höchster Eile wieder verließ, damit ich keine

Begegnung mit den Männern hatte. Ich ging also in Deckung hinter einem dicken Baum und fing gerade an, meine Kleidung aufzunesteln, als mir plötzlich von hinten eine grobe Hand den Mund zuhielt und eine weitere meinen Gürtel nach der Geldkatze abtastete. Nach dem ersten Schreck wehrte ich mich, so gut ich konnte. Dabei fiel mir die Kappe vom Kopf, und meine langen Zöpfe glitten herab.

»Ja, was haben wir denn da?« fragte eine raue Männerstimme, und die Hand wanderte von meinem Gürtel zu meiner Brust. Verzweifelt biß ich in die Finger, die meinen Mund zupreßten. Für einen Moment zuckte die Hand zurück, und ich versuchte zu schreien, aber schon preßte sie sich wieder auf meinen Mund. Ich kämpfte wie eine Wildkatze, trat und versuchte, mit den Fäusten nach hinten zu stoßen, hatte aber keine Chance. Ich bekam keine Luft mehr und sah schon lauter rote Wirbel vor meinen Augen; da hörte ich einen dumpfen Schlag, und der Griff des Mannes lockerte sich. Ich fühlte, wie er hinter mir zusammensackte und mich im Fallen mit sich riß.

Die roten Wirbel verblaßten. Ich schlug die Augen auf und sah in ein allzu bekanntes Gesicht. Es war Herr Gottschalk. Noch nie im Leben war ich so froh, ihn zu sehen! Allerdings nicht lange. Mit festem Griff packte er mich und stellte mich auf meine Füße. Er schaute mich an und sagte grimmig: »Du weißt genau, daß du dich nicht allein vom Lager entfernen sollst!« Und dann gab er mir eine schallende Ohrfeige. Ich war so entsetzt und fassungslos, daß ich in Tränen ausbrach. Da nahm er mich in die Arme, wiegte mich wie ein kleines Kind und murmelte etwas Unverständliches; es klang wie »Dummes kleines Mädchen ... solche Angst um dich gehabt«, und er küßte mich sanft auf die Stirn. Diese leise Berührung traf mich wie ein Feuerstrahl. Ein heftiges Gefühl fuhr mir bis in die Zehen und Fingerspitzen, und ich war zum ersten Mal in meinem Leben nahe daran, die

Besinnung zu verlieren. Aber da ließ Herr Gottschalk mich los und sagte streng: »Jetzt nimm dich bloß zusammen!«

Ich holte tief Luft, trat einen Schritt zurück und wagte einen Blick auf meinen Angreifer: ein vierschrötig aussehender Kerl mit einem wilden Bart. Sein aufgerissener Mund ließ mehrere Zahnlücken sehen, die Augen waren geschlossen, und ein Blutrinnsal rieselte über sein Gesicht.

»Er ist tot«, sagte ich erschrocken.

»Glaube ich nicht«, meinte Herr Gottschalk ungerührt. »Ich habe ihm nur mit einem Ast auf den Kopf geschlagen. Er wird bald wieder zu sich kommen.« Und flink kniete er nieder, zog dem Räuber den Strick aus, den er statt eines Gürtels trug, und band damit seine Hände ganz fest hinter dem Rücken zusammen. Dann schüttete er ihm eine Ladung Schnee ins Gesicht, um ihn aufzuwecken, zerrte ihn hoch und befahl ihm, uns voraus zum Lager zu gehen. Ohne den Strick rutschte dem Räuber seine Hose beim Laufen herunter und schlenkerte ihm um die Knöchel. Ich wandte meinen Blick schamhaft von seinem behaarten Hinterteil ab.

Als wir mit unserem Gefangenen bei den Wagen ankamen, gab es eine große Aufregung, und Constantin verdoppelte sofort die Wachen für das Lager und schickte außerdem ein paar Männer in den Wald auf die Suche nach weiteren Räubern. Der Gefangene wurde fest verschnürt, geknebelt und auf einem Wagen abgelegt. Er sollte in Minden dem Gericht übergeben werden.

Aber nachdem Constantin alle Vorsichtsmaßnahmen in die Wege geleitet hatte, kam, was kommen mußte. Er wandte sich mir zu und sagte streng: »Und nun zu dir. Wie kam es, daß der Mann dich überfallen konnte?«

Leise und mit niedergeschlagenen Augen berichtete ich von Herrn Gottschalks berechtigtem Tadel und was dann geschehen war. Constantin schwieg eine Weile, und eine strenge Falte zeichnete sich zwischen seinen Augenbrauen ab. Dann sagte er ruhig: »Wenn du noch ein einziges Mal gegen die Regeln verstößt, Sophia, dann war das die letzte Reise, die du mit mir unternehmen durftest.«

Ich nickte reumütig und beschämt und wandte mich zum Gehen. Ich war schon ein, zwei Schritte von ihm entfernt, da hörte ich, wie er, scheinbar zu sich selbst, sagte: »Aber wenn das nicht geschieht – bis jetzt hat sie sich ja fabelhaft gehalten, und ich nähme sie gern wieder mit.«

Da wurde mir leichter zumute. Ich drehte mich noch mal nach ihm um und bot an, eine Nachtwache zu übernehmen, weil doch jetzt mehr Leute dafür gebraucht wurden. Aber Constantin sagte nur: »Du ißt jetzt noch rasch einen Teller Suppe – heiß wird sie wohl nicht mehr sein –, und dann ab mit dir in den Wagen. Und bis morgen früh will ich dann nicht einmal deine Nasenspitze sehen.«

Ich hielt es für ratsam, mich gehorsam und gefügig zu zeigen, aß rasch ein wenig und schlüpfte dann in mein Nest. Ich war die einzige, die in dieser Nacht zum Schlafen kam; die Männer hielten unermüdlich Wache, und wenn sie sich, von der Müdigkeit übermannt, für eine kurze Zeit niederlegten, dann blieben sie gerüstet und behielten das Schwert neben sich – wo ein Räuber war, konnten auch viele sein. Aber wenn dem so gewesen sein sollte, dann wagten sie in dieser Nacht keinen Überfall.

Zum Glück träumte ich nicht von dem Räuber, wohl aber von dem Kuß des Herrn Gottschalk.

Aber lieber hätte ich mir die Zunge abgebissen, als dies irgend jemandem zu erzählen.

*

Am nächsten Tag erreichten wir um die Mittagszeit die Westfälische Pforte und zogen bald darauf in Minden ein. Der Handelshof war hoffnungslos überfüllt, wie nicht anders zu erwarten, aber Constantin hatte Plätze für uns vorbestellt. Ich bekam einen winzigen Winkel auf dem Dachboden bei den Mägden und war gerade dabei, mir ein Lager auf einem Strohsack zu richten, als Constantins Kopf in der Luke auftauchte. »Du brauchst gar nicht erst auszupacken, Sophia«, sagte er. »Komm schnell wieder herunter!« Ich kletterte die Leiter hinab und folgte Constantin in den Saal des Handelshofs. Dort stand ein Mann, der die Farben der Königin Alienor trug, wie ich sofort erkannte. Er nahm die Kappe ab und verbeugte sich höflich.

»Mein Name ist John, Fräulein Sophia. Ihre Hoheit, Prinzessin Mathilde von England, bittet Euch zu sich. Ihr sollt als ihr Gast bei ihr wohnen«, verkündete er.

»Ist Prinzessin Mathilde denn schon hier?« fragte ich verwirrt.

»Sie wird heute eintreffen und bis zur Heirat im Mauritius-Kloster weilen«, erklärte der Bote.

Ich wandte mich mit fragendem Blick an Constantin.

»Nun, Sophia, dann muß ich dich wohl aus meinem Schutz entlassen«, sagte mein Vetter. »Ich gebe dir aber meinen Knecht Alfred mit, damit du mir Nachricht geben kannst, falls du etwas brauchst.«

»Fräulein Sophia bekommt selbstverständlich Dienerschaft von Ihrer Hoheit, und auch ich stehe ihr jederzeit zur Verfügung«, meinte der Bote beleidigt. Aber Constantin bestand auf seinem Willen, und so zog ich kurz darauf mit den beiden Männern ab. Alfred trug mein Bündel. Es war weiter, als ich gedacht hätte, und ich war müde und durchgefroren, als wir schließlich am Weserufer haltmachten.

»Das Kloster liegt drüben auf der Weserinsel«, erklärte John. Es lag ein Kahn für uns bereit, und John ergriff die Ruder. Auf dem Wasser war es noch kälter, und ich versenkte meine rotgefrorene Nasenspitze tiefer in meinen warmen Kragen.

Im Kloster herrschte ein ziemliches Durcheinander. Das Gepäck der Prinzessin war schon eingetroffen und wurde gerade ausgepackt. Ich stand etwas verloren zwischen den hin- und herlaufenden Menschen, bis ich ein bekanntes Gesicht sah. War das nicht Jane, die Kammerfrau? Sie war es, und sie hatte offenbar als einzige einen Überblick im ganzen Trubel. Jane führte mich in die Gastzimmer des Klosters. Dort wurden gerade Teppiche aufgehängt und Kleidertruhen aufgestellt. In dem Wohnraum der Prinzessin brannte schon ein herrliches Feuer im Kamin, und ich blieb kurz stehen, um mir die eisigen Hände zu wärmen. Aber schon nach wenigen Minuten war Jane wieder da und führte mich in ein kleines Zimmerchen hinter dem Schlafgemach der Prinzessin. In der Ecke stand ein Kohlebecken und verbreitete eine angenehme Temperatur. Eine Dienerin richtete gerade ein sehr einladend aussehendes Bett, und als ich mich suchend nach meinem Bündel umsah, stellte ich fest, daß es bereits ausgepackt war. Das war mir peinlich, denn ich war durchaus nicht gewohnt, daß mich jemand bediente. Während ich noch meine paar Brocken Englisch zusammensuchte, um mich zu bedanken, hörte ich eine Fanfare im Hof. Meine Prinzessin hielt Einzug, und zwar zu Fuß, weil es zu umständlich gewesen wäre, ihre Pferde oder gar eine Kutsche über die Weser zu befördern. Ich eilte hinaus, blieb dann aber stehen, weil sich alle Welt gleich um Mathilde zu schaffen machte und ich mich nicht unbescheiden in den Vordergrund drängen wollte. Aber die Prinzessin sah sich suchend um, bis sie mich bemerkte, und eilte dann mit einem Freudenruf auf mich zu.

Dieser Tag und auch der nächste waren zum Ausruhen von der strapaziösen Reise und vor den aufregenden Festlichkeiten gedacht, und wir verbrachten ihn mit vergnügtem Schwatzen. Ich wollte die Hochzeitskleidung für Mathilde herauslegen, aber sie lachte nur. »Dafür habe ich genug Kammermägde. Du bist hier als meine Freundin, nicht als meine Dienerin. Übrigens wäre Jane tödlich beleidigt, wenn du ihr diese Aufgabe wegnehmen wolltest.«

Am folgenden Morgen hörten wir ein Horn im Klosterhof, und ein Bote von Herzog Heinrich erschien. Die Heirat im Dom sollte am nächsten Vormittag erfolgen, aber der Herzog fragte an, ob es seiner Braut genehm sei, ihn schon an diesem Abend zu empfangen. Das entsprach nicht dem Protokoll, denn eigentlich sollte er die Prinzessin erst am folgenden Tag bei der Trauung sehen.

Mathilde wurde zuerst rot und dann blaß. Ihre Augen wurden ganz groß, und sie mußte sich räuspern, ehe sie ihre Stimme wiederfand. Aber dann sagte sie, hoheitsvoll und liebenswürdig wie gewohnt, es sei ihr eine Freude und eine Ehre, ihren Herrn begrüßen zu dürfen.

Kaum war der Bote verschwunden, verfiel Mathilde in wilde Betriebsamkeit. Sie probierte nacheinander nicht weniger als fünf Kleider an, sie rief den Koch herbei, den sie aus England mitgebracht hatte, und gab ihm genaueste Anweisungen, welche Köstlichkeiten er für den Abend vorbereiten sollte. Dabei glänzten ihre Augen wie im Fieber, und als Jane ihr die Haare richten sollte, zappelte sie so herum, daß die Frisur mehrere Male mißlang.

»Wann habt Ihr den Fürsten denn das letzte Mal gesehen?« fragte ich, um sie abzulenken.

Mathilde zupfte an einer Locke, und die Frisur fiel wieder auseinander. Jane schnaubte ungnädig und fing von vorne an.

Verträumt sah Mathilde in die Ferne. »Ich habe ihn noch nie gesehen«, sagte sie dann schüchtern wie ein kleines Mädchen. »Es war vor drei Jahren, als Herr Rainald von Dassel als Gesandter nach Rouen zu meinem Vater, dem König, kam. Damals wurde unsere Verlobung vereinbart. Aber mein Löwe war nicht dabei.«

Mir wurde das Herz ganz schwer. Mathilde war damals ein kleines Mädchen, acht Jahre alt. Was für ein verklärtes Bild des Herzogs Heinrich mochte sie sich seitdem gemacht haben? Wie bitter würde die Enttäuschung sein, wenn sie den alten Mann, der er mit fast vierzig Jahren doch für sie schon war, zu Gesicht bekam. Und wie würde er die Prinzessin behandeln, nachdem er seine erste Gemahlin Clementia von Zähringen nach vierzehnjähriger Ehe verstoßen hatte, ohne, daß sie ein Verschulden auf sich geladen hatte – ausser, daß von ihren Kindern lediglich eine Tochter überlebt hatte.

Außerdem hatte ich gehört, daß Herr Heinrich eine Mätresse in seiner Burg Dankwarderode hielt, angeblich eine lothringische Grafentochter. (Gut, ich hatte wieder einmal gelauscht, ich gebe es zu, aber vor meinen Ohren wurden die wirklich interessanten Dinge nicht erwähnt).

Plötzlich fühlte ich mich sehr beklommen, denn ich sah Mathildes Zukunft in rabenschwarzen Farben.

Am Abend sah Mathilde wunderschön aus. Sie zitterte vor Aufregung, und ihre Augen leuchteten. Sie konnte keine Minute stillsitzen. Immer wieder überprüfte sie, ob der Raum auch genau so arrangiert war, wie sie sich das wünschte. Jeder aus ihrem Gefolge wußte genau, wo er sich aufzuhalten hatte, ihre Hofdamen in einem Halbkreis im Hintergrund, ich aber an ihrer Seite.

Als endlich draußen die unvermeidliche Trompete erschallte, eilte sie so rasch zu ihrem Stuhl, daß sie über ihre Schleppe stolperte und fast gefallen wäre, wenn ich sie nicht aufgefangen hätte. Sie setzte sich und nahm eine hoheitsvolle Haltung ein; aber ihre Hand, die ich noch rasch ermutigend drückte, war eiskalt und feucht.

Ihr Haushofmeister öffnete die Tür, ging dem Herzog entgegen und führte ihn in den Saal.

»Herzog Heinrich von Sachsen und Bayern«, verkündete er feierlich.

Wer von den Personen, die jetzt in den Saal strömten, mochte es sein? Einer der Männer löste sich von den anderen, und die Prinzessin erhob sich anmutig von ihrem Stuhl und schritt ihm entgegen. Sie reichte ihm beide Hände, lächelte selig und sagte mit sorgfältiger Betonung:

»Herr Heinrich, Euer Anblick erfreut mein Herz.«

Ich war tief gerührt. Dies war ein Satz aus unseren Deutschübungen in London, und sie hatte ihn offenbar sorgfältig eingeübt. Verstohlen blickte ich zu dem Herzog. Ich sah einen untersetzten, muskelbepackten Mann, der zu meinem Schreck etwas kleiner war als meine hochaufgeschossene Prinzessin, denn sie war seit dem letzten Herbst noch einmal eine Handbreit gewachsen. Er hatte dichte schwarze Locken und sehr dunkle Augen. Er sah überhaupt nicht wie ein Sachse aus. Ich muß sagen, mich beeindruckte sein Äußeres nicht besonders, wenn ich auch gestehen muß, daß eine unglaubliche Kraft von ihm ausstrahlte. Aber Mathilde schien nicht im geringsten enttäuscht, sondern fand offensichtlich alle Seligkeit der Welt in seinem Anblick.

Bei dem Gruß der Prinzessin zog er erstaunt und amüsiert die Augenbrauen hoch. Ich wartete insgeheim, ob er sagen würde: Herzensliebe Prinzessin, ich entbiete Euch meinen Gruß. Aber das sagte er natürlich nicht, sondern er sprach ein paar Begrüßungsworte auf Französisch mit so einem starken Akzent, daß ich Mühe hatte, ihn zu verstehen.

Mathilde antwortete taktvoll: »Herr Heinrich, ich würde es vorziehen, wenn Ihr so gütig sein wollt, mit mir in Eurer Muttersprache zu reden. Ich spreche sie sicher noch sehr fehlerhaft, aber ich will mir große Mühe geben.«

Da huschte dem Herzog ein Lächeln über sein Gesicht, das so bezaubernd war, daß er plötzlich sehr anziehend aussah. Er hatte ihre Hände seit der Begrüßung noch nicht wieder freigegeben, und nun beugte er sich über ihre Rechte und hauchte einen höfischen Kuß darauf.

Bisher hatte Herr Heinrich deutlich und laut gesprochen, sozusagen für das Publikum, aber nun wandte er sich an sein Gefolge mit einem nachdrücklichen und unmißverständlichen Wink. »Danke, ich brauche euch nicht mehr«, sagte er freundlich, und dann leise zu Mathilde:

»Wollt Ihr auch die Güte haben, Eure Damen zu entlassen, damit wir uns zwanglos unterhalten können?«

Im Nu war der Saal bis auf die Diener leer. Auch ich wollte mich schleunigst davonmachen, aber Mathilde hielt meine Hand ganz fest und wünschte offenbar, daß ich bleiben möge. Das war mir peinlich, denn wenn ich auch stolz auf meine Familie bin, so habe ich doch nicht vergessen, daß eine Kaufmannstochter nicht im Rang einer Hofdame steht. Ich fand eine Lösung und stellte mich hinter Mathildes Stuhl, als wollte ich sie bedienen. Das war freilich nicht nötig, denn Mathildes Dienerschaft war hervorragend geschult, servierte nun das mit größter Sorgfalt zubereitete Essen und blieb dabei gleichsam unsichtbar und unhörbar.

Das Brautpaar saß allerdings und rührte die Speisen nicht an. Sie betrachteten sich gegenseitig, und ganz offensichtlich waren sie voneinander begeistert. Daß meine zarte, schöne Prinzessin das Wohlgefallen des Herzogs erregte, war ja nicht weiter verwunderlich; aber auch ihre Augen sahen, wie ich annehme, etwas ganz anderes als meine: nämlich den Traumprinzen, nach dem sie sich seit ihrer Verlobung gesehnt hatte.

Wieder lächelte Herr Heinrich, und ich muß gestehen, daß nun auch ich ihn nahezu unwiderstehlich fand. »Was willst du von mir wissen, meine kleine Prinzessin?« fragte er sie mit sanfter Stimme, und ich stellte fest, daß auch der Klang seiner Stimme sehr angenehm und verführerisch war, wenn er den Kommandoton beiseite ließ.

Mathilde sah ihn eine Weile stumm an. »Wie wird es sein?« fragte sie dann mit ganz schwacher Stimme.

»Jeder Tag ein Fest. Jede Nacht ein Traum. Ich werde dich lieben und ehren, jeden Tag meines Lebens. Ich lege dir mein Reich zu Füßen, und du sollst an meiner Seite darüber herrschen. Wir werden Kinder haben, viele Kinder, wenn Gott sie uns schenken will. Und sollten uns Schicksalsschläge treffen, dann wollen wir sie gemeinsam tragen und uns gegenseitig stützen. Willst du das, Mathilde, meine ersehnte Prinzessin?«

Und sie legte ihre Hand auf die seine und sagte: »Ja, das will ich. Und jetzt will ich mit dir dieses schöne Essen verzehren, das inzwischen kalt geworden ist.«

Und dann lachten sie wie zwei Kinder und verspeisten vergnügt ihre Mahlzeit. Ich zog mich verstohlen in den Hintergrund zurück, denn nun hatte mich Mathilde offenbar vergessen, und ich wollte ihr Gespräch nicht weiter belauschen – auch wenn ich gestehen muß, daß ich immer eine große Lauscherin gewesen bin. Darum weiß ich auch nicht, was sie noch alles miteinander besprachen. Ich fühlte mich zutiefst gerührt. Meine Eltern wechselten ihre Liebesworte nicht unbedingt vor meinen Ohren, und darum hatte ich noch niemals eine so wundervolle Liebeserklärung gehört.

Mein armer Gerard hätte von Herrn Heinrich sehr viel lernen können.

Es wurde sehr spät, und irgendwann bin ich in meinem Winkel eingenickt. Die Kälte der frühen Morgenstunden weckte mich. Der Raum war leer und dunkel, bis auf eine kleine, fast leergebrannte Öllampe. Alle Knochen taten mir weh, und ich wünschte mir nichts weiter, als in das schöne Bett zu kriechen und mich dort langsam wieder aufzuwärmen. Aber ich traute mich nicht dorthin, denn dazu hätte ich ja durch das Schlafgemach von Mathilde gehen müssen, und wer weiß, welch peinliche Situation das vielleicht heraufbeschworen hätte. Also mußte ich es in meinem ungemütlichen Winkel aushalten, holte mir aber Kissen von den Stühlen und das Tafeltuch vom Tisch und machte mir daraus ein notdürftiges Nest. Als es schließlich dämmerte, wurde ich langsam ganz verzweifelt. Bald würde die Dienerschaft kommen, und niemand hatte sich verstohlen aus Mathildes Gemach geschlichen. Ich wollte ihr ein behutsames Zeichen geben, erhob mich ächzend, ging zu ihrer Tür und klopfte ganz sachte an. Sofort ertönte Mathildes glockenwache Stimme: »Herein.« Ganz langsam und vorsichtig öffnete ich die Tür und wartete noch ein paar Augenblicke, ehe ich es wagte, den Kopf hineinzustecken. Da lag Mathilde, die Arme unter dem Kopf gekreuzt, und schaute mich mit weit geöffneten Augen an. Und sie war allein.

»Guten Morgen, Sophia. Wieso bist du denn schon auf?«

Ich murmelte etwas von »draußen eingeschlafen«.

Schuldbewußt sagte Mathilde: »Ach, Sophia, es tut mir leid, ich habe gar nicht mehr an dich gedacht. Bitte verzeih mir, ich war so gefangen im Gespräch mit Herrn Heinrich. Ich bin so glücklich! Aber ich verstehe nicht, warum du im Saal geschlafen hast und nicht in deinem Bett.«

»Wie konnte ich denn?« fragte ich verzweifelt. »Ich hätte ja durch diesen Raum gehen müssen, und das habe ich nicht gewagt.«

»Seit wann braucht man denn besonderen Mut, um durch mein Zimmer zu gehen? Für gewöhnlich lauern hier weder Drachen noch Teufel«, sagte Mathilde spöttisch. Dann dämmerte ihr, wovon ich sprach, und sie richtete sich auf und sah mich strafend an.

»Meine liebe Sophia, ich bin eine Königstochter und keine Stallmagd, die ein Mann eben mal schnell auf der Küchenbank nimmt«, sagte sie tadelnd. »Du kannst dir doch denken, daß ich in Ehren und unberührt in die Ehe gehen werde!« Sie schickte mir einen vorwurfsvollen Blick. »Und wie kannst du nur an der Ehrenhaftigkeit meines Bräutigams zweifeln?«

Jetzt sah sie wirklich zornig aus. Ich war zutiefst beschämt.

»Bitte, verzeiht mir, Hoheit«, sagte ich unglücklich. »Aber ich habe doch darin genau so wenig Erfahrung wie Ihr! Und der Herr Herzog hat Euch so verliebt angeschaut, da wußte ich nicht …«

Da klärte sich Mathildes Miene sofort auf.

»Oh, hat er das?« sagte sie glücklich. »Ja, er ist einfach wundervoll. Ganz so, wie ich es mir erträumt habe. Weißt du, Sophia, bei einer Königstochter wird ja nicht nach Neigung gefragt. Daß meine Eltern für mich gerade diesen Fürsten ausgesucht haben, ist ein ganz großes Glück für mich.«

Sie lächelte spitzbübisch.

»Damit deine Neugier befriedigt ist, Sophia: Der Herzog und ich haben beschlossen, unser Beilager gar nicht hier in Minden zu halten. Nach den Hochzeitsfeierlichkeiten reisen wir gleich nach Braunschweig, auf seine Burg Dankwarderode, und da feiern wir unser Beilager, ganz allein und unbeobachtet – in unserem zukünftigen Heim. Dort werden wir nämlich wohnen und unsere Kinder aufziehen, nicht ständig von einer Burg zur anderen reisen. Darüber haben wir gestern abend gesprochen. Wir werden sehr glücklich sein …«

Ich wußte nicht, was ich sagen sollte. Diese blutjunge Prinzessin war eigentlich noch fast ein Kind, aber sie sprach wie eine Frau, die weiß, was sie vom Leben will und die einen schnurgeraden Weg vor sich sieht. Ich erinnerte mich daran, wie unsicher und unzufrieden ich vor der Hochzeit mit Gerard gewesen war – die dann gar nicht stattgefunden hatte. Ich muß schon sagen, daß ich Prinzessin Mathilde gleichzeitig beneidete und bewunderte.

Jane klopfte an die Tür. Es gab heute keinen Kräutertee vor dem Aufstehen, wie die Prinzessin es gewohnt war. Sie mußte nüchtern bleiben für die Kommunion. Jane half ihr, rasch ein ganz schlichtes Gewand anzulegen, und dann ging es in die Klosterkirche. Mir warf Jane einen nachdenklichen Blick zu, als sie mich in meinem verdrückten Festkleid vom vorigen Abend sah, aber sie sagte nichts und holte mir meinen Umhang, damit ich Mathilde begleiten konnte. Mathilde beichtete, hörte dann die Messe und empfing die Heilige Kommunion mit tiefer Andacht. Alle ihre Hofdamen waren dabei, und einige weinten schon jetzt. Ich fand, daß sie das gut bis zur Hochzeit hätten aufsparen können. Anschließend wurde Mathilde für die Trauung angekleidet, und Jane konnte sie nur mit viel Mühe überreden, einen Bissen Honigbrot zu sich zu nehmen. Heute war meine Prinzessin nicht mehr aufgeregt und hektisch, sondern fröhlich und erwartungsvoll, aber gelassen. Sie wurde in einer Sänfte zum Schiff getragen, das sie übersetzen sollte, damit das Hochzeitskleid nicht beschmutzt wurde. Drüben wartete eine Kutsche mit vier weißen Pferden sowie eine Schar prächtig herausgeputzter Reiter auf sie. Mathilde bestand darauf, daß ich mit in ihre Kutsche stieg. Das war dem Haushofmeister nicht recht, denn in die Kutsche paßten beim besten Willen nur vier Menschen, und er fand – sicher zu Recht –, daß den Fräulein aus England der Vortritt gebührte. Aber Mathilde zog die Augenbrauen hoch und bestand auf meiner Begleitung. Und so schlüpfte ich mit einer normannischen und einer aquitanischen Grafentochter zu Mathilde in die Kutsche, während alle anderen zu Fuß folgten.

Vom weiteren Verlauf des Festes brauche ich nichts zu berichten. Es war alles sehr schön und eindrucksvoll, aber ich fand, die Worte, die der Herzog gestern abend für seine junge Braut gefunden hatte, waren viel schöner als die Formeln, die bei einer Hochzeit gebraucht werden. Ich benutzte die Gelegenheit, mich beim Hochzeitsmahl mit einem seiner jungen Ritter über Herrn Heinrich zu unterhalten, und was dieser sagte, gab mir sehr zu denken. Der Herzog wußte offenbar ganz genau, was er wollte, und er war ein Machtmensch. Da ich aber auch eine sehr zarte Seite seines Wesens gesehen hatte, war meine Angst um die Zukunft meiner Prinzessin völlig verschwunden. Es würde ihr sicher gut bei ihm gehen. Ich fragte mich, welchen Mann ich eines Tages finden würde, und sehnte mich danach, auch so verehrungsvoll behandelt zu werden wie die jetzige Herzogin Mathilde.

Auch in dieser Nacht bekam ich mein kleines Kämmerchen nicht zu sehen. Mathilde ließ mein Bett in ihr Schlafgemach schaffen, damit sie in der letzten Nacht noch lange mit mir plaudern konnte.

Schon im Morgengrauen wollte der Herzog mit seiner jungen Frau nach Braunschweig aufbrechen. Er hatte eine Kutsche für sie bereitgestellt, aber Mathilde verbat sich das energisch. »Ihr könnt mir glauben, daß ich eine gute und ausdauernde Reiterin bin. Ich bin nicht seekrank geworden, als ich mit dem Schiff übersetzte«, sagte sie. »Aber in einer Kutsche werde ich das ganz sicher. Dieses Schaukeln und Stoßen! Wollt Ihr, daß ich mit lauter blauen Flecken in Dankwarderode einziehe?«

Nein, das wollte der Herzog ganz gewiß nicht. Er beauftragte seinen Marschall, die Tagesritte bequem anzusetzen, damit seine junge Gemahlin nicht zu sehr erschöpft würde, und dann versammelten die Sachsen sich zum Abmarsch am Weserufer. Auch die Engländer kehrten in ihre Heimat zurück. Mathilde behielt nur ihre Kammerfrau, eins der Kammermädchen sowie zwei Hoffräulein. Sie hatte keine Angst, sich in Dankwarderode einsam zu fühlen – nicht, solange ihr Löwe bei ihr war.

Ein letztes Mal setzten wir mit dem Schiff über die Weser. Mathilde war in den herrlichen blauschwarzen Zobel gehüllt, der auch mir gleich ins Auge gesprungen war – Herzog Heinrich hatte nicht eine Sekunde gezögert, ihn von Constantin zu erstehen, und hatte über den unglaublichen Preis nur ganz kurz mit der Wimper gezuckt, dann aber ohne zu handeln bezahlt. Am anderen Ufer drückte Mathilde mich noch einmal innig an ihr Herz.

»Daß ich mich nun von dir trennen muß, ist der einzige Schatten, der auf diesem Tag liegt. Aber sonst könnte ich vor lauter Glück zerspringen«, sagte sie und warf einen sehnsüchtigen Blick auf ihren Löwen. »Ob du mich wohl in Braunschweig besuchen kannst?«

Ich zuckte traurig die Schultern. Braunschweig war sehr weit von Köln.

»Aber vielleicht nimmt mich Herr Heinrich ja einmal mit nach Köln«, sagte Mathilde, »dann sehen wir uns wieder. Vergiß mich nicht! Und noch einmal tausend Dank für dein Geschenk!«

Damit stieg sie in die Hände, die der Reitknecht ihr hinhielt, und schwang sich auf ihren schneeweißen Zelter – gleichfalls ein Hochzeitsgeschenk ihres Gatten.

Und schon war sie fort. Ich winkte betrübt der abreitenden Schar hinterher.

»Was hast du denn der Prinzessin geschenkt?« fragte Constantin, der mich abholen gekommen war.

»Ach, einen ziselierten vergoldeten Pokal von meinen Eltern. Und ich habe ihr ein Mützchen für ihr erstes Kind gestrickt. Und ein Vergißmeinnicht darauf gestickt.«

»Ein liebevolles Geschenk«, sagte Constantin. »Und nun auf! Ich habe alles abgesetzt, was wir mitgebracht haben, und dafür Bernstein und Leder eingekauft. Jetzt geht es wieder nach Hause.«

»Ich hatte überhaupt keine Gelegenheit, dir zu helfen«, bemerkte ich bedauernd.

»Laß nur, Sophia. Kontakte knüpfen und pflegen ist für einen Kaufmann ebenso wichtig wie handeln. Ich könnte mir denken, daß uns an Herzog Heinrichs Hof in Braunschweig in Zukunft alle Türen offenstehen, das könnte viel wert sein, und darum bekommst du auch eine Beteiligung an meinem Gewinn. Ich habe sehr schöne Bernsteinstücke für dich beiseite gelegt.«

So ging es also wieder nach Hause. Alfred brachte mein Bündel herbei. Ich wollte auch gerne reiten und verlangte ein Pferd mit dem Hinweis auf Mathilde. Aber Constantin wollte mir nur erlauben, statt dessen diesmal einen der Wagen zu führen. Meine Freude darüber wurde etwas durch Alfred gemindert, der neben mir Platz nahm und ganz offensichtlich die feste Absicht hatte, mir sofort in die Zügel zu fallen, wenn ich einen Fehler machte. Die Männer trauten mir offensichtlich gar nichts zu.

Scheinbar ziellos ließ ich meinen Blick über die Kölner Kaufleute schweifen; aus Sicherheitsgründen fuhren wir wieder alle gemeinsam zurück. Constantin bemerkte es und grinste.

»Falls du nach Gottschalk Ausschau hältst – er ist schon ganz früh die Weser abwärts gezogen, er will noch nach Bremen.«

»Ich vermisse ihn nicht«, antwortete ich spitz.

»Nein, natürlich nicht«, sagte Constantin und lachte, was mich ärgerte.

*

Als wir wieder in Köln ankamen, überzog schon der Frühling vorzeitig das Land. In unserem Garten streckten die ersten Blumen die Köpfe schüchtern aus dem sattbraunen

Erdreich; Tropfen hingen an den Zweigen, morgens weckten uns die Vögel mit schallendem Gesang.

Dafür waren aber auch die letzten Reisetage sehr mühsam gewesen, weil die Wege aufgeweicht waren und die Wagen des öfteren im Schlamm steckenblieben. Dann brauchten wir alle Kräfte, um sie wieder herauszuzerren. Auch ich half mit, obwohl die Männer andeuteten, ich solle besser nicht störend zwischen ihren Füßen herumlaufen. Aber ich hielt es für meine Pflicht, mit anzuschieben, und dankte dem Himmel für die Knabenkleider, die ich nun wieder trug.

Es ist darum nicht verwunderlich, daß ich todmüde zu Hause ankam und den nächsten Tag verschlief. Gerne hätte ich noch einen weiteren Tag im Bett verbracht, aber Großvater Eckebrecht ließ mich zur Berichterstattung rufen und hörte sich meine Erzählung sehr interessiert an.

»Welchen Eindruck hast du von dem Herzog?« fragte er.

Ich überlegte.

»Er ist ein sehr kraftvoller Mensch mit einer starken Ausstrahlung«, sagte ich dann. »Ein hervorragender Kämpfer. Er hat dem Kaiser nach seiner Krönung in Rom das Leben gerettet, als der wildgewordene römische Mob über ihn herfiel.«

»Die Geschichte kenne ich«, meinte Großvater. »Auch dein Vetter Constantin war dabei und hat den Kaiser unter Einsatz seines Lebens verteidigt.«

Das hatte ich nicht gewußt. Constantin liebte es gar nicht, mit seinen Heldentaten zu prahlen.

»Wenn ich nach den Schilderungen seines jungen Ritters beim Hochzeitsmahl gehe, ist Herr Heinrich dabei, sein Herzogtum mit sehr fester Hand neu zu organisieren und besonders die wendischen Völker an seiner Ostgrenze weitaus kürzer an die Leine zu nehmen als bisher«, fügte ich hinzu.

Großvater nickte bedächtig. »Das deckt sich mit dem, was

Constantin mir berichtet hat. Und was haben wir daraus zu schließen?«

»Daß es einen neuen, riesigen Markt geben wird«, rief ich begeistert. »Der Herzog fördert die Kaufleute und schützt ihre Wege.«

»Und läßt es sich gebührend bezahlen«, meinte Großvater, aber er schien das nicht weiter schlimm zu finden.

»Absetzen können wir in Sachsen alles. Aber was kaufen wir dort?«

»Salz«, sagte ich prompt.

»Genau. Weißes Gold. Niemand kann auf Salz verzichten, und wie ich höre, hat Herr Heinrich viel in seine Lüneburger Salinen investiert. Hat dein Ritter dir beim Hochzeitsmahl auch etwas über Braunschweig erzählt?«

»Ja, Großvater. Er hat sehr davon geschwärmt. Herzog Heinrich hat das verschlafene Nest wunderbar ausgebaut und seine Burg Dankwarderode prächtig ausgestattet. Sie liegt mitten in der Stadt.

Der Herzog hat auch einen Löwen aus Bronze gießen lassen, der wiegt soviel wie zehn große starke Männer. Er ließ ihn vor dem Dom aufstellen, denn er soll auf Braunschweig aufpassen, wenn der echte Löwe abwesend ist. Er ist vergoldet, es muß wunderschön aussehen, wenn die Sonne darauf scheint. Ach, wie gerne würde ich das einmal sehen! Und natürlich hat er einen Markt eingerichtet.«

»Das klingt vielversprechend! Wir sollten sofort jedes Jahr eine Fahrt dorthin machen«, befand Großvater.

Dann sah er mich freundlich an. »Komm mal her zu mir.« Er nahm mich in den Arm und drückte mich fest.

»Das hast du gut gemacht, Sophia. Du hast viel gelernt. Du hast genau die Erkundigungen eingezogen, die wir brauchen. Und dein persönlicher Kontakt zu der jungen Herzogin kann uns auch viel nützen. Ich bin sehr stolz auf dich.«

Ich ging mit verzücktem Gesicht nach Hause. Ein Lob von Großvater, das war etwas Großartiges.

Auf dem Heimweg blieb ich plötzlich stehen. Mir war eingefallen, daß ich völlig vergessen hatte, Großvater von dem Erlebnis mit dem Juden Samuel in Dortmund zu berichten. Sollte ich umkehren? Aber dann dachte ich, daß es Großvater schmerzen würde, von der Ablehnung Samuels zu erfahren, und das wollte ich ihm ersparen. So ging ich dann nach Hause.

Daß Gottschalk mich vor dem Räuber gerettet hatte, behielt ich lieber für mich.

Die nächsten Monate verliefen ruhig, nach meinem Geschmack vielleicht zu ruhig. Mir war langweilig, darum stürzte ich mich in die Arbeit, machte zuerst Inventur im Warenlager meiner Mutter, dann bei meinem Vater und zum Schluß noch bei Großvater Eckebrecht. Im Sommer erwähnte Vater, daß er Herrn Gottschalk gesehen hatte.

»Er erzählte mir, daß er von Bremen aus noch nach Lübeck fuhr. Das ist eine Stadt, die Herzog Heinrich der Löwe vor etwa zehn Jahren gegründet hat und die sehr rasch aufgeblüht ist. Von da reiste er nach Gotland und Livland und kam mit Fellen, Honig und Bernstein zurück«, berichtete Vater beim Abendessen.

»Dann wird man ihn wohl beim Gildefest nächsten Monat sehen«, meinte ich beiläufig. Aber Vater schüttelte den Kopf.

»Nein, er wird schon vorher wieder abreisen. Er organisiert eine große Handelsfahrt nach Byzanz und fragte mich, ob wir uns beteiligen wollen. Ich muß mich noch mit Großvater und meinem Bruder Fordolf beraten, aber ich glaube eher nicht, daß wir mitmachen. Für uns steht dieses Jahr wieder Flandern und England auf dem Programm.«

Und so wurde es gemacht. Ich hörte, daß ein Dutzend

Kaufleute sich für die Reise nach Byzanz rüstete, aber von der Familie Eckebrechts war niemand dabei. Mein Vater, mein Vetter Constantin und sein Bruder Helperich sowie Constantins Stiefsöhne Theoderich und Heinrich segelten nach England – ohne mich. Meine Mutter war in diesem Sommer nicht ganz gesund und ich sah es als meine Pflicht, bei ihr zu bleiben. Ich hätte es auch nicht übers Herz gebracht, sie allein zu lassen.

Im übrigen war ich voller Unruhe. Ich wartete, aber auf was, das wußte ich nicht. Der Herbst kam, meine Vettern kehrten aus England zurück. Dann wurde es Winter. Es lag sehr viel Schnee in diesem Jahr, er reichte mir bis zum Knie, wenn ich Großvater in seinem Haus *Unter Goldschmied* besuchte. Als er schließlich schmolz und endlich die Frühlingssonne schien, war ich niedergeschlagen und wußte nicht, warum.

1169

Unsere Familie traf sich immer zweimal im Monat. Mal bei Großvater, mal bei uns oder auch bei Constantin oder Helperich. Die Frauen kochten gemeinsam, und die Kinder spielten. Nach dem Essen wurde dann über die Erfolge der letzten Handelsfahrt gesprochen und die nächste geplant, auch wurden die Warenbestände verglichen, und man diskutierte, was sich hier in Köln gerade am besten verkaufte. Auch familiäre Dinge wurden besprochen und der letzte Klatsch aus der Stadt ausgetauscht.

Ende März des Jahres 1169 war wieder ein solches Treffen, diesmal bei uns. Wir saßen schon beim Abendessen, obwohl es noch ziemlich früh war, aber die Kinder waren hungrig und müde. Ich reichte gerade mit der Köchin den Fisch herum, als es an der Haustür klopfte.

Ich lief die Treppe hinunter und öffnete. Draußen stand eine Frau, die ich nicht kannte. Sie trug ein seltsames Gewand, einen großen Umhang, der um Kopf und Körper geschlungen war. An der Hand führte sie einen Jungen.

»Dies ist doch das Haus des Kaufmanns Gunther?« fragte sie. Ich nickte. »Ich bin seine Tochter Sophia. Und wer seid Ihr, bitte?«

»Ich bin Richlinde, die Frau deines Onkels Johannes, und dies ist mein Sohn Constantin«, erklärte sie. Mir blieb die Luft weg. Mit diesem unerwarteten Gast hatte ich nicht im Traum gerechnet. Dann trat ich auf sie zu und schloß sie und dann das Kind in die Arme.

»So sei auf das herzlichste willkommen. Komm herein, du findest heute die ganze Familie hier versammelt.«

Als ich beide in den Saal führte und ihren Namen nannte, ging ein Aufschrei durch den Raum. Die älteren Familienangehörigen sprangen auf und drängten sich um Richlinde. Johannes, Eckebrechts jüngster Sohn, war mit seiner Frau vor achtzehn Jahren nach Byzanz gezogen, wo Richlindes Vater herstammte. Johannes hatte darum keine großen Schwierigkeiten gehabt, sich dort als Händler niederzulassen, und es waren regelmäßig Waren zwischen Byzanz und Köln geflossen. Johannes war in der Zwischenzeit nur einmal in seiner Heimatstadt gewesen, allerdings ohne seine Frau. Dann passierte vor etwa vier Jahren ein großes Unglück: Auf einer Handelsreise fiel er zusammen mit seinem jungen Sohn Apollonius in die Hände von Piraten,. Von beiden hatte man seitdem nie wieder etwas gehört, obwohl Großvater alles getan hatte, was in seiner Macht stand, um die beiden zu finden.

Nun überschütteten alle Richlinde mit Willkommensgrüßen und Fragen. Schließlich übertönte Großvater das Stimmengewirr.

»Schluß jetzt! Seht ihr denn nicht, wie erschöpft Richlinde ist? Sie wird jetzt zuerst einmal in Ruhe essen, und der Junge auch. Dann ist noch Zeit genug für alle Berichte.«

Und so setzten sich alle Verwandten nieder und starrten gebannt auf Richlinde und ihr Kind, wie die beiden aßen. Schließlich seufzte Richlinde und schob das Eßbrett fort.

»Das war gut, und ich hatte es tatsächlich nötig. Wenn du auch satt bist, Constantin, kannst du jetzt mit deinen Vettern und Basen spielen gehen.«

Aber Constantin war noch zu schüchtern, er schüttelte den Kopf und schmiegte sich an seine Mutter.

»Ich kann euch gar nicht sagen, wie froh ich bin, hier bei euch zu sein. Ich habe eine böse Zeit hinter mir. Ihr könnt euch denken, wie schrecklich es für uns war, daß Johannes nicht von seiner Fahrt zurückkam. Ich hoffte, daß vielleicht ein Lösegeld für ihn gefordert würde, und bereitete mich darauf vor, mein Erbe von Vaters Seite in Byzanz zu verkaufen, aber es kam keine Nachricht. Ich gab mir große Mühe, seinen Handel aufrechtzuerhalten, und meine beiden Vettern halfen mir auch nach Kräften. Aber dann wütete letztes Jahr eine große Seuche in Byzanz, und die beiden Vettern starben. Vor allem aber habe ich dabei auch zwei meiner Kinder verloren.«

Während sie dies erzählte, liefen Richlinde Tränen über das Gesicht. Hadewigis trat auf die Schwägerin zu und strich ihr liebevoll und tröstend über das dunkle Haar, das schon die ersten grauen Strähnen aufwies.

Richlinde wischte sich mit dem Ärmel die Tränen fort. »So hatte ich niemand mehr, an den ich mich wenden konnte. Und als ich hörte, daß Kölner Kaufleute nach Byzanz gekommen waren, beschloß ich, die Gelegenheit zu nutzen und in meine Geburtsstadt zurückzukehren. Ich habe alles verkauft, was ich noch besaß, und reiste mit ihnen ab.«

Ich ging in die Küche und holte einen Teller Kuchen. Als ich zurückkam, hörte ich, wie Großvater sagte: »Dann war es ja ein Glück, daß wir uns nicht an dieser Fahrt nach Byzanz beteiligt haben.«

»Warum?« fragte ich.

»Hast du nicht gehört, was Richlinde gerade berichtete? Sie sind auf der Rückreise von einer wilden Bande von Straßenräubern überfallen worden. Es sind leider Tote und Verletzte zu beklagen.«

Der Teller fiel mir aus der Hand. Zum Glück war er aus Holz. Die Kinder eilten herbei und krochen auf dem Boden herum, um die Reste vom Kuchen zu retten und schnell in ihren Mündern verschwinden zu lassen.

»Der schöne Kuchen!« rief Tante Engilradis bedauernd. »Aber Sophia, was hast du denn? Du bist ja kreideweiß!«

Ich wandte mich an Richlinde. »Sag mir, was ist auf eurer Rückreise geschehen?«

Richlinde ballte die Fäuste.

»Wir wurden überfallen, von einer großen Schar von Räubern. Sie haben uns in einen niederträchtigen Hinterhalt gelockt. Sie hatten auf einem Waldweg einen Baum angesägt, er krachte unmittelbar vor unseren Fahrzeugen nieder. Dann brachen sie hinter uns aus dem Geäst hervor und griffen an. Die Kölner waren aber vorsichtig gewesen. Sie trugen ihre verstärkten Lederwämser und hatten Helme und Waffen griffbereit. Es kam zu einem erbitterten Kampf mit Toten und Verwundeten auf beiden Seiten. Einer der Räuber sprang auf den Wagen, in dem ich mich mit meinem Sohn Constantin versteckt hielt, und entdeckte mich. Er griff nach mir. Da sprang mein Junge ihn an wie ein wilder Tiger, dabei ist er doch erst acht Jahre alt. Er stach dem Räuber mit seinem kleinen Messer in den Arm, aber der brüllte nur zornig auf und ergriff das Kind am Hals. Ich schrie vor Entsetzen! Da schwang sich einer der Kölner von seinem Pferd auf unseren Wagen, daß seine schwarzen Locken nur so flogen. Er konnte aber sein Schwert nicht einsetzen, weil er das Kind nicht treffen wollte. So ließ er es fallen, packte den Räuber am Arm und rang mit ihm, bis dieser meinen Sohn loslassen mußte. Dafür ergriff er aber rasch seinen Dolch und stach nach Constantins Retter. Da nahm ich meinen Mut zusammen und schlug mit aller Kraft mit der Pferdepeitsche nach dem Räuber. Dieser hatte wohl nicht mit meinem Angriff gerechnet und stolperte, und so traf sein Dolch nicht das Herz, sondern nur das Bein seines Gegners. Der stürzte, fand aber sein Schwert wieder, stieß es dem Räuber von unten in den Bauch und tötete ihn. Also verdanken mein Junge und ich diesem Gottschalk unser Leben.«

Richlinde wollte, in der Erinnerung an den Schrecken und seine Heldentat, ihren Sohn ans Herz drücken, aber der entzog sich ihr und trollte sich ans Ende des Tisches zu den anderen Kindern. Um mich drehte sich alles. Ich nahm all meine Kraft zusammen, um nicht in Ohnmacht zu fallen.

»Gottschalk?« fragte ich mit schwacher Stimme.

»Ja, so heißt er. Sein Bein blutete stark, und er konnte nicht mehr kämpfen. Aber da zogen sich die Räuber bereits zurück. Sie hatten etwa die Hälfte unserer Wagen erobert und peitschten nun auf unsere Pferde ein. Ihre Toten und Verletzten ließen sie einfach liegen. Sie waren noch immer zahlreich genug, um die Kölner in Schach zu halten und an der Verfolgung zu hindern, bis sie in den gestohlenen Wagen außer Reichweite waren. Dann sprengten sie davon und ließen unsere Männer in Wut und Verzweiflung zurück. Sie konnten nicht wagen, die Räuber zu verfolgen, und mußten sich auch um unsere Verwundeten kümmern.«

»Was geschah denn mit den verletzten Räubern?« fragte Helperichs Tochter mit aufgerissenen Augen.

»Unsere Männer haben sie in ihrem Grimm erschlagen«, berichtete Richlinde.

»Das war nicht klug«, entfuhr es meinem Vater.

»Nein«, stimmte Richlinde ihm zu. »Das war es wohl nicht. Gottschalk brüllte von unserem Wagen herunter: ›Wenn ihr alle umbringt, werden wir nie erfahren, wo ihr Nest ist!‹ Da ließen sie die letzten beiden Verwundeten am Leben. Wir legten sie in Fesseln und nahmen sie mit, luden auch unsere eigenen Verwundeten und die beiden getöteten Knechte auf die restlichen Wagen und räumten den gefällten Baum beiseite. Nach einer Stunde erreichten wir den nächsten Ort. Der Dorfvorsteher sandte sofort einen Boten zum nächsten byzantinischen Wachposten, und schon am folgenden Tag kam eine Patrouille angeritten, vernahm die verletzten Räuber, ohne sich um besondere Zimperlichkeit zu bemühen, und machte sich an die Verfolgung. Einen Trupp der Räuber erwischten sie, hängten sie ohne großes Federlesen an die nächsten Bäume, und brachten deren Beute zu uns zurück. Ein anderer Trupp aber blieb verschwunden, und mit ihm einige unserer Wagen.«

Das war es allerdings nicht, was mich in erster Linie interessierte.

»Wer kam mit dir zurück?« Ich merkte selbst, wie erregt meine Stimme klang, und meine Verwandten sahen mich erstaunt an.

»Hupert von der Kornpforte und Godefrid Hardefust, und glücklicherweise auch Helperichs Schwager Alexander von der Rheingasse. Außerdem ein Dutzend Knechte.«

Meine Kehle war wie zugeschnürt. »Sonst kam niemand zurück?«

Richlinde schüttelte den Kopf.

»Einige der Männer wurden auch schwer verletzt und müssen sich erst an Ort und Stelle auskurieren, ehe sie die Reise wieder aufnehmen können. Ich weiß nicht alle Namen, aber ich glaube, Hermann Hirzelin ist darunter, dann der junge Sohn von Heinrich dem Speermacher und Hildeger aus der Waldeverus-Sippe. Und Gottschalk. Sie werden, so Gott will, im Sommer hier eintreffen.«

Ich schluchzte auf, rannte aus dem Saal hinüber in meine Schlafkammer, schob den Riegel vor und weinte. Warum eigentlich? Was ging mich das alles an? Dann kniete ich vor dem hölzernen Kreuz in der Ecke nieder und betete lange.

*

Es wurde Sommer. Ich nutzte die Zeit, um meine Lateinkenntnisse wieder aufzufrischen. Constantins Sohn Fordolf war jetzt zwölf Jahre alt und zum geistlichen Stand bestimmt. Er hatte die Klosterschule durchlaufen und studierte schon bei Bruder Matthias an der Kölner Domschule. Als ich bemerkte, daß sein Latein inzwischen viel besser war als das meine, besuchte ich ihn täglich und übte mit ihm.

Fordolf war als kleines Kind sehr, sehr krank gewesen. Eine Weile sah es so aus, als sei ihm das traurige Schicksal meines Bruders Hildebrand beschieden: Er konnte nicht mehr gehen und auch nicht mehr sprechen – nichts. Aber er hatte mehr Glück als Hildebrand. Sein Bruder Theoderich und später seine Stiefmutter Friederun übten unablässig mit ihm. Zuerst gab es winzige Anzeichen einer Besserung, dann wurden die Fortschritte immer größer. Er hat ein schwaches Bein zurückbehalten, darum wird er niemals den anstrengenden Beruf eines Kaufmanns ausüben können; aber sein Geist ist heute wieder ganz klar – und er kann scharf denken, möchte ich sagen. Ich hatte Fordolf ganz besonders in mein Herz geschlossen, weil ich so glücklich war, daß er die Krankheit überwinden konnte.

An einem heißen Augusttag saßen wir im Garten von Constantins Haus in der Dwergasse und plauderten auf lateinisch. Das fand ein rasches Ende, als Fordolfs Schwester Engilradis mit Druda in den Garten kam. Druda war die Stieftochter Constantins, die Tochter seiner zweiten Frau Friederun, und er hielt sie nach dem Tod ihrer Mutter wie sein eigenes Kind, so wie er auch die beiden Stiefsöhne Theoderich und Heinrich aus der ersten Ehe immer wie sein Fleisch und Blut behandelt hat. Die Familienverhältnisse sind also etwas kompliziert, aber alle diese Halbgeschwister hielten zusammen wie Pech und Schwefel und wären für Constantin jederzeit durchs Feuer gegangen.

Die beiden Mädchen begrüßten mich herzlich. Sie waren einige Jahre jünger als ich. Engilradis war etwa so groß wie ich. (Ich bin nicht erst im Alter so klein geworden, sondern war auch früher schon sehr zierlich.) Engilradis hingegen war untersetzt, wie ihre Mutter, hatte aber Constantins schöne, klare Gesichtszüge geerbt und auch sein herrliches blondes Haar. Sie war viel hübscher als die arme Druda, die groß und derb war, aber ein herzensguter, lieber Mensch. Die beiden Stiefschwestern waren seit ihrem fünften Lebensjahr unzertrennlich, seit Constantin vor zehn Jahren Drudas Mutter Friederun heiratete.

Druda begann sofort, uns den Kuchen wegzufuttern. Sie hatte immer Hunger, und man sah auch, wo es blieb.

»Sollen wir es ihnen sagen?« mümmelte sie mit vollem Mund und streckte die Hand nach dem letzten Kuchenstück aus. Engilradis lachte, klapste ihr auf die Hand und nahm sich rasch das Stück selbst.

»Natürlich. Glaubst du, eine so aufregende Neuigkeit kann ich für mich behalten?«

Fordolf verdrehte die Augen und dachte gewiß: Mädchen konnten einem manchmal ganz schön auf die Nerven gehen.

»Jetzt bin ich aber neugierig«, sagte ich freundlich. »Rückt schon heraus mit eurer Neuigkeit!«

Engilradis und Druda sahen sich an und kicherten.

»Wir werden heiraten«, sagten sie dann wie aus einem Mund.

Das gab mir einen Stich. Dabei war es die normalste Sache der Welt. Die beiden Mädchen waren fünfzehn, da heiratet man eben. Nur ich nicht. Ich war fast neunzehn. Aber schließlich wollte ich ja auch niemand heiraten.

Ich riss mich zusammen.

»Das ist ja eine wirklich gute Nachricht«, sagte ich herzlich, und ich meinte es ehrlich, weil ich die beiden sehr gern mochte. »Allerdings ist es noch keine vier Wochen her, da habt ihr mir noch erzählt, ihr wolltet gemeinsam ins Kloster gehen, oder nicht?«

»Schon«, sagte Druda, schnappte Engilradis den letzten Bissen aus der Hand und steckte ihn eilig in den Mund. »Das wollten wir auch. Aber Vater meint, ein lieber, netter, hübscher junger Mann würde uns viel glücklicher machen als das Klosterleben.«

»Na, so etwas!« Ich mußte lachen.

»Und auf welche lieben, netten, hübschen jungen Männer habt ihr euer Auge geworfen?«

»Ich heirate Hildeger Hardefust«, sagte Engilradis froh.

Donnerwetter. Eine der ersten Familien. Ich nickte beifällig. Ich kannte Hildeger, da hatte Constantin eine hervorragende Wahl getroffen. Der alte Hardefust hatte noch voriges Jahr bei meinem Vater angefragt, aber ich hatte den Kopf geschüttelt. Nun bekam ihn Engilradis.

»Und du, Druda?«

»Ich heirate Cunrad. Du weißt schon, den Sohn vom fetten Sigewin.«

Keine so glänzende Partie wie der junge Hardefust, aber eine anständige, gutangesehene und wohlsituierte Familie. Und Drudas glückstrahlendes Gesicht bestätigte, daß ihr dieser Bräutigam sehr recht war.

Übrigens erfuhr ich, daß Constantin den beiden Mädchen die Wahl gelassen hatte.

Die Doppelhochzeit sollte im September gefeiert werden, und wir redeten noch lange miteinander.

Ich kam zu spät zum Abendessen und wollte gleich mit den Neuigkeiten herausplatzen, als Vater sagte: »Hast du schon gehört, Sophia? Unsere Leute sind aus Byzanz zurück.«

Fast wäre mir der Löffel in die Suppe gefallen. Ich riss mich zusammen. »Sind jetzt alle wieder da?«

»Leider nein«, sagte Vater betrübt. »Zwei werden nicht mehr heimkehren.«

»Constantin sprach nur von dem Sohn des Wolbero vom Spiegel ...« wandte ich ein.

»Ja, der wurde bei dem Überfall erschlagen. Aber ein weiterer Mann hat dabei so schwere Verletzungen erlitten, daß er nach einigen Wochen daran gestorben ist.«

»Wer ist es?« fragte ich, und mein Herz schlug mir bis zum Hals.

»Du kennst ihn nicht. Es ist der jüngste Sohn von Heinrich dem Speermacher. Nun kamen Hermann Hirzelin und Gottschalk allein zurück.«

»Gott sei seiner Seele gnädig«, sagte meine Mutter, und ich schlug ein Kreuz. Es sauste mir in den Ohren, und mir war schwindlig. Vor Aufregung konnte ich keinen Bissen mehr hinunterbringen, entschuldigte mich bei meinen Eltern und ging zu Bett. Aber geschlafen habe ich in dieser Nacht nicht.

Es vergingen zwei oder drei Tage. Ich war hektisch und nervös, bestand darauf, mit der Köchin auf dem Markt einzukaufen, obwohl Mutter mich im Geschäft gebraucht hätte, vergaß Aufträge, war nicht bei der Sache. Ich besuchte Großvater Eckebrecht, meinen Zufluchtsort, aber Großvater hatte gerade einen gichtigen Zeh und war grimmig und unausstehlich. Dann ging ich zu dem jungen Fordolf, um wieder mein Latein aufzufrischen, aber ich machte ständig Fehler und ärgerte mich auch noch, wenn er mich verbesserte. Schließlich lachte Fordolf, gab mir einen freundlichen Schubs und sagte: »Sophia, du kannst ein andermal wiederkommen, wenn du besser gelaunt bist.« Engilradis steckte den Kopf aus der Tür und rief mich hinein; sie wollte von mir hören, welcher Stoff am geeignetsten für ihr Hochzeitskleid sei, und ich gab mir alle Mühe, sie freundlich und gut zu beraten. Dabei wollte ich gerade heute überhaupt nichts von Hochzeiten hören.

Kurz: Niemand konnte es mir recht machen.

An diesem Abend war es Vater, der zu spät zum Essen kam. Er entschuldigte sich bei Mutter und griff hungrig zu. Meine Mutter wartete, bis er den ärgsten Hunger gestillt hatte; dann fragte sie ganz nebenbei: »Hattest du heute nicht Besuch, ehe du in die Ratssitzung gingst?«

Vater schnitt sich ein weiteres Stück vom Suppenfleisch ab. »Ach, ja«, meinte er. »Wieder einmal ein Bewerber um Sophia. Ich wage inzwischen kaum mehr, das vor ihr überhaupt noch zu erwähnen.«

Mein Herzschlag setzte für einen Moment aus. Mit niedergeschlagenen Augen und mit bemüht gelangweilter Stimme fragte ich: »Wer war es denn diesmal?«

»Es war der ältere Sohn von Kaufmann Regenzo. Du hast ihn einmal flüchtig gesehen, Sophia, auf unserer Englandfahrt. Er heißt Gottschalk. Richlinde hat erzählt, wie er sie bei dem Überfall verteidigt hat. Kannst du dich an ihn erinnern?«

Ich mußte mich zweimal räuspern. Dann gehorchte meine Stimme wieder, und ich sagte harmlos: »Ja, ich erinnere mich. Was hast du ihm gesagt?«

»Daß ich über seinen Vorschlag nachdenken werde. Aber ich ziehe ihn nicht ernsthaft in Betracht.«

Ich holte tief Luft.

»Vater, ich nehme Herrn Gottschalks Antrag an«, erklärte ich dann fest.

Vater sah fassungslos von seinem Teller auf. Damit hatte er nicht gerechnet. »Wie bitte? Was soll das heißen?«

»Ja, willst du denn, daß aus mir eine alte Jungfer wird?« rief ich.

»Das ist ja wohl die größte Ungerechtigkeit! Seit drei Jahren lehnst du jeden Bewerber ab! Und ich habe nie Zwang auf dich ausgeübt!« rief Vater empört und sah mich zornig an.

Beschwichtigend legte Mutter die Hand auf seinen Arm. »Natürlich hast du das nie, Gunther. An dir liegt es ganz sicher nicht«, sagte sie liebevoll.

»Was hast du denn gegen die Verbindung mit Gottschalk einzuwenden? Er stammt doch aus einer recht guten Familie und ist offenbar sehr tüchtig.«

»Das will ich nicht bestreiten«, brummte Vater. »Aber mit unserer Familie kann er wahrhaftig nicht Schritt halten. Außerdem ist die Familie so gut wie ruiniert, nach ihrem kürzlichen Riesenverlust. Eigentlich dachte ich auch nur, daß unserer Sophia sowieso kein Mann gut genug ist und ich mir darum nicht groß den Kopf zerbrechen muß. Darf man fragen, was deine plötzliche Meinungsänderung zu bedeuten hat?«

Ich brachte kein Wort heraus. Zum Glück übernahm das Mutter.

»Kann es sein, mein liebes Kind, daß du Gottschalk schon seit längerer Zeit deine Aufmerksamkeit gewidmet hast?« fragte sie mich.

Und da sah ich es plötzlich klar: Ja, so war es. Dieser Mann war es, den ich wollte. Warum hatte ich das denn vorher nicht gewußt?

»Den, Mutter. Den oder keinen«, sagte ich. »Was braucht er Geld? Wir haben doch selber mehr als genug.«

»Daß Frauen so dramatisch sein müssen«, knurrte Vater.

»Also gut. Ich werde bis morgen darüber nachdenken, und wenn mir kein Grund dagegen einfällt, gehe ich in den nächsten Tagen zu seinem Vater Regenzo und rede mit ihm.«

Ich kann dir gar nicht sagen, was ich in diesem Augenblick empfand. Seligkeit, Hoffnung, auch Angst – meine Gefühle waren vollkommen durcheinandergewirbelt. So lebendig war ich noch nie gewesen.

Ich sprang auf, umarmte meine Eltern heftig und lief aus dem Zimmer.

Draußen machte ich dann aber wieder kehrt und legte das Ohr an die Tür. Mein Vater hatte sich offenbar noch nicht so recht beruhigt.

»Weißt du was, Hadewigis: Irgendwie ärgere ich mich über Sophia«, beschwerte er sich bei Mutter. Aber diese lachte nur leise.

»Ja, besonders bescheiden und sittsam hat sich unsere Tochter eben nicht gerade aufgeführt«, sagte sie. »Aber sie lebt wenigstens wieder. In den letzten Monaten habe ich mir große Sorgen um sie gemacht. Hast du das nicht auch so gesehen?«

»Doch«, meinte Vater, »jetzt, wo du es sagst; du bist doch die Allerbeste, meine Hadewigis, und ebenso klug wie schön. Komm mal her zu mir.«

Da machte ich schleunigst, daß ich in meine Kammer kam. Obwohl sie so klein war, daß ich mich kaum darin umdrehen konnte, tanzte ich vor Freude und Glück.

Am nächsten Morgen hielt mich nichts im Bett. Ich stand im Morgengrauen auf, und als die Köchin früh wie immer erschien, kochte bereits der Morgenbrei. Ich deckte den Tisch besonders liebevoll und stellte einen Rosenstrauß darauf, den ich, noch naß vom Tau, im Garten geschnitten hatte. Meine Mutter sah es sofort, sah mich belustigt an und gab mir einen Gutenmorgenkuß. Vater hatte weniger ein Auge für die Blumen, aber das kroß gebratene Stück Speck auf dem Morgenbrei gefiel ihm.

»Und warum ißt meine Prinzessin nichts?« fragte er mit vollem Mund und blickte auf meinen unberührten Teller.

»Ich habe keinen Hunger«, erklärte ich. »Ist heute nicht ein wunderschöner Tag?«

Vater drehte sich um und sah aus dem Fenster. »Es sieht nach Regen aus«, bemerkte er.

»Macht nichts«, rief ich fröhlich. »Es ist trotzdem ein herrlicher Tag.«

»Sophia, du bist heute morgen aber wirklich überdreht. Und was hat dieser verzehrende Blick zu bedeuten?«

Ich setzte mich auf seinen Schoß und legte die Arme um seinen Hals. »Gehst du gleich zu Kaufmann Regenzo?« flüsterte ich in sein Ohr.

Vater schüttelte den Kopf. »Doch nicht gleich heute, Sophia. Wie sieht das denn aus, wenn wir solche Eile zeigen? Man muß doch sein Gesicht wahren.«

»Vater, bitte!« flehte ich.

»Nein. Eltern sollten nicht gleich mit gezücktem Segen hinter der Tür stehen, wenn ein Freier anfragt!«

Ich hatte keinerlei Sinn für diese äußerst gelungene Formulierung.

»Bitte!« Und schon rollte eine Träne.

Vater schob mich zurück. »Kommt nicht in Frage!« sagte er streng. »Und nun iß deinen Morgenbrei.«

Ich sah zu Mutter hinüber. Sie zog ganz leicht eine Augenbraue in die Höhe. Das beruhigte mich, und ich schaffte es, zwei Löffel meines Breis hinunterzuwürgen. Und tatsächlich – Vater ging gleich nach dem Frühstück zu Regenzo.

Ja, mein Kind. So war das damals, und so ist es auch noch heute. Die Familienväter besprechen die eheliche Verbindung ihrer Kinder, was die einen Eltern und was die anderen Eltern dem jungen Paar mitgeben, was mit diesem Besitz wird, falls ein Ehepartner den anderen überlebt – das wird dann alles schön sauber in den Schreinsbüchern aufgeschrieben, damit man es später nachlesen kann, falls jemand aus der Verwandtschaft sich im Erbschaftsfall nicht so recht erinnern kann.

Ob Gottschalk bei dieser Unterredung anwesend war, weiß ich nicht. Meine Anwesenheit war jedenfalls nicht gefragt.

Ehrlich gesagt, diese Absprache war mir damals völlig gleichgültig. Später, am Vorabend meiner Hochzeit, teilte mir Vater die Einzelheiten des Vertrags mit. Ich erfuhr, daß meine Eltern mir ein schönes Haus als Mitgift schenken wollten und eine ganz erhebliche Summe Geld dazu. Ich wußte, daß meine Eltern beide sehr wohlhabend waren und ich als einziges Kind eines Tages all ihren Besitz erben würde. Mein Bräutigam war verglichen mit mir zu dieser Zeit arm wie eine Kirchenmaus. Zwar war Regenzo ein Tuchhändler mit guten Verbindungen, aber er hatte viel Geld, auch geliehenes, in die Byzanzfahrt gesteckt, und gerade sein Wagen mit wertvoller Ware war im Besitz der Räuber geblieben. Er mußte jedes Silberstück, das er nicht unbedingt brauchte, zur Abzahlung dieser Schulden verwenden, um seine Kreditwürdigkeit in den Kreisen der Kölner Kaufmannschaft nicht noch mehr zu gefährden.

Darum konnte er Gottschalk im Augenblick nur die Hälfte des Kellers unter seinem Wohnhaus überschreiben, in dem der Sohn dann seinen Laden eröffnen sollte. Mein Vater hatte darum unnachgiebig darauf bestanden, daß meine Mitgift mir allein gehören solle und Gottschalk nicht darüber verfügen durfte. Als ich das erfuhr, schien mir dies wie eine schreckliche Demütigung für meinen Bräutigam – was mein war, sollte doch auch sein eigen sein. Ich bat und bettelte um eine Änderung dieser Bestimmung, aber hier gab Vater auch nicht um einen Deut nach.

An diesem Tag jedoch schenkte ich diesem Umstand nicht die geringste Aufmerksamkeit. Wichtig war mir nur eins: Ich fieberte dem Augenblick entgegen, wo ich Gottschalk wiedersehen sollte. Dies würde am nächsten Tag geschehen, eine Verlobung im Kreis beider Familien. Ich wäre lieber mit ihm allein gewesen, hatte aber gleichzeitig auch Angst davor. Schließlich fand ich, daß der Schutz meiner großen Familie bei diesem Treffen doch beruhigend war.

Bis zum nächsten Tag hatte ich keine Minute Ruhe, um nachzudenken. Unsere Köchin machte einen Tumult, als solle sie die halbe Stadt verköstigen, und kochte, buk und briet mit Hilfe unserer Magd von früh bis spät. Vermutlich ging es in Großvaters Haus und bei meinen Vettern Constantin und Helperich nicht viel anders zu, denn sie schickten zahlreiche Töpfe und Platten mit Speisen in unser Haus. Mutter und ich schmückten den Saal mit frischem Grün, der Boden wurde sorgfältig gefegt und mit duftenden Kräutern bestreut. Am Nachmittag kamen sie dann alle, auch Mutters Sippe, die Scherfgins, zusammen etwa dreißig Leute.

Dann traf meine neue Familie ein, viel weniger zahlreich als das Haus Eckebrechts: meine zukünftigen Schwiegereltern Regenzo und Godelive mit ihren Söhnen Gottschalk und dem jüngeren Regenzo. Außerdem Godelives Brüder, die Tuchhändler Pilgrim und Nanno mit ihren Familien. Ich machte artig meinen Knicks, lächelte und neigte das Haupt vor meinen zukünftigen Schwiegereltern. Dann wagte ich, über Regenzos Schulter hinweg nach dem einzigen auszuschauen, auf den es mir ankam.

Gottschalk überragte seine Verwandten um einen halben

Kopf und wirkte durch seine üppigen dunklen Locken noch größer. Als unsere Blicke sich kreuzten, lächelte er spitzbübisch und – tatsächlich: Er hob den Finger zur Nase und deutete ein Nasebohren an. Ich mußte lachen, und meine Verwandten lachten mit, obwohl sie Gottschalks Neckerei gar nicht hatten sehen können. Der feierliche Kreis löste sich plötzlich auf, Vater trat zu dem älteren Regenzo, Tante Engilradis begann ein Gespräch mit Godelive, und Gottschalk kam zu mir herüber. Ich bemerkte, daß er leicht hinkte, und in seinem Gesicht sah ich feine Linien, die bei der Fürstenhochzeit in Minden noch nicht dagewesen waren.

Scharfsichtig wie immer hatte Gottschalk meinen prüfenden Blick richtig eingeschätzt.

»Ich hatte einen schlimmen Dolchstich im Bein, aber langsam kann ich wieder laufen«, erklärte er, als hätten wir uns erst gestern gesehen. »Vielleicht willst du keinen verkrüppelten Ehemann, Sophia? Der Arzt meint allerdings, bald wäre mein Bein so gut wie neu.«

Ich brachte keinen Ton heraus und schüttelte nur den Kopf.

»So, du willst mich also nicht?« hakte Gottschalk nach, aber besonders besorgt sah er dabei nicht aus.

Ich hatte einen Frosch im Hals und mußte mich erst räuspern. »Doch«, brachte ich dann heraus.

»Das wäre dann also geklärt«, meinte Gottschalk beiläufig, verbeugte sich höfisch vor mir, nahm meine Hand und führte mich an das Kopfende der Tafel, wo die Ehrensitze für Braut und Bräutigam waren. Als das Mahl aufgetragen wurde, zog dies glücklicherweise sofort die Aufmerksamkeit der Festgesellschaft von uns ab, und wir konnten das erste Mal ungestört miteinander reden.

»Wie ist es dir ergangen?« fragte ich schüchtern. Gottschalk lachte bitter. »Es könnte besser sein. Die Reise nach Byzanz war anstrengend, aber sehr interessant. Eine solche

Stadt habe ich noch nie gesehen. Ich würde sie dir gern einmal zeigen, Sophia. Es gibt dort eine großartige Kirche, die deinen Namen trägt, Hagia Sophia. Einen herrlichen Palast hat der Kaiser, jedenfalls von außen betrachtet. Er hat mich nicht eingeladen, ihn zu besichtigen, ist das nicht unaufmerksam von ihm?«

Ich mußte lachen.

»Deine Tante Richlinde wollte sich uns anschließen, mit dem einzigen Kind, das ihr noch geblieben ist. Er heißt Constantin, nach deinem Großvater.«

Ach so, ich hatte geglaubt, er sei nach meinem Vetter Constantin benannt.

Aber dies war ja der Name gewesen, den Großvater vor seiner christlichen Taufe getragen hatte.

»Warum heißt er dann nicht Eckebrecht?« fragte ich.

»Das kann in Byzanz niemand aussprechen«, meinte Gottschalk und lachte. Aber das Lachen verschwand rasch, als er mir von dem Überfall der Räuber auf der Rückreise berichtete:

»Wir wehrten uns nach Kräften, das kannst du mir glauben. Aber es waren zu viele. Ich verteidigte unsere Wagen mit ihrer kostbaren Ladung mit Zähnen und Klauen, bis ich den verdammten Dolch im Bein hatte.«

Von seinem Kampf um das Leben von Richlinde und ihrem Sohn sagte er nichts.

»Einer meiner Knechte wurde getötet, der andere verteidigte mich, als ich wegen meiner Verletzung hilflos war. Aber den Räubern ging es natürlich um die Beute, nicht darum, uns unbedingt zu erschlagen. Auch von ihnen blieben mehrere tot liegen, aber zum Schluß preschten sie mit den meisten unserer Wagen davon, während ein Haufen von ihnen uns in Schach hielt. Uns blieb nichts anderes übrig, als in ohnmächtiger Wut zusehen, denn zu viele von uns waren verwundet. Immerhin mußten sie uns einige der Wagen zurücklassen. Meine waren leider nicht dabei, und auch nicht unter denen, die uns die kaiserlichen Soldaten einige Tage später zurückbrachten. Da lag ich schon mit hohem Fieber in einer Bauernhütte. Ich hatte noch das Glück, daß in der Nähe ein Kloster war; die Mönche holten die Verwundeten ab und pflegten uns, gegen gutes Geld, versteht sich. Immerhin blieb mir so das Leben und auch mein Bein erhalten. Beim Sohn des Speermachers halfen auch die Heilkünste der frommen Männer nicht, ich sah wochenlang zu, wie er dahinsiechte, und habe den armen Jungen schließlich dort begraben.«

Er nahm seinen Becher. »Ich trinke auf seine arme Seele.«

Ernsthaft nippte ich an meinem Becher. Die traurige Geschichte rührte mich sehr, und ich war zutiefst dankbar, daß Gottschalk überlebt hatte. Aber unwillkürlich mußte ich daran denken, wie Herzog Heinrich mit seiner blutjungen Braut Mathilde gesprochen hatte. Da war es um andere Dinge gegangen als um Überfälle. Voller Zärtlichkeit waren seine Worte gewesen, und unglaublich verführerisch, obwohl er seine Braut nicht mit einem Finger berührt hatte. Und wie hatte Mathilde vor Glück gestrahlt!

Seitdem hatte ich davon geträumt, daß eines Tages auch zu mir ein Mann so sprechen würde. Sein Gesicht war in meinen Träumen immer verschwommen, aber seine Stimme klang so wie die von Herrn Heinrich – zärtlich, beschwörend, leidenschaftlich.

Statt dessen hörte ich nun Gottschalk mit grimmigem Ton von den Räubern berichten. Verstohlen warf ich einen Blick auf sein Gesicht; und mir wurde bewußt, daß dieser Mann mir fremd war. Was wußte ich schon von ihm? Mir wurde plötzlich sehr bange.

Eins mußte man Gottschalk lassen: Er hatte ein unglaubliches Gespür dafür, was in einem anderen Menschen gerade vorging – eine Eigenschaft, die man nicht unbedingt von ihm erwartet hätte. Oder standen mir meine Gedanken so deutlich ins Gesicht geschrieben? Jedenfalls blickte er mich plötzlich sehr intensiv an, und dann lächelte er – ebenso unwiderstehlich wie damals Herr Heinrich; nur daß dieses Lächeln mir galt und von Gottschalk kam, und nicht von dem Herzog, der mich lediglich als Gemahl meiner Prinzessin interessierte.

»Nun, mein kleiner Schiffsjunge, du willst also tatsächlich den Hafen der Ehe ansteuern? Und das auch noch mit mir? Dann bin ich also doch ein Glückspilz«, sagte er, und jetzt klang seine Stimme weder beiläufig noch grimmig, sondern wie das Geläut der Domglocke, so dunkel, voll und sanft. Da stieß ich einen tiefen Seufzer aus und war still und zufrieden.

Glücklicherweise konnte ich durchsetzen, daß wir eine Dreifachhochzeit feierten. Zu Engilradis und Druda kam ich nun als dritte Braut aus dem Hause Eckebrechts. Meine Eltern wunderten sich sehr darüber. Sie hätten eine Feier vorgezogen, bei der ich die einzige Hauptperson war – mit meinem Bräutigam natürlich, aber bei Hochzeiten schaut ja immer jeder zuerst auf die Braut. Aber dann hätte ich erst nach meinen Basen heiraten können, und das paßte mir gar nicht. Ich wollte jetzt keinen einzigen Tag länger warten als unbedingt nötig.

Von dieser Hochzeit spricht Köln noch heute. Doppelhochzeiten für Geschwister, das gab es öfters. Aber gleich drei Paare – und dabei auch noch alles vertreten, was im Kölner Handel Rang und Namen hat! Zu den zahlreichen Teilnehmern unserer Verlobungsfeier gesellte sich jetzt noch die Hardefust-Sippe: Hildegers Vater, der Bürgermeister Albero Hardefust, und seine Frau Richmodis, dann Hildegers Brüder Albero und Godefrid sowie die Schwestern.

Drudas Bräutigam Cunrad kam in Begleitung seiner drei Geschwister; und alle Familien hatten noch viele Vettern und Basen, die natürlich bei einem solch wichtigen Hochzeitsfest eingeladen waren.

Unsere Sippe versammelte sich im Haus Constantins, und ich schlüpfte in die Kammer von Engilradis und Druda. Wir hatten drei verschiedene Farben für unsere Hochzeitskleider gewählt: hellblau mit rot für Engilradis, hellgrün für Druda und gelb für mich. Meine Mutter mit ihrem untadeligen Geschmack steckte uns allen die Haare hoch und faßte sie mit Netzen zusammen: silbern für Engilradis, golden für Druda und rot für mich. Als sie uns dann noch Blumen zwischen die Locken gesteckt hatte, klatschte sie selbst vor Freude in die Hände.

»Ach, ihr lieben Mädchen, wie wunderschön seht ihr aus!«

In Constantins Haus gab es einen Spiegel, er war darin nicht so streng wie mein Vater.

Auf einen Wink meiner Mutter holte die Magd ihn aus Constantins Kammer. Seine Töchter hatten schon öfters angeregt, er möge den Spiegel doch in einem allgemein zugänglichen Raum aufhängen, aber Constantin behauptete, er brauche ihn zum Rasieren. Damals gab es noch nicht solche Spiegel wie heute, mit Glas ausgelegt, in denen man sich wunderbar betrachten kann. Hätten wir doch damals schon so ein Wunderding gehabt! Jetzt könnte ich einen haben, aber nun brauche ich ihn nicht mehr. Was soll ich mir meine Falten auch noch betrachten!

Jedenfalls war Constantins Spiegel eine polierte Metallplatte. Mutter hielt ihn uns hin, und wir versuchten möglichst viel von uns darin zu erspähen, auch wenn wir uns dabei fast die Hälse verrenkten. Wir waren alle drei so voller Vorfreude und Übermut, daß wir unaufhörlich kichern mußten. Engilradis' und Drudas Wangen waren vor Aufregung gerötet, und die Augen blitzten, und so wird es dann wohl auch bei mir gewesen sein.

Dann ging es in den Saal, wo die engste Familie bereits wartete. Großvater ließ es sich nicht nehmen, alle drei Bräute zärtlich zu umarmen. Mich hielt er am längsten fest, ich bin eben immer sein Liebling gewesen. Dann nahm Constantin Engilradis an die rechte und Druda an die linke Hand, Vater nahm meinen Arm, und so gingen wir hinaus auf die Straße, wo sich mittlerweile unsere Bräutigame, ihre Familien und alle anderen Hochzeitsgäste versammelt hatten. Ich kann gar nicht sagen, wie viele Menschen es waren, die enge Dwergasse war jedenfalls völlig verstopft bis in die benachbarten Straßen und Gassen hinein.

Aber unter allen Leuten sah ich nur einen. Gottschalk überragte selbst den hochgewachsenen Hildeger Hardefust noch um eine Handbreit, er hatte seine wilden dunklen Locken mit einem roten Seidenband gezähmt. Gerade sprach er mit Hildeger, aber als die Leute beim Anblick der Bräute in Beifall ausbrachen, schaute er herüber und sah mich an. Mein Herz begann wie rasend zu schlagen.

Eckebrecht hatte eigentlich den Zug anführen wollen; aber Gerard Unmaze, Engilradis' Großvater, protzig wie immer, hatte gleich eine ganze Schar von Musikanten und Schauspielern für die Hochzeit seiner Enkelin engagiert, und nun lief ein Akrobat auf den Händen vor der Hochzeitsgesellschaft her. Mein Großvater sah ein, daß er Gerard Unmaze nicht mehr zu einem besseren Geschmack erziehen konnte, wehrte sich aber entschieden dagegen, hinter dem Akrobaten herzugehen.

»Am Ende erwarten die Leute noch, daß ich auch auf den Händen laufe, um sie zu belustigen, und so etwas verträgt sich nicht mit meiner Würde, und ich könnte es auch meinem alten Rücken nicht mehr antun«, brummte er mir ins Ohr. Also eröffnete mein Vater mit mir den Brautzug, dahinter Constantin mit Tochter und Stieftochter, anschließend die Bräutigame in einer Reihe, dann Großvater mit meiner Mutter, Onkel Fordolf mit seiner Frau Engilradis, Gottschalks Eltern Regenzo und Godelive, dann die Hardefusts, und die übrigen Verwandten und Freunde reihten sich ein.

Mutter hatte mir ein winziges Glöckchen an den Kleidersaum genäht, das bei jedem Schritt ganz leise klingelte. Ich höre es noch heute. Das ist merkwürdig, denn unser Hochzeitszug war nicht gerade leise, und viele Leuten riefen den jungen Paaren lauthals ihre Glückwünsche zu. Aber ich hörte nur das Glöckchen, das mit seinem zarten Klang mein Glück einläutete.

Unsere Trauung fand in der Domkirche statt. Gerhard Unmaze hatte Wert darauf gelegt, daß seine Enkelin vom Erzbischof persönlich getraut wurde. Ich weiß nicht, ob er dies tatsächlich erreicht hätte, aber Erzbischof Philipp von Heinsberg war noch nicht aus Aachen zurückgekehrt, wo er Barbarossas Sohn, den vierjährigen Prinzen Heinrich, zum König gekrönt hatte. So mußten wir mit dem Dompropst vorliebnehmen. Ihm diente bei der heiligen Handlung Constantins Sohn Fordolf.

Gottschalk und ich standen in der Mitte, eingerahmt von Constantins Töchtern mit Hildeger und Cunrad. Ich reichte Gottschalk gerade bis zur Schulter und mußte an Mathilde denken, die ihren Gemahl um fast einen Kopf überragt hatte. Vorsichtig blickte ich an meinem zukünftigen Eheherrn hoch; ein Lichtstrahl fiel durch ein Fenster genau auf seinen Kopf. Mein Herz schlug so laut, daß ich meinte, jeder in der Kirche müsse es hören, und ich zitterte vor Aufregung. Mit diesem Lichtschein um sein Haupt erschien mir Gottschalk wie ein Engel.

Heute muß ich allerdings zugeben: Es war das erste und blieb das einzige Mal. In unserem langen gemeinsamen Leben erschien er mir wie alles mögliche, aber der Vergleich mit einem Engel kam mir nie wieder in den Sinn.

Damals aber war ich so gefangen, daß ich nicht einmal die Frage des Dompropstes hörte. Ich erschrak sehr, als er mit erhobener Stimme wiederholte:

»Und so frage ich dich nochmals, Sophia, Tochter des Gunther von San Laurentio und der Hadewigis Scherfgin: Willst du diesen Mann Gottschalk als deinen Ehemann annehmen, ihn achten und lieben, bis daß der Tod euch scheidet?«

Ich wollte mit klarer und deutlicher Stimme antworten, aber meine Kehle war wie zugeschnürt. Immerhin bewegten sich meine Lippen in der Anstrengung, ein »Ja!« zu formen, und das schien dem Dompropst zu genügen, denn jetzt wandte er sich an Gottschalk, und dessen »Ja!« erschütterte die ganze Kirche.

Nachdem die beiden anderen Paare vernehmbar und fröhlich ihre Zustimmung zum zukünftigen Lebensbund gegeben hatten und der Dompropst den Segen des Allerhöchsten auf uns herabgefleht hatte, nahm Gottschalk meine Hand und führte mich aus dem Gotteshaus. Die Sonne fiel in breitem Schwall in die geöffnete Tür, und ich hatte das Gefühl, ich ginge jetzt an der Seite meines Mannes auf einen ewig sonnigen Lebensweg. Ja, mein liebes Kind, zu Recht nennt man dieses Fest Hochzeit – es ist der Höhepunkt im Leben.

Das Fest rauschte an mir vorbei. Wir hatten das Bürgerhaus gemietet, denn selbst in unseren großen und komfortablen Häusern wäre niemals Platz für so viele Menschen gewesen. Ich erinnere mich noch, wie wir zu dritt den Brauttanz schritten und der dicke Cunrad eine besonders elegante Drehung machen wollte und sich dabei auf den Hosenboden setzte, worüber die ganze Hochzeitsgesellschaft sehr lachen mußte, Cunrad am meisten. Nur Druda lachte nicht. Sie zog ihren Bräutigam sanft in die Höhe, klopfte ihm liebevoll den Staub von der Hose und lächelte ihn herzlich an.

Später geriet Hildegers Bruder Albero mit meinem Vetter Helperich in Streit. Die Hardefusts sind ja alle jähzornig, wenn sie getrunken haben, sonst sind es die freundlichsten Leute. Die Fäuste waren schon gezückt, da war blitzschnell Onkel Fordolf zur Stelle, schnappte sich Alberos Arm mit festem Griff und lud ihn lächelnd ein, sich doch mit ihm das jüngst geborene Fohlen im Stall anzusehen. Albero war ein großer Pferdefreund, und sofort heiterte sich seine zornige Miene auf, und er eilte mit Fordolf hinaus.

Tante Engilradis aber nahm ihren Sohn Helperich ins Gebet. Ich hörte, wie sie streng zu ihm sagte: »Gerade du solltest dich an Festen nie in Streit verwickeln lassen. Hast du vergessen, daß der Mann deiner Schwester an deiner eigenen Hochzeit wegen einer Nichtigkeit erstochen wurde?« Und Helperich, der bei seiner Mutter immer sanft wie ein Lämmchen war, senkte betreten den Kopf und gelobte Besserung.

Dank der Wachsamkeit der älteren Familienmitglieder verlief das Hochzeitsfest dann so, wie es sich gehört: Tanz, Gelächter, Essen, Trinken, Gaukler und Musikanten, wieder Essen und Trinken, Gesang, der in falsche Töne und Grölerei ausartete, und dergleichen Lustbarkeiten mehr.

Der Abend war schon weit fortgeschritten und die Stimmung ebenso, da zupfte mich Gottschalk am Ärmel.

»Wenn ich jetzt noch weiter mit allen Leuten trinken soll, die mir zuprosten, dann weiß ich nicht, wie die Hochzeitsnacht enden wird. Sollen wir darum nicht lieber jetzt gehen?«

Ich wollte keinen lallenden und torkelnden Bräutigam und nickte ihm daher zu. Nur meiner Mutter gab ich noch unauffällig Bescheid, dann stahlen wir uns einfach davon. Mochte die Hochzeitsgesellschaft weiter schlemmen, tanzen und trinken – wir hatten Besseres vor. Das Gejohle, mit dem man ein jungvermähltes Paar zum Brautbett führt, mochten sie sich für die beiden anderen Brautpaare aufsparen.

Und so schritt ich an Gottschalks Arm in mein neues Leben hinein.

Du brauchst nicht so erwartungsvoll zu schauen, meine Tochter. Mein Bericht über die Hochzeit endet hier. Nicht, daß ich mich nicht mit Freude an die Brautnacht erinnern würde – aber das ist nun wirklich nichts für deine Ohren.

*

Wenige Wochen nach der Hochzeit nahm ich dann an der ersten Handelsfahrt als Gehilfin meines Ehemannes teil – so, wie Großvater es für mich vorgesehen hatte. Zu meiner großen Freude wollte Gottschalk zusammen mit meinem Vetter Helperich nach Braunschweig reisen, und ich mußte gar nicht lange darum bitten, mitgenommen zu werden. Die Männer unserer Familie waren, sicher zu Recht, der Ansicht, meine Freundschaft mit Herzogin Mathilde könnte unserem Handel äußerst förderlich sein. So sichtete ich fröhlich die Lagerbestände bei meinen Eltern und bei Großvater und stellte mit ihrer Hilfe Warenlisten zusammen. Und du wirst es nicht glauben: Auch meine eigenen Waren befanden sich schon darunter! Meine Eltern hatten mich so großzügig mit Geld beschenkt, daß ich nach der Einrichtung unseres schönen neuen Hauses noch genug übrig hatte, um meinen eigenen Handel zu beginnen. Nach Beratung mit Mutter, Großvater und natürlich mit Vetter Constantin hatte ich mich entschlossen, zunächst einmal mit den herrlichen

Erzeugnissen der Kölner Goldspinnerinnen zu handeln, dann mit Gold- und Silberfäden und mit bestickter Seide. Diese Gewerbe wurden in Köln überwiegend von Frauen ausgeführt, und ich stellte es mir angenehm vor, mit meinesgleichen zu verhandeln. Später wollte ich mich dann stärker auf den Tuchhandel verlegen.

Mutter hatte beifällig genickt, als ich ihr meine Geschäftspläne vorlegte.

»Wirst du auch Gottschalk nach seiner Meinung fragen?« hatte sie sich dann beiläufig erkundigt.

Ich sah sie erstaunt an.

»Wozu? Er kann mir wohl kaum besser raten als du, Vater, Großvater und Constantin.«

»Aber er würde es vermutlich doch gern tun«, sagte Mutter freundlich, aber nachdrücklich.

Ich verstand. Also stellte ich Gottschalk nicht vor vollendete Tatsachen, sondern bat um seinen Rat. Er empfahl mir dringend, mit dem blauen Garn zu handeln, das als »Kölsches Garn« hochgefragt war. Ich lächelte begeistert und dankte ihm sehr. Im Stillen dachte ich: Nun gut, ich würde das blaue Garn eben auch in mein Sortiment aufnehmen, aber keineswegs auf die übrigen Waren verzichten.

Für diese hochwertigen Waren war eine Lagerung im Keller nicht geraten, für das blaue Garn sogar verboten, damit es sich nicht mit Feuchtigkeit vollsaugen und so ein größeres Gewicht vortäuschen konnte. Ich hatte darum das Erdgeschoß unseres Hauses als Laden mit Lager eingerichtet und einen besonderen Lagerraum für Gottschalks Tuche vorgesehen. Aber mein Mann machte davon keinen Gebrauch, sondern hatte seine Waren nach wie vor im Hause seiner Eltern, wo er ihr Hochzeitsgeschenk, den halben Keller, als Laden nutzte.

Es hatte mir dann sehr viel Freude bereitet, die Goldspinnerinnen, Seidenweberinnen und -stickerinnen aufzusuchen und mit ihnen zu verhandeln. Mit einigen schloß ich Verträge über die Waren, die sie für mich herstellen sollten. Ich konnte aber auch einen größeren fertigen Posten von einer Goldspinnerin übernehmen, die nach dem plötzlichen Tod eines Kunden auf einer Bestellung sitzengeblieben war.

Außer den Goldfäden hatte ich natürlich Borten und Gürtel aus dem Lager meiner Mutter sowie einen Ballen wunderschöner hellblauer Seide von meinem Vater sowie Schmuck von Großvater in meiner Ladung, während Gottschalk einige Ballen bester Wollstoffe und Helperich Rheinwein im Gepäck hatten.

Auch Hildeger Hardefust schloß sich uns im Auftrage seines Vaters an, er allerdings ohne seine junge Frau. Engilradis hatte im Gegensatz zu mir gar keine Lust, auf weite Reisen zu gehen.

»Ich werde, solange Hildeger fort ist, bei Vater wohnen. Er und Fordolf und meine Halbbrüder Theoderich und Heinrich liegen mir dauernd mit ihren Klagen in den Ohren, wie sehr sie mich und Druda vermissen. Da nutze ich doch gern die Gelegenheit, wieder einmal bei ihnen zu sein. Wer weiß, wenn Hildeger nächstes Jahr auf Reisen geht, könnte ja vielleicht schon ein Kind in der Wiege liegen, dann habe ich keine Zeit mehr für anderes«, vertraute sie mir an.

Wir wählten den gleichen Weg wie im vorigen Jahr zur Fürstenhochzeit. Räuberische Überfälle blieben uns glücklicherweise erspart. Gottschalk mochte mich auch nicht in Jungenkleidern sehen. Das sei nicht nötig, er wäre sich sicher, seine Frau vor jeglichem Übergriff schützen zu können, bemerkte er. Ich erklärte aber, die Jungenkleider seien so herrlich bequem für die Reise, und trug sie unbeirrt.

Wie wunderbar war doch die Reise jetzt im Herbst, die Wälder noch in Saft und Kraft, und nachts lag ich nicht allein im Zelt, sondern Gottschalk hielt mich in seinen Armen. Das Leben war schön.

In Braunschweig angekommen, freute Mathilde sich unbändig, mich wiederzusehen. Ich staunte, wie fließend sie jetzt meine Sprache beherrschte – wenn auch in sächsischem Tonfall. Stolz zeigte sie mir ihr Heim, die Burg Dankwarderode, und ich war sehr beeindruckt von der großartigen Ausstattung mit Wandteppichen, edlen Möbeln und Gerätschaften. Ich weiß nicht, ob sich hier Herrn Heinrichs Geschmack zeigte oder der von Mathilde, auf jeden Fall wirkte nichts protzig und überladen, sondern alles sehr harmonisch. Ich wunderte mich, daß die Burg mitten in der Stadt lag und nicht einsam auf einem Berg; aber Mathilde erklärte, der Herzog fühle sich wohl unter seinen Bürgern und suche ihre Nähe.

Auch die Stadt Braunschweig gefiel mir sehr gut. Sie war neu und jung, und überall pulsierte das Leben. Der Handel auch; im Nu hatten wir all unsere Ware verkauft, und Gottschalk redete schon von der Rückkehr. Aber da hatte er nicht mit Mathilde gewettet. Sie war gar nicht bereit, mich schon wieder gehen zu lassen. Schließlich entschieden sich die Männer, noch nach Lübeck zu reisen, um dort Waren aus dem Gotlandhandel zu erstehen, und mich solange in Braunschweig zu lassen.

Mathilde war tatsächlich noch einmal gewachsen, und nun war sie einen ganzen Kopf größer als ihr Gemahl. Aber das störte die beiden überhaupt nicht. Sie lachten und tändelten miteinander. Zur Familie gehörten noch zwei Mädchen: Gertrud, das einzige Kind, das aus Heinrichs Ehe mit Clementia von Zähringen noch am Leben war. Sie war auch schon im zarten Alter von elf Jahren mit dem jungen Herzog Friedrich von Schwaben verheiratet worden, dem

Neffen von Kaiser Barbarossa. Aber dieser war vor Rom der gleichen Seuche erlegen wie Erzbischof Rainald von Dassel, und so war die zwölfjährige Witwe zu ihrem Vater zurückgekehrt. Jetzt zählte sie vierzehn Jahre und war gar nicht böse, daß ihr Vater sich mit der Wahl eines zweiten Ehemannes Zeit ließ. Sie verstand sich prächtig mit der um ein Jahr jüngeren Stiefmutter, und über ihre tollen Jagdausritte redete ganz Braunschweig.

Außerdem war da noch Herzog Heinrichs vierjährige Bastardtochter. Ihre Mutter Ida von Blieskastel hatte Sachsen verlassen, als der Herzog die Ehe mit Mathilde bekanntgab.

Die Kleine trug ebenfalls den Namen Mathilde. Ich fand das nicht so glücklich, aber meine großmütige Prinzessin hatte das niedliche Kind ins Herz geschlossen und sah sich als eine Art Patin für das Mädchen an. Die Kleine hatte ihre leibliche Mutter inzwischen vergessen und hing den ganzen Tag an Mathildes Rockzipfel.

Gleichzeitig mit meinem Mann hatte auch der Herzog Braunschweig verlassen. »Ich weiß meine Frau ja in guter Obhut bei dir, Sophia«, bemerkte er freundlich. Ich mochte den Herzog inzwischen sehr gern; zum einen, weil er meine liebe Mathilde so glücklich machte, zum anderen, weil er sich so gar nicht hochmütig und adelsstolz gab. Eigentlich schien mir, Herr Heinrich hätte auch in einer Kaufmannsfamilie sehr viel Erfolg gehabt. Er hatte einen sicheren Blick für Einnahmequellen; er gründete Städte, stattete sie mit kaufmannsfreundlichen Regelungen aus und siehe da: Das Geld sprudelte. Er warf es aber nun nicht für Tand zum Fenster hinaus, sondern bezahlte damit Reiter, welche die Sicherheit seiner Straßen überwachten, schnelle Boote, die seine Küsten und Häfen frei von Seeräubern hielten und dergleichen, baute Handelshöfe, Ställe, Gasthöfe und so weiter. Natürlich suchten die Kaufleute darum den Weg durch Herzog Heinrichs Gebiet und ließen ihre Wegeabgaben bei ihm und nicht anderswo. Gleichzeitig rief er die jüngeren Bauernsöhne, die in ihrer Heimat kein Auskommen fanden, und besiedelte mit ihnen die leeren Gebiete im Osten seines Landes. Sein Reich blühte. Sein Reich? Eigentlich hat ja nur der König ein Reich, und Herzog Heinrich, der jüngere Vetter Barbarossas, ist diesem im Grunde nicht gleichgestellt, aber als Kaiserenkel und als reichster und mächtigster Mann auf deutschem Boden, als Inhaber zweier Herzogtümer war er es in Wirklichkeit doch. Ich weiß nicht, ob ich dir das richtig erklären kann; es war ein schwieriges Verhältnis, und schließlich ging es ja auch nicht gut für Herrn Heinrich aus. Aber das hätte damals noch niemand ahnen können.

Es war ein klarer, frischer Herbstmorgen. Ich hatte etwas länger geschlafen als gewöhnlich, und Mathilde kam, um mich zu wecken.

»Die Sonne scheint, es ist wunderschön draußen«, sagte sie und stieß den Fensterladen auf.

»Jetzt hätte ich Lust, auf die Jagd zu gehen. Schade, daß die Männer nicht da sind. Aber wir könnten wenigstens kurz ausreiten. Ich habe eine ganz, ganz sanfte Stute, auf die kannst auch du ohne Angst steigen. Los, steh schon auf.«

Ich war ein kleines bißchen beleidigt. Natürlich bin ich das Reiten nicht von Kindesbeinen an so gewohnt wie die Herzogin, aber ich falle auch nicht sofort vom Pferd. Ich schwang die Beine aus dem Bett und wollte ans Fenster gehen, als mir plötzlich schrecklich übel wurde. Mathilde sah, wie ich mir die Hand vor den Mund preßte, und hielt mir geistesgegenwärtig die Waschschüssel unter den Kopf, als ich mich übergab. Dann war der Anfall vorbei, und ich ließ mich wieder auf den Strohsack sinken.

»Es tut mir leid. Ich sollte vielleicht besser nicht ausreiten«, murmelte ich. Mathilde setzte sich neben mich und streichelte meine Hand.

»Ist der Arzt mit Herrn Heinrich geritten?« fragte ich mit schwacher Stimme. Mathilde lächelte und schüttelte den Kopf.

»Könnte es nicht einfach sein, daß du ein Kind erwartest, Sophia?« fragte sie mich. Ich rechnete nach. Mein letzter Mondfluß war kurz nach der Hochzeit gewesen. Das war zwei Monate her.

Ich vergaß die Übelkeit, und eine große Freude breitete sich in mir aus.

»Vielleicht habt Ihr recht. Hoffentlich habt Ihr recht«, sagte ich. Mathilde lächelte mich liebevoll an, dann aber seufzte sie.

»Du bist erst so kurz verheiratet, und ich schon eineinhalb Jahre«, meinte sie betrübt. »Ich möchte auch so gern ein Kind.«

Ich drückte ihre Hand. »Hoheit ...« begann ich, aber Mathilde unterbrach mich.

»Ich habe es gründlich satt, daß du mich Hoheit nennst. Du bist meine liebste Freundin. Kannst du nicht einfach Mathilde zu mir sagen?«

Ich zögerte. »Es schickt sich nicht für eine Kaufmannstochter...«

»Das ist mir gleich. Aber ich kann ja meinen Löwen bitten, daß er deinen Mann zum Ritter schlägt und ihm einen Herrensitz schenkt, willst du das?«

Darüber mußte ich sehr lachen. »Es reicht mir, wenn Gottschalk mein Ritter ist. Also gut. Ich will gern Mathilde zu dir sagen. Aber vielleicht nur, wenn wir allein sind.

Und mit dem Kind –«

»Ja, ich weiß schon. Mein Löwe sagt auch immer, ich sei noch zu jung für eine Schwangerschaft, sie könnte mein Leben gefährden, und das sei ihm das Kostbarste, was er besitzt. Ist das nicht schön von ihm? Seine Mutter wurde mit zwölf Jahren an den bayrischen Herzog Heinrich den

Stolzen verheiratet, sie bekam meinen Löwen mit vierzehn, und die Geburt hat sie um ein Haar das Leben gekostet.«

Ich staunte immer wieder über die junge Herzogin. Sie war ja erst dreizehn Jahre alt, aber weil sie so hoch gewachsen war und sehr klug und vernünftig, schien sie wesentlich reifer.

Dann fiel mir noch etwas ein.

»Die Kaiserin war auch erst zwölf Jahre, als sie Barbarossa heiratete. Erst fünf Jahre später wurde sie Mutter, aber seitdem kommt fast jedes Jahr ein Kind, wie man hört.«

Dies, fand Mathilde, sei ein nachahmenswertes Beispiel.

Bald darauf brach ein unvermutet früher, heftiger Winter ein. Es schneite tagelang. Wenn wir die Burg verließen, stapften wir bis zu den Knien im Schnee. Mathilde, Gertrud und ich vergnügten uns wie die Kinder damit, uns mit Schneebällen zu bewerfen. Gertrud und ich errichteten zusammen einen großen Schneemann mit einer Möhre als Nase und zwei Haselnüssen als Augen. Mathilde aber baute einen Dom aus Schnee und sagte, solch ein Bauwerk sei ihr angemessen, nicht eine solche Kinderei wie unser Schneemann.

Kurz, wir hatten eine herrliche Zeit – wenn ich mich nur nicht so sehr nach meinem Mann gesehnt hätte.

Aber Mathilde gab sich keineswegs nur Zeitvertreib hin. Sie vertrat den Herzog in seiner Abwesenheit. Er hatte ihr Adalbert, einen alten Kleriker, als Berater dagelassen, der römisches Recht in Bologna studiert, sich aber auch mit dem alten sächsischen Recht beschäftigt hatte. So hielt Mathilde jeden Monat einmal einen Gerichtstag ab. Gründlich, wie sie war, hörte sie an einem Tag zunächst einmal nur die Klagen an; dann beriet sie jeden Fall ausgiebig mit Adalbert, und erst am dritten Tag sprach sie dann die Urteile.

»Über schwierige Fälle muß man erst eine Nacht schlafen«, sagte sie. Sie nahm auch die Klage eines kleinen Bauern sehr ernst, und ich glaube nicht, daß sie jemals leichtfertig geurteilt hat.

Außerdem nahm sie jeden Tag gleich nach dem Frühstück zwei Stunden Unterricht bei Adalbert.

Herr Heinrich sandte jede Woche einen Boten an seine Gemahlin, der ihr ausgiebig zu berichten hatte und ihr Briefe überbrachte. So war sie stets auf dem laufenden, was sich in der großen Politik abspielte. Ich erfuhr, daß Herr Heinrich ständig Konflikte mit den Großen seines Herzogtums auszufechten hatte, welche längst nicht alle seiner Verfügungsgewalt unterstanden. Die Markgrafen von Meißen, Lausitz, Brandenburg, der sächsische Pfalzgraf und der Landgraf von Thüringen versuchten immer wieder, ihr Mütchen an Herrn Heinrich zu kühlen, und erst einmal die Kirchenfürsten! Besonders der Magdeburger ließ sich keineswegs unter den Willen des Herzogs zwingen.

Ich erinnerte mich daran, daß Mathilde in England noch mit dem Gedanken gespielt hatte, ihr Gemahl könne vielleicht eines Tages die Krone erlangen, die sein Großvater Kaiser Lothar besessen hatte. Ich fragte sie im Vertrauen, ob er denn damit einverstanden sei, daß nun Kaiser Friedrich seinen Sohn zum König habe krönen lassen.

Mathilde seufzte.

»Nun ja«, meinte sie dann zögernd, »recht war es ihm nicht gerade. Aber weißt du, die Welfen und die Staufer streiten sich jetzt ein halbes Jahrhundert lang um den Königsthron. Wer hätte beim Tod Kaiser Heinrichs V. gedacht, daß ihm der sächsische Herzog Lothar von Supplinburg folgen würde und nicht seine Schwestersöhne, die Hohenstaufer? Und wie konnte es geschehen, daß nicht Lothars Schwiegersohn Heinrich der Stolze, der Vater meines Löwen, sein Nachfolger wurde, sondern der Thron nunmehr an das staufische Haus ging? Und warum folgte Barbarossa seinem Onkel Konrad als König, obwohl dieser doch einen Sohn hinterlassen hatte? Wer weiß, was noch alles geschehen kann, bevor dieser kleine Prinz einmal in die Fußstapfen seines Vaters tritt. Und noch hat mein Gemahl ja keinen Sohn, für den er sorgen müßte ...«

Um sie abzulenken, sagte ich rasch: »Ich staune, wie genau du dich jetzt in der Geschichte deines Hauses und in der politischen Lage auskennst!«

»Ja, wozu sitze ich denn Tag für Tag mit Adalbert über staubigen Büchern und höre mir seine klugen Lehren an? Irgendetwas muß doch hängenbleiben«, sagte sie munter.

Das Wetter wurde wärmer, und vom Schnee blieben nur schmutzige Krusten übrig. Bisweilen regnete es, dann fielen auch einmal wieder ein paar Flocken, und dazu ging ein häßlicher scharfer Wind. Es machte gar keinen Spaß, draußen zu sein, und deshalb beschaffte Mathilde eines Morgens feines Linnen.

»Wir drei werden jetzt anfangen, Kinderwindeln zu säumen und dergleichen. Ich nähe für Sophia, Sophia für Gertrud und Gertrud für mich.« Damit verbrachten wir also einen trüben Nachmittag, als wir das Horn des Wächters vom Turm schmettern hörten. Mathilde sandte sofort einen Diener zu ihm hinauf, und kurz darauf erfuhren wir, daß der Herzog sich Braunschweig näherte. Mathilde ließ schleunigst ihre Näharbeit fallen und eilte in ihre Kammer, um sich umzukleiden und neu frisieren zu lassen.

Immer, wenn Herzog Heinrich die Burg betrat, war es mit der Ruhe und Beschaulichkeit vorbei. Im Hof und Stall wimmelte es von Reitknechten, welche die Pferde abrieben, tränkten und fütterten, der Koch verfiel in rasende Arbeitswut und scheuchte die Küchenmägde und -jungen mit lautem Geschrei herum, überall waren Leute, die mit ihren Aufträgen durch die Burg eilten. Und mitten in diesem Durcheinander stand Mathilde, schön gekämmt und strahlend vor Freude, als ihr Löwe in den Saal stürmte, sie ergriff, herumschwenkte, wobei ihre Frisur sich wieder auflöste, und dann stürmisch in die Arme schloß. Ich staunte jedesmal von neuem, wenn ich mit ansah, wie dieser alte Mann (denn das war er in meinen Augen noch immer) sich beim Anblick seiner Frau wie ein Knabe freuen konnte. Nicht daß ich mich über irgendetwas bei Gottschalk hätte beklagen können; aber diesen Überschwang mußte ich bei ihm doch vermissen.

Der Herzog verlangte dann, daß das Mahl in kleinstem Kreis eingenommen würde. »Nur du, meine Liebste, und die Töchter. Und natürlich deine Freundin Sophia.«

Er sah mich prüfend an. »Du siehst gut aus, Sophia. So weich und glücklich. Du scheinst deinen Mann nicht zu vermissen, oder?« Und er lachte schallend.

»Oh doch, das tut sie«, sagte Mathilde tadelnd. »Aber sie sieht wirklich sehr gut aus. Und sie hat auch allen Grund dazu.«

»Ach, so ist das. Dann wünsche ich dir viel Glück, Sophia. Und du, meine Liebste, wirst dieses Glück auch erfahren, aber nicht schon jetzt. Hab noch ein wenig Geduld.«

Beim Essen berichtete er dann stolz von seinem jüngsten Erfolg.

»Ihr wißt ja, daß die Salzburger Domherren es gewagt haben, den Sohn des böhmischen Königs zum neuen Erzbischof zu wählen. Er ist erst etwa zwanzig Jahre alt und hängt zu allem Überfluß dem Papst Alexander an, gegen den der Kaiser seit Jahren kämpft. Das hat meinen Vetter Friedrich maßlos geärgert, und er bat mich, dort etwas für Unruhe zu sorgen. Das habe ich getan; ich habe die Grafschaft Reichenhall in Besitz genommen, der letzte Hallgraf hat die Segel gestrichen, weil er keine Lust hat, zwischen die Mahlsteine Kaiser, Bayern und Salzburg zu geraten. Damit fällt auch die Saline an mich und damit ihre hohen Einkünfte.«

Ich vernahm es und war verblüfft. Wenn ein Kaufmann mal eben einen Besitz mitnimmt, der eigentlich nicht ihm gehört, aber auf seinem Weg liegt, sei es zu Lande oder zur See, dann kann er, wenn er Pech hat, dafür gehängt werden. Aber ein Fürst kann sich ungehindert etwas Wertvolles nehmen und sich auch noch für seine Klugheit loben.

Zufrieden hob Herr Heinrich seinen Pokal und trank seiner Frau zu. »Falls du einen Wunsch hast, meine Liebste, wäre jetzt der richtige Zeitpunkt, ihn zu äußern. Ich habe nämlich gerade genügend Geld in der Tasche.«

»Ich habe einen Wunsch«, sagte Mathilde prompt. Und, als Heinrich sie erwartungsvoll ansah: »Ich wünsche mir, daß du nicht gleich wieder davonreitest, sondern eine Weile hier bei mir in Dankwarderode bleibst. Wäre dir das möglich?«

Der Herzog war gerührt. Dann fiel ihm noch etwas ein.

»Ich habe ein Geschenk für dich. Ich traf in Ravensburg unseren alten Gärtner Konrad, den ich schon als Kind kannte. Unter seinen Händen gedieh einfach alles im Garten. Ich sehe noch, wie meine Mutter sich immer wegen ihrer Heilpflanzen mit ihm beraten hat. Er ist inzwischen alt geworden und hat sich beklagt, daß ich so selten nach Bayern komme, und daß er immer damit rechnet, mich zum letzten Mal im Leben gesehen zu haben. Da habe ich ihn gefragt, ob er sich vorstellen könne, seinen Lebensabend in Braunschweig zu verbringen und für dich einen schönen großen Garten anzulegen. Diese neue Aufgabe hat ihn wieder richtig jung werden lassen, und er hat sofort seine Sachen gepackt und ist mitgekommen. Gleich nachher stelle ich ihn dir vor. Du bekommst einen Park, Blumen, Obstbäume, Gemüse, Heilpflanzen, was immer du willst.«

Darüber freute Mathilde sich sehr.

Zum Abschluß der Mahlzeit wurde noch ein Apfelkuchen aufgetragen, eine Lieblingsspeise des Herzogs und um diese Jahreszeit eine Kostbarkeit.

»Welch ein Zufall, daß es gerade heute mein Leibgericht gibt«, wunderte sich der Herzog.

»In der kurzen Zeit konnte der doch gar nicht gebacken werden?«

Mathilde lächelte nur. Sie sagte nicht, daß sie die letzten Äpfel im Vorratskeller sorgfältig eingeteilt hatte und täglich den Koch einen Apfelkuchen backen ließ, um den Burgherrn im Falle seiner Heimkehr zu erfreuen.

Bald darauf kamen auch Gottschalk und meine Verwandten aus Lübeck zurück; der Schnee hatte sie an einer früheren Rückkehr gehindert. Sie hatten Bernstein, Felle, Honig und Wachs aus Livland mitgebracht und wollten nun, da die Wege wieder passierbar waren, nach Hause.

Gottschalk begrüßte mich herzlich, wenn auch nicht mit dem Überschwang, den der Herzog gezeigt hatte. Aber als ich des Nachts in seinen Armen lag und ihm anvertraute, daß ich sein Kind trug, da war seine Freude groß.

Der Abschied von Mathilde fiel mir schwer. Sie brauchte mich gewiß nicht mehr als Lehrerin, aber wir waren einander sehr zugetan und konnten stundenlang miteinander reden. Eigentlich war sie die erste enge Freundin, die ich in meinem Leben hatte, und ihr ging es ähnlich. Wir versprachen einander, uns so bald wie möglich wiederzusehen.

Auf dieser Rückreise durfte ich weder Pferdehufe inspizieren noch sonst irgendwelche anstrengenden Arbeiten übernehmen. Das äußerste, was die Männer mir gestatteten, war, beim Kochen mitzuhelfen. Ansonsten behandelten sie mich wie ein rohes Ei. Ich kann nicht sagen, daß mir das mißfallen hätte, denn ich war ja nicht daran gewöhnt, allzuviel Aufmerksamkeit zu erhalten.

Wir machten auch in Dortmund halt bei Hildebrand und Adelgunde, und da das Wetter sich wieder verschlechterte, blieben wir zwei Wochen. Die liebe dicke Adelgunde machte viel Aufhebens um mich. Ich vermute, sie hätte mich lieber als Frau eines ihrer Söhne gesehen, aber sie war trotzdem aufrichtig freundlich zu Gottschalk.

Ich bat Patroklus, mit mir zu Samuel zu gehen; aber ich mußte erfahren, daß er im Sommer verstorben war. Das tat mir leid. Ein Jugendfreund und späterer Feind meines geliebten Großvaters war für immer gegangen, und ich hätte sie so gern miteinander ausgesöhnt.

Nachdem Gottschalk Wachs und Honig an Hildebrand verkauft und dafür flandrisches Tuch erstanden hatte, kehrten wir nach Hause zurück. Dort erwarteten uns große Neuigkeiten: Mein Vetter Constantin hatte völlig unerwartet eine dritte Ehe geschlossen. Zum fassungslosen Erstaunen des ganzen Kölschen Klüngels hatte er die blutjunge Jüdin Elizabeth geheiratet, die Tochter des nicht gerade wohlhabenden Krämers Zacheus. Das war ein gefundenes Fressen für die Kölner Klatschmäuler! Niemand konnte begreifen, warum er das getan hatte; sie hatte weder Geld noch Verbindungen und war nicht einmal besonders schön. Und dann: eine Jüdin! Natürlich war sie vor der Hochzeit getauft worden, aber dennoch …

Kurz darauf hatte es in Zacheus' Haus gebrannt, und im oberen Stockwerk war Elizabeths kleine Schwester Sara vom Feuer eingeschlossen. Das Kind schien zu einem entsetzlichen Tod verdammt zu sein, aber Constantin hatte es gewagt, in das in hellen Flammen stehende Haus einzudringen und die Kleine herauszuholen. Dabei hatte er gefährliche Brandwunden davongetragen, und seine berühmte Schönheit war nun dahin. Die Familie liebte ihn aber um so inniger, und ganz besonders seine junge Frau, die sich zunächst heftig gegen diese Ehe gesträubt hatte.

Meine Eltern waren überglücklich, als sie von unserem bevorstehenden Kindersegen erfuhren, Mutter stellte sofort eine zweite Magd für mich ein – und entlohnte sie auch, denn noch floß das Geld bei uns nicht in Strömen. Noch immer zahlte mein Schwiegervater Regenzo an den Krediten ab, die er für die Byzanzfahrt aufgenommen hatte, und Gottschalk half ihm dabei, so sehr er konnte. Mein schüchternes Angebot, ihm mit meiner Mitgift auszuhelfen, rief bei Gottschalk einen Zornesausbruch hervor, und so beschränkte ich mich darauf, stillschweigend die gesamten Kosten des Haushalts zu tragen – was mir mit meinem eigenen Verdienst gerade so gelang, wenn ich die Mitgift nicht antasten wollte.

Im Laufe des Frühjahrs war ich oft sehr müde. Mutter merkte es und sorgte dafür, daß ich mich genügend ausruhen konnte, indem sie unauffällig die Oberaufsicht in meinem Haushalt führte und mir viele Besuche bei meinen Goldspinnerinnen und anderen Lieferantinnen abnahm. Ich schämte mich, denn Mutter war inzwischen eine alte Frau – aber sie wirkte noch immer sehr frisch, die Haut noch fast so glatt wie früher, das graue Haar stand ihr gut, und sie bewegte sich rasch und anmutig wie eh und je. Als ich einmal einen Einwand wagte, tat sie ihn herzlich ab.

»Wenn du wüßtest, wie sehr ich mich auf dein Kindchen freue, da kann es mir doch nicht zuviel sein, dich ein wenig zu entlasten. Übrigens, du kommst mir schon sehr stark vor – kann es sein, daß du dich verrechnet hast und der Geburt schon näher bist als vermutet?«

Nein, ich war mir sicher.

»Ja, dann wollen wir doch einmal die Hebamme befragen«, entschied Mutter. Die Hebamme untersuchte mich gründlich und teilte uns dann mit, ich erwarte offensichtlich Zwillinge. Das erschreckte mich, denn ich wußte, daß dies oft den Tod der Kinder oder auch der Mutter bedeutete. Meine Eltern verlangten nun entschieden, daß ich mich jeglicher Arbeit enthalten sollte. Im Haushalt durfte ich schon gar nichts tun, höchstens an der Kleidung für meine Kinder sticheln, und meinen Handel nahm Mutter nun ganz und gar in die Hand. Auch sonst zeigte sich meine ganze große Familie sehr besorgt um mich – wir hatten nicht vergessen, daß Vetter Helperichs Frau vor Jahren im Zuge einer schweren Geburt Zwillinge geboren hatte, von denen nur ein Kind überlebt hatte, und sie war niemals wieder schwanger geworden. Sogar Großvater fand täglich einen Grund, bei mir hereinzuschauen. Wenn ich auch diesen Strom von Fürsorge, der sich da über mich ergoß, zu schätzen wußte, so ging mir dieses Übermaß doch auch auf die Nerven.

Im Sommer war es dann soweit. Ich pflückte mir gerade im Garten meiner Eltern ein paar späte Kirschen, als ein stechender Schmerz durch meinen Leib fuhr. Ich hatte noch nicht damit gerechnet, denn es war noch zwei oder drei Wochen vor der Zeit. Mutter schickte sofort nach der Hebamme und steckte mich ins Bett; ich sollte nämlich meine Kinder hier in meinem Elternhaus zur Welt bringen, damit Mutter sich von früh bis spät um mich kümmern konnte.

Auf die Nachricht hin lief mein Vater selbst zum Hause Regenzos, wo Gottschalk in seinem Laden stand, und holte ihn. Das war allerdings gar nicht im Sinne meiner Mutter.

»Ihr Männer seid nun wirklich das letzte, was wir hier brauchen können. Schert euch fort, alle beide. Am besten geht ihr zu Eckebrecht und haltet ihn auf, sonst kommt der auch noch her. Ach ja, ihr könnt mir aber Engilradis schicken, die wäre mir eine große Hilfe.«

Trotz meiner Wehenschmerzen mußte ich lachen, als ich sah, wie beleidigt und aufgewühlt mein Mann und mein Vater abzogen. Tatsächlich erschien Tante Engilradis im Handumdrehen, und so hatte ich genug Beistand, als die Schmerzen schlimmer wurden. Ich durchlitt einige schreckliche Stunden, an die ich mich noch heute mit Entsetzen erinnere, denn die Geburt wollte nicht fortschreiten. Dann gelang es der Hebamme, das Kindchen, das falsch in meinem Leib lag, zu wenden, und einen Augenblick später war es auf der Welt.

Die Wonne und das überströmende Glück, in das Gesichtchen meines erstgeborenen Sohnes zu sehen, kann ich dir nicht beschreiben. Ich konnte sie aber nicht auskosten, denn das zweite Kind drängte zur Welt und wurde rasch und leicht geboren. Ich wollte nun auch meinen zweiten Sohn in die Arme nehmen, aber die Hebamme stellte fest, daß die Geburt noch nicht beendet war – und zehn Minuten darauf lag ein dritter, laut krähender Knabe da. Ich lachte und weinte gleichzeitig, und für eine Weile gehörte mir die ganze Welt.

Nachdem auch die Nachgeburt gefolgt war, wusch mich Tante Engilradis sorgfältig und liebevoll, während meine Mutter und die Hebamme die drei Kindlein gründlich besahen. Die Hebamme sagte, sie habe noch niemals zuvor gesunde Drillinge gesehen, aber diese kleinen Knaben berechtigten zu den schönsten Hoffnungen, wenn sie auch ein wenig klein waren. Mutter band den Kindern drei verschiedenfarbige Wollfäden um das Handgelenk, damit wir sie unterscheiden konnten.

Ich hatte mir überlegt, falls ich zwei Söhne bekäme, sollten sie die Namen ihrer Großväter erhalten, wie in Köln üblich: Regenzo der Erstgeborene und Gunther der zweite. Auf drei Knaben war ich wirklich nicht gefaßt gewesen.

»Wenn du schon des Guten gar nicht genug tun kannst und gleich drei Kinder auf einmal zur Welt bringst, dann hätte wohl auch eine Tochter dabeisein können. Ich hätte gern eine kleine Hadewigis in die Arme genommen«, sagte Mutter, aber es klang nicht allzu vorwurfsvoll.

»Aber da es nun einmal anders ist, könntest du doch den dritten Richolf nach meinem Vater nennen!«

Das gefiel mir. Plötzlich bekam ich einen Bärenhunger, und als die Verwandtschaft eintraf und auf Zehenspitzen die Kammer betrat, saß ich im Bett und löffelte eine große Schüssel Apfelmus leer. Die glückliche Geburt von drei Kindern war etwas ganz Außergewöhnliches, und Großvater liefen die Tränen über das Gesicht, als er die friedlich schlummernden Neugeborenen feierlich in die Arme und damit in die Familie aufnahm. Selbst der Erzbischof erschien persönlich, segnete die Kinder und meinte, Köln könne sich glücklich schätzen, eine so begnadete Mutter hervorgebracht zu haben wie mich.

Die praktische Tante Engilradis sagte, ich könne unmöglich drei Kinder nähren. Sie fand seit Jahrzehnten täglich die Zeit, sich um arme Leute zu kümmern; mochte es sich dabei um junge Mädchen handeln, die von dem Mann, der sie verführt und geschwängert hatte, im Stich gelassen wurden, oder um Witwen mit kleinen Kindern, oder um kranke Frauen, die nicht das Geld hatten, jemand für die Hilfe während ihrer Krankheit zu bezahlen. Selbst Trunkenbolde oder Bettler kamen zu Engilradis und baten um Hilfe, Geld oder einfach eine warme Mahlzeit, und sie fragten nicht vergebens. Allerdings mußten sie sich gefallen lassen, daß Engilradis unermüdlich versuchte, sie dem Nichtstun oder Trunk, den sie doch so liebten, zu entreißen.

So wußte sie auch sofort eine passende Amme für meine Kleinen. Gudrun war die Frau eines Zimmermanns, die ihr erstes Kind gerade verloren hatte, und in der Folge überschwemmte sie unser Haus mit den Strömen ihrer Milch, ihrer Tränen und ihrer Liebe. Auch Tante Engilradis und meine Mutter kamen jeden Tag, um bei der Versorgung der Kindlein zu helfen, und die Hebamme erschien morgens und nachmittags, um sich um mich zu kümmern.

Am nächsten Tag wurden meine Söhne getauft. Die Zeremonie fand in meinem Elternhaus statt, denn die zu früh geborenen Kinder konnten nicht ohne Gefahr in die Kirche getragen werden. So konnte ich auch mit dabeisein. Der Dompropst, der Gottschalk und mich getraut hatte, ließ es sich nicht nehmen, auch unsere Kinder in Christi Arme zu senden. Er hatte noch niemals Drillinge getauft und glaubte fest daran, daß Gott uns ganz besonders liebte. Auch hier war der junge Fordolf als Meßdiener dabei. Die Großväter standen als Paten bereit, und da Mutters Vater nicht mehr lebte, vertrat ihn sein Enkel Richolf Scherfgin.

Irgend jemand hatte trotz allen Trubels noch die Zeit gefunden, den Saal festlich zu schmücken. Überall hingen Girlanden von Grün, in denen Sommerblumen steckten. Drei Taufkerzen versuchten sich gegen strahlenden Sonnenschein durchzusetzen, als der Priester das Taufwasser über die kleinen Köpfe goß, was Regenzo und Richolf ohne Murren hinnahmen, während Gunther protestierend krähte. Ich mußte weinen vor Dankbarkeit.

Zum Glück hatten Tante Engilradis und Mutter beschlossen, das anschließende Fest in Eckebrechts Haus zu feiern. Ich sollte meine Ruhe haben, und die Kinder ebenso, und so kehrte ich erleichtert in mein Wochenbett zurück. Mochten sich die Verwandten einem fröhlichen Besäufnis hingeben. Regenzo und Richolf kamen in die Wiege, sacht von Gudrun geschaukelt, und Gunther nahm ich in meinen Arm. Da lag ich, in der Kammer, die ich als Kind mit der Köchin geteilt hatte, wo mir alles so vertraut war. Ich war mit einem Schlag Mutter von drei gesunden Kindern geworden, und ich hatte die Geburt unbeschadet überlebt, was alle als ein unglaubliches Wunder ansahen. Gunther räkelte sich und suchte mit seinem rosigen Mündchen fordernd nach meiner Brust. Es war eine Stunde so reinen, stillen Glücks, wie ich sie niemals zuvor und niemals danach erleben durfte.

Als mein Wochenbett zu Ende war, war es auch mit der Ruhe und Beschaulichkeit vorbei. Du kannst dir nicht vorstellen, wie drei kleine Würmer eine Mutter auf Trab halten können! Ständig wollte eines trinken, gewickelt oder geherzt werden. Meine Mutter hielt sich den halben Tag bei mir auf und hatte ständig einen der Knaben im Arm, auch Tante Engilradis, meine Basen und Gottschalks Mutter gingen bei uns ein und aus, von Großvater ganz zu schweigen, der so stolz auf die Kinder war, als hätte er selbst sie in die Welt gesetzt. Er überließ mir jeden zweiten Tag seinen Handlungsgehilfen, damit mein noch sehr junger Handel nicht wieder zum Erliegen kam. Großvater und meine Eltern stifteten aus Dankbarkeit für dieses ungewöhnliche Kindergeschenk auch eine großzügige Spende an die Domkirche.

Du fragst, warum ich die ganze Zeit noch nicht von Gottschalk gesprochen habe? Ich weiß noch heute nicht so genau, was damals in ihm vorging. Mit großem Stolz hatte er die Kinder, besonders den Erstgeborenen Regenzo seinem Vater präsentiert; und der Augenblick, wo meine Schwiegereltern die Kindlein begutachteten und bewunderten und mich als eine glückliche Mutter und höchst wünschenswerte Schwiegertochter lobten, war ein bedeutender Moment in meinem Leben.

Nach meinem Wochenbett war ich in unser Haus zurückgekehrt; es lag ja nur ein paar Schritte von meinem Elternhaus entfernt. Ich hatte mein Warenlager in Großvaters Haus verlegt, weil ich den neben unserer Schlafkammer gelegenen Raum für die Kinder brauchte. Eine Wiege stand neben unserem Bett, die andere nebenan mit zwei Kindern darin. Dort schlief Gudrun, die angesichts der großzügigen Bezahlung von meiner Mutter der Meinung war, für eine Weile könne ihr Mann auch ohne sie auskommen. Aber da wir uns zu zweit im Stillen für drei Kinder abwechselten, herrschte natürlich nachts eine ewige Unruhe. Jedes der Kinder wurde nachts zwei- bis dreimal wach und begann zu schreien. Nach einer Woche erklärte Gottschalk, das hielte er jetzt nicht mehr aus, und er machte sich ein Lager hinter meinem Laden. Darauf fand ich es bequemer, Gudrun und sämtliche Kinder bei mir unterzubringen. So stand immer nur eine von uns auf, und die andere fand ein paar Stunden Schlaf. Dies war eine vernünftige Regelung. aber ich fühlte auch, daß Gottschalk sich zurückzog, und das schmerzte mich. Ich nahm es ihm jedoch auch übel, denn konnte er nicht sehen, wie ich mich anstrengte, um diesen reichlichen Mutterpflichten gewachsen zu sein?

Unter diesen Umständen war natürlich an eine Wiederaufnahme unserer ehelichen Liebe nicht zu denken. Auch hatten sowohl meine wie auch seine Mutter, auch Tante Engilradis, ganz zu schweigen von Großvater, Gottschalk mit großem Ernst nahegelegt, eine erneute Schwangerschaft dürfe keinesfalls zu bald erfolgen, wenn er nicht mein Leben aufs Spiel setzen wolle. Das war natürlich richtig, aber machte unser Eheleben auch nicht einfacher.

Dazu kam noch, daß mein Vater versucht hatte, Gottschalk in den Rat einzuführen. Es war jedoch wohl so, daß die Familie Regenzos doch nicht ganz so angesehen war wie die unsere, und es wurde Vater bedeutet, Gottschalk sei noch ein wenig jung für eine solch verantwortungsvolle Aufgabe, und er möge noch ein, zwei Jahre warten. Das war eigentlich nichts Besonderes; im allgemeinen sah man ein Alter von mindestens dreißig Jahren als notwendig für einen Ratsherrn an. Vater war ein wenig vorschnell gewesen, denn die ersten Zeichen des Alters hatten ihn eingeholt und er hätte gern diese Bürde an den Schwiegersohn weitergegeben.

Ich wußte noch nichts davon – wie denn auch, ich lag längst in der Schlafkammer, als Vater von dieser Ratssitzung zurückkam und noch schnell bei uns vorbeischaute, um Gottschalk den abschlägigen Bescheid zu überbringen. Der kleine Gunther war diese Nacht besonders unruhig gewesen, und am Morgen entdeckte ich bei ihm tatsächlich das erste Zähnchen. Ich fand das sehr wichtig und eilte in die Küche, wo Gottschalk gerade seinen Morgenbrei löffelte. Er fühlte sich von den Ratsherren Flacco, Aducht, Grin, Birklin und wie sie alle hießen zurückgesetzt und war übler Laune. Als ich dann strahlend die für mich aufregende Neuigkeit hervorsprudelte, schob er seine halbgeleerte Schüssel zurück, sah mich unwirsch an und brummte:

»In diesem Haus bekommt man nur Kindergeschrei oder Kindergeschwätz zu hören. Das hält ja kein Mann auf die Dauer aus.« Und damit verschwand er.

Ich sah ihm fassungslos nach.

Als Mutter kam, beschwerte ich mich über meinen Mann. »Wie hat sich Vater denn verhalten, als ich so klein war?« wollte ich wissen.

Mutter seufzte. »Ach Gott, Kind. Er war ja der liebevollste Vater, den ich mir vorstellen kann. Aber bedenke, wie lange und sehnsüchtig wir auf dich gewartet haben; da scheint den glücklichen Eltern das Geschrei eines kleinen

Kindes wie Engelsmusik. Und dann sind drei Kinder natürlich viel anstrengender als eines.«

»Für mich etwa nicht?« hielt ich dagegen. Mutter tätschelte mir beschwichtigend den Arm und begann dann flink, den kleinen Richolf zu wickeln. »Natürlich. Aber du machst deine Sache einfach hervorragend.«

Sie zögerte und fuhr dann fort:

»Wenn ich dir einen Rat geben darf: Vergleiche nicht Gottschalk mit deinem Vater. Gunther sowie sein Vater Ekkebrecht, dein Onkel Fordolf und dein Vetter Constantin – sie alle sind außerordentlich besorgte, liebevolle, aufmerksame Väter. Das kannst du beileibe nicht von jedem Mann verlangen. Und Gottschalk ist ja auch sehr jung, er kann noch lernen. Weißt du was: Ich komme heute abend herüber und versorge die Kinder mit Gudrun; dann kannst du in aller Ruhe und ungestört mit deinem Mann zusammen Abendbrot essen und dir ein wenig seine Sorgen und Gedanken anhören, das wäre sicher wichtig für euch beide.«

So geschah es, und dieser Abend tat uns wirklich gut. Aber im Grunde meines Herzens blieb doch ein Rest von Unmut zurück. Es ist leicht für einen aufgebrachten Vater, das Haus zu verlassen, wenn drei kleine Kinder schreien – aber als Mutter kann man das nicht, und ich hätte es auch nicht gewollt.

Und dann kam der kalte Wintertag, als meine Welt zusammenbrach. Ich war, meinen kleinen Gunther unter meinem warmen Umhang geborgen, zu Großvater gegangen, um mit dessen Gehilfen die nötigen Bestellungen zu besprechen. Dies war immer eine Angelegenheit von längerer Dauer. Aber der Gehilfe war ausgegangen, und so vereinbarte ich mit Großvater, daß ich am nächsten Tag wiederkommen wollte. Ich ließ Eckebrecht eine Weile mit seinem Urenkel schäkern, hüllte dann mein Söhnchen wieder gut ein und machte mich auf den Heimweg. Ihm gefiel es wohl, so nah an seine Mutter gekuschelt getragen zu werden, denn ich merkte an seinem Atem, daß er einschlief. Leise, um ihn nicht aufzuwecken, betrat ich unser Haus und stieg die Treppe empor, als ich Gudruns zornige Stimme vernahm.

»Nein, Herr Gottschalk, laßt mich sofort los! Was kommt Euch nur in den Sinn? Ich bin eine anständige verheiratete Frau.« Ich stand wie angewurzelt, als ich hörte, wie Gottschalk lachte und sagte, sie möge sich nicht so anstellen, es sei doch nichts dabei.

Da quoll der Zorn wie eine schwarze Wolke in mir hoch. Ich hastete die letzten Stufen hinauf und riß die Tür zu unserer Schlafkammer auf. Dort sah ich Gudrun in abwehrender Haltung, den kleinen Regenzo im Arm, den sie wohl gerade gestillt hatte, denn ihre Brust war noch entblößt – und meinen Mann, der sie am Arm gepackt hatte und versuchte, mit der anderen Hand unter Gudruns Kleidung zu gelangen. Ich würdigte ihn keines Blickes, trat auf Gudrun zu und sagte mit fester Stimme: »Gudrun, würdest du bitte Gunther wickeln? Er ist tropfnaß.« Und damit reichte ich ihr den Kleinen, der erschrocken erwacht war, als ich die Treppe hinaufgerannt war, und nun zu schreien begann.

Gudrun legte Regenzo hin, zog ihr Kleid zusammen und nahm mir Gunther ab, während Gottschalk eilig und ohne ein Wort verschwand. Ich betrachtete die Amme; ihr Gesicht war gerötet und ihr Haar zerzaust. Sie wandte sich mit dem Kind rasch von mir ab, aber ich hatte gesehen, daß ihr eine Träne über die Wange lief.

»Hat er dir etwas angetan, Gudrun?« fragte ich und zwang meine Stimme zu Ruhe.

Gudrun schluchzte auf.

»Nein, er war ja erst ein paar Minuten hier. Er hat auch nicht blanke Gewalt angewendet, sondern meinte eher, er könne mich verführen. Glaube mir, Sophia, ich wollte nicht ...«

Ich stand auf und streichelte ihr den Arm.

»Schon gut, Gudrun, das weiß ich. Ich habe dich gehört.«

Nachdem Gudrun schweigend das Kind gewickelt hatte, legte sie es in die Wiege und trat dann auf mich zu. Sie sah mir ins Gesicht und sagte:

»Ich muß nun meine Arbeit bei dir aufgeben, Sophia. Ich weiß ja nicht, ob ich hier in Zukunft sicher bin. Wenn mein Mann das wüßte, könnte ein Unglück geschehen. Obwohl es mir das Herz bricht, die Kleinen zu verlassen ...«

Ich nickte. Was sollte ich dazu sagen? Ich war zutiefst verletzt und schämte mich für meinen Mann, aber ich wollte mir lieber nicht vorstellen, daß ein aufgebrachter Zimmermann mit seinem Hammer hinter ihm her war. Gudrun stillte noch einmal Richolf und packte dann ihr Bündel. Ich gab ihr alles Geld, das ich gerade im Haus hatte, weit mehr, als ihr Lohn betrug, und dankte ihr demütig für die Liebe, die sie meinen Söhnen gegeben hatte. Sie herzte noch einmal die drei Kleinen, und dann war sie fort.

Ich war eine lange Zeit wie erstarrt. Als ich die Köchin vom Markt nach Hause kommen hörte, ging ich zu ihr in die Küche.

»Gudrun mußte fort, sie ist krank geworden und darf die Kinder nicht mehr stillen«, sagte ich mit ruhiger Stimme. »Wir müssen ihnen jetzt Brei geben, und dann bekommt jedes noch ein paar Schlucke Milch, soviel ich eben habe. Du mußt noch einmal eine Kanne Kuhmilch kaufen gehen.«

»Müssen wir nicht eine neue Amme suchen?« fragte die Köchin erstaunt.

»Nein, es wird schon gehen«, beschied ich sie und ging rasch hinaus, verfolgt von ihrem ratlosen Blick.

Als Mutter am nächsten Tag bei mir vorbeischaute, wunderte sie sich sehr, daß Gudrun fort war. Ich mußte ihr schließlich sagen, was geschehen war. Mutter sagte kein Wort zu Gottschalks Benehmen, sie sagte nur, es müsse eine neue Amme gesucht werden.

»Und was ändert sich dann?« fragte ich grollend. »Was tue ich, wenn er über die genau so herfällt?«

Mutter seufzte und überlegte. Sie mischte sich nie ungebeten in meine Angelegenheiten, und nie war ich dafür so dankbar wie in diesem Augenblick.

»Gut«, meinte sie dann, »die Kinder sind ein halbes Jahr alt, wir können sie mit Brei füttern, wie du schon geplant hast, und du teilst ihnen eben die Milch, die du hast. Aber ich würde dir gern eine brave Kindsmagd suchen, die dir bei der Betreuung hilft – sie kann ja gerne schon graue Haare haben.«

Darüber hätte ich fast gelacht, wenn ich nicht so niedergeschlagen gewesen wäre. Ich brachte es nicht über mich, Mutter zu sagen, was sich am letzten Abend noch zugetragen hatte. Gottschalk war spät und erst nach der Abendbrotzeit nach Hause gekommen, aber er entkam mir nicht. Ich hatte die Köchin zu den Kindern gesetzt, damit ich in Ruhe mit meinem Mann reden konnte, und erwartete ihn. Als er mich sah, machte er gleich ein trotziges Gesicht.

In ruhigem Ton sagte ich: »Gudrun hat uns verlassen und ist jetzt wieder bei ihrem Mann.«

Hätte er jetzt etwas gesagt wie: »Es tut mir leid«, oder: »Ich weiß nicht, was da über mich gekommen ist«, oder wenigstens: »Es wird nicht mehr vorkommen«, ich hätte darauf verzichtet, ihm Vorwürfe zu machen, und wäre, wenn auch nicht ohne Groll, zur Tagesordnung übergegangen. Aber er mußte auch noch auftrumpfen:

»Du brauchst dich nicht zu wundern, wenn so etwas passiert; schließlich verweigerst du mir ja dein Bett seit einem halben Jahr, damit du nicht zu schnell wieder schwanger wirst.«

Mir blieb die Luft weg über diese himmelschreiende Ungerechtigkeit. Ich konnte nun nicht mehr die Ruhe bewahren und sagte scharf: »Gudruns Wochenbett war drei Wochen vor meinem; auch sie sollte nicht gleich wieder schwanger werden, jedenfalls auf gar keinen Fall von dir!«

Da setzte er nach.

»Und was soll das Getue überhaupt? Es ist ja gar nichts passiert.«

Jetzt verlor ich die Beherrschung. »Ja, warum wohl? Wenn ich nicht früher zurückgekommen wäre, als du angenommen hast –«

»Dann hättest du gar nichts davon erfahren, ich hätte es dir wohl kaum auf die Nase gebunden. Und jetzt laß mich in Ruhe! Es lohnt sich wohl kaum, so ein Geschrei zu machen, schließlich ist sie ja nur die Frau eines Zimmermanns.«

In diesem Moment haßte ich Gottschalk. »Diese Frau eines Zimmermanns, sie hat übrigens den Namen Gudrun, ist in unser Haus gekommen, um drei Neugeborene zu nähren und liebevoll zu umsorgen, die zufällig deine Söhne sind. Du bist ihr dafür zu großem Dank verpflichtet, außerdem war sie Gast in unserem Hause, du hast also die Aufgabe, sie zu schützen. Statt dessen hast du sie behandelt wie ein Ding, dessen man sich so eben mal bedienen kann, wenn dir danach zumute ist.

Gottschalk, ich schäme mich in tiefster Seele für dich.«

Ob er meine letzten Worte noch gehört hat, weiß ich nicht, denn er war schon aus der Tür hinaus, und gleich darauf hörte ich die Haustür zuschlagen. Ich blieb zurück, gedemütigt und verletzt, weil er versucht hatte, mich zu betrügen, aber auch in hellem Zorn, weil er nicht bereit war, der Amme seiner Kinder die Achtung entgegenzubringen, die sie verdiente.

Ich war damals noch zu jung, um zu erkennen, daß sein Gehabe wie das Krähen eines Hahnes auf dem Misthaufen war. Nur weil er sich schämte und Angst vor meinem Tadel hatte, war er sofort in Angriffshaltung gegangen. Aber das wurde mir erst viel später klar.

Ich regte mich sehr über diese Geschichte auf und hatte das Gefühl, mir sei himmelschreiendes Unrecht angetan worden. Und dabei wartete der wirkliche Schicksalsschlag noch auf mich. Mutter hatte mir Megintrud, eine stille, freundliche ältere Witwe, als Kinderfrau besorgt. Sie konnte die Kinder zwar nicht stillen, umsorgte sie aber mit der gleichen Liebe und Wärme wie Gudrun. Da die Kinder jetzt nachts nur noch gelegentlich aufwachten, schlief Megintrud in der benachbarten Kammer. Ich teilte dies Gottschalk in beiläufigem Ton mit, und er bezog darauf stillschweigend wieder unser Ehebett. Ich rechnete damit, daß wir uns nun auch bald wieder in Liebe vereinigen würden, aber zunächst geschah dies noch nicht. Ich weiß nicht, ob Gottschalk sich noch nicht sicher war, ob dies nun die Zustimmung des besorgten Frauenchors finden würde, oder ob die Geschichte mit Gudrun noch zwischen uns stand.

Das Entsetzliche geschah an einem kalten, trüben Wintermorgen. Ich wachte von ganz allein auf, nicht durch ein schreiendes Kindchen an meine Mutterpflichten gemahnt, und streckte mich noch einmal wohlig in der Wärme des Bettes. Diese Nacht war es Regenzo, der in der Wiege neben unserem Bett geschlafen hatte. Ich dachte, wie brav es doch von ihm war, seine Mutter einmal ausschlafen zu lassen, und daß er sich dafür einen Schluck Morgenmilch verdient hatte. Ich schlüpfte aus dem warmen Nest, griff in die Wiege und hob meinen Erstgeborenen heraus. Sein Kopf fiel schlaff zur Seite. Mir wurde eiskalt vor Entsetzen. Ich drückte ihn an die Brust und hoffte, daß er nun sein Mündchen öffnen und suchen werde. Aber nichts geschah. Sein kleiner Körper strömte nicht die gewohnte schlaftrunkene Wärme aus, sondern war kalt. Ich wollte schreien, aber nur ein stöhnendes Knurren drang aus meiner Kehle, ein grauenhafter Laut, der Gottschalk weckte. Er blickte mich entsetzt an, während ich immer weiter knurrte und stöhnte und die Verzweiflung mich fast zermalmte. Eiligst schlüpfte Gottschalk nun aus dem Bett, fuhr in seine Hose und hämmerte an die Tür zur Nachbarkammer, worauf Megintrud verschlafen erschien und zu Tode erschrak, als sie mich mit dem Kind sah. Sie wollte Regenzo aus meinen Armen nehmen, aber ich ließ es nicht zu, preßte das Kind fest an mich, zitterte und stöhnte wie eine Wahnsinnige. Da packte Gottschalk mich fest am Arm. »Sei nun ruhig, Sophia«, sagte er und nahm mir den Knaben ab, obwohl ich mich dagegen wehrte und endlich in Tränen ausbrechen konnte. Trotz des dämmrigen Morgenlichts konnte ich sehen, daß Gottschalk weiß wie ein Leintuch war, als er seinen Sohn betrachtete.

»Was ist los, Megintrud?« brachte er mühsam hervor. Megintrud weinte. »Das Kind ist tot, Herr Gottschalk«, sagte sie traurig.

»Aber er war gestern abend völlig gesund, hat noch eine Weile vor sich hin geplappert. Sophia hat die Wiege geschaukelt, und er ist zufrieden eingeschlafen. Er kann nicht tot sein. Los, Megintrud, tu etwas!«

Sie bekreuzigte das Kind, zog sich eilends an und holte meine Mutter. Auch ihr standen bittere Tränen in den Augen, als sie meinen kleinen Regenzo sah und mich, wie ich völlig untröstlich und tränenüberströmt auf dem Bett saß. Sie setzte sich neben mich, schloß mich in die Arme und wiegte mich wie ein kleines Kind. Als mein Weinen leiser wurde, sagte sie sanft:

»Hörst du nicht, daß Gunther schreit?« Da stand ich auf,

ging in den Nebenraum, wo die beiden mir verbliebenen Söhne in ihrer Wiege lagen, und nahm das Kind an mein Herz.

Ich will dir jetzt etwas gestehen, meine Tochter, was ich noch niemals ausgesprochen habe. Niemand auf der Welt hat je erfahren, was für ein entsetzlicher Gedanke durch meinem Kopf fuhr, als ich weinend in meinem wilden Schmerz auf dem Bett saß, mein totes Kind im Arm. Ich dachte bei mir: »Gottschalk ist schuld. Er wollte sich an der Amme seiner Kinder versündigen, in Gedanken hat er bereits das Sakrament der Ehe gebrochen. Zur Strafe hat Gott uns unseren Regenzo genommen.«

Vielleicht hätte ich Gottschalk diese Anschuldigung sogar ins Gesicht geschleudert. Doch zum Glück konnte ich vor Schluchzen gar nicht reden. Und Gott sei Dank kam meine Mutter rechtzeitig, bevor diese schrecklichen Worte ausgesprochen wurden. Heute, als alte Frau, bin ich zutiefst dankbar dafür, daß Gottschalk sie niemals hörte, denn das hätte uns beide für immer entzweit. Ich hätte an Großvater denken sollen, der mir schon einmal ans Herz gelegt hatte, daß wir Menschen nicht so wichtig sind, daß Gott um unserer Schwächen willen ein Geschöpf vernichtet, das er mit Liebe geschaffen hat.

Im Spätsommer dieses Jahres kam ein Bote von Herzog Heinrich nach Köln. Er verkündete dem Erzbischof, daß der Fürst eine Reise ins Heilige Land plane.

Am nächsten Tag trat der Bote bei einer Sitzung der Ratsherren auf und machte die gleiche Meldung; aber hier fügte er noch hinzu, jeder Kölner, der sich dem Herzog auf seiner Pilgerfahrt anschließen wolle, sei herzlich willkommen. Das stiftete große Aufregung und Begeisterung im Rat.

Am dritten Tag – hier mußte schließlich eine Reihenfolge nach der Bedeutung eingehalten werden – tauchte der Bote auch in unserem Haus auf. Er brachte mir Grüße und einen Brief von Herzogin Mathilde. Sie gratulierte mir auf das herzlichste zur Geburt unserer Drillinge – vom Tod Regenzos wußte sie noch nichts – und sandte liebevolle Grüße und Geschenke.

»Meine geliebte Freundin, du bist offenbar von Gott gesegnet und stehst unter dem besonderen Schutz seiner Heiligen Mutter. Drei lebende Söhne auf einmal – ich kenne niemand sonst, dem dieses Glück beschieden ist. Fast könnte ich dich beneiden. Aber mein Gemahl hat mir versprochen, nächstes Jahr, so Gott will ... Wenn es dann aber noch nicht so sein sollte, reise ich mit meinem Löwen nach Jerusalem.«

So gern wäre sie selbst nach Köln gekommen, schrieb sie. Aber ohne ihren Gemahl in der Welt herumreisen, nein, das ginge wohl nicht an.

Und als letztes machte sie uns einen Vorschlag: »Wenn dein Mann, der geehrte Kaufmann Gottschalk, meinen Löwen ins Heilige Land begleiten möchte, ist er ihm ein sehr willkommener Reisegefährte.«

Ich hatte den Brief halblaut gelesen. An dieser Stelle blickte ich zu meinem Mann hinüber, und zum ersten Mal seit Regenzos Tod strahlte er vor Freude wie ein Kind. Meine Gefühle dagegen waren zwiespältig. Ich erinnerte Gottschalk an die große Gefahr seiner Byzanzreise.

»Aber Sophia«, meinte er ungeduldig, »der Herzog wird wohl kaum von Räubern überfallen werden. Und er geht ja nicht auf einen Kriegszug, sondern nur auf eine friedliche Pilgerfahrt. Nichts kann mich davon zurückhalten, ihn zu begleiten. Eine solche Gelegenheit kann ich mir nicht entgehen lassen, schließlich bin ich ein Kaufmann.«

»Und ein abenteuerlustiger dazu, wie ich merke. Es ist ja auch nur, weil ich dich sehr vermissen werde.«

Da lachte Gottschalk, faßte mich um die Taille und wirbelte mich übermütig rundherum.

Zwei Tage später ging er ins Rathaus, wo die Schreinsbücher verwahrt wurden, und ließ den halben Keller in seinem Elternhaus, seinen einzigen Besitz, auf mich überschreiben, für den Fall, daß er nicht von seiner Reise zurückkehren solle.

»Du mußt wissen, Sophia«, sagte er zu mir, »Vater und ich haben eisern gespart und jedes Silberstück zusammengekratzt, und wir haben nicht nur sämtliche Schulden von der Byzanzreise abbezahlt, sondern auch schon Geld für das nächste große Ziel zurückgelegt. Es ist ja beileibe nicht so, als wären wir arme Schlucker; wir haben nicht nur unser Haus, sondern auch sonst noch Besitz in Köln. Aber am wichtigsten ist unser Ansehen bei der übrigen Kaufmannschaft, unseren guten Namen durften wir auf keinen Fall verlieren. Darum war es am dringendsten, möglichst schnell niemandem mehr etwas zu schulden. Meine Mutter hat nun ihren gutbetuchten Brüdern ihr Kindteil verkauft, und all das stecken wir jetzt in diese Handelsfahrt. Wenn ich lebend zurückkomme, sind wir wieder reich und da angelangt, wo wir hingehören. Ich will dir etwas bieten können, Sophia. Und du paß mir nur schön auf die beiden prächtigen Söhne auf, die du mir geboren hast, und auch auf das Kind, das du nun trägst.«

Mir verschlug es die Sprache. Davon hatte ich ihm noch gar nichts gesagt. Aber Gottschalk hatte immer einen scharfen Blick und merkte alles schneller als andere Leute.

»Wie lange wirst du fort sein?« fragte ich beklommen.

Gottschalk zuckte unbekümmert die Schultern.

»Ein Jahr vielleicht? Oder auch etwas länger?«

Ich stieß einen tiefen Seufzer aus. Ein Jahr, das scheint lang, wenn man jung ist. Ein Jahr Trennung, das ist endlos, wenn man liebt. Erst jetzt, wo ich alt bin, geht jedes Jahr schnell wie im Traum dahin.

»Darf ich deine Planung sehen?« fragte ich.

Gottschalk lachte. »Ich habe mir schon gedacht, daß du erst einmal nachprüfen möchtest, ob ich auch richtig geplant habe, meine kleine Rechenkünstlerin«, spottete er. Aber er setzte sich dennoch mit mir hin und zeigte mir seine Berechnungen. Ich stellte fest, daß sie solide waren, aber knapp. Als ich eine Bemerkung fallenließ, wurde Gottschalk ungnädig.

»Jetzt komm mir nicht wieder mit deiner Mitgift. Dein Vater hat dafür gesorgt, daß ich sie nicht vergeuden kann, und dabei soll es auch bleiben.«

Ich dachte nach. »Aber das Haus, das ich von meinem Bruder Hildebrand geerbt habe, das kann ich jetzt verkaufen. Winand von der Salzgasse hat schon ein paar Mal sein Interesse bekundet.«

Meine Mutter hatte noch vor ihrer Hochzeit mit meinem Vater ein Geschäftshaus in guter Lage auf Hildebrands Namen gekauft. Falls ihr etwas zustoßen sollte, dann hätte er von den Einnahmen daraus leben können und wäre wenigstens finanziell nicht auf Wohltaten angewiesen. Als Hildebrand starb, ließ sie das Haus gleich auf mich übertragen.

»Ich brauche dein Geld nicht«, lehnte Gottschalk noch einmal ab.

Aber ich ließ nicht locker.

»Du sollst damit ja auch Geschäfte zu meinen Gunsten machen. Nimm das Geld mit, und vermehre es für mich. Da wir viele Kinder haben werden, müssen wir beizeiten einen Grundstock legen.«

Gegen dieses Argument war der Kaufmann Gottschalk machtlos, und so verkaufte ich das Haus zu einem üppigen Preis, Winand zahlte mir mehr, als er eigentlich beabsichtigt hatte. Nun mußte ich mir keine Sorgen mehr machen, daß mein Mann in finanzielle Not käme.

Gottschalk bereitete diese große Reise mit äußerster Sorgfalt vor. Er besprach sich gründlich mit seinem Vater und mit den Männern meiner Familie, besonders meinem Vater, Großvater Eckebrecht und Onkel Fordolf. Ich war sehr froh, daß mein Vetter Helperich sich auch der Kaufmannsgruppe anschloß, die Herzog Heinrich begleiten wollte. Eigentlich wäre das die Aufgabe seines Bruders Constantin gewesen; aber dessen junge Frau Elizabeth erwartete ihr erstes Kind, und nichts auf der Welt konnte Constantin von ihrer Seite reißen. Unsere ganze Familie staunte jeden Tag aufs neue über Constantin. Schließlich war dies schon seine dritte Ehe, und er hatte Kinder und Stiefkinder. Aber man hätte meinen sollen, er hätte das noch nie erlebt, so glücklich war er mit seiner jungen Frau. Nur Tante Engilradis, die eine besonders innige Beziehung zu ihrem erstgeborenen Sohn hatte, meinte gelassen, sie habe schon immer gewußt, daß solche Liebesfähigkeit in ihm schlummere, und sie sei zutiefst dankbar, daß er sie nun erleben dürfe.

Und dann war mein Gottschalk fort, und das mitten im Winter. Herzog Heinrich wollte seine große Reise im Januar beginnen, darum brachen die Kölner unmittelbar nach dem Christfest Richtung Regensburg auf, wo sie auf den Löwen treffen wollten. Ich blieb zurück. Nicht, daß ich nicht genug zu tun gehabt hätte. Meine beiden Söhne machten inzwischen ihre ersten Schritte und untersuchten neugierig alles, was sich fand. Ich war heilfroh, daß ich Megintrud hatte, denn man konnte Gunther und Richolf nicht einen Augenblick aus den Augen lassen. Und ich hatte ja schließlich noch meinen Haushalt zu beaufsichtigen und nicht zuletzt meinen Handel, den ich nun, wenn auch vorübergehend bis zur nächsten Geburt, wieder allein führte, während mein Schwiegervater sich um Gottschalks Geschäfte kümmerte.

Ich war übrigens nicht als einzige guter Hoffnung: Auch Constantins Tochter Engilradis erwartete ihr erstes Kind. Sie und Elizabeth saßen manche Stunde mit mir beisammen, wir nähten fleißig für unsere ungeborenen Kinder und freuten uns am »Kinderstubengeschwätz«, wie es Constantin liebevoll nannte.

Das war ja alles sehr schön und auch sehr wichtig; aber wenn ich die Wahl gehabt hätte, wäre ich lieber mit nach Jerusalem gezogen. Ich hätte auch gern Byzanz gesehen und die Stätten im Heiligen Land, ich hätte gern die Menschen im Morgenland kennengelernt, hätte gern erprobt, ob meine Handelskünste denen der Heiden gewachsen waren, hätte gern eine neue Sprache studiert, was mir immer leichtfiel und viel Freude machte – aber statt dessen saß ich zu Hause und hütete tagsüber meine Kinder, und nachts vermißte ich meinen Mann.

Auch meine Freundin Mathilde blieb allein zu Hause. Ich bekam im Frühling einen Brief aus Braunschweig und erfuhr, daß sie sich endlich darauf freuen durfte, Mutter zu werden. Darum war es auch für sie nichts mit der weiten Reise, sie verwaltete in Braunschweig gewissenhaft Heinrichs sächsisches Herzogtum. Ihr schien der Verzicht nichts auszumachen, schließlich war sie schon viel mehr in der Welt herumgekommen als ich, aber auch sie vermißte ihren Löwen schmerzlich, wie sie mir schrieb. Er hatte Erzbischof Wichmann von Magdeburg zu seinem Stellvertreter bestimmt – ein sehr kluger Schachzug, denn der konnte nun anstandshalber nichts gegen Heinrichs Interessen unternehmen.

Im Sommer brachte ich dann erneut einen Sohn (zum Glück nur einen!) zur Welt, und es ging leicht und so rasch, daß ich froh war, noch rechtzeitig mein Haus zu erreichen. Es war ein schöner, kräftiger Knabe, und ich wollte ihn Regenzo nennen; aber mein Schwiegervater wehrte ab. Sein Name habe meinem Erstgeborenen kein Glück gebracht, meinte er, und er bat mich, das Kind statt dessen Gerhard zu nennen, nach Regenzos Vater.

Engilradis und Elizabeth standen beide mit dickem Bauch an meinem Wochenbett und bewunderten meinen kleinen Gerhard. Sie hätten auch gerne einen Sohn gehabt, aber eine Woche später gebar Engilradis eine Tochter, die den Namen Richmodis nach Hildegers Mutter erhielt, und am gleichen Tag kam Elizabeth in die Wehen. Ich hörte mir erheitert die Schilderung meiner Mutter an, die die mutterlose Elizabeth bei der Geburt sachverständig betreut hatte. Der sonst so gelassene Constantin war aufgeregt im Haus herumgestrichen und hatte alle fünf Minuten vor der Kammer gestanden, wo Elizabeth sich abmühte, bis Großvater Eckebrecht ihn zur Erleichterung aller Frauen abholte und ihn zwang, mit ihm am Rhein spazierenzugehen, und zwar so lange, bis er Botschaft erhielt. Sie waren also dort herumgelaufen, bis Großvaters alte Beine nicht mehr wollten, dann waren sie in Eckebrechts Haus gegangen, um sich von Constantins Mutter Engilradis etwas zu essen geben zu lassen. Während Eckebrecht mit gutem Appetit speiste, brachte Constantin keinen Bissen hinunter und lief nun in seinem Elternhaus in heller Aufregung auf und ab, bis endlich die Nachricht kam, Elizabeth habe ihr Kind gesund geboren. Da rannte Constantin zu seinem Haus wie ein Schuljunge, der sich verspätet hat, klopfte schüchtern an die Kammer und vergoß dann ganze Tränenströme beim Anblick seiner Frau, wie sie ihm stolz und glücklich die kleine Tochter Elisabeth reichte. Anschliessend betrank er sich dann so gründlich, daß er beim Besuch am Kindbett seiner Tochter schwankte und sein erstes Enkelkind mit schwerer Zunge ansprach. Großvater berichtete erheitert davon, wie Constantin sich aufgeführt hatte, und stellte befriedigt fest, endlich hätte sein Enkel sich einmal wie ein normaler Mensch benommen, darauf habe er, Eckebrecht, seit Jahren gewartet.

Der Sommer ging vorüber. Ich hatte alle Hände voll zu tun mit meinen Kindern; aber wie herrlich, daß nur ein kleiner Schreihals nach der Brust jammerte und nicht drei! Ich war selig mit meinem jungen Mutterglück und hatte diesmal die Muße, frühmorgens ruhig mit meinem Neugeborenen im Arm zu liegen und zuzusehen, wie die kleine Brust sich hob und senkte, die zarten Augenlider flatterten, wenn er wach werden wollte, meinen Finger in sein winziges Fäustchen zu stecken und einfach nur dazuliegen und ihn zu lieben. Gerhard hatte einen dunklen Schopf, aber den hatten Gunther und Richolf bei der Geburt auch gehabt, und jetzt hatten sie blonde Locken, die sich um ihre Gesichter ringelten, so daß sie aussahen wie kleine Engel. Jedenfalls stellte ich mir Engel so vor. Dabei waren sie schon rechte kleine Schlingel, denen viel Unfug einfiel, und Megintrud mußte ständig hinter ihnen her sein und sie auch gelegentlich ausschimpfen, während ich mir die Rolle der lieben Mutter leisten konnte, die nur für Trost und Güte zuständig war.

Ich muß sagen, daß es mir richtig gutging. Ich allein war für alles verantwortlich und hatte das Sagen, dabei wußte ich genau, daß bei unvorhersehbaren Schwierigkeiten meine Eltern und meine sonstige Familie zu meiner Hilfe bereitgestanden hätten. Nachts vermißte ich Gottschalk auch nicht mehr so sehr – Gerhard und ich waren uns genug.

Dafür waren meine Gedanken am Tag ständig bei Gottschalk. Ich hatte Großvater um seine kostbare Karte angebettelt, die die östlichen Länder bis zum Heiligen Land darstellte.

Großvater wiegte den Kopf.

»Nun ja«, brummte er schließlich.

»Aber ich möchte sie dir nicht mitgeben. Bei dir zu Hause ist sie mir nicht sicher, wenn sie in die klebrigen Finger deiner beiden Schlingel gerät …«

Da hatte er nicht unrecht. Vor Gunther und Richolf war zur Zeit nichts sicher.

»Du kannst sie hier bei mir abmalen«, bestimmte Großvater und schloß den Kasten auf, in dem er seine wertvollsten Besitztümer aufbewahrte. Er entnahm eine Rolle, löste behutsam den Riemen, der sie zusammenhielt, und breitete die Karte aus.

»Du mußt wissen, Sophia, dies ist eins der wenigen Dinge, die aus meinem Elternhaus gerettet werden konnten. Bei den Juden ist das Schreiben und Lesen schon sehr viel länger selbstverständlich als bei den Christen, und weite Reisen haben unsere Familien schon seit urdenklichen Zeiten unternommen. Mein Vater Alexander hat mir, als ich noch ein Kind war, diese Karte oft erklärt und mir gezeigt, welche Reisen er selbst unternommen hat und welche sein Vater Constantin.« Er schwieg und versank in seine Erinnerungen. Ich bemerkte zum ersten Mal, daß seine Hände zu zittern begannen, und rechnete nach. Natürlich, Großvater war inzwischen sechsundachtzig Jahre alt. Ich sah ihn nun aufmerksam an. Er schien auch ein wenig kleiner geworden zu sein.

»Ja, ja, ich werde nicht langsam alt, sondern ich bin es längst«, sagte Großvater und lachte dazu.

»Du konntest meine Gedanken schon immer lesen, nicht wahr?« sagte ich und küßte ihn liebevoll. »Paß nur schön auf dich auf, du bist für uns alle außerordentlich wichtig.«

Und in den darauffolgenden Monaten verbrachte ich kostbare Stunden mit ihm, denn er saß neben mir, als ich die

Karte sorgfältig kopierte, erklärte mir die einzelnen Länder und erzählte mir von seinen Reisen. Ich vergaß dabei völlig die Zeit und wurde gelegentlich von Gerhards ungnädigem Geschrei daran erinnert, daß ich ihn in seinem Korb abgestellt und schon viel zu lange nicht mehr gestillt hatte.

Mir war natürlich klar, welch unglaublichen Wert eine solche Karte darstellte. Ich hätte Kopien davon zu stolzen Preisen verkaufen können, aber sie gehörte zu den Geschäftsgeheimnissen, die man auch für riesige Summen nicht weitergab, weil ihre Kenntnis den Vorsprung vor anderen Kaufleuten ausmachen konnte.

Von Zeit zu Zeit hörte Vater im Rat etwas von der Reisegesellschaft, dann kam er gleich zu mir, und wir stellten eine kleine Puppe auf der Karte dorthin, wo der Löwe und mit ihm mein Gottschalk sich gerade vermutlich aufhielten. Zweimal bekam ich auch Briefe von ihm, die er Kaufleuten mitgab, die in die Gegenrichtung reisten; aber bis die Briefe in meine Hand kamen, war jedesmal sehr viel Zeit vergangen, und es war schwierig für mich, die Nachrichten in Übereinstimmung zu bringen.

Einmal erhielt ich auch einen Brief von Mathilde, die mir auf einem langen Pergament sehr viel zu berichten hatte, aber vor allem eines:. Auch sie war nun Mutter – es war jedoch noch immer nicht der Sohn, den Heinrich sich so sehnsüchtig wünschte, sondern ein kleines Mädchen, das den Namen seiner mächtigen Großmutter, der Kaiserin Richenza, erhielt.

»Ich hatte so sehr auf einen Sohn für meinen Löwen gehofft; aber als ich den ersten Blick in das feierliche kleine Gesicht meines Töchterchens warf, brach ich in Tränen aus – vor Glück. Mein Herz floß über vor Liebe und Freude, und nicht einmal ein Hauch von Enttäuschung war dabei. Ich kann es kaum erwarten, daß Heinrich zurückkehrt, damit ich ihm dieses Geschenk in die Arme legen kann.«

Natürlich hat Gottschalk uns allen nach seiner Rückkehr oftmals und haarklein berichten müssen. So kann ich dir, obwohl ich nicht an dieser Reise teilnehmen durfte, recht genau schildern, was damals geschah, fast, als ob ich selbst dabeigewesen wäre.

Die Kölner Kaufleute, darunter mein Mann Gottschalk, mein Vetter Helperich, dann noch Godefrid, ein Onkel von Hildeger Hardefust, trafen im Januar in Regensburg ein, einen Tag später kam Herzog Heinrich mit einem prunkvollen Gefolge dazu. Man hätte meinen können, ein König befinde sich auf der Reise, und wie ein König lebte der Löwe ja auch, nur daß er keine Krone trug. Der Zug nahm seinen Weg nach Klosterneuburg, das liegt in der Nähe von Wien. Dort erwartete ihn Herzog Heinrich von Babenberg, der den Spitznamen »Jasomirgott« trägt, weil er viele seiner Sätze mit den Worten beginnt: »Ja, so mir Gott helfe ...«. Nach dem Tode Heinrichs des Stolzen hatte er dessen Witwe Gertrud von Supplinburg geheiratet, also die Mutter des Löwen. Aber Gertrud wurde ihm nach einem knappen Ehejahr durch den Tod entrissen, und Heinrich besuchte nun ihr Grab und verweilte lange dort, um sie zu betrauern.

Ich wußte von Mathilde, daß ihr Tod für Heinrich ein schrecklicher Schlag gewesen war. Zu viele Todesfälle hatten ihn als Kind betroffen.

Acht Jahre war er alt, als nach dem Tode seines kaiserlichen Großvaters sein Vater, Herzog Heinrich der Stolze, um die Königskrone betrogen wurde. So sah das jedenfalls das welfische Haus. Zwei Jahre später verlor er ganz plötzlich und unerwartet den Vater und wieder zwei Jahre darauf die Großmutter Richenza, die sich sehr um die Erziehung des Enkels gekümmert und heldenhaft für sein Erbe gekämpft hatte. Im Jahr darauf hatte Heinrichs schüchterne Mutter beschlossen, ein einziges Mal nach ihren eigenen Wünschen zu leben. Sie hatte dem Babenberger ihre Hand gereicht, nur um schon im folgenden Jahr im Kindbett zu versterben. Dies geschah an ihrem achtundzwanzigsten Geburtstag, und ihr Sohn Heinrich, der spätere Löwe, war erst dreizehn Jahre alt und stand nun ganz allein. Mit dem einstigen Stiefvater Jasomirgott verstand Heinrich sich gut. Dieser hatte als zweite Gemahlin eine sehr vornehme griechische Dame, Theodora Komnena. Sie war eine Nichte des Kaisers Manuel von Byzanz, und sie begrüßte den Löwen so herzlich wie einen lange nicht gesehenen Sohn.

Das Gefolge des Herzogs und auch die befreundeten Kölner sahen dies mit Stolz und Genugtuung; der einzige, der ein saures Gesicht zog, war der neue Bischof Konrad von Worms; er hatte sich im Auftrage Barbarossas dem Zug von Herzog Heinrich angeschlossen, wollte aber nicht mit bis ins Heilige Land, sondern sein Ziel war Byzanz. Warum? Das blieb sein Geheimnis – oder vielmehr das Geheimnis von Kaiser Friedrich.

Wir haben später viel herumgerätselt, was die Reise des Wormser Bischofs wohl für einen Zweck haben mochte. Dabei erinnerte sich Großvater, daß acht Jahre vor der Pilgerreise des Löwen eine Gesandtschaft von Kaiser Manuel nach Deutschland gekommen war; aber nicht etwa, wie man hätte annehmen dürfen, zu Kaiser Friedrich Barbarossa – oh nein!

Die Gesandtschaft ging nach Braunschweig zu Herzog Heinrich. Bis heute ist nie deutlich gemacht worden, was sie dort zu suchen hatte, zur gleichen Zeit, als Kaiser Friedrich sich erfolglos aus Italien zurückziehen mußte – und das war nicht zuletzt auf die Unterstützung der lombardischen Städte durch Manuel zurückzuführen. Es hat damals wohl viel Gemunkel gegeben, ob etwa der Herzog von Sachsen und Bayern mit dem Feind des Kaisers konspiriere.

Hatte nicht schon sein Onkel, der schwäbische Welf,

Beziehungen zu den Normannen in Sizilien, die ihrerseits mit Hilfe des byzantinischen Kaisers Barbarossa das Leben schwermachten?

Wir als Kaufleute wurden natürlich nicht in die Pläne der hohen Herren eingeweiht; aber seine Gedanken darf man sich wohl machen. Und Großvater vermutete, daß Kaiser Manuel damals nach der Ehe seiner Nichte mit Heinrichs Stiefvater nun auch dem Löwen eine byzantinische Braut anbieten und damit sachte einen byzanzfreundlichen Ring um Kaiser Friedrich legen wollte. Leider war gerade damals keine passende Braut im Hause Komnenos verfügbar, alle Damen, die altersmäßig in Frage kamen, waren bereits nach Ungarn, Jerusalem und andere, Byzanz näher gelegene Länder versprochen. Vermutlich gab es aber noch nicht mannbare Prinzessinnen in Byzanz, die Heinrich angeboten wurden, wir wissen es nicht.

Es kam jedenfalls nicht dazu; der kluge Rainald von Dassel erfuhr natürlich von der Gesandtschaft und wollte dem ganz rasch einen Riegel vorschieben. Er beeilte sich, dem Löwen die Verlobung mit Mathilde zu sichern, eine Verbindung, an der auch Barbarossa sehr viel gelegen war.

Man konnte also vermuten, daß Bischof Konrad als Aufpasser mitgeschickt worden war, damit nicht hinter Barbarossas Rücken Absprachen zwischen Kaiser Manuel und dem Löwen getroffen wurden. Oder sollte der Wormser etwa eine Eheverbindung zwischen den beiden kaiserlichen Häusern sondieren? Friedrich hatte zwei Töchter, Manuel einen Sohn.

Nun, wir werden wohl niemals Genaueres erfahren. Jedenfalls setzte der Löwe seine Reise fort, und zwar auf der Donau. Sein Stiefvater stellte ihm bestens ausgerüstete Schiffe zur Verfügung, und der Herzog und sein Gefolge bestiegen sie mit Freude. Ihre Pferde gingen allerdings nicht mit an Bord, sie durften den Weg am Flußufer zurücklegen –

was ihnen sicher lieber war. Auch für die Kölner war Platz auf den Schiffen; aber sie gönnten sich diese Annehmlichkeit nur zum Teil: Die Hälfte von ihnen zog mit dem Wagentroß und beaufsichtigte die Waren, die sie nicht auf den Schiffen unterbringen konnten, während die anderen es an Bord bequem hatten, und so wechselten sie sich alle zwei Tage ab.

Jasomirgott begleitete den Löwen noch bis zur ungarischen Grenze, nahe bei der Mündung der Leitha, und trug ihm Grüße an seinen Schwiegersohn, König Stephan III., auf. Hier wartete schon der Beauftragte Stephans, und sie setzten die Reise nach der Hauptstadt Gran fort. Aber als sie dort am 4. März eintrafen, fanden sie den Hof in tiefer Trauer vor; der junge König war mit 25 Jahren ganz plötzlich gestorben, und seine junge Witwe Agnes, Jasomirs Tochter, war in Tränen aufgelöst und behauptete steif und fest, ihr Gemahl sei vergiftet worden und sie wolle auf der Stelle zu ihrem Vater nach Österreich zurückkehren.

Der Löwe war tief betroffen. Konnte er unter diesen Umständen die Reise fortsetzen? Die ungarischen Fürsten versicherten ihm, sie gedächten die Garantien einzuhalten, welche der verstorbene König für die Sicherheit von Heinrichs Reise gegeben hatte, der Herzog von Sachsen möge seine Pilgerfahrt ungestört fortsetzen. So kehrten die Deutschen auf ihre Schiffe zurück und fuhren weiter. Viele Nebenflüsse strömten in die Donau, und sie rauschte immer breiter und majestätischer durch die Weiten der ungarischen Ebene.

Dann wäre um ein Haar ein großes Unglück geschehen. Die Märznächte waren noch sehr kalt; Gottschalk hatte auf einem der Kaufmannswagen geschlafen und wurde heute wieder abgewechselt, er durfte sich also auf einen bequemen Tag an Bord freuen. Steif kletterte er vom Wagen herab und streckte sich, als der Herzog vorbeikam, der sich gerade an Land die Beine vertreten hatte. Sein Blick fiel auf Gottschalk, und er lachte erfreut. »Sieh da, mein Kaufmann aus Köln. Laß mich dich einladen! Komm heute auf mein Schiff, und frühstücke mit mir, und erzähl mir, wie man drei Söhne auf einmal macht. Das ist eine Kunst, die ich gar zu gern auch lernen möchte.«

Gottschalk freute sich, denn er hatte den Herzog bei unserem Besuch in Braunschweig sehr zu schätzen gelernt. Herrn Heinrichs Gebaren war gar nicht adelsstolz, und er gab sich sehr gern auch mit Leuten ab, die rangmäßig weit unter ihm standen. Oft schlenderte er durch seine Stadt, ging über den Markt, plauderte auch mal mit einer Marktfrau, ob die Zeiten für die Bauern erträglich seien, beriet sich mit seinen Kaufleuten, wie man den Handel nach Sachsen ziehen könne und dergleichen. Er war ein Mann mit vielen Gesichtern: oft sehr herrisch mit den Großen seines Landes; aber vielleicht war das nötig, um sie einigermaßen im Zaum zu halten. Man erzählte sich da schlimme Dinge von einem Grafen, der den eigenen Bruder im Kerker verhungern ließ, um das elterliche Erbe allein einzusacken, und ähnliches. Da schlug der Herzog rasch zu und strafte erbarmungslos. Aber wer sonst hätte für Ordnung sorgen sollen?

Gottschalk und ich kannten Herrn Heinrich jedenfalls nur von der menschlich gütigen Seite und mochten ihn sehr.

An diesem Morgen ließ Gottschalk es sich bei einem üppigen Frühmahl auf dem Schiff des Herzogs gutgehen; das Schiff glitt gemächlich über den Strom, am Ufer zogen die Pferde und Lasttiere dahin, ab und zu scholl der Ruf eines der Treiber herüber. Gottschalk erzählte von der Geburt unserer drei Söhne, und daß wir den erstgeborenen auf unbegreifliche Weise verloren hatten. Aber er berichtete auch, daß ich auf neues Leben hoffen durfte.

»Wie meine Gemahlin«, meinte Heinrich zufrieden.

»Gott gebe, daß ich auch einen kräftigen Sohn vorfinden darf, wenn wir zurückkehren. Oder drei, wenn Gott es so will.« Und er lachte.

»So gut habe ich lange nicht gegessen, vielen Dank«, sagte Gottschalk, stand auf und streckte sich. Er ging nach vorne zum Bug und blickte auf den Strom. Da sah er, wie das vorderste Schiff plötzlich an Fahrt gewann und sich aus der Richtung drehte, das folgende Schiff auch. Sie waren ahnungslos in eine heimtückische Stromschnelle geraten. Mit großer Mühe brachten die Besatzungen die Schiffe wieder auf Kurs. Das Schiff des Herzogs, das größte von allen, geriet jedoch mitten in den Strudel, drehte sich, dann gab es einen Schlag, und es kenterte. Gottschalk blieb die Luft weg, als er in das eiskalte Wasser tauchte. Er schlug um sich und erwischte eine Bank, die neben ihm trieb, klammerte sich daran fest und tauchte wieder auf. Er schaute sich um; vom Herzog war nichts zu sehen. Nun ist mein Mann ein sehr guter Schwimmer. Unter den Kölner Kaufmannssöhnen ist es sehr beliebt, an den Sommerabenden im Rhein zu schwimmen. Im Januar sieht man sie allerdings eher selten im Wasser.

Das Schiff lag auf der Seite. Gottschalk tauchte hinunter und sah den Herzog eingeklemmt unter dem Tisch, an dem sie gerade noch fröhlich gefrühstückt hatten. Er tauchte wieder auf, holte ganz tief Luft und glitt dann nach unten, zerrte den Tisch beiseite und zog Herrn Heinrich nach oben. Der Herzog hustete heftig, denn er hatte eine Menge Wasser geschluckt. »Das war knapp«, brachte er dann japsend hervor. Er hustete noch einmal und klapperte mit den Zähnen. Die beiden Männer hielten sich am Rand des Schiffes fest, und man warf ihnen ein Seil vom nächsten Schiff zu, das wild in dem Strudel tanzte. Sie wurden an Bord gezogen und in Decken gehüllt. Alle anderen Schiffe umfuhren nun die gefährliche Stelle und fischten die Verunglückten heraus, die im kalten Wasser zappelten. Es stellte sich glücklicherweise heraus, daß niemand ertrunken war. Mit sehr viel Mühe wurde das gekenterte Schiff wieder aufgerichtet, nur sein Inhalt war verloren.

»In der Donau zu ertrinken ist nicht der Heldentod, der mir vorschwebt«, brummte Herzog Heinrich und trank heißen Wein mit Honig aus einem Holzbecher. »Ich bin dir sehr dankbar, Gottschalk, und werde es dir nicht vergessen, daß du mir aus der Klemme geholfen hast – im wahrsten Sinn des Wortes.« Und nun konnte der Löwe schon wieder lachen, daß es laut über die Donau schallte.

Wenig später kamen sie an Belgrad vorbei und erreichten griechisches Gebiet. Hier verließen sie die Schiffe. Wo der Fluß die Karpaten durchbricht, gibt es eine sehr gefährliche Stelle, Eisernes Tor genannt, mit starken Strudeln, mit denen der Herzog sich nach dem unfreiwilligen Bad in der Donau nicht auseinandersetzen mochte. Mit der bequemen Schifffahrt war es jetzt also vorbei. Die Lasten wurden wieder auf die Wagen gepackt, aber leider stellte sich heraus, daß die Wege sehr schlecht waren. Es ging ständig bergauf, bergab durch den Bulgarenwald, mit sumpfigen Stellen dazwischen. Das war eine elende Plackerei für die armen Pferde, die Wagen brachen, und es gab ständig unliebsame Aufenthalte. Schließlich sah der Herzog ein, daß es so nicht weiterging. Er befahl, die wertvollsten Lasten auf die Pferde zu packen, den Rest mußte man eben auf den Wagen zurücklassen. Gottschalk dankte dem Himmel, daß er sich auf hochwertige Ware beschränkt hatte, die nicht viel Raum einnahm und deren Gewicht sich in Grenzen hielt. Außer den Wagen brauchte er nichts zurückzulassen. Aber Godfried Cramboum, der Onkel von Hildeger Hardefust, fluchte gottserbärmlich, denn er hatte mehrere Fässer besten Rheinweins geladen, für die es nun keine Transportmöglichkeit mehr gab. An diesem

Abend gab es darum noch einmal ein großes Besäufnis, aber es wurde ausgelost, wer sich betrinken durfte, zwei Drittel der Männer hatten absolut nüchtern zu bleiben. Sie befanden sich nämlich auf serbischem Gebiet, und die Serben waren nicht bereit, die Bitte Herzog Heinrichs um Geleit zu erfüllen. Sie waren sehr erbittert über den Kaiser von Byzanz, der sie vor kurzem unterworfen und gedemütigt hatte, und die Tatsache, daß ein kaiserlicher Legat dieser Pilgerschar entgegengekommen war, um sie auf ihrem Weg nach Byzanz zu begleiten, genügte, um die Deutschen als Feinde anzusehen.

Tatsächlich überfielen sie die Männer Herzog Heinrichs, aber zum Glück erst in der übernächsten Nacht, als die beseligende Wirkung des Rheinweins verflogen und die Männer wieder ausgenüchtert waren. Und siehe da, die friedlichen Pilger waren bestens bewaffnet und wehrten den Angriff mit geringen Verlusten ab.

Herzog Heinrich war dafür bekannt, daß er bei seinen militärischen Aktionen stets außerordentlich schnell war. Auch hier hatte er sehr gut vorbereitet und geplant, und er hetzte die Männer ohne Erbarmen, so daß sie abends todmüde auf ihr Lager fielen. Zum Glück hatten die Serben von der Lektion gelernt und griffen nicht wieder an.

Schon am 14. April sah Herzog Heinrich Byzanz vor sich liegen. Er schlug ein Lager auf und stellte die kostbaren Geschenke zusammen, die er dem Kaiser zu übersenden gedachte: herrliche Pferde, die den ganzen Weg nicht ein einziges Mal vor den Karren hatten gehen müssen, das beste Zaumzeug und die besten Sättel, die das Land Sachsen hervorbrachte; dazu erlesene Rüstungen, Schwerter und Lanzen (die hatte Gottschalk mit großer Sorgfalt bei den Kölner Harnisch- und Waffenmachern ausgewählt); auch prächtige Kleider und feine Stoffe aus Sachsen.

Als Gottschalk die blitzenden Waffen, sorgsam in geölte

Tücher gehüllt, beim Herzog ablieferte, sprach dieser gerade mit seinem Waffenmeister Albrecht darüber, wie man die kostbaren Gaben am auffälligsten präsentieren könne. Der Löwe hatte die Idee, einige seiner stattlichsten, jüngsten Knappen mit den Rüstungen zu bekleiden und auf die Pferde zu setzen; dann sollten sie gemessenen Schrittes vor Kaiser Manuel reiten, absteigen, die Rüstungen abnehmen und dem Herrscher zu Füßen legen. Aber der Waffenmeister wehrte entsetzt ab.

»Er könnte meinen, die Knappen seien ebenfalls ein Geschenk. Die Griechen haben merkwürdige Gebräuche, wie man hört.«

Darüber war Heinrich empört. »Kaiser Manuel ist ein großer Kämpfer, der viele Male seine Krieger selbst in die Schlacht geführt hat. Nie und nimmer kann ich so etwas Schändliches von ihm annehmen!« Aber es war dann doch nicht mehr die Rede von jungen Knappen.

Der Herzog befahl, ihm ein prächtiges purpurrotes Gewand mit Hermelinbesatz für den feierlichen Einzug in Byzanz bereitzulegen. Mathilde hatte es ihm beim Abschied geschenkt, sie hatte mit Goldfäden einen Löwen mit gewaltigen Pranken daraufgestickt. Sein Kämmerer suchte verzweifelt danach, aber vergeblich. Schließlich rang er die Hände. »Dieses Festgewand war offensichtlich in den Kisten, die sich auf dem gekenterten Schiff befanden«, jammerte er. »Das wird die Frau Herzogin aber kränken!«

Aber der Löwe zuckte nur mit den Schultern.

»Die Frau Herzogin wird es vorziehen, daß das Gewand auf dem Grund der Donau liegt und nicht ihr Ehemann«, erklärte Heinrich gleichmütig. »Du wirst ein anderes passendes Kleid finden.«

Am folgenden Tag, dem Ostersonntag, war es soweit. Gottschalk hat uns immer wieder schildern müssen, wie glanzvoll der Löwe in Byzanz einzog und wie prunkvoll Kaiser Manuel Komnenos ihn empfing. Bei uns liegt zu Ostern ja des öfteren noch Schnee, aber in Byzanz war es so warm wie in Köln an einem schönen Sommertag. Manuel kam seinem Gast entgegen und geleitete ihn zunächst zu purpurfarbenen Zelten, die in einem Park aufgeschlagen waren. Anschließend begab sich die ganze Gesellschaft auf die Osterprozession. Sie schritten dabei über purpurne Decken, als sei das gar nichts, und über ihren Köpfen waren seidene, mit Gold durchwirkte Tücher gespannt, um den Menschen Schatten zu spenden.

Übrigens hat Gottschalk nach seiner Rückkehr dem Erzbischof Philipp diesen Prunk eingehend geschildert. Er hoffte, in Philipp den Wunsch zur Nachahmung zu wecken, wir hätten ihm liebend gern die dazu nötigen Tuchwaren verkauft. Aber leider kannte Philipp den beklagenswerten Inhalt seiner Kasse zu gut, um sich zu derartigem Luxus zu versteigen.

Nach der Ostermesse in der herrlichen Hagia Sophia (die ich leider bis heute niemals kennengelernt habe, obwohl ich doch den gleichen Namen trage) gab es dann ein ausgiebiges Festmahl. Dabei äußerten die deutschen Geistlichen ihre Verwunderung über die Ausgestaltung der Prozession und des Gottesdienstes, die sich erheblich von unseren Bräuchen unterschied. Es kam dann zu heftigen religiösen Streitgesprächen, die Kaiser Manuel höchst aufmerksam verfolgte. Er hatte großes Interesse an kirchlichen Dingen, und es war sein sehnsüchtiger Wunsch, die Kirchen von Ostrom und Westrom nach rund hundertzwanzig Jahren der Trennung wieder zusammenzuführen – mit dem römischen Papst als geistlichem und, selbstverständlich, Kaiser Manuel als weltlichem Oberhaupt. Dies vernahm der Löwe doch mit Unbehagen; denn wo war dann Platz für seinen Vetter, Kaiser Friedrich?

Manuel deutete leise an, der Staufer habe sich ja schon mehrfach weder gegen die lombardischen Städte (welche Manuel militärisch und finanziell unterstützte) noch gegen die sizilischen Normannen (die gleichfalls stets auf byzantinische Hilfe gegen die Deutschen rechnen konnten) durchsetzen können. Vielleicht sei er einfach überflüssig? Und könne die Führung im Westreich nicht einem anderen Fürsten zufallen, der weniger an Italien interessiert sei, beispielsweise dem Herzog von Sachsen, dem Löwen, dem Enkel Kaiser Lothars, der sein Reich nicht nach Süden, sondern nach Osten ausrichte und den Wenden, Sorben und anderen Völkern das Heil des Christentums und die Segnungen sächsischer Herrschaft gebracht habe?

Du fragst, woher ich davon weiß. Nun, Mathilde hat es mir später berichtet, unter dem Siegel der Verschwiegenheit. Ich habe ihr Vertrauen auch nicht enttäuscht, aber heute, da meine Freundin nicht mehr lebt und auch nicht ihr geliebter Löwe, müssen diese Geschehnisse nicht mehr geheimgehalten werden. Heinrich war ein großer Kämpfer, ein mutiger und tapferer Mann, aber Politik war nicht seine größte Stärke, für das feine Gespinst der Griechen mit halben Andeutungen und unklaren Versprechungen war er einfach zu geradeheraus. Er begriff, daß letzten Endes hinter allen Schwierigkeiten, die Barbarossa in Italien hatte, immer Kaiser Manuel steckte, und wollte seinem Vetter helfen. Schließlich hatte er ihm die Treue geschworen. Er grübelte eine ganze Nacht und glaubte dann, die Lösung gefunden zu haben, die alle beteiligten Parteien zufriedenstellen sollte. Ob denn nicht dauerhafte Freundschaft zwischen beiden Kaisern möglich sei, falls Friedrich dem Byzantiner einen Streifen Land in Italien überlassen wolle, fragte er. Manuel wiegte den Kopf, lächelte leise und antwortete freundlich: Dies wäre kein schlechter Beginn für ewige Freundschaft, und er sähe einem entsprechenden Angebot seines kaiserlichen Bruders mit großem Interesse und heftiger Freude entgegen.

Heinrich war sehr glücklich, eine Lösung gefunden zu haben, welche die ständigen verlustreichen und kostspieligen Feldzüge in Italien, an deren lästiger Teilnahme Heinrich schon seit längerem keine Freude mehr hatte, ein für alle Mal beenden könnte, und setzte höchst zufrieden mit seinen diplomatischen Fähigkeiten die Reise fort. Leider sah Barbarossa die Lage völlig anders. Als Heinrich ihm später nach seiner Rückkehr stolz von seinem großartigen Vorschlag an Manuel berichtete und den Dank Friedrichs erwartete, traf seinen kaiserlichen Vetter fast der Schlag. Natürlich wäre es eine große Erleichterung für ihn gewesen, wenn mit der Aufwiegelung der Lombardei und Siziliens durch Manuel endlich ein Ende gewesen wäre; aber dafür einen byzantinischen Stützpunkt in Italien? Nie und nimmer, der Preis war unerträglich hoch. Statt ihm zu danken, warf er dem Löwen Hochverrat vor.

Heinrich hatte es aber in der Tat gut gemeint und war nun tief verletzt über Friedrichs groben Undank. Leider war der Herzog nicht nur sehr ehrlich, sondern er sprach auch gern klar und deutlich aus, was er dachte. Er sagte dem Kaiser einige Worte, die er besser nicht gebraucht hätte. Aber davon später.

Ich habe meiner Geschichte vorgegriffen. Herzog Heinrich nahm Abschied von Kaiser Manuel, und seine Gemahlin, die Kaiserin Maria, beschenkte den Löwen und seine wichtigsten Begleiter großzügig mit prächtiger Kleidung aus Samt und Pelz. Gottschalk hat natürlich nichts bekommen – wenn er auch für uns sehr wichtig war, für die Kaiserin war er es nicht.

Die Pilger ließen nun ihre Pferde in Byzanz in der Obhut des kaiserlichen Marschalls zurück und bestiegen ein grosses Schiff von Kaiser Manuel, um über das Meer ins Heilige Land zu reisen. Unterwegs gab es einen gewaltigen Sturm, und dein Vater gestand mir, daß er dabei nicht nur heftig seekrank wurde, sondern auch große Angst hatte, sie könnten untergehen. Der Bischof von Lübeck behauptete später, nur seine unermüdlichen Gebete an Gott hätten die Wut des Sturms schließlich besänftigt, aber ich hörte von Gottschalk, daß der Pfaffe sich ins Bett legte und die Decke über den Kopf zog, bis das Wetter sich beruhigt hatte. Nun ja, wer weiß, vielleicht drangen seine Gebete auch durch die Bettdecke bis in den Himmel.

Nach einigen Tagen kamen sie dann in Accon an und kauften sich neue Reittiere, Pferde, Esel und Maultiere. Es wurden auch Kamele angeboten, aber die christlichen Ritter erklärten empört, diese heidnischen, aus dem Maul stinkenden Untiere seien des Teufels, und nichts könne sie dazu bewegen, sich darauf zu setzen.

Nun zog die Reisegesellschaft landeinwärts nach Jerusalem. Auf halbem Weg kamen ihnen schon Ordensritter entgegen, Templer und Johanniter. Sie gestalteten den Einzug des Herzogs in der heiligen Stadt äußerst feierlich, indem sie Hymnen sangen.

Drei Tage verbrachte der Löwe in Jerusalem. Er, der sonst als sehr sparsam galt, ja sogar als geizig verschrien war, machte hier äußerst großzügige und kostspielige Stiftungen: Er spendete einen hohen Betrag für das Heilige Grab und kaufte zwei Häuser, von deren Einkünften drei kostbare Ewige Lampen unterhalten werden sollten. Die Kapelle zum Heiligen Kreuz war ziemlich heruntergekommen, das mißfiel Heinrich. Er ließ sie großartig mit schönen Mosaiken auslegen und schenkte reichlich Silber, um damit die Türen beschlagen zu lassen. Ja, Herr Heinrich hatte eben mehrere

Gesichter. Ich selbst habe ihn nie als geizig empfunden. Er neigte nur dazu, sich Ausgaben vorher zu überlegen und das Geld nicht zum Fenster hinauszuwerfen, während es in ritterlichen Kreisen durchaus vorkam, sich hoch zu verschulden, um eine besonders prächtige Rüstung und ein edles Streitroß zu erwerben. Herr Heinrich dachte eben mehr wie ein vernünftiger Kaufmann, und wenn auch seine Standesgenossen darüber die Nase rümpften, ich fand das immer höchst lobenswert.

In Jerusalem wäre es jedenfalls niemand in den Sinn gekommen, den Herzog des Geizes zu bezichtigen. Sein Silber füllte die Kassen der Templer und der Johanniter, außerdem machte er ihnen zahlreiche Waffen zum Geschenk, die Gottschalk ihm zuvor verkauft hatte. Ich möchte aber nicht, daß du jetzt deinen Vater als Krämerseele ansiehst, der die edlen Regungen des Löwen für seine Geschäfte ausnutzte. Schließlich leben wir vom Handel, während Herr Heinrich über andere Geldquellen verfügte.

Natürlich besuchte der Herzog alle Heiligen Stätten. Mit Andacht verweilte er in Christi Geburtsort Bethlehem. Dort, wo einst die unschuldigen Kinder ihr Leben verloren hatten, ließ Gottschalk eine Messe für unseren kleinen Regenzo lesen, an der auch der Löwe mit Andacht teilnahm. Der Weg ging weiter an den Jordan, wo Jesus von Johannes getauft worden war, in die Wüste, wo er sich auf seinen Opferweg vorbereitet hatte, und zum Ölberg; dort gedachten sie der letzten Nacht seines Lebens. Dann verließen sie Jerusalem und zogen weiter nach Nazareth, wo Jesus seine Kindheit im Hause des Zimmermanns Joseph verbracht hatte. Gottschalk erzählte mir, daß Herzog Heinrich tief ergriffen an sämtlichen Stätten gebetet hatte, wo Jesus in seinem Erdenleben weilte. Er war nämlich auch ein Mensch von tiefer Religiosität – wenn ihm seine übrigen vielfältigen Aufgaben dazu Zeit ließen.

Schließlich war es an der Zeit, sich auf den Heimweg zu begeben. Als sie in Accon ankamen, ließ ein kräftiger Wind die Meereswellen aufschäumen. Der Herzog stand am Ufer und betrachtete gedankenvoll die grauen Wogen. Dann erklärte er, er habe das dringende Bedürfnis, noch mehr von Palästina und Kleinasien zu sehen und vielleicht auch einen der heidnischen Fürsten kennenzulernen. Zu Gottschalk sagte er unter vier Augen, er habe einen Widerwillen dagegen, noch einmal seekrank über der Reling zu hängen und seinen Mageninhalt in die Gischt zu würgen, auch erinnere er sich nur allzu gut an das kalte Bad in der Donau und wolle ein ähnliches Erlebnis, dazu auf offener See, lieber vermeiden. Der Bischof von Lübeck, der sich ja so vortrefflich darauf verstand, ein wildes Meer ruhigzubeten, möge das Schiff Kaiser Manuels wieder seinem Eigner zurückbringen.

Gottschalk hatte beim Anblick der unruhigen See Gefühle, die denen des Löwen stark ähnelten, und schloß sich diesem nur allzugern an. Und wie klug tat er daran! Zwar kam das Schiff Kaiser Manuels wieder in Byzanz an, aber nicht unbeschadet. Im Sturm brach eine Rahe und erschlug im Niederstürzen den Bischof von Lübeck, obwohl dieser doch gerade mit erhobenen Armen den Sturm niederbeten wollte, und auch der Abt von Lüneburg kam dabei zu Tode.

Gottschalk hatte gut gewählt. Nun folgte der Teil der Reise, um den ich ihn bis heute auf das heftigste beneide. Der Löwe brach jetzt auf in Richtung Norden nach Antiochia, wobei eine große Anzahl der Tempelherren ihn begleiteten. Gemächlich und in völliger Sicherheit ritten sie durch das Land, das so hart und erbittert und unter unmenschlichen Strapazen von den Kreuzfahrern errungen worden war, zu der Zeit, als mein Großvater Eckebrecht als verängstigtes jüdisches Waisenkind Schutz und Liebe im Hause des Kölner Kaufmanns Wolbero und seiner Frau Blithildis gefunden hatte.

In Antiochia herrschte Fürst Boemund, ein Bruder der byzantinischen Kaiserin Maria. Er riet dem Löwen eindringlich, keinesfalls durch das Gebiet von Kilikien zu ziehen, wo der armenische Fürst Mleh, der Herr vom Berge genannt, herrschte. Ihm sei überhaupt nicht zu trauen. Darum überwand Heinrich seine Abneigung gegen die Seefahrt, lieh sich einige Schiffe von Boemund und segelte von der Orontesmündung nach Tarsus. Zum Glück kamen sie dort ohne weitere Zwischenfälle an. Ein vorausgesandter Bote hatte bei dem Sultan Kilidsch Arslan II. von Ikonium höflich um freies Geleit für den Löwen gebeten. Heinrich machte darum ein entgeistertes Gesicht, als er mit seinen Männern die Schiffe verließ und plötzlich eine Schar von etwa fünfhundert Reitern im Galopp auf sie zuhielt. Seine Männer zogen schon in Panik die Waffen, aber Heinrich hielt sie mit einem Wink zurück. Seine scharfen Augen hatten bemerkt, daß die Reiter keine Helme aufhatten und die Schilde auf den Rücken geschnallt trugen. In einer Entfernung von etwa einer halben Pfeilschußlänge hörte man einen hohen, trillernden Schrei, und sie hielten schlagartig an und setzten ihre langen Lanzen senkrecht auf den Boden. Ein einzelner Reiter ritt im Schritt auf den Herzog zu, stieg in angemessenem Abstand vom Pferd ab, kreuzte beide Arme vor der Brust und verneigte sich tief. Er sagte etwas; Heinrich ahnte, daß er wohl meinte, französisch zu sprechen, aber er verstand ihn nicht, zumal seine Kenntnisse der französischen Sprache sich trotz der Ehe mit Mathilde nicht gebessert hatten, da diese darauf bestand, sich nur in Heinrichs Muttersprache zu unterhalten.

Glücklicherweise hatten einige der Tempelherren den Löwen begleitet, und mit deren Hilfe klappte dann die Verständigung. Der Herzog vernahm mit Erstaunen, daß der Sultan ihm diese Reiter entgegengesandt hatte, damit sie seine Sicherheit auf dem Weg über den Taurus bis Akseray gewährleisteten. Sie hatten auch fürsorglich daran gedacht, Reittiere für die Deutschen mitzubringen.

Der Kommandant der Seldschuken hatte ganze Arbeit geleistet; die Reise war in bequeme Abschnitte eingeteilt, und am Abend erwartete sie jeweils ein vorbereitetes Mahl in einem der Dörfer. Der Herzog wollte dafür bezahlen, aber der Seldschuke wehrte empört ab. Es sei dem Sultan eine große Ehre, den Gast aus dem fernen Land bestens versorgen zu dürfen, teilte er mit, und seine dunklen Augen unter dem Turban blitzten.

Und dann erreichten sie Akseray. Ein Bote hatte ihre Ankunft angekündigt, und Sultan Kilidsch Arslan zog Heinrich entgegen. Majestätisch thronte er auf einem schneeweißen Kamel; eine riesige Pfauenfeder schmückte seinen Turban, und sein Schnauzbart war einfach überwältigend. Als Heinrich aus Höflichkeit von seinem Pferd glitt und dem Sultan zu Fuß entgegenging, verließ dieser eilig die Kamelstute, eilte seinem Gast mit ausgebreiteten Armen entgegen, drückte ihn innig an sein Herz und küßte ihn voller Freude viele Male ab. Gottschalk mußte sich das Lachen verbeißen, als er das völlig verblüffte Gesicht des Herzogs sah. Aber Heinrich faßte sich sofort und umarmte seinerseits den Sultan auf das herzlichste. Kilidsch Arslan sprudelte eine Begrüßungsrede hervor, während der er immer wieder die Hand oder den Arm seines Gastes faßte und freundlich drückte. Ein kleiner gebückter Mann stand hinter ihm, der seine Worte übersetzte, aber da Heinrich auch diesen nicht verstand, flüsterte ihm einer der Tempelherren ins Ohr, was der Sultan ihm zu sagen wünschte: Kilidsch Arslan war außer sich vor Freude, seinen lieben Verwandten Heinrich endlich kennenzulernen und als Gast für eine lange Dauer begrüßen zu dürfen. Heinrich blickte den Templer ratlos an, aber dieser grinste über das ganze Gesicht. »Der Sultan hat, wenn ich richtig verstanden habe, eine christliche Großmutter oder Urgroßmutter oder dergleichen und nimmt an, diese müsse dann ja wohl eine Verwandtschaft mit dem geehrten Herzog Heinrich begründen«, meinte er freudig.

Zwar wußte Heinrich genau, daß keine seiner weiblichen Verwandten jemals als christliche Sklavin in seldschukische Hände gefallen war; aber er nahm die herzliche Freundschaft, die Kilidsch Arslan ihm bot, dankbar entgegen und verbrachte eine herrliche Zeit bei ihm, ging mit ihm auf die Jagd, bei der statt Hunden gezähmte Leoparden den Jägern die Beute zutrieben, und saß des Abends mit dem Sultan beim Schachspiel. Welche Freuden der Seldschuke Heinrich sonst noch geboten haben mag, ob er ihm etwa schöne Mädchen ins Zelt schickte, darüber hat Gottschalk nie ein Wort verloren. Obwohl ich ja sonst immer sehr neugierig war – zu diesem Punkt habe ich nie auch nur die kleinste Frage gestellt. Mein Mann war ein Jahr lang von mir getrennt, und es hätte ja sein können, daß er günstige Gelegenheiten genutzt hatte – während ich tugendhaft zu Hause saß und seine drei Söhne versorgte. Aber es war sicher besser für meinen Seelenfrieden, darüber gar nichts zu wissen.

Wäre es nicht Gottschalk selbst gewesen, von dem dieser eingehende Reisebericht stammte – ich weiß nicht, ob ich die Geschichte geglaubt hätte. Genau in dem Land, wo Heinrich so glanzvoll und freundschaftlich aufgenommen wurde, war der letzte Kreuzzug jämmerlich niedergeschlagen worden. Tausende von Rittern hatten ihr Leben verloren, König Konrad war als gebrochener Mann mit Mühe und Not zurückgekehrt – und das hatte gerade erst ein paar Jahre vor meiner Geburt stattgefunden. Kilidsch Arslan, der gern Heinrichs Verwandter sein wollte, war damals schon ein sehr junger Krieger gewesen. Sicher hatte auch sein Stamm, seine Familie Todesopfer in diesem unseligen Krieg zu beklagen

– und für sie waren die Kreuzfahrer die Angreifer, die ihr Land ohne triftigen Grund überfallen hatten. Was bewog den Sultan, sich so edelmütig und großherzig zu erweisen? Denn ich weiß keinen Fürsten, der ihn darin übertroffen hätte. Er beschenkte den Herzog, als dieser sich endlich zur Abreise losriß, mit herrlichen Gewändern. Vor allem aber ließ er eintausendachthundert Pferde zusammentreiben, und jeder Gast, auch mein Gottschalk, konnte sich nach Belieben eins davon auswählen. Schließlich hatten sie noch einen weiten Weg durch unwegsames Gebiet vor sich, Wälder, Steppen und Wüsten. Seinem Freund und Verwandten Heinrich wählte der Sultan eigenhändig mehrere ganz besonders edle Tiere aus, erstklassig gezäumt und gesattelt. Dazu schenkte er ihm noch zwei seiner zahmen Jagdleoparden, die auf Pferden sitzen konnten. Die Pferde, die bereits daran gewöhnt waren, gab es als Zugabe – ein normales Pferd wäre sofort in Panik ausgebrochen, wenn es ein großes Raubtier auf seinem Rücken verspürt hätte. Ein äußerst großzügiges, aber auch reichlich unbequemes Geschenk. Zum Glück für die Leoparden wie auch für die Begleiter Heinrichs, die sich nicht mit Leoparden auskannten, marschierten einige Sklaven mit, welche mit diesen Tieren umzugehen verstanden. Zu guter Letzt erhielt Heinrich auch noch sechs Filzzelte samt Lastkamelen, damit er nachts bequem schlafen konnte.

Der Herzog, der mit solch überwältigender Großzügigkeit nicht gerechnet hatte, wollte sich gern revanchieren, aber die Gastgeschenke, die er aus seiner Heimat mitgebracht hatte, waren längst an Kaiser Manuel und die Fürsten und kirchlichen Einrichtungen im Heiligen Land verteilt. Er ließ die Kaufleute, darunter auch meinen Gottschalk, zu sich rufen und fragte, welche wertvollen Waren sie noch übrig hätten.

Gottschalk war froh, daß Heinrich ihm seine große Ladung erstklassiger Waffen schon in Jerusalem abgekauft und dort verteilt hatte, denn die wollte er doch ungern in den Händen der seldschukischen Reiter und vielleicht eines Tages gegen Christen gerichtet wissen. Er hatte in Jerusalem vor allem Reliquien verschiedenster Art und Gewürze eingekauft. Die Gewürze kaufte Heinrich ihm auf der Stelle ab. Die Reliquien betrachtete der Herzog nachdenklich, und dann kam ihm die große Idee.

»Was ich dem Sultan jetzt noch an Gaben bieten kann, ist geradezu armselig; aber ein ganz großes Geschenk kann ich ihm doch machen: Ich werde ihn zum christlichen Glauben hinführen und damit seine Seele für die Ewigkeit retten«, verkündete er.

Gottschalk traute seinen Ohren nicht. Er wollte schon an einen Scherz glauben, jedoch ein Blick in Heinrichs ehrliches, strahlendes Gesicht belehrte ihn eines Besseren, und er hielt lieber den Mund.

»Komm mit«, sagte Heinrich fröhlich. »Und du auch.« Dabei winkte er seinen Beichtvater herbei.

Zu dritt besuchten sie den Sultan. Dieser saß gerade mit seinen Stammesführern zusammen; sie tranken gemeinsam Tee und debattierten dabei. Der Sultan strahlte beim Anblick seiner Gäste und winkte dem kleinen, gebückten Übersetzer. Auf dessen Dienste wollte der Löwe aber lieber verzichten und schickte Gottschalk darum noch einmal hinaus, um einen der Templer zu holen. Dein Vater fand nach kurzem Suchen Herrn Jean, einen Ritter, der in Antiochia geboren und aufgewachsen war. Er beherrschte nicht nur die Sprache der Seldschuken ganz gut, sondern kannte auch ihre Bräuche und Gewohnheiten.

Heinrich tauschte mit Kilidsch Arslan Umarmungen und freundliche Begrüßungsworte aus, denn sie hatten sich seit mindestens zwei Stunden nicht mehr gesehen, und die Förmlichkeiten mußten eingehalten werden. Dann sah er seinem wohlwollenden Gastgeber liebevoll ins Gesicht.

»Vetter Kilidsch Arslan, niemand hätte mich freundlicher und aufmerksamer aufnehmen können als du. Du bist ein edler, weitherziger Mann, ein gewaltiger Krieger, ein mächtiger Fürst. Ich bin dankbar, daß du mir deine Freundschaft geschenkt hast«, begann Heinrich.

Herr Jean übersetzte dies, und der Sultan lächelte erfreut und nickte zustimmend.

»Ich kann dir deine großzügigen Gaben, mit denen du mich so reich beschenkt hast, nicht entgelten«, fuhr Heinrich fort. »Darum habe ich mir den Kopf zerbrochen, was ich für dich tun kann.«

Es folgten eine erneute Übersetzung und ein erneutes freudiges Kopfnicken.

»Da kam mir folgender Gedanke: Du bist ein reicher Mann, wonach immer dein Herz gelüsten könnte, ist schon jetzt dein. Das einzige, was dir fehlt, ist der rechte Glauben. Darum möchte ich dich gern zum Christentum bekehren, damit du die ewige Seligkeit erreichen und dereinst, wenn unsere Tage gezählt sind, mit mir gemeinsam im Himmel weilen kannst«, setzte Heinrich seinen Gedankengang fort.

Herr Jean blieb mitten im Satz stecken. Er sah den Löwen völlig entgeistert an. Unwillig sagte Heinrich: »Na los, übersetze schon. Du siehst doch, wie gespannt der Sultan ist, was ich ihm sagen möchte.«

Herr Jean schluckte. Dann übersetzte er und schien nach den richtigen Worten zu suchen. In Heinrich keimte der Verdacht auf, Jean habe seine Rede nicht unbedeutend abgeändert.

»Ich will, daß du ganz genau und Wort für Wort übersetzt«, sagte er darum unwillig. Herr Jean seufzte, blickte unglücklich zur Decke des Zeltes auf, zuckte dann die Schultern und leierte etwas herunter.

Dem Sultan fiel die Kinnlade herunter. Er forderte den

Templer auf, seine Übersetzung noch einmal zu wiederholen. Offenbar traute er seinen Ohren nicht. Jean folgte diesem Gebot, sah aber dabei weder dem Löwen noch dem Sultan ins Gesicht. Kilidsch Arslan hielt eine Hand hinter sein Ohr, damit er diesmal auch richtig hörte. Als die unglaubliche Botschaft sich nicht veränderte, sah er sich ratlos unter seinen Männern um, aber diese wichen alle seinen Augen aus, kratzten sich am Fuß, betrachteten ihre Fingernägel oder schauten tiefsinnig in ihre Teebecher.

Schließlich richtete der Sultan seinen Blick auf Herrn Heinrich und betrachtete lange dessen strahlendes, erwartungsvolles Gesicht. Dann seufzte er ganz leise, holte tief Luft und setzte zu einer längeren Rede an, ohne dem Templer zwischendurch die Gelegenheit zur Übersetzung zu geben. Schließlich nickte er bekräftigend dreimal mit dem Kopf, so heftig, daß die Pfauenfeder auf seinem Turban gewaltig schwankte, trat dann auf den Löwen zu, umarmte und küßte ihn, winkte ihm einen freundlichen Gruß zu und verließ dann fluchtartig das Zelt.

Der Herzog stand verblüfft ob dieses plötzlichen Abgangs.

»Was hat der Sultan denn gesagt?« wollte er wissen.

Herr Jean holte tief Luft. »Der Sultan ist sehr erfreut und gerührt über die Fürsorge seines geliebten Verwandten Heinrich«, sagte er. »Er begreift, was für ein riesiges Geschenk Ihr ihm machen möchtet. Nun ist aber für ihn die Religion etwas zu Wichtiges, als daß er leichtfertig damit umgehen möchte. Er muß sich damit zuerst sehr ausgiebig beschäftigen, und leider seid Ihr ja zur Abreise entschlossen. Der Sultan meint, einer von uns Templern könne bei ihm bleiben und ihn mit der christlichen Religion vertraut machen, während Ihr in Eure Heimat zurückkehrt.«

Heinrich war enttäuscht. Ihm hatte eine feierliche Taufe vorgeschwebt, bei der er die Patenschaft für Kilidsch Arslan von Herzen gern übernommen hätte. Aber seine Abreise konnte er nicht auf unabsehbare Zeit verschieben.

»Zum Zeichen seines guten Willens und seiner unauslöschlichen Freundschaft zu Euch will er Euch die christlichen Gefangenen, die in seinem Land leben, zum Geschenk machen. Ihr könnt sie mit nach Europa nehmen. Darum mußte der Sultan Euch auch so schnell verlassen, denn diese Christen sollen in aller Eile zusammengeholt werden.«

Das munterte den Herzog sofort wieder auf. Andächtig sagte er: »Wenn der Sultan, der offenbar ein sehr gewissenhafter Mann ist, sich auch nicht sofort taufen lassen kann, so habe ich doch den Eindruck, daß schon jetzt der Heilige Geist ihn beeinflußt. Ich bin sehr glücklich, daß er sich zu dieser äußerst edlen Geste entschlossen hat. Welche Freude wird dies bei den Freigelassenen auslösen, und wie selig werden ihre Angehörigen in der Heimat über ihre Rückkehr sein! Schon allein dafür hat meine Pilgerfahrt sich gelohnt.«

Und in höchster Zufriedenheit kehrte er in sein Zelt zurück.

*

Es war noch früh am Morgen. Ich hörte Gunther nebenan in der Kammer weinen, offenbar hatte er schlecht geträumt. Dann vernahm ich, wie Megintrud ihm etwas vorsummte, und er wurde rasch wieder still.

Dafür regte sich jetzt der kleine Gerhard. Ich hatte ihn in der Nacht nach dem letzten Stillen nicht wieder in die Wiege gelegt, sondern in meinem Arm behalten. Jetzt öffnete er die Augen und blickte sich um. Als sein Blick auf mein Gesicht fiel, breitete sich langsam ein erfreutes Grinsen über sein pfiffiges kleines Gesicht, und er sagte ein paar Worte in seiner Säuglingssprache. Dann stieß sein Köpfchen auf mich zu, er bediente sich an meiner Brust und drückte mit seinen kleinen Händchen noch nach, damit die Quelle üppiger floß. Mein Herz wurde ganz leicht und froh dabei.

Da hörte ich jemand unten an die Haustür klopfen. Um diese Zeit? »Megintrud, ich stille gerade das Kind. Könntest du bitte ...« Da hörte ich sie schon die Treppe hinunterschlurfen. Einen Augenblick später sprang jemand mit großen Sätzen die Stiege herauf, hielt vor meiner Kammertür inne und öffnete dann ganz langsam. Ich sah einen dunklen Lockenschopf, und mein Herz begann wie rasend zu schlagen. »Nicht erschrecken, mein Lieb!« sagte Gottschalk, und schon war er eingetreten und neben dem Bett. Gerhard drehte das Köpfchen, maunzte kurz, um gegen die Störung zu protestieren, und trank dann eifrig weiter. Aber nach ein paar Zügen überwog wohl die Neugierde, und er schaute mit großen Augen zu dem fremden Mann hoch, dem Vater, den er noch nie gesehen hatte. Sachte strich Gottschalk mit dem Zeigefinger über das kleine Fäustchen und kitzelte das Kind unter dem Kinn. Bevor Gerhard sich zu dieser Annäherung äußern konnte, kamen Richolf und Gunther hereingestürmt und stürzten sich mit Freudengeschrei auf ihren Vater. Er warf sie nacheinander in die Luft und herzte sie, bis alle außer Atem waren. Dann wandte er sich zu mir.

»Hallo, mein kleiner Schiffsjunge. Mir scheint, du bist inzwischen Kapitän? Eine ganze Mannschaft hast du ja inzwischen zusammen«, sagte er und lachte mich an. Ich strahlte zurück und konnte mich nicht an ihm satt sehen.

»Und wie heißt dieser junge Mann, der in meiner Abwesenheit mein Bett belegt hat?« fragte Gottschalk mit gespielter Strenge. Darüber wollten sich Richolf und Gunther fast totlachen.

»Aber Vater, das ist doch unser Bruder Gerhard«, quiekte Richolf.

»So, das ist also Gerhard. Und wo sind die anderen?«

Ich sah ihn erstaunt an.

»Welche anderen? Was meinst du?«

»Ja, willst du sagen, du hättest dieses Mal nur ein Kind ausgebrütet, nur ein einziges? Also weißt du, Sophia, so dauert es aber lange, bis das Dutzend voll ist!«

Darüber mußte ich so lachen, daß Gerhard indigniert zu zappeln anfing.

Nun kam mir Megintrud zur Hilfe, nahm mir den Kleinen zum Wickeln ab und führte die beiden großen Söhne hinaus, obwohl sie lautstark protestierten. Gottschalk nutzte die Gelegenheit, schloß mich heftig in die Arme und küßte mich leidenschaftlich. Nie werde ich vergessen, wie glücklich ich in diesem Augenblick war. Aber dann packte er mich bei den Schultern und schob mich von sich weg.

»Hör zu, Sophia«, sagte er, »ich habe noch jemand mitgebracht. Du wirst nicht erraten, wer es ist.«

Ich wollte auch nicht raten. Ich wollte nur in seinem Arm sein.

Aber Gottschalk schaute mich ernst an.

»Geh hinunter, Sophia, und begrüße unsere Gäste«, sagte er.

Gehorsam fuhr ich in Hemd und Rock, verzichtete in der Eile auf die Strümpfe und lief barfuß die Stiege hinab.

Die Tür zum Laden stand offen. Auf der kleinen Bank, wo Kunden es sich für einen Schwatz gemütlich machen konnten, saßen zwei Männer, ein sehr alter und ein junger. Sie blickten zu mir auf, als ich die Treppe heruntereilte. Ich blieb stehen. Wer mochte das sein? Zögernd sagte ich:

»Gott zum Gruß, und willkommen in diesem Haus.«

Der alte Mann wandte mir sein Gesicht zu. Es durchfuhr mich heiß und kalt. Er hatte nur ein Auge, die Höhle des anderen war leer. Seine Haare waren weiß. Ob ich ihn nicht doch schon einmal gesehen hatte?

»Sophia, meine liebe Nichte. Ich hätte nicht gedacht, daß ich dich in diesem Leben einmal wiedersehen könnte.«

Ich trat einen Schritt näher. Dann begriff ich.

»Onkel Johannes?« flüsterte ich.

Er nickte. Mein Onkel Johannes? Vor Jahren verschwunden und im Stillen schon totgeglaubt?

Ich brach in Tränen aus. Ich versuchte, mich zusammenzureißen, aber es gelang mir nicht. Mein Onkel Johannes, den ich als Mann in den allerbesten Jahren zuletzt gesehen hatte, schmuck und lachend. Er hatte mir eine kostbare Puppe aus Byzanz mitgebracht, die ich ehrfürchtig bestaunt und wie meinen Augapfel gehütet hatte. Und nun: ein alter Mann, weißhaarig, einäugig. Was hatte man ihm nur angetan? Ich umarmte ihn und drückte ihn an mich, als könnte ich damit irgendetwas wiedergutmachen. Dann wandte ich mich dem jungen Mann zu.

»Bist du etwa mein Vetter Apollonius?«

Der junge Mann stand auf, legte die Hand auf sein Herz und verneigte sich höflich vor mir. Er war kaum größer als ich und zierlich. Ich erinnerte mich, daß er jünger sein mußte als ich.

Ich umarmte auch ihn und stammelte ein paar Begrüßungsworte. Mir lagen tausend Fragen auf der Zunge, aber mir war klar, daß jetzt zuallererst etwas Vernünftiges auf den Tisch kommen mußte. Also überließ ich Megintrud meine drei Söhne, ließ die Magd Wasser aufsetzen, die Köchin Brei kochen, und den Knecht den Barbier holen. Während alles vorbereitet wurde, lief ich selbst zum Haus meiner Eltern. Ich fand sie gerade beim Frühstück.

»Ich habe eine riesige Überraschung«, sagte ich. »Gottschalk ist zurück! Aber das Wichtigste sage ich euch noch nicht. Kommt zu uns und seht selbst. Vater, wenn du für heute Pläne hattest, dann sage sie alle ab. Nein, ich verrate noch nichts.«

Und schon war ich wieder fort, ohne die Fragen meiner Eltern abzuwarten.

Neugierig folgten sie mir auf dem Fuße und trafen bei uns auf den Barbier, der gerade sein Messer wetzte und Schaum schlug. Ungläubig starrte mein Vater auf Johannes, eilte dann aber auf ihn zu und schloß ihn stürmisch in die Arme.

»Ich habe nicht mehr geglaubt, daß meine Augen dich noch einmal wiedersehen, Bruder«, rief er. Dann wollte er den Neffen mit der gleichen Heftigkeit begrüßen, aber ich hielt ihn zurück, weil der Barbier schon an diesem seine Kunst ausübte und ich Angst vor seinem scharfen Messer hatte.

Aufgeregt sagte mein Vater: »Wir müssen sofort Großvater rufen!«

Aber Hadewigis hielt ihn am Ärmel fest. »Was glaubst du wohl, mein lieber Mann, warum Johannes und Apollonius hier sind und nicht bei Großvater oder bei Richlinde, wo sie doch in erster Linie hingehören? Sie sollen jetzt zuerst einmal essen und sich schönmachen, und dann werden wir Großvater ganz behutsam vorbereiten, und Richlinde auch. Laß sie noch ein wenig in Ruhe, wir werden alle gemeinsam hören, was ihnen in diesen Jahren widerfahren ist und vor allem, durch welchen ungeahnt glücklichen Umstand wir sie wieder bei uns haben dürfen.«

Meine Mutter übernahm dann das Kommando in meinem Haushalt und schickte mich zu Großvater, während Vater Richlinde aufsuchte. Ich fand Großvater im Saal in seinem Hause *Unter Goldschmied.* Er betrachtete erheitert die Erziehungsversuche seiner Katze bei ihren drei Jungen, zwei weißen mit schwarzen Flecken und einem winzigen Tigerchen. Sie hatte sie zum ersten Mal aus ihrem versteckten Nest ins Freie geführt, und die Kleinen strebten prompt in drei verschiedene Richtungen. Ihre Mutter war also damit beschäftigt, sie wieder einzusammeln, suchte sie in ihren

Winkeln, packte sie im Genick und trug sie behutsam zu Großvaters Füßen, damit er auf sie aufpassen sollte, während sie das nächste Katzenkind suchen ging. Als sie das zweite herbeitrug und das erste schon wieder entkommen war, sah sie Großvater strafend an, weil er offenbar nicht verstanden hatte, daß er zum Wächter auserkoren war.

Ein paar Augenblicke sah ich entzückt zu, wie die Kleinen auf ihren noch schwachen Beinchen herumtapsten und mit großen erstaunten Äuglein die neue freie Welt beobachteten, nachdem sie ihr bisheriges Leben in der halbdunklen Kammer neben der Küche verbracht hatten. Aber dann holte ich tief Luft.

»Großvater, wie geht es dir heute morgen?«

Er sah mich erstaunt an. Wir pflegten uns zwar viel zu erzählen, aber unser Tagesbefinden war selten Gesprächsgegenstand.

»Gut, gut. Was bringt dich denn so früh zu mir, und dazu noch ohne einen deiner Söhne?« erkundigte er sich.

Ich nahm seine Hand.

»Großvater, bitte rege dich nicht auf. Ich habe eine wunderbare Nachricht. Gottschalk ist wieder da.«

»Das freut mich aber sehr für dich. Nur sehe ich keinen Grund, mich darüber besonders aufzuregen«, bemerkte Großvater, packte das Katzenkind, das eben wieder von seiner unermüdlichen Mutter herbeigetragen wurde, und streichelte liebevoll sein seidiges Fell.

Das Kätzchen streckte eine kleine rosa Zunge heraus und putzte damit gewissenhaft Großvaters Zeigefinger.

»Ich weiß, Gottschalk war sehr lange fort. Aber so ungewöhnlich ist das bei Kaufleuten nicht«, erklärte mir Großvater, als wenn er mit einem unbegabten Kind spräche.

»Ja, manchmal sind sie sogar noch viel länger abwesend«, antwortete ich. Großvater hielt es nicht für nötig zu antworten, sondern blickte mich nur milde an.

Ich versuchte es einmal anders.

»Großvater, wenn du jetzt einen Wunsch frei hättest – was würde dich am meisten auf der Welt freuen?« fragte ich.

Jetzt wurde Großvater langsam ungeduldig.

»Sophia, mein Liebes, geht es dir auch wirklich gut? Du bist so merkwürdig heute morgen,« sagte er besorgt.

»Was sollte ich mir denn wünschen? Daß es heute mein Lieblingsgericht zu essen gibt, daß die Predigt des Herrn Erzbischof etwas kürzer ausfällt als beim letzten Mal, damit ich nicht während der Messe einschlafe, daß – zum Beispiel, daß dieses Katzenkind mich nicht wieder beträufelt?« Und er wischte mißbilligend zwei Tropfen von seiner Hand.

Nun platzte ich langsam vor Aufregung und konnte die Nachricht nicht länger zurückhalten.

»Großvater, Gottschalk ist heute in aller Frühe angekommen.«

»Das sagtest du bereits. Ich bin weder taub noch vergeßlich.«

»Und er hat jemand mitgebracht. Jemand, auf den du schon lange mit großer Sehnsucht wartest.«

Keine Antwort. Eckebrecht sah mich mit großen Augen an. Das Katzenkind langweilte sich und strebte auf den Boden zu seinen Geschwistern. Ich dachte, Großvater hätte mich nicht verstanden, und wollte gerade mit meinen behutsamen Eröffnungen fortfahren, da sah ich, wie ein Strahlen sich auf seinem Gesicht ausbreitete.

»Gesegnet sei dieser Tag«, sagte er ehrfürchtig. »Gott hat meine Gebete erhört. Rasch, Sophia, hole meinen Stock. Ich komme sofort mit.«

Er hatte es plötzlich unglaublich eilig. Wozu brauchte er eigentlich einen Stock? Ich mußte mich sputen, um mit ihm Schritt zu halten.

Ich hatte ihn noch schonend darauf vorbereiten wollen, wie schrecklich sein Sohn Johannes von den letzten Jahren gezeichnet worden war, aber dazu war keine Gelegenheit. Im Nu waren wir bei unserem Haus, und Großvater hämmerte an die Tür, als sei ein Brand zu melden, drängte dann an der Magd vorbei, ohne ihr einen Blick zu schenken, und stürmte die Treppe hinauf. Er eilte schnurstracks auf seinen Sohn zu, ohne bei seinem Anblick auch nur mit der Wimper zu zucken, und schloß ihn in die Arme. »Mein Sohn, mein Junge, mein Johannes! Daß du wieder da bist!« Und er küßte ihn immer wieder. Dann richtete er den Blick gen Himmel und murmelte etwas in einer Sprache, die keiner von uns verstand. Ich sah, daß er blaß wurde und offensichtlich nicht mehr sicher auf den Füßen stand, ergriff rasch seinen Arm und drückte ihn auf den bequemsten Stuhl nieder.

»Danke, es geht schon wieder«, flüsterte Großvater und nahm seine Kraft zusammen. Ich schob Apollonius zu ihm hin. »Auch dein Enkel ist gerettet, Großvater!« Da verlor Großvater die Fassung, zum ersten Mal, seit ich ihn kannte. Er lachte und weinte gleichzeitig, während Apollonius niederkniete und ihm ehrfürchtig die Hand küßte.

Unten hörten wir es wieder klopfen, und gleich darauf eilte Richlinde die Treppe herauf.

Auch sie zeigte nicht das mindeste Erschrecken, daß dieser alte Mann ihr Johannes sein sollte, warf sich in seine Arme und stammelte Liebesworte. Ihr Sohn Constantin war noch zu klein gewesen, als sein Vater verschwand, um sich an ihn zu erinnern; er stand schüchtern herum, bis sein Bruder Apollonius ihn umarmte.

Schließlich waren alle Tränen gestillt, die erhitzten Gemüter beruhigten sich allmählich.

Johannes begann mit leiser Stimme und stockend zu erzählen. Er redete lange. Zwischendurch kamen mehr

Verwandte, schlüpften leise in den Saal und setzten sich still, um ihn nicht zu unterbrechen.

»Es ist jetzt über sieben Jahre her. Wir segelten von Byzanz nach Jerusalem und hatten Waffen für die christlichen Ritter geladen. In einer Flotte von zehn Schiffen glaubten wir uns sicher; aber dann gerieten wir in einen Sturm und wurden zerstreut. Drei der Schiffe sahen wir nicht wieder. Bei meinem Nachbarschiff brach der Mast, und es mußte die nächste Küste ansteuern, um den Schaden zu beheben. Nun waren wir nur noch sechs, und ich überlegte schon, ob wir die Reise fortsetzen oder besser umkehren sollten. Aber bevor ich eine Entscheidung hätte treffen können, rauschte schon eine Flotte sehr schneller Segler auf uns zu. Die kilikische Küste ist für ihre Seeräuber berüchtigt, und der Sturm hatte uns näher dorthin getrieben, als wir gedacht hatten. Wir versuchten, ihnen zu entkommen – vergeblich. Nach hartem Kampf gelang es vier von unseren Schiffen doch noch, sich abzusetzen und zu fliehen, aber zwei waren eingekreist – leider auch das meine. Sie warfen Haken an Bord, enterten und sprangen auf unser Schiff. Es waren mindestens doppelt so viele Piraten wie wir. Es wäre darum sinnlos gewesen, mit ihnen zu kämpfen; sie hätten uns alle erschlagen. Merkwürdigerweise hatte ich keine Sorge um mein eigenes Leben, aber entsetzliche Angst um meinen Apollonius. Der Junge wollte mit seinem Dolch auf die Seeräuber losgehen, aber ich hielt ihn fest und versuchte ihn mit meinem Körper zu decken.

Der nächste Augenblick mußte alles entscheiden: Würden die Piraten uns ohne Federlesen erschlagen oder nicht? Als die ersten beiden auf mich zustürzten, zeigte ich ihnen meine leeren Hände. Ich wurde fast ohnmächtig vor Erleichterung, als sie daraufhin langsamer wurden und ihre Waffen sinken ließen. Leider muß ich gestehen, daß ich kein Held bin.«

»Oh doch«, sagte da Apollonius, der bisher ganz still im Hintergrund gesessen hatte.

»Für mich bist du ein Held. Du hast nämlich geschrien: ›Ehe ihr meinem Sohn auch nur ein Haar krümmt, müßt ihr mich erst in Stücke hauen.‹«

»Habe ich das gerufen?« fragte Johannes ungläubig. »Das weiß ich gar nicht mehr. Ich erinnere mich nur noch, daß ich so etwas gedacht habe.

Als meine Männer sahen, daß ich nicht kämpfte, ergaben sie sich auch sogleich. So verloren wir das Schiff, die Ladung und unsere Freiheit – aber wir behielten unser Leben. Die Räuber fesselten uns und nahmen unser Schiff in Besitz. Ich mußte mit ansehen, wie sie anfingen, die Ladung zu durchstöbern und unsere Warenkisten aufzubrechen; aber ihr Anführer setzte dem schnell ein Ende, indem er zweien seiner Männer eins mit dem Messer überzog.

Mit dem letzten Tageslicht erreichten wir eine wildzerklüftete Küste und schlängelten uns durch mehrere Wasserarme, bis die Piraten an einem sehr versteckten Platz Anker schlugen. Es kamen Frauen und Kinder mit Freudenrufen zum Strand gelaufen und halfen den Männern, die Beute an Land zu schleppen.

Die Seeräuber überzeugten sich noch einmal, daß unsere Stricke fest gebunden waren, und gingen dann an Land, um ein Freudenfest zu feiern. Wir konnten zwar nicht über Bord schauen, aber das Gegröle zeugte von einem großen Besäufnis. Wir armen Gefangenen bekamen nichts, nicht einmal Wasser. Erst spät am nächsten Tag, nachdem sie ihren Rausch ausgeschlafen hatten, kamen sie an Bord, um nach uns zu sehen. Sie nahmen uns die Fesseln ab und bedeuteten uns, an Land zu gehen. Nachdem wir uns so viele Stunden lang nicht hatten rühren können, waren wir alle ganz steif und hatten taube Glieder. Mein erster Gehilfe, schon ein älterer Mann, machte darum einen Fehltritt, als er über Bord in das Boot springen sollte, fiel ins Wasser und zappelte und kreischte vor Angst, weil er nicht schwimmen konnte. Die

Räuber wollten sich darüber fast totlachen. Erst als ihnen einfiel, daß der Mann ja einen Handelswert darstellte, entschlossen sie sich, ihn aus dem Wasser zu ziehen.

Als wir am Ufer landeten, banden sie uns die Hände auf dem Rücken zusammen und jeweils zwei Männer an den Knien aneinander. Die Kinder, die am Strand spielten, lachten sehr darüber, wie wir ungeschickt dahinhumpelten, und ich dachte, daß dies eine sehr lustige Insel war, nur ganz sicher nicht für uns.

Wir kamen dann in das Räuberdorf. Es war vom Meer aus nicht zu sehen gewesen, weil es hinter einem großen Fels versteckt lag. Ein Dutzend Hütten umgaben ein Haus, das ich in dieser Pracht wahrhaftig nicht in einer solchen Einöde vermutet hätte: zwei Stockwerke hoch, mit Säulen umringt und einem großen, teilweise überdachten Vorplatz. Den erhöhten Sitz mit Baldachin in der Mitte des Platzes konnte man ohne Übertreibung als Thron bezeichnen. Der Mann auf diesem Thron paßte zu diesem Aufwand: Er war trotz der Hitze in einen großen Brokatumhang gehüllt, der mit Perlen und Juwelen bestickt war. Als Kaufmann erkannte ich sofort, daß dies aus der Kleidung eines hohen Fürsten stammte, vermutlich eines Kirchenfürsten, wenn es nicht sogar eine Altardecke war. Der Mann darin war groß, massig, schwarzhaarig, mit langem graugesträhntem Bart, den er eitel in zwei Hälften geteilt und mit zwei Schleifen verziert hatte.

Vor ihm waren die Kisten und Ballen aus unseren beiden Schiffen aufgetürmt. Einige Frauen packten aus und präsentierten dem Häuptling den Inhalt. Die erstklassigen Schwerter, Lanzen, Helme und Schilder glitzerten in der Sonne. Hätte ich doch beizeiten alles ins Meer geworfen! Nun kamen die Waffen den Piraten zugute statt den Rittern im Heiligen Land. Und die kostbaren Tuche, mit denen ich dieses Jahr mein großes Geschäft hatte machen wollen, würden nun diesen Banditen zieren. Wir Gefangenen standen lange in der Hitze, denn der Platz im Schatten des Daches war natürlich zu gut für uns. Wir waren schwach vor Hunger und vor allem ausgedörrt. Ich sah, wie Apollonius immer blasser wurde, dann fiel er in Ohnmacht und brach zusammen. Da er an mich gefesselt war, stürzte auch ich und fiel dabei gegen meinen Nebenmann, so daß auch dieser und der an ihn Gefesselte zu Boden fielen. Das erheiterte die Seeräuber wieder ungemein, sie brüllten und johlten vor Lachen. Wir lagen hilflos in der Hitze und konnten nicht wieder aufstehen. Ich hatte nur Augen für meinen Sohn, aber zum Glück kam Apollonius wieder zu sich.

Auf einen Wink des Häuptlings zerrten seine Männer uns wieder auf die Füße. Der Häuptling betrachtete uns kurz und fragte dann auf griechisch, aber mit einem schauderhaften Akzent, wer der Anführer der Gefangenen sei. Ich sah mich um. Der Führer des zweiten Schiffes hatte den Kampf offenbar nicht überlebt.

»Ich bin der Anführer«, sagte ich darum.

Gemächlich erhob sich der Häuptling, trat auf mich zu und schlug mir mit der Faust ins Gesicht. Apollonius stöhnte.

»Du warst der Anführer. Merke dir das. Du bist jetzt nur noch ein Gefangener«, erklärte der Häuptling. »Hier gibt es nur einen Anführer, und das bin ich, der schwarze Nikolaus. Wirst du dir das merken können?«

Ich nickte. Meine Nase blutete.

Da schlug er zum zweiten Mal zu.

»Es heißt: ›Ja, Herr Nikolaus‹. Ist das klar?«

»Ja, Herr Nikolaus«, antwortete ich gehorsam und schämte mich vor meinem Sohn für meine Hilflosigkeit. Aber Apollonius drückte sich eng an mich und zeigte mir dadurch seine Unterstützung.

»Was kannst du?« fragte Nikolaus in sachlichem Ton.

»Ich bin ein Kaufmann. Ich kann lesen, schreiben, rechnen, handeln«, antwortete ich und fügte dann hastig hinzu: »Herr Nikolaus!«

Nikolaus nickte gleichgültig. Über die anderen Männer warf er nur einen kurzen Blick.

Er wandte sich schon ab, um zu gehen, da bemerkte er etwas an einem seiner Seeräuber und erstarrte.

»Herkommen«, befahl er eisig. Der Mann trat vor ihn.

»Wie heißt du?«

»Antonius, Herr Nikolaus.«

»Wie lange kämpfst du schon für mich?«

»Zwei Monate, Herr Nikolaus.«

Der Häuptling musterte ihn von oben bis unten.

»Zwei Monate also. Was hast du da an deiner Hand?«

Der Seeräuber streckte stolz seine Pratze vor. Am kleinen Finger trug er einen dicken goldenen Ring mit einem großen Rubin.

»Schön, nicht?« sagte er selbstgefällig.

»Woher hast du diesen Ring, Antonius?« fragte Nikolaus mit sanfter Stimme.

»Ich nahm ihn gestern einem der Männer ab, den ich auf dem Schiff erschlagen hatte«, erklärte Antonius.

»Du hattest kein Recht, ihn zu behalten, Antonius. Alle Beute gehört mir, dem schwarzen Nikolaus.«

»Aber du hast doch schon die ganze Ladung mitsamt den Gefangenen, was ist da schon ein Ring?« protestierte Antonius.

»Außerdem hast du nicht dafür gekämpft, sondern ich, und einen Dolchstich habe ich dabei auch kassiert.« Er wies auf seinen verbundenen Oberschenkel.

In diesem Augenblick zog Nikolaus sein Schwert so schnell aus der Scheide, daß man nur ein Blitzen sah, und im nächsten Augenblick lag die Hand mitsamt dem Ring im Sand.

Fassungslos und mit weit aufgerissenem Mund starrte Antonius auf seine abgeschlagene Hand und auf den Unterarm, aus dem ein heller Blutstrahl sprudelte.

»Alles gehört mir, verstanden?« brüllte Nikolaus mit so lauter Stimme, daß alle vor Schreck erstarrten. »Und weil du jetzt nur noch eine Hand hast, habe ich für dich keine Verwendung mehr.«

Und sein Schwert sauste abermals nieder und schlug Antonius den Kopf ab.

Ich versuchte, Apollonius die Sicht zu verdecken, damit er dieses Grauen nicht mit ansehen mußte; aber mein tapferer Junge zischte nur leise: »Halt still, Vater, und tu keinen Mucks!«

Die Lektion hatte gereicht. Keiner von uns wagte auch nur den geringsten Widerstand. Wir befolgten resigniert jeden Befehl der Seeräuber, ließen uns fesseln und in einer dunklen Hütte einsperren. Immerhin gaben sie uns jetzt zu essen und vor allem zu trinken. Ich weiß nicht, wie viele Tage wir dort in Hitze und Gestank verbrachten. Irgendwann holten sie uns heraus, schafften uns auf ein Schiff und brachten uns zum nächsten Sklavenmarkt.«

Johannes mußte innehalten. Rasch winkte ich der Magd, seinen Krug nachzufüllen – Wein mit sehr viel Wasser. Er trank und fuhr dann fort.

»Ihr könnt euch nicht vorstellen, wie grauenhaft es ist, wenn Menschen wie Ware oder wie Vieh gehandelt werden! Bei uns gibt es ja schon lange keine Sklaven mehr. Zwar ist die Sklaverei im allgemeinen nicht verboten, wohl aber dürfen Christen nicht wie Sklaven gehalten werden. Und da unsere Kirche sich ja seit langem die größte Mühe gegeben hat, unsere ehemals heidnischen Nachbarn zu bekehren, reichen die Grenzen des Christentums jetzt eben weit. Ich erinnere mich, daß ein besonders schlauer Kaufmann in Byzanz sich ein Dutzend moslemische Kriegsgefangene auf dem Sklavenmarkt kaufte und nach Hause brachte, um sie ohne Entgelt in seiner Walkmühle vor der Stadt arbeiten zu lassen. Die Geistlichen machten ein entsetzliches Gezeter, es könne nicht angehen, daß Ungläubige im allerchristlichsten Byzanz lebten. Sie taten so, als sei deren Glaube eine ansteckende Krankheit, und bestanden darauf, die Männer zu taufen. Aber nachdem sie getauft waren, waren sie Christen geworden, und der Kaufmann mußte ihnen den gleichen Lohn zahlen wie üblich. Außer Kosten hat er also nichts von seiner schlauen Aktion gehabt.

Nun ja, darüber lacht ihr. Aber keiner von euch könnte lachen, wenn er selbst als Sklave verkauft werden soll. Wir standen alle auf einem Podest, damit man uns auch gut sehen konnte. Den meisten von uns hatten sie die Kleider heruntergerissen, und sie standen da in ihrer Blöße und schämten sich entsetzlich, wenn Interessenten sie betasteten oder ihnen in den Mund schauten, um ihre Zähne zu prüfen. Nur Apollonius und ich waren nicht nur bekleidet, sondern auch gewaschen und gekämmt, denn wir sollten ja nicht als Arbeitstiere, sondern als Gelehrte einen guten Preis erzielen. Ich betete inbrünstig, daß mein Sohn und ich zusammenbleiben konnten und nicht an zwei verschiedene Herren verkauft würden. Als Kaufmann hatte ich mir überlegt: Was macht die Ware Mensch wertvoll? Und ich sagte mir: Damit ich als wünschenswerter Kauf erscheine, muß ich zwar fähig, aber auch bescheiden und freundlich sein, wohlerzogen und gutartig. Ich bemühte mich sehr, diesen Eindruck zu erwecken, blickte offen, aber nicht anmaßend, machte ein freundliches Gesicht und ließ durch meine Körperhaltung erkennen, daß ich ein sehr umgänglicher Mensch sei. Genauso verhielt sich mein Sohn. Er spielte die Rolle, die ich ihm zugewiesen hatte, vorzüglich, obwohl er lieber gebrüllt und getobt hätte.

Unsere Mitgefangenen, Matrosen und Handlungsgehilfen,

wurden im Laufe des Tages verkauft und verschwanden für immer aus unserem Leben. Nur Apollonius und ich waren noch übrig, denn der Preis, den der Seeräuber für uns verlangte, war hoch. Ich zitterte bei dem Gedanken, was der schwarze Nikolaus mit uns anstellen würde, falls wir unverkauft zurückkämen, und bemühte mich daher noch mehr als zuvor, einen gefälligen Eindruck zu machen. Die Sonne stand schon tief, und der Markt würde in Kürze beendet sein, als zu meiner großen Erleichterung doch noch ein Käufer Interesse an uns zeigte. Es war ein Mann in der Kleidung der Wüstenbeduinen; er hatte es nicht für nötig gefunden, sein Reitkamel am Markteingang zu lassen, damit es dort getränkt und bewacht würde, sondern ritt mit ihm über das Marktgelände und sah sich um. Als sein Blick auf uns fiel, hielt er sein Tier an und betrachtete uns eine Weile. Dann sprach er zu dem Seeräuber in einer mir unbekannten Sprache. Nichts hätte ich mir mehr gewünscht, als ihn zu verstehen, denn schließlich ging es um unsere Zukunft. Aber wenn ich auch kein Wort verstand, die Gesten waren mir als Kaufmann sehr geläufig. Leisere und lautere Worte, Blicke zum Himmel, schmerzliches Befremden des Käufers bei der Nennung des Preises und noch schmerzlicheres beim Verkäufer auf das Gegenangebot – mir war ziemlich klar, was da vor sich ging. Schließlich zuckte der Reiter mit den Schultern und wandte sein Tier zum Abreiten, ohne uns noch einen weiteren Blick zu schenken. Da hob der Seeräuber die Hände zum Himmel und rief etwas in bedauerndem Ton.

Der Reiter hielt das Kamel wieder an.

Der Räuber sprach noch klagender.

Der Reiter drehte den Kopf zu uns.

Der Räuber winselte.

Der Reiter nickte gnädig, zog seinen Beutel hervor und zählte eine Reihe von Münzen ab, die er dem Seeräuber aushändigte. Darauf schob dieser mich zu dem Beduinen hin.

Mir wollte das Herz stehenbleiben. Ich ergriff die Hand meines Sohnes, aber der Räuber schüttelte den Kopf, hielt Apollonius fest und bedeutete mir, allein zu gehen. Da eilte ich zu dem Reiter. Am liebsten hätte ich mich zu seinen Füßen niedergeworfen und gefleht, er möge auch meinen Jungen kaufen, aber statt dessen lächelte ich, verneigte mich tief vor ihm und redete auf ihn ein, wobei ich immer wieder auf Apollonius zeigte. Der Reiter machte zunächst ein ablehnendes, dann ein unentschlossenes Gesicht. Ich zeigte noch einmal auf Apollonius und legte beschwörend die Hand auf mein Herz. Da zog der Reiter seinen Beutel, warf einen abschätzenden Blick auf den Jungen und hielt dem Seeräuber eine einzige Münze hin. Dieser fand das offenbar zu wenig und schüttelte den Kopf. Der Reiter warf die Münze unwillig in den Sand, aber der Räuber machte keine Anstalten, sie zu nehmen. Da nahm ich allen Mut zusammen, hob das Geld auf und drückte es dem Piraten in die Hand, während ich auf die untergehende Sonne deutete. Der Mann zuckte unwillig mit den Schultern, ließ aber zu, daß ich meinen Sohn bei der Hand faßte und eilig mit ihm zu dem Reiter lief. Meine Erleichterung war unbeschreiblich.

Es zeigte sich, daß unser neuer Herr Gefolge hatte, das außerhalb der Stadt in einem Zelt auf ihn wartete. Ein Feuer brannte unter einem Dreibein mit aufgehängtem Topf, und es duftete verlockend daraus. Wir bekamen zu essen und zu trinken, soviel wir wollten.

Als es Zeit zum Schlafen war, kam unser Herr zu uns. Einer seiner Leute warf uns zwei dicke Decken hin, in die wir uns wickeln konnten. Der Herr zeigte auf seine Handgelenke und machte Zeichen, als ob wir wieder gefesselt werden sollten. Ich schüttelte heftig den Kopf und hob bittend die Hände. Da sagte er etwas mit ernster Miene. Ich vermute, wir sollten versprechen, nicht zu fliehen, nickte und legte die Hand auf das Herz. Er sah mir noch eine Weile prüfend ins Gesicht, ob meiner Ehrlichkeit zu trauen sei, nickte schließlich und ging.

Am nächsten Morgen gab er uns zwei Maultiere, auf denen sollten wir reiten, denn wir hätten den Kamelen kaum zu Fuß folgen können. Nach drei Tagen hatten wir seinen Stamm erreicht.

Ich hatte keine Ahnung, mit welcher Absicht er uns gekauft hatte. Mein Sohn und ich machten uns nützlich, wo wir konnten, und bemühten uns, die Sprache des Stammes zu erlernen. Es zeigte sich, daß Apollonius viel Geschick im Umgang mit Tieren hatte, und er trieb sich meistens bei den Herden herum, die den Reichtum unseres Herrn und seines Stammes darstellten, und half den Hirten. Ich fühlte mich ziemlich überflüssig, denn ich hatte Scheu vor den großen Kamelen und hatte nichts für die Ziegen übrig. Handwerkliche Geschicklichkeit war auch noch nie meine Sache gewesen, und wie hätte ich meine Fähigkeiten als Kaufmann nutzbringend anwenden können? Jedenfalls nicht, solange ich mich nicht verständigen konnte. Um so eifriger bemühte ich mich in meinen Sprachstudien, und da ich kein Schreibmaterial hatte, schrieb ich die erlernten Wörter und ihre Bedeutung mit einem verkohlten Span auf einen Felsen. Darüber staunten die Beduinen, und sogar Ashot, unser Herr, kam und betrachtete meine Schreibkünste mit gerunzelter Stirn. Vermutlich wollte er überprüfen, ob es sich nicht um Zauberzeichen handelte, die seinen Leuten Schaden zufügen konnten. Aber da er schon weit herumgekommen war, wurde ihm vermutlich rasch klar, was ich da trieb, und er ließ mich gewähren.

Als es so weit war, daß ich mich leidlich verständigen konnte, rief er mich zu sich und beauftragte mich, seine zahlreichen jüngeren Söhne zu unterrichten. Ich sollte sie die griechische Sprache lehren, lesen, schreiben und rechnen, damit sie mit diesen Künsten ihre älteren Brüder, die sich statt der Wissenschaft dem Kriegerhandwerk widmeten, unterstützen könnten. Unserem Herrn schwebte offenbar eine Herrschaft seines Stammes über sämtliche Nachbarn vor – in fernerer Zukunft zwar, aber er war offenbar ein weitsichtiger Mann.

Ich machte mir Gedanken, wie ich den Erwartungen unseres Herrn gerecht werden konnte. Es handelte sich um ein Dutzend junger Wüstensöhne im Alter zwischen vier und zwölf Jahren. Einige der älteren unter ihnen waren keineswegs begeistert über die Laufbahn, die da vor ihnen lag; aber das Wort ihres Vaters war ehernes Gesetz, gegen das es kein Aufmucken gab.

Ich bat also Ashot, er möge meinen Sohn vom Ziegenhüten abziehen und mir als Gehilfen beigeben. Er stimmte zu, und Apollonius spielte mit den jüngsten Kindern und brachte ihnen auf leichte Art die griechische Sprache bei, die ihre älteren Brüder bei mir auf wesentlich mühsamere Weise zu erlernen hatten. Als die Jungen die Grundzüge der Sprache begriffen hatten, mußten sie alle lesen und schreiben lernen, und es gab schon bald im gesamten Umkreis keine glatten Steine mehr, da alle bereits als Tafeln im Zeltlager benutzt wurden.

Meine Schüler blickten neidisch auf ihre älteren Brüder, wenn diese zu Kampfübungen in die Wüste hinausritten. Die jungen Krieger andererseits wurden ungeduldig, weil sie das Lernen genauso satt hatten wie ihre »gelehrten« Brüder – aber ihr Vater herrschte sie an, sie hätten sich gefälligst in Geduld zu üben und zu warten. Er allein könne beurteilen, wann die Zeit reif sei, um ihre Herrschaft zu errichten. Und dagegen gab es kein Widerwort, jedenfalls nicht vor seinen Ohren.

Die jüngste Tochter des Herrn war ein aufgewecktes kleines Mädchen. Wann immer sie der Obhut ihrer Mutter entwischen konnte, hielt sie sich in der Nähe unserer »Schule« auf, horchte und beobachtete. Ich entdeckte sie eines Tages, als sie mit einem Stöckchen die Buchstaben in den Sand ritzte, die ihre Brüder an diesem Tag gelernt hatten, und bat ihren Vater, er möge sie doch am Unterricht teilnehmen lassen. Aber er sah mich so verständnislos an, als habe ich plötzlich in der Sprache meiner Kölner Heimat gesprochen, und ging kopfschüttelnd davon, ohne mich einer Antwort zu würdigen.

So war ich also des Tages gut beschäftigt; aber nachts sprach ich zu meinem Sohn von unserer byzantinischen Heimat, von seiner Mutter, die mir an jedem einzelnen Tag schmerzlich fehlte, von seinen Geschwistern, die ohne meine liebevolle Fürsorge aufwachsen mußten. Ich erzählte ihm auch von meiner fernen ersten Heimat in Köln, meinem geliebten Vater Eckebrecht, meinen Brüdern und der ganzen Familie. Wir hatten viel Zeit dazu, denn die Wüstennächte sind lang.

Schließlich tat die Sehnsucht so weh, daß ich zu unserem Herrn ging. Er saß vor seinem großen Zelt, trank einen Becher Milch von einer Kamelstute und blickte geruhsam in die untergehende Sonne.

Ich fragte ihn, ob er bereit sei, uns gegen ein angemessenes Lösegeld zu entlassen. Meine Frau in Byzanz werde sicher gern alles Geld für unsere Freilassung zahlen, das sie aufbringen könne.

Ashot trank gemächlich seine Milch aus.

»Unser Volk liegt seit vielen Generationen im Krieg mit Byzanz«, erklärte er dann. »Ich könnte dorthin keinen Boten senden.«

Ich versuchte einen zweiten Vorstoß.

»Auch mein Vater würde sicher gern ein Lösegeld für Sohn und Enkel aufbringen«, bat ich.

»Wo lebt dein Vater?«

Ich versuchte, ihm zu erklären, wo Köln lag. Da lachte er, kratzte sich unter seinem Kopftuch und spottete: »Glaubst du, meine Krieger reisen durch die halbe Welt, um ein Lösegeld zu nehmen?«

Nein, das meinte ich nicht. Aber in der nächsten großen Hafenstadt könne man doch wohl Kaufleute als Mittelsmann finden?

Ashot blickte mich unmutig an.

»Ich habe dich und deinen Sohn gekauft. Ihr seid mein Eigentum. Ob ich euch verkaufen will, ist allein meine Entscheidung. Und ich will euch behalten. Du kannst gehen.«

Und so ging wieder viel Zeit ins Land. Ich verrichtete meine Arbeit, so gut ich konnte. Es wuchsen auch neue Söhne nach und damit neue Schüler für mich. Aber die Sehnsucht nach meiner Frau, nach meinen Kindern und auch die Sehnsucht nach Freiheit wurden immer stärker, und so beschloß ich, mit meinem Sohn die Flucht zu ergreifen.

Lange grübelte ich darüber nach, wie wir es anstellen könnten. Seit wir hier angekommen waren, hatten wir den weiteren Umkreis des Zeltlagers niemals verlassen, auch wenn das Lager selbst natürlich durch die Wüste gewandert war. Wir hatten keine Reittiere, keinen Proviant, kein Wasser, und vor allem keine Ahnung, wo wir uns befanden; nur eine schwache Vorstellung von der Richtung, in die wir uns wenden mußten. Da bot sich uns eine unverhoffte, einmalige Gelegenheit.

Nach unserer täglichen Arbeit pflegte mein Sohn allein in der Gegend herumzustreifen, um seinen jungen Beinen Bewegung zu verschaffen. Oft kam er erst zurück, wenn sich schon die Nacht über die Wüste gesenkt hatte. Eines Abends kam er, nachdem ich mich schon schlafen gelegt hatte. Leise schlüpfte er in das kleine Zelt, das wir gemeinsam bewohnten, und fragte: »Vater, schläfst du schon?«

»Jetzt nicht mehr«, antwortete ich.

»Ich muß dir etwas sehr Wichtiges erzählen. Ich fand heute eine wilde Kamelstute in der Schlucht im Westen, kaum eine halbe Stunde von unserem Lager. Sie ist am Bein verletzt und kann nicht laufen. Wenn ich die Spuren richtig gedeutet habe, ist ihr Junges von einem Löwen angefallen und gerissen worden. Sie hat bei der erfolglosen Verteidigung einen bösen Prankenhieb erhalten. Wir haben ja unsere Lager gerade erst hier aufgeschlagen und werden sicher einige Monate hierbleiben, wenn ich sie also heimlich gesund pflege und soweit zahm bekomme, daß wir auf ihr reiten können ....«

Eine sehr geringe Chance; aber immerhin die einzige, die sich uns je geboten hat. Apollonius verbrachte also soviel Zeit, wie er unauffällig erübrigen konnte, bei der Kamelstute, schleppte ihr Wasser und Futter hin und erhielt sie am Leben. Ihr Bein heilte. Er gewöhnte sie langsam daran, daß er auf ihren Rücken stieg und sie ritt, erst nur ein paar Schritte, dann immer mehr.

Er legte auch heimlich einen kleinen Vorrat an Lebensmitteln an, steinhart getrocknetes, aber haltbares Fleisch, ebenso steinharte Brotfladen und zwei Wasserschläuche, die er in einer kleinen Felshöhle unter Steinen versteckte. In der Schlucht war eine kleine Quelle, die manchmal trocken war, an anderen Tagen aber leise rieselte. Nun warteten wir noch auf eine günstige Gelegenheit, und sie mußte bald kommen, denn lange konnte Apollonius die nun gesunde Kamelstute nicht mehr in der Schlucht zurückhalten. Wir hatten Glück: Ashot reiste zur Hafenstadt, um Felle zu verkaufen und dafür Waffen einzuhandeln. Nach seiner Rückkehr würde der Stamm weiterziehen, fort von unserem Lagerplatz und von der Schlucht mit dem Kamel.

In der gleichen Nacht noch machten wir uns leise davon. Wir gelangten ungesehen aus dem Lager, wo alles friedlich schlummerte. Zwar hielt einer der Männer immer Wache, aber wir warteten, bis er auf der anderen Seite des Lagers war, und nutzten dann die mondlose Nacht, um ungesehen zu verschwinden. Wir waren beide sehr aufgeregt, die Angst, erwischt zu werden, und die Hoffnung, an unser Ziel zu gelangen, hielten sich die Waage.

Die Kamelstute war zuerst etwas ängstlich, als da ein fremder Mensch kam; aber Apollonius streichelte sie und redete ihr liebevoll zu, und sie beruhigte sich. Rasch nahmen wir unsere geringen Vorräte aus der Höhle und füllten die Wasserschläuche. Die Kamelstute wollte mich noch nicht auf ihren Rücken lassen, darum bestieg Apollonius sie und lud die Vorräte auf. Wir hatten keinen Sattel und auch keine Packtaschen. Ich lief nebenher, und so machten wir uns auf den Weg in die Richtung, von der wir hofften, daß sie die richtige war. Nachdem wir nun einmal auf dem Weg waren, war die Angst geringer; wir waren frei!

Aber wir hatten kein Glück. Ausgerechnet in dieser Nacht erkrankte die Mutter des Häuptlings schwer, und mit dem ersten Morgenstrahl wurde ein Bote Ashot nachgesandt. Da hatten die Beduinen unser Verschwinden noch gar nicht bemerkt. Der Häuptling kehrte sofort voller Sorge um die alte Frau zurück, fand sie aber nicht mehr unter den Lebenden. Nun erfuhr er, daß wir geflohen waren, und sandte seine Späher aus, um uns zu suchen. Die waren schnell auf unserer Spur; was wußten wir denn schon vom Leben in der Wüste? Als wir sie bemerkten, war uns klar, daß es vorbei war, und wir setzten uns gar nicht erst zur Wehr. Mit erhobenen Händen standen wir neben dem Kamel. Sie taten uns nichts an, sondern bedeuteten uns nur, wir möchten uns schleunigst auf den Rückweg machen. Nicht einmal zwei Tage hatten wir uns unserer Freiheit erfreuen dürfen.

Im Lager wurden wir so gefesselt, daß wir keinen Finger rühren konnten, und in einem Zelt abgelegt. Von der Bestattung der Häuptlingsmutter bekamen wir nichts mit, hörten nur das schrille Geheul der Klageweiber und das Schlagen der Tamburine. Wir lagen dort den ganzen Tag, ohne daß jemand auch nur einen Blick zu uns hineinwarf. Es war sehr quälend, sich nicht bewegen zu können. Fliegen summten in dem heißen Zelt und krochen über unsere Haut, und wir konnten uns nicht wehren, höchstens einmal zucken.

Am nächsten Morgen kam der Mann, der in unserer Fluchtnacht Wache gehabt hatte. Er hatte ein blaues Auge und eine geschwollene Nase. Ich fürchte, er hat Schläge bekommen, weil er unser Entkommen nicht bemerkt hatte. Dementsprechend grob verfuhr er auch mit uns, als er unsere Fesseln löste. »Mitkommen«, sagte er nur kurz.

Wir folgten ihm zu Ashot. Er saß vor seinem Zelt auf einem Polster, während seine Krieger und Frauen bereits angefangen hatten, das Lager abzubrechen.

Ashot musterte uns eine Weile, während wir zitternd vor Angst vor ihm standen. Er sah traurig und enttäuscht aus. Dann fragte er ganz sachlich:

»Wo wolltet ihr hin?«

»Nach Hause«, antwortete ich.

»Woher hattet ihr das Kamel? Es stammt nicht aus unserer Herde.«

Apollonius berichtete, wie er das Tier gefunden, gepflegt und gezähmt hatte. Ashot nickte anerkennend.

»Tüchtige Leistung. Es ist nicht leicht, ein wildes Kamel zu zähmen.

Aber hatte ich euch erlaubt, euch zu entfernen?«

»Nein, Herr«, antwortete ich.

»Ich habe euch gekauft und für euch bezahlt. Ihr seid mein Eigentum. Ich muß meinen Besitz verteidigen und zusammenhalten, dafür bin ich der Führer dieses Stammes. Ihr werdet also bestraft. Euer Glück, daß ihr keines von unseren Kamelen gestohlen habt, das hätte den Tod für euch beide bedeutet.

Außerdem haben wir vereinbart, als ich euch gekauft habe, daß ich euch die Fesseln erspare, wenn ihr versprecht, nicht zu fliehen. Ihr habt also euer Wort gebrochen, und das ist nicht ehrenhaft von euch.«

Ich senkte den Kopf. Ashot sprach die Wahrheit. Ich hatte an die wortlose Verständigung, kurz nachdem er uns gekauft hatte, schon lange nicht mehr gedacht, nur daran, wie wir entkommen konnten. Ich hatte das Vertrauen, das er uns erwiesen hatte, mißbraucht.

Ashot fuhr fort:

»Ich bin ein gerechter Mann; ihr habt mir in den letzten Jahren gut gedient und euch bisher nichts zuschulden kommen lassen, darum wird die Strafe milde ausfallen und nur einen von euch treffen.«

»Das soll dann ich sein«, sagt ich rasch, während Apollonius mich beiseite schob, sich vor Ashot auf den Boden warf und flehte: »Verschone meinen Vater und strafe mich, ich bitte dich!«

Ashot dachte kurz nach. »Johannes, du wirst mit einem Auge für euren Fluchtversuch bezahlen. Das wird dich nicht daran hindern, auch künftig meine Söhne zu unterrichten. Seid euch aber darüber im klaren, daß bei einem weiteren Fluchtversuch von auch nur einem von euch die Strafe sehr viel härter ausfallen wird.«

Damit winkte er seinen Männern, und sie traten vor. Zwei hielten mich und zwei andere meinen Sohn, der sich mit aller Kraft wehrte und mich beschützen wollte. Ich hielt ganz still, denn ich wußte, daß ich keine Möglichkeit hatte, der Verstümmelung zu entgehen. Ich sah das Messer, das sich sanft auf mich zubewegte und dann in mein Auge bohrte, und spürte den reißenden Schmerz, hörte das verzweifelte Schreien meines Sohnes, bevor mich eine gnädige Ohnmacht umfing.

Als ich wieder erwachte, hatte ich einen dicken Verband über dem Auge. Die leere Augenhöhle hatten sie mir mit Kräutern gefüllt, die das Blut stillen und dem Fieber vorbeugen sollten. Wenn ich hätte still liegen können, wäre der Schmerz erträglich gewesen, aber da wir gerade einen neuen Lagerplatz suchten, mußte ich das quälende Hämmern meiner Schritte ertragen. Apollonius stützte mich liebevoll und weinte, wenn sein Blick auf mein verbundenes Auge fiel.

Ich kann Ashot nicht verurteilen. Er hat uns nie schlecht behandelt, und gemessen an den harten Gesetzen der Wüste hat er uns milde bestraft. Aber zu dem Verlust der Freiheit und der Familie, des Wohlstands, des Geachtetseins kam nun auch noch der Verlust eines Auges. Ich fühlte mich elend, und wäre nicht mein Apollonius gewesen, ich hätte nicht eingesehen, warum ich noch weiterleben sollte.

Der Kräuterumschlag hat jedenfalls sehr gut gewirkt, ich bekam nur wenig Fieber für ein, zwei Tage, und als der Verband abgenommen wurde, war die Augenhöhle nicht entzündet.

Ich betrachtete die Wüste, die sich in sanften Wellen weit erstreckte.

»Was machst du da?« fragte ich Apollonius, der hinter mir saß und mit seinem Messer an einem Stück Holz herumschnitzte.

»Ich schnitze eine Klappe für dein Auge, Vater«, sagte er und glättete das Holz mit größter Sorgfalt.

Wir gaben es auf, die Tage zu berechnen, da wir annahmen, nun bis an unser Lebensende bei Ashots Stamm zu bleiben. Ich fürchtete mich schon vor dem Tag, an dem er genügend ausgebildete Krieger und dank meiner Tätigkeit auch Verwalter hätte, um die benachbarten Stämme zu unterwerfen. Ich bin nie ein Kämpfer gewesen, mit nur einem Auge noch weniger, und der Gedanke an fremde Stämme, die im

Gegenschlag unser Lager angreifen würden, machte mir große Angst. Aber dazu sollte es zum Glück nicht kommen. Ehe der langfristig planende Ashot die Zeit für reif befand, sich zum Herrn über seine Nachbarstämme aufzuschwingen, kam ein Bote von Sultan Kilidsch Arslan und befahl, alle christlichen Gefangenen unverzüglich zu ihm zu senden. Der Sultan gewähre seinen treuen Stammesführern die Gnade, sie als demütiges Geschenk von ihnen anzunehmen.

Ashot nahm den Verlust seiner Sklaven gelassen hin. Inschallah. Er rief uns sogar zu sich, bedankte sich für unsere langjährigen Dienste, und schenkte uns zwei Maultiere im Austausch für Apollonius' Kamelstute. Das war sehr großzügig von ihm, denn der Besitz seiner Sklaven war selbstverständlich auch sein Eigentum, und er hätte es durchaus nicht nötig gehabt, uns dafür zu entschädigen.

Seine beiden ältesten Söhne brachten uns also zu Kilidsch Arslan, wo sich eine Schar von Christen sammeln sollte, die alle als Sklaven der Muslime gedient hatten. Ich erfuhr, daß wir ein Abschiedsgeschenk des Sultans für Herzog Heinrich von Sachsen waren – und als ich später von den gutgemeinten, aber erfolglosen Bekehrungsversuchen des Herzogs vernahm, wußte ich, daß Kilidsch Arslan froh war, den Herzog mitsamt allen seinen Glaubensgenossen wieder loszuwerden.

Als wir uns dem Lager des Sultans näherten, sahen wir von allen Himmelrichtungen kleine Gruppen von Menschen heranziehen. Ich muß sagen, daß wir es offenbar besser angetroffen hatten als die meisten anderen versklavten Christen. Viele von ihnen trugen nur Lumpen, manche waren verstümmelt, manche zum Erbarmen abgemagert. Fast alle von ihnen mußten zu Fuß laufen und waren von dem weiten Marsch völlig erschöpft.

Die Männer Kilidsch Arslans fingen alle Trupps weit vor

dem Lager ab, schrieben auf, welche Sklaven abgeliefert wurden und von wem, und sorgten dafür, daß alle wenigstens heile Kleidung bekamen, denn es hätte die Ehre des Sultans verletzt, sie zerlumpt zu übergeben. Wer wollte, konnte sich auch Haupthaar und Bart scheren lassen. Ein Bad hätte fast allen mehr als not getan, aber auf diese fernliegende Idee kam keiner der Wüstensöhne.

Ich sah mich unter den anderen Sklaven um, fand aber kein bekanntes Gesicht. Inzwischen waren mein Sohn und ich die einzigen, die noch ihre Reittiere hatten, alle anderen hatten sie bei ihren Bewachern abliefern müssen. Auch nach unseren Maultieren hatten die Wachen gegriffen, aber die Söhne Ashots bedeuteten diesen zu ihrem Erstaunen, die Tiere seien unser Eigentum. Dann umarmten sie uns vor den Augen ihrer mißbilligenden Glaubensgenossen und versicherten uns, sie würden ihres Lehrers und seines Sohnes auch künftig in Ehrfurcht und dankbarer Zuneigung gedenken. Wir sahen ihnen nach, wie sie in stolzer Haltung in die Wüste zurückritten. Ich hatte sie gern, aber ich war trotzdem heilfroh, sie entschwinden zu sehen. Erst jetzt fühlte ich mich frei und konnte aufatmen.

Unser Zug setzte sich langsam in Bewegung, es waren einige Dutzend Männer. Apollonius und ich ritten als letzte, damit die anderen Männer nicht den Staub schlucken mußten, den die Hufe unserer Maultiere aufwirbelten. Je näher wir dem Lager kamen, wo uns unsere christlichen Brüder erwarteten, um so schneller gingen und ritten wir. Endlich frei! Endlich frei!

Die Männer im Gefolge Herzog Heinrichs hatten sich feierlich am Lagerrand aufgestellt, aber sie konnten sich ebenso wenig zurückhalten wie wir und liefen uns entgegen. Das war aber dem Sultan nicht recht, die Formalitäten mußten eingehalten werden. Höflich, aber bestimmt sorgten also seine Männer dafür, daß alle sich wieder in ordentliche

Reihen begaben. Als wir den Lagerrand erreichten, hielt der Sultan erst einmal eine lange, blumige Rede über seine tiefe Liebe zu seinem Vetter, dem berühmten Herzog Heinrich, der den Ehrennamen »der Löwe« mit vollem Recht trüge. Er verkündete, daß er diesem, der nun leider, leider in seine Heimat zurückzukehren wünsche, ein Geschenk machen wolle, das zwar gering und unbedeutend sei, das er den Herzog aber dennoch von Herzen anzunehmen bitte. Er möge doch diese Sklaven christlicher Herkunft als Gabe empfangen und mit sich nach Europa führen.

Der Herzog hielt nun eine ebensoschöne Rede, und ich erfuhr erst später von Gottschalk, daß er nur auf das inständige Flehen der Tempelritter hin darauf verzichtete, wieder von der so wünschenswerten Bekehrung des Sultans zum christlichen Glauben zu sprechen. Vermutlich wäre dies sogar bis zu meinem Ohr durchgedrungen, aber von seinen allgemeinen Lobpreisungen seines Vetters, des Sultans, hörte ich kein Wort. Es rauschte in meinen Ohren, während ich gierig nach bekannten Gesichtern Ausschau hielt. Aber ich erkannte niemand.

Nun wurden die Namen und die Herkunftsorte der Gefangenen verlesen, und sie wurden denjenigen zugeteilt, die sich um sie kümmern sollten. Mein Sohn und ich kamen als letzte dran. Als der Sekretär des Sultans unsere Namen ausrief, ertönte ein lauter Schrei, und ein schwarzgelockter junger Mann eilte auf uns zu. Das war unser lieber Gottschalk hier. Er rief immer wieder: »Das gibt es doch nicht! Das gibt es doch nicht!«

Als ich hörte, daß er der Ehemann meiner kleinen Nichte Sophia sei, weinte ich helle Freudentränen. Er nahm sich unserer sofort auf das beste an. Und als ich dann vernahm, daß meine liebste Frau inzwischen nach Köln übergesiedelt war, konnte nur dies das Ziel meiner Reise sein. Und nun sind wir hier. Ich durfte meine Richlinde in die Arme nehmen. Ich habe einen prächtigen Sohn, den ich zuletzt als Kleinkind sah. Ich finde meinen geliebten Vater, meine Brüder und ihre Familien. Ich bin mit meinem Schicksal versöhnt.«

Wir waren zutiefst erschüttert von seinem Bericht und saßen ganz still. Niemand mochte etwas sagen. Schließlich erhob sich Richlinde.

»Darf ich meinen Constantin heute nacht bei dir lassen, Sophia?« fragte sie mich.

»Er brennt darauf, endlich seinen großen Bruder kennenzulernen …«

Ich verstand. Sie wollte mit Johannes allein sein. Also nickte ich ihr freundlich zu, und sie nahm Johannes bei der Hand. »Komm, Liebster«, sagte sie, und ohne noch jemand der Anwesenden auch nur eines Blickes oder gar eines Abschiedswortes zu würdigen, gingen beide davon, Hand in Hand.

Mit einem Schlag sprachen jetzt alle durcheinander. Mein Vater und sein Halbbruder Fordolf stritten sich fast darum, wer nun Johannes bei seinen Geschäften helfen dürfe; denn es war für uns ganz selbstverständlich, daß er seinem früheren Broterwerb nachgehen werde. Die Brüder Constantin und Apollonius redeten gleichzeitig aufeinander ein, und auch die übrigen Verwandten, mit denen unser eher kleiner Saal vollgestopft war, mußten nach der stummen Anspannung der letzten Stunden ihren Gedanken wortreich Ausdruck geben, und zwar alle auf einmal.

Nur Großvater Eckebrecht saß ganz still mit geschlossenen Augen da. Ich sah ihn nachdenklich an. Er war blaß, aber auf seinen Wangen leuchteten hektische rote Flecken. Ich griff mir den Weinkrug und schenkte ihm einen Becher voll – ungemischt.

»Großvater, geht es dir auch gut?« fragte ich besorgt. Er

öffnete die Augen und blickte mich an. Seine Züge waren heiter und von tiefstem Frieden erfüllt.

»Nun geht es mir ganz und gar gut, mein liebes Kind«, sagte er ruhig. »Gott hat es wunderbar mit uns allen gemeint.«

Auch Fordolfs Frau Engilradis wandte nun ihre Aufmerksamkeit ihrem Schwiegervater zu.

»Es ist spät geworden. Möchtest du mit mir nach Hause gehen?« fragte sie ihn, und Großvater, der sonst immer erst als letzter ein Familientreffen verließ, nickte und ging mit ihr davon.

Ich kam noch lange nicht ins Bett. Die Debatten meiner Verwandten fanden kein Ende. Als endlich alle gegangen waren, waren Apollonius und sein kleiner Bruder Constantin noch immer hellwach und redeten, redeten, redeten. Ich schaffte mit der Magd einen Strohsack und Decken für die beiden in den Saal, stellte ihnen einen sehr kleinen Krug Wein und einen sehr großen Krug Wasser hin, damit ihre Kehlen nicht austrockneten, dazu ein Brot und ein paar Früchte, küßte sie beide liebevoll und ging endlich müde zu Bett zu meinem Gottschalk.

Todmüde, aber nicht zu müde …

*

Wir schliefen am nächsten Morgen etwas länger als gewöhnlich und saßen noch beim Morgenbrei, als es unten an der Tür hämmerte. Es war mein Vater, und er sah sehr besorgt drein.

»Engilradis hat mir die Nachricht geschickt, daß es Großvater nicht gutgeht. Ich gehe jetzt sofort zu ihm.«

»Ich auch«, sagte ich, ließ mein Frühstück stehen und eilte mit Vater die Stiege hinab. Unten wartete meine Mutter, und wir liefen rasch zu Großvaters Haus in der Straße *Unter Goldschmied*. Hier herrschte nicht das gewohnte lebhafte

Treiben wie sonst zu dieser Morgenstunde; stumm und gedrückt saßen die Köchin, die Magd und der Handlungsgehilfe in der Küche. Nur der Knecht fehlte, er war auf dem Weg zu Constantin und dessen Geschwistern.

In Großvaters geräumiger Kammer, die er seit seiner ersten Ehe mit Fordolfs Mutter bewohnte, war das Fenster weit geöffnet. Die Morgensonne schien herein und warf einen breiten Lichtstrahl auf das Bett. Onkel Fordolf saß auf einem Hocker und hielt Großvaters Hand, während Tante Engilradis seine Kissen aufschüttelte, damit er bequemer liegen sollte.

Ich hatte Großvater noch nie zuvor in seinem Bett liegen sehen. Er war ein alter Mann und brauchte wenig Schlaf, und beim ersten Morgengrauen war er immer schon aus den Federn.

»Eckebrecht war noch nicht auf, als ich in der Küche erschien, und das ist seit undenklichen Zeiten nicht vorgekommen«, sagte Tante Engilradis. »Als ich bei ihm anklopfte, fand ich ihn so.«

Großvater lag ganz still. Seine Augen waren offen, aber er sah keinen von uns an, sondern schien in die Ferne zu blicken. Er war ein besonders großer Mann, aber jetzt im Bett sah er klein und hilflos aus.

»Was fehlt Großvater denn?« flüsterte ich.

»Ich fürchte, der Schlag hat ihn heute Nacht getroffen«, sagte Tante Engilradis traurig.

»Schaut her.«

Sie hob seine linke Hand etwas an, ließ sie los, und sie fiel völlig kraftlos herab.

Engilradis hatte Jahrzehnte damit verbracht, kranke Menschen in armen Familien zu pflegen; sie wußte Bescheid.

»Ich habe nach der Äbtissin von Sankt Ursula geschickt, aber ich fürchte, auch sie wird hier nicht helfen können.«

Vater räusperte sich. »Habt ihr – habt ihr auch nach dem Priester geschickt?« fragte er mit belegter Stimme. Fordolf nickte stumm.

Nun trafen auch Constantin und seine junge Frau Elizabeth ein, und gleich nach ihnen die Äbtissin. Da bewegte Großvater die Lippen. Wir drängten uns alle um sein Bett und lauschten, aber dann sahen wir uns nur ratlos an. Wir verstanden kein einziges Wort.

»Es kommt öfters vor, daß die Sprache sehr undeutlich wird«, sagte Tante Engilradis und wischte Großvater einen Speicheltropfen von der Wange.

Großvater sprach wieder ein paar Worte, und plötzlich sagte Elizabeth: »Er spricht doch ganz deutlich!«

Wir wandten alle den Kopf zu ihr.

»Er spricht in unserer Sprache«, sagte Elizabeth leise.

In unserer Sprache? Elizabeth war als Jüdin geboren und hatte vor der Heirat mit meinem Vetter Constantin die Taufe empfangen. Wie Großvater.

»Was sagt er?« fragte meine Mutter.

Elizabeth hörte genau hin. Mit leiser Stimme übersetzte sie seine Worte.

»Eckebrecht sagt: ER segne euch und behüte euch. ER lasse sein Angesicht leuchten über euch und sei euch gnädig. ER hebe sein Angesicht über euch und gebe euch Frieden.«

Großvater hielt inne und suchte nach den richtigen Worten. Dann fuhr er fort, und wieder übersetzte Elizabeth.

»Es ruhe auf euch Sein Geist, der Geist der Weisheit und des Verstehens, der Geist des Rates und der Kraft, der Geist der Kenntnis und Seiner Fürchtigkeit.«

Der Priester von Sankt Laurenz trat ein, er hatte ein Gefäß mit Salböl dabei und wollte Großvater die Letzte Ölung spenden.

Großvater hielt wieder inne. Elizabeth ergriff seine Hand und küßte sie ehrfürchtig.

»Ich kenne dieses Gebet. Er spricht den Segen eines Sterbenden für seine Angehörigen«, sagte sie andächtig.

Ich mochte Elizabeth sehr gern, aber in diesem Augenblick war ich eifersüchtig auf sie, weil sie als einzige verstand, was Großvater zu sagen hatte.

Bisher war sein Blick in die Ferne gerichtet gewesen; aber nun kehrte ein Funke in seine Augen zurück, und er sah uns der Reihe nach an, seine drei Söhne, seine Schwiegertöchter, seine Enkelkinder. Mir war, als ob ein ganz schwaches Lächeln über sein Gesicht zog, als er mich ansah, und mir traten die Tränen in die Augen.

Dann fuhr er stockend fort, und Elizabeth übersetzte wieder:

»Der Engel, der mich von allem Bösen erlöst, segne diese Jugend ...«

Offenbar mußte er sich große Mühe geben, sich an die richtigen Worte zu erinnern. Kein Wunder, dieses Gebet hatte er vermutlich vor etwa achtzig Jahren in der Schule gelernt.

Aber dann fiel es ihm wieder ein:

»... in ihr werde mein Name und der Name meiner Väter Abraham und Isaak genannt ... Sie möchten sich mehren ...«

Und dann sagte Großvater nichts mehr.

Es dauerte ein paar Augenblicke, bis wir begriffen, daß er gegangen war.

Der Priester sah mißtrauisch auf den Leichnam. »Was hat das zu bedeuten?« fragte er. »Ist er etwa in seiner letzten Stunde wieder vom wahren Glauben abgefallen?«

»Unsinn«, sagte die Äbtissin mit fester Stimme. »Wir haben das Gebet eines guten, aufrechten Mannes und seinen Segen für seine Familie vernommen. Eckebrecht starb in der Obhut Gottes. Und nun gebt ihm die Letzte Ölung.«

Und, als der Priester noch zögerte: »Los, macht schon. Ich übernehme die Verantwortung und bürge für ihn.«

Da nahm er die heilige Handlung vor und verschwand anschließend eilig, während die Äbtissin niederkniete und andächtig ein Sterbegebet sprach.

Ich stand hinter ihr und hätte am liebsten alle Anwesenden hinausgeworfen, um mit Großvater allein zu sein. Die ungeweinten Tränen schnürten mir die Kehle zu. Ach, Großvater, lieber, lieber Großvater! Ich wußte immer, daß ich dein Liebling war, und ich sonnte mich in deiner Zuneigung. Du warst mein Trost und meine Zuflucht in vielen Lebenslagen. Nun gehst du fort, und mit dir ein Teil meines Lebens und meiner Jugend. Ohne dich wird die Welt nie mehr das sein, was sie einmal war. Schlaf in Frieden, Eckebrecht, mein Großvater, und meine Liebe begleitet dich, wohin du auch gehst.

Zweiter Teil

Komm her, meine Methildis. Laß deine Näharbeit jetzt einmal beiseite und höre mir zu. Ja, ich habe heute wieder Lust, dir aus meinem Leben zu erzählen. Hast du deine Tafel bereit, um dir Notizen zu machen? Gut. Die Erinnerung an Eckebrechts Sterben hat mich so sehr mitgenommen, ich konnte einfach nicht weiterberichten. Aber nun sollst du hören, was danach geschah.

Wie ich es in seiner Todesstunde geahnt hatte: Mit ihm war eine Welt dahingegangen, und nichts war mehr wie zuvor. Im gleichen Jahr kam eine große Seuche über Köln. Die Kranken hatten hohes Fieber und husteten qualvoll einen eitrigen Auswurf hervor. Viele starben daran, vor allem die Alten und die Kinder.

Engilradis, die Frau meines Onkels Fordolf, war Tag und Nacht unterwegs. Sie kniete in zugigen Hütten neben dem verlausten Strohlager von bettelarmen Kranken, pflegte sie, wusch sie auch, häufig gegen deren Willen, aber in diesem Punkt war Tante Engilradis eisern. Ständig mußte die Köchin Brei kochen, den Engilradis dann zu ihren Kranken schleppte. Das machte sie nun schon seit vielen, vielen Jahren. Gelegentlich hatte Großvater eine Bemerkung darüber gemacht, daß seine Schwiegertochter schon ein Vermögen für »ihre« Kranken ausgegeben hätte; aber sie hatte dann meistens gelacht und mit einem ihrer Lieblingssprüche geantwortet: »Wohltätigkeit bringt Zinsen im Himmel«, oder »Almosengeben verarmt nicht«. Und Großvater hatte sie auch niemals daran gehindert.

Großvater. Wie sehr er uns allen fehlte. Sein Haus und sein Geschäft gehörten nun seinem Sohn Fordolf, mit dem er ja immer zusammen gelebt hatte. Seine beiden jüngeren Söhne, mein Vater Gunther und Onkel Johannes, hatten auch ein sehr großes Erbe erhalten. Wie reich Großvater gewesen war, ersahen wir erst aus seinem Testament. Auch seine Enkel hatte er großzügig bedacht, und ich erhielt eine so große Summe Geld, daß ich endlich keine Unterstützung mehr von meinen Eltern brauchte. Mir kamen die Tränen, als Onkel Fordolf mir freundlich mitteilte, Großvater habe ihm aufgetragen, mir jedesmal einen nicht geringen Betrag auszuzahlen, wenn ich wieder ein Kind geboren hatte – denn Großvater war davon ausgegangen, daß mein Haus vor Kindern wimmeln würde. Und damit hat er ja auch recht behalten.

Die Seuche wütete wochenlang, und Engilradis wurde immer schmaler und ihr liebes Gesicht immer faltiger. Fordolf bat sie sehr, sich doch ein klein wenig zu schonen, aber davon wollte sie nichts wissen. Sie schlief sogar angezogen, um im Notfall stets bereit zu sein. Als dann eines Morgens gleich bei Tagesanbruch der Türklopfer pochte, war sie auch schon unten, ehe die Magd ihre Holzschuhe und ihr Umschlagtuch gefunden hatte. Dieses Mal wurde sie aber nicht in eine der erbärmlichen Hütten gerufen, sondern in das schöne Haus ihres Schwiegersohns Erinfried Crop bei Maria Lyskirchen. Liveradis, ihre jüngste Tochter, war erkrankt. Und hier war Engilradis' Kunst, die schon so viele Leben gerettet hatte, machtlos; nach drei Tagen standen Erinfried und die beiden Söhne Ludwig und Constantin weinend am Totenlager ihrer Frau und Mutter.

Zutiefst betroffen kehrte Engilradis in ihr Haus zurück und fand dort den nächsten Kranken vor.

Ihre Tochter Gertrudis hatte nach dem frühen und gewaltsamen Tod ihres Ehegatten Marcmann ihr schönes Heim, in dem sie zusammen so glücklich gewesen waren, nicht mehr ertragen können und war in ihr Elternhaus zurückgekehrt. Hier hatte sie ihren Sohn Meginzo geboren und aufgezogen. Eines der ersten Seuchenopfer war vor drei Wochen Meginzos alter Großvater, Marcmanns Vater, gewesen, und Gertrudis' Brüder Constantin und Helperich hatten einen Erbvertrag mit dessen Familie zugunsten des jungen Meginzo geschlossen, der nun siebzehn Jahre alt war. Und nun lag auch Meginzo mit hohem Fieber im Bett. Gertrudis und Engilradis wichen nicht von seiner Seite und taten alles für ihn, und es sah ganz danach aus, als ob sein junger, kräftiger Körper die Krankheit meistern könnte. Nach einer Woche sank das Fieber, und er mußte bedeutend weniger husten.

»Heute nacht mußt du aber einmal schlafen, Gertrudis«, sagte Engilradis. »Du siehst wahrhaftig elend aus. Geh nur, meine Liebe, heute schaffe ich es allein.« Und Gertrudis legte sich zu Bett, zwar widerstrebend, aber auch erleichtert und todmüde.

Auch am nächsten Tag machte Meginzo Fortschritte. Er fieberte nicht mehr, hustete nur noch wenig. Seine Mutter verscheuchte die Köchin vom Herd und bereitete ihm selbst eine Hühnerbrühe, mit der sie ihn dann liebevoll fütterte, bis er protestierte.

Am Abend ging es ihm so gut, daß seine Großmutter sich beruhigt zu Bett begab. Gertrudis wollte sich auch ein wenig Schlaf gönnen, trug aber ihren Strohsack in die Kammer ihres Sohnes, um sofort zur Stelle zu sein, wenn er sie brauchte.

Engilradis schlief den tiefen, traumlosen Schlaf der Erschöpfung, als eine Hand an ihrer Schulter rüttelte und ihre Tochter verzweifelt rief: »Komm schnell, Mutter, ich glaube, mein Sohn stirbt!« Benommen kroch Engilradis aus dem Bett und stolperte hinter Gertrudis her, gefolgt von Fordolf. Meginzo lag flach ausgestreckt; sein Atem ging mühsam und hechelnd, seine Hände klammerten sich an das Laken. Engilradis wurde es eiskalt. Sie riß den Jungen in die Höhe, damit er besser Luft holen konnte, sie klopfte auf seinen Rücken, schließlich preßte sie in ihrer Verzweiflung die Lippen auf seinen Mund und versuchte, ihm immer wieder ihren Atem in die Lunge zu blasen. Schließlich merkte sie, daß er nicht mehr atmete, und hielt inne. Es war kein Leben mehr in seinen Augen, und Gertrudis warf sich bitterlich weinend über ihr totes Kind.

Zu seinem Begräbnis fand sich die ganze Familie im Hause Großvaters ein. Es war zwar inzwischen Fordolfs Haus, aber für uns blieb es für alle Zeit das Haus Großvaters. Der Junge war im Flur hinter dem Verkaufsladen aufgebahrt. Etwas Merkwürdiges lag auf seiner Brust. Ich trat näher heran und erkannte Gertrudis' Brautkranz aus Rosen, den sie getrocknet und all die Jahre über ihrem Bett hängen hatte. Nun gab sie ihn als letztes Geschenk ihrem Sohn mit auf seinen Weg zur ewigen Ruhe. Meine Tränen flossen in Strömen vor Kummer über meine arme Base, die nun ihr Liebstes verloren hatte.

Neben mir standen Fordolf und Engilradis und beweinten ihr Enkelkind. Ich hörte, wie Engilradis leise zu ihrem Mann sagte: »Willst du nicht lieber zu Hause bleiben? Du siehst gar nicht gut aus, und es geht heute ein eiskalter Wind. Es könnte zuviel für dich werden.«

Fordolf schüttelte jedoch den Kopf. »Es gibt heute Schlimmeres als kalten Wind. Er wird mich nicht davon abhalten, meiner armen Tochter in dieser bitteren Stunde beizustehen.«

Aber später am Grab mußte er so stark husten, daß die Worte des Pfarrers von Sankt Laurenz kaum zu verstehen waren. Die Seuche hatte auch ihn erfaßt, und er starb bereits am nächsten Tag. Zum dritten Mal in wenigen Tagen schlug die Sense des erbarmungslosen Todes in unserer Familie ein, und Engilradis mußte nach Tochter und Enkelsohn nun auch ihren Mann begraben. Wir konnten es nicht fassen. Zwar war Fordolf ein Mann von sechsundsechzig Jahren gewesen, älter, als ich es heute bin; aber wir hatten ihn immer als Großvaters Sohn gesehen und hatten darum gar nicht gemerkt, wie alt auch er geworden war.

Da stand die Sippe nun schon wieder auf dem Friedhof; um drei ganz frische Gräber, und das von Großvater noch dazu. Der Pfarrer redete endlos, und ich zählte inzwischen die Angehörigen.

Da stand Tante Engilradis, sie war über sechzig Jahre alt, und von dem Liebreiz, der einst Fordolf zu den mutigsten Eroberungsversuchen bewegt hatte, war nichts mehr geblieben; und dennoch fand ich sie schön in ihrer Würde und Güte. Ruhig und gefaßt stand sie da; aber ihre Tochter Gertrudis klammerte sich in hemmungslosem Schmerz an sie und weinte die ganze Zeit, so daß ihr Bruder Constantin tröstend den Arm um sie legte. Er hatte seine junge Frau Elizabeth und die kleine Tochter bei sich, auch seine Tochter Engilradis und deren jungen Gatten Hildeger Hardefust und das kleine Töchterchen, die Söhne Fordolf und Helperich sowie die beiden Stiefsöhne Theoderich und Heinrich, die schon zweiunddreißig und siebenundzwanzig Jahre alt waren, sich aber seit Jahren völlig taub stellten, wenn Constantin ihnen vorteilhafte Heiraten vorschlug.

Auch seine Stieftochter Druda war gekommen mit ihrem Ehemann. Sie war nach vierjähriger Ehe noch immer kinderlos und sehr traurig darüber.

Daneben sah ich Engilradis' jüngeren Sohn Helperich mit seiner Frau Petrissa und ihrem einzigen Kind, das den Namen der Großmutter Engilradis trug.

Petrissas zahlreiche Familie war gekommen, ihre Eltern, der grauhaarige Schöffe Alexander von der Rheingasse mit seiner Frau Cristine, die vor der Zeit gealtert war und nicht mehr recht wußte, wer sie war und wo sie sich befand. Sie begann mitten in der Trauerpredigt, ein heiteres Tanzlied zu singen, und wurde daraufhin von ihrem Mann unauffällig fortgeführt. Auch Petrissas Schwester war da und vier von ihren Brüdern – der jüngste, Heinrich, hatte am Hochzeitstag von Helperich und Petrissa den Ehemann von Gertrudis, Marcmann, erstochen und war seitdem flüchtig, und falls sein Vater jemals etwas über ihn erfahren hatte, so war es sein Geheimnis geblieben. Auf Engilradis' linker Seite stand ihr gerade verwitweter Schwiegersohn Erinfried Crop und hatte beide Arme um seine Söhne gelegt.

Ihnen gegenüber, auf der anderen Seite des Grabes, stand meine Familie. Vater und Onkel Johannes waren Halbbrüder von Fordolf gewesen. Seine Mutter, Eckebrechts erste Ehefrau, war sehr jung unter merkwürdigen Umständen gestorben – sie war im Rhein ertrunken. Ihr Grab, längst eingesunken, aber stets sorgfältig gepflegt, lag ganz nah, neben ihr Eckebrechts zweite Frau, meine Großmutter, deren Namen ich trage, und daneben träumte nun Großvater in ewigem Schlaf. So viele Gräber!

Hinter uns standen die entfernteren Verwandten. Mutters Neffe Hermann Scherfgin war sehr früh an der Seuche erkrankt gewesen, aber in leichterer Form. Jetzt war er schon wieder soweit bei Kräften, um an der Trauerfeier teilnehmen zu können. Gottschalks Familie war erschienen, seine Eltern, sein Bruder und die Onkel, alle bedeutende Tuchhändler. Ach ja, da war ja auch Gerard Unmaze der Jüngere, einer der reichsten Männer in Köln, Constantins Schwager aus seiner ersten Ehe. Ich sah noch zahlreiche weitere Vertreter der wichtigsten Familien, der Birklin, Cleingedank, von der Aducht, Scherfgin, Flacco und viele andere.

Im Hintergrund drängten sich zahllose Leute, bescheiden gekleidet, viele auch ärmlich; Engilradis hatte vierzig Jahre lang den Armen geholfen, wo sie nur konnte, und nun waren sie gekommen, um Fordolf die letzte Ehre zu erweisen und damit ihrer Wohltäterin ihre Dankbarkeit zu zeigen. Ich glaube fest daran, wenn im Himmel unsere guten Taten gewogen werden, kann keiner sich mit Tante Engilradis messen.

Ich wartete, bis auch der letzte seine Handvoll Erde in Fordolfs Grab geworfen hatte. Es waren so viele gewesen, daß der Totengräber nichts mehr zu tun hatte, als die Erde mit dem Spaten festzuklopfen. Meinen kleinen Gerhard reichte ich an Gottschalk weiter. »Geh nur schon voraus, ich komme gleich nach«, sagte ich. Als ich allein war, ging ich zu Eckebrechts Grab.

»Lieber Großvater«, vertraute ich ihm an, »wenn es für uns Hinterbliebene auch schrecklich erscheint, daß dir deine Enkelin in der Blüte ihrer Jahre folgen mußte, dein Urenkel sogar, ehe sein Leben richtig angefangen hatte – du hast inzwischen erkannt, daß wir alle eines Tages zu dir kommen werden, und daß Zeit für die Toten wenig bedeutet.

Aber vielleicht freust du dich doch auch im Himmel, wenn ich dir jetzt verrate, daß ich die schmerzliche Lücke kleiner machen will und wieder ein Kindchen unter meinem Herzen trage.« Dann warf ich dem Grab eine Kußhand zu und folgte den Trauergästen.

Ich schlief sehr schlecht in der Nacht nach Fordolfs Begräbnis und stand darum schon auf, ehe der Morgen graute. Leise schlüpfte ich in Hemd und Rock, ließ aber die klappernden Holzschuhe weg, ging auf Strümpfen in die Küche und machte mir dort einen Kräutertee. Das Feuer wollte nicht gleich brennen, und ich hantierte eine Weile herum, bis die Köchin erschien, die wir uns nun aus eigenen Mitteln leisten konnten, und ein betroffenes Gesicht machte. Sie hatte das Gefühl, ihre Pflicht versäumt zu haben, weil die Hausfrau selber Feuer machen mußte, und begann sich wortreich zu entschuldigen. Schließlich saßen wir gemeinsam in der Küche und tranken langsam den Tee, und sie hörte sich teilnehmend meine Klage um den Tod von gleich drei lieben Verwandten an. Ich dachte an meine arme Tante Engilradis und beschloß, sie jetzt gleich zu besuchen, ehe meine Söhne erwachten und mich in Beschlag nahmen. Leise schlüpfte ich noch einmal in unsere Kammer, küßte den schlafenden Gottschalk auf die Stirn, nahm meinen großen, warmen Umhang und die schönen weichen Lederstiefel und entschwand. Die ersten Spuren des Morgenlichts zeigten erbarmungslos, wie häßlich die schmutzigen Schneekrusten an den Straßenrändern waren, und ich setzte meine Schritte behutsam, um nicht auf dem Eis auszurutschen. Ein hochbeladener Wagen rumpelte an mir vorbei, und ich mußte beiseite springen, um nicht angefahren zu werden.

Mir fiel ein, daß Engilradis vielleicht noch schlief. In diesem Fall würde ich zuerst in die Kirche gehen und für das Seelenheil von Großvater, Liveradis, Meginzo und Fordolf beten. Aber als ich bei *Unter Goldschmied* ankam, sah ich schon Licht in der Küche flackern und klopfte leise an. Es dauerte eine Weile, bis die Magd zur Tür kam. Sie öffnete sehr zögerlich das Guckloch, ehe sie mich einließ.

»Irgend etwas ist passiert, aber ich weiß nicht, was«, flüsterte sie mir zu. »Wir sollen in der Küche warten, bis Engilradis uns ruft.«

Das wunderte mich sehr. Ich kletterte die schmale Stiege empor und klopfte leise an der Kammertür, wo Engilradis etwa vierzig Jahre mit ihrem Fordolf geschlafen hatte. Keine

Antwort. Ich wollte schon wieder hinuntergehen, als ich aus Gertrudis' Kammer einen Laut hörte. Ich klopfte leise auch dort und hörte Engilradis ungewohnt scharf rufen: »Ich habe doch gesagt, ihr sollt in der Küche bleiben!«

Verblüfft blieb ich stehen, so hatte ich sie noch nie sprechen hören. Dann begriff ich, daß sie nicht mich gemeint hatte, und rief leise: »Engilradis, ich bin es, Sophia. Willst du mich nicht einlassen?«

Da öffnete sie mir, umarmte mich und zog mich hinein. Sie machte die Tür wieder zu und schob den Riegel vor. Ich wußte nicht, was ich davon halten sollte, und schaute auf Gertrudis' Bett. In den ersten Strahlen der Morgensonne tanzten kleine Stäubchen. Gertrudis lag ganz still und hatte die Augen geschlossen, ihre Lider schimmerten bläulich. Ich erschrak unsäglich und trat einen Schritt näher, da sah ich, daß sie ganz leicht atmete. Die Bettdecke war bis zu ihrem Kinn hochgezogen.

»Was ist los?« fragte ich ganz hilflos.

Engilradis trat zu ihrer Tochter und zog die Decke ein Stück herunter. Ich trat noch näher. Gertrudis' Hals war blaurot, und ich hörte nun, daß ihr Atem mühsam ging. Noch immer verstand ich nicht, was hier vorgefallen war, und schaute Engilradis ratlos an. Sie deutete stumm mit der Hand in eine Ecke, und da lagen zwei Stücke von einem Seil. Jetzt begriff ich.

»Mein Gott«, murmelte ich entsetzt.

»Ich habe heute nacht nicht schlafen können, darum habe ich sie gehört. Ich habe sie vom Seil geschnitten. Gott sei Lob und Dank, daß ich rechtzeitig kam«, sagte Engilradis, und ihre Stimme klang ganz fremd.

»Wie konnte sie nur so etwas tun?« fragte ich fassungslos. Engilradis sah mich aus rotumränderten Augen an, ihr Gesicht sah unendlich müde aus.

»Es war zuviel für sie. Erst die Schwester, dann der Sohn,

und nun auch noch der Vater. Sie fühlte sich so einsam und verlassen, daß sie es nicht mehr ertragen konnte.«

Ich konnte Gertrudis ihren Schmerz und ihre Verzweiflung sehr gut nachfühlen; aber hatte sie gar nicht an ihre Mutter gedacht, der sie damit einen weiteren unerträglichen Schlag versetzt hätte?

Weil ich nicht wußte, ob Gertrudis schlief oder nicht, zog ich Engilradis in eine Ecke (nicht in die, wo das Seil lag), und flüsterte:

»Kann man sicher sein, daß sie es nicht noch einmal versucht?«

Aber Engilradis schüttelte den Kopf.

»Das wird sie nicht. Ich habe ihr gesagt, daß dies eine so große Sünde ist, daß es dafür keine Vergebung gibt. Die Hölle ist dem Selbstmörder gewiß. Ich habe sie gefragt, ob sie will, daß Marcmann und Meginzo im Himmel vergeblich auf sie warten sollen, und daran hatte sie nicht gedacht. Sie hat den Kopf geschüttelt, so gut das mit dem wunden Hals ging, und sich dann in den Schlaf geweint. Sie wird das beichten müssen, und der Pfarrer wird ihr eine gewaltige Buße auferlegen, aber Gott wird ihr verzeihen, schließlich hat er mich noch rechtzeitig zu ihr geschickt.

Wir wollen dies geheimhalten, Sophia. Du kannst mir dabei helfen. Sag dem Gesinde, daß Gertrudis einen Schwächeanfall hat und heute absolute Ruhe braucht. Die Leute dürfen sich heute alle einen freien Tag gönnen, ich werde mich nicht aus ihrer Kammer rühren. Die nächsten Tage wird sie einen Schal tragen müssen, bis ihr Hals keine Spuren mehr zeigt.«

Ja, meine Methildis, solche entsetzlichen Dinge geschehen. Gertrudis war still und in sich gekehrt, als sie nach einigen Tagen wieder aus ihrer Kammer auftauchte. Sie trug ihr schweres Schicksal von da an gottergeben, und niemand außer dir hat je von ihrer Verzweiflungstat erfahren. Mein Vater, der nach Fordolfs Tod nun das Oberhaupt der Sippe war, fragte behutsam bei Gertrudis an, ob er sich nicht nach einem zweiten Ehegatten für sie umsehen sollte – schließlich war sie noch keine vierzig Jahre alt. Sie dachte ein paar Tage über seinen Vorschlag nach, lehnte ihn dann aber mit Bestimmtheit ab. Sie wollte lieber weiter bei ihrer Mutter bleiben und ihr bei ihrer Fürsorge für die Armen helfen.

»Weißt du, Onkel Gunther«, sagte sie ganz heiter zu ihm, »ich habe einen wunderbaren Mann gehabt und einen Sohn, der meine Freude und meine Hoffnung war. Alles ist anders gekommen, als ich es gedacht habe, und ich habe beide gar zu früh verlieren müssen – aber mir ist klargeworden, daß ich sie ja wiedersehen werde. Und je mehr ich mir jetzt Mühe gebe und gute Werke tue, um so kürzer wird meine Zeit im Fegefeuer sein, und um so schneller kann ich dann für immer bei Marcmann und Meginzo bleiben.«

Ich habe dir ja schon von Constantins Stiefsöhnen, Theoderich und Heinrich, erzählt. Du kanntest sie nicht, beide waren älter als ich und starben vor deiner Geburt. Ihre Mutter Durechin hatte als Witwe meinen Vetter Constantin geheiratet; sie war zehn Jahre älter als er, und ganz Köln zerriß sich das Maul über diese Heirat und meinte, wenn sie nicht die Tochter des überaus reichen Gerard Unmaze gewesen wäre, der seine Finger in jedem Geschäft mit viel Gewinn hatte, so hätte Constantin sie nicht genommen. Mag ja sein, daß dies eine Rolle gespielt hat, denn Constantin hatte riesige Pläne: Er pachtete das Amt des Zollmeisters und des Münzmeisters vom Erzbischof. Damit war sehr viel Geld zu verdienen, allerdings war die Pachtsumme ungeheuerlich. Aber niemand kann bestreiten, daß Constantin sehr freundlich und achtungsvoll mit Durechin umging; und ihren Söhnen war er ein großartiger Stiefvater, das kann man nicht anders sagen.

Er widmete ihnen viel Zeit und liebevolle Fürsorge, auch nachdem ihm Durechin eigene Kinder geboren hatte. Sie dankten ihm das mit leidenschaftlicher Liebe und blieben in seinem Haushalt. Immer wieder schlug er ihnen vor, ihnen das Haus zu überlassen, das ja ihrer Mutter gehört hatte, und ihnen eine passende Braut zu suchen; aber keiner von beiden wollte je etwas davon wissen, weiß der Himmel, warum. Sie fühlten sich sehr wohl in unserer Familie und unserem Handelsunternehmen, obwohl sie auch ihren Platz in der Familie Unmaze hätten haben können. Beide liebten ihre Halbgeschwister über alles, Constantins Tochter Engilradis, die später Hildeger Hardefust geheiratet hat, und ganz besonders den kleinen Bruder Fordolf, der als kleines Kind so schwer erkrankte, daß er hilflos wie ein Neugeborenes wurde. Ich erinnere mich noch gut, mit welch unendlicher Geduld Theoderich dem Kleinen wieder beibrachte, zu laufen und zu sprechen. Daß Fordolf langsam wieder zum Gebrauch seines Körpers und seines Verstandes kam, verdankte er in erster Linie seinem Bruder und dann Constantins zweiter Frau, Friederun, die sich auch mit unermüdlicher, liebevoller Fürsorge um ihn kümmerte. Das kannst du dir heute sicher gar nicht vorstellen, weil du ihn nur als gelehrten und klugen Mönch kennst.

Jedenfalls überraschten Theoderich und Heinrich ihren Stiefvater mit der Mitteilung, daß sie zu Engilradis und Gertrudis ziehen wollten. Besorgt bot Constantin ihnen zum hundertsten Mal an, ihnen das Haus ihrer Mutter zu überlassen, er könne sich selbst ein neues kaufen; aber Theoderich lachte nur darüber.

»Dein nächstes Wort wird dann wieder sein, daß wir heiraten sollen, und das hat keiner von uns beiden vor. Kaum zu glauben, wie dringend es dir ist, uns endlich loszuwerden!

Laß nur, Vater. Eckebrechts Haus ist viel zu groß für die beiden Frauen, und bei dir wird es im Lauf der Zeit wohl reichlich eng bei den vielen Kindern, die Elizabeth dir zu schenken gedenkt. Außerdem muß sich auch jemand um den Handel kümmern, wo Fordolf nicht mehr da ist. Du wirst es nicht glauben, aber Engilradis und Gertrudis möchten uns gern bei sich haben!«

Daran hätte Constantin auch gar nicht gezweifelt.

1174

Zu Beginn des Jahres 1174 stand wieder eine Handelsfahrt nach Braunschweig für Gottschalk, Theoderich und Heinrich an.

»Ach, wie gerne würde ich mitfahren«, sagte ich zu meiner Mutter. »Es wäre so schön, Mathilde wiederzusehen, und ich bräuchte auch einmal wieder anderen Wind um die Nase.«

»Dann tu es doch«, sagte Mutter aufmunternd.

»Ich kann doch nicht. Die Kinder ...«

»Ich traue mir ohne weiteres zu, für eine Weile deine kleinen Schlingel zu beaufsichtigen. Vielleicht gelingt es mir ja während deiner Abwesenheit, Gunther und Richolf dazu zu bringen, sich vor dem Essen die Hände zu waschen und die Nase zu putzen. Und seit Gerhard laufen kann, ist er so damit beschäftigt, jeden Winkel genau zu erforschen, daß er gar nicht merken wird, wenn du nicht da bist.«

Der Gedanke, daß meine Kinder mich gar nicht vermissen würden, war mir nun auch wieder nicht recht, und ich zögerte. Aber Mutter fuhr fort:

»Und jetzt, wo dir morgens nicht mehr übel ist und du auch noch kein größeres Gewicht mit dir herumschleppst, ist die beste Zeit, einmal hier herauszukommen. Hast du erst einmal wieder ein Kindchen in der Wiege, kannst du deine Reisepläne getrost vergessen.«

Damit hatte sie natürlich recht.

»Und es würde dir nicht zuviel?« fragte ich höflichkeitshalber.

»Wenn die Kinder mir zu anstrengend werden, kann ich sie auch für ein paar Stunden zu Engilradis schicken. Sie kann gut jemand gebrauchen, der mit den Katzenkindern spielt, nun, wo Großvater nicht mehr da ist.«

Es war verlockend. Ich sprach mit Gottschalk darüber, und er freute sich sichtlich. Und so ergab es sich, daß ich zum zweiten Mal die Reise nach dem fernen Braunschweig antrat. Es war an der Grenze zwischen Winter und Frühling, und es lag nicht mehr allzuviel Schnee. Wir brachen immer schon vor dem Morgengrauen auf und machten erst Rast, wenn die Sonne die Wege aufgeweicht hatte. An trüben Tagen konnten wir unsere Fahrt bis zum Dunkelwerden fortsetzen. Als wir in das Gebiet Herzog Heinrichs kamen, stellte ich fest, daß er seine Straßen außerordentlich gut instand halten ließ. Vor Raubüberfällen brauchte man hier keine Angst zu haben, nachdem Herr Heinrich ein paar Dutzend Strauchdiebe kurzerhand hatte aufknüpfen lassen. Es gab auch ausreichend Gasthäuser und Marktplätze; nicht ein einziges Mal mußten wir unter freiem Himmel nächtigen. Dafür war ich sehr dankbar, denn ich erinnerte mich noch gut an den Überfall des Räubers und die Ohrfeige, die ich damals von Gottschalk kassiert hatte.

Aber natürlich hätte er mich jetzt nicht mehr geohrfeigt. Im Laufe unserer Ehe war es mir doch noch gelungen, ihm Respekt vor mir beizubringen.

Als wir in Braunschweig ankamen, hatte der Frühling endgültig über den Winter gesiegt. Überall sprossen die ersten Frühjahrsblumen, es tropfte von allen Bäumen, die Vögel sangen. Ich fühlte mich sehr froh, als wir zu den Toren Braunschweigs kamen. Gottschalk überließ es Theoderich, für uns Quartier im Handelshof zu beziehen, und machte sich sofort auf den Weg zur Burg, um unsere Ankunft zu melden und beim Kämmerer einen Termin beim Herzog zu erbitten.

Nun erinnerte sich der Kämmerer aber noch genau an unseren Besuch vor vier Jahren.

»Ich muß Eure Ankunft sofort der Frau Herzogin melden«, erklärte er. »Sie würde mir sehr zürnen, wenn ich Euch wieder gehen ließe.«

Mathilde empfing Gottschalk sehr erfreut. Als sie hörte, daß ich mitgekommen war, schalt sie ihn aus, weil er mich nicht sofort zu ihr gebracht hatte, und bestand darauf, daß er mit mir in der Burg wohnen sollte.

Ich war froh, daß ich mich in der Zwischenzeit hatte umkleiden und kämmen können; ich weiß nicht, was Mathilde davon gehalten hätte, mich in meiner üblichen Männer-Reisekleidung zu sehen. Sie als Fürstin wäre natürlich nie in eine Lage gekommen, wo eine solche Vermummung nötig gewesen wäre.

Sie hatte sich verändert, war noch einmal eine halbe Handbreit gewachsen und eine erwachsene Frau geworden. Jetzt erinnerte sie mich an ihre Mutter, die Königin Eleonore, und ich sank in einen Knicks zur Begrüßung.

»So etwas wollen wir gar nicht erst anfangen, Sophia«, sagte Mathilde in der munteren Art, die sie auch früher gehabt hatte. »Eine einzige Freundin, bei der ich nicht die Fürstin spielen muß, werde ich ja wohl noch haben dürfen. Los, aufstehen. Umarme mich gefälligst, oder ich werde denken, daß du mich nicht mehr gern hast.«

Da erhob ich mich und schloß sie herzlich in die Arme. Sie war hochschwanger, und das freute mich sehr.

Sie lachte und tätschelte sich den Bauch. »Du kommst rechtzeitig, um mir beizustehen«, sagte sie fröhlich. »Glaube nur nicht, daß ich dich weglasse, ehe mein Kind geboren ist.«

Dann ließ sie die kleine Prinzessin Richenza holen, ein niedliches kleines Mädchen mit den üppigen schwarzen Locken und dunklen Augen des Herzogs.

»Ach, wie gern hätte ich eine so bezaubernde kleine Tochter!« rief ich.

»Ach, wie gern hätte ich einen Sohn, und du hast schon drei!« erwiderte Mathilde prompt. Als sie hörte, daß auch ich wieder in der Hoffnung war, freute sie sich sehr.

Ich mußte es dann den Männern überlassen, die Waren zu verkaufen, mit denen unsere Wagen aus unserem Handel und aus den Beständen meiner Eltern und Engilradis' beladen waren, denn Mathilde ließ mich nicht von ihrer Seite. Also ließ ich frohgemut alle Pflichten sausen, die sonst meine Tage ausfüllten, und freute mich an dem Zusammensein mit ihr.

Der Herzog war übrigens gerade nicht in Braunschweig; er war nach Nordhausen in Thüringen geritten, um dort mit seinem Vetter, Kaiser Friedrich, zusammenzutreffen und dann gemeinsam mit diesem den Hoftag in Merseburg zu besuchen. So hatte Mathilde viel Zeit für mich.

Wir gingen eines Morgens spazieren, sehr zum Unwillen des Haushofmeisters, der es lieber gesehen hätte, wenn Mathilde geritten wäre.

»Laß ihn nur zetern«, sagte Mathilde, als sie sich mit mir auf den Weg machte. »Er hat stets eine hohe Meinung davon, was sich für eine Königstochter schickt. Aber ich denke gar nicht daran, mich jetzt noch auf ein Pferd zu setzen. Ein Sturz könnte der Tod für mein Kind sein.«

Da konnte ich ihr nur recht geben.

Wir hatten nun das Stadttor erreicht und bogen in einen Weg ab, der am Waldrand entlanglief.

»Und außerdem habe ich abends nicht so geschwollene Beine, wenn ich mich tüchtig bewegt habe«, fuhr Mathilde fort. Sie gab den beiden Hofdamen, die sie dem Haushofmeister zuliebe mitgenommen hatte, einen Wink, zurückzubleiben, damit sie unbefangen mit mir reden konnte.

»Ich bin so froh, daß du gekommen bist und ich mich mit dir aussprechen kann«, vertraute sie mir an. »Ich habe nämlich Kummer.«

Ich blieb erschrocken stehen.

»Der Löwe?«

»Nein, nein, zwischen uns steht es zum besten. Auf ihn komme ich später noch. Aber ich mache mir große Sorgen über meine Familie in England. Du hast sicher gehört, daß vor vier Jahren Thomas Becket, der Erzbischof von Canterbury, ermordet wurde?«

Ich schüttelte den Kopf.

»Da hatte ich meine Drillinge ...«

»Natürlich, damals hattest du wirklich Wichtigeres im Kopf. Also, Thomas war ein kluger und witziger Kopf, auch ein charmanter Mann. Ein Kaufmannssohn aus London, seine Mutter war übrigens eine Sarazenin. Vater Becket hatte sie auf einer Pilgerfahrt kennengelernt. Als er dann ohne sie nach Europa zurückkehrte, hatte sie so unbändige Sehnsucht nach ihm, daß sie ihm folgte – ohne ein Wort unserer Sprache zu beherrschen. Irgendwie schaffte sie es dennoch, London zu erreichen, und hat sich dann so lange durchgefragt, bis sie ihn fand. Wie sie das fertigbrachte, wo sie nur seinen Namen aussprechen konnte, ist mir ein Rätsel. Diese Anhänglichkeit rührte ihn dermaßen, daß er sie heiratete, und Thomas war die Frucht dieser Ehe.

Ich weiß nicht, wie mein Vater ihn kennengelernt hat; jedenfalls war er plötzlich sein ständiger Wirtshausbegleiter. Aber sie tranken nicht nur zusammen; immer wenn Thomas ins Schloß kam, disputierte er mit Vater über Theologie, Jurisprudenz und Moral. Vater kam in dieser Zeit gar nicht dazu, irgend welchen Frauen nachzustellen, und das rechnete meine Mutter Thomas Becket hoch an. Vater machte ihn zu seinem Lordkanzler, und sie verstanden sich prächtig. Leider war das aber nicht genug der Ehre. Als der Erzbischof von Canterbury starb, welcher der Primas unserer Kirche in England ist, bestand Vater darauf, daß sein Busenfreund dieses hohe Amt erhielt. Er wurde also noch schnell vorher zum Priester geweiht und gleich am nächsten Tag ernannt. Ach, hätte Vater das doch bleibenlassen! Kaum war Thomas Erzbischof, legte er seine kostbaren Gewänder ab und kleidete sich nur noch in schlichtes schwarzes Tuch; war er als Lordkanzler reichlich pompös aufgetreten, so entsagte er nun allem persönlichen Besitz. Dann kam er zu Vater und erklärte, er lege das Amt des Lordkanzlers nieder, weil es sich nicht mit seinen geistlichen Pflichten vertrüge. Vater tobte und nannte ihn einen undankbaren Schuft, aber das focht Thomas nicht im mindesten an. Bald gerieten sie sich in die Haare darüber, ob Priester, die ein Verbrechen begangen hatten, vor ein weltliches oder ein geistliches Gericht gehörten. Schließlich war Vater so zornig auf Thomas wegen dessen Widerspenstigkeit, daß dieser es vorzog, nach Frankreich zu fliehen. Er bat dann den Papst, ihn aus seinem erzbischöflichen Amt zu entlassen; aber der Papst lehnte das leider ab. Das ist sehr bedauerlich, denn dadurch wäre ein großes Unglück verhütet worden.

Schließlich kehrte Thomas nach England zurück, das war im Dezember des Jahres, wo deine Drillinge geboren wurden. Sofort gab es wieder Streit: Es ging darum, daß Vater meinen ältesten Bruder Heinrich zum König krönen lassen wollte und Thomas dies ablehnte. Dummerweise machte mein Vater, nachdem er sich wieder besonders über Thomas geärgert hatte, den törichten Ausruf: ›Ach, wenn mich doch jemand von diesem gräßlichen Menschen befreien wollte!‹ Ich glaube nicht, daß er dies wörtlich gemeint hat, aber vier seiner Ritter nahmen es ernst. Sie erschienen in der

Kathedrale von Canterbury, ergriffen Thomas, schleppten ihn hinaus, um in der Kirche kein Blut zu vergießen, und spalteten ihm den Schädel.

Natürlich schob man Vater die Verantwortung für diesen abscheulichen Mord zu. Meine Mutter meint, er habe diese Untat nicht befohlen; aber da es ihm sehr gelegen kam, von dem ewigen Unruhestifter befreit zu sein, glaubte niemand an seine Unschuld. Mein Vater wurde auf das heftigste angegriffen und mußte sich vor zwei Jahren der strengsten Kirchenbuße unterziehen. Denk dir nur, er, der König, wurde öffentlich ausgepeitscht! Obwohl er sich als bußfertiger Sünder darstellte, verzieh man ihm nicht.«

Mathilde blieb stehen, seufzte leise, rieb sich den Rükken und sah sich nach einer Sitzgelegenheit um. Ich nahm meinen Umhang ab und legte ihn auf einen umgefallenen Baumstamm. Zufrieden ließ sich Mathilde darauf nieder und reckte das Gesicht in den Sonnenschein.

Ich entdeckte ein paar Schneeglöckchen und pflückte sie für Mathilde. Sie lächelte mich an und fuhr fort.

»Ja, und da hatte ich eine Idee. Erinnerst du dich, daß du mir einmal erzählt hast, daß dein Vetter Constantin den großartigen Einfall hatte, die Heiligsprechung Karls des Großen könnte Kaiser Friedrich sehr von Nutzen sein? Und wie sein bester Freund, euer Erzbischof Rainald von Dassel, diese Idee aufgriff und durchführte, und wie ganz Europa nach Aachen strömte, um am Grab des neuen Heiligen zu beten, und wie dessen Glanz auf Barbarossa fiel?«

»Natürlich erinnere ich mich. Aber was hat das mit eurem Thomas Becket zu tun?«

Mathilde lachte leise.

»Ich habe die Idee deines Vetters gestohlen. Weißt du, ich liebe und bewundere meinen Vater sehr. Für meine Mutter tut es mir weh, daß er kein treuer Ehemann ist, aber als König ist er wirklich groß, und er war auch sehr lieb zu mir, als ich noch ein kleines Mädchen war. Als ich mir den Kopf zermartert habe, wie man seinen Ruf wiederherstellen könnte, da fiel mir dein kluger Vetter ein. Und da habe ich meinem Vater geraten, er solle verbreiten lassen, daß er einen Traum hatte.«

»Was für einen Traum denn?«

»Ihm sei sein ehemaliger Freund Thomas Becket im Traum erschienen und habe ihm verziehen und verheißen, er wolle um ihrer alten Freundschaft willen fortan sein Schutzpatron sein. Ich selbst habe mich bei Papst Alexander sehr dafür eingesetzt, Thomas als Märtyrer und Heiligen anzuerkennen, und das ist letztes Jahr auch geschehen.«

»Wie bitte? So bald nach seinem Tod schon?«

»Nun ja, der Papst ist schon sehr auf Unterstützung angewiesen, wo der Kaiser ihn doch nicht anerkennen will ... Mein Vater wird nun in diesem Jahr einen überall angekündigten Bußgang nach Canterbury machen und dort innige Versöhnung mit seinem heiligen Freund zelebrieren. Das wird eine gewaltige Wirkung haben.«

Mir fiel etwas ein.

»Man könnte das Bild des heiligen Thomas auf Stoff malen und rahmen und verkaufen.«

Mathilde dachte kurz nach.

»Eine ausgezeichnete Idee«, befand sie dann. »Und da deine Familie mit Tuch handelt, bestelle ich bei dir tausend Bilder. Ich schicke meinen Haushofmeister mit euch nach Köln, er hat Thomas Becket gut gekannt und kann euch angeben, wie er aussah. Außerdem kann er den Stoff und die Rahmen dazu auswählen.«

»Ist das eine Aufgabe für einen Haushofmeister?« fragte ich zweifelnd.

Mathilde lachte schadenfroh.

»Eigentlich nicht; aber so bin ich ihn eine Weile los. Er ärgert mich nämlich mit seinem Getue. Ja, er kann die Lieferung nach England selbst überwachen, dann ist er noch eine Weile länger fort. Vielleicht kannst du einmal überschlagen, wieviel das kosten wird?«

»Weißt du, Mathilde, ich möchte aus unserer Freundschaft eigentlich kein Geschäft machen«, sagte ich zögernd. Aber Mathilde wedelte meinen Einwand fort.

»Ich bin dir sehr dankbar für diesen guten Gedanken. Außerdem werde ich diese Heiligenbilder ja auch verkaufen lassen, den Erlös stifte ich dann zu Ehren des Heiligen, für Messen und Ewige Lampen und dergleichen ...«

Mühsam erhob sie sich, und wir gingen weiter.

»Ich bin froh, wenn Vater wenigstens um diese Sorge erleichtert wird. Weißt du, meine Eltern vertragen sich gar nicht mehr gut. Meine Mutter ist enttäuscht und verbittert, weil mein Vater ständig neue Frauengeschichten hat. Sie ist ja eine Frau von großartiger Haltung, aber in ihrem Herzen tut es ihr weh, daß er sie nicht mehr liebt und verehrt wie in früheren Jahren. Und meine Brüder stehen auf ihrer Seite und lehnen sich gegen den Vater auf. Ich mag gar nicht daran denken, was daraus noch werden kann.«

»Reg dich nicht auf. Denk an dein Kindchen!« sagte ich beschwörend.

»Ach, ja.«

Wir kamen an einen Bach, über den ein Steg führte. Ich nahm Mathilde bei der Hand, damit sie nicht etwa ausrutschte und ins Wasser fiel.

»Du wolltest mir noch etwas über deinen Mann erzählen?« fragte ich besorgt.

»Er ist unverändert lieb zu mir, das ist es nicht. Und er freut sich so sehr auf das Kind. Wußtest du, daß er schon einmal einen Sohn gehabt hat? Clementia hatte ihm als erstes Kind einen kleinen Heinrich geschenkt. Er starb als Säugling, nachdem er vom Tisch gefallen war. Clementia ließ die

Amme, die auf ihn hätte achten sollen, bei Nacht und Nebel fortschaffen, mit etwas Geld versehen, sie sollte sich nach Zähringen durchschlagen, damit Heinrich sie nicht in seinem Grimm erschlagen würde. Aber als er von dem Unglück erfuhr, wütete er nicht, sondern ging nur in die Kapelle, weinte und betete für das Seelenheil des Kindes. Vermutlich dachte er, es könnten ja noch viele Söhne kommen, aber Clementia gebar zwei Töchter und dann kein Kind mehr.

Du hättest meinen Löwen sehen sollen, als er aus Jerusalem nach Hause kam. Als er mich zurückgelassen hatte, war ich ja schwanger. Er hatte es so eilig, daß er ganz kurz nach dem Boten eintraf, der ihn ankündigen sollte, und ich war noch nicht fertig damit, mich für ihn schönzumachen. Er riß mich in seine Arme und küßte mich viele Male. Dann wandte er sich zu der Wiege, hob das Kind heraus, lief mit ihm hinunter in die Halle, zeigte es allen seinen Leuten und rief: »Ich erkenne dieses Kind als meine liebe Tochter an.« Dann kam er zurück, fragte nach der Amme, drückte ihr die Kleine in den Arm und sagte, die nächste Stunde wolle er ungestört sein.«

Ich wartete. Mathilde drückte unruhig ihre Hände.

»Eigentlich wollte ich etwas anderes sagen. Ich mache mir Sorgen um meinen Löwen, aber ich kann nicht genau sagen, warum. Es ist eher so ein Gefühl, daß sich etwas gegen uns zusammenbraut.

Du hast mir schon damals in England einiges über die Welfenfamilie berichtet; als mein Löwe das letzte Mal den schwäbischen Besitz der Welfen besucht hat, war er auch in Kloster Weingarten, das ist unser Hauskloster. Er brachte Kunibert mit, einen alten Mönch, der sich sein Leben lang mit der welfischen Geschichte beschäftigt hat. Er soll nun seine letzten Lebensjahre bei uns in Dankwarderode verbringen und mich und die Kinder darin unterrichten. In einer schwachen Stunde hat Kunibert mir verraten, daß er froh ist, nach Jahrzehnten im Kloster nun nicht mehr dort sein zu müssen. In seinem Alter wurde es ihm höchst beschwerlich, nachts zur Matutin aufzustehen, und die vielen Andachtsübungen ließen ihm nicht soviel Zeit zum Studium der alten Folianten, wie er es sich gewünscht hätte. Er packte also zahllose Bücher in viele Kisten und schaffte sie hierher. Sein Abt hat dagegen protestiert, er sah weder den gelehrten Kunibert noch die wertvollen Schriften gern aus seinem Kloster entschwinden, konnte sich aber nicht gegen Heinrichs Befehl durchsetzen und mußte Kunibert entlassen. Nun hat der Alte hier eine gut geheizte Stube und ein Archiv, in dem er seine Zeit vom Morgen bis zum Abend verbringt. Ich besuche ihn dort oft, und er öffnet bereitwillig die Schleusen seiner Beredsamkeit und seiner Kenntnisse.

Wußtest du zum Beispiel, daß schon Kaiser Ludwig der Fromme nach dem Tod seiner ersten Gemahlin eine Welfin geheiratet hat, die schöne und kluge Judith? Und ihre Schwester Hemma wurde die Gemahlin von dessen Sohn, König Ludwig. Das Haus der Welfen gehört also schon seit vielen hundert Jahren zu den ersten Familien des Reiches. Mein Löwe ist aber wohl der größte und mächtigste Vertreter seines Hauses; wer kommt ihm gleich, außer dem Kaiser? Kein Wunder, daß er Neider hat und immer hatte. Bisher war er sich stets einig mit Herrn Friedrich. Er hat ihm mit seinen schwäbischen Rittern das Leben gerettet, als der römische Mob den Kaiser nach seiner Krönung erschlagen wollte, und ihn immer treu unterstützt.

Dafür war der Kaiser ihm dankbar und hat ihm seinerseits geholfen, wenn unsere Vasallen aufbegehrten. Du kennst ja meinen Mann, er ist klug, fleißig, tapfer; aber der größte Diplomat ist er nicht unbedingt.«

Wir hatten das Stadtgebiet wieder erreicht und schritten durch das Tor; die Wachen, die uns nicht weiter beachtet hatten, als wir hinausgingen, schauten die Hereinkommenden genau an, erkannten ihre Fürstin und grüßten sie freundlich und ehrerbietig. Der Hauptmann der Wache stolperte eilig aus seiner Wachstube heraus, salutierte vor Mathilde und bot an, ihr einen seiner Männer als Begleitung mitzugeben; jedoch die junge Fürstin wehrte freundlich ab. »Aber als Schutz! Der Herzog würde es sicher so wollen …« sagte der Hauptmann unglücklich.

»Der Herzog weiß, daß sämtliche Braunschweiger mich beschützen«, erklärte Mathilde und ging allein mit mir weiter.

Als ich mich einmal umwandte, sah ich, daß drei Soldaten uns verstohlen in einiger Entfernung folgten. Ich lächelte und sagte nichts.

»Nun fürchte ich, daß sich hier etwas geändert hat«, fuhr Mathilde fort und raffte den Umhang enger, denn es kam ein frischer Wind auf. »Seit mein Löwe aus Jerusalem zurückkehrte, geht etwas hinter seinem Rücken vor. Einige der Grafen, die ihm unterstehen, werden geradezu aufsässig. Sie müssen sich vom Kaiser gedeckt fühlen, sonst würden sie das nicht wagen.«

»Der Kaiser gegen deinen Löwen? Das kann ich mir überhaupt nicht vorstellen«, sagte ich erstaunt.

Mathilde seufzte wieder. »Ich habe keinen Beweis, aber ich ahne es«, meinte sie bedrückt. »Weißt du, mein Löwe stattete Kaiser Manuel auf dem Rückweg noch einen Abschiedsbesuch ab. Du wirst es nicht für möglich halten: Manuel ließ meinem Löwen vierzehn Maultiere vorführen, die mit Gold und Silber und mit Seidenstoffen bepackt waren. Eine unglaublich großzügige, wahrhaft kaiserliche Gabe. Und Heinrich hat sie abgelehnt! Er sagte zu Manuel, mehr als alle Schätze der Welt schätze er die Huld des byzantinischen Kaisers. Manuel war sprachlos darüber; er ließ die Maultiere fortführen und begab sich höchstpersönlich in seine Schatzkammer, wo er statt dessen einen großen Schatz an Reliquien für Heinrich auswählte und noch wertvolle Edelsteine dazulegte – zur Ausgestaltung und zum Schmuck der Reliquiare.«

Ich begriff.

»Und nun meinst du, daß Kaiser Friedrich eifersüchtig ist über diese großartige Aufnahme deines Mannes am byzantinischen Hof – und vielleicht meint, dies gebühre nur ihm, Friedrich, da er ranggleich mit Manuel sei, nicht aber dem Herzog von Sachsen und Bayern, der letztendlich sein Lehnsmann ist?« fragte ich behutsam.

Mathilde wiegte den Kopf und zog sich noch tiefer in ihren Umhang zurück. Ich machte mir Sorgen um ihre Gesundheit, aber jetzt war es nicht mehr weit bis zur Burg.

»Mag schon sein. Aber schon bald nach der Abreise meines Gatten hat der Kaiser sich merkwürdig verhalten. Sag mir, Sophia: was soll ich davon halten, daß Herr Friedrich, kaum daß Heinrich sich auf seine Pilgerfahrt begeben hatte, nach Sachsen kam, in unser Land! Und sich dort vom Adel huldigen ließ? Das gehört sich wirklich nicht. Zudem habe ich von mehreren Befehlshabern unserer wichtigsten Festungen die vertrauliche Mitteilung erhalten, Friedrich habe sie mit Drohungen unter Druck gesetzt, ihm einen Schwur zu leisten, der mich mit Entsetzen erfüllt: Sie sollten ihm die Burgen ausliefern, falls mein Gemahl von seiner Pilgerreise nicht zurückkäme.«

Ich holte tief Luft. Mathildes Ängste wurden mir verständlich. »Aber kann es nicht sein, daß der Kaiser nur den Frieden im Auge hatte, falls dein Löwe …«

Ich mochte es nicht aussprechen.

»Und er ist ja wohlbehalten zurückgekommen«, fügte ich eilig hinzu, denn Mathildes Augen schimmerten feucht.

»Wohin gehen wir denn? Geht es zur Burg nicht in diese Richtung da?«

Aber Mathilde wollte mir noch zeigen, wo der Herzog den Dom St. Blasien errichten ließ. Man konnte schon erkennen, daß es einmal ein gewaltiges Gotteshaus werden sollte.

Bald darauf kamen wir wieder in der Burg an. Mathildes Kammerfrau hatte heißen Kräutertee vorbereitet und stellte ihrer Herrin fürsorglich ein Kohlenbecken zur Wärmung hin.

»Ich möchte dir noch gerne etwas ganz Besonderes zeigen«, fuhr Mathilde fort. Sie nahm einen dicken Packen und wickelte ihn ehrfürchtig aus seiner seidenen Umhüllung aus.

»Schau dir das an!« sagte sie verzückt.

Mir stockte der Atem. Was für ein wunderschönes Evangeliar. Ein so kostbares hatte ich noch nie gesehen. Mathilde schlug es auf und suchte zwischen den wundervoll ausgearbeiteten Bildern. Dann hatte sie es gefunden: Eine Miniatur zeigte den Herzog und seine Gemahlin im Augenblick der Krönung; der Maler hatte beide sehr ähnlich getroffen. Heinrich mit seinen funkelnden dunklen Augen und seine zarte, schlanke Gemahlin, und er hatte sich auch nicht gescheut, Mathilde ein gutes Stück größer zu malen als den Herzog – was ja auch der Wahrheit entsprach.

»Sieh genau hin!« befahl mir Mathilde. Und da sah ich es: die beiden erhielten ihre Kronen von zwei Händen, die aus den Wolken ragten, über denen Gott thronte.

»Eure Würde kommt also von Gott? Nicht vom Kaiser?« fragte ich.

Mathilde blickte auf ihre Hand und drehte an ihrem kostbaren Ehering. »Ich muß den Ring beiseite legen, meine Hände sind geschwollen«, murmelte sie. »Der Kaiser von Byzanz und der König von Sizilien erklären auch, daß sie ihre Würde unmittelbar von Gott erhalten haben.«

Ja, wenn Herzog Heinrich das so sah, dann war es nicht weiter erstaunlich, wenn er sich schwertat, sich seinem Vetter Friedrich unterzuordnen. Und weiter brauchte man sich dann auch nicht allzusehr zu wundern, daß Kaiser Friedrich damit Probleme hatte …

Ich ging täglich mit Mathilde spazieren. Sie zeigte mir, wie Herzog Heinrich am Ufer der Oker ein Sumpfgebiet von Flamen trockenlegen ließ, die diese Kunst in ihrer Heimat gelernt hatten. Dabei waren sie eigentlich Tuchmacher, und sie sollten später die ersten Bewohner des neugewonnenen Gebiets sein und wichtige Privilegien für ihren Handel erhalten. Ich spitzte die Ohren und merkte es mir. Wir mußten in den folgenden Jahren auf andere Waren ausweichen, vielleicht Rheinwein? Ich nahm an, daß so weit im Norden kein Wein angebaut wurde – und wenn doch, dann war er sicher entsetzlich sauer.

Der Frühling überschwemmte Stadt und Burg mit einer Sonnenflut. Wir wollten gerade ausgehen, als Mathilde kurz hinter der Burg wieder umkehrte. Es war soweit, sie begab sich ins Gebärzimmer, wo die Hebamme seit einigen Tagen einquartiert war. Zum Glück war der Herzog vor zwei Tagen heimgekommen. Er steckte alle fünf Minuten den Kopf zur Tür herein und fragte, ob er nicht doch seinen Arzt schicken solle, aber Mathilde lachte ihn nur aus. Sie fühlte sich in der Obhut der Hebamme und mit meinem Beistand sicher und wohl und bedeutete ihrem Löwen, er möge ausreiten oder regieren oder sonst etwas tun, aber sie nicht bei ihrer wichtigen Aufgabe stören.

Es war eine rasche und leichte Geburt. Mathilde klammerte sich ganz fest an meine Hand, so daß mein Ehering eine tiefe Furche schnitt, und preßte mit aller Kraft ihr Kindchen ins Leben hinein. Ich nahm es und hob es hoch. Es war ein großes, kräftiges Kind, mit einem dichten schwarzen Schopf –

und es war ganz eindeutig ein Knabe. Ohne es zu waschen, hüllte ich ein großes weiches Tuch um das Neugeborene und legte es in den Arm der glückstrahlenden Mutter, dann eilte ich zur Tür. Wie ich vermutet hatte, Herr Heinrich war weder ausgeritten, noch regierte er. Er saß da mit zerwühltem Haar und dem gequälten Blick, den Väter nun einmal haben, wenn sie hilflos darauf warten, daß ihre Frauen die harte und oftmals gefährliche Arbeit des Gebärens vollbringen. Ich winkte ihm, und er stürmte an mir vorbei. Dann zog ich die Hebamme zu mir in die Ecke, damit die glücklichen Eltern ganz ungestört ihr kleines Wunder in dieser Welt begrüßen konnten.

Als der kleine Prinz, der natürlich den Namen Heinrich erhielt, eine Woche alt war, kam der Herzog herein, setzte sich eng neben seine Frau und sah ihr zu, wie sie das Kind stillte. Die kleine Richenza und ich spielten mit der Puppe, die ich ihr genäht hatte. Heinrich sah seinen Sohn an, als könne er sich nicht an ihm sattsehen. Als der Kleine fertig getrunken hatte, nahm sein Vater ihn in die Arme und klopfte sanft und sachverständig seinen Rücken, bis ein gewaltiges Bäuerchen erscholl.

Da fiel Mathilde etwas ein. »Du hast mir noch gar nichts über dein Zusammentreffen mit dem Kaiser berichtet«, fragte sie.

Heinrich schwieg und streichelte das kleine Händchen seines Sohnes.

»Es gibt auch nichts zu berichten«, meinte er dann kurz. »Friedrich war kühl, wenn auch verbindlich, und wich mir aus, wenn ich über Politik mit ihm reden wollte.«

Seine Frau zog die Augenbrauen hoch. »Das ist ja ganz neu. Wie das?«

Heinrich legte sanft das Kind in die Wiege und deckte es sorgsam zu.

»Mathilde«, sagte er dann zögernd, »ich wollte dir schon lange etwas sagen. Es hat Mißstimmung gegeben zwischen meinem Vetter Friedrich und mir, und zwar schon bei meiner Rückkehr aus dem Heiligen Land.

Es war mir natürlich klar, daß Kaiser Manuel meinem Vetter Friedrich in Italien immer wieder Ärger machte. Einerseits hatte Manuel mich so großartig aufgenommen, andererseits will ich auch Friedrich helfen, mit dem mich enge Blutsbande verbinden und dem ich Treue geschworen habe. Ich zerbrach mir also den Kopf, wie ein dauerhafter Frieden zwischen den beiden Kaisern aussehen sollte, und hatte dann den Gedanken, wenn Friedrich Manuel einen Streifen Land in Italien überlassen wollte, könnten beide in Frieden miteinander auskommen. Stolz berichtete ich nach meiner Heimkehr meinem Vetter, daß Manuel sehr angetan von dieser Lösung sei. Ich glaubte, er sei froh und dankbar; aber statt dessen traf ihn fast der Schlag. Empört schrie er mich an, das sei eine unglaubliche Zumutung, und nie würde er dem Komnenen freiwillig auch nur einen Fußbreit Bodens in Italien abtreten. Natürlich wäre es eine große Erleichterung für ihn gewesen, wenn mit der Aufwiegelung Manuels der Lombardei und Siziliens endlich ein Ende gewesen wäre, aber dafür einen byzantinischen Stützpunkt in Italien? Nie und nimmer, der Preis sei unerträglich hoch. Statt mir zu danken, warf er mir Hochverrat vor. Mir! Der ich nur seine Interessen im Auge gehabt hatte! Ich hatte es gut gemeint und war nun tief verletzt über Friedrichs groben Undank. Du weißt ja, Mathilde, daß ich ein ehrlicher Mann bin und auch gern klar und deutlich ausspreche, was ich denke. Darum sagte ich zum Kaiser: ›Du bist ja nur eifersüchtig, weil Kaiser Manuel mich eingeladen hat und nicht dich, darum bist du jetzt so himmelschreiend ungerecht zu mir. Glaub nur nicht, daß du etwas Besseres bist als ich. Mein Großvater war schließlich Kaiser und dein

Vater war nur Herzog von Schwaben, und wenn alles mit rechten Dingen zugegangen wäre, dann wäre mein Vater Kaiser geworden. Und dann hast du auch noch versucht, mir meine Herzogtümer vorzuenthalten, weil ich beim Tod meines Vaters noch ein wehrloses Kind war. Das war nicht anständig von dir, Friedrich. Obwohl du es gar nicht verdient hast, wollte ich dir bei Manuel behilflich sein, und zum Dank schreist du mich jetzt an und beleidigst mich. Ich glaube nicht, daß ich mich in Zukunft noch sehr um deine Interessen bemühen werde.‹«

Mathilde sah ihren Mann mit weit aufgerissenen Augen an. Heinrich lächelte etwas mühsam und fügte noch hinzu: »Er hat mich gereizt, verstehst du. Aber ich fürchte, daß Friedrich mich seit dieser Stunde bedeutend weniger liebt als zuvor.«

Er stand auf und streckte sich; der Blick, den er in die Wiege warf, wo sein winziger Sohn selig schlummerte, war von großer Zärtlichkeit.

»Du mußt keine Angst haben, Mathilde. Für ihn, für unseren Sohn, werde ich alles tun, damit er zu seiner Zeit frei und glücklich leben und herrschen kann. Ich bin bereit, mich mit endlosen Ritten zu schinden und mit aufsässigen Grafen und Bischöfen zu plagen, damit er eines Tages ein blühendes Reich erben wird. Nichts ist mir zuviel für ihn. Er ist jetzt der Sinn meines Lebens, und ich bin dir, meine Liebste, aus tiefstem Herzen dankbar für ihn.«

So war Herzog Heinrich nun einmal.

Wenn es nach Mathilde gegangen wäre, hätte ich noch lange in Braunschweig bleiben können; aber Gottschalk hatte inzwischen – ohne meine tatkräftige Unterstützung – alle Waren verkauft und neue eingehandelt und drängte auf Abreise. Und außerdem hatte ich auch große Sehnsucht nach meinen Kindern, und wir kehrten ohne Zwischenfälle in Begleitung von Mathildes Haushofmeister nach Köln zurück. Ich kümmerte mich mit Feuereifer um die Bilder von Thomas Becket, und wir verdienten soviel Geld damit, daß Gottschalk alle restlichen Schulden seiner Familie abbezahlen konnte, und es blieb immer noch eine stattliche Summe übrig. Von da an blickte er viel gelöster in die Zukunft.

Im Sommer wurde dann mein Kind geboren, und ich freute mich sehr, daß es eine Tochter war. Nach kölschem Brauch hätte sie den Namen meiner Mutter erhalten sollen, aber ich hatte etwas anderes beschlossen. Großvater Eckebrechts Adoptivmutter hatte den Namen Blithildis getragen. Sie hatte das unter entsetzlichen Umständen verwaiste jüdische Kind in ihren Schutz genommen und über alles geliebt, und da sie keine leiblichen Kinder gehabt hatte, wollte ich nun ihrer und meines Großvaters gedenken, indem ich ihren Namen meiner ersten Tochter gab. Ich zögerte etwas, dies meiner Mutter zu sagen, weil ich fürchtete, sie könnte sich zurückgesetzt fühlen; aber ich hätte getrost etwas mehr Vertrauen in ihre Großherzigkeit haben dürfen. Als sie begriff, was ich ihr da stotternd klarmachen wollte, nahm sie das Neugeborene in die Arme und sagte herzlich: »Das ist eine sehr gute Idee, und der Name dieser großartigen Frau kann dem Kindchen nur Glück bringen. Großvater wäre darüber außer sich vor Freude gewesen, da er ja selbst keine Tochter hatte, die er nach Blithildis hätte nennen können.«

Ja, so war meine Mutter.

Ich hatte gedacht, ein Mädchen wäre sanft und leise, so etwa wie Mathildes kleine Tochter Richenza, aber – weit gefehlt. Blithildis war immer ein kleiner Feuerteufel, jähzornig und heftig, wenn ihre Brüder sie hänselten, aber auch ein lustiger Schalk und zu jedem Streich aufgelegt. Dabei war sie so bezaubernd und mit ihren schwarzen Locken und feurigen

Augen ein kleines Abbild ihres Vaters. Gottschalk war ganz vernarrt in sie und ließ ihr alles durchgehen, und ich hatte meine liebe Mühe und Not, ihr wenigstens ein klein wenig Erziehung angedeihen zu lassen. Gelegentlich jammerte ich bei meiner Mutter darüber, aber Hadewigis lächelte nur und sagte beschwichtigend: »Laß sie sich nur entfalten, aus ihr wird später eine großartige Frau werden, da bin ich mir ganz sicher.«

Wunderst du dich, meine Methildis, daß ich von meiner Mutter immer nur voller Verehrung spreche? Schließlich hat jeder Mensch auch Fehler, und auch der liebenswerteste Mensch geht gelegentlich seinen Nächsten auf die Nerven. Aber sosehr ich auch nachdenke: Ich kann mich nicht erinnern, daß ich meine Mutter einmal hätte kritisieren wollen. Sie war einfach großartig. Aber sie drückte mich mit ihrer Großartigkeit auch nicht an die Wand. Kurz, ich sah sie stets als vollkommen an.

Meine eigenen Fehler sehe ich dagegen ziemlich klar: Ich bin nicht der geduldigste Mensch, und ich muß stets darauf bedacht sein, meine rasche und manchmal zu spitze Zunge zu hüten. Auch bin ich mir meiner scharfen Intelligenz mehr bewußt, als christliche Demut zulassen will, und neige daher zur Überheblichkeit. Und schrecklich neugierig bin ich auch; das verleitet mich gelegentlich dazu, Gespräche zu belauschen, die nicht für meine Ohren bestimmt sind. Ich schäme mich dafür, aber abgewöhnen will ich es mir auch nicht. Ich kann nur hoffen, daß Gott mich nicht dafür bestraft, indem er mich im Alter schwerhörig werden läßt. Nun ja, bis jetzt arbeiten meine Ohren und meine Augen noch ausgezeichnet, mein Kopf auch, nur meine alten Gelenke machen mir Beschwerden.

Liebes Kind, ich danke dir, daß du mir so heftig widersprichst. Das machst du ja ganz selten, und daß du es hier für nötig hältst, tut mir gut. Aber ich fürchte sehr, daß zu den Fehlern, die ich an mir erkenne, noch weitere kommen, die ich nicht bemerke und die mich meine Kinder in ihrer Höflichkeit nicht spüren lassen. Bis auf Blithildis natürlich, die stets unbekümmert alles ausspricht, was ihr in den Sinn kommt. Merkwürdigerweise fühlt sich dadurch niemand vor den Kopf gestoßen, nicht einmal ihr Ehemann. Ja, der am allerwenigsten. Sie ist aber auch eine äußerst charmante Person, meine Älteste.

Sei jetzt nicht gekränkt, Methildis. Der Glanz deiner ältesten Schwester mag dir vielleicht abgehen, aber dafür bist du ein so liebenswertes, herzenswarmes und auch ganz besonders kluges Kind, daß ich die größten Hoffnungen für dich habe. Ja, ich gestehe, du stehst meinem Herzen am nächsten, und das geht vielen Müttern so mit ihrem jüngsten Kind, man mag mir das also nachsehen.

Aber nun will ich dir weiter berichten.

1174

Es war im Winter dieses Jahres 1174, und ich war zu Besuch bei Tante Engilradis, wo wir einen Tee aus Himbeerblättern mit Honig tranken und dazu Kuchen aßen. Im Hintergrund saß Theoderich und rechnete in seinen Geschäftsbüchern. Später kam noch Gertrudis dazu. Ich hatte meine kleine Blithildis auf ein warmes Fell auf den Boden gelegt, wo sie die ersten Versuche machte, sich fortzubewegen, aber sie drehte sich immer nur um die eigene Achse, wie ein Käfer, der auf den Rücken gefallen ist.

Das ärgerte sie, und sie maunzte. Gertrudis kniete sich vor sie hin und begann mit ihr zu spielen, um sie wieder aufzuheitern. Ich stand auf, um Engilradis' Becher neu zu füllen, da fiel mein Blick auf Theoderich. Er bemerkte gar nicht, daß er mit seiner Feder gerade einen gewaltigen Tintenklecks in sein Buch machte. Sein Auge war wie gebannt auf Gertrudis gerichtet, und ich war inzwischen erfahren genug, um diesen Blick sofort zu deuten. Gertrudis bemerkte es nicht, und auch Engilradis sah nur zu dem Kind hin. Ich hatte inzwischen den Becher überlaufen lassen, und als ich den vergossenen Tee weggewischt hatte, beugte sich Theoderichs Kopf wieder über seine Arbeit.

Ich behielt ihn unauffällig im Auge, aber an diesem Tag fiel mir nichts Weiteres auf.

Meine Neugierde war nun geweckt; bei den nächsten Familientreffen achtete ich auf die beiden. Bei Gertrudis bemerkte ich nie etwas, aber ich stellte des öfteren fest, daß Theoderich seinen Blick immer wieder auf sie richtete, wenn er meinte, niemand sähe es. Das ging so den ganzen Winter hindurch, und ich war sehr gespannt, was sich da wohl anbahnte.

Im Grunde war Theoderich mit uns gar nicht blutsverwandt. Constantins erste Frau war eine Witwe gewesen und hatte ihn und seinen Bruder Heinrich mit in die Ehe gebracht. Constantin war nur zehn Jahre älter als seine Stiefsöhne, wurde diesen aber ein so wundervoller Vater, daß sie mit großer Liebe an ihm hingen und auch nach dem frühen Tod ihrer Mutter bei ihm blieben – gegen den Willen ihres Großvaters, des mächtigen Gerard Unmaze. Gertrudis als Constantins Schwester war daher so etwas wie eine Tante für Theoderich, wenn sie auch nur etwa sechs Jahre älter war als dieser.

Es ergab sich endlich eine passende Gelegenheit, Theoderich darauf anzusprechen, als er einen großen Posten Gewürze sehr günstig erworben hatte und zu uns ins Haus kam, um Gottschalk einen Teil davon anzubieten. Außerdem wollte er ein paar Rollen Tuch von uns in Kommission auf seine nächste Fahrt mitnehmen. Mein Mann war ausgegangen, aber ich schützte vor, er käme sicher bald zurück, und bat Theoderich ein paar Erfrischungen an, während ich ihm die Tuchballen in Gottschalks Lager zeigte. Mein kleiner Gerhard kam herein, und der sehr kinderliebe Theoderich spielte mit ihm. Als er eine freundliche Bemerkung über den Kleinen machte, nutzte ich die Gelegenheit.

»Vielleicht hast du ja selbst bald solch einen kleinen Spielkameraden«, bemerkte ich. Theoderich sah mich verständnislos an.

»Hattest du nicht vor, endlich zu heiraten?« sagte ich und steckte Gerhard ein Stückchen Kuchen in den Mund.

»Laß gut sein, Sophia«, sagte Theoderich gutmütig. »Dieses Lied singt Constantin seit Jahren, und ich sage ihm ebensolange, daß ich nicht heiraten will.«

»Das war bisher«, meinte ich beiläufig. »Aber ist es nicht so, daß du endlich die Richtige gefunden hast?«

Theoderich wurde blaß. »Wieso sagst du das, Sophia?«

»Ich dachte nur so«, antwortete ich beiläufig und entfernte Gerhards schmutzige Fingerchen von einem Ballen Wollstoff, »weil ich bemerkt habe, daß du Gertrudis so oft anschaust.«

Theoderich sagte nichts, und ich bohrte nach.

»Verrate es mir doch, Theoderich. Hast du dich in Gertrudis verliebt?«

Theoderich seufzte. »Sophia, du bist lästig. Was fällt dir ein, mir eine solche Frage zu stellen?«

Ich rückte näher zu ihm. »Vielleicht könnte ich dir helfen? Wie findest du sie?«

»Sie ist eine großartige Frau. Ich kenne sie seit vielen Jahren und habe es nicht bemerkt. Aber jetzt, wo ich sie täglich sehe ... Ich weiß nicht, was das ist, Sophia, aber ich bin voller Unruhe und kann die Augen nicht von ihr lassen. Wie sie sich bewegt, wie sie abends von den armen Leuten erzählt, um die sie sich gekümmert hat, wie sie bei Tisch die Suppe austeilt – alles kommt mir plötzlich so ganz besonders vor.«

»Du hast dich verliebt«, rief ich triumphierend. »Ich dachte es mir doch. Und erwidert sie deine Gefühle?«

»Wo denkst du hin«, wehrte Theoderich bitter ab. »Sie bemerkt mich ja nicht einmal. Ihre Gedanken sind bei ihrem toten Sohn und vermutlich auch bei ihrem toten Mann. Zu mir ist sie so freundlich wie zu meinem Bruder, zum Gehilfen, zum Knecht und zur Küchenmagd.«

Ich rollte einen Ballen von blaugefärbtem Leinen auf und hielt das Ende ans Fenster, damit Theoderich die Qualität besser begutachten konnte.

»Davon haben wir noch vier weitere Ballen, jeder in einer anderen Farbe. Theoderich, wenn du darauf warten willst, daß Gertrudis dich eines Tages bemerkt, dann kann das lange dauern. Ich weiß nicht, ob du die Zeit verschwenden willst, die ihr auch gemeinsam erleben könntet.

Warum zeigst du ihr nicht, daß du etwas für sie empfindest?«

»Ich weiß nicht, ob ich das wagen kann. Sie hält mich, glaube ich, für so etwas wie einen dummen Jungen.«

Spöttisch sagte ich: »Falls das stimmt, solltest du ihr schleunigst eine andere Meinung von dir beibringen. Du bist über dreißig Jahre alt, du siehst gut aus, du bist ein erfolgreicher Kaufmann, du stammst aus einer erstklassigen Familie.«

»Das alles zählt aber wenig bei Gertrudis!«

Ich schlug behutsam eine Leinwandverpackung auf, darin lag ein hauchzarter weißer Stoff mit eingewebten Blumen.

»Unser wertvollster Ballen, sehr teuer, aber einzigartig. Dann mußt du eben deine Persönlichkeit in die Waagschale werfen. Du bist liebenswürdig, hilfsbereit, kinderlieb und von angenehmem Wesen.«

Theoderich wurde rot.

»Findest du, Sophia?«

»Ja, das finde ich. Es würde Gertrudis sicher guttun, wenn sie aus ihrer Welt der Erinnerungen zurückfinden könnte in das Leben. Wie wäre es, wenn du sie auf ihrem täglichen Gang zum Friedhof begleiten würdest? Das würde ihr sicher Freude bereiten.«

Theoderich murmelte unbestimmt etwas wie vielleicht, mal sehen, wenn es sich so ergibt. Dann erklärte er, er nehme sämtliche Tuchballen, die ich ihm gezeigt hatte, und ließe sie in einer Stunde abholen. Und dann verschwand er eiligst, ehe ich noch mehr Vorschläge hätte machen können.

Er reiste auch wenig später ab, und ich vermutete stark, daß er meiner Anregung noch nicht gefolgt war.

Schließlich wurde ich ungeduldig und nutzte die Gelegenheit, als ich Tante Engilradis besuchte und sie allein antraf.

Während wir Blithildis zusahen, die inzwischen herumkrabbeln konnte, fragte ich ganz beiläufig:

»Was ist eigentlich mit Theoderich und Gertrudis?«

Tante Engilradis sah mich verblüfft an.

»Was meinst du? Was soll denn mit ihnen sein?«

»Ich dachte nur«, meinte ich beiläufig. »Weil er sie so anschaut.«

Tante Engilradis sagte nichts und dachte eine Weile nach.

»Mir ist bisher nichts aufgefallen«, meinte sie dann. »Wenn da etwas wäre, hätte Gertrudis es mir gesagt.«

»Sie schaut ja auch nicht« bemerkte ich und fing mein Kindchen ein, ehe es das Kohlebecken erreichte.

Es lag Engilradis nicht, aus dem Hintergrund zu beobachten; dazu war sie zu ehrlich, und schließlich war sie ja auch die Herrin des Hauses. Sie fragte also zunächst ihre Tochter, ob da etwas zwischen ihr und Theoderich sei. Gertrudis war entgeistert und stritt es heftig ab.

»Mutter, es ist nicht das geringste zwischen uns vorgefallen. Ich habe nie an einen anderen gedacht, seit Marcmann damals in meinen Armen starb, und so soll es auch bleiben.«

Damit war für Engilradis die Sache erledigt. Sie sagte mir bei unserem nächsten Treffen, ich hätte mich wohl geirrt.

Inzwischen hatte ich es mir aber in den Kopf gesetzt, daß meine Base Gertrudis, der das Leben so grausam mitgespielt hatte, in einer neuen Liebe endlich Trost finden sollte, und dem hartnäckigen Junggesellen Theoderich, der nur bei Frauen schüchtern war, mußte man wohl auch auf die Sprünge helfen.

Ich wollte mir Rat bei meiner Mutter holen; aber die hielt nichts von meinen guten Absichten.

»Wie kannst du nur, Sophia«, sagte sie entsetzt. »Was mischst du dich in die Angelegenheiten anderer Menschen ein.«

»Ich will ihnen doch nur zu ihrem Glück verhelfen«, wehrte ich mich. Aber Mutter blieb unerbittlich.

»Es ist anmaßend von dir, wenn du glaubst, daß sie das nicht ohne dich schaffen. Also laß das gefälligst bleiben!«

Kleinlaut versprach ich es ihr, und ich hielt mich auch daran. Aber ich hatte die Angelegenheit schon zu sehr ins Rollen gebracht. Gertrudis kam vorbei, um sich verärgert bei mir zu beschweren. Ihre Vorwürfe ähnelten denen meiner Mutter. Ich war sehr betreten.

»Es tut mir sehr leid, daß du mir nun böse bist, Gertrudis. Aber ich finde, Theoderich ist ein fabelhafter Mann. Vielleicht kannst du ganz im stillen einmal erwägen, ob er dir nicht doch sehr viel geben könnte – und du ihm.«

»Ich bin doch viel zu alt für ihn«, rutschte es Gertrudis heraus. Aha, sie hatte also doch schon über die Möglichkeit nachgedacht.

»Nein, das bist du nicht«, sagte ich überzeugt. »Schau meine Eltern an, der Altersabstand ist ähnlich, und sie leben seit vielen Jahren sehr glücklich miteinander. Und meine Mutter hatte auch ein sehr schweres Schicksal, bevor sie meinen Vater kennenlernte. Bitte sei mir nicht mehr böse; ich habe dich und Theoderich sehr gern und habe es nur gut gemeint. Ich sehe aber ein, daß es unverschämt von mir war, mich einzumischen.«

»Ist schon gut«, sagte Gertrudis da versöhnlich, tätschelte mir die Hand und ging.

Ich hielt mich nun eisern von weiteren Einmischungen zurück; aber inzwischen waren die Augen der ganzen Familie auf die beiden gerichtet, und so erfuhr ich doch, was sich noch zutrug.

Als Theoderich von seiner Fahrt nach England zurückkehrte, stellte er beglückt fest, daß die Dinge sich geändert hatten. Nicht, daß Gertrudis ihn ermutigt hätte. Aber sie schien seine Blicke nun doch zu bemerken, und sie reagierte nicht unwillig. Gelegentlich schenkte sie ihm ein freundliches Wort, und das brachte ihn in glückselige Verwirrung, als sei er ein zum ersten Mal verliebter Halbwüchsiger. So wagte er es eines Tages doch, ihr seine Begleitung zum Friedhof anzubieten, und dort standen sie lange, lange Zeit an den Gräbern und redeten miteinander. Das wiederholte sich, und als Constantin seinen Stiefsohn auf die nächste fällige Fahrt nach Braunschweig senden wollte, hatte dieser lauter Ausflüchte bereit, führte eine beginnende Erkältung, ungünstige Witterungsverhältnisse, Erwartung eines Schiffes der

Familie Scherfgin sowie Engilradis' Hilflosigkeit ohne seine, Theoderichs, Unterstützung an.

»Bisher ist mir noch nie aufgefallen, daß meine Mutter in irgend einem Punkt hilflos sein könnte«, staunte Constantin. »Wenn du im Augenblick – aus welchem Grund auch immer – nicht aus Köln fortmöchtest, kannst du es mir ganz einfach sagen.«

Worauf Theoderich puterrot wurde.

Ich erinnere mich noch genau, wie Gertrudis bei uns hereinstürmte, daß die Tür an die Wand knallte, und sich mit strahlendem Gesicht neben mich setzte.

»Sophia«, sagte sie vertraulich, »ich habe dich vor einigen Wochen ausgeschimpft. Heute möchte ich dir sagen, daß mir das leid tut. Du hast mich durch deine Einmischung auf etwas aufmerksam gemacht, was ich sonst übersehen hätte. Du hast ganz recht, Theoderich ist wirklich ein wunderbarer Mensch. Ich habe es mir gründlich überlegt, und jetzt bin ich entschlossen, noch einmal das Leben zu wagen. Schließlich war ich nur ganz kurz eine glückliche Frau, und dann eine endlose Zeit Witwe. Falls Theoderich mich tatsächlich zur Frau will, würde ich ja sagen.«

Das freute mich sehr, ich fiel ihr in die Arme, und wir tanzten so übermütig durch die Stube, daß Blithildis erschrak und zu weinen anfing.

»Schön und gut, Gertrudis«, sagte ich noch zu ihr, »aber laß ihn deine Sinnesänderung auch deutlich merken, sonst wagt er es nie, dich zu fragen.«

Der Zufall wollte es, daß Theoderich noch am gleichen Tag bei uns auftauchte. Er fing wieder mit seiner Braunschweigfahrt an und ließ sich meinen Vorrat an brokatgewebten Gürteln zeigen. Aber das war offenbar ein Vorwand, denn er war gar nicht bei der Sache. Schließlich sagte ich freundlich:

»Warum habe ich nur das Gefühl, daß du etwas auf dem Herzen hast?«

Theoderich seufzte.

»Ich bin deinem Rat gefolgt. Aber ich weiß immer noch nicht, ob Gertrudis sich auch nur ein wenig aus mir macht.«

»Dafür gibt es eine sehr einfache Lösung: Frag sie.«

»Ich weiß nicht, wie. Ich habe eben gar keine Erfahrung in Liebesdingen.«

»Theoderich, es ist ganz leicht. Nimm ihre Hand, und wenn sie sie nicht wegzieht, lächle sie an. Wenn sie dann noch kein Zeichen von Unwillen zeigt, sag: Willst du mir deine Hand und deine Liebe schenken?«

»Das hast du aber schön gesagt, Sophia.«

»Das wird Gertrudis auch finden, wenn du es zu ihr sagst. Nur Mut!«

»Gut, ich frage sie gleich heute abend.«

Und voller Tatendrang eilte Theoderich von dannen.

»Und was ist nun mit den Gürteln?« rief ich ihm nach. Aber das hörte er schon nicht mehr.

Ich freute mich sehr für die beiden und dachte, dies sei doch ein rechter Glückstag. Wie leicht sich ein Mensch doch irren kann. Gott in seiner Weisheit hatte befunden, daß die Unglücksfälle, die unsere Sippe in diesem Jahr betroffen hatten, noch nicht ausreichten, und er führte einen weiteren Schlag gegen uns.

Ja, meine Methildis, da bekreuzigst du dich ganz entsetzt? Aber ich lästere Gott nicht, sondern ich sage nur die Wahrheit.

Am Nachmittag ging Gertrudis zu einer Familie, wo die Mutter schwer erkrankt war. Der Mann, ein Stauer aus dem Hafen, dem Trunk mehr als zugeneigt, pflegte nach der Arbeit schnurstracks in die Kneipe zu gehen und erst spät in der Nacht heimzukommen. Er dachte nicht daran, für die Pflege seiner Frau zu sorgen oder für die Mahlzeiten seiner drei kleinen Kinder. Engilradis hatte davon erfahren. Sie schickte ihre Tochter in die ärmliche Hütte an der Stadtmauer und machte sich selbst zum Hafen auf, um dem Ehemann ins Gewissen zu reden.

Wäre sie doch mit ihrer Tochter gegangen! Alles wäre anders gekommen.

Gertrudis hatte die kranke Mutter gepflegt, die Hütte ausgefegt und die Kinder gefüttert. Sie bat eine der Nachbarinnen, von Zeit zu Zeit nach der Kranken zu sehen und Gertrudis zu holen, falls ihr Zustand sich verschlimmern sollte. Die Frau sagte später aus, Gertrudis sei munter und hochgestimmt gewesen, als sie ging – irgendwie erwartungsvoll.

Es war schon dämmrig, als sie sich auf den Heimweg machte. Offenbar merkte sie nicht, daß ihr ein Junge folgte. Er sagte später aus, er habe sie für eine Frau aus gutem Haus gehalten – womit er recht hatte. Weiter hatte er vermutet, in dem Beutel, den sie am Gürtel trug, sei ein gutes Stück Geld – worin er sich irrte. Er brauchte Geld, er hatte Hunger.

Zweimal war er im Begriff, sie zu überfallen, und jedesmal kamen ihnen Leute entgegen. Dann bog sie in die Straße *Unter Goldschmied* ein und war schon in der Sichtweite ihres Hauses. Niemand war jetzt zu sehen, und der Junge fing an zu rennen und überholte sie. Überrascht schaute sie sich um, da hatte er sie schon gepackt und schwang ein Messer – nicht, um ihr etwas anzutun, wie er später unter Tränen beschwor, sondern nur, um den Riemen des Beutels durchzuschneiden und sich dann mit seiner Beute davonzumachen. Gertrudis war eher verärgert als erschrocken.

»Laß den Unfug, das sind doch nur meine Heilkräuter«, rief sie und versuchte, seine Hand abzuwehren. Unglücklicherweise traf er dabei mit dem Messer ihr Handgelenk, und sofort ergoß sich ein Blutstrahl auf ihn, auf sie und auf den Boden.

Theoderich hatte ihre Rückkehr mit hoffnungsvoller Ungeduld erwartet und immer wieder aus dem Fenster nach ihr Ausschau gehalten. Er hatte sie am Ende der Straße schon erspäht und war vor die Haustür getreten, um ihr entgegenzugehen. In diesem Augenblick mußte er mit ansehen, wie sie von hinten von einem jungen Mann angesprungen wurde. So schnell er konnte, rannte er zu ihr hin, aber es dauerte doch eine Weile, bis er sie erreichte. Sie stand still und sah ungläubig auf ihr Handgelenk mit seiner klaffenden Wunde, der das Blut im Rhythmus des Herzschlags entströmte. Auch der Junge stand still und starrte sie an. Theoderich schrie laut auf vor Entsetzen und griff stützend nach Gertrudis, die langsam in sich zusammensank. Auf seinen Schrei hin kamen Leute aus den Häusern, und einer packte den Jungen, der immer wieder wimmerte: »Das wollte ich nicht, das wollte ich doch nicht!«

Eine Frau schrie: »Der da hat sie erstochen!« und wies auf das viele Blut, das auf Gertrudis, den Jungen und auf den Boden gespritzt war. »Schlagt ihn tot!«

»Nein«, sagte Gertrudis da leise, aber klar, »es war ein Unfall, keine Absicht. Ich glaube fest, daß er mich nicht verletzen wollte.« Aber das Blut strömte weiter und weiter.

»Halt mich fest, Theoderich, mir ist kalt.« Er zog sie in seine Arme, deckte sie mit seinem Mantel zu und preßte verzweifelt seine Hand auf die Wunde. Es half nichts. Das Blut bahnte sich schon einen Weg in den Rinnstein.

Da kniete Theoderich nun auf der schmutzigen Gasse, hielt die Frau, die er liebte, zum erstenmal in seinen Armen – und ihm war klar, daß es auch das letzte Mal war. Da nahm er allen Mut zusammen.

»Gertrudis, ich will dir schon lange etwas sagen. Ich liebe

dich über alles und möchte mich nie mehr von dir trennen. Willst du meine Frau sein?«

Da lächelte Gertrudis, die inzwischen weiß bis in die Lippen war. »Ja, ich will, Liebster«, sagte sie beglückt.

»Und kümmere dich darum, daß sie den dummen Jungen da nicht aufhängen.« Er wollte es ihr versprechen, aber da ging ihr Blick in eine Ferne, wohin er ihr nicht folgen konnte.

Bald darauf kam Engilradis angehetzt, von den Nachbarn über das Unglück benachrichtigt. Sie kam zu spät. Theoderich trug die Tote auf seinen Armen zu ihrem Haus.

Spät in der Nacht fiel Theoderich der Junge ein und Gertrudis' letzte Bitte. Er ging zurück zu der Stelle, wo das Blut in der nächtlichen Dunkelheit nur noch schwer auszumachen war, aber der Junge war natürlich nicht mehr da. Die Leute hatten ihn verprügelt und zum Turm geschafft.

»Nicht einmal ihren letzten Wunsch konnte ich erfüllen!«, sagte Theoderich später zu mir mit großer Bitterkeit. »Dabei war es das einzige, worum sie mich jemals gebeten hat. Ich habe die ganze Nacht um meine tote Liebste geweint und bin erst gegen Morgen vor Erschöpfung eingeschlafen. Als ich dann gegen Mittag erwachte, ging ich gleich zum Turm. Da hatten sie den Jungen schon aufgehängt. Vorher hatten sie ihn verhört, und er hatte unter Tränen immer wieder gesagt, daß er ihr gar nichts antun wollte, nur ihren Beutel stehlen. Sie glaubten ihm das sogar. Aber wenn ein Räuber nicht streng gestraft würde, dann wäre bald keiner mehr seines Lebens sicher, so sagten sie. Hätte er ihr den Beutel heimlich entwendet, dann wäre ihm dafür nur die Hand abgehackt worden; aber weil es mit Gewalt geschah und weil dies zu Gertrudis' Tod führte, wurde das Todesurteil gefällt und sofort ohne Federlesen vollzogen.«

Das Schlimmste aber mußte ich von Tante Engilradis vernehmen. Als ich am Tag nach der Beerdigung zu ihr kam, um ihr beizustehen, weinte sie trostlos. An meiner Schulter schluchzte sie:

»Als ich meinem toten Kind das viele Blut abgewaschen hatte, da sah ich, daß sie keine Verletzung hatte außer dem großen Schnitt am Handgelenk, Sophia. Man hätte ihr nur sofort den Arm abbinden müssen, um die Blutung zu stoppen, dann würde sie noch leben!«

Aber keiner hatte gewußt, daß man sie auf diese Weise hätte retten können. Und Engilradis hat dies auch niemals vor den Ohren Theoderichs gesagt.

*

Jetzt, meine Tochter, nimm deine Tafel und schreibe, denn was ich dir über die Kölner Erzbischöfe berichten will, ist wichtig.

Du kennst nur Herrn Adolf, der vor zwei Jahren abgesetzt wurde, Herrn Bruno und Herrn Dietrich, und keiner von ihnen spielte eine große Rolle im Leben der Bürger dieser Stadt. Aber früher war das noch ganz anders. Von Erzbischof Anno sprechen die Kölner heute noch mit Bewunderung und mit Hass – sie bewundern ihn, weil er ein sehr starker Mann war und viel Gutes für die Armen und Kranken tat, und sie hassen ihn, weil er die Bürger ohne jede Rücksicht unterdrückte. Er besteuerte die Kaufleute hart, sah in ihnen nur so etwas wie Melkkühe. Einmal hatte er den Bischof von Münster zu Gast, der war zu Pferd gekommen, wollte aber aus irgend einem Grund lieber bequem zu Schiff nach Hause reisen. Anno sandte daraufhin seine Knechte zum Hafen, wo sich gerade ein Kaufmann zur Abreise anschickte und sein Schiff beladen ließ. Die Knechte erklärten das Schiff für beschlagnahmt und warfen die Waren des

Kaufmanns ganz einfach über Bord. Der Sohn des Kaufmanns rief daraufhin die Bürger zu Hilfe, und sie drängten wütend zum Bischofspalast, wo Anno sich verschanzte und des Nachts heimlich aus der Stadt floh.

Er kam einige Tage später mit Bewaffneten zurück, die er draußen gesammelt hatte, und rächte sich mit einem grausamen Strafgericht, ließ Schuldige blenden und zog ihren Besitz ein. Es sollen darauf sechshundert Familien aus Köln geflohen sein, und die Straßen waren verödet. Die Bürger hatten nicht die geringste Möglichkeit, sich gegen ihren eigenen Stadtherrn zu verteidigen.

Übrigens hat dieser Erzbischof auch den verwaisten jungen König Heinrich seiner Mutter auf freche Weise entführt und hier in Köln als Geisel gehalten – als Faustpfand sozusagen, damit Anno selbst nach Belieben in die Geschicke des Reiches eingreifen konnte.

Dies alles trug sich zu, bevor mein Großvater Eckebrecht geboren war, aber die Erinnerung daran ist nicht geschwunden.

Großvater hatte hingegen Erzbischof Friedrich von Schwarzenberg gut gekannt, dieser hatte ihn sogar selbst getauft und behielt ein Menschenalter lang die Würde des Erzstuhls inne. Im Jahre des Herrn 1125 stimmte er bei der Wahl zum deutschen König für Lothar von Supplinburg und gegen Herzog Friedrich von Schwaben. Er trägt also die Verantwortung für den Machtkampf zwischen Welfen und Staufern, der jahrzehntelang das Reich in Unruhe versetzt und der meiner lieben Freundin Mathilde so viel Kummer bereitet hat.

So mächtig wie diese beiden war Erzbischof Arnold nicht; er kam zu dieser Würde zu der Zeit, als sich Konrad von

Hohenstaufen gegen Herzog Heinrich den Stolzen durchgesetzt und zum König gekrönt worden war. Er, der bisher ein unbedeutender Propst gewesen war, trat nun sehr stolz und fordernd auf, warf ein Vermögen für eitlen Tand wie seidene Gewänder in großer Anzahl und dergleichen hinaus und meinte schließlich, der alte Bischofspalast, mit dem seine Vorgänger zufrieden gewesen waren, sei für ihn nicht mehr gut genug. Er bestellte einen italienischen Baumeister, der ihm einen neuen, prächtigen und folglich sehr kostspieligen neuen bauen sollte. Da er die bischöfliche Kasse bereits geleert hatte, gedachte er, die Kölner Bürger für seinen Palast bezahlen zu lassen, und erlegte ihnen flugs eine entsprechende Steuer auf. Mein Großvater Eckebrecht war damals Bürgermeister, und er war nicht willens, sich und seinen Mitbürgern dies Geld aus der Tasche ziehen zu lassen. Er ließ sich also mit einer Anzahl weiterer Ratsherren beim Erzbischof melden. Sie trafen ihn an, wie er gerade mit seinem Baumeister über die Einzelheiten des neuen Palasts sprach, und die klangen alle sehr, sehr teuer. Eckebrecht teilte ihm mit, die Bürger sähen sich leider außerstande, seinen Geldwünschen nachzukommen, da sie alle verfügbaren Mittel bräuchten, um die Stadtmauern instand zu setzen und ein verrottetes Stadttor erneuern zu lassen. Der Erzbischof fuhr ihn an, es sei seine Angelegenheit, über Stadtbefestigungen zu entscheiden, und wer ihnen die Erlaubnis dazu gegeben habe. Da wies Eckebrecht ihm ein Schreiben der kaiserlichen Kanzlei vor, in dem die Bürger Kölns zu ebendiesen Arbeiten angehalten wurden. Der Rat hatte beim letzten Besuch des Königs um diese Anweisung gebeten, weil sie fürchteten, Herzog Heinrich der Stolze könne sich gegen die Stadt Köln wenden, die Zeuge seiner Demütigung geworden war. Da Konrad sich ihren Argumenten nicht verschließen konnte, ließ er das Schreiben ausfertigen. Dies war dem Erzbischof aber entgangen, weil er zu diesem Zeitpunkt zum päpstlichen Legaten befohlen worden war, der ihn über die Wünsche seiner Heiligkeit in Kenntnis setzte.

Gegen den kaiserlichen Befehl konnte der Erzbischof nichts einwenden, und er hatte den Ratsherren schon ungnädig gewinkt, sie könnten gehen. Da aber stürmte sein Baumeister wieder herein und beklagte sich wortreich, er könne die Arbeiten am Palast nicht fortsetzen, da sämtliche Bauhandwerker verschwunden seien, weil der Bürgermeister sie bei der Instandsetzung der Stadtbefestigung einsetze. Darauf ließ der zornige Erzbischof die Bürger in den Kerker werfen.

Großvater hat mir oft mit einem Schmunzeln erzählt, daß sie sich auf diese Möglichkeit bestens vorbereitet hatten. Die Kunde von der Gefangennahme der Ratsherren verbreitete sich mit Windeseile in der Stadt. Der Rat hatte in weiser Voraussicht verbreiten lassen, daß der Erzbischof das Geld der Bürger für seinen überflüssigen Neubau ausgeben wollte und in diesem Fall die Verteidigungsanlagen nicht instand gesetzt werden könnten. Das ergrimmte die Bürger sehr, und es strömte eine große Schar von Leuten vor dem erzbischöflichen Palast zusammen und überwältigte die Wache. Als der Erzbischof erschien und sie zum Gehorsam rufen wollte, ergriffen ihn einige Vermummte und zwangen ihn, den Kerkerschlüssel auszuhändigen. Sie holten die Gefangenen aus dem Verlies und bewogen den Erzbischof mittels eines Messers, sie freiwillig gehen zu lassen. Nachdem die Ratsherren in Sicherheit waren, verschwanden die Vermummten wie der Blitz in der Bürgerschar.

Erzbischof Arnold aber erlitt vor Wut und Aufregung einen Schlaganfall und war daher nicht imstande, sich an den Bürgern zu rächen.

Die Zeiten hatten sich geändert, seit Anno sich mit brutaler Gewalt gegen seine Bürger durchsetzen konnte.

Später folgte der große Rainald von Dassel, wohl der einzige Erzbischof, den die Kölner bis heute von ganzem Herzen lieben. Du kennst die Gründe: Er hat seiner Stadt Köln die Gebeine der Heiligen Drei Könige verschafft, und das hat seitdem unzählige Pilger nach Köln gebracht – und Pilger bedeuten Brot für Herbergswirte, für Weinschenken, für Andenkenschnitzer und so weiter.

Außerdem hat Rainald sich so oft außerhalb von Köln, vor allem in Italien, aufgehalten, daß er gar keine Gelegenheit gehabt hätte, die Kölner in ihren Geschäften zu stören. Er hatte auch keineswegs die Neigung, Steuern einzuziehen, um persönlichem Prunk zu frönen, vielmehr war er in seinen persönlichen Bedürfnissen äußerst bescheiden.

Für mich aber ist am wichtigsten, daß er der engste Freund meines Vetters Constantin war, und das schon seit ihren Jugendtagen und lange bevor Rainald den Kölner Erzstuhl bestieg. Constantin war es auch, der Rainald in den Armen hielt, als er nach dem gewaltigen Sieg in Rom der tödlichen Seuche erlag, die den Triumph des Kaisers zunichte machte, indem sie den größten Teil seines Heeres vernichtete, und Constantin war es, der die Leiche des geliebten Freundes unter unsäglichen Mühen, Gefahren und Entbehrungen durch das brodelnde Feindesland, über die verschneiten Alpen nach Hause schaffte, damit er hier in Ehren sein Grab finden konnte.

Mein Vetter Constantin liegt nun auch schon seit mehr als zehn Jahren in seinem Grab, möge Gott ihm den ewigen Frieden schenken. Einen Mann wie ihn hat Köln seither nicht mehr hervorgebracht.

Drei unserer Erzbischöfe starben in Italien: Herr Friedrich von Berg starb bei Pavia, nachdem er vom Pferd gestürzt war; Herr Rainald, wie ich schon sagte, an einer Seuche; und auch der nächste Erzbischof, Philipp von Heinsberg, der Köln länger als zwanzig Jahre regierte, fand den Tod in Italien – er starb vor Neapel an der Pest. Dies ist kein Zufall; Italien war für sie sehr wichtig geworden, hier hatten sie Aufgaben für den Kaiser zu erfüllen, und hier verbrachten sie viele Jahre – lang genug für die Kölner, um sich, ungestört durch ihre Stadtherren, langsam, aber sicher Anteile an der Regierung der Stadt anzueignen. Herr Philipp benötigte des öfteren große Geldsummen, und die sehr rasch: nicht für Tand und persönlichen Pomp, sondern aus purer Machtgier – um Söldner zu bezahlen, mit denen er sein Erzbistum vergrößern wollte. Die Zeiten waren vorbei, wo er es seinen Bürgern einfach hätte wegnehmen können. Er mußte mit ihnen Verträge schließen und ihnen Zölle und Steuern und das Münzrecht für viel Geld verpfänden. Und genau damit verdienten die Kölner dann ein großes Vermögen.

Ich mochte Herrn Philipp nicht. Zum einen war er mir zu schön. Er hatte ein glattes Gesicht mit geradezu niedlichen Zügen. Ich dagegen mag Männer, die auch wie Männer aussehen – wie mein Gottschalk zum Beispiel. Oder wie mein Vetter Constantin, der einer der schönsten Männer Kölns gewesen ist, bevor er in der Feuersbrunst im Haus seines Schwiegervaters schwere Brandwunden erlitt, als er die kleine Schwester seiner jungen Ehefrau rettete.

Oder auch wie Herzog Heinrich von Sachsen – der Löwe meiner Freundin Mathilde. Und gerade diesen hatte sich Erzbischof Philipp zum Feind erkoren, und er ruhte nicht, bis er dem Löwen sein Reich genommen hatte, wobei für Philipp ein fetter Bissen abfiel. Für den Kummer und die Not, die Philipp meiner lieben Mathilde bereitete, habe ich ihn zutiefst gehaßt, und ich habe frohlockt, als ich von seinem schlimmen Tod vor Neapel erfuhr. Allerdings habe ich dies dann gebeichtet, und mein Beichtvater hat mich hart getadelt. Ich habe dafür gebüßt und eine Messe gestiftet, damit Gott mich nicht für meine Schadenfreude straft, wenn ich einmal vor ihn treten muß.

Hingegen habe ich eine ausgesprochene Zuneigung zu unserem jetzigen Erzbischof, Herrn Adolf von Altena. Erstens ist er ein sehr ritterlicher Mann und stets höflich, und dann ist er ein Freund des welfischen Hauses und hat den Sohn meiner lieben Mathilde zum deutschen König gekrönt. Aber zu dieser Geschichte komme ich später noch.

Merkst du, was ich dir mit diesem Bericht sagen will? Es war damals erst hundert Jahre her, daß Erzbischof Anno mit den Kölner Bürgern und ihrem Eigentum so verfuhr, wie es ihm beliebte. Nicht einmal vierzig Jahre waren vergangen, seit sein Nachfolger Arnold die Ratsherren gefangennahm, weil sie ihm nicht die gewünschten Steuern leisten wollten; und nun nahmen die Erzbischöfe bei ihren Bürgern Kredite auf, mit ordentlicher Abwicklung und Rückzahlung. Ja, die Zeiten hatten sich geändert, und dafür durften wir dankbar sein. Ich wünsche mir, daß auch in Zukunft unsere Erzbischöfe recht oft außer Haus sind, am besten in weiter Entfernung, wie etwa Italien, und daß sie sich das Geld dafür von uns Bürgern leihen – gegen entsprechenden Zins natürlich.

Erzbischof Philipp wollte es seinem Vorgänger Rainald von Dassel gleichtun, der jahrelang in unermüdlicher Arbeit in Italien die Herrschaft für den Kaiser vorbereitet hatte. Dazu brauchte er Geld; Söldner mußten angeworben, Waffen und Rüstungen erstanden, Proviant eingelagert, Pferde und Fahrzeuge gekauft werden. Er lieh sich also von seinen Kölner Bürgern tausend Mark, ehe er sich nach

Italien aufmachte und die Bürger wieder unbehelligt ihren Geschäften nachgehen konnten, und verpfändete ihnen hierfür die Münze.Und weil das noch immer nicht reichte, nahm er bei Gerard Unmaze, der meiner Einschätzung nach der reichste Bürger unserer Stadt war, noch einmal sechshundert Mark auf. Dafür überließ er ihm den Zoll – ein Geschäft, das auch Constantin (übrigens ein Schwager des Gerard Unmaze durch seine erste Ehefrau Durechin) vor Jahren einmal gemacht hatte. Es hatte seiner Vermögenslage durchaus nicht geschadet, und ich bin sicher, auch Gerard Unmaze verdiente daran sehr gut. Im übrigen waren meine Verwandten zu einem guten Teil an den tausend Mark beteiligt: Vater, Constantin und sein Bruder Helperich sowie der Witwer ihrer Schwester Liveradis hatten Anteile daran. Auch die Scherfgin, Mutters Verwandte, hatten beigetragen – »ein Scherflein von den Scherfgin«, hatte Vetter Hermann Scherfgin gespöttelt.

Auch ich hatte mit der vergleichsweise bescheidenen Summe von fünfzig Mark zu dem Darlehen beigetragen, natürlich unter Gottschalks Namen, das versteht sich. Aber es war Geld, das ich selbst mit den gemalten Bildern des neuen Heiligen Thomas verdient hatte, und darauf war ich sehr stolz. Die Münze warf einen glänzenden Ertrag ab, und als im darauffolgenden Jahr die Hardefusts dringend und schnell Geld brauchten, um ihren Sohn freizukaufen, der in die Hände von Seeräubern gefallen war, kaufte ich ihnen noch einmal einen Anteil über fünfzig Mark ab, so daß ich nun schon zu einem Zehntel an diesem glänzenden Geschäft beteiligt war. Meine Eltern lobten mich sehr und meinten, ich hätte alle Anlagen, die erfolgreichste Kauffrau von Köln zu werden.

»Laß es dich aber nicht verdrießen, meine Sophia, daß immer nur der Name deines Mannes dabei genannt wird«, ermahnte mich meine Mutter. »Und habe keine Angst, daß er etwa mit deinem Geld etwas gegen deinen Willen unternehmen könnte. Dafür haben wir im Ehevertrag schon Sorge getragen.«

Aber diese Angst hatte ich keineswegs. Gottschalk neigte nicht zu unvernünftigen Spekulationen und auch nicht dazu, Geld aus dem Fenster zu werfen. Als Hausvater war er vernünftig und rechnete gut.

Auf diesem Gebiet machte er mir also niemals Kummer, auf einem anderen Gebiet aber schon. Du merkst, meine Tochter, daß es mir schwerfällt, davon zu sprechen. Auch heute noch, wo dies alles vergeben ist und dein Vater – Gottes Arme mögen ihn umfangen – nicht mehr unter uns weilt. Aber der heiße Schmerz, den mir seine Anwandlungen von Untreue immer wieder verursacht haben, ist nicht vergessen.

Ja, da schaust du ungläubig und erstaunt, und, so scheint es mir, sogar unwillig, meine Methildis. So sind Töchter nun einmal. Sie lieben ihren Vater, besonders, wenn er so hübsch, stattlich und lustig ist, wie mein Gottschalk war, und himmeln ihn an. Kein Mann kommt ihm auch nur annähernd gleich – solange sie sehr jung sind und die Liebe noch nicht mit gierigen Fingern nach ihnen selbst gegriffen hat. Sie mögen keinen Fehler an ihm erkennen, und schon gar nicht, daß er sich für Frauen interessieren könnte, die nicht zur Familie gehören.

Du weißt es nicht, wie grausam es weh tut, und ich hoffe auch sehr, daß du es niemals erfahren mußt: zu fühlen, daß der dir angetraute Mann, der einzige, den du selber anschauen darfst, in seinen Gedanken nicht bei dir ist. Oder wenn du gar mit eigenen Augen sehen mußt, wie er mit einer anderen Frau scherzt und tändelt oder gar noch mehr. Wie er den Kopf zurückwirft und lacht, wie seine Augen blitzen, und wie sie ihn kokett anlacht und scheinbar verschämt die Hand vors Gesicht hält. Und du siehst es und tust doch so, als würdest du es nicht sehen, und bemühst dich, auch zu lachen, damit niemand merkt, wie dein Herz bricht – wieder einmal.

Warum ist es denn so, daß Männer sich so verhalten dürfen, und es wird nur nachsichtig über sie gelacht, und über Frauen wird sofort schlecht geredet, wenn sie Ähnliches tun?

Was unsere Männer anstellen, wenn sie lange Zeit fort auf ihren Reisen sind, darüber mache ich mir lieber keine Gedanken. Das Thema wird auch von allen Kaufmannsfrauen sorgsam gemieden.

Aber wehe, wenn eine Frau zu lange allein war und unruhig wird und sich anderweitig umschaut! Alle zeigen dann mit dem Finger auf sie, und ihr Mann erfährt es, kaum daß er wieder den Fuß in die Stadt gesetzt hat.

Ich war von meiner Familie her auf männliche Unbeständigkeit nicht vorbereitet. Niemals habe ich meinen Vater mit anderen Frauen lüstern umgehen sehen, er hatte immer nur Augen für meine Mutter. Auch für Onkel Fordolf gab es nur seine Frau, und Onkel Johannes hatte nach seiner langen Gefangenschaft offenbar nicht das geringste Verlangen nach Abenteuern mehr, seien es auch nur solche außerehelicher Art. Auch für meinen Vetter Constantin war schon die Ehefrau, die er gerade hatte, fast zuviel. Jedenfalls bis auf die letzte, die junge Elizabeth, die ihm endlich das Glück und die Ruhe seines Lebens geschenkt hat.

Offenbar war ich die einzige, die mit den Dingen nicht klarkommen konnte, wie sie nun einmal waren.

Einmal habe ich auf einem Gildefest versucht, es so zu machen wie Gottschalk. Ich hatte wieder einmal mit ansehen müssen, wie er nach draußen gegangen war, und wie er dann nicht an meine Seite zurückgekommen war, sondern bei Durechin haltmachte, der blutjungen Frau von Bruno Buntebart. Wie er mit ihr lachte und scharwenzelte, und sie blinzelte ihn kokett an und lehnte sich scheinbar unabsichtlich vor, damit er in ihren Ausschnitt sehen konnte – und ihr Mann schien auch noch stolz zu sein, daß Gottschalk Overstolz seiner Frau den Hof machte! Mir tat wieder einmal das Herz weh, und ich war wütend und dachte, nun mache ich es genau so. Darum lachte ich auch und hob meinen Becher, um mit meinem Nachbarn zu trinken, das war Apollonius, der junge Sohn des Herrn Amtmanns Henrich Cleingedank. Ich kannte ihn gut, weil er der beste Freund von Constantins Sohn Fordolf war und ich ihn schon seit Kindertagen in Constantins Haus angetroffen hatte. Apollonius trank mir auch zu, wie ich es wollte, aber als ich näher an ihn heranrückte, sagte er ganz ruhig: »Du brauchst das nicht zu tun, Sophia. Sicher möchtest du doch, daß ich dich auch in Zukunft so sehr schätze und achte wie bisher.« Ich erstarrte, und er fügte noch mit freundlicher Stimme und einem Seitenblick in Richtung auf Gottschalk hinzu: »Mach dir nichts daraus, Männer sind nun einmal so.«

Ich schämte mich zutiefst und senkte den Kopf, damit niemand sah, daß mir Tränen in den Augen standen. Aber Apollonius sprach weiter zu mir, ganz sachlich und freundlich, und wenn ich auch gar nicht mitbekam, worüber er redete, so beruhigte ich mich doch – aber nur ein wenig.

Es ist ja nicht nur der Schmerz der Eifersucht, der weh tut. Du fühlst dich auch so wertlos, wenn du mit ansehen mußt, wie dein Mann sich vor einer anderen Frau aufspielt wie ein Gockel, der eitel auf dem Misthaufen steht und kräht. Denn du kannst den Gedanken nicht unterdrücken: Wenn du ihm etwas wert wärest, dann würde er dich doch nicht so kränken und auch nicht vor den Augen der anderen auf solche Art demütigen.

Ich fürchte, ich habe, ohne es zu wollen, etwas Derartiges zu Apollonius gesagt. Aber er, einige Jahre jünger als ich und doch viel erfahrener, meinte nur: »Er nimmt das nicht so ernst wie du. Und alle andern Leute hier nehmen es auch nicht so ernst, falls dich das etwas beruhigt.«

Ich tat also so, als würde ich Gottschalks Treiben gar keine Beachtung mehr schenken, beobachtete ihn aber ständig aus dem Augenwinkel heraus. Als ich sah, wie Durechin den Kopf zurückwarf und laut über Gottschalks Scherze lachte, erhob ich mich ganz beiläufig, lächelte Apollonius noch einmal zu, ergriff den Humpen, der vor mir gestanden hatte, und schlenderte damit betont langsam zu meinem anderweitig beschäftigten Ehemann. Kurz bevor ich ihn erreichte, schien ich zu stolpern, und der Inhalt meines Humpens ergoß sich in einem Schwall über Durechins neues teures Kleid.

»Kannst du nicht aufpassen? Du hast mich gestoßen!« fuhr ich die Magd an, die gerade an mir vorbeiging. Die sah mich verstört an, ihr war nicht bewußt, daß sie mich berührt hätte. Dann sagte ich honigsüß zu Durechin: »Es tut mir wirklich sehr leid, aber ich konnte nichts dafür, weil ich gestoßen wurde. Wie schade um dein schönes Seidenkleid!«

Von da an hörte man Durechin nicht mehr lachen, vielmehr sah sie ziemlich grimmig aus. Sie wußte genau so gut wie ich, daß roter Wein auf einem gelben Seidenkleid Flecken hinterläßt, die niemals mehr zu entfernen sind.

Du schaust mich tadelnd an? Ach ja.

Aber jedenfalls fühlte ich mich hinterher besser.

Dies war keineswegs das einzige Mal, daß mir dies geschah; aber ich habe es deshalb so genau in Erinnerung, weil der nächste, noch viel heftigere Schlag sogleich folgte.

Am nächsten Tag war der Namenstag meiner Schwiegermutter, und Gottschalk, die Kinder und ich fanden uns darum bei ihr zum Fest ein. Mir war etwas schwindlig und seltsam im Kopf, weil ich am Abend zuvor mehr getrunken hatte, als ich gewohnt war. Gottschalk saß neben seiner Mutter. Neben mir saß mein junger Schwager Regenzo, Gottschalks einziger Bruder, und als ich dummerweise eine Bemerkung über meinen benommenen Zustand fallen ließ, drängte er mir einen Becher ungemischten Wein auf, weil er meinte, ein Kater sei nur durch Zugießen zu bekämpfen.

Er selbst genoß auch rasch hintereinander mehrere Becher, weil er zuerst seiner Mutter, dann seinem Vater und schließlich auch noch seinem Bruder zutrank. Dies war auch vermutlich der Grund, daß er mir etwas verriet, was ich niemals hätte erfahren wollen.

»Sophia«, sagte er gerührt, und seine Aussprache war schon etwas undeutlich, »du bist eine fabelhafte Frau, und ich bin froh, daß du meine Schwägerin geworden bist.« Diesmal war ich es, der er zutrank, und dann rülpste er fröhlich. »Wenn ich bedenke, wie sehr wir haben Gottschalk damals zureden müssen, damit er um deine Hand anhielt, dann muß ich lachen.«

Und er kicherte in seinen Becher hinein, während ich erstarrte.

Ich mußte mich sehr um einen harmlosen Tonfall bemühen, als ich nachfragte: »Wie war denn das? Erzähle es mir, ich habe es wohl vergessen, weil ich ein wenig betrunken bin.«

»Ach, es ist ja auch schon lange her. Als Gottschalk damals aus Byzanz zurückkam, hatte er doch den Wagen bei dem Überfall der Räuber verloren. Meine Eltern hatten viel Geld in diese Reise gesteckt, auch eine Menge geliehenes, und da Gottschalk alles gut verkauft und beste Ware dafür erstanden hatte, wäre es ja auch ein großartiges Geschäft gewesen.«

Er rülpste noch einmal und nickte traurig in seinen Becher. »Aber dann kamen ja die Räuber, und alles war weg. Die Schulden aber nicht. Wir wußten lange Zeit nicht, was aus Gottschalk geworden war, nachdem die anderen ihn verwundet zurückgelassen hatten. Wir hatten solche Angst um ihn, daß wir zunächst nicht an die Gläubiger dachten.«

Ja, meine Angst um Gottschalk hatte mir damals auch den Hals abgeschnürt.

»Und dann kam er doch nach Hause, und wir waren so glücklich. Wir lieben Gottschalk sehr, weißt du.«

Darauf wollte er sofort noch einen Schluck trinken, aber sein Becher war leer. Suchend blickte er sich nach der Weinkanne um, aber ich goß ihm flugs statt dessen Wasser ein. Diese Geschichte wollte ich noch zu Ende hören, ehe Regenzo sich unter den Tisch trank.

»Ups, das ist ja Wasser«, beschwerte er sich entsetzt, nachdem er einen tiefen Zug genommen hatte, aber ich legte ihm beschwichtigend meine Hand auf den Arm.

»Was war denn dann, Regenzo, erzähle es mir doch!« bat ich ihn.

»Na ja, meine Mutter hatte schon bei ihren Brüdern Geld geborgt und damit bei den Gläubigern angezahlt, damit sie stillhielten. Dann hatte sie Geld auf unser Haus geliehen und ihnen wieder einen Teil abbezahlt. Aber nun fingen sie an, auf die restliche Bezahlung zu drängen, und wir hatten kein Geld mehr. Es gab auch keinen Kredit mehr für uns, um neue Ware zu kaufen – womit sollten wir jetzt etwas verdienen? So kann durch einen einzigen unverschuldeten Unglücksfall aus einem gutangesehenen, wohlhabenden Kaufmann ein Habenichts werden.«

Regenzo war solch ein netter, harmloser Junge, blond und schüchtern, das genaue Gegenteil seines um Jahre älteren Bruders mit seinen wilden schwarzen Locken, den er als sein großes Vorbild anbetete. Er war normalerweise ziemlich still, und nur an diesem Tag habe ich ihn so redselig erlebt – zu meinem Schaden.

Er betrachtete tiefsinnig sein Messer, schnitt sich ein Stückchen Fleisch herunter und begann dann, den geschnitzten Griff zu polieren. Ich packte ihn am Arm und schüttelte ihn leicht.

»Und dann, Regenzo, was war dann?«

»Nun ja, da hörte Mutter sich um, welche reichen Familien denn derzeit heiratsfähige Töchter hatten. Sie machte eine Liste und zeigte sie Gottschalk. Der winkte ab, weil er einfach keine Lust zum Heiraten hatte, aber sie ließ ihm keine Ruhe. Schließlich warf er einen Blick auf die Liste und erklärte, er kenne keines der jungen Mädchen. Dann schaute er noch einmal darauf und erinnerte sich, daß er dich schon einmal getroffen hatte. Ich kann mich jetzt nicht mehr erinnern, bei welcher Gelegenheit, aber du wirst das ja selber wissen. Er meinte jedoch, deine Eltern seien so reich, sie würden ihn nicht als Schwiegersohn wollen.

Dann fragte er bei drei Tuchhändlersfamilien an – und bekam drei freundliche Absagen.

Eigentlich kein Wunder, denn die wußten natürlich genau, welches Unglück uns auf der letzten Fahrt zugestoßen war, und wollten ihre Töchter lieber im Wohlstand sehen.

Meine Mutter ließ meinem Bruder aber keine Ruhe und meinte, mit einer Mitgift, wie du sie ganz sicher bekommen würdest, wären alle unsere Sorgen mit einem Schlag behoben. Sogar ohne diese: Allein schon die Verbindung mit eurer hochangesehenen Sippe würde uns auf der Stelle wieder kreditwürdig machen, und wir könnten unser Geschäft wieder aufleben lassen.

Es sei der letzte Strohhalm, an den wir uns jetzt klammern könnten.

Darum solle Gottschalk gefälligst bei deinem Vater anfragen! Mehr als nein könne der ja nicht sagen.

Gottschalk ärgerte sich darüber und fuhr auf. Ob er jetzt das letzte Handelsobjekt sei, über das sie noch verfüge, fragte er bissig. Meine Mutter brach in Tränen aus, und das konnte Gottschalk nicht ertragen. Er liebt unsere Mutter sehr, mußt du wissen. Ja, Gottschalk ist ein wunderbarer Mensch.«

Und Regenzo nickte mehrere Male.

Ich fragte ihn mit schriller Stimme, was dieser wunderbare Mensch denn dann unternommen hätte.

»Er nahm seine Mütze und verließ das Haus. Nach einer Stunde kam er mit finsterer Miene zurück und sagte, er sei bei deinem Vater gewesen. Der habe sehr höflich mit ihm gesprochen, ohne ihm aber auch nur den geringsten Mut zu machen. Gunther habe doch tatsächlich gesagt, er wolle seine Tochter fragen, und Gottschalk solle sich in den nächsten Tagen die Antwort holen.

Mein Vater schüttelte darüber den Kopf, ob es denn jetzt Sitte sei, daß die Töchter ihren Ehemann selbst auswählten.«

Regenzo blickte mich mit verschwommenem Blick an und schien noch immer darüber erstaunt.

»Wieso wollte eigentlich dein Vater deine Meinung dazu hören?« fragte er verwundert.

Ich hätte ihm den Hals umdrehen können.

»Schließlich war ich ja nicht ganz unbeteiligt bei dieser Angelegenheit«, sagte ich mit beißendem Unterton. Das war ein Fehler, denn der gutmütige Regenzo tauchte nun aus seinem Rausch auf.

»Entschuldige, liebe Schwägerin«, sagte er höflich, »es lag mir ganz fern, dich kränken zu wollen. Das mußt du mir glauben. Ich mag dich wirklich gerne, und darum bin ich ja auch so froh, daß du Gottschalk geheiratet hast, obwohl er doch gar nicht wollte.«

Das reichte. Ich hätte ihm gern den Inhalt meines Bechers ins Gesicht geschüttet, aber wie konnte ich das, wo er mich mit dem einfältigen Blick eines treuen Hundes anschaute. Ich hätte auch gerne gebrüllt und getobt und Gegenstände an die Wand geworfen, aber mein Herz tat so weh, daß mir zu jeglichem Gemütsausbruch die Kraft fehlte.

Damals war ich wieder im Beginn einer Schwangerschaft, und ich fühlte mich nicht gut. Ich hätte auch nichts trinken sollen, nicht am Abend zuvor und nicht an diesem Tag. Im Wein liegt Wahrheit, sagt man. Nun hatte ich die Wahrheit serviert bekommen und wünschte, ich hätte sie niemals vernommen.

Ich entschuldigte mich bei meiner Schwiegermutter, um zu gehen. Regenzo sprang sofort auf und erbot sich fröhlich, mich nach Hause zu geleiten. Da fauchte ich ihn an, er solle bloß auf seinem Hintern sitzen bleiben. Erschrocken stammelte er: »Aber Sophia, wieso bist du denn bloß so böse auf mich?«

Was hätte ich da noch sagen sollen?

Gottschalk bestand dann darauf, mich heimzubegleiten, obwohl ich ihn sehr unwirsch abwies. Schweigend ging er neben mir her, während ich fast im Laufschritt auf unser Haus zueilte. Nachdem er mich ins Haus geleitet hatte, fragte er:

»Was hast du eigentlich, Sophia? Hast du dich über irgend etwas geärgert?«

Ich hätte alles herausschreien sollen, was mir auf der Seele lag, das wäre viel besser gewesen. Aber statt dessen schüttelte ich verstockt den Kopf und vermied seinen Blick. Darauf seufzte Gottschalk, wie Männer eben seufzen, wenn ihre Frau sich völlig unverständlich beträgt.

»Ich nehme an, daß dein eigenartiges Verhalten von deinem Zustand herrührt. Leg dich hin, hoffentlich geht es dir morgen wieder besser.«

Es ging mir am folgenden Tag keineswegs besser, denn ich hatte in der Nacht eine Fehlgeburt – die einzige meines Lebens. Ich blutete entsetzlich und war danach so schwach, daß ich gar nicht recht wahrnahm, wie sich meine Mutter, Tante Engilradis, die unvermeidliche Äbtissin von St. Ursula und schließlich auch noch ein jüdischer Arzt, den sie erst dann riefen, als schon kaum mehr Hoffnung war, um mich bemühten. Mutter zog dann für eine Weile in unser Haus, um mich zu pflegen, leitete meinen Haushalt mit fester Hand, erzog meine Kinder zu tadellosem Benehmen und päppelte mich wieder auf. Sie machte sich große Sorgen um mich, weil ich mich lange Zeit noch höchst elend fühlte – sie wußte ja nicht, daß nicht nur mein Körper, sondern auch meine Seele leer und ausgeblutet war.

Ich nahm es als Vorwand, für längere Zeit Gottschalks Umarmungen zu vermeiden. Darum bekamen wir im nächsten Jahr kein Kind, und die Kluft zwischen uns wuchs.

1176

Im darauffolgenden Jahr hatte Gottschalk einen Unfall. Er wollte von einem Schiff steigen; aber die Planke war vereist, er glitt aus und fiel in den eiskalten Rhein. Nun ist Gottschalk ein glänzender Schwimmer, und seiner Bärennatur machte auch das unfreiwillige Bad nicht allzu viel aus, davon bekam er nur ein bißchen Husten. Aber sein Fuß hatte sich beim Sturz in einem Tau verfangen, und so brach er sich ein Bein.

Ich erschrak sehr, als ihn ein paar Hafenarbeiter auf einer ausgehängten Tür in unser Haus trugen. Einer hatte zum Glück daran gedacht, seinen schäbigen, stinkenden, aber warmen Mantel über Gottschalk zu decken, sonst hätte er wohl doch noch eine Lungenentzündung davongetragen. Ich belohnte die Männer reichlich und ließ Wasser heiß machen, um Gottschalk in ein Bad zu stecken; dann erst merkte ich, daß er nicht stehen konnte, und ließ sofort den Bader kommen. Das Bein wurde sachkundig eingerichtet und geschient, wobei Gottschalk die entsetzlichsten Flüche ausstieß. Als der Bader gegangen war, fand ich, daß mein Mann trotz nunmehr trockener Kleidung noch immer eisige Hände und Füße hatte, und ich kroch kurz entschlossen zu ihm ins Bett, um ihn mit meinem Körper zu wärmen. Ich hätte nicht gedacht, daß er trotz des gebrochenen Beines sofort auf andere Gedanken kam; aber so liebten wir uns zum erstenmal wieder nach langer Zeit und fanden beide Trost dabei.

Nun hatten wir für das Frühjahr wieder eine Reise nach Braunschweig geplant, bei der ich dabeisein sollte, weil meine Familie der Ansicht war, der Kontakt zu Fürstin Mathilde solle unbedingt gepflegt werden. Nachdem für Gottschalk eine Reise zur Zeit nicht in Frage kam, meinte mein Vater, dann sei es diesmal wohl meine Aufgabe, diese Fahrt zu leiten. Zwar sollten die Brüder Theoderich und Heinrich mich begleiten, aber die Verantwortung läge bei mir. Ich war sprachlos. Das hatte ich mir immer gewünscht, wenn auch gewiß nicht auf Kosten der Gesundheit meines Mannes. Mit Feuereifer bereitete ich alles vor. Die Planung schien mir nicht schwer, da ich diese Fahrt ja bereits mehrfach unternommen hatte. Ich glaube, meine Mutter hat den Brüdern hinter meinem Rücken einen Wink gegeben, meine Autorität nicht in Frage zu stellen, denn die beiden fragten dauernd so höflich nach meinen Anordnungen, daß es mir schon auffiel.

Wir genossen wieder die tadellose Ordnung in Herzog Heinrichs Reich. Die Straßen und Brücken waren gepflegt, es gab ausreichend bequeme Gasthäuser auf dem Weg, von Räubern war weit und breit nichts zu sehen. Wir erreichten Braunschweig in kurzer Zeit. Ich wußte nicht, ob die flämischen Tuchweber bereits mit der Entsumpfung ihres Territoriums fertig waren und ihrem eigentlichen Broterwerb nachgehen konnten, hatte aber vorsichtshalber auf Tuchwaren verzichtet und statt dessen hauptsächlich Rheinwein geladen sowie Goldborten, Gürtel und Taschen aus dem Lager meiner Mutter.

Natürlich bestand Mathilde wieder darauf, mich in der Burg unterzubringen. Sie lud auch Theoderich und Heinrich ein, aber für diese war es praktischer, im Handelshof zu bleiben, bis unsere Waren verkauft waren. Ich hatte Bedenken, ihnen diese Aufgabe allein zu überlassen, weil ich doch die Verantwortung trug und es mir ungerecht schien, wenn ich mich dem Müßiggang bei meiner Freundin hingab; aber die Brüder überzeugten mich davon, daß dieser Kontakt für unser Geschäft äußerst wertvoll sei.

»Es sei denn, Sophia«, meinte Heinrich mit niedergeschlagenen Augen, »daß du uns nicht zutraust, auch ohne dich vorteilhafte Preise zu erzielen.« Und dabei blinzelte er seinem Bruder zu.

Ich wußte genau, daß die beiden eine hervorragende Ausbildung bei Constantin genossen hatten und mir in Geschicklichkeit ganz sicher nicht nachstanden. Also schob ich mein schlechtes Gewissen beiseite, machte mir keinerlei Gedanken mehr über den Verkauf und freute mich an der Zeit mit meiner Freundin. Dennoch blieb als kleiner Stachel der Eindruck, daß die Brüder mich als Kauffrau vielleicht doch nicht so ernst nahmen, wie ich es mir gewünscht hätte.

Mathilde zeigte mir stolz ihren zweiten kleinen Sohn, dem Herzog Heinrich den Namen Lothar gegeben hatte. Daß er nach seinem Urgroßvater benannt wurde, entsprach dem Brauch; aber daß es der Name eines Kaisers war, schien mir fast eine Kampfansage an Barbarossa zu sein.

Damals vertraute Mathilde mir auch an, was sich jüngst in Chiavenna abgespielt hatte. Über dieses Treffen gibt es tausend Gerüchte, und jeder will etwas anderes darüber wissen, was sich zwischen Kaiser und Herzog zugetragen hat. Aber wer kann schon etwas dazu sagen? Anwesend waren ja nur der Kaiser und seine Gemahlin sowie Herzog Heinrich und Jordan von Blankenburg, eigentlich Heinrichs Truchseß, der aber längst schon zu seinem unvermeidlichen wichtigsten Beamten und ständigen Begleiter geworden war.

Ich bin davon überzeugt, daß Mathildes Darstellung die einzig richtige ist. Schließlich hat ihr Gemahl ihr dieses Treffen bis in die kleinste Einzelheit immer wieder geschildert. Dies hat sie mir berichtet:

Der Löwe hatte gerade zusammen mit dem Landgrafen von Thüringen eine blutige Auseinandersetzung mit Bernhard von Anhalt; das ist der älteste Sohn von Albrecht dem Bären, der einer der härtesten Gegner des Herzogs war. Nachdem der Anhalter so hatte lernen müssen, daß nur einer in Sachsen das Sagen hatte, nämlich Herzog Heinrich, ritt dieser nach Bayern und feierte seinen Sieg dort mit einem festlichen Landtag.

Und während er sich dort nach seinem Tagewerk am Festmahl erfreut und über die Späße der Gaukler lacht, trifft ein Reiter aus Italien mit einer dringenden Botschaft des Kaisers ein. Heinrich hat keine Lust, die spaßigen Darbietungen zu unterbrechen, aber was hilft es. Er winkt die Gaukler fort und öffnet fahrig die Depesche. Wie bitte? Was will der Kaiser? Heinrich soll ihm mit seinen Rittern zu Hilfe kommen? Wieso denn das? Der Herzog hat keine Zusage gegeben, an diesem Feldzug des Kaisers nach Italien teilzunehmen, also ist er auch nicht dazu verpflichtet. Er ruft seinen Schreiber, erteilt ihm leise einen Befehl und lädt den Boten ein, sich beim Mahl zu stärken und am Fest zu freuen. Als er in der Morgenfrühe fortreitet, hat er eine Absage in der Tasche.

Aber Heinrich hat diese Nacht nicht gut geschlafen. Er grollt dem Kaiser. Immer diese Italienabenteuer! Das ist nun schon das fünfte Mal, daß Friedrich nach Süden zieht, weil er sich das reiche, aber unbotmäßige Italien unterwerfen will. Die deutschen Fürsten, darunter auch Herzog Heinrich, haben keine große Lust, ihm dabei zur Seite zu stehen. Sie haben den Blutzoll nicht vergessen, den diese Züge sie bisher gekostet haben, ganz zu schweigen von der Katastrophe von 1167, als nach einem großen Sieg eine Seuche den größten Teil des deutschen Heeres und die Blüte der Fürsten dahinmähte und den Sieg zunichte machte.

Nein, Heinrich wird dem Wunsch seines Vetters diesmal nicht nachkommen.

Aber es kommen weitere kaiserliche Boten, in immer kürzeren Abständen und mit immer dringenderen Bitten. Was soll Heinrich machen? Er will keinesfalls darauf eingehen. Aber das ist keine Botschaft, die man seinem Kaiser und Vetter mit einem Boten zukommen läßt. Heinrich möchte nach Hause, nach Braunschweig, zu Mathilde und den Kindern. Statt dessen steigt er seufzend auf sein Pferd und reitet nach Chiavenna zum Kaiser, in kleiner Begleitung; nur sein Vertrauter Jordan von Blankenburg und einige Knechte reiten mit.

Kaum angekommen, empfängt der Kaiser den ersehnten Gast. Man bleibt in kleinstem Kreis, nur Friedrich und seine Gemahlin sowie der Herzog und sein Truchseß.

Dennoch trägt der Kaiser eine Krone auf dem Haupt, die eiserne Krone der Lombarden. Friedrich sprudelt über vor Liebenswürdigkeit. Heinrich, mein geliebter Vetter, auf den ich mich doch immer habe verlassen können. Weißt du noch, Heinrich, als wir damals …

Der Löwe fühlte sich unbehaglich. Zwar steht sein Entschluß fest; aber wie soll er das dem strahlenden Friedrich beibringen? Er hat es gründlich satt, seine Ritter für Friedrichs Bedürfnisse zu opfern, wo er sie doch selbst dringend braucht, um seine aufsässigen Grafen niederzuhalten, ganz zu schweigen von den aufmüpfigen slawischen Stämmen jenseits der sächsischen Grenze. Aber er kann sich Friedrichs schmerzlichen Gesichtsausdruck gut vorstellen, falls er derartig selbstsüchtige Bedenken vortragen wollte.

Auf diesem Weg also lieber nicht.

Ihm fällt etwas anderes ein.

»Ich bin ein alter Mann, Friedrich. Laß die Jugend Krieg spielen, die haben noch den Sinn und die Kraft dafür. Ich bin zu müde, um noch in Schlachten zu ziehen. Wenn du Geld für deine Söldner brauchst, kann ich dir aushelfen. Aber ich selber kann leider nicht kommen.«

Der Kaiser stutzt, fängt sich aber rasch wieder.

»Ich dachte, du seiest gerade aus einem Feldzug zurückgekehrt, den du übrigens mit großer Energie geführt hast. Oder hat man mich falsch unterrichtet? Nein, Vetter, laß die Ausreden. Die Italiener werden ganz rasch die Flucht ergreifen, wenn sie hören, daß der Löwe in den Kampf eingreift. So wie du sie weggefegt hast, als sie mich nach meiner Krönung in Rom erschlagen wollten, ich habe es nicht vergessen!«

Heinrich hat es auch nicht vergessen. Aber das ändert nichts an seinem festen Entschluß. Friedrich fühlt es, und nun wird er drängender. Er tritt auf den Vetter zu, packt ihn am Ärmel, was Heinrich durchaus nicht schätzt, und zählt nun die Dienste auf, die er selbst dem Herzog von Sachsen immer wieder erwiesen hat, wenn dessen wutentbrannte Fürsten über ihn beim Kaiser Klage führten.

Heinrich hat den dringenden Wunsch, diesen Raum mit dem beschwörenden Kaiser so schnell wie möglich zu verlassen. Friedrich merkt, daß er den Vetter in die Enge getrieben hat, und will zum letzten Stoß ansetzen. Er wirft sich vor Heinrich auf die Knie und hebt flehend die Arme.

»So hilf mir doch, Heinrich ...«

Der Moment ist an Peinlichkeit nicht zu überbieten. Und just in diesem Augenblick passiert es: Während Heinrich zurückweicht, rutscht die Krone von Friedrichs Haupt und rollt über den Marmorboden.

Die vier Anwesenden stehen wie erstarrt. Jordan von Blankenburg glaubt, die Situation retten zu können mit dem fröhlichen Ausruf: »Da fällt euch doch glatt eine Krone vor die Füße, mein Herr. Soll ich sie aufheben?«

Diese alberne, wenn auch gutgemeinte Bemerkung ist zuviel. Die Kaiserin, die vor Zorn über die demütige Haltung ihres Gatten kocht, herrscht ihn an: »Los, Friedrich, steh sofort auf! Und merke dir das. Habe ich dir nicht schon lange gesagt ...«

Den Rest verkneift sie sich.

Der Löwe hat sich aus seiner Schockstarre gelöst und will dem Vetter aufhelfen, aber Friedrich steht schon wieder auf seinen Füßen. Was soll Heinrich nun sagen? Nach dieser Szene, so theatralisch, daß ihm speiübel ist, kann er nicht mehr beim nackten Nein bleiben. Er glaubt, daß er eine Lösung gefunden hat, die beider Interessen gerecht wird.

Vorsichtig tritt er einen Schritt zurück, damit der Kaiser ihn nicht wieder am Arm packen kann.

»Nun gut, Friedrich. Wenn es dir so wichtig ist, dann komme ich eben. Meine Ritter werden murren, wenn ich sie nach Süden führe statt nach Hause, aber damit muß ich eben fertigwerden. Jedoch einen angemessenen Preis sollte ich schon dafür bekommen. Dir ist die Sache doch sicher etwas wert? Gib mir Goslar zurück.«

Da wird der Kaiser zuerst rot und dann blaß.

»Ach, so ist das, Heinrich?« fragt er leise. »Gegen meine Bitten bist du taub, mein Vetter und mein Lehnsmann? Kaufen soll ich deine Dienste? Du Krämerseele! Meine Antwort ist nein.«

Ein eisiger Blick, eine schroffe Handbewegung, die Heinrich aus dem Raum weist wie einen ungezogenen Jungen. Das macht den Löwen so wütend, daß er Friedrich am liebsten packen und verprügeln möchte.

Schleunigst verläßt er den Raum, ohne den Kaiser und die Kaiserin zu grüßen. Jordan hat es sehr eilig, ihm zu folgen. Kurz darauf preschen die sächsischen Reiter aus dem Hof.

So hat es mir Mathilde berichtet, und darum wird es auch genau so gewesen sein. Als sie geendet hatte, starrte ich sie fassungslos an.

Da brach es aus ihr heraus.

»Wage es nicht, Sophia, auch nur ein einziges Wort gegen meinen Löwen zu sagen! Wage es bloß nicht ...«

Ich war tief getroffen und verletzt.

»Ich hatte nicht die geringste Absicht, auch nur ein einziges unehrerbietiges Wort gegen den Fürsten zu äußern«, sagte ich steif und erhob mich, um zu gehen.

Aber Mathilde packte mich am Arm und zog mich wieder an ihre Seite.

»Verzeih mir, Sophia«, schluchzte sie.

»Im Grunde meinte ich ja nicht dich, sondern mich selbst. Kein Wort will ich gegen meinen Löwen sagen ...«

Sie fügte nicht hinzu: obwohl er so sein Reich und die

Zukunft unserer Kinder gefährdet. Aber vielleicht hat sie etwas Ähnliches gemeint.

Ich dachte noch lange über Mathildes Bericht nach, und in mir wuchs der Zorn – nicht gegen den Fürsten Heinrich, den ich sehr ins Herz geschlossen hatte wegen seiner Geradlinigkeit, seiner Ehrlichkeit und seiner Kraft, wenn er auch niemals über die Geschmeidigkeit des Politikers Friedrich verfügte. Und natürlich wegen seiner zartfühlenden Liebe zu seiner Gemahlin.

Nein, mein Groll richtete sich gegen den Kaiser, und zwar wegen des Ausdrucks »Krämerseele« – ein Wort, mit dem Friedrich offensichtlich tiefste Verachtung ausdrücken wollte. Das hatte mich bis ins Mark getroffen.

Man hat also eine schändliche Krämerseele, wenn man für einen Dienst einen anderen, für eine Gabe eine Gegengabe erwartet?

Das ist leicht dahingesagt, wenn man ein Kaiser ist oder ein großer Fürst. Es ist bei diesen hohen Herren nicht gerade üblich, sich um den Ertrag eines Landes zu bemühen, wie es der Löwe in seinem Gebiet unermüdlich tut, um mit dessen Wohlstand außer den Taschen seiner Bewohner auch die eigene zu füllen. Nein, wenn der Erzbischof von Köln Geld braucht, dann versucht er bedenkenlos, es sich von seinen Bürgern zu holen – durch neue Abgaben, Sondersteuern, was auch immer. So machen es die ganz hohen Herren alle. Da ist es leicht, den Kaufmann zu verachten, der mit seiner Familie ganz schnell verhungern könnte, wollte er seine Ware ohne Gegenleistung, nämlich Geld, hergeben.

Ich hatte ja schon öfter den Eindruck gehabt, daß Herzog Heinrich die Grundzüge des kaufmännischen Geschäfts durchaus verstanden hatte und befolgte, und auch dafür liebte ich ihn und dachte geringer als zuvor vom Kaiser, welcher ihn dafür mißachtete.

Etwas gab mir noch zu denken.

»Weißt du, Mathilde«, sagte ich zögernd, »mein Vetter Constantin kennt ja den Kaiser und die Kaiserin recht gut, aus der Zeit, die er bei Rainald von Dassel verbracht hat. Nach seinen Erzählungen hatte ich einen ganz anderen Eindruck von ihr. Er schilderte, wie die Kaiserin, in höchster Lebensgefahr, mit ihrem Gemahl getändelt und gescherzt hatte, um ihm die Sorge um sie zu nehmen. Und wie sie, schon als Küchenmagd verkleidet, vor ihrer Flucht ihn noch kokett ermahnt hatte, ihr nur ja treu zu bleiben. Nun frage ich mich, ob das die gleiche Frau ist wie vor zehn Jahren?«

Mathilde schüttelte langsam den Kopf.

»Es ist nicht die gleiche Frau. Jetzt ist sie eine Frau, die nur ein Ziel kennt: die Zukunft ihrer Kinder. Den Kaiserthron für ihren Ältesten, und möglichst für jedes andere Kind auch eine Krone oder einen Bischofshut, wenn nicht gleich die Tiara. Sie hat die alberne Bemerkung Jordans über die heruntergefallene Krone entstellt weitergegeben, so als hätte er gesagt, er wolle die Krone für meinen Heinrich aufheben. Dabei frage ich dich: Was sollte er wohl gerade mit der Krone der Lombarden? Danach hat es ihn noch nie gelüstet …«

Mir kam der Gedanke, daß auch meine Freundin Mathilde inzwischen Kinder hatte, um deren Zukunft ihre Träume und Wünsche unbeirrt kreisten. Möglicherweise war nicht genug Raum auf der Welt, daß sowohl die Wünsche der Kaiserin Beatrix wie auch die Wünsche der Herzogin Mathilde in Erfüllung gehen konnten.

Und ich dachte weiter, es sei doch ein großes Glück, daß ich nur eine Kölner Kauffrau bin, die hart arbeitende Frau eines Kölner Kaufmanns, ohne Macht und Einfluß, wenn auch nicht ohne Verstand. Von uns gibt es viele, aber es ist Platz für alle da.

Als ich nach meiner Rückkehr nach Köln der Familie die Neuigkeiten berichtete, herrschte betretenes Schweigen.

»Das klingt sehr nach einem Bürgerkrieg«, meinte mein Vater finster.

Constantin nickte. »Kaiser Friedrich wird sich das gut merken, auch ohne die Mahnung seiner Gemahlin. Und er wird die Antwort darauf nicht schuldig bleiben.«

Constantin mußte es wissen; er hatte viel Zeit bei seinem Freund Erzbischof Rainald von Dassel verbracht und war dabei häufig mit dem Kaiser zusammengetroffen.

Wir alle befürchteten, daß der sich abzeichnende Zwist zwischen den beiden mächtigsten Männern im Reich blutige Unruhen zur Folge haben würde; und das war ganz schlecht für unser Geschäft.

In der nächsten Zeit hörten wir so viele widersprüchliche Gerüchte, daß es schwerfiel, sich ein Bild darüber zu machen, was eigentlich im Süden vorging.

Zunächst erschienen in Köln abgerissene Männer, die mit Erzbischof Philipps Truppen zum Kaiser gezogen waren. Sie berichteten von einer Schlacht bei Legnano, irgend einem kleinen Ort nahe Mailand, die zunächst nach einem kaiserlichen Sieg ausgesehen, dann aber in einer katastrophalen Niederlage geendet hatte. Der Kaiser selbst sei gefallen, berichteten sie. Einer von ihnen hatte gesehen, wie Barbarossas Pferd zusammenbrach und den Kaiser unter sich begrub. Darauf hatten sie die Flucht ergriffen. Viele wurden noch von den Mailändern eingeholt und erschlagen, aber diese Handvoll Männer hatte sich bis auf deutsches Gebiet durchgekämpft und bettelnd den langen Heimweg angetreten.

Wir waren wie versteinert. Der Kaiser gefallen? Wenn ich ihm auch grollte, weil er meiner Freundin Mathilde so viele Sorgen machte – nun ging ich doch mit meinem Vetter

Constantin in die Kirche Sankt Laurenz, wo wir eine Messe für des Kaisers Seelenheil stifteten und für ihn beteten.

Aber schon bald erfuhren wir, daß die Todesnachricht falsch gewesen war. Friedrich Barbarossa, der zierliche Mann, weit über fünfzig Jahre alt, hatte sich unter seinem toten Ross herausgewunden und zu Fuß bis nach Pavia durchgekämpft. Er wußte das Schwert zu führen, und an Mut fehlte es ihm wahrhaftig nicht, das muß man ihm lassen. Seine Kaiserin, die sich bereits als Witwe sah und Trauerkleidung trug, wird Freudentränen geweint haben.

Im folgenden Jahr brachte ich meinen fünften Sohn zur Welt, deinen Bruder Henrich. Mein kleines Feuerteufelchen Blithildis verwandelte sich daraufhin in eine emsige Ersatzmutter. Mit ihren drei Jahren wich sie kaum mehr von der Wiege und überschüttete Henrich mit soviel Liebe und Fürsorge, daß er niemals schrie und der zufriedenste Säugling war, den ich je gesehen habe.

Wir hatten es wunderbar ruhig miteinander, denn meine Söhne Gunther und Richolf besuchten jetzt die Schule, und Gerhard hatte so lange gebettelt, bis wir ihn auch schon gehen ließen, obwohl er eigentlich noch ein, zwei Jahre hätte warten können. Nun marschierten unsere drei kleinen Jungen jeden Morgen mit ernsthaften Gesichtern aus dem Haus. Sie erhielten ihre erste Ausbildung aber nicht im Kloster, wie sonst üblich, sondern Constantins Sohn Fordolf hatte eine Schule nur für die Kinder unserer Familie eröffnet, wo die Knaben nicht nur Lesen und Schreiben sowie die lateinische Sprache erlernten, sondern neben den wichtigsten Regeln der Kaufmannschaft auch Unterricht in der neuen Art der Rechenkunst erhielten, die mein Großvater Eckebrecht vor vielen Jahrzehnten von einem Mönch erlernte. Diese Kunst wurde in unserer Familie fleißig geübt, aber geheimgehalten, denn mit ihr konnte man weitaus schneller rechnen, und das gab uns einen Vorsprung vor den anderen Kaufleuten. Ich werde nie vergessen, wie begeistert ich war, als Großvater mich darin unterwies – dies war das erste Mal, daß ein Kölner Mädchen in dieses geheime Wissen eingeweiht wurde.

Fordolf verstand es hervorragend, auf die verschiedenen Bedürfnisse seiner Schüler einzugehen, die doch im Alter recht unterschiedlich waren, so daß sie alle seinen Unterricht sehr lobten. Er schlug sie niemals, auch die Kleinen nicht. Wenn ein Schüler einmal nicht aufpaßte, sagte Fordolf ganz freundlich: »Du kannst gerne am Rhein spazierengehen, statt zu lernen. Ich finde es schade, daß mein Unterricht offensichtlich langweilig ist, aber vielleicht kann ich mich bessern.«

Und das wirkte.

Übrigens, hast du dich je gefragt, wie wir auf den Namen Henrich kamen, den doch niemals jemand in Gottschalks oder meiner Familie getragen hat? Nun, der Löwe hatte mich wissen lassen, daß er der Pate meines nächsten Kindes sein wolle, falls es ein Sohn sei, und daß er sich freuen würde, wenn es nach ihm benannt würde. Das war eine gewaltige Ehre, über die ich Tränen der Rührung vergoß.

Bald darauf wurde auch Mathilde wieder Mutter, und abermals gebar sie einen Sohn. Er erhielt den Namen Otto, der in der Familie der Kaiserin Richenza gebräuchlich war – abermals ein Hindeuten auf die Kaiserwürde? Obwohl der Löwe sich gerade nun wirklich keine Hoffnung mehr auf dieses hohe Amt zu machen brauchte, denn Friedrich und seine Gemahlin Beatrix hatten inzwischen ein halbes Dutzend Söhne.

Was damals in der Politik vorging, habe ich nie durchschaut. Wie war es denn möglich, daß der Kaiser schon bald nach der verheerenden Niederlage in Legnano eine großartige Versöhnung und Friedensschluß in Venedig feierte, und zwar mit Papst Alexander, den er doch so viele Jahre erbittert bekämpft und als Antichrist betrachtet hatte? Tränenüberströmt sollen sich die beiden Männer in die Arme gesunken sein, und kein Gedanke war mehr, daß sie beide sich mit aller Kraft zu vernichten getrachtet haben. Freilich, sie waren beide darüber alt geworden, der Kaiser ging auf die Sechzig zu, der Papst näherte sich gar den Achtzig – waren sie jetzt weise oder nur müde? Oder wollte noch immer einer den anderen überlisten? Ich weiß es nicht.

Dagegen erinnere ich mich ganz gut daran, daß Erzbischof Philipp von Heinsberg nach Köln zurückkehrte und ganz offensichtlich aufrüstete. Die Waffenschmiede in Köln und Deutz arbeiteten Tag und Nacht, um seine Aufträge erfüllen zu können, neue Söldner wurden angeworben und machten die Kölner Straßen und Schenken unsicher; Väter ließen ihre Töchter nicht mehr ohne schützende Begleitung aus dem Haus. Täglich rumpelten viele Bauernkarren in die Stadt und brachten große Mengen an Fleisch und Gemüse. Gottschalks Familie bekam einen riesigen Auftrag über schlichtes, festes Tuch – wie es nötig ist, um Soldaten im Feld zu bekleiden.

Die Kölner Bürger wunderten sich, daß ihr Stadtherr sich bis zu den Zähnen bewaffnete, da doch der Kaiser gerade Frieden geschlossen hatte. Aber wer weiß, vielleicht plante er schon wieder einen neuen Kriegszug im Süden. Uns war es recht, mochte Erzbischof Philipp nur möglichst bald wieder entschwinden.

Zu dieser Zeit bereiteten wir gerade wieder einmal eine Fahrt nach Braunschweig vor. Es war inzwischen ganz selbstverständlich geworden, daß ich auf diesen Reisen dabei war. Meine Freundschaft mit der Herzogin Mathilde war eben Gold wert für unsere ganze Sippe. Außerdem war dies nun, da mein Vetter Constantin nicht mehr in fürstlichen Kreisen verkehrte wie zu Lebzeiten seines Freundes Rainald von Dassel, unsere einzige Gelegenheit, Einzelheiten aus der großen Politik aus erster Hand zu erfahren. Auch dies war für unsere Familie von großem Nutzen, und alle wandten mir ihre Aufmerksamkeit zu, so daß ich mich wichtig fühlen konnte.

Wir hatten eigentlich geplant, eine große Fuhre Wein nach Braunschweig zu schaffen; aber der letzte Sommer war kühl und verregnet gewesen, und die Lese war so knapp und schlecht ausgefallen, daß wir diesen Wein dem Herzog nicht anzubieten wagten. Statt dessen bestand unsere Ladung diesmal hauptsächlich aus kostbarer Seide, Goldbrokat für Heinrichs neuen Dom sowie Gürteln und Taschen aus dem Bestand meiner Mutter. Wir hatten also nur leichte Fracht, und das sollte sich noch als glücklicher Umstand erweisen. Ich saß mit Gottschalk im ersten Wagen, dahinter folgte unser Gehilfe Lutwin mit den Knechten Gereon und Bert.

In Dortmund machten wir zwei Tage Rast bei Adelgunde. Ihr freundlicher Ehemann Hildebrand war schon seit mehreren Jahren tot, und drei ihrer Söhne waren verheiratet und lebten als erfolgreiche Kaufleute in ihrer Heimatstadt. Bertram, der Jüngste, hatte sich nicht abhalten lassen, Barbarossas Werbern zu folgen. Er hatte gehofft, sich auf dem Schlachtfeld den Ritterschlag zu verdienen; statt dessen hatte er bei Legnano den Tod gefunden.

Adelgunde weinte bitterlich, als sie mir davon berichtete, und ich hielt sie lange in meinen Armen.

Ich mußte ihr auch ausführlich von meinen Kindern berichten, besonders von meiner einzigen Tochter Blithildis. Sie sollte einmal die kostbare Kette erben, mit der Adelgunde mich bei meinem ersten Besuch beschenkt hatte.

»Ach, meine Sophia«, sagte Adelgunde betrübt, »wie schade, daß du nicht meine Schwiegertochter geworden bist! Das hätte ich mir so sehr gewünscht. Wo ich doch vier Söhne zur Auswahl hatte …«

Und sie sandte einen anklagenden Blick zu Gottschalk hinüber, der es aber nicht bemerkte, weil er sich gerade eine längere Geschichte von Adelgundes Sohn Patroklus anhörte und mehrmals schallend darüber lachte.

Ich ließ es mir auch nicht nehmen, zu dem Haus im Judenviertel zu gehen, wo Samuel gewohnt hatte. Dort lebte jetzt eine junge Familie mit vielen Kindern, und nichts erinnerte mehr an den alten Mann, der ein Jugendfreund, dann erbitterter Feind meines geliebten Großvaters gewesen war und den ich hoffentlich doch noch mit diesem ausgesöhnt hatte.

Ich weiß nicht, ob es einen Himmel für Christen und einen anderen für Juden gibt; wenn aber nicht, dann sitzt Samuel hoffentlich gemeinsam mit Großvater auf einer Wolke und unterhält sich friedlich mit ihm.

Wir waren bester Dinge, als wir uns nach einem herzlichen Abschied wieder auf den Weg machten. Adelgunde lachte sehr, als sie mich in meiner üblichen Jungenkleidung sah. »Diese Vermummung ist doch hier nicht nötig«, meinte sie. »Auf Herzog Heinrichs Straßen reist ihr so sicher wie auf dem Weg von eurem schönen Haus in Köln zur Kirche.«

Wir hatten in den nächsten Tagen eine sehr angenehme Fahrt. Der Herbst hatte seine schönen Farben auf die Blätter gemalt, und milde Sonnenstrahlen wärmten uns. Ich hatte große Lust, eine Rast einzulegen, etwa an einem Bach, wo die Sonnenstrahlen durch die bunten Blätter fielen. Aber Gottschalk war dagegen. »Was kommt dir denn plötzlich in den Sinn, Sophia?« fragte er. »Ein solches Wetter muß man zur Reise nutzen, die Tage sind schon kurz. Heute abend kannst du rasten, wenn auch ohne Sonnenschein am Bach.«

Natürlich hatte er recht, und wir setzten unsere Fahrt fort. Es war aber doch schade, daß er meinem Einfall nicht gefolgt ist; vermutlich wäre uns das Folgende erspart geblieben, wenn wir die Mittagsstunde an einem verborgenen Plätzchen vertrödelt hätten.

Der bunte Herbstwald lag etwa eine halbe Stunde hinter uns, als der Knecht Gereon rief: »Herr Gottschalk, schau einmal nach da hinten.« Er deutete nach Süden. Gottschalk spähte in die angegebene Richtung und runzelte die Stirn.

»Verdammt«, murmelte er. »Eine größere Schar Reiter? Das sehe ich gar nicht gern.« Sie waren noch so weit entfernt, daß nicht auszumachen war, um wen es sich handelte. So viele Räuber, und das auf den Straßen Herzog Heinrichs? Unwahrscheinlich. Die Reisegruppe eines großen Herrn? Dafür ritten sie zu schnell. Wer auch immer sie waren, wir wären lieber nicht mit ihnen zusammengetroffen, hatten aber keine Möglichkeit, uns vor ihnen zu verbergen. Also trieben Gottschalk und Lutwin die Pferde zu höchster Eile an. Der Staub wirbelte so dicht hinter unserem Wagen auf, daß Lutwin und Gereon zu husten begannen. Die Pferde keuchten, der Schaum flog ihnen in Flocken vom Maul. Aber sosehr wir sie auch hetzten, die Reiter kamen näher und näher. Ich war nach hinten gekrochen und zerrte Helme und Waffen heraus. Ein Glück, daß Gottschalk immer unnachsichtig darauf bestand, daß die Waffen stets griffbereit zu sein hatten, obwohl sie seit Jahren nicht mehr gebraucht wurden. Ich schlüpfte in eine der wattierten Jacken, half Gottschalk in seine und drückte uns beiden den Helm auf den Kopf. Lutwin auf dem anderen Wagen erhielt die gleiche Hilfe von dem Knecht Gereon. Ich zog Gottschalks Schwert aus seiner Scheide und steckte es so zwischen die Waren, daß er es mit einem Griff ziehen konnte. Ich selbst hatte natürlich kein Schwert – wenn meine Eltern mich auch in vielen Dingen unterrichtet hatten, der Schwertkampf war nicht darunter gewesen. Mein kleines Messer, das ich wie jedermann am Gürtel trug, schien mir gar zu harmlos, und ich nahm mir darum einen Dolch und steckte ihn ein.

Ich war so beschäftigt, daß ich gar nicht dazu kam, mich zu fürchten.

Viel zu rasch waren die Reiter auf unserer Höhe, und sie griffen ohne weiteres mit lautem Geschrei an. Sofort zog Gottschalk die Zügel an, und Lutwin hielt mit dem zweiten Wagen unmittelbar neben unserem, so daß er und Gottschalk sich gegenseitig wenigstens etwas Deckung geben konnten.

Mit einem Blick auf mich rief Gottschalk: »Wir ergeben uns!« Aber das hörte außer mir niemand, das Gebrüll der Angreifer war zu laut. Ich kauerte mich hinter meinen Mann. Gottschalk riß das Schwert heraus und schlug damit eine Lanze beiseite, die auf ihn gerichtet war. Ich hörte einen lauten Schrei; vor meinen Augen stach ein Reiter mit seiner Lanze nach Bert und durchbohrte seinen Hals. Ich glaube, Bert war schon tot, als er zusammenbrach; sein Oberkörper hing aus dem Wagen, und ein Schwall Blut ergoß sich in den Staub. Ich wollte schreien, brachte aber vor Entsetzen keinen Laut aus meiner Kehle.

Dann sah ich, wie ein riesiger Reiter von hinten kam und mit dem Schwert gegen Gottschalks Rücken ausholte. Das holte mich aus meiner Erstarrung zurück. Verzweifelt schwang ich mich auf den Rand des Wagens und stach mit meinem Dolch auf seinen Arm ein. Ich fürchte, daß ich ihn kaum angekratzt habe, aber immerhin wurde sein Hieb so abgelenkt, daß er Gottschalk nur streifte. Er war jedoch noch heftig genug, um ihm den Helm vom Kopf zu schlagen. Ich wollte noch einmal mit dem Dolch zustechen, aber der Reiter lachte nur und rief so etwas wie: »Dummer Junge, wirf doch dieses Spielzug weg!« Dann schlug er mir, noch immer lachend, mit der Breitseite des Schwertes auf meinen Kopf. Ich sah seinen großen lachenden Mund zwischen dem dichten schwarzen Bart, dann wurde alles um mich dunkel.

Ich muß wohl lange bewußtlos gewesen sein, denn als ich zu mir kam, dämmerte es bereits. Das erste, was ich sah, war Gottschalks grimmiges Gesicht, und ich seufzte nur: »Der heiligen Mutter Gottes sei Dank!« und fiel abermals in Ohnmacht. Aus dieser holte mich mein Mann aber rasch heraus, indem er mir kurzerhand kaltes Wasser aus seiner Lederflasche über den Kopf goß. Ich schlug die Augen wieder auf und fand mich in Gottschalks Schoß. Seine Miene hatte ich wohl beim ersten Mal mißdeutet, sie schien mir jetzt höchst besorgt.

Das nächste Mal überläßt du das Kämpfen gefälligst mir«, brummte er. »Aber ein tapferes Mädchen bist du schon, das muß man sagen.«

Jetzt merkte ich, daß mein Kopf entsetzlich weh tat. Langsam, denn meine Augen schmerzten auch, blickte ich mich um. Ich sah nur Lutwin und Gereon, wie sie das ramponierte Geschirr der Pferde und eins der Räder flickten, die Reiter waren fort.

»Wo sind die Räuber?« flüsterte ich.

»Es waren keine Räuber«, sagte Gottschalk, und jetzt schaute er wieder eindeutig grimmig drein. »Es waren Kölner, die uns fast getötet hätten.«

Ich begriff nicht.

»Wenn ich es richtig verstanden habe, hat unser Erzbischof sich entschlossen, den Herzog von Sachsen in seinem eigenen Gebiet zu überfallen. Hätte ich geahnt, daß dafür seine Rüstungen bestimmt waren, wären wir nie auf diese Fahrt gegangen. Seine Soldaten ziehen raubend, mordend und sengend durch Westfalen, und wir sind einem

Trupp unserer eigenen Landsleute in die Hände gefallen und können von Glück sagen, daß wir noch leben.«

Matt sah ich zum anderen Wagen hin. Aber da waren nur Lutwin und Gereon.

»Bis auf Bert«, flüsterte ich tonlos.

»Ja, bis auf Bert, Gott sei seiner armen Seele gnädig«, bestätigte Gottschalk finster. Er wies zur Seite, und nun sah ich das frische Grab. Ich fing an zu weinen.

Um mich drehte sich alles. Ich verstand nicht, was Gottschalk mir da berichtete, und ich wollte es auch gar nicht verstehen. Eine heftige Welle von Übelkeit ergriff mich, und er konnte mich gerade noch aufrichten und zur Seite drehen, als ich mich übergeben mußte. Ich schämte mich sehr und weinte heftiger.

»Nun, nun, mein Mädchen«, brummte Gottschalk und strich mir tröstend die Haare wieder unter die Jungenkappe, »jetzt heul mal nicht. Alles wird gut. Kannst du mir sagen, wie du dich fühlst?«

»Wunderbar«, sagte ich erbittert.

»Ich habe deinen Kopf befühlt, als du noch ohnmächtig warst«, sagte Gottschalk und streichelte meine Hand. »Mir scheint nicht, daß dein Schädel gebrochen ist.«

»Das beruhigt mich ja sehr«, bemerkte ich zornig.

»Aber du wirst eine riesige Beule bekommen. Du solltest eigentlich ein paar Tage ganz ruhig im Bett liegen, nur weiß ich nicht, wie ich dir jetzt eins verschaffen kann. Die Frage ist: Kehren wir um oder reisen wir weiter?«

Ich konnte noch nicht klar denken. »Ist es weiter nach Dortmund zurück oder nach Braunschweig?« fragte ich matt.

»Nach Dortmund. Nach Braunschweig sind es noch wenige Tage, wenn wir langsam reisen.«

»Also nach Braunschweig. Und zwar so schnell wie möglich«, befand ich.

Gottschalk dachte nach, dann wandte er sich zu Lutwin und Gereon.

»Wie weit seid ihr?«

»Gleich fertig.«

»Gut, wir fahren noch bis zur Dunkelheit.«

Dann schob er die Ladung zurecht, bis sich eine Lücke auftat, hob mich vom Boden auf und legte mich sanft hinein. Er legte mir fürsorglich einen Tuchballen so unter den Kopf, daß ich möglichst wenig vom Rütteln des Wagens spüren sollte, deckte mich sorgsam zu, trat noch einmal zu dem Grab und sprach ein Gebet für den Toten. Dann schwang er sich auf den Kutschbock, und wir setzten die Reise fort.

Du kannst dir nicht vorstellen, was für eine Qual diese Fahrt für mich war. Es hämmerte in meinem Kopf, und jeder Stoß tat entsetzlich weh. Ich biß die Zähne zusammen und gab keinen Laut von mir, nur wenn mir wieder übel wurde, stieß ich einen ächzenden Ruf aus, und Gottschalk hielt an und hob meinen Kopf über den Wagenrand.

Wir fuhren weiter, bis es finster war, und machten halt auf einer Waldlichtung. Die Männer teilten die Wachen ein und legten sich schlafen. Ein Feuer machten sie lieber nicht. Trotz des pochenden Kopfschmerzes schlief ich bald ein und erwachte erst, als Gereon die Pferde wieder anschirrte. Es fiel mir nicht weiter auf, daß es keinen Frühimbiß gab, denn ich hätte vor Übelkeit sowieso nicht essen können. Gottschalk half mir aus dem Wagen und befahl Lutwin und Gereon zartfühlend auf eine Seite der Wagen, damit ich mir ungesehen auf der anderen Seite die Blase erleichtern konnte. Dann ging es weiter. Ich fühlte mich noch immer höchst elend, und der Kopf schmerzte sehr. Wir machten nur ganz kurz Rast an einem Bach, um die Pferde zu füttern und zu tränken, und die Männer aßen ein paar Bissen von den Vorräten, ohne sich mit Kochen aufzuhalten. Das frische Wasser tat uns gut.

Dann setzten wir die Fahrt fort und fuhren erneut bis zur Dunkelheit. Wir hatten Glück und stießen auf einen Marktflecken mit einem Gasthaus. Die Wirtin machte mehr Aufhebens um mich, als mir lieb war; ich bekam eine Hühnersuppe, von der ich ein paar Löffel aß und auch bei mir behielt, und durfte dann eine Nacht in einem weichen Bett schlafen.

Die Leute dort hatten noch nicht erfahren, daß feindliche Truppen ihr Land durchstreiften, und es wurden sofort Boten zum Herzog und in die nächsten Städte gesandt. Gottschalk wollte mir ein paar Tage der Ruhe gönnen, aber nun war es nur noch eine Tagesfahrt bis Braunschweig, und ich sehnte mich nach sicheren Mauern.

Inzwischen hatte ich auch von Lutwin erfahren, was geschehen war, während ich nicht bei Bewußtsein war. Ich hatte ja noch als letztes gesehen, wie meinem Mann der Helm vom Kopf gestoßen wurde. Gottschalk wandte sich um und nahm wahr, wie der Soldat mir den Hieb auf den Kopf versetzte. Rasend vor Wut und Sorge um mich, hob Gottschalk sein Schwert und schlug auf den Mann ein, als von hinten mit lauter Stimme Halt geboten wurde. Ein Reiter drängte sein Pferd nach vorn und schaute Gottschalk ins Gesicht.

»Hab ich doch richtig gesehen«, rief er aus. »Es ist Gottschalk Overstolz.« Er nahm den Helm ab, und Gottschalk erkannte zu seinem grenzenlosen Staunen Henrich Razo, einen Ministerialen des Erzbischofs und guten Freund seiner Oheime Pilgrim und Nanno.

»Seid ihr verrückt geworden?« fragte Gottschalk zornig. »Was fällt euch ein, friedliche Kaufleute zu überfallen? Dazu noch eure eigenen Mitbürger?«

Henrich zuckte bedauernd die Schultern und gab seinen Leuten das Zeichen, den Kampf zu beenden.

»Ich führe einen Trupp im Auftrage des Herrn Erzbischofs«, sagte er dann trocken. »Mein Auftrag lautet, im Land des Herzogs von Sachsen soviel Schaden anzurichten, wie es mir möglich ist, und genau das tue ich. Dich habe ich nicht gleich erkannt, unter deinem Helm. Wohin geht deine Fahrt?«

»Wir reisen zum Bischof von Münster«, sagte Gottschalk geistesgegenwärtig.

»So könnt ihr euren Weg fortsetzen«, befand Henrich Razo. »Mit dem Bischof von Münster befinden wir uns nicht im Krieg.«

Dann warf er einen Blick auf mich und fügte höflich hinzu: »Deinem Burschen da ist hoffentlich nichts weiter geschehen. Wenn aber doch, kannst du dich von Herrn Philipp entschädigen lassen.«

Und, nach einem Blick auf den leblosen Bert: »Auch für deinen erschlagenen Knecht da. Los, Männer, wir reiten weiter.«

Er hob die Hand zum kurzen Gruß und preschte mit seinen Leuten davon, eine dicke Staubwolke hinter sich herziehend.

Gut, daß ich ohnmächtig war und nichts davon mitbekam, sonst hätte ich ihm sehr deutlich mitgeteilt, was ich von diesem Betragen hielt.

Obwohl wir im ersten Morgengrauen aufbrachen und nur eine ganz kurze Rast zum Füttern und Tränken der Pferde einlegten, kamen wir am folgenden Tag erst in Braunschweig an, als die Stadttore schon geschlossen waren. Gottschalk versuchte, mit den Wächtern zu verhandeln, aber sie wollten uns nicht öffnen. Mir ging es noch immer sehr schlecht, und der Gedanke, eine weitere Nacht im Freien verbringen zu müssen, ließ mich fast in Tränen ausbrechen. Mühsam kletterte ich vom Wagen und mußte mich erst einmal festhalten, weil sich alles um mich drehte. Ich pochte noch einmal an das Guckfenster, das der Wächter Gottschalk vor der Nase zugeschlagen hatte. Es dauerte eine Weile, aber als ich beharrlich weiterpochte, wurde der kleine Holzladen wieder aufgerissen.

»Ich habe doch schon gesagt, daß heute niemand mehr hereinkommt«, rief der Wächter böse. »Wer hat hier heute Nacht das Kommando?« fragte ich leise. »Ist die Frau Herzogin in der Stadt? Sie würde nicht wollen, daß wir hier draußen bleiben.«

Der Wächter hob seine Lampe und schaute mich genau an. Mir fiel ein, daß ich ja noch wie ein Junge aussah, ich zog die Kappe ab und schlang mir ein Tuch um den Kopf. Da grinste der Wächter. »Ach, jetzt erkenne ich Euch, die Freundin aus Köln, mit der unsere Frau Herzogin so gern in der Stadt herumwandert«, stellte er fest.

Er rief den Hauptmann der Wachhabenden herbei, und bald darauf öffneten sich ächzend die schweren Torflügel, und wir durften passieren. Wir sahen, daß ein Bote zur Burg lief, während wir die Wagen zu dem Gasthof lenkten, wo unsere Männer immer einkehrten. Dort ging gerade eine Hochzeitsfeier zu Ende, und die Hinterlassenschaften der Feiernden machten die Herberge nicht gerade anziehend. Darum trödelte ich herum, statt mich gleich zu Bett zu legen, und meine heimliche Hoffnung ging in Erfüllung: Nach kurzer Zeit hetzte der Kämmerer von Herzogin Mathilde selbst herbei und holte mich in die Burg.

Mathilde erschrak sehr, als sie mich sah. Ich muß auch furchtbar ausgesehen haben, die Augen dick verschwollen von den heftigen Kopfschmerzen der vergangenen Tage, blaß und elend. Im Handumdrehen sah ich mich ins Bett verfrachtet, und Mathilde ließ ihren Leibarzt holen. Der schüttelte bedenklich den Kopf, nachdem er mich untersucht hatte, und ordnete strikte Bettruhe für mindestens eine Woche an.

»Ihr hättet sofort ganz ruhig liegen sollen«, sagte er

vorwurfsvoll. »Nun wird es lange dauern, bis Ihr wiederhergestellt seid. Es könnten lebenslange Kopfschmerzen zurückbleiben, wenn Ihr meinen Rat nicht befolgt.«

Ich schwieg. Was hätte ich sagen sollen? Absolute Ruhe ist schwer einzuhalten, wenn man auf der Flucht ist.

»Morgen erzählst du mir, was dir da widerfahren ist. Jetzt schlaf erst einmal, solange du willst«, sagte Mathilde, stopfte die Decke um mich herum fest, legte mir noch einen feuchten Lappen auf die Stirn und küßte mich liebevoll. Ich glaube, sie war noch gar nicht aus dem Zimmer, da schlief ich schon fest.

Sept. 1179

Mir ging es schlecht wie nie zuvor in meinem Leben. Der Kopf schmerzte mich ständig, mir wurde häufig so übel, daß ich mich erbrechen mußte. Gottschalk kam täglich, um nach mir zu sehen, aber es gab nichts, was er für mich tun konnte, und so überließ er mich der liebevollen Pflege von Mathilde und ihrer Kammerfrau. Im Anfang schickte Mathilde auch täglich ihren Arzt zu mir, aber das verbat ich mir, weil er mich unbedingt zur Ader lassen wollte, dabei war ich auch so schon sehr schwach.

Ich war sehr gerührt, daß Mathilde sich soviel Mühe mit mir machte, obwohl sie ohne mich wahrhaftig schon genug Sorgen hatte.

Im übrigen war ich nicht gewohnt, den ganzen Tag still im Bett zu liegen, und trotz meiner Kopfschmerzen wurde mir die Zeit lang. Ich bat darum Mathilde, ihre Kinder zu mir zu schicken, damit ich ihnen beim Spielen zusehen konnte.

»Aber Sophia«, sagte Mathilde entgeistert, »dir wurde

doch strengste Bettruhe verordnet! Ich kann dir versprechen, daß du die nicht findest, wenn meine Kinder bei dir herumtoben.«

Aber ich bat sie dringend, und so kam sie mit der ganzen Kinderschar: Die kleine Richenza war nun schon sieben Jahre alt, ein kluges, stilles Kind, das gern lernte und schon recht gut lesen konnte. Lothar und Otto kamen auf ihren Steckenpferden und ritten damit durch den Raum.

Der sechsjährige Heinrich, den ich besonders liebte, weil ich bei seiner Geburt hatte mithelfen dürfen, schwang ein Holzschwert und kämpfte mit einem unsichtbaren Gegner. Als es ihm zu langweilig wurde, setzte er sich auf den Rand meines Bettes und lachte mich an.

»Weißt du schon, Sophia, daß ich eine Braut habe?«

»Nein!« Ich schlug die Hände zusammen. »Eine Braut? Das ist aber eine große Neuigkeit. Wie heißt sie denn?«

»Sie heißt Agnes. Sie ist noch klein. So klein wie mein Bruder Lothar«, erklärte Heinrich. Sein Blick fiel auf die Schale Äpfel, welche die Kammerfrau griffbereit für mich aufgestellt hatte.

»Darf ich mir einen nehmen?« fragte Heinrich höflich. Ich konnte nicht anders, ich mußte ihm über seinen widerspenstigen Blondschopf streicheln.

»Natürlich, greif nur zu. Und gib deinen Geschwistern auch jedem einen.«

»Dann ist aber keiner mehr für dich übrig«, bemerkte er.

»Das zeigt nur, daß du richtig zählen kannst. Weißt du auch, wer die Eltern deiner Braut Agnes sind?«

»Aber Sophia, natürlich weiß ich das. Ihr Vater heißt Konrad und ist Pfalzgraf, und ihre Mutter – zu dumm, jetzt habe ich vergessen, wie ihre Mutter heißt. Aber sie ist sehr lustig. Die Mutter, meine ich. Agnes lag ja noch in der Wiege, als ich sie gesehen habe. Vielleicht wird sie auch lustig, wenn sie groß ist. Dann haben wir Spaß zusammen.«

Ich wandte mich an Mathilde. »Da ist deinem Löwen ja eine großartige Verlobung gelungen. Der Pfalzgraf Konrad ist immerhin der Halbbruder des Kaisers, und nach diesem der erste Fürst im Reich – viel höher kann man nicht greifen«, sagte ich bewundernd.

Mathilde lächelte still.

»Heinrich hat damit nichts zu tun. Diese Verlobung haben die Pfalzgräfin Irmgard und ich ganz allein beschlossen, und unsere Männer haben nur zugestimmt.«

Es hätte mich interessiert, ob auch der Kaiser um seine Zustimmung gefragt worden war. Aber jetzt kam Lothar durch das Zimmer angeritten.

»Ich möchte auch eine Braut!« erklärte er.

Heinrich sah überlegen auf ihn herab.

»Du bist erst drei, du bist noch viel zu klein für eine Braut«, meinte er lehrmeisterisch.

»Bin ich nicht.«

»Bist du doch.«

»Nein, bin ich nicht!«

Und Lothar haute auf seinen Bruder ein, und der schlug zurück.

Da sah Richenza von dem Buch auf, in dem sie fleißig herumbuchstabierte.

»Benehmt euch anständig, sonst sage ich es dem Vater!« rief sie streng.

Das genügte. Die beiden Jungen sahen sich noch einmal herausfordernd an, dann erklärte Heinrich großmütig: »Aber wenn du größer bist, bekommst du auch eine Braut.«

Und damit trollten sie sich zu ihrem jüngsten Bruder Otto.

Mathilde hatte während der ganzen Szene nicht mit der Wimper gezuckt. Lächelnd blickte sie hinter den versöhnten Streithähnen her.

»Mathilde«, fragte ich schwach . »Was geht denn vor, daß

unser Erzbischof euer Land überfällt?« Wenn mir auch elend war, neugierig war und blieb ich doch.

Das Lächeln war verflogen, und Mathilde seufzte.

»Er hat sich mit dem Bischof Ulrich von Halberstadt verbündet. Den hat mein Löwe vor bald zwanzig Jahren abgesetzt, und zwar auf ausdrücklichen Wunsch des Kaisers, weil Ulrich sich entschieden auf die Seite von Papst Alexander gestellt hatte. Genau darum hat der Papst, der ja jetzt der beste Freund des Kaisers ist, seine Wiedereinsetzung verfügt, damals, als er in Venedig Frieden mit Barbarossa schloß, und zwar mit der Begründung, der jetzige ›sogenannte‹ Bischof Gero von Halberstadt sei nicht vom Papst geweiht. Aus dem gleichen Grund hat er auch Balduin von Bremen sein Bistum abgesprochen.

Wieso denn gerade die beiden wichtigsten Bischöfe Sachsens, meinem Gemahl treu ergeben und beide mit Willen des Kaisers auf ihren Stuhl gekommen? Euer Erzbischof Philipp und auch Christian von Mainz sind ebensowenig von Alexander geweiht worden, aber an sie tippt er auch nicht mit einem Finger, obwohl sie sich ihm immer feindlich gezeigt haben.

Ulrich hat die ganze Zeit in Salzburg gesessen und auf seine Chance gewartet. Daß er die überhaupt noch erlebt hat! Er ist inzwischen ungefähr achtzig, aber du kannst mir glauben, daß er seine Kampfeslust in den Wartejahren gepflegt hat. Er kam also mit Trompetenschall in sein Bistum zurück, während mein Löwe gegen die Slawen im Feld lag. Dann hat er in äußerst harscher Weise sämtliche Verlehnungen seines Vorgängers Gero an meinen Gemahl für nichtig erklärt und zudem noch in großer Eile eine Festung an seiner Nordgrenze erbaut – deutlicher konnte seine Kampfansage nicht sein.

Mein Löwe hat, als er dies erfuhr, seinen Feldzug hastig beendet, stürmte zu der neuen Burg und hat sie zerstört.

Er allein ist es, der über den Bau von Festungen in Sachsen zu entscheiden hat. Dies hat Bischof Ulrich aber nicht im geringsten beeindruckt. Kaum war Heinrich fort, fing er mit dem Wiederaufbau an und verbündete sich mit dem Erzbischof von Köln. Ich frage dich: Was geht es den Kölner an, wie mein Gemahl mit seinen sächsischen Großen umgeht?

Und jetzt stehen zahlreiche Fürsten gegen uns im Feld: die Erzbischöfe von Magdeburg, von Mainz und von Köln, auch der Landgraf von Thüringen. Sie alle verwüsten unser Land, unser schönes Sachsen, das mein Gemahl in jahrzehntelanger Arbeit aufgebaut und unermüdlich gegen die heidnischen Feinde im Osten verteidigt hat. Kannst du dir vorstellen, was das bedeutet, Sophia? Ich weiß kein einziges Jahr in unserer Ehe, wo mein Löwe nicht auf irgend welchen Feldzügen war, auf freiem Feld genächtigt und schlecht zubereitetes Essen verzehrt hat. Nur ich weiß, wie viele Narben er an seinem Körper trägt, denn er ist ja ein wilder Kämpfer und mutiger Mann und steht nicht nur kommandierend auf einem Hügel herum.«

Mir fiel die Szene vor Mathildes Hochzeitstag ein, deren unfreiwillige Zeugin ich damals war.

»Davon hat er nicht zu dir gesprochen, damals –« entfuhr es mir. Ach, ich hatte noch immer nicht gelernt, meinen Mund zu halten, wenn es richtig gewesen wäre.

Aber Mathilde war mir nicht böse.

»Jeder Tag ein Fest, jede Nacht ein Traum, ja, das hat er mir verheißen. Aber im Alltag kann es nicht jeden Tag ein Fest geben. Wenn Heinrich kämpft und streitet, dann weiß ich, er tut es für die Zukunft unserer Kinder. Sein Onkel, der alte Welf, hat nach dem Tod seines einzigen Sohnes jedes Interesse verloren, hat sich nicht mehr um sein Land und dessen Bewohner gekümmert, hat gepraßt, gesoffen und krakeelt und sich mit seiner Frau gestritten, weil ihm sein Leben sinnlos erschien.

Meinem Löwen hingegen ist auch jetzt noch keine Mühe, keine Plage zuviel, um sein Land erblühen zu lassen, denn es ist das Erbe unserer Kinder. Und wenn er erfahren muß, wie schändlich diese ausländischen Rotten in unserem Land hausen, dann trifft ihn das bis ins Mark. Weißt du, was sie tun, diese erzbischöflichen Truppen? Sie morden, brennen und schänden, weder Kirchen noch Klöster, nicht einmal Friedhöfe sind vor ihnen sicher. Sie rauben die Kirchen leer und tun den Nonnen Gewalt an. Ich kann nur hoffen, daß der allmächtige Gott diese christlichen Erzbischöfe dafür zur Verantwortung zieht, und es wäre mir lieber, wenn es nicht erst bei ihrer Prüfung im Himmel, sondern schon hier auf der Erde geschehen könnte, und je schneller, desto besser.

Jedenfalls sind sie alle vor Haldensleben aufmarschiert, das zum Glück von einem unserer treuesten Männer, nämlich Bernhard von der Lippe, verteidigt wird. Ich kann nur hoffen, daß er der Belagerung der Übermacht widerstehen kann. Außerdem hat mein Löwe ein Heer nach Halberstadt geschickt, damit Bischof Ulrich christliche Demut lernen soll. Von dort haben wir noch nichts gehört.«

Lothar und Otto stritten sich um ein Spielzeugpferd. Lothar riß es an sich, und Otto begann zu schreien.

»Ruhe!« erklang es streng aus der Ecke, wo Richenza noch immer mit dem Finger den Zeilen in ihrem Buch folgte.

»Hört ihr nicht, daß unsere Mutter sich große Sorgen um den Krieg im Land macht? Kann sie dann nicht wenigstens in unserer Burg Frieden haben?«

Verblüfft blickten Mathilde und ich uns an. Wir hatten geglaubt, daß die Kinder unserer Unterhaltung keinerlei Aufmerksamkeit schenken würden. Daß aber die siebenjährige Richenza alles mitangehört und verstanden hatte, war erstaunlich. Rasch zählte ich die übriggebliebenen Äpfel in der Schale – vier, gut so! und verteilte sie an die Kinder. Da saßen die Buben nebeneinander und kauten einträchtig, und der von Richenza gewünschte Friede war wiederhergestellt.

»Ich habe eine Lösung«, teilte ich Mathilde mit.

»Laß die Apfelernte im Land einsammeln und an die Heere senden, und der Krieg ist aus.«

Aber Mathilde konnte leider nicht darüber lachen.

In der folgenden Woche durfte ich nach dem strengen Urteil des Arztes und dem noch strengeren meiner Freundin Mathilde zum erstenmal wieder aufstehen. Ich war noch schwach und elend, aber das ständige Liegen war mir inzwischen unerträglich langweilig. Außerdem rührte sich langsam mein Appetit wieder, und ich freute mich auf das Festmahl, das meine Freundin für mich ausrichten wollte. Gottschalk hatte inzwischen alle Waren verkauft und war zu mir auf die Burg gezogen. Er war schon fertig angezogen und sah mir zu, wie Mathildes Kammerfrau mir sanft und vorsichtig das lange Haar kämmte und aufsteckte und statt der festen Haube einen Schleier mit Silberfäden aus Mathildes Kleidertruhe darüber befestigte. Mathilde hatte mir auch angeboten, mir eins ihrer schönen Kleider zu leihen, aber darüber lachte ich fast Tränen. Meine Freundin war einen guten Kopf größer als ich, und ich wäre ständig über das viel zu lange Gewand gestolpert. Ich war auch mit dem einen Festkleid zufrieden, das ich im Gepäck hatte. So ging ich an Gottschalks Arm in die große Halle, die festlich geschmückt war, obwohl es nur ein Familienfest war und wir im kleinen Kreis bleiben würden.

Bei Tisch durfte ich an der Seite des Löwen sitzen. Die Mägde hatten bereits den ersten Gang hereingebracht, ein gebratenes Wildschwein, das verlockend duftete. Der Herzog hob seinen Becher auf mich und suchte offenbar nach den passenden Worten, um auf meine baldige Genesung zu trinken, als wir im Hof ein Pferd eingaloppieren hörten. Wir hatten noch den allerersten Bissen im Mund, da meldete der Haushofmeister einen Boten aus Halberstadt. Erhitzt und erschöpft vom eiligen Ritt, ließ sich der Mann auf ein Knie vor dem Herzog nieder.

»Sieg, mein Herzog! Ihr befahlt uns, Halberstadt zu erobern – wir haben Euren Wunsch erfüllt! Die Stadt ist gefallen.«

Da lachte der Löwe, rief den Mundschenk, damit er dem Ritter einen großen Humpen einschenken sollte, nahm Mathildes Hand und führte sie an seine Lippen.

»Wie recht du hattest, als du für heute ein Festmahl angesetzt hast, meine Liebe«, sagte er vergnügt.

Und zu dem Boten: »Iß und trink, und wenn du satt bist, berichte mir genau.«

Gehorsam trollte sich der Ritter an das Ende der Tafel und verschlang dort solche Mengen, als habe er wochenlang fasten müssen, dabei war das Heer erst vor gut einer Woche aufgebrochen. Mit einem solch raschen Erfolg hatte der Herzog nicht gerechnet.

Nachdem alle gesättigt waren, ließ Mathilde die Reste in den Burghof hinausschaffen. Vor dem Tor lauerten die Bettler schon darauf. Dann rief der Herzog den Ritter zu sich. Der ließ das letzte Hühnerbein fallen, wischte die Hände am Tischtuch ab und stand vor dem Herzog.

Stolz berichtete er, wie des Herzogs Leute die Stadt des unbotmäßigen Bischofs mit solcher Macht berannt hatten, daß sie schon nach wenigen Tagen fiel.

Zögernd setzte er dann noch hinzu, es sei ihnen bei der Eroberung nützlich gewesen, daß in der Stadt ein großer Brand entstanden sei, der nicht mehr gelöscht werden konnte.

Herr Heinrich erstarrte. »Nicht mehr gelöscht? Das heißt doch wohl nicht, ein großer Teil der Stadt ist abgebrannt?«

Der Ritter scharrte betreten mit dem Fuß und walkte die Kappe in seinen Händen.

»Ich fürchte, doch. Eigentlich ist die ganze Stadt abgebrannt. Mit sämtlichen Kirchen. Und mit etwa tausend Leuten, die sich in die Kirchen geflüchtet hatten.«

Tief bestürzt sank der Herzog auf seinen Sitz zurück. »Das war aber nicht mein Wille. Erobern wollte ich die Stadt, nicht brandschatzen. Und alle Kirchen zerstört? Und tausend Tote? Das ist schrecklich, und ein sehr böses Vorzeichen …« murmelte er.

»Aber einen haben wir aus der brennenden Stadt retten können: Bischof Ulrich wurde im letzten Augenblick aus seiner Kirche gezerrt, kurz bevor das brennende Dach einstürzte. Wir haben ihn als Gefangenen mitgebracht.«

Heinrich starrte ihn sprachlos an. Dann donnerte seine Faust auf den Tisch, und er sprang auf.

»Meinen Mantel! Mein Schwert!« befahl er. »Wo genau ist der Bischof? Los, führe mich sofort zu ihm.« Und schon war er fort.

Nach kaum einer Stunde war er wieder zurück und führte seinen greisen Gefangenen mit großer Höflichkeit an der Hand in den Saal. In dieser kurzen Zeitspanne war es Mathilde gelungen, alles vorzubereiten, was dem Bischof jetzt nötig war: Eine frische Mahlzeit stand bereit, mehrere Räume waren mit allen Bequemlichkeiten für ihn gerichtet, und sie begrüßte ihn mit dem Charme und dem Liebreiz, der nur ihr eigen war, aber auch mit der königlichen Würde ihrer Mutter Alienor. Die bitterböse Miene des Kirchenfürsten entspannte sich langsam.

In dieser Nacht schlief Herzog Heinrich nicht. Er kniete in der Burgkapelle auf dem kalten Steinboden. Er bat Gott inbrünstig um Vergebung für das, was Halberstadt widerfahren war, und betete für die Seelen der Verbrannten und Erschlagenen.

In den nächsten Tagen wurde Gottschalk immer unruhiger. Üblicherweise reiste er ja nach Lübeck und kaufte dort Felle, Wachs und Honig ein; aber in diesem Jahr wußte er nicht, ob die Wege sicher genug waren. Er erwog, statt dessen schon nach Köln zurückzukehren; aber da hatte er nicht mit Mathilde gerechnet. Sie fragte ihn mit hochgezogenen Augenbrauen, ob er mich denn unbedingt umbringen wolle, und verbot ihm schlichtweg, mich den Strapazen der Heimreise auszusetzen, weil mein Zustand dies einfach noch nicht zuließe. Gottschalk sah dies auch ein. Auf der Burg herumzusitzen und auf meine Genesung zu warten, war ihm aber unerträglich, und er hatte auch kein Interesse daran, auf der Jagd Zerstreuung zu suchen. Und schließlich lebten wir ja vom Handel, also machte er sich mit Lutwin und Gereon doch auf den Weg nach Lübeck. Zum Abschied küßte er mich und sagte, er sei spätestens in vier Wochen wieder da, und dann führen wir wieder heim nach Köln.

Aber die vier Wochen vergingen, und ich hörte nichts von meinem Mann, auch nicht nach acht Wochen. Der Herzog hatte beschlossen, das Weihnachtsfest in Lüneburg zu feiern, und der Hof rüstete sich zur Abreise. Ich grämte mich, denn ich hatte Angst um Gottschalk und Sehnsucht nach meiner Kinderschar in Köln. Noch immer hatte ich heftige Anfälle von Übelkeit und mußte mich übergeben. Ich war ganz dünn geworden. Mathildes Leibarzt sah wieder nach mir, ließ mich den Kopf schütteln, sah mir lange in die Augen, drückte hier und drückte da.

»Ich kann mir nicht erklären, warum die Übelkeit noch immer anhält, obwohl die Kopfschmerzen deutlich nachgelassen haben«, meinte er.

»Wir sollten unbedingt einen Aderlaß machen.«

Ich wehrte heftig ab.

Die Kammerfrau flüsterte Mathilde etwas ins Ohr, und diese reichte dem Arzt ein Geldstück und schickte ihn dankend weg.

»Wie wäre es, wenn wir statt dessen eine Hebamme befragen?« sagte sie. Ich sah sie sprachlos an. Daß ich nicht selbst auf diesen Gedanken gekommen war! Und sie hatte recht: Meine letzte Mondblutung war in Köln gewesen, aber in meinem elenden Zustand hatte ich nicht darauf geachtet.

Da also mein Kopf offenbar geheilt war, stand der kurzen Reise nach Lüneburg nichts weiter im Weg.

Das Weihnachtsfest wurde dort mit Pracht gefeiert, und Bischof Ulrich hatte stets den Ehrenplatz inne. Aber es wollte kein Frohsinn aufkommen. Kurz nach dem Fest erkältete sich der Bischof und mußte das Bett hüten, auf das sorgfältigste gepflegt von Herzogin Mathilde und ihrem Leibarzt. So versäumte er fast den völlig unerwarteten Besuch, der unmittelbar nach Neujahr auf der Burg erschien.

Ich ging gerade mit Mathilde die Rechnungsbücher des Haushofmeisters durch, als wir Fanfaren vor der Burg hörten. Neugierig trat ich ans Fenster, hob den Rahmen mit der Kalbshaut heraus und schaute hinunter.

»Das ist ja euer eigenes Wappen«, bemerkte ich. Mathilde legte die Feder hin und kam zu mir herüber. Sie stutzte und schaute genauer hin.

»Kaum zu glauben. Das kann nur der Onkel meines Löwen sein.«

»Wer?«

»Nun, der alte Welf aus dem Schwäbischen. Und mit einem reichlichen Gefolge. Schnell, Sophia, sag bitte in der Küche Bescheid, während ich mich rasch umziehe.«

Mit diesem Gast hatte man wirklich nicht gerechnet.

Nicht zu dieser Jahreszeit, nicht bei der Entfernung von Ravensburg nach Lüneburg. Es mußte etwas Wichtiges sein, das ihn hergeführt hatte. Ihn, seinen Sekretär, seinen Stallmeister, zwei Pferdeknechte, drei Diener und zwei Musikanten sowie eine Anzahl Reisiger. In unglaublicher Geschwindigkeit hatte Mathilde sich schöngemacht und rauschte in die Halle, wo der Haushofmeister gerade einen Willkommenstrunk aus einer großen silbernen Kanne einschenkte. Ich folgte ihr.

Graf Welf erhob sich. Auf den ersten Blick verblüffte er mich durch seine Ähnlichkeit mit seinem Neffen, dem Löwen, mit seinen schwarzen Haaren und Augen, seiner kräftigen Statur. Auf den zweiten Blick sah ich, daß er eher ein schwächeres Abbild war, die Haare mit viel mehr Grau durchsetzt, die Augen viel matter als bei Herzog Heinrich, die Gestalt schon ein wenig gebeugt. Aber er war ja auch vierzehn Jahre älter. Sein Reitanzug war von teurem, gutem Tuch, wie ich auf den ersten Blick sah, seine Stiefel dürften den Gegenwert von zehn Kühen gekostet haben.

Graf Welf verneigte sich höflich vor der Herzogin, sie aber schloß ihn ohne Umschweife in die Arme.

»Seid herzlich willkommen, lieber Oheim«, sagte sie. »Ich freue mich sehr, daß Ihr gekommen seid, und hoffe, dies wird ein langer Besuch. In Kürze werden einige Gemächer auf das beste für Eure Bequemlichkeit vorbereitet sein. Mein Gemahl ist auf der Jagd, ich denke aber, daß er sehr bald hier eintreffen wird. Fürs erste nehmt bitte mit meiner Gesellschaft vorlieb.«

Dann stellte sie ihm ihren Sekretär und mich vor, und wir nahmen Platz am lodernden Kamin. Höfliche Rede und Gegenrede plätscherte dahin, bald erschienen die Kinder, sauber und frisch gekämmt und mit tadellosem Benehmen, obwohl ich sie doch vor kurzem völlig zerzaust bei einer wilden Schneeballschlacht beobachtet hatte. Artig küßten sie die Hand des Großonkels, aber dieser widmete ihnen nur wenig Aufmerksamkeit.

Der Graf machte dann einen Krankenbesuch bei dem bettlägerigen Bischof Ulrich, und bald ritt auch der Herzog in den Hof ein. Bis dahin hatte Mathilde immer noch nicht herausgefunden, was den Grafen eigentlich nach Lüneburg geführt hatte.

Es duftete wunderbar aus der Küche. Der Koch hatte sich selbst übertroffen und die Küchenmägde und Gehilfen so herumgescheucht, daß sie völlig erschöpft waren. Aber wir nahmen das Mahl im kleinsten Kreis ein. Der Bischof war fiebrig und mochte nicht aufstehen, und Herzog Heinrich bat keinen seiner Männer zur Tafel. Ich wollte mich aus purer Höflichkeit auch zurückziehen und nur eine Kleinigkeit in meiner Kammer essen, bevor ich früh zu Bett ging, aber Mathilde bestand auf meiner Anwesenheit.

»Onkel Welf hatte schon immer etwas übrig für schöne Frauen; du mußt mir helfen, ihn in günstige Laune zu bringen«, sagte sie.

Das gab mir zu denken. Was war denn von dem alten Schwaben zu befürchten? Ich wurde neugierig, und nun hätte mich nichts mehr dazu bewegen können, vorzeitig schlafen zu gehen. Ich zog mein schönstes Kleid an, das meine Schwangerschaft noch verbarg, und ließ mir die Haare von Mathildes Kammerfrau kämmen, hochstecken und mit einem golddurchwirkten Haarnetz bedecken. Weil ich noch immer sehr blaß war, rieb Mathilde mir eigenhändig etwas rote Farbe auf die Wangen. Bei Tisch saß Graf Welf auf dem Ehrenplatz, zu seiner Rechten die Herzogin, ich durfte zu seiner Linken Platz nehmen. Mathilde und ich häuften eigenhändig dem Grafen die leckersten Bissen auf den Teller, und ich habe selten einen älteren Menschen so reichlich und genießerisch essen sehen. Er war dann auch bester Laune und zählte die hervorragenden Persönlichkeiten der gesamten welfischen Sippe auf, und zwar aus mehreren Jahrhunderten. Der Zuhörer mußte den Eindruck gewinnen, daß sämtliche Mitglieder dieser Familie ganz außerordentliche Menschen mit höchst ungewöhnlichen Schicksalen gewesen waren. Manche seiner Erzählungen kannte ich schon, zum Beispiel die Geschichte von dem Grafen Welf mit der vornehmen sächsischen Gemahlin, der unzufrieden damit war, daß zwei seiner Töchter mit Kaiser Ludwig und dessen gleichnamigem Sohn vermählt wurden – er hielt die Kaiserfamilie für unstandesgemäß!

Aber die Geschichte von Heinrich mit dem goldenen Wagen kannte ich noch nicht: Der hatte sich vom Kaiser versprechen lassen, daß er so viel Land von diesem erhalten sollte, wie er mit dem Pflug zur Mittagszeit umrunden könnte. Der Kaiser dachte wohl, das könne nur ein kleiner Fleck Erde sein, der listige Heinrich hatte sich jedoch gut vorbereitet. Als der Kaiser seinen Mittagsschlaf hielt, hing sich Heinrich ein kleines Schmuckstück in Form eines Pfluges an einer Kette um den Hals, schwang sich auf sein Pferd und ritt wie der Teufel um ein Gebiet herum, das er vorher sorgsam ausgewählt hatte und in dessen Mitte die Ravensburg stand. In kurzen Abständen hatte er auf dem Weg frische Pferde aufgestellt und hetzte sie auf seinem Weg; als auch das letzte Pferd mit schäumenden Nüstern und zitternden Flanken innehielt und nicht mehr zum Weiterritt zu bewegen war, fehlte dem Grafen Heinrich noch ein Berg, den er gern gehabt hätte. Da sprang er ab und griff sich eine Stute, die er zufällig auf einer Wiese entdeckte. Als die Stute merkte, wie steil der Berg war, blieb sie stehen und weigerte sich eigensinnig, den Grafen hinaufzutragen. So mußte Heinrich auf diesen Berg verzichten. Und bis heute ist keiner der welfischen Fürsten jemals wieder auf eine Stute gestiegen.

Inzwischen war der Kaiser aus dem Schlaf erwacht, und Graf Heinrich trat vor ihn, erhitzt vom langen, scharfen Ritt, aber strahlend vor Freude, weil ihm diese List gelungen war, zeigte ihm den Pflug an der Kette und bat den Kaiser, er möge sein Versprechen erfüllen und ihn mit dem bezeichneten Gebiet begaben. Der Kaiser ärgerte sich im geheimen, daß er überlistet worden war, machte aber gute Miene zum bösen Spiel, hielt sein kaiserliches Wort, kaufte das betreffende Gebiet und schenkte es dem Grafen.

Graf Welf erzählte diese Geschichte sehr spannend, und Mathilde und ich lachten und klatschten ihm Beifall, und er freute sich, hob seinen Becher und stieß zuerst auf Mathilde, dann auf den Herzog, seinen Neffen, und zum Schluß auch noch auf mich an.

Dann berichtete er gutgelaunt, daß dem Eticho, dem alten Vater des Grafen Heinrich, die List seines Sohnes keineswegs gefallen hatte, denn er befand, Schlauheit und Ehrenhaftigkeit seien oft nicht vereinbar. Außerdem erzürnte er sich maßlos über die Gemahlin, die sein Sohn Heinrich sich gewählt hatte. Sie war eine uneheliche Tochter des Kaisers Arnulf. Dieser hatte lange Jahre eine Friedelfrau namens Ellinratha. Sie gebar ihm eine Tochter, die wie die Mutter genannt wurde. Da Arnulf inzwischen alt war und sich Sorgen um die Zukunft seiner Geliebten und der kleinen Tochter machte, wenn er nicht mehr dasein würde, verheiratete er sie mit seinem Getreuen Rapoto von Hohenwarth. Bald darauf starb Arnulf, und die jüngere Ellinratha, nunmehr nach dem Ziehvater Atha von Hohenwarth genannt, war die Auserwählte des welfischen Grafen Heinrich mit dem goldenen Wagen.

Der alte Graf Eticho schämte sich zutiefst für diese Ehe seines Sohnes: die uneheliche Tochter eines Mannes, der selbst einer illegitimen Verbindung entsprossen war, mochte er auch Kaiser gewesen sein – dies war eine hudelige Familie, und nie würde er Atha als Schwiegertochter anerkennen können! Grollend nahm er ein Dutzend treuer Männer mit und zog mit ihnen davon in einen Wald, wo er den Rest seines Lebens als Einsiedler verbrachte; sein Sohn hat ihn nie wieder gesehen.

Dieses Ende fanden wir dann wieder eher traurig.

Aber wie es bei älteren Leuten oft der Fall ist, Graf Welf kam und kam zu keinem Schluß. Er mußte uns unbedingt noch die Geschichte vom Grafen Welf und seiner Gemahlin Imiza von Luxemburg erzählen. Nach dem Tod ihres einzigen Sohnes schickte Imiza Boten nach Italien; dorthin hatte sie ihre Tochter Kunigunde als Gattin des Grafen Azzo von Este verheiratet. Kunigunde war im gleichen Jahr wie ihr Bruder Welf verstorben, hatte aber einen Sohn hinterlassen, der passenderweise ebenfalls den Namen Welf trug. Imiza ließ dem Grafen Azzo ausrichten, er möge doch den Sohn nach Schwaben schicken, damit er dort das Erbe antreten und die Familie fortführen könne.

Da Graf Azzo gerade im Begriff war, eine neue Ehe einzugehen, war ihm der achtzehnjährige Sohn eher im Wege, und er stimmte gerne zu. So ritt der junge Welf über die Alpen, und seine Großmutter durfte ihn erfreut in die Arme schließen.

Aha, dachte ich mir, von diesem halben Italiener haben die Welfen dann wohl ihre schwarzen Haare und dunklen Augen geerbt.

Nach dieser erbaulichen Geschichte ließ sich Graf Welf noch einmal nachschenken und tat einen sehr tiefen Zug zum Gedenken dieses seines Großvaters.

Ich muß gestehen, so interessant ich diese Geschichten fand, langsam drehte sich mir der Kopf, und ich war mir nicht sicher, ob ich noch alle verschiedenen Männer namens Welf auseinanderhalten konnte. Ich wäre jetzt ganz gern zu

Bett gegangen, aber der neben mir sitzende Welf hatte noch lange nicht genug und fuhr unerbittlich fort.

Wir erfuhren jetzt, daß sein Großvater Welf die Gräfin Judith von Flandern heiratete, und das war eine seltsame Ehe. Die Braut war schon etwa vierzig Jahre alt und die Witwe des Grafen von Northumberland, der wiederum ein Bruder des Königs Harald von England gewesen war und zusammen mit diesem in der Schlacht bei Hastings gegen Wilhelm von der Normandie gefallen war. Gleichwohl wurde diese späte Ehe zwischen Welf und Judith noch mit zwei Söhnen und einer Tochter gesegnet. Natürlich trug der älteste Sohn den Namen Welf, und den verheirateten die Eltern als Sechzehnjährigen mit der überaus reichen und mächtigen Gräfin Mathilde von Tuszien – die war dreiundvierzig, und Welfs Eltern mochten meinen, was bei ihnen gelungen war, könne auch bei ihrem Sohn klappen. Aber daraus wurde nichts.

»Es ist zum Totlachen«, prustete Graf Welf. Seinem geröteten Gesicht merkte man inzwischen die geleerten Humpen deutlich an. »Da legten sie meinen Onkel Welf der alten Schachtel ins Bett, und es wurde nichts daraus.« Er blickte in seinen Humpen, stutzte, weil dieser schon wieder leer war, winkte dem Mundschenk und trank gleich noch einmal.

»Obwohl«, meinte er dann sinnend, »vielleicht hat sie ihn ja gar nicht in ihr Bett gelassen?«

Herzog Heinrich räusperte sich mahnend; er liebte es nicht, wenn man sich in Gegenwart seiner Gemahlin zu unfein ausdrückte. Aber Graf Welf fuhr ungerührt fort:

»Geheiratet hat sie ihn jedenfalls nur auf Wunsch des Papstes, das ist klar; mein Onkel wollte ihren riesigen Besitz erben, er konnte ja nicht wissen, daß sie diesen längst in ihrem Testament dem Papst übertragen hatte. Dem Kaiser hat sie ihn übrigens auch versprochen. Nur mein Onkel wußte von nichts. Irgendwie hat sie ihn ein paar Jahre lang hingehalten. Dann war sie fast fünfzig, und auf Kinder war keinesfalls mehr zu hoffen, da bekam mein Onkel die Sache mit dem Testament heraus, voller Wut trennte er sich von ihr. Aber was half es ihm? Verheiratet blieb verheiratet, eine neue Frau konnte er nicht nehmen. Vor lauter Verdruß fing er an zu fressen und war bald in ganz Bayern und Schwaben als Welf der Dicke bekannt.«

Er rülpste gewaltig und schaute sich dann nach dem Mundschenk um. Dieser eilte mit der Kanne herbei, aber der Graf hatte einen anderen Wunsch.

»Ist noch etwas von der schönen Mandelspeise übrig?« fragte er. Glücklicherweise war dies der Fall, obwohl Welf sich schon zuvor dreimal davon bedient hatte. Er schaufelte sich also einen gewaltigen Berg auf seinen Teller und fing an zu schlingen, als habe er tagelang gefastet. Ich wunderte mich, daß er nicht auch längst den Namen Welf der Dicke trug, aber er war merkwürdigerweise nicht fett, sondern nur massig.

Wie gern hätte ich mich längst zurückgezogen! Aber Graf Welf war eisern entschlossen, auch noch über seine eigene Generation der Welfenfamilie zu sprechen. Er erzählte also ausführlich von seinen älteren Brüdern, die alle schon lange tot waren, sowie den Schwestern – alle gleichfalls seit längerem verstorben. Als er von der ältesten Schwester Judith berichtete, der Mutter von Kaiser Friedrich, die seit einem halben Jahrhundert unter der Erde lag, übermannte ihn die Rührung, und er fing an zu weinen. Jetzt schien mir der richtige Augenblick gekommen, ganz heimlich zu gehen; aber ich konnte nicht, des Grafen Fuß stand auf dem Saum meines Kleides, und ich konnte mich weder mit sanftem noch mit stärkerem Ziehen befreien. So mußte ich ausharren, bis der Graf seinen Kummer über den Tod dieser besonders geliebten Schwester überwunden hatte. Er schluchzte noch eine Weile, wischte sich dann die Tränen ab und sagte vorwurfsvoll zu Herzog Heinrich, er hätte nicht gedacht, daß man an seinem Tisch hungern und dürsten müsse. Ohne mit der Wimper zu zucken, entschuldigte sich Herr Heinrich, winkte dem Mundschenk und befahl ihm, unverzüglich eine große Kanne Wein nicht nur zu bringen, sondern auch auf dem Tisch in Reichweite von Graf Welf zu lassen sowie nach eventuellen Resten der Mandelspeise zu forschen. Dies stimmte seinen betrübten Onkel wieder heiter. Er richtete einen freundlichen Blick auf seinen Neffen, und als er zu ihm sprach, klang seine Sprache zwar etwas verwaschen, aber seine Augen schienen mir so klar und listig, daß ich mich fragte, ob wir es nicht mit einem großartigen Schauspieler zu tun hätten.

»Da wäre ja noch eine Kleinigkeit zwischen uns zu regeln, Neffe«, sagte Graf Welf.

Der Herzog zuckte merklich zusammen. Offenbar hatte er die ganze Zeit gefürchtet und erwartet, daß da noch etwas zur Sprache käme, was er selbst lieber nicht besprochen hätte.

»Du siehst müde aus, lieber Oheim. Darf ich dich selbst zu deinen Gemächern geleiten?« fragte er scheinheilig. Aber es half ihm nichts.

»Gleich, gleich. Nur sage mir noch zuerst: Wir hatten vereinbart, daß ich dich als Erben der schwäbischen Hausgüter einsetze, die mir in der Erbteilung zugefallen sind. Wir hatten weiter abgesprochen, daß du mir dafür eine angemessene Entschädigung zahlst. Außerdem hatten wir vorgesehen, daß diese Summe im vergangenen Jahr in meine Hand kommen sollte, damit ich selbst noch etwas davon habe. Richtig?«

Oh weh. Ich wollte fliehen, aber der Fuß des Grafen stand schwerer denn je auf meinem Kleid.

»Richtig, Oheim«, sagte der Löwe knapp.

»Das Geld ist aber nicht bei mir angekommen. Warum nicht?«

Heinrich seufzte.

»Ich kam nicht dazu, es abzusenden«, sagte er lahm. »Ich hatte mich um so viele Dinge zu kümmern ... Und auch sehr große Ausgaben ... Zur Zeit habe ich wirklich andere Sorgen.«

Ja, Diplomatie war nicht die Stärke dieses Kraftmenschen.

Der Graf sah ihn unter halbgesenkten Lidern an. Er wartete. Warum sagte Heinrich nichts? Warum versprach er nicht unverzügliche Zahlung, oder zumindest einen Abschlag, irgend etwas? Statt dessen zuckte er nur hilflos mit den Achseln.

»Nun, dann will ich mich jetzt zu Bett begeben«, sagte Graf Welf kurz, nahm endlich den Fuß von meinem Kleid und dafür den Arm des Neffen, neigte sich höfisch vor Herzogin Mathilde, zwinkerte mir zu und entschwand.

Mathilde hatte damit gerechnet, daß der Gast eine Weile bleiben würde; aber während sie am nächsten Morgen in aller Frühe dabei war, mit dem Haushofmeister Belustigungen für Graf Welf zu planen, trat dieser selbst bei ihr ein. Von dem gestrigen Gelage war ihm nicht mehr viel anzumerken. Er strömte zwar noch einen gewaltigen Weindunst aus, so daß ich den Verdacht hatte, seine morgendliche Wäsche hätte sich auf die Fingerspitzen beschränkt, aber seine Augen blickten klar und scharf. Er trug Reitkleidung.

Höflich verneigte er sich vor Mathilde und reichte ihr eine kostbare, mit Edelsteinen besetzte und herrlich geschmiedete goldene Agraffe. »Verehrte Nichte, so etwas tragen die Damen bei uns in Schwaben jetzt«, bemerkte er heiter. »Man steckt es an die Haube oder rafft den Haarschleier damit zusammen. Eure Kammerfrau wird schon wissen, wie man das macht. Nicht, als ob Eure Schönheit irgendeine Verzierung nötig hätte«, fügte er noch hinzu und lächelte schelmisch.

Ich dachte, daß man in dem alten Herrn noch immer den Knaben erkennen konnte, der er einst gewesen war – das jüngste, gehätschelte Kind in einer langen Geschwisterreihe.

Dann wandte er sich zu mir und reichte mir einen Ring, kostbarer als irgendein Schmuckstück, das ich je besessen hatte.

»Liebe Sophia, ich danke auch Euch für einen schönen Abend in reizender weiblicher Gesellschaft. Nehmt dies zum Andenken an einen alten Mann, der sich nur noch aus der Ferne an Schönheit erfreuen darf, obwohl er sie zu seiner Zeit auch aus der Nähe sehr zu schätzen wußte. Und verzeiht auch, daß mein Fuß gestern Abend auf Eurem Kleid gestanden hat.«

Ich wurde puterrot und war ganz froh, daß mein Gottschalk dieses schon etwas bedenkliche Kompliment nicht gehört hatte. Ich machte einen tiefen Knicks vor dem Grafen.

»Nun darf ich mich von Euch verabschieden, meine Reise führt mich weiter«, sagte Graf Welf. Mathilde traute ihren Ohren nicht. Mit diesem überstürzten Abschied hatte sie durchaus nicht gerechnet.

»Aber lieber Onkel, wollt Ihr nicht noch eine Weile bei uns bleiben«, bat sie bestürzt. Der Graf schüttelte lächelnd den Kopf. »Meine Pferde sind bereits gesattelt, und ich war so frei, mir etwas Reiseproviant einpacken zu lassen – Eure Erlaubnis vorausgesetzt.«

Mathilde sandte eiligst ihre Kammerfrau in die Kapelle, wo Herzog Heinrich sein Morgengebet verrichtete. Er kam gerade noch rechtzeitig herbei, um seinen Oheim aufsitzen zu sehen. Der Graf blickte auf seinen verblüfften Neffen herab.

»Leb wohl, Heinrich«, sagte er, und seine Stimme klang freundlich, hatte aber einen deutlich spöttischen Beiklang.

»Du hast wohl gedacht, ich mache es sowieso nicht mehr

lang? Siehst du, Neffe, der Gedanke ist mir auch schon gekommen.«

Er tippte mit der Hand an den Rand seiner Fellkappe, sandte noch einmal einen höfischen Gruß zu Mathilde und einen Handkuß zu mir und preschte dann aus dem Burghof, sein Gefolge hinterher.

Mathilde schaute ihm beklommen nach.

»Was kann er damit wohl gemeint haben?« fragte sie ihren Mann.

Heinrich zuckte unbehaglich die Achseln.

»Ich weiß es auch nicht. Aber zum Glück hat er nicht darauf bestanden, daß ich ihm den vereinbarten Preis sofort aushändige, das hätte mich in ernsthafte Schwierigkeiten gebracht.«

Er legte den Arm um seine Frau und führte sie ins Warme zurück.

*

Nach der Abreise des Grafen Welf wollte keine heitere Stimmung mehr aufkommen.

Zu zweifelhaft lag das kommende Jahr vor Herzog Heinrich; er hatte allen Grund zu der Annahme, daß der Kaiser ihm übelwollte. Drei Vorladungen zu Reichstagen hatte der Löwe nicht beachtet. Er sah keine Veranlassung, sich vor seinen Feinden zu rechtfertigen, und wußte auch, daß er in Rede und Gegenrede den geschmeidigen Kirchenfürsten wie Philipp von Köln oder Wichmann von Magdeburg unterliegen mochte.

Ich erschrak zu Tode, als ich von Mathilde hörte, daß ihr Gemahl die kaiserliche Ladung dreimal mißachtet hatte.

»Oh, Mathilde! Warum hat er das gewagt?« flüsterte ich.

Mathilde schwieg eine Weile und schaute aus dem Fenster in den Schloßgarten, wo Bischof Ulrich, auf des Herzogs Arm gestützt, ein paar Schritte im Schnee spazierenging.

Inzwischen schien er ein Herz und eine Seele mit seinem Gastgeber zu sein.

»Es ist nicht so aussichtslos, wie du jetzt denkst«, meinte sie schließlich. »Sein Stiefvater, der Herzog Heinrich Jasomirgott von Österreich, hat sich vor vielen Jahren König Konrad gegenüber ebenso verhalten, und er hat Erfolg gehabt. Das kann meinem Mann auch gelingen.« Es klang aber nicht wie eine Feststellung, sondern eher wie ein Wunsch.

Mathilde beugte sich über ihren Stickrahmen. Nur hier am Fenster war es hell genug, um das schwierige Muster der Altardecke zu erkennen. Aber es kam so kalte Luft herein, daß ihre Finger steif waren und sie sich ständig stach. Ungnädig warf sie die Arbeit beiseite und rieb sich die klammen Hände.

»Ich will dir anvertrauen, daß Heinrich letzten Sommer mit dem Kaiser zusammengetroffen ist. Zwar folgte er nicht der Ladung zum Reichstag nach Magdeburg, wo seine Gegner wie die Schmeißfliegen auf ihn lauerten, aber wie zufällig ritt er nach Haldensleben, also ganz in die Nähe. Dort bat er Barbarossa um eine Unterredung, und die Vettern haben sich getroffen. Mein Mann bat Friedrich um Unterstützung, und der schaute ihn lange an. Sein Blick sagte: ›Chiavenna, Heinrich! Chiavenna! Da habe ich dich angefleht, und du wolltest mir nicht helfen, oder doch nur für einen zu hohen Preis.‹ Aber so etwas würde Kaiser Friedrich natürlich niemals aussprechen. Statt dessen sagte er: ›Ich bin stets, wie immer, bereit, dir zu helfen, Vetter. Nur kannst du nicht erwarten, daß ich das Gericht der Fürsten etwa bevormunde.‹

Genau das hatte Barbarossa zwar seit jeher getan, aber – gut.

›Aber natürlich will ich gerne vermitteln. Nur hat das seinen Preis. Du hast schließlich erhebliche Schäden bei deinen Gegnern angerichtet, die müssen bezahlt werden.‹

Das waren Töne, die Heinrich noch nie vernommen hatte.

Er schluckte und fragte dann trocken: »Wieviel, Vetter?« Und Barbarossa sagte, wie nebenbei, als handele es sich um eine Geringfügigkeit:

›Nun, ich denke, mit fünftausend Silbermark könnten die Fürsten sich beruhigen …‹«

Ich schlug die Hände zusammen. »Fünftausend Silbermark?« fragte ich entsetzt.

»Das ist eine riesige Summe. Die konnte der Herzog wohl nicht aufbringen?«

Mathilde schloß mit einem Knall das kleine Fenster mit seinen bunten Scheiben.

»Darum ging es nicht, Sophia. Sollte alle Welt sagen, daß Heinrich nur bestehen könne, nachdem er sich das Wohlwollen seines kaiserlichen Vetters mit Geld erkauft hatte? Und es wären weitere Forderungen gekommen: Der Magdeburger, der Kölner, sie hätten ja nicht nur Ersatz für ihre erlittenen Verluste verlangt, die im übrigen geringer waren als die Schäden, die sie in Heinrichs Landen angerichtet haben. Sie hätten auch noch die Kosten zurückgefordert, mit denen sie den Krieg in unser Land getragen haben: den Sold, die Pferde, die Verpflegung, die Waffen … Nichts wäre uns geblieben. Friedrichs Vermittlungsangebot war eine Falle, keine Großzügigkeit. Das hat mein Löwe erkannt, und darum ritt er wortlos davon.«

Mathilde stand auf.

»Komm, Sophia, wir gehen hinunter in den Garten zu meinem Löwen und Bischof Ulrich. Ein paar Schritte an der Winterluft werden uns auch guttun.«

Auch im Laufe des Januars kam keine Nachricht von Gottschalk. Ich wußte, daß dies viele Gründe haben konnte und nicht unbedingt das Schlimmste bedeuten mußte. Aber was half es, daß mein Kopf dies sagte, wenn doch mein Herz sich täglich ängstigte? Ich war verzagt und unglücklich, und

Mathilde bemühte sich nach Kräften, mich zu trösten und zu beruhigen. Noch nie hatte ich mich so elend gefühlt, wenn ich ein Kindchen trug. Ich war sehr dünn, nur das Bäuchlein wuchs langsam, und die Kammerfrau beriet täglich mit der Köchin, womit mein Appetit wohl angeregt werden könnte, dabei war ich doch wirklich keine wichtige Person am Hof.

Und dann kam der Donnerschlag. Die Fürsten traten in Würzburg zusammen und fällten ihr Urteil über den, der weit mächtiger war als die meisten von ihnen. Selbst Heinrichs Onkel, der alte Welf aus Ravensburg, war dabei. Der Kaiser konnte zufrieden sein: Einstimmig sprachen sie Heinrich schuldig.

Schuldig wessen?

Er habe die Majestät beleidigt, indem er trotz dreier Vorladungen nicht erschienen sei.

Er habe die Freiheit von kirchlichen und weltlichen Würdenträgern unterdrückt und ihren Besitz an sich gerissen.

Was immer das heißen mag.

Alle Lehen wurden ihm aberkannt. Über Heinrich, ehemals Herzog von Sachsen und Bayern, wurde die Acht ausgesprochen.

Dies wurde beschlossen: Das mächtige Herzogtum Sachsen sollte zerschlagen werden; einen riesigen Bissen, der den Titel Herzogtum Westfalen erhielt, bekam Erzbischof Philipp von Köln. Für den Rest wurde Bernhard von Anhalt zum sächsischen Herzog ernannt.

Auch Bayern wurde zerstückelt. Neuer Herzog von Bayern wurde Otto von Wittelsbach, ein Vetter und Bannerträger des Kaisers; die Andechser wurden mit Istrien und Meranien belehnt, die Steiermark zum Herzogtum gemacht.

Viele kleinere Herren dort, wo einst nur das Wort des Löwen galt.

Der Kaiser brauchte damit keinen Konkurrenten mehr zu

fürchten. Ein Schreiben, in schwer verständlichem Juristendeutsch abgefaßt, setzte den Löwen davon in Kenntnis, daß er niemand mehr war.

Heinrich las Mathilde dieses Schreiben vor. Ich hatte mich erhoben und wollte das herzogliche Paar allein lassen, aber Heinrich bedeutete mir, mich wieder zu setzen.

»Bleib nur, Sophia«, meinte er mit stumpfer Stimme. »Bald pfeifen es sowieso die Spatzen von den Dächern.«

Und dann las er uns vor, Satz für Satz, in gleichmäßigem Ton. Als er geendet hatte, schwieg Mathilde lange. Sie brauchte Zeit, um ihre Stimme unter Kontrolle zu haben.

»Die Acht wurde ausgesprochen? Was bedeutet das?« fragte sie.

»Ein Geächteter ist rechtlos. Seine Frau gilt als Witwe, seine Kinder als Waisen. Sein Besitz wird ihm aberkannt. Jeder darf einen Geächteten erschlagen«, sagte der Herzog mit tonloser Stimme.

Mathilde wandte sich ihm zu und nahm seine Hand.

»Was tun wir nun, mein Gemahl?« fragte sie.

Heinrich sah sie mit einem merkwürdigen Blick an.

»Du hast ›wir‹ gesagt, Mathilde«, bemerkte er dann. »Nicht du bist geächtet, sondern nur ich.«

»Heinrich, ich bin deine Frau. Ich folge dir, was auch sein wird. Also, was können wir tun?«

Heinrich warf das kaiserliche Schreiben achtlos auf den Tisch und fing an, im Raum auf und ab zu gehen.

»Sie wollen das Fell des Löwen zerteilen, ehe sie ihn erlegt haben«, murmelte er. »Aber noch liege ich ja nicht verlassen und gefesselt in einem Kerker. Ich habe meine treuen Gefolgsmänner, die auf Dutzenden von Burgen sitzen. Ich kann nach Verbündeten Ausschau halten.

»Mein Vater«, sagte Mathilde. »Er ist kein Freund des Kaisers. Wenn du erlaubst, werde ich ihm schreiben.«

Heinrich nickte.

»Dann die Slawen, Mathilde. Herzog Kasimir steht fest zu mir. Er wird mit Wonne in die Lausitz einfallen und mir so Gegner vom Hals halten.«

»Die Obotriten?« fragte Mathilde.

Heinrich zuckte mit den Achseln. »Pribislaw ist tot, sein Sohn Heinrich Borwin kann sich nicht gegen seinen Vetter Niklot durchsetzen.«

Mathilde schwieg. Niklots Vater war einst von Herzog Heinrich aufgehängt worden, dessen Sohn würde niemals auf der Seite des Löwen stehen.

»Dänemark?« fragte sie noch. Vor drei Jahren hatte Heinrich seine verwitwete Tochter Gertrud dem jungen Sohn und Thronfolger des Dänenkönigs zur Frau gegeben.

»Waldemar ist ein Fuchs. Er wird mir nur beistehen, wenn er sich von mir mehr verspricht als vom Kaiser.«

Mathilde schwieg und sah zum Fenster hinaus. Schnee rieselte in sachten Flocken herab, nur undeutlich durch die Butzenscheiben zu erkennen.

»Hattest du nicht noch mehr Briefe erhalten?« lenkte sie dann ab.

»Ach ja, ein Brief von meinem Onkel war noch dabei«, meinte Heinrich uninteressiert und suchte nach seinem Messer, um das Siegel auf der kleinen Rolle zu lösen. »Wahrscheinlich will er mir erklären, wieso er unter meinen Richtern war. Irgendeine Rechtfertigung hat er sicher bereit, aber mir steht nicht der Sinn danach. Du kannst seinen Brief lesen, wenn du willst.«

Und er schob Mathilde die Rolle zu.

Sie las, erhob sich, ging zum Fenster, wo es heller war, und las noch einmal. Ich sah ihr Gesicht und wußte, daß ein weiterer schwerer Schlag auf den Löwen wartete.

»Heinrich«, sagte sie dann mit belegter Stimme, »nichts von Rechtfertigung. Dein Onkel Welf teilt dir mit, daß er von dem Vertrag mit dir zurücktritt, weil du dich nicht an die Vereinbarungen gehalten und bezahlt hast. Er wird nunmehr sein Erbe dem Kaiser hinterlassen, der ihm sofort die verlangte Summe auf den Tisch legte. Er schreibt, schließlich sei der Kaiser sein Neffe genau wie du.«

Da sprang der Herzog auf und stürmte aus dem Raum. Kurz darauf hörten wir ihn aus dem Hof galoppieren. Erst nach einer Stunde war er wieder da, das arme Pferd schweißbedeckt und mit zitternden Flanken. Heinrich trat ein und ging zu Mathilde, die im Schein einer Lampe bereits einen Brief an ihren Vater schrieb. Sie blickte auf, als er ihr sacht die Hand auf die Schulter legte.

»Meine Liebste, es mag sein, daß ich Fehler gemacht habe; aber du mußt mir glauben, daß ich stets nur an das Erbe unserer Kinder dachte. Mein Fell wollen sie zerteilen? Ich will ihnen zeigen, daß sie noch ein gutes Stück Arbeit haben, mich zu erlegen. Ich bin fest entschlossen, mich mit allen Mitteln zu wehren und uns zu verteidigen.«

Mathilde sah zu ihm auf. Ihre Miene war voller Vertrauen und Zuneigung, als sie mit fester Stimme sagte: »Und ich stehe zu dir, jeden Tag meines Lebens.«

Und so ritten die Boten des Herzogs aus, nach England, Dänemark, Pommern – während ich Mathildes Rechnungsbücher auf dem laufenden hielt, mit ihren Kindern spielte und mich nach meinen eigenen sehnte. Die Angst um Gottschalk hatte ich im Augenblick völlig beiseite geschoben. Nachdem ich einen ganzen Nachmittag in der Burgkapelle die Muttergottes angefleht hatte, sie möge meinen Mann gesund zu mir zurückbringen, hatte ich in der folgenden Nacht einen Traum: Ich kniete wieder in der Kapelle und betete. Als ich die Augen vertrauensvoll auf Maria richtete, lächelte sie mich plötzlich an, raffte den Mantel zierlich und stieg vom Altar herunter. Sie nahm neben mir Platz, legte den

Arm um meine Schultern und sagte leise: »Ich habe meinen Sohn gebeten, daß er deinem ungeborenen Kind den Vater erhalten möge. Mach dir keine Sorgen mehr.« Im nächsten Augenblick stand sie wieder oben auf ihrem Podest, ohne daß ich sie hinaufsteigen gesehen hätte.

Als ich am Morgen erwachte, sah ich das Traumbild immer noch vor meinem Auge. Ich warf mir rasch meinen Mantel über, schlüpfte in die Schuhe und lief eilig zur Kapelle. Sie war noch ziemlich dunkel so früh am Tag, und ich ging nahe an den Marienaltar heran und schaute hinauf. Maria stand ruhig dort oben wie jeden Tag, aber ich hatte das deutliche Gefühl, daß ihre Augen mich freundlich ansahen. Ich warf mich auf den Boden und dankte ihr ganz innig für den Trost, den sie mir gespendet hatte, und seitdem zweifelte ich nie mehr an Gottschalks Rückkehr.

Die Boten des Herzogs kamen zurück, einer nach dem andern. Der Herzog empfing sie allein, und ich ahnte, daß sie keine besonders guten Nachrichten zurückgebracht hatten. Aber Herr Heinrich hatte nun die dumpfe Beklommenheit des Winters abgeschüttelt. Mehr denn je erinnerte er mich an einen Löwen – diesmal an einen Löwen, dessen Höhle umstellt ist und der sich mit aufgerichteten Pranken zur Wehr setzt. Im Frühjahr sammelte er Truppen, verabschiedete sich von Mathilde und zog davon, um den Schlägen, die der Kaiser ihm zugedacht hatte, zuvorzukommen. Nun hatte auch Mathilde Angst um ihren Mann, aber sie wurde wenigstens stets auf dem laufenden gehalten, denn seine Boten kamen fast täglich, um sie zu unterrichten.

Heinrich belagerte Goslar, das allseits heißbegehrte Goslar, konnte es nicht erobern, zerstörte aber die Einrichtungen des Silberbergwerks. Der Landgraf Ludwig von Thüringen und der neue Herzog Bernhard von Sachsen eilten herbei, und er wandte sich mit der blitzartigen Geschwindigkeit, die ihm immer eigen war, gegen sie. Er zog durch Thüringen, hinterließ eine Schneise der Zerstörung und brannte Nordhausen nieder. Die Gegner folgten ihm, und im Mai kam es an der Unstrut zur Schlacht. Ludwig und Bernhard mußten entsetzt feststellen, daß Heinrich ihnen als Kämpfer weit überlegen war. An der Spitze seiner Männer preschte der Löwe auf sie zu und zerschlug ihre Front mit solcher Wucht, daß sie in wilder Flucht davonstoben, aber von den Leuten Heinrichs eingeholt und gefangengenommen wurden. Hunderte von Männern konnte der Löwe nach Braunschweig schaffen lassen, unter ihnen waren auch Landgraf Ludwig und sein Bruder.

Ein zweiter Erfolg machte Mathilde Mut: Mehrere Grafen in Westfalen hatten sich gegen den Löwen zusammengeschlossen; unter ihnen war auch Simon von Tecklenburg, den Heinrich bisher zu seinen Anhängern und Freunden gezählt hatte. Sie belagerten die Stadt Osnabrück und glaubten sich schon kurz vor dem Sieg, da sahen sie sich völlig unvermutet einem Heer gegenüber, das Herzog Heinrich ausgeschickt hatte. Es wurde von Graf Bernhard von Ratzeburg, dem treuen Gunzelin von Schwerin und dem Grafen Adolf von Holstein angeführt. Er war noch sehr jung, aber schon ein Held, wie sein Vater, der 1164 gegen die Pommern gefallen war. Mit lautem Gebrüll raste er mit seinen Kriegern auf den Feind zu – die Holsteiner Reiter waren wegen ihrer Wildheit berüchtigt und gefürchtet. Sie vor allem zerschlugen die feindlichen Reihen mit solch unwiderstehlicher Wucht, daß die Gegner voller Entsetzen flohen. Auch diese Schlacht endete mit einem Sieg des herzoglichen Heeres, auch hier sahen sich viele der Gegner am Abend als gebundene Gefangene, die den Marsch zu Herzog Heinrich anzutreten hatten.

Stolz ritten die drei Grafen in Braunschweig ein. Heinrich empfing sie mit Freude und Erleichterung. In der Burg herrschte lauter Jubel. Ein rauschendes Fest wurde gerichtet, ein gewaltiges Gastmahl, die Hoffnung war wieder da.

Ich wollte an diesem Fest eigentlich nicht teilnehmen. Inzwischen war ich hochschwanger, im nächsten Monat sollte ich niederkommen. Aber Mathilde bat mich so inbrünstig und sagte, ich hätte die ganzen Monate ihren Kummer mit ihr getragen, nun sollte ich auch die Freude und neuerwachte Zuversicht mit ihr zusammen genießen. So saß ich denn an ihrer Seite, aß zimperlich ein paar Bissen und horchte in meinen Leib hinein, wo mein Kind lebhaft strampelte. Ich konnte die drei Grafen gut beobachten, da sie mir genau gegenüber an der anderen Seite der Tafel saßen. Gunzelin von Schwerin war der älteste, grauhaarig und weißbärtig, eine tiefe Schwerthiebnarbe zerfurchte seine rechte Wange. Er war einer der treuesten langjährigen Weggefährten des Herzogs und hatte ihn vor zehn Jahren auch auf dessen abenteuerlichen Reise ins Heilige Land begleitet.

Bernhard von Ratzeburg war nur wenig jünger. Er trug den linken Arm in einer Schlinge, denn er hatte bei dem Kampf eine leichte Verwundung davongetragen. Neben diesen beiden alten Kämpen wirkte der junge Graf Adolf mit seinen gerade mal zwanzig Jahren wie ein Knabe. Seit dem Schlachtentod seines Vaters hatte seine Mutter mit fester Hand die Grafschaft für ihren Sohn regiert. Ich dachte mir, daß es sicher schwer für sie gewesen sein mochte, ihn zu seinem ersten Kampf ausreiten zu sehen – er im Hochgefühl bevorstehender Heldentaten, sie in der Angst, er könne nie wieder heimkehren. Er war groß und breitschultrig, mit langem wallendem Haar, das er nicht zusammengebunden trug, sondern eitel wie ein Mädchen sorgsam ausgekämmt hatte. Ich hörte immer seltener die dunklen Bässe der beiden alten Grafen und immer häufiger die helle, etwas krähende

Stimme des Holsteiners, der wahrscheinlich gar nicht wußte, wie prahlerisch seine Berichte über diese seine erste Schlacht klangen.

Als alle gesättigt waren, kamen die Spielleute herein. Der eine oder andere Sänger war immer an Mathildes Hof, so hatte sie es bei ihrer Mutter gesehen, und so wollte sie es auch haben. Nicht dreiste Musikanten, die mit zotigen Liedern ihre ungehobelten Zuhörer vor Lachen brüllen ließen, sondern Troubadoure mit feinsinnigen Versen.

An diesem Abend trat ein Sänger auf, den ich noch nicht kannte, ein zierlicher Mann mit dunklem Haar und feurigen dunklen Augen. Er trug ein schönes, langes Loblied auf Herzog Heinrich vor, in dem sein Sieg an der Unstrut gepriesen wurde. Dann folgte ein weiterer Gesang, der die Schlacht bei Osnabrück behandelte und in dem die drei Grafen das Lob erfuhren, das ihnen auch gebührte. Besonders viele Strophen verherrlichten dabei den jungen Grafen Adolf von Holstein. Nach der zehnten Strophe zu seinem Lob wurden die Mienen der Grafen Bernhard und Gunzelin langsam kühler, denn sie fanden, daß Adolf zu gut bei diesem Sänger davonkam – hatten sie nicht ebensoviel Anteil am Sieg wie dieser? Vermutlich lagen sie damit nicht falsch, aber der junge, schneidige Adolf sah nun einmal viel besser aus als die beiden alten, narbigen Kämpfer und inspirierte daher den Sänger weitaus mehr. Der Jüngling aus Holstein war unerfahren und eitel genug, um sich in seinem Ruhm zu sonnen, ohne zu bemerken, wie dies auf seine Mitstreiter wirkte.

Selbst Herzog Heinrich wurde es langsam zuviel, und er kürzte die Lobeshymnen auf Adolf schließlich ab, indem er dem Troubadour eine Münze zuwarf – das sichere Zeichen, daß das Lied nunmehr zu Ende war, mochte der Sänger auch noch weitere Strophen im Sinn haben. Dann wandte er sich an die Grafen, auch er lobte sie sehr für ihre Tapferkeit. Er ließ kostbare Waffen hereinbringen und beschenkte sie damit. Bernhard und Gunzelin nickten zufrieden, und der junge Adolf genoß sichtlich die Gunst seines Herrn.

»Eure Gefangenen könnt ihr dann morgen früh in meinen Gewahrsam überführen«, bemerkte der Löwe noch zum Schluß. Bernhard und Gunzelin hatten nichts dagegen einzuwenden, denn so war es Brauch und so waren sie es gewohnt. Nur Adolf machte ein entsetztes Gesicht.

»Es sind aber doch meine Gefangenen, ich habe sie eigenhändig mit meinen Reitern gefangengenommen!« rief er.

»Die Gefangenen gehören dem Landesherrn, welcher den Feldzug befohlen hat«, erklärte Heinrich ihm, schon mit leichter Ungeduld.

»Aber ich habe viel Geld aufgenommen, um meine Männer für den Kampf auszurüsten! Zahlreiche Streitrösser meiner Ritter und viele Pferde meiner Knechte sind dabei umgekommen. Ich brauche unbedingt das Lösegeld für die Gefangenen, sonst kann ich zu Fuß nach Hause gehen und mich dort mit meinen Gläubigern herumschlagen!« rief der junge Adolf verzweifelt.

Heinrich schien zu zögern, da mischte sich Graf Gunzelin dazwischen.

»Ist es jetzt Sitte, daß unser Landesherr allein die Mittel aufbringen muß, die nun einmal für einen Feldzug nötig sind?« fragte er. »Uns anderen ist unser Geld nicht zu schade dafür. Mit Heissa und Hussa gegen den Feind anreiten, den jugendlichen Helden spielen, das bringst du vielleicht fertig, Adolf, aber deine Geldbörse möchtest du dann doch nicht zu sehr strapazieren. Du hast ja noch keine Ahnung, was Treue zu seinem Herrn bedeutet.«

Noch einmal wandte sich Adolf an Heinrich. »Laß mir meine Gefangenen! Ich kann doch nicht als Bettler heimkehren!« flehte er. Aber Heinrich wies seine Bitte ab, und Adolf entfuhr die unbedachte Bemerkung: »Meine Mutter hat gleich gesagt, das Wagnis ist zu groß ...«

Da brachen die Grafen Gunzelin und Bernhard in höhnisches Gelächter aus. »Er hat nicht auf seine Mutter gehört!« wieherte Gunzelin, und der junge Graf wurde puterrot und lief weinend aus dem Saal. Auf der Stelle, mitten in der Nacht, verließ er mit seinen Kriegern Braunschweig. Wir erfuhren später, daß er die Männer, die ihre Pferde verloren hatten, zu Fuß nach Hause geschickt hatte und selbst mit den übrigen schnurstracks zu Barbarossa geritten war und sich diesem unterstellte. Ich zweifle nicht daran, daß der Kaiser ihn erfreut in seine gütigen Vaterarme geschlossen hat.

Auch für mich war das Fest nun zu Ende, denn unmittelbar nach dem Abgang von Graf Adolf merkte ich, wie es warm an meinem Bein herabrann. Die Geburt stand mir bevor, drei Wochen zu früh. Obwohl ich abwehrte, bestand Mathilde darauf, mich auf der Stelle zu begleiten. Sonst habe ich meine Kinder rasch und leicht geboren, wenn man einmal von der Geburt der Drillinge absieht; aber dieses Mal quälte ich mich lange. Die Wehen kamen und gingen. In einer der Pausen fragte ich Mathilde mit zusammengebissenen Zähnen:

»Warum konnte dein Mann denn Adolf nicht seine Gefangenen lassen? Ich kann verstehen, daß der junge Graf Angst davor hat, jetzt ruiniert zu sein.«

Mathilde befühlte sachverständig meinen Bauch. Sie war offenbar mit der Lage des Kindes zufrieden und antwortete:

»Das geht nicht, Sophia. Was sollten dann Bernhard und Gunzelin sagen, die ihre Gefangenen und damit das Lösegeld ohne Widerspruch meinem Mann überlassen haben? Und dann: Auch mein Löwe braucht das Geld sehr dringend. Du glaubst nicht, wie teuer es ist, Krieg zu führen. Wenn du da nicht genug in der Tasche hast, um deine Söldner zu bezahlen, sind sie im Nu verschwunden und kämpfen auf der anderen Seite. Und im übrigen sollst du jetzt pressen, damit das Kindchen endlich kommt, und nicht über die Probleme der Männer nachdenken.«

Nun packte mich die nächste Wehe, und ich verlor jedes Interesse an Adolf und seinen Angelegenheiten.

Erst gegen Mittag des nächsten Tages verließ das Kindchen meinen Leib, und es war wiederum ein Sohn. Ich war inzwischen sehr matt, und auch der Kleine, zu früh geboren, schien so schwach, daß die Hebamme auf eine Nottaufe drängte. Mathilde fragte mich, wie das Kind heißen solle.

»Gottschalk. Sein Name soll seinen Vater zu mir zurückrufen«, flüsterte ich. Und so hielt Mathilde meinen kleinen Sohn mit seinem dicken schwarzen Schopf im Arm, während ihr Beichtvater ihn im Namen des Vaters, des Sohnes und des Heiligen Geistes auf den Namen Gottschalk taufte. Ich dachte an die Muttergottes in der Kapelle und sandte ihr ein Dankgebet, daß das Kind und ich die Niederkunft überstanden hatten, und erinnerte sie dringend daran, nicht zu vergessen, daß sie mir die Heimkehr meines Mannes versprochen hatte.

Ob nun diese Erinnerung nötig gewesen war oder ob sie von selbst an ihr Versprechen gedacht hatte – jedenfalls kam Gottschalk am nächsten Tag an, und ich weinte vor Freude, als er in der Tür stand. Mit raschem Schritt näherte er sich dem Bett, zog behutsam die Decke beiseite und nahm sein Kind in die Arme. Dann schlüpfte er zu mir, legte den anderen Arm um mich und flüsterte mir tausend Liebesworte ins Ohr, bis mir der Kopf vor Glück rauschte und Mathilde, die er in ihrer Ecke gar nicht bemerkt hatte, mahnend hüstelte.

Ich wollte nun wissen, wieso und warum er denn so lange ausgeblieben war; aber meine unermüdlich fürsorgerische Mathilde bestand darauf, daß ich jetzt erst einmal schlafen müsse.

»Er ist wieder da, das soll für den Moment genügen. Ich

könnte mir auch denken, daß mein Löwe größtes Interesse daran hat, was dein Mann uns berichten kann. Laß ihn also zunächst mit dem Herzog sprechen, und du kannst dich erst einmal um deinen Sohn kümmern, denn er hat offenbar Hunger.«

So ließ ich Gottschalk ziehen und widmete mich in Ermangelung des großen eben dem kleinen Gottschalk, und kurz darauf schliefen wir beide selig.

Aber in den nächsten Tagen konnte ich meine Neugier natürlich nicht mehr bändigen, und ich erfuhr, was meinen Mann ein halbes Jahr lang von mir ferngehalten hatte.

Er war, wie gewohnt, nach Lübeck gereist; jedoch hielten sich dort nur sehr wenige Händler auf, und er mußte sich große Mühe geben, seine mitgebrachten Waren abzusetzen. Aber er konnte nicht, wie gewohnt, seine Wagen nun mit Fellen, Honig, Wachs und Bernstein füllen, denn der Markt war wie leergefegt. Einzig eine größere Ladung Hering wurde ihm angeboten. Dazu konnte er sich aber nicht entschließen. Hast du einmal Heringe in einem Wagen geladen, dann kannst du nie wieder Tuche darin transportieren, der Fischgeruch geht auch nach reichlichem Scheuern mit Seifenlauge nicht weg.

Sollte er nun ohne eine Warenladung zurückkehren? Ein Schiff mieten und nach Bornholm segeln? Dazu war das Jahr viel zu weit fortgeschritten. Schließlich fuhr er nach Oldenburg, und auch dort gab es nichts zu kaufen, weil die Kaufleute ausgeblieben waren. Er hörte aber, daß in Schleswig noch die Bestände der Einfuhr des Herbstes liegen sollten. Der Winter war noch nicht eingebrochen, und er entschloß sich, in das Reich des Dänenkönigs zu reisen. Unterwegs bemerkte er erstaunliche Dinge: Er sah immer wieder Häuflein von Soldaten, deren Richtung Roskilde war. Dort, so hatte Gottschalk gehört, hielt sich zur Zeit König Waldemar von Dänemark auf. Auch viele schwerbeladene Karren waren zu sehen, die vermutlich das gleiche Ziel hatten. Gottschalk wunderte sich darüber. Was hatte Waldemar vor?

In Schleswig angekommen, fand er dort auch tatsächlich einige andere Kaufleute. Aber nachdem er seine Wagen, wie gewünscht, mit Waren aus dem Ostseeraum gefüllt hatte und sich zur Abfahrt nach Braunschweig rüstete, standen plötzlich einige Bewaffnete vor seiner Tür. Sie teilten ihm höflich mit, er könne leider noch nicht abreisen. Er habe mit verbotenen Waren gehandelt, das müsse untersucht werden. Auch seine Männer hätten solange am Ort zu bleiben. Gottschalk wies darauf hin, daß er mit leeren Wagen angekommen sei und lediglich Ware in Schleswig gekauft habe, und zeigte seine Abrechnung und die Quittung für die bezahlte Steuer. Aber sie stellten fest, daß er »Waffen« gehandelt habe. Gottschalk schlug sich vor die Stirn. Als er am Abend seiner Ankunft müde und hungrig beim Abendessen saß, hatte sich ein Mann an ihn herangemacht und ein Gespräch gesucht. Gottschalk hatte keine Lust auf eine Unterhaltung; aber der Mann war von einer aufdringlichen Freundlichkeit. Er hatte Gottschalks Messer, das er wie jedermann am Gürtel trug und damit sein Essen kleinschnitt, sehr bewundert. Ein solch feinziseliertes Heft hatte er angeblich noch nie gesehen. Er wollte es unbedingt kaufen, und schließlich ließ Gottschalk es ihm, um endlich seine Ruhe zu haben. Er hatte noch ein weiteres in seinem Gepäck, und der Preis, den der Mann ihm bot, war verlockend hoch.

Und dies war nun die Waffe – mit der er verbotenerweise gehandelt haben sollte.

Gottschalk begriff, daß er absichtlich hereingelegt worden war und daß ein Protest ihm nicht helfen würde. Man wollte ihn offenbar festhalten, der Himmel mochte wissen, warum oder wie lange. Um die Sache nicht zu verschlimmern, fügte er sich, zumal die Büttel ihm bedeuteten, er und seine Männer hätten sich täglich in der Wache zu melden – sollte einer von ihnen fehlen, würden die andern es zu entgelten haben.

Da er zum ersten Mal in Schleswig war, kannte Gottschalk niemand, an den er sich wenden konnte. Er versuchte, unter den anderen Kaufleuten jemand zu finden, der eine Botschaft nach Braunschweig hätte mitnehmen können – vergeblich. Das Ausreiseverbot galt offenbar für alle auswärtigen Kaufleute, und selbst die Dänen waren gehalten, zur Zeit nicht die Grenze nach Sachsen zu überschreiten. Gottschalk knirschte mit den Zähnen; hier saß er nun fest und konnte sich noch glücklich preisen, daß nicht auch seine Fuhrwerke samt Waren beschlagnahmt wurden.

»Ich habe mir auch Sorgen um dich gemacht, meine Sophia, obwohl ich von diesem kleinen Schlingel hier nichts wußte«, sagte er und streichelte mit dem Zeigefinger über den dichten Schopf seines kleinen Sohnes.

Da kamen mir die Tränen; ich weinte und weinte und konnte nicht aufhören. »Ich habe solche Angst um dich gehabt, als ich Tag für Tag gewartet habe und nicht wußte, wo du bist«, schluchzte ich. Er strich mir beruhigend über den Kopf.

»Und was ist das überhaupt für eine Geschichte? Kaufleute sind doch frei, zu reisen, wohin sie wollen, falls sie die Weggebühren, Steuern und Zölle zahlen. Wer hat je gehört, daß sie festgehalten werden?« fragte ich zornig.

»Das habe ich mich auch gefragt. Jeden Tag, wenn wir uns auf der Wache melden mußten, habe ich gefragt, wann wir endlich abreisen können, hätte auch am liebsten geschimpft und getobt – aber da das unsere Lage wahrscheinlich eher noch verschlimmert hätte, habe ich meinen Mund gehalten, so schwer es auch fiel.

Nach einer Weile wurde es mir im Handelshof zu teuer«,

fuhr Gottschalk fort. »Da ich keine Ahnung hatte, wann wir wieder freikämen, mietete ich für Lutwin, Gereon und mich zwei kleine Kammern in dem Haus eines wohlhabenden Schneiders. Er hatte einmal eine große Familie gehabt, aber seine meisten Kinder waren nun verheiratet, und er hatte genug Platz. Gereon, der auch ein Schneidersohn ist, half ihm bei seiner Arbeit, dafür brauchten wir nichts für das Essen zu bezahlen. Lutwin fand eine Stelle bei einem Advokaten als Schreiber; nur ich allein verdiente nichts, denn es hätte mein Ansehen ruiniert, wenn ich einer bezahlten Arbeit nachgegangen wäre. So lief ich den ganzen Tag in der Stadt herum oder kontrollierte unsere Waren, die im Speicher beim Schneider gelagert waren, und wenn sich die Gelegenheit bot, verkaufte ich auch das eine oder andere Stück, aber dieser Handel war im Grunde nicht der Rede wert.

Genau zu dieser Zeit begannen die Dänen, südlich von Schleswig eine starke Mauer zu errichten, die sie Waldemarsmauer nannten. Ich begriff, daß König Waldemar sich gegen den starken südlichen Nachbarn, sei es nun Herzog Heinrich oder der Kaiser, abzuschotten wünschte.

Die Monate vergingen, meine Sorgen, meine Verzweiflung und meine Wut wuchsen. Täglich fragte ich nach, wie lange das noch so gehen sollte, und täglich bekam ich nichtssagende Ausflüchte zur Antwort. Der Frühling kam, und ich dachte darüber nach, ob wir uns auch noch die Miete beim Schneider sparen und im Zelt vor der Stadtmauer schlafen sollten; das wurde uns auch verboten. Lutwins Advokat bot uns an, einen Rechtsstreit zu beginnen. Ich ahnte indes, daß er sich im Geiste schon die Hände rieb, und hatte keine Lust, die seltsame Gerechtigkeit dieses Landes zu erproben und dafür noch viel Geld auszugeben.

Schließlich erwog ich schon, unsere Waren im Stich zu lassen und mich heimlich mit Lutwin und Gereon davonzumachen. Vorsichtig, damit es nicht auffiel, verkaufte ich wieder, was ich konnte, denn wir brauchten ja Geld, um die Heimat zu erreichen. Da hörte ich, daß Prinz Knut in Schleswig erwartet wurde, der Thronfolger und zweite Mann in Dänemark nach seinem Vater, König Waldemar.

Ich ging zu der Pfalz, als der Prinz eingetroffen war. In meiner Tasche steckte der größte Teil unseres Geldes. Ich war fest entschlossen, zu Knut vorzudringen, auch um den Preis hoher Bestechungsgelder. Es zeigte sich aber zum Glück, daß dies nicht nötig war. Der Prinz stand im Hof, als ich ankam, und plauderte mit seinem Pferdeknecht, während dieser Knuts zierliche Stute abrieb. Niemand hinderte mich daran, hineinzugehen und den Prinzen anzusprechen. Er sah aus wie ein rechter Lausbub, gerade achtzehn Jahre alt, mit einem strubbeligen Wuschelkopf und vielen Sommersprossen. Seit sechs Jahren schon war er mit Herzog Heinrichs Tochter Gertrud verheiratet, und er beherrschte daher meine Sprache vollkommen, so daß ich nicht auf die paar Brocken Dänisch angewiesen war, die ich mir inzwischen zugelegt hatte. Ich trug ihm eilig meine Sorgen vor, denn es konnte ja sein, daß die Büttel kamen und mich verscheuchten.

»Seit einem halben Jahr wirst du hier festgehalten?« fragte Knut verblüfft. »Das ist ja seltsam. Wollen wir das gleich klären gehen?«

Nichts wäre mir lieber gewesen. Ich ging also mit dem Prinzen in die verhaßte Wachstube, in der ich nun seit Monaten ein und aus ging.

»Sag mal«, fragte der Prinz den Hauptmann, »ist es richtig, daß dieser Kaufmann hier seit Monaten an der Abreise gehindert wird?«

»Jawohl. Er genauso wie alle anderen Ausländer.«

»Wieviele sind es?«

»Siebzehn«, sagte der Hauptmann stolz. »Und etwa fünfzig ihrer Diener und Knechte.«

»Und warum?«

»Ich hatte einen Befehl aus Roskilde, so zu verfahren.«

»Kann ich diesen Befehl einmal sehen?«

»Er wurde mir mündlich überbracht vom Hof Eures mächtigen Vaters, Gott möge ihn schützen und ihm ein langes Leben schenken. Es hieß, der König wünsche aus naheliegenden Gründen nicht, daß unsere Aushebungen und Rüstungen sowie der Bau der Waldemarsmauer zu bald bekannt würden. Mein Befehl lautete, ich sollte dies verhindern. Da dachte ich, die Kaufleute tragen Neuigkeiten so rasch herum wie der Wind, und ich habe sie alle hier in Schleswig eingesperrt.«

Knut starrte den Hauptmann an, dann brach er in lautes Gelächter aus. Er wieherte, schlug sich auf die Schenkel und brüllte vor Lachen.

»Wer hat schon einmal solch einen Narren gesehen? Er sperrt alle Kaufleute ein, und in Roskilde wundert sich mein Vater, wo die Händler bleiben. Er hat zum Christfest Bier trinken müssen, weil der Wein ihm ausgegangen ist, und kostbarer Stoff für ein neues Gewand war auch keiner mehr da. Das hat ihn verdrossen. Wenn er wüßte, daß du die Kaufleute eingesperrt hast, auf die er wartete …«

Der Hauptmann wurde ganz blaß beim Gedanken an seinen König, der durch sein Verschulden hatte darben müssen.

Aber Knut klopfte ihm, nachdem er sich etwas beruhigt hatte, auf die Schulter.

»Du hast es ja sicher gut gemeint, aber du hast gewaltig gegen das Recht verstoßen, und ich fürchte sehr, daß die Kaufleute aus dem Süden in der nächsten Zeit unser schönes Dänemark meiden werden. Und sie dann gleich für ein halbes Jahr einzusperren! Wie lange sollte das denn noch gehen?«

Tief gekränkt erwiderte der Hauptmann: »Ich hatte ja keinen gegenteiligen Befehl erhalten …«

Darüber brach Prinz Knut wieder in schallendes Gelächter aus.

»Dann ist es ja ein großes Glück, daß ich gerade hier bin. Gut, ich erteile dir hiermit diesen gegenteiligen Befehl. Nun laß die Leute also schön ihres Weges ziehen, und diesen hier als ersten. Er kommt aus Köln, hast du das gewußt?«

Der Hauptmann nickte grimmig.

»Na, und mein Vater unterhält beste Beziehungen zum Erzbischof von Köln, weil –« Aber dann fiel dem Prinzen ein, daß es nicht angemessen war, die politischen Erwägungen seines königlichen Vaters vor diesem diensteifrigen Hauptmann auszubreiten.

»Dieser Kölner darf jedenfalls noch heute abreisen. Ach ja, ich fürchte, du wirst ihm für seinen unfreiwilligen Aufenthalt hier eine Entschädigung zahlen müssen.«

Und damit verschwand der Prinz. Der Hauptmann starrte mich an, als ob ihm die Augen aus dem Kopf fallen sollten, und ich erwartete jeden Augenblick, daß ihn der Schlag träfe. Oder daß er mich ermorden würde. Darum bemerkte ich eilig:

»Der Befehl des Prinzen …«

Das wirkte. Der Hauptmann nahm Haltung an, kritzelte etwas auf ein Täfelchen und reichte es mir mit dem mürrischen Befehl, ich solle damit in die Pfalz zu seinem Verwalter gehen. Dann drehte er mir schroff den Rücken zu und stolzierte davon.

Ich warf einen Blick auf die Tafel. Es stand eine Summe darauf, die zwar nicht all unsere Kosten hier deckte, aber doch einen großen Teil. Mir stand auch nicht der Sinn nach weiteren Verhandlungen, darum kassierte ich den Betrag ein, ließ schleunigst packen und reiste mit Lutwin und Gereon ab, so schnell ich konnte. Ja, und jetzt bin ich hier.«

Nun ja, so eine verrückte Geschichte hatte ich noch nie gehört. Wegen eines idiotischen Hauptmanns hatte ich ein halbes Jahr lang um meinen Mann gebangt, hatten unsere Kinder und Verwandten in Köln sich wegen unseres Ausbleibens schmerzlich gesorgt, war unser kleiner Gottschalk in der Fremde geboren worden.

Nachdem ich mich nun nicht mehr um meinen Mann ängstigen mußte, überfiel mich die Sorge um meine Kinder um so stärker. An eine Abreise war natürlich nicht zu denken. Unser Gottschalk war noch viel zu klein für eine weite Fahrt, und auch ich war noch so schwach, daß Mathilde mich anflehte, mein Leben nicht aufs Spiel zu setzen, sondern bei ihr zu bleiben, bis ich mich wieder richtig erholt hatte.

Es wäre uns auch nichts anderes übriggeblieben, denn man mußte jederzeit und überall auf unserem Heimweg mit kriegerischen Truppen rechnen.

Aber ich war ganz krank vor Sehnsucht nach meinen Kindern und Anverwandten – glaubten meine Eltern, daß ich noch lebte, oder nicht?

Der Herzog konnte keine Boten nach Köln senden, weil die Truppen von Erzbischof Philipp sie abfingen. Zweimal hatte er es versucht, der eine wurde mit einem höhnischen Schreiben zurückgesandt, der andere blieb verschollen. Aber meine liebe Mathilde fand eine Lösung. Sie trat in die Kammer, wo ich über ihre Rechnungsbücher gebeugt saß.

»Du kannst gleich anfangen und einen Brief an deine Lieben schreiben, Sophia«, sagte sie zu mir. Ich schaute verdutzt hoch.

»Glaube nicht, daß ich deine Sorgen nicht verstehe. Aber ich habe nun die Lösung gefunden: Ich sende meinen Spielmann Bertrand. Ihm wird niemand etwas tun, und man wird ihn auch nicht aufhalten. Spielleute sind immer willkommen.«

Bertrand war ein hübscher junger Sänger aus der Provence. Königin Alienor hatte ihn vor einem halben Jahr zu ihrer Tochter geschickt, und ich wußte, daß Mathilde viel Freude an den geistreichen Liedern hatte, die Bertrand zu singen verstand. Nur mit dem Lob des Grafen Adolf hatte er ein wenig übertrieben.

»Du willst auf seine Kunst verzichten, um meinetwillen?«

»Ich bin ja auch Mutter, so wie du. Ich will nicht, daß deine Kinder nicht schlafen können vor Angst, weil sie nicht wissen, ob ihren Eltern etwas zugestoßen ist. Dafür entbehre ich Bertrands Lieder gern.«

Und so setzte ich mich eilig hin und schrieb mir die Finger wund. Noch am gleichen Tag zog Bertrand davon, mein dicker Brief steckte wohlverwahrt in seiner Laute.

Während Gottschalk sich noch die Zeit damit vertrieb, bei den Braunschweiger Kaufleuten hereinzuschauen, Bekanntschaften zu knüpfen und zu erneuern, und schon Pläne machte, was er in den kommenden Jahren hier verkaufen wollte, ahnte ich schon, daß dies alles vergebliche Mühe war. Es kamen nur noch schlechte Nachrichten. Kaiser Friedrich hatte sich offenbar den Untergang seines Vetters Heinrich zum Ziel gesetzt. Er verfiel auf Strategien, die dem Löwen niemals in den Sinn gekommen wären. Der Herzog glaubte immer noch daran, daß sein Land uneinnehmbar sei – hatte er nicht einen Wall von rund sechzig Burgen, besetzt mit treuen Anhängern? Den konnte Barbarossa niemals überwinden.

Aber der Kaiser hielt geruhsam, als sei tiefster Frieden, einen Hoftag ab. Dort verkündete er, sämtliche Vasallen des Löwen sollten sich bis zum 11. November kampflos ergeben. Nach diesem Datum würden sie selbst geächtet werden und alle Lehen verlieren.

Dieser schlaue Schachzug beunruhigte Heinrichs Anhänger aufs äußerste. Würde ihr Herzog sie vor dem

Kaiser schützen können und wollen? Sie hatten keine Lust, sich von einem siegreichen Kaiser vertreiben zu lassen und als Bettler mit ihren Familien über die Straßen zu ziehen. Und so gingen sie leise zum Kaiser und huldigen ihm. Erst nur einzelne, dann ganze Scharen. Heinrichs Wall existierte nicht mehr.

Der Löwe raste. Die Untreue der Männer, auf die er fest gebaut hatte, traf ihn bis ins Mark. Nach Süden konnte er nicht, dort stand der Kaiser. Also zog er nach Holstein; war nicht Graf Adolf der erste gewesen, der ihn verraten hatte? Heinrich belagerte Segeberg; aber dort befahl des Grafen Mutter, und sie verteidigte den Ort so geschickt, daß Heinrich einsah: Nur mit einer langwierigen Belagerung würde er ihn einnehmen können.

Wir erfuhren all dies sehr bald, es kamen täglich Boten von Heinrich zu seiner Frau.

»Was geschieht nun in Segeberg?« fragte ich Mathilde.

»Mein Löwe hat nicht die Zeit für eine Belagerung. Er wird also der Gräfin freien Abzug anbieten. Wie kann er auch die Mutter dafür strafen wollen, daß ihr Sohn zum Kaiser übergelaufen ist. Sie hat nur den Besitz ihres Kindes verteidigt.«

»Und wohin wird sie gehen?«

»Ihre Familie hat Besitzungen in Westfalen.«

Ich holte tief Luft.

»Mathilde, kannst du verstehen, daß ich nach Hause muß? Unser Söhnchen ist jetzt so groß, daß ich die Reise wagen möchte. Im Gefolge der Gräfin könnten wir gefahrlos Richtung Heimat fahren.«

Mathilde seufzte.

»Ja, das sollt ihr tun. Jetzt, da mein Löwe euch kein sicheres Geleit mehr verschaffen kann ...«

Und so rüsteten wir uns in aller Eile. Unter Tränen nahm ich Abschied von Mathilde und ihren Kindern. Die Zukunft lag völlig im dunkeln, wir konnten nicht wissen, ob wir uns in diesem Leben noch einmal sehen würden.

Mathilde weinte nicht. Haltung bewahren in jeder Lebenslage, das hatte sie gelernt. Aber sie umarmte mich sehr fest und dankte mir für die vielen Jahre unserer Freundschaft. Zärtlich küßte sie mich und meinen kleinen Gottschalk, der schon viel kräftiger geworden war.

»Möge Gott euch schützen«, rief sie mir noch nach, als wir die Burg verließen. Vor dreizehn Jahren hatte ich die kindliche Prinzessin kennengelernt, als sie sich voller Freude auf ihr Leben an der Seite eines sehr mächtigen Mannes vorbereitete. Das Rad des Schicksals hatte sich gedreht, das Reich des Sachsenherzogs schien in Trümmer zu zerfallen. Mathilde, meine liebe Freundin, nahm es in Würde und ohne ein Wort der Klage hin.

Wenige Stunden später trafen wir auf Gräfin Mechthild von Holstein. Diese tapfere alte Frau ritt an der Spitze ihrer Leute. Sie sah selbst aus wie eine Kriegerin, groß und massig, gerüstet mit einem Schwert an ihrer Seite. Die Ähnlichkeit mit ihrem Sohn, dem jungen Helden Adolf, war unverkennbar. Ich fand sie großartig. Gottschalk schwang sich vom Wagen herab und trat ihrem Pferd entgegen. Mit höflichen Worten bat er sie, ihm und seiner Familie in ihrem Gefolge Schutz zu gewähren, und sie ritt an unseren Wagen heran, ließ sich den kleinen Gottschalk zeigen, wechselte ein paar freundliche Worte mit mir und gewährte unsere Bitte gnädig.

Im folgenden Monat erreichten wir Köln. Fast ein Jahr lang waren wir fort gewesen, und mir fehlten die Worte, als ich endlich meine Kinder und meine Eltern wieder in die Arme schließen durfte.

»Dies ist das schönste Geschenk, das du uns mitbringen konntest«, sagte meine Mutter, als ich ihr meinen jüngsten

Sohn reichte. Sie versuchte, ihre übliche Gelassenheit zu zeigen, aber ihre Stimme zitterte dabei.

Ich war mir sicher, daß ich so bald keine Reise mehr antreten würde.

Mathildes Spielmann kam übrigens erst zwei Wochen nach uns in Köln an.

*

Ja, mein Kind, für mich folgten nun ein paar ruhige Jahre. Ich hatte damals genug von Abenteuern und Reisen. Von dem harten Schlag auf meinen Kopf, der mich auch hätte töten können, war zum Glück nichts mehr zu merken. Die quälenden Kopfschmerzen waren inzwischen ganz verschwunden, und ich war wieder richtig gesund. Meine Kinder hielten mich auf Trab, und zum Glück gesellten sich für eine Weile keine weiteren mehr dazu.

Unserer Sippe ging es wirtschaftlich sehr gut. Mein Vetter Constantin hatte Erzbischof Philipp eine riesige Summe geliehen, und dieser verpfändete ihm den Zoll für dreihundertfünfzig Mark jährlich, bis die gesamte Schuld abgetragen war. Constantin war nicht sein einziger Gläubiger; es gab kaum einen betuchten Kölner, bei dem Philipps Sekretäre nicht wegen einer Anleihe angeklopft hatten. Vermutlich glaubten die Kölner Bürger einerseits darum, sie könnten in der Stadt nun machen, was ihnen beliebte, ohne sich groß um den Erzbischof zu scheren, der ja anderweitig beschäftigt war. Andererseits war da die enge Verflechtung ihres Handels mit England, und England stand auf seiten Heinrichs des Löwen – den aber Erzbischof Philipp von Heinsberg erbittert bekriegte. Es war also leicht zu verstehen, daß die Kölner das dringende Bedürfnis nach verbessertem Schutz ihrer Stadt hatten.

Als Philipp schließlich wieder einmal in seine Stadt einritt, glaubte er seinen Augen nicht zu trauen. Ein riesiger Wall mit Graben zog sich in einem Halbkreis weit um das bisherige Stadtgebiet und vergrößerte dieses damit auf etwa das Doppelte. Die bisher außerhalb der Stadtmauer liegenden neuen Viertel St. Severin, St. Pantaleon und St. Gereon genossen nun Schutz vor feindlichen Überfällen.

Die Anlage begann am nördlichen Rheinufer beim Frankenturm und am südlichen beim Saphirturm. Natürlich hatte man die gewaltige Wallanlage erst begonnen, die hier später erbaute Mauer ist ja auch heute noch nicht fertiggestellt, aber es war auch so schon höchst eindrucksvoll. Ich habe niemals eine Stadt gesehen, die stärkere Befestigungen aufwies.

Der Erzbischof schickte nun seine Beamten aus, sie sollten genau feststellen, welche Eigenmächtigkeiten sich die Bürger sonst noch herausgenommen hatten, und alles auflisten. Und dies kam dabei heraus: Es waren ohne erzbischöfliche Genehmigung Gebäude errichtet worden, zum Beispiel auf dem Leinpfad und auf dem Markt! Die Großkaufleute, die am Markt wohnten, hatten ihre Häuser mit vorgewölbten Erkern versehen, um das Geschehen draußen bequem beobachten zu können! Es fanden sich Gebäude, die an die Stadtmauer oder sogar auf ihr errichtet worden waren! Alles Dinge, die zu Unrecht geschehen waren.

Erzbischof Philipp raste und tobte. Im Grunde war es ihm ja gar nicht so wichtig, wie die Kölner ihre Stadt gestalteten, aber daß sie dies wagten, ohne um seine Genehmigung zu ersuchen, machte ihn wütend, und das sollten sie wissen. Er war nämlich permanent in Geldnot, und für all diese Verstöße waren Geldbußen fällig. Hinter seiner vordergründigen Raserei steckte also durchaus Zufriedenheit über die günstige Gelegenheit einer Extraeinnahme. Nachdem der Erzbischof die Schale seiner Ungnade über die Stadt ergossen hatte, fing das große Feilschen an; im Juli erlaubte er dann gnädig, den Graben »zum Schmuck und zum Schutz der Stadt« zu vollenden, die unrechtmäßig errichteten Gebäude sowie die Erker durften bleiben, der Erzbischof sollte aber künftig einen Zins dafür erhalten – dies alles unter der Voraussetzung, daß die Bürger zweitausend Mark Buße zahlten.

Die Kölner hatten inzwischen auch gelernt, wie wichtig geschriebenes Recht war. Sie ließen die Urkunde über diese Vereinbarung vorher von gelehrten Juristen überprüfen. Du wirst es nicht glauben, mehr als hundert Zeugen unterzeichneten das Pergament, und zudem wurde eine Abschrift an die Kanzlei des Kaisers gesandt, damit dieser die Vereinbarung bestätigte. Gegen eine reichliche Gebühr, versteht sich, aber für eine gesicherte Zukunft muß man auch schon einmal etwas ausgeben.

Die Kölner Ratsherren erklärten den Zunftmeistern, welche über die hohe Schröpfung des Stadtsäckels klagten, daß sie mit der nunmehr genehmigten Verteidigungsanlage Sicherheit nicht nur für sich, sondern auch für ihre Kinder und Enkel in ferner Zukunft erwarben. Daß mit dieser Zahlung auch die Gebühr für die von den Patriziern errichteten Gebäude abgegolten war, erwähnten sie nicht weiter.

Übrigens haben wir bei dieser Geschichte gut verdient. Noch ehe die Arbeiten am Wall in Angriff genommen wurden, hatte unsere gesamte Sippe auf Anraten Constantins tief in den Sparstrumpf gegriffen und zahlreiche dort liegende Grundstücke für wenig Geld aufgekauft. Ihr Wert stieg, nachdem sie nunmehr im Schutz des neuen Walles lagen, in Kürze auf ein Vielfaches ihres Kaufpreises.

Was sonst noch aus dieser Zeit von unserer Familie zu berichten ist:

Elizabeth schenkte Constantin einen kleinen Sohn, den

sie Jacob nannten; er hatte schon bei der Geburt einen roten Haarschopf, und darum erhielt er sehr bald den Beinamen Jacob Rufus.

Mein Vater, nun der älteste Mann der Familie, widmete sich eifrig den Belangen der Stadt. Er war schon seit Jahren Schöffe und gehörte zu den angesehensten Ratsherren. Bei wichtigen Verträgen mit den Städten Verdun und Gent war er maßgeblich beteiligt. Um dafür Zeit zu finden, hatte er sein Geschäft für einen sehr guten Preis an seinen Neffen Constantin verkauft. Natürlich hatte er es zuerst Gottschalk angeboten (allerdings ohne Bezahlung), aber mein Mann hatte auch so schon mehr als genug zu tun, nachdem auch seine Eltern sich zur Ruhe gesetzt hatten. Gottschalks Bruder Regenzo war noch immer der liebe kleine Bruder, freundlich, gutmütig und wenig handelstauglich. Nachdem er ein- oder zweimal mit Geschäften auf die Nase gefallen war, hatte er beschlossen, nur als Handlungsgehilfe bei Gottschalk tätig zu sein, der ihm genau sagte, was er zu tun und vor allem, was er zu lassen hatte. Kurz vor unserer Rückkehr aus Braunschweig hatte er geheiratet. Seine Frau hieß Methildis und war die Tochter des weit bekannten Speermachers Heinrich Hastator. Ihr Bruder hatte bei der unglücklichen Fahrt nach Byzanz sein Leben verloren, und Methildis war das einzige überlebende Kind ihrer Eltern. Sie war also eine recht gute Partie.

Übrigens kaufte mein Vater von dem Erlös seines Geschäftes mehrere Häuser, darunter das Haus zwischen seinem und unserem. Ich wußte nichts davon und wunderte mich über die vielen Handwerker, die in dem leerstehenden Gebäude arbeiteten. Neugierig spazierte ich ein paarmal hinein und sah ihnen zu. Sie richteten eine geräumige, sehr bequeme Küche ein mit einem großen Herd. Der Kamin war so gewaltig, daß der Rauch wunderbar abziehen konnte. Ich seufzte, so etwas hätte ich auch gern gehabt. Aber mein ehrenhafter Gottschalk hatte darauf bestanden, seinen Bruder auszuzahlen, und darum war bei uns das bare Geld wieder einmal knapp. In absehbarer Zeit war darum an einen Umbau unseres Hauses nicht zu denken.

Neugierig, wie ich bin, wollte ich die Maurer, Ofensetzer und Schreiner ausfragen, wer sich denn da ein so komfortables Heim errichtete, aber ich bekam keine Antwort. Dabei hätte ich wirklich gern gewußt, wer mein nächster Nachbar sein sollte. Als das Haus schließlich fertig war, kamen meine Eltern eines Morgens zu mir. Ich hatte gerade meine Kinderschar in Fordolfs Schule geschickt und spielte noch etwas mit meinem Jüngsten, ehe die tägliche Arbeit in Angriff genommen werden mußte. Mutter nahm den kleinen Gottschalk in die Arme, und Vater führte mich zu der Ofenbank.

»Setz dich, Sophia«, sagte er. Ich wunderte mich; meine Eltern lächelten sich gegenseitig an, und die Vorfreude stand ihnen ins Gesicht geschrieben.

»Eine Überraschung, Sophia«, sagte Vater und legte einen Schlüssel auf den Tisch. Ich verstand noch nicht.

»Das Nachbarhaus habe ich für dich gekauft, liebste Tochter. Du mußt nur noch ein oder zwei Türen durchbrechen. Nun hast du endlich Platz für all deine Kinder, und auch für die, welche noch kommen, so Gott will.«

Mir traten die Tränen in die Augen, Tränen der Freude und der Dankbarkeit gegenüber meinen Eltern.

Wie bitte? Du willst endlich wissen, wie es mit Mathilde und ihrem Löwen weiterging?

Ich soll nicht beleidigt sein? Für mich war dieses neue Haus, welches das Anwesen meiner Eltern und unseres zu einer Einheit verband, ungeheuer wichtig. Es bedeutete den Aufstieg, wenn du verstehst, was ich meine. Freilich, du als mein jüngstes Kind bist ja schon im Wohlstand geboren und hast nicht miterlebt, wie dein Vater und ich hart um unseren Platz ganz oben in der Bürgerschaft gerungen haben. Denn in Köln war es schon immer so: Hast du was, dann bist du was. Es kann kein Zufall sein, daß mein Gottschalk, bald nachdem meine Eltern uns dieses überaus großzügige Geschenk gemacht hatten, zum Ratsherrn bestimmt wurde – eine Würde, nach der er sich schon seit Jahren gesehnt hatte.

Aber gut, lassen wir eben die Angelegenheiten unserer eigenen Familie beiseite, wenn sie dir nicht wichtig genug erscheinen.

Ich habe Mathilde lange Zeit nicht wiedergesehen. Die wildesten Gerüchte gingen durch das Land über den Machtkampf zwischen Kaiser Friedrich und seinem Vetter, dem Löwen; aber ich glaube, daß ich besser Bescheid wußte als die meisten, denn Mathilde hat mir immer wieder lange Briefe geschrieben. Hier, nimm diesen Schlüssel und schließe den Schrein auf, in dem ich meine Kostbarkeiten aufbewahre. Das Schloß klemmt? Drücke fest gegen die Tür und versuche es noch einmal. Na, so geht es doch. Nun öffne den kleinen Ebenholzkasten. Ja, dieses Bündel sind Mathildes Briefe. Gib her, ich lese dir vor.

Die Rührung überkommt mich, wenn ich ihre zierliche, geschwungene Handschrift sehe. Meine Mathilde, meine Freundin. Sie hat an mich gedacht in den wechselvollen Umständen, die ihr das Leben damals aufgenötigt hat, und auch ich denke noch sehr oft an sie, besonders jetzt, wo ich damit rechnen kann, sie schon bald in der himmlischen Herrlichkeit wiederzusehen.

Hier ist der erste Brief aus dieser Zeit. Ich erhielt ihn, kurz nachdem wir das große Geschenk von meinen Eltern erhalten hatten, und Mathilde hatte ihn wieder einem ihrer Spielleute mitgegeben, damit er nicht in unrechte Hände käme.

Mathilde, einst durch Gottes Gnade Prinzessin von England, Herzogin von Sachsen und Bayern, nun aber eine arme Verbannte, an ihre Freundin Sophia, Kauffrau in Köln, die sich ihrer Heimat noch erfreuen darf.

Ich grüße dich, geliebte Freundin, und hoffe dich bei bester Gesundheit. Mit großer Wehmut habe ich dich abreisen sehen, denn nur Gott weiß, ob ich dich auf dieser Erde noch einmal in meine Arme schließen kann. Es war mir aber ein Trost, dich in der Obhut der Gräfin von Holstein zu wissen – mit dieser kampfesmutigen Dame wird sich niemand anlegen, wohl auch der Kaiser nicht, und ganz sicher kein kleiner Hauptmann, so daß ich mir sicher bin, daß du wohlbehalten in Köln angekommen bist.

Da ich in vielen Jahren immer wieder erleben durfte, welch großen Anteil du an meinem Schicksal und dem meiner Familie genommen hast, möchte ich dir zunächst sagen, daß wir alle noch leben und gesund sind. Freilich sind wir jetzt arm, und die Macht, die mein Löwe sich in jahrzehntelangen größten Mühen erworben hat, ist zerstoben wie Spreu im Winde.

Du hast ja gesehen, wie ich an meinen Vater schrieb und ihn um Hilfe bat. Er war auch gar nicht abgeneigt, falls sich weitere Bundesgenossen fänden, und fühlte bei Philipp August von Frankreich vor. Dieser aber winkte ab. Er meinte, der französische Adel könne auf dumme Gedanken kommen, wenn er sähe, daß sein König einen fremden Fürsten im Kampf gegen dessen eigenen Herrscher unterstützte. Wenn sie nun diesem Beispiel folgen würden? Da kamen auch meinem Vater Bedenken, und er schrieb mir einen höflichen Absagebrief.

Wir feierten Weihnachten in Lüneburg, und ich gab mir alle Mühe, den Schein zu wahren und das Fest so glanzvoll zu gestalten, wie wir es gewohnt waren. Aber nicht einmal die Kinder konnten sich freuen. Mein Gemahl war wie ein Topf, in dem es brodelt und dessen Deckel zu fest aufsitzt; ich möchte ja nicht behaupten, daß ich mich sehr gut in der Küche auskenne, aber ich kann mir vorstellen, wie plötzlich der Deckel wegfliegt und der glühheiße Inhalt des Topfes durch die Gegend spritzt und alles versengt.

Nun möchte ich am liebsten diesen Brief zerreißen und noch einmal anfangen; was kommt mir nur in den Sinn, meinen geliebten Löwen mit einem Kochtopf zu vergleichen? Aber es ist schon spät, nun, da ich dir dies schreibe, und ich bin zu müde, um von neuem zu beginnen. Also vergiß bitte den Topf.

Jedenfalls geschah etwas Schlimmes. Es waren nur sehr wenige Freunde eingetroffen, um das Fest mit uns zu begehen, und einer davon war der alte Graf Bernhard von Ratzeburg, einer der Getreuesten und Heinrichs lange bewährter Feldherr. Er versuchte, eine heitere Miene zu zeigen und meinen finster brütenden Löwen aufzumuntern. Er lobte unser Fest und lud uns zu einem Gegenbesuch in Ratzeburg ein. Gerade wollte ich seine Einladung mit Dankesworten annehmen, da sprang Heinrich auf und brüllte völlig hysterisch los. ›Du willst uns umbringen, mich und meine Herzogin‹, und er stach mit dem Finger in Bernhards Richtung. ›In Ratzeburg wirst du schon eine Gelegenheit finden, meinst du sicher. Was zahlt dir der Kaiser dafür? Aber noch bin ich nicht tot und auch noch nicht gefangen, das wirst du schon sehen!‹ Und auf seinen Wink packten seine Männer den armen Bernhard und zerrten ihn in den Kerker. Sein Mund stand offen, und er brachte vor ungläubigem Entsetzen kein Wort hervor.

Auch ich stand schreckensstarr und konnte nichts sagen. Ich fürchtete um die geistige Gesundheit meines Mannes. Ich hielt es für klüger, mit meinen Bitten zu warten, bis wir allein waren; dann flehte ich ihn an, Graf Bernhard sofort wieder freizulassen, denn ich konnte keineswegs glauben, was Heinrich ihm vorwarf. Aber mein Löwe hörte mir gar nicht richtig zu. Er traute keinem seiner Männer mehr, nachdem ihm nicht nur Bayern genommen, sondern auch sein sächsisches Reich in Stücke gefallen war, sobald Barbarossa mit dem Finger gewinkt hatte.

Dann brach Heinrich auf – nach Ratzeburg. Er nahm die Stadt ein, mit Hilfe der Lübecker Bürger, die begeistert darüber waren, einen Konkurrenten auszuschalten. Ich wagte es daraufhin, ein halbes Versprechen meines Mannes absichtlich falsch zu verstehen und Graf Bernhard freizulassen. Aber Heinrich ließ ihn abermals gefangensetzen und machte damit aus einem langjährigen Freund einen erbitterten Feind. Es gelang Bernhard, zu fliehen – und wohin ging er? Zu dem von Kaiser Friedrich neu ernannten Sachsenherzog.

Während mein Mann also im nördlichen Sachsen sein eigenes Gebiet tobend in Stücke schlug, zog Barbarossa gelassen von Süden herauf. Kampflos öffneten ihm unsere Vasallen die Tore. Die Stadt Haldensleben stand noch in Treue zu Heinrich. Sie glaubte sich durch die beiden Flüsse geschützt, die ihre Mauern umfließen. Aber ihr Belagerer, Erzbischof Wichmann, kam auf die teuflische Idee, einen Damm zu bauen und damit deren Wasser aufzustauen. Es ergoß sich in die belagerte Stadt, strömte durch die Straßen, füllte die Keller, stieg weiter und weiter, schließlich schauten nur noch die Dächer aus der Flut. Bequem konnten nun die Angreifer mit Booten an die für uneinnehmbar gehaltenen Befestigungsanlagen heranfahren. Selbst Bernhard von der Lippe, der einzige Feldherr, der meinem Löwen noch gehorchte, konnte hier nichts mehr ausrichten und floh zu uns. Erzbischof Wichmann aber ließ die Stadt vollkommen zerstören und rieb sich die Hände: Eine mächtige Rivalin seiner eigenen Stadt Magdeburg hatte ein schreckliches Ende gefunden.

Ach, liebe Sophia, du kannst dir nicht vorstellen, wie sehr ich um meinen Löwen bangen mußte. Zwar schickte er noch immer regelmäßig Boten zu mir, aber viele von ihnen wurden inzwischen von den feindlichen Truppen, die schon tief in Sachsen standen, abgefangen; und diejenigen, die durchkamen, brachten schlimme Nachrichten. Blankenburg gefallen! Nun hatte mein Löwe nur noch Holstein und die Städte Braunschweig, Lüneburg und Lübeck.

Ich hatte die feste Absicht, mich bei der Verteidigung Lüneburgs ebenso tapfer zu zeigen wie die Gräfin von Holstein; aber der Kaiser würdigte diese Stadt keines Blickes, ebensowenig Braunschweig. Er zog weiter nach Norden und legte nur ein paar Truppen in die Nähe, damit wir nicht auf dumme Gedanken kamen. Nicht auf mich hatte er es abgesehen und auch nicht auf unsere Kinder. Man kann über den Kaiser sagen, was man will, aber es ist nicht zu bestreiten, daß er ein Edelmann ist und sich nicht die Hände damit beschmutzte, die Familie seines Vetters als Geiselpfand zu nehmen.

Statt dessen hetzte er meinen Löwen, wie bei einer Treibjagd. Auf der Heide, wo wir beide so viele schöne Spaziergänge gemacht haben, hätten seine Truppen Heinrich fast abgefangen. Mit einem tollkühnen Ritt ist er ihnen entkommen, das Pferd brach am Abend schaumstiebend und zitternd zusammen. Aber wo war Sicherheit für ihn? Auf dem Boden eines Kahns versteckt, trieb er die Elbe hinab, erreichte Stade und machte sich zum Kampf bereit. Aber siehe da: Der Kaiser verfolgte ihn nicht, sondern zog gegen Lübeck.

Ich nehme an, dein Gottschalk hat dir viel über Lübeck erzählt, er ist ja so manches Mal dort gewesen und hat gesehen, wie diese Stadt unter Heinrichs schützender Hand aufgeblüht ist. Lübeck war ein Juwel in unserem Reich; keineswegs nur wegen seiner stolzen Häuser und Kirchen, nein, sondern vor allem wegen der Treue seiner Bewohner. Hier waren die allerletzten Getreuen meines Mannes: Bernhard von Wölpe, der Graf von Oldenburg sowie Herr Markrad, der bis dahin Befehlshaber in Plön gewesen war. Du wirst es nicht glauben, wenn ich dir jetzt sage, wer den Oberbefehl führte: Es war Simon von Tecklenburg. Ja, du liest ganz richtig, der gleiche Graf Simon, der noch ein Jahr zuvor zu den westfälischen Grafen zählte, die gegen meinen Mann kämpften. Er war in der Schlacht bei Osnabrück gefangengenommen worden, und Heinrich hatte ihm die Freiheit geschenkt, verlangte nicht einmal Lösegeld. Graf Simon war so sehr von ihm beeindruckt, daß er zu Heinrichs glühendem Anhänger wurde – und das in dieser Zeit, da doch so viele sich von ihm abwandten, als habe er den Aussatz.

Aber das Zünglein an der Waage bildeten die treuen Bürger der Stadt Lübeck. Sie hatten nicht vergessen, was sie Heinrich alles verdankten, und daß sie ihm die Treue geschworen hatten. Das war ja bei seinen Vasallen auf den Burgen auch nicht anders gewesen, aber während diese sich wie geprügelte Hunde zu Barbarossa schlichen, waren die Lübecker entschlossen, sich selbst dem Kaiser zu widersetzen. Das hat mir sehr zu denken gegeben. Die Anhänger im Adel, die Heinrich nicht verrieten, kann ich mühelos an den Fingern meiner Hände herzählen, selbst die Bischöfe und die Slawenfürsten, die früher auf den kleinsten Wink Heinrichs herbeieilten, gaben ihn ohne Wimpernzucken auf. Aber die Städte standen in aufopferungsvoller Treue zu ihm, außer Lübeck ja auch Braunschweig, Lüneburg und Stade. Und Haldensleben hatte erst ersäuft werden müssen, ehe es sich bezwungen gab. Mir will darum scheinen, daß die Bürger der Städte viel mehr Charakter zeigten als die Vasallen – und auch darum bin ich stolz darauf, daß meine Freundin Sophia aus dem Bürgertum hervorgegangen ist.

Nun stand also der Kaiser vor Lübeck, und die Tore blieben geschlossen. Friedrich brauchte eine Flotte, um die Stadt vom Meer her einzunehmen, und die hatte er nicht. Waldemar von Dänemark aber hatte eine, und er war ein Lehnsmann des Reiches. Friedrich hätte ihm befehlen können, ihm seine

Schiffe zur Verfügung zu stellen. Das hätte den Dänenkönig jedoch gekränkt und vielleicht eher zu dem Schwiegervater seines Kronprinzen getrieben. Der große Diplomat Friedrich fand eine andere Lösung. Er ließ dem Dänen ausrichten, er wolle mit ihm über die Verlobung der dänischen Prinzessinnen mit den kaiserlichen Söhnen verhandeln.

Als ich das später erfuhr, habe ich zum erstenmal nach längerer Zeit wieder laut gelacht. Vier Töchter hat König Waldemar, und Barbarossa hat fünf heiratsfähige Söhne. Und die sollen sich mit dänischen Prinzessinnen zufriedengeben? Ich war mir sicher, daß dies ganz und gar nicht im Sinne von Kaiserin Beatrix gewesen wäre.

Waldemar platzte vermutlich fast vor Stolz und erschien auf der Stelle im kaiserlichen Lager. Da ich den Kaiser gut kenne, kann ich mir leicht vorstellen, wie charmant und liebenswürdig er mit dem Dänen umging, ihn an der Hand nahm und ›Bruder‹ nannte. Vermutlich gingen sie am Strand miteinander spazieren und schauten auf die dänische Flotte, die da herangesegelt kam, um dem kaiserlichen Wunsch zu folgen.

Der gute Waldemar, der über viele Jahre hinweg gewohnt war, den Befehlen meines Gatten zu gehorchen, muß sich außerordentlich geschmeichelt gefühlt haben. Da wir aber noch immer unsere Spione am kaiserlichen Hof haben, die uns heimlich auf dem laufenden halten, kann ich mir bestens vorstellen, wie Waldemar aus allen Wolken fiel, als der Kaiser ihm sehr freundlich und wie selbstverständlich mitteilte, wieviel Waldemar für die Mitgiften seiner Töchter aufzubringen hätte. Eine Heirat mit einem Kaisersohn ist eben eine kostspielige Angelegenheit, die gibt es nicht umsonst. Es handelte sich um Summen, die Waldemar niemals aufbringen konnte, und sein Gesicht soll darauf sehr lang geworden sein. Und Friedrich, dieser geübte Schauspieler, bemerkte scheinbar bestürzt, wie kleinlaut sein Gast da plötzlich wurde. Besorgt legte er ihm die Hand auf den Arm. Ich kann mir genau vorstellen, was er zu ihm gesagt hat. Zu teuer für Dänemark? Aber lieber Freund, da wird sich schon eine Lösung finden. Wenn wir uns auf eine Heirat beschränken, ginge das, oder könnt Ihr selbst diese Mittel nicht aufbringen? Das stand in Waldemars Möglichkeiten, und er fühlte sich auch noch reich beschenkt und stimmte erleichtert zu.

Ach, dieser Friedrich! Eine mögliche Hochzeit, vielleicht, jedenfalls aber in weiter Ferne – aber die dänische Flotte war da. Zu dem Zeitpunkt und an dem Ort, wo der Kaiser sie brauchte.

Jetzt war Lübeck abgeriegelt und das Schicksal der Stadt eigentlich schon besiegelt. Aber die Bürger gaben noch immer nicht auf. Sie baten ihren Bischof, der einst Abt in Braunschweig gewesen war, einen ehrwürdigen alten Mann von tadellosem Ruf, er möge doch zum Kaiser gehen und ihm die Beweggründe der Bürger erläutern.

Ich hatte später noch Gelegenheit, mit dem greisen Bischof zu sprechen, und er schilderte mir, wie er zum Kaiser gegangen war, und wie dieser geduldig anhörte, was er ihm zu sagen hatte. Der Bischof erinnerte ihn daran, daß Heinrich doch sein leiblicher Vetter sei; daß er ihm viele Jahrzehnte in Freundschaft verbunden war, daß er ihm zahllose Dienste erwiesen und ihn nicht zuletzt unter Einsatz des eigenen Lebens in Rom vor dem Pöbel gerettet habe, welcher den Kaiser erschlagen wollte.

Der Kaiser hörte dies mit Mißfallen, bemühte sich aber um eine freundliche Miene. Betrübt setzte er dem Bischof entgegen, daß Vetter Heinrich sich wieder und wieder etwas zuschulden habe kommen lassen, und zählte dessen Sündenliste auf.

Dann fügte er noch hinzu, er, der Kaiser, habe unendliche Geduld gezeigt, aber nun müsse damit Schluß sein.

Unschuldig fragte der alte Bischof, warum der Kaiser denn jetzt so hart gegen den Löwen vorgehe wegen der gleichen Dinge, welche er die ganzen langen Jahre ohne weiteres geduldet hatte.

Das war Barbarossa sichtlich sehr unangenehm. Die Wahrheit wäre gewesen, daß die Gelegenheit jetzt eben sehr günstig war, einen Mann zu vernichten, dessen bloße Existenz die Allmacht des Kaisers in Frage stellte. Aber seit wann sprechen Politiker die Wahrheit aus? Das war noch nie so, das ist jetzt nicht so, und das wird vermutlich auch in ferner Zukunft nicht so sein.

Statt dessen berief sich Kaiser Friedrich auf Gott. Wenn ein so überaus mächtiger Mann wie Herzog Heinrich von Sachsen und Bayern falle, dann könne das ja wohl nur durch Gottes Hand bewirkt worden sein.

Der Bischof schaute Barbarossa darauf lange schweigend an und ging auf diese seltsame Begründung mit keinem Wort ein. Dann sagte er mit sanfter Stimme, er sei nun hier auf die Bitte der Lübecker Bürger. Sie hätten dem Herzog Treue geschworen und gedächten sie nicht zu brechen. Da sie aber wohl wüßten, daß sie nicht gegen die kaiserliche Macht bestehen könnten, so wollten sie den Herzog bitten, er möge sie von ihrem Eid entbinden und ihnen selbst die Erlaubnis geben, dem Kaiser die Stadt zu überantworten. Der Kaiser möge darum gestatten, daß sie einen Boten an den Herzog sandten.

Der Bote durfte sich auf den Weg nach Stade machen. Mein Mann empfing ihn. Dieser Schlag traf ihn nicht mehr, eher rührte ihn die Treue der Lübecker und ihre Mannhaftigkeit.

Heinrich wußte nun, daß ihn nichts mehr retten konnte. Zwar war er noch mit seinem allerletzten Getreuen, Gunzelin von Schwerin, damit beschäftigt, Stade stärker zu befestigen und sich damit dem bevorstehenden Angriff entgegenzustellen, aber im Grunde hatte er erkannt, daß es dem Kaiser gar nicht darum ging, ihn im Feld zu besiegen, sondern daß Friedrich ihm Stück für Stück die Grundlagen nahm, auf denen mein Mann sein Reich aufgebaut hatte.

Dann erfuhr Heinrich, daß der Kaiser nach der Kapitulation Lübecks nach Lüneburg marschierte. Friedrich schlug sein Lager auf dem Zeltberg auf; ich konnte von der Stadtmauer aus deutlich sein Zelt mit dem purpurfarbenen Wimpel erkennen. Ich war eisern entschlossen, die Stadt gegen den Kaiser zu verteidigen. Was aber, wenn er die Mauern überwand, wenn seine Kriegerscharen in die Straßen strömten? Wo konnte ich Sicherheit für meine Kinder finden? Ich ließ Barrikaden in der Kirche St. Cyriak richten, um sie dorthin zu schicken, falls der Kaiser die Stadt einnahm – was ich vermutlich nicht verhindern konnte. Trotzdem ließ ich mir eine Rüstung anpassen und übte mit einem Schwert, das hatte ich zuletzt in der Kinderstube mit meinen kleinen Brüdern getan. Mein Löwe sollte sich meiner nicht schämen müssen.

Doch der Kaiser zögerte mit dem Angriff, obwohl Lüneburgs Befestigungen vieles zu wünschen übrigließen. Aber wie hätte der große, mächtige, gütige und gerechte Kaiser dagestanden, hätte er eine Frau und ihre kleinen Kinder angegriffen? So kam der Bote meines Mannes noch rechtzeitig angehetzt, ehe der Angriff auf Lüneburg begann. Heinrich bat den Kaiser um freies Geleit, er wollte sich dem Kaiser stellen. Der Krieg war zu Ende, ich konnte meine Rüstung unbenutzt wieder fortlegen. Unter uns: Darüber war ich doch sehr erleichtert.

Und nicht nur ich. Du wirst es nicht glauben: Die Kunde, daß mein Löwe sich näherte, war in aller Munde, und viele Herren aus dem kaiserlichen Lager bestiegen ihre Pferde und ritten meinem Mann entgegen, um ihn auf seinem Weg zu geleiten – ihn, den sie soeben noch hatten im Felde schlagen, vielleicht auch töten wollen. Wie mag mein Heinrich sich dabei gefühlt haben? Er hat später nicht darüber sprechen wollen. Aber er reiste langsam; vermutlich mußte er sich innerlich erst darauf vorbereiten, wie er dem Kaiser gegenübertreten, was er sagen, erbitten, anbieten sollte. So kam es, daß die Gesandten des Auslandes ihn auf dem Weg zum Kaiser noch überholten. Ja, Boten meines Vaters, des Königs von Frankreich, des Grafen von Flandern, sie alle galoppierten zum Kaiser, brachten Geschenke und legten Fürbitten für den ehemaligen Herzog von Sachsen und Bayern ein. Ich konnte es nicht fassen. Wohlfeil war diese Hilfe – jetzt, wo es zu spät war.

Und der Kaiser? Ja, meine Liebe, der ergriff die Flucht. Jedenfalls reiste er schleunigst ab, um nicht mit meinem Löwen zusammentreffen zu müssen. Vielleicht mußte auch er zuerst nachdenken, was zu tun sei. Die fremden Gesandten hatten deutlich gemacht, daß das gesamte Ausland sehr genau darauf schaute, was sich im Kaiserreich abspielte.

Sie trafen erst am 11. November im Jahre des Herrn 1181 in Erfurt zusammen, der über allem thronende Kaiser und der geschlagene Löwe, einst mächtigster Fürst. Ich war nicht dabei, ich wollte keinesfalls die Demütigung meines Mannes mit ansehen. Aber im Geist war ich bei ihm und litt mit ihm. In meinen Gedanken schritt ich an seiner Seite auf den Kaiser und die Kaiserin zu, die mit ernsten Gesichtern, aber innerlich triumphierend, auf ihrem Thron saßen. Ich sank neben ihm auf die Knie und verneigte mich, und als Heinrich den Fuß des Kaisers küßte, war mein Mund neben dem seinen. Ich kostete die Verzweiflung der Niederlage mit ihm aus, so wie ich seine Macht und Herrlichkeit über viele Jahre mit ihm geteilt hatte. Meine Seele war bei ihm, als der Kaiser ihn eine Weile liegenließ, dann sanft in die Höhe zog und auf die Wange küßte. Ich sah, obwohl ich weit entfernt war, die gefühlvollen Tränen über Friedrichs Antlitz rollen, ich sah das winzige Triumphlächeln der Kaiserin. Auch über mich hat Beatrix in diesem Augenblick gesiegt, meine Kinder werden ihren Kindern nichts wegnehmen können.

Aber die Welt sah nur den großen, großmütigen, verzeihenden Kaiser – und den Löwen im Staub.

Am nächsten Tag verkündete Friedrich dann, daß er in kaiserlicher Großmut seinem sehr geliebten und nun geläuterten Vetter Braunschweig und Lüneburg mit dem dazugehörigen Umland überlasse – er durfte sich künftig Herzog von Braunschweig nennen. Aber weil er es gewagt hat, dem Kaiser Widerstand zu leisten, mußte er in die Verbannung gehen. Nach England, zu meinem Vater. Nicht sofort – er durfte vorher noch die Belange seines großartigen neuen Reiches ordnen und Verwalter einsetzen. Denn ich, obwohl nicht von der Verbannung betroffen, werde mit meinem Mann gehen, wohin auch immer sein Weg sich wendet.

Möge Gott seine Hand über uns halten, wie auch über dich und deine ganze Familie.

Deine Freundin Mathilde.

Ich sehe, du hörst ganz atemlos zu. Ich gebe zu, meine Tochter, daß die Geschicke der Herzogin Mathilde spannender sind als die deiner Mutter, die sich so sehr über ihr neues Haus freute, was in deinen Augen natürlich völlig unbedeutend ist.

Hast du für heute genug? Nein? Dann sollst du auch noch Mathildes nächsten Brief hören, der mich im folgenden Jahr erreichte.

Mathilde, einst durch Gottes Gnade Prinzessin von England und Herzogin von Sachsen und Bayern, nunmehr Herzogin von Braunschweig, aus der Verbannung an ihre Freundin Sophia, Kauffrau in Köln.

Gottes Gruß und Segen, liebste Freundin. Ich bete darum, daß du wohlauf bist und alle deine Lieben ebenso.

Ich möchte dir nun berichten, wie es mit unserem völlig umgestürzten Leben weiterging.

Kurz vor unserer Abreise erschien ein Bote aus Dänemark. Er brachte die Nachricht, daß König Waldemar verstorben und sein Sohn Knut ihm auf den Thron gefolgt war. Er hatte auch einen Brief für Heinrich und mich dabei. Seine Tochter Gertrud, nunmehr dänische Königin, sandte uns ihre liebevollsten Grüße und ließ uns wissen, ihr Gemahl weigere sich, seine Krone von Barbarossa als Lehen entgegenzunehmen. Er habe hingegen die Absicht, die slawischen Lande seinem Reich einzugliedern.

Heinrich lachte bitter, als er dies las. ›Wie habe ich mich jahrzehntelang um diese Gebiete bemüht! So viele Anstrengungen, so viele Kämpfe … Da ist es mir schon lieber, wenn meine eigene Tochter nun den Nutzen davon hat. Spätestens jetzt muß auch mein kluger und vorausschauender Vetter Friedrich merken, daß er seinen eigenen Schutzschild im Osten zerschmettert hat.‹

Im Jahre des Herrn 1182 verließen wir, dem Befehle des Kaisers gehorchend, unser geliebtes Braunschweig, um in die Finsternis der Verbannung zu gehen. Aber so finster war es für mich auch wieder nicht; ich hatte mich damit abgefunden, meine veränderten Lebensumstände in Würde auf mich zu nehmen; und dann freute ich mich auch darauf, nach so vielen Jahren meine Familie wiederzusehen.

Es war mir allerdings ein großer Schmerz, daß wir nur unsere Tochter Richenza sowie Heinrich und Otto mitnehmen durften. Unseren lieben Sohn Lothar hatte der Kaiser ›eingeladen‹. Er traute offenbar meinem Löwen nicht so weit, daß er auf eine Geisel verzichtet hätte. Lothar war damals erst sieben Jahre alt, und ich habe ihn bis jetzt nicht wiedersehen dürfen.

Unsere Schar war bewußt klein gehalten, denn wir wußten, daß wir als Bittsteller, als Gäste an den Hof meines Vaters kamen, und wollten ihn nicht mit dem Unterhalt unnötig vieler Menschen belasten. Aber als wir loszogen, wälzte sich ein riesiger Zug Reiter über das Land. Zahllose sächsische Ritter ließen es sich nicht nehmen, ihrem ehemaligen Herzog das Geleit bis zur Grenze zu geben.

Das war tröstlich für meinen Löwen. Aber dann führte unser Weg uns an Bardowiek vorbei. Du kennst diesen Ort wohl nicht, er war früher einmal eine wichtige Handelsstadt, verlor aber jede Bedeutung, als Heinrich Lübeck groß machte. Deshalb haßten die Bardowieker meinen Mann; und als wir nun an der Stadt vorbeizogen, standen ihre Bürger in gedrängten Scharen auf den Mauern, riefen ihm bitterböse Worte zu, ließen die Hosen herunter und schmähten uns durch ihre nackten Hintern. Ich sah auf meinen Löwen; er blickte starr geradeaus und tat so, als nähme er die Beleidigungen nicht wahr. Aber ich bemerkte die Zornesröte in seinem Gesicht, und wie eine Ader an seiner Schläfe pochte, noch lange, nachdem wir an der Stadt vorbei waren und die Pöbeleien hinter uns nicht mehr hören konnten.

Im August erreichten wir Chinon in der Normandie. England hatte der Kaiser als Verbannungsort für meinen Löwen bestimmt; der mußte aber nicht unbedingt auf der Insel sein. England war überall da, wo mein Vater herrschte.

Ich fieberte dem Wiedersehen mit ihm entgegen. Als Kind hatte ich ihn angeschwärmt und bewundert, wenn ich auch tiefes Mitgefühl für meine geliebte Mutter empfand, die so tapfer den Schmerz über seine ständige Untreue verbarg. Nun kam er angeritten, sprang vom Pferd und schloß zuerst mich, dann Heinrich und meine Kinder in die Arme.

Ach, Sophia, wenn er auf der Straße an mir vorbeigeritten wäre – ich hätte ihn nicht erkannt! War das der schöne, lustige, verführerische König meiner Erinnerung? Ich sah einen fetten Mann in fleckiger, schlampiger Kleidung. Er sah aus, als hätte er die ganze Nacht … na ja. Und so alt erschien er mir! Dabei ist er noch keine fünfzig, vier Jahre jünger sogar als mein Löwe, und der kam mir noch niemals alt vor. Aber mein Vater sieht gegen ihn verlebt aus. Im Sattel gesessen an der Spitze seiner Kämpfer hat er fast so oft wie mein Mann … Aber die vielen, vielen Nächte, die er in billigen Schenken verbracht hat mit dem niedrigsten Volk, bis er dann im Morgengrauen heimtorkelte – sofern er noch dazu imstande war –, haben ihre Spuren hinterlassen.

Und doch ist mein Vater einer der mächtigsten Monarchen Europas, er gebietet über England, die Normandie und die Bretagne, das Anjou sowie weitere Grafschaften, nicht zu vergessen das sonnige Aquitanien, die riesige Mitgift meiner Mutter.

Und da war noch immer die Erinnerung an den wichtigsten Mann meiner Kindheit. Auch seine herzliche Begrüßung tat mir so gut. Er freute sich offensichtlich, mich zu sehen, und nahm auch seine Enkel mit großer Begeisterung in die Arme. Es war das erste Mal für ihn, denn außer meinen Kindern gibt es nur noch eine kleine Tochter meiner Schwester Alienor, die mit dem König von Kastilien verheiratet ist, und die hat er noch nie gesehen.

Auch mein Bruder Heinrich erschien, der schöne, elegante Heinrich, Thronerbe meines Vaters und verheiratet mit der französischen Prinzessin Margarete. Sie ist pikanterweise eine Tochter von König Ludwig von Frankreich, dem ersten Gatten meiner Mutter. Als sie sich scheiden ließen, wäre niemand auf den Gedanken gekommen, daß dereinst ihre Kinder sich miteinander vermählen würden! Heinrich und Margarete hatten einen kleinen Sohn, der nur wenige Tage lebte, und seitdem kein weiteres Kind. Aber sie sind ja noch jung, Gott kann ihnen noch eine große Kinderschar schenken, wenn es sein Wille ist.

Dann kam mein Bruder Gottfried, um uns zu besuchen. Er hat vor einem Jahr die Erbin der Bretagne geheiratet. Gottfried wie auch Heinrich sind beide junge Abbilder meines Vaters: Groß, kräftig, rotblond und sehr gut aussehend, voller Lebenskraft. Aber das sagt man ihnen besser nicht, denn sie lehnen den Vater ab, der ihre verehrte Mutter so oft gekränkt hat.

Ach, meine Mutter! Wie glücklich hätte es mich gemacht, mich in ihre Arme zu werfen. Aber mein Vater hat sie schon vor fast zehn Jahren gefangengesetzt, in England, damit sie ihm auf dem Kontinent keine Schwierigkeiten mehr machen konnte. Sie darf die Burg, die er ihr zugewiesen hatte, nicht verlassen, und eigentlich ist auch streng geregelt, wer sie besuchen darf. Aber sie wäre nicht Königin Alienor gewesen, wenn sie keine Schlupfwinkel gefunden hätte, wie mir meine Brüder unter vier Augen verrieten. Denn auch noch mit grauem Haar ist sie eine so faszinierende Frau, noch immer so lebenssprühend, liebenswürdig und geistreich, daß auch ihre Wächter ihr nicht widerstehen können und beide Augen zumachen, wenn wieder einmal ein Troubadour ankommt, um sein Loblied auf die schöne Gefangene zu singen.

Auch meine Brüder sind schon oft über den Kanal gesegelt, um sie aufzusuchen. Niemals haben die Wächter gewagt, sie zurückzuweisen – und es vielleicht auch gar nicht gewollt, denn es ist keiner unter ihnen, der nicht bewunderndes Mitgefühl hat für die Königin, die immer Haltung bewahrt, sich täglich sorgfältig kleidet, immer ein freundliches Wort für sie findet und sich nach dem Ergehen ihrer Kinder erkundigt. Sie ist wie ein schöner Vogel mit prächtigem Gefieder, der sich in seinem Reich in die Lüfte zu schwingen pflegte, nun aber in einen Käfig gezwängt wurde, ohne ein Wort der Klage.

Wie gern wäre auch ich in ein Schiff gestiegen, um zu ihr zu fahren! Aber durch die Aufregungen der letzten Zeit habe ich nach einer qualvollen Nacht eine Fehlgeburt erlitten. Ich habe sehr viel Blut verloren und bin noch ganz schwach. Ich danke Gott, daß er mich in seiner Güte am Leben gelassen hat, aber nachts, wenn mich niemand sieht, weine ich um das verlorene Kind.

Darum war auch gar nicht daran zu denken, daß ich meinen Löwen hätte begleiten können. Er ging nämlich sehr bald nach unserer Ankunft wieder auf eine Pilgerreise, diesmal nach Santiago de Compostela. Mein Löwe ist ja ein tiefgläubiger Mensch, und er meint, da Gott ihn so hart geschlagen und ihm soviel genommen hat, müsse er wohl unzufrieden mit ihm sein, und er wollte ihn mit dieser Pilgerfahrt wieder versöhnen. Ach, wenn ich daran denke, wie er damals ins Heilige Land zog! Wie er als hochgeehrter Gast beim Kaiser von Byzanz weilte, großes Aufsehen in Jerusalem erregte, von Sultan Kilidsch Arslan als Freund angenommen wurde!

Vorbei.

Zu Weihnachten hält mein Vater einen Hoftag in Caen ab, mit allem Prunk, an den er gewöhnt ist. Alle seine Söhne sollen dabeisein, auch mein Bruder Richard, den alle Welt schon ›Löwenherz‹ nennt, und auch unser Nesthäkchen, mein Bruder Johann. Er war noch nicht geboren, als du damals in London bei uns warst, und auch ich habe ihn nur als kleines Kind gesehen. Die Leute nennen ihn ›Johann Ohneland‹, denn alle Besitzungen unserer Eltern sind schon für die älteren Söhne vorgesehen. Aber vielleicht findet sich ja eine reiche Erbin für ihn.

Denke nicht, daß ich an Langeweile gelitten hätte, während mein Mann auf seiner Pilgerfahrt war. Die Troubadoure schwärmten aus allen Richtungen herbei und ersannen die klangvollsten Lieder für mich. Besonders hartnäckig schmachtete Bertran de Born, ein Freund meiner Brüder. Was er sich für glühende Reime für mich erdachte, mag ich gar nicht schreiben.

Endlich kam mein Löwe zurück. Vermutlich hat ihn gleich bei seiner Ankunft jemand vertraulich in Kenntnis davon gesetzt, daß seine Frau reichlich Anbeter gefunden hatte, denn er beglückwünschte mich lächelnd zu meinen Erfolgen. Ich wollte schon ganz munter antworten, daß ich es sehr genossen hätte, so umschwärmt zu werden.

Dann sah ich aber das unruhige, besorgte Flackern in seinen Augen und brachte es nicht übers Herz, ihn zu necken. Ich nahm ihn bei der Hand, kümmerte mich kein bißchen um die schockierten Blicke von Vaters Hofstaat und zog meinen Löwen fort in das Schlafgemach. Als er etwas zögerlich den Arm um mich legte, küßte ich ihn viele Male und sagte, daß kein Troubadour der Welt so herrliche, zarte Worte finden könnte, wie ich sie von meinem Mann seit jeher zu hören gewöhnt war, und daß ich mich sehr nach ihm gesehnt und seiner Rückkehr entgegengefiebert hätte, und daß kein noch so schöner Jüngling in meinen Augen meinem Löwen auch nur annähernd gleichkäme. Ich hätte vielleicht noch mehr gesagt, aber dazu ließ Heinrich es nicht mehr kommen – es gab einen Skandal, denn wir versäumten das festliche Begrüßungsmahl meines Vaters und blieben im Bett bis zum nächsten Morgen …

In Liebe, deine treue Freundin Mathilde.

Du seufzt, meine Tochter? Ja, das klingt so schön und romantisch, daß man es kaum glauben mag. Aber ich sage dir, so war Mathilde. Als sie als Braut des um so vieles älteren und ihr zudem noch unbekannten Herzogs Heinrich nach Deutschland reiste, war sie eisern entschlossen, ihn zu lieben. Sie hatte dann aber das Glück, bei ihm in Wirklichkeit ganz und gar ihre Erfüllung zu finden. So manche andere Frau hätte sich, als er seine Macht, seine Länder und seinen Reichtum verlor – nun, sagen wir mal: anderen Dingen zugewandt. Hätte die Huldigungen anderer Männer, vielleicht auch nur dieser Troubadoure, als Entschädigung angenommen. Wäre dem ausgemusterten Heinrich vielleicht kühler begegnet …

Aber nicht so Mathilde. Sie blieb völlig unbeirrt auf ihrem schnurgeraden Weg. Dieser Mann war ihr Leben, ihr Ziel. Und wenn es nicht um die verscherzte Zukunft ihrer Kinder gegangen wäre, dann hätte sie über alle Schläge kaum mit der Wimper gezuckt.

Schau doch bitte noch einmal in den Kasten, da muß noch ein Brief sein, den sie mir später geschrieben hat. Mit einem dicken Siegel darauf. Ja, dieser ist es. Willst du erfahren, wie Mathildes Leben weiterging? Nun denn.

Mathilde, einst Prinzessin von England sowie Herzogin von Sachsen und Bayern, nunmehr stiller Gast am Hofe ihres Vaters, des glanzvollen und ruhmreichen Königs Heinrich von England, Herzog der Normandie und so weiter, an ihre geliebte Freundin Sophia, Kauffrau in Köln.

Lange habe ich nichts von dir gehört, meine Sophia. Ich kann nur hoffen, daß du bei bester Gesundheit bist, und deine Familie ebenso.

Mein Löwe, unsere Kinder und auch ich selbst sind nun Randfiguren unserer Zeit, und darum nehme ich an, daß selbst die Kaufleute wenig über uns erfahren und du nicht wissen kannst, wie es uns ergeht. Laß mich dir also berichten.

Das Weihnachtsfest des Jahres 1182, von dem ich dir schon in meinem letzten Brief erzählte, wird in meinem Gedächtnis bleiben, nicht nur, weil es das erste ist, das wir nicht an unserem eigenen Hof feierten. Das erste, das nicht von mir mit Pracht ausgerichtet wurde. Das erste, an dem wir keine großzügigen Geschenke zu verteilen hatten. Dabei kamen wir nicht als Bettler zu meinem Vater: Gütig, wie er nun einmal ist, hat Kaiser Friedrich meinem Mann erlaubt, einen Teil der Einkünfte, die uns aus Braunschweig und Lüneburg zustehen, auch in der Fremde empfangen zu dürfen! Ach, Sophia, das reicht nicht zum Leben und nicht zum Sterben. Ich dachte schon darüber nach, alle Getreuen samt und sonders in die Heimat zu schicken, weil wir sie nicht ernähren konnten. Aber mein Vater nahm mich beiseite und verlangte genaue Auskunft über unsere Geldmittel. ›Dein Mann ziert sich und will mir nichts sagen‹, bemerkte er. ›Aber ich werde nicht zulassen, daß meine Tochter darbt.‹ Dann zahlte er uns fünfzig Pfund Rente aus – täglich! Und nicht genug damit: Immer wieder gab es Geschenke, junge Pferde, großzügige Zuwendungen an Bier und Wein, Gastmähler für uns und unsere sämtlichen Bediensteten, und dergleichen mehr.

An diesem Weihnachtsfest überschüttete er uns geradezu mit Gaben, aber noch mehr freute mich, daß alle meine Brüder auf Befehl meines Vaters gekommen waren: Heinrich, Gottfried, Richard Löwenherz und unser Jüngster, Johann. Es war das letzte Mal, daß wir fröhlich zusammen waren. Meine Brüder wollten endlich die Herrschaft über die ihnen versprochenen Gebiete! Am besten stand noch Richard da, der Erbe von Aquitanien von Mutters Seite. Gottfried hingegen durfte noch immer nicht in der Bretagne regieren, ganz zu schweigen von dem jungen Heinrich, dem abgöttisch geliebten Herzenssohn meines Vaters, welcher dereinst der Oberherr des riesigen angevinischen Reiches werden sollte – aber eben nicht zu Lebzeiten meines Vaters.

Es fällt mir sehr schwer, dir das Folgende zu berichten. Oh, Sophia, nie hätte ich geglaubt, daß so schreckliche Dinge innerhalb unserer Familie geschehen könnten! Es wurde Vater zugetragen, daß sein Sohn Heinrich einen Überfall auf die aquitanischen Besitzungen Richards plante. Also schickte er Richard nach Süden, damit er sein Eigentum verteidigen konnte. Als zu hören war, mit welchem bedenkenlosen Ungestüm Löwenherz feindliche Burgen berannte, folgte Vater ihm mit seinen Kriegern, um ihn zu unterstützen. Dabei geschah es gleich zweimal, daß Pfeile aus dem Hinterhalt auf Vater abgeschossen wurden, und das nicht etwa bei Kämpfen, sondern mitten in Friedensverhandlungen. Dies hatte nicht ohne Wissen und Willen des jungen Heinrich geschehen können, und Vater war außer sich vor Schmerz, daß sein Thronerbe offenbar nicht warten mochte, bis die Lebensuhr seines Vaters auf natürliche Weise abgelaufen war. Dann hörte er, daß Heinrich erkrankt war, und sandte ihm auf der Stelle seinen Ring zu zum Zeichen, daß er ihm die Mordanschläge vergeben hatte. Aber Heinrich starb – der schöne, strahlende Thronerbe, der die Hoffnung der ganzen Familie trug.

Mein Vater trauerte bitter über den Verlust seines Lieblingssohnes. Ich lag nach seiner Rückkehr in der Hofkapelle neben ihm auf dem kalten Boden, und wir weinten und beteten gemeinsam.

Aber insgeheim fragte ich mich doch: Wozu dieser sinnlose Tod? Warum der Aufstand gegen den Vater? Er ist gezeichnet von Jahren der Ausschweifung, aber auch von zahlreichen Feldzügen und ihren Entbehrungen, ich glaube kaum, daß ihm ein hohes Greisenalter beschieden sein könnte. Hätten meine Brüder nicht warten können, bis er seine Augen für immer schließt? Ich sah auf meine Söhne Heinrich und Otto und fragte mich, ob sie gegen meinen Löwen kämpfen würden, um sich ihr Erbe zu ertrotzen. Nun, da ist ja kaum mehr etwas, für das sie kämpfen könnten; das riesige Reich, das ihr Vater für sie in ewigen Kämpfen und Mühen erbaut hatte, ist zerbröckelt und geraubt.

Nein, ich kann und kann mir nicht vorstellen, daß meine Söhne sich gegen ihren Vater hätten stellen können. Sie lieben ihn.

Aber auch meine Brüder haben einst ihren prachtvollen jungen Vater bewundert und geliebt …

In diesem Sommer erteilte mein Gemahl im Garten unseren Söhnen eine Lektion im Schwertkampf und zeigte ihnen Finten, mit denen man einen Gegner täuschen kann. Er ist noch immer rasch und wendig wie ein Jüngling. Auch meine Richenza stand dabei und schaute aufmerksam zu; aber als die Brüder ihr zuriefen, sie solle es doch auch einmal probieren, schüttelte sie gelassen den Kopf. ›Es reicht, wenn ihr Großvaters Blumen zertrampelt und die Rosen mit euren ungezielten Hieben köpft‹, bemerkte sie freundlich. Mein Vater plant, Richenza später mit dem König Wilhelm von Schottland zu verheiraten. Dieser ist schon rund vierzig Jahre alt und noch immer Junggeselle. Ich hörte, daß auch er den Beinamen ›Der Löwe‹ trägt, vielleicht ist das ein gutes Vorzeichen. Einstweilen eilt es mir aber gar nicht damit, meine einzige Tochter fortzugeben. Wenn Wilhelm es bis jetzt nicht für nötig hielt zu heiraten, kann er gerne noch etwas länger warten.

Außerdem werde ich, wenn es soweit ist, meine Tochter erst einmal fragen, ob ihr ein Mann, der bequem ihr Vater sein könnte, so willkommen ist, wie mir mein Löwe war.

Die kühnen Fechtmanöver meiner Söhne wurden durch

meinen Vater und einen Boten unterbrochen, der uns eine weitere Todesnachricht überbrachte, die uns allerdings sehr viel weniger betrübte: Otto von Wittelsbach war gestorben, Vetter und Bannerträger des Kaisers, Kampfgenosse meines Löwen in früheren Tagen, nun aber dessen Nachfolger im bayrischen Herzogtum.

Mein Vater rieb sich die Hände. Zum erstenmal seit dem Tod des jungen Heinrich wirkte er fröhlich. Unternehmungslustig sagte er: ›Nun, Löw‹, (so nennt er meinen Gemahl, weil sie beide den gleichen Vornamen tragen), ›jetzt steht deinem Wiederaufstieg wohl nichts mehr im Weg. Ich werde unverzüglich einen Gesandten an Kaiser Friedrich losschikken und vorschlagen, dich wieder als Herzog von Bayern einzusetzen.‹

Mein Mann zögerte und blickte mich an. Er kannte den Kaiser besser als mein Vater. Ob dieser das Ziel, das er sich so sorgsam vorgenommen hatte, nämlich die Entmachtung eines gleichwertigen Konkurrenten, so ohne weiteres und ohne Not wieder preisgeben würde – das schien ihm nicht allzu wahrscheinlich. Aber mein Vater achtete gar nicht auf die zweifelnde Miene seines Schwiegersohns und entwarf im Geist bereits ein diplomatisches Schreiben.

Für den nächsten Mai war ein ganz großes Fest in Mainz geplant: Die Kaisersöhne sollten dort ihre Schwertleite feiern und damit in den Ritterstand erhoben werden. Kaiser Friedrich wollte ein Fest geben, wie man es nie zuvor erlebt hatte. Mein Vater bestimmte, daß dies der geeignete Anlaß für seinen Schwiegersohn sei, wieder in das Licht der Öffentlichkeit zu treten – wohin er seiner Ansicht nach gehörte. Ich fürchte, daß er gar nicht bemerkte, wie sehr er damit meinen Mann bevormundete! Ich sah den hilflosen Blick, mit dem der eine den anderen Heinrich anschaute, konnte aber nichts tun oder sagen. Ich wußte nur zu genau, daß mein Vater es gut mit uns meinte und jedwede Bedenken überhaupt nicht verstanden hätte.

So machte sich also mein geliebter Löwe im Frühjahr auf den Weg nach Mainz. Mein Vater, der fest mit der glanzvollen Wiederauferstehung seines welfischen Schwiegersohns rechnete, hatte mich an dessen Seite sehen wollen; aber ich wehrte mich dagegen. Nachdem ich im Winter abermals eine Fehlgeburt erlitten hatte – ein erneuter schwerer Verlust –, war ich nun wiederum schwanger und ganz und gar nicht bereit, das Leben dieses sehnlich erwünschten Kindes durch eine Reise zu gefährden. Mein Heinrich reiste also allein und warf mir beim Abschied einen recht unglücklichen Blick zu.

Nur zu gern hätte ich gewußt, was sich in Mainz abspielte, aber es kamen keine Boten. Mein Vater, sprunghaft und seit jeher ein Mann der plötzlichen Entscheidungen, kam auf die Idee, nach England zu reisen – mit mir. Meine Bedenken wegen der Schwangerschaft wedelte er mit einer Handbewegung fort.

›Es ist ja nicht weit bis zur Küste, du wirst in einer Sänfte dorthin getragen. Und vor der kurzen Schiffahrt wirst du ja wohl keine Angst haben, oder?‹

Als ich noch zögerte, fügte er listig hinzu:

›Deine Mutter wäre sicher sehr enttäuscht, wenn du nicht kämst.‹

Das wirkte sofort. Ich sehnte mich so sehr nach meiner Mutter! Also ging ich mit ihm an Bord, erlebte leider eine sehr stürmische Überfahrt, bei der ich mich immer wieder übergeben mußte, und ging bleich und zitternd in Dover an Land. Vater wollte mir einen Ruhetag gönnen, aber ich konnte nun nicht mehr warten. Also wurde ich wieder in eine Sänfte gepackt, ich, die ich immer so stolz auf meine Reitkünste gewesen bin! Bald war ich in Winchester, wo meine Mutter als Gefangene lebte. Sprachlos sanken wir uns in die Arme und hielten uns eine lange Zeit ganz, ganz fest. Wir hatten uns vor sechzehn Jahren das letzte Mal gesehen. Als sie mich damals verabschiedete, war sie eine vielbewunderte Königin und souveräne Herrscherin ihres geliebten Aquitaniens gewesen, und ich die Braut eines Kaiserenkels. Nun waren wir beide tief herabgestürzt und fast unbeachtet. Aber das scherte uns in diesem Augenblick überhaupt nicht, so groß war das Glück des Wiedersehens.

Meine Mutter ist übrigens ganz genau unterrichtet über das, was meiner Familie zugestoßen ist. Auch über die politischen Entwicklungen in der Welt, die einst die ihre gewesen ist, weiß sie bestens Bescheid. Wie sie das macht? Nun, sie bekommt ständig Briefe, nicht nur von ihren Kindern, sondern von zahlreichen Getreuen, die sie ein Leben lang verehrt haben, von Grafen und Bischöfen, die ihr untertan gewesen sind und sie noch immer als ihre Herrscherin ansehen, mag sie auch gefangen in Winchester sitzen.

Ich habe noch immer meine Freiheit, ich habe die Liebe meines Mannes, ich darf mich an der Gegenwart meiner Kinder freuen – abgesehen von meinem kleinen Lothar. Außerdem bin ich noch jung, es kann sich noch viel für mich ändern.

Und meine Mutter? Das alles besitzt sie nicht mehr; aber sie hält sich aufrecht, sie pflegt und kleidet sich sorgfältig, zeigt ein heiteres Gesicht. Und sie liest nicht nur ihre vielen Briefe, sondern auch die Heilige Schrift, die Psalter, die Werke des Aristoteles. Sie hat noch immer ein Arbeitszimmer, wenn sie dort auch nicht mehr Befehle ausgibt, und dort liegen ständig ganze Stöße von Büchern.

Und sie ist noch immer eine so schöne Frau!

Ich liebe und bewundere meine Mutter aus tiefstem Herzen. Ihrem Beispiel will ich nacheifern, so gut ich kann.

Mein Vater hatte mich übrigens nicht nach Winchester begleitet. Er kam erst einen Monat später, und zwar zusammen mit meinem Mann. Es schnitt mir ins Herz, als ich meinen Löwen sah. Ich erkannte sofort, daß er eine tiefe Demütigung erfahren hatte, so erloschen war der Glanz seiner Augen, so fahl sein Gesicht. Dennoch war die ehrerbietige Verneigung tadellos, mit der er meine Mutter grüßte – die er übrigens zum erstenmal in seinem Leben sah. Und als er mich in die Arme schloß, atmete er so tief auf wie ein Mensch, der fast bis zum Ersticken unter Wasser war und dann doch an die Oberfläche gelangen und die süße Luft des Lebens wieder in seine Lunge füllen darf.

Es gelang ihm, den ganzen Nachmittag liebenswürdig mit meinen Eltern zu plaudern, mit seinen Kindern zu spielen, die nicht von seiner Seite zu reißen waren, und mir, seiner Frau, verstohlene Blicke zuzuwerfen, die ich nicht zu deuten wußte, aber mit strahlendem Lächeln erwiderte.

Erst in der Nacht, als er mir in unser Schlafgemach folgte, wollte er zum Reden ansetzen, aber ich legte ihm den Finger auf die Lippen, schmiegte mich an ihn und sagte leise: ›Jetzt noch nicht, Liebster. Komm erst einmal in meine Arme, damit du weißt, wo du zu Hause bist.‹ Ich legte keinen Wert darauf, ihn daran zu erinnern, daß die Kirche die Liebe zwischen Eheleuten nicht gestattet, wenn diese ein Kind erwarten. Und nachdem er mich lange und sanft geliebt hatte, konnte ich im Schein der Wachskerze sehen, wie das Leben in seine Augen zurückkehrte.

Er suchte nach Worten, und ich wollte ihm zu Hilfe kommen.

›Ich nehme an, der Kaiser hat deinem Wunsch nach Wiedereinsetzung in Bayern nicht entsprochen?‹ fragte ich behutsam.

Er schüttelte langsam den Kopf. ›Nein. Und nicht nur das: Bei diesem glänzenden Hoffest, wo sich halb Europa versam-

melt hat, um die Schwertleite der Kaisersöhne zu feiern, war ich ein völlig unbeachteter Niemand. Obwohl mein Kommen angekündigt war, gab es keine standesgemäße Herberge für mich, und ich mußte mich schließlich damit begnügen, mit dem englischen Botschafter seine enge Unterkunft zu teilen. Ich sah einige meiner ehemaligen Untergebenen, aber immer nur aus der Ferne, denn wenn sie versuchten, durch die Menschenmenge zu mir durchzudringen, wurde ihnen der Weg freundlich, aber unerbittlich von kaiserlichen Soldaten verwehrt. Es war, als sei ein unsichtbarer Kreis um mich gezogen. Meiner Bitte um ein Treffen mit dem Kaiser wurde erst nach mehreren Tagen entsprochen. Du weißt, unter welchen Umständen wir beim letzten Mal zusammengetroffen waren: Er auf dem Thron, und ich im Staub. Nun, jetzt saß er nicht auf seinem Thron, er gönnte mir überhaupt keine offizielle Audienz, sondern ließ mich eine Stunde warten, ehe er mich in seinem Arbeitszimmer empfing, nur einer seiner Sekretäre ihm zur Seite. Er nickte mir freundlich zu, mit diesem gütigen Vaterlächeln, das er sich in den letzten Jahren eingeübt hat, aber er dachte nicht daran, mich zu umarmen, wie es sich unter so nahen Verwandten schickt. Dann sah er mich mit einem erwartungsvollen Lächeln an, als habe er keine Ahnung, über was ich mit ihm sprechen wollte. Er ließ mich die Demütigung auskosten, um das Herzogtum zu bitten, das mir von meines Vaters Seite her zusteht; dann lächelte er noch freundlicher und schüttelte den Kopf.

»Zu meinem großen, meinem tiefen Bedauern, Vetter Heinrich, ist es mir nicht mehr möglich, deiner Bitte zu entsprechen, denn ich habe schon der Einsetzung des jungen Ludwig von Wittelsbach zugestimmt«, sagte er, und es fehlte nur noch, daß er hinzufügte: Ja, hätte ich nur etwas von deinem Wunsch geahnt, dann …

Ich sah ihn an. Ich hatte schon vorher vermutet, daß die Mühen und Kosten dieser Reise vergeudet, die Demütigung sinnlos war; aber ein ganz kleiner Funken Hoffnung, etwas für meine Kinder zurückzugewinnen, hatte mich hierhergebracht und erlosch nun. Friedrichs Blick sagte mir: Du hast nichts mehr, was du mir geben könntest, denn ich habe dir schon fast alles genommen, was dein war. Warum sollte ich dir also einen Gefallen tun, von dem ich keinen Nutzen habe?

Dann wandte er sich dem Sekretär zu, als sei ich schon gegangen, und erteilte ihm Anweisungen. Mir blieb nichts anderes übrig, als mich schweigend zu verneigen und ohne einen weiteren Blick auf meinen kaiserlichen Vetter den Raum zu verlassen. Ich bin fest entschlossen, Friedrich niemals mehr wiederzusehen.‹

Ich hielt meinen Mann ganz fest. Während ich noch vergeblich nach Trostworten suchte, fuhr er fort, und dabei lächelte er mich wahrhaftig heiter an:

»Liebste, solange du zu mir stehst und ich auf deine Liebe und deine Achtung bauen kann, werde ich auf Friedrichs Geringschätzung gar nichts geben. Ich will nicht sagen, daß mir das leichtfällt, denn das wäre gelogen. Der abgrundtiefe Fall vom hochgeschätzten Fürsten zur unbeachteten Randfigur bei Barbarossas Fest tut überaus weh. Aber andere machen mir vor, wie man mit solch einem Sturz fertigwird und der Welt noch immer ein heiteres Gesicht zeigt: Ich habe heute deine großartige Mutter kennenlernen dürfen, an ihr will ich mir ein Beispiel nehmen.«

Da wäre ich fast in Tränen ausgebrochen, aber statt dessen liebten wir uns noch einmal.

»Dem Beichtvater sagen wir das einfach nicht«, murmelte ich in Heinrichs Ohr. Da fuhr mein frommer Wallfahrer hoch. »Was hat es den Pfaffen zu scheren, wenn ein in Liebe und vor Gott verbundenes Ehepaar sich Trost spendet! Nie und nimmer kann das ein Ärgernis vor Gott sein!« grollte er. Zufrieden sagte ich: »Nun hörst du dich wieder ganz wie

mein Löwe an!« Und dann schliefen wir engumschlungen ein.

Siehst du, Sophia, so ist mein Heinrich, mein geliebter Löwe. Was soll mir Schlimmes geschehen, solange ich ihn an meiner Seite habe? Da ich ja so viel jünger bin als er, fürchte ich den Tag, da Gott ihn von dieser Erde abberuft und er mich verlassen muß. Ich bete, daß dies noch recht fern ist und er mir meinen Trost noch viele Jahre läßt.

Ich grüße dich von Herzen. Wenn es dir möglich ist, laß mir bald eine Nachricht zukommen; ich sorge mich um dich, weil ich so lange nichts von dir hörte.

In Liebe – deine Freundin Mathilde.

Du siehst, daß dieser Brief schon ganz abgegriffen ist, so oft habe ich ihn gelesen. Die Tapferkeit meiner Freundin und ihres Gemahls waren mir Beispiel und Trost.

Du fragst, warum Trost? Und wieso Mathilde so lange ohne Nachricht von mir blieb?

Ich weiß noch nicht, ob ich dir darauf antworten kann. Bitte richte mir mein Bett und bürste mir die Haare; ich bin müde und will jetzt schlafen gehen.

*

Guten Morgen, liebe Tochter. Du siehst, ich bin schon auf, gewaschen, angezogen und gekämmt, und ich habe Gott schon mit meinem Morgengebet gegrüßt und ihm gedankt, daß ich auch diesen Tag erleben darf.

Bitte die Köchin, daß sie uns eine Schüssel mit Morgenbrei heraufbringt, ich möchte gern ganz in Ruhe nur mit dir das Frühmahl nehmen. Gib mir tüchtig Honig und Butter in meine Schale, ich kann eine Stärkung gebrauchen.

Wie, du hast schon gegessen? Dann bist du wohl schon aufgestanden, ehe der Hahn gekräht hat. Nun denn: Heute morgen habe ich die Kraft, deine gestrige Frage zu beantworten.

Geh noch einmal an meinen Schrein, hier ist der Schlüssel. Zieh die mittlere Schublade ganz heraus und fühle hinein. Kannst du an der Rückwand eine kleine Erhebung fühlen? Dann drück darauf. Nichts? Versuch es noch einmal, es ist ein geheimes Fach dahinter, und ich habe es lange Zeit nicht geöffnet.

Na, siehst du. Nun findest du ein weiteres Bündel Briefe. Du erkennst wohl die Handschrift: Es ist meine eigene. Ich habe diese Briefe an die Herzogin Mathilde geschrieben. Wie sie wieder in meine Hände gelangt sind? Sie haben sie nie verlassen. Ich habe keinen von ihnen abgeschickt.

Was schüttelst du so erstaunt den Kopf? Ich mußte diese Briefe schreiben, mußte mir von der Seele reden, was mich so bedrückte. Aber sie absenden – nein. Vielleicht hätte ich sie statt dessen zerreißen sollen; aber ob ich es dann fertiggebracht hätte, dir alles zu erzählen, was damals vorfiel? Vermutlich hätte ich stillschweigend ein paar wichtige Jahre meines Lebens unterschlagen.

Also gut, ich fasse jetzt ganz viel Mut. Weißt du, Mathilde war immer so stolz auf ihren Mann. Auch als er seine Macht Stück für Stück verlor. Auch ich wäre gern ebenso stolz auf meinen Gottschalk gewesen; aber leider gab es Zeiten in unserem Leben, da konnte ich das nicht. Dennoch habe ich ihn immer geliebt, und darum konnte ich meinen Kummer über ihn auch nicht meiner Freundin anvertrauen, weil ich ihn damit bloßgestellt hätte.

Aber nun ist das alles lange her, und Gottschalk ruht unter der Erde – Gott möge ihm einen Platz an seiner Seite gönnen.

Dies ist also mein erster Brief an Mathilde. Nein, ich werde ihn dir selbst vorlesen.

1181

Sophia, Kauffrau in Köln und Weib des Kaufmanns Gottschalk Overstolz, an Mathilde, die Blume von England.

Liebste Freundin, mit Freude habe ich deine Nachricht erhalten und weiß nun, wohin ich dir antworten kann.

Zunächst das Wichtigste: Wir sind unter der Obhut der Gräfin von Holstein ohne Schwierigkeit bis nach Westfalen gelangt und hatten dann das Glück, uns einer starken Gruppe von Kaufleuten anschließen zu können, die nach Dortmund reisten. Dort waren wir einige Tage bei der lieben Adelgunde geblieben, von der ich dir schon erzählt habe. In Dortmund beginnt bereits Kölner Gebiet. Vorsichtshalber machten wir uns einen Wimpel in den Kölner Farben, aber wir begegneten auf unserem Heimweg keinem Trupp unseres eigenen Erzbischofs mehr, der uns hätte überfallen wollen.

Das Wiedersehen mit meiner Familie in Köln brauche ich dir nicht zu schildern; du kannst dir vorstellen, wie groß die Freude auf allen Seiten war, weil auch du nach langer Trennung die Deinen wiedersehen durftest. Meine Kinder wichen tagelang nicht von meiner Seite, und ich war rasch wieder in meinem häuslichen und geschäftlichen Pflichtenkreis gefangen. Meine Eltern haben mir eine große Überraschung bereitet, indem sie das Haus zwischen ihrem und meinem heimlich kauften und erstklassig herrichteten und mir dann dieses riesige Geschenk …

Die nächsten Zeilen überschlage ich, um dich nicht mit meiner Freude über das neue Haus zu langweilen.

Ja, hier geht es weiter.

Liebste Mathilde, dieser Brief kam nach Monaten wieder in meine Hände zurück, ohne daß du ihn hättest lesen können. Ich hatte ihn einem Kaufmann anvertraut, der aber vom Wagen stürzte, als seine Pferde infolge von Hornissenstichen durchgingen, und er brach sich dabei ein Bein. Er lag wochenlang in einem Kloster zur Pflege, mußte dafür mit einem erheblichen Teil seiner Ladung bezahlen, so daß eine weite Reise sich nicht mehr für ihn lohnte, als er endlich wiederhergestellt war. Statt in die Normandie fuhr er darum nach Hause zurück.

Ich fand dann lange Zeit niemand, der in eure Richtung hätte reisen wollen; nun aber wird mein Vetter Constantin zum Hofe deines Vaters und dann nach England fahren, und er will meinen Brief an dich mitnehmen. Du hast Constantin noch nie gesehen, aber ich habe dir schon sehr viel von ihm erzählt – ich hoffe, daß er dich antreffen wird, du wirst ihn ins Herz schließen.

Während du bei deinen Eltern weilst und darauf hoffst, daß entrissene Herzogskronen zurückkehren, sitze ich in Köln, erziehe meine Kinder, kümmere mich um meine Eltern, gehe meinen Geschäften nach und hoffe darauf, daß zerbrochenes Vertrauen zurückkehrt.

Laß mich dir mein Herz ausschütten:

Ich saß an einem sonnigen Tag in meinem Kontor und rechnete nach, wieviel Abgaben Gottschalk und ich in diesem Jahr an den Stadtkämmerer zu entrichten hätten. Es war ziemlich ruhig; Gunther und Richolf, meine beiden ältesten Söhne, sind jetzt Lehrlinge bei Vetter Constantin. Gerhard geht noch in Fordolfs Schule. Blithildis, mein kleines Feuerteufelchen (ich nenne sie so, weil sie ganz eindeutig das Temperament und auch das Aussehen ihres Vaters hat), war mit ihrem Bruder Henrich zu Besuch bei Tante Engilradis, und nur mein kleiner Gottschalk lief bei mir herum, kletterte auf Stühle und Bänke, fand mein Strickzeug und zerrupfte es und schaffte es auf vielerlei Art, meine Aufmerksamkeit von meinen Rechnungen fernzuhalten. Aber diesem kleinen Burschen kann man einfach nicht böse sein, er ist so drollig und wissbegierig, und er wärmt mein Herz.

Da es so still im Haus war, konnte ich hören, wie mein Gehilfe unten im Laden mit jemandem sprach. Dann zog er an der Schnur, die durch ein Loch in der Decke heraufführt und an der neben meinem Arbeitsplatz eine kleine Glocke hängt – eine sehr einfache Methode, wenn er mich zu rufen wünscht.

Ich griff mir also meinen kletterfreudigen Sohn, brachte ihn in die Küche in die Obhut der Kinderfrau, welche dort mit der Köchin die Abendmahlzeit vorbereitete, und ging hinunter in den Laden.

›Hier ist ein Weib, das nach Herrn Gottschalk fragt‹, murmelte der Gehilfe und verschwand im Lager.

In der Tür stand eine sehr junge Frau. Sie trug ein Pilgerkleid, schon etwas fadenscheinig und geflickt. Ein schlafendes Kind lag in ihrem Arm, den Kopf in die Halsbeuge der Mutter geschmiegt.

›Ich heiße Gunhild‹, sagte sie, und sie sprach mit einem starken Akzent, den ich nicht kannte. ›Ich wollte fragen, ob Herr Gottschalk zu sprechen ist.‹

›Er wird nicht vor morgen nach Hause kommen. Kann ich Euch behilflich sein?‹ fragte ich.

Sie seufzte tief und enttäuscht.

›Ach, ich dachte, jetzt wäre ich endlich am Ziel, und nun ist er nicht da‹, sagte sie unglücklich.

Ich wurde ungeduldig.

›So sagt mir doch, um was es geht, vielleicht kann ich Euch ja weiterhelfen. Ich bin seine Frau Sophia‹, sagte ich energisch.

Die junge Frau stieß einen Schrei aus und preßte eine Hand vor den Mund. Das Kind schrak aus dem Schlaf hoch.

›Seine Frau? Aber er sagte doch, er sei nicht –‹
Sie brach ab und sah mich völlig hilflos an.
Mir lief es eiskalt den Rücken herunter. Ich hätte sie am liebsten hinausgeworfen, aber ihr ängstlicher, verstörter Blick hielt mich zurück. Und da war auch noch das Kind, das mir sein kleines Gesicht zuwandte. Ich verstand. Ich wußte, wie Gottschalks Kinder aussahen.
Gunhild strömten nun die Tränen über das Gesicht. ›Verzeiht‹, brachte sie mühsam hervor. ›Ich wußte wirklich nicht …‹
Ich sah draußen eine Frau auf unseren Laden zusteuern, die zu den schlimmsten Klatschbasen der Stadt gehörte.
›Geht da hinauf‹, sagte ich darum hastig und wies auf die Treppe. Dann rief ich den Gehilfen in den Laden zurück und stieg hinter meinem ungebetenen Gast nach oben.
Sie weinte noch immer herzzerreißend und stammelte immer wieder: ›Ich wußte es nicht, ich wußte es wirklich nicht. Oh Gott, was soll nun aus uns werden?‹
Ich ließ sie in der Stube Platz nehmen und sah sie genauer an. Sie war blaß und ausgezehrt; das Kind aber sah gesund und munter aus, und es ähnelte meinem kleinen Gottschalk wie ein Ei dem anderen.
›Wartet einen Augenblick‹, sagte ich, ging in die Küche, holte Brot und Milch und verbat mir für die nächste Stunde jede Störung.
Sie sah gierig auf den Teller, den ich vor sie hinstellte, zögerte aber zuzugreifen.
›Nun nimm schon‹, sagte ich und merkte gar nicht, daß ich sie nun mit du anredete, ›ihr werdet hungrig sein, du und das Kind.‹
Als der Teller leer war, schaute sie mich unsicher an. »Glaubt mir, ich wußte es nicht«, sagte sie wieder.
›Da geht es dir wie mir. Ich weiß auch nichts‹, sagte ich streng. ›Du mußt mir schon erzählen, was geschehen ist.‹

Und so erzählte sie mir ihre Geschichte. Sie war die jüngste Tochter des Schneidermeisters, bei dem Gottschalk sich damals in Schleswig eingemietet hatte. Mein Ehemann hatte dort ja nichts zu tun und hat angefangen, mit ihr zu tändeln. Er hat ja immer gern mit Frauen gescherzt, und da Gunhild damals vermutlich noch nicht so blaß und abgehärmt war, hat sie sicher recht reizvoll ausgesehen. Und eine leichte Beute war sie für ihn geworden, was hatte sie seinen Verführungskünsten auch entgegenzusetzen?

›Ich schwöre Euch, das wäre nie geschehen, wenn ich gewußt hätte … Ich warf einmal hin, gewiß hätte er eine Frau und Kinder, und er lachte und schüttelte den Kopf. Er sagte: Ich doch nicht! Und seine dunklen Augen funkelten dabei so, daß ich ganz schwach wurde.‹

Als ich das hörte, wurde ich auch ganz schwach, aber vor Wut und Zorn und Kummer. Ich weiß schließlich genau, wie seine Augen funkeln können. Verleugnet hat er mich, und unsere Kinder dazu! Und ein junges, unerfahrenes Mädchen hat er betört und verführt. Gunhild war damals sicher noch keine fünfzehn. Ihre Versuche, sich zu rechtfertigen und mir zu erklären, wie er das angestellt hatte, wehrte ich freundlich, aber höchst bestimmt ab. Sie begriff gar nicht, wie kränkend das für mich zu hören gewesen wäre. Sie war eben noch immer ein etwas einfältiges, höchst unschuldiges Kind. Treuherzig zeigte sie mir eine Kette mit einem Stein daran, die er ihr geschenkt und die sie als Zeichen seiner immerwährenden Liebe gewertet hatte. Ein billiges Ding. Ein kostbareres Geschenk war ihm ihre Unschuld wohl nicht wert gewesen.

Und Gottschalk? Als sich ihm dann die unverhoffte Gelegenheit zur Abreise bot, fuhr er Hals über Kopf ab. Ein flüchtiges Winken, und fort war er.

Und sie blieb fassungslos zurück.

Daß sie schwanger war, merkte sie erst viel später. Sie

hatte ja keinerlei Erfahrung. Ihr Vater merkte es auch, und er beschimpfte sie als Hure und warf sie erbarmungslos aus dem Haus. Da stand sie nun auf der Straße, hilflos und ohne Mittel. Ihre älteste Schwester war Nonne, also ging sie zu deren Kloster und bat um Hilfe. Auf den Knien hatte sie gelegen mit ihrem dicker werdenden Bauch und die Klosterböden gescheuert, bis das Kind geboren wurde. Es war ein Knabe, und sie lachte und weinte gleichzeitig und nannte ihn Waldemar, nach dem dänischen König.

Ein Jahr lang blieb sie im Kloster; dann aber sagte ihr die Äbtissin, sie müsse sich jetzt entscheiden. Als Nonne könne sie nicht aufgenommen werden, denn niemand würde eine Mitgift für sie zahlen. Als Magd, das ginge schon. Aber das Kind könne sie dann nicht bei sich behalten, es sei ja ein Knabe und würde folglich einmal ein Mann. Ihn könne man im Kloster nicht brauchen.

Sich von dem Kind trennen? Niemals. Gunhild beschloß, nach Köln zu reisen und Gottschalk aufzusuchen. Wenn er sähe, was für einen wunderschönen Sohn er hätte, würde er sie gewiß zur Frau nehmen. Sie grübelte noch darüber nach, wie sie nach Köln käme; dann kam eine Pilgerschar vorbei, denen für verschiedene Sünden, über die sie sich entweder nicht äußerten oder über die sie von früh bis spät redeten, eine Wallfahrt auferlegt war. Meistens durften sie das Ziel der Wallfahrt selbst wählen. Jerusalem, Rom, Santiago de Compostela – alles hochberühmte Orte, aber alle sehr weit entfernt. So fiel die Wahl auf das näher gelegene Köln mit den Gebeinen der Heiligen Drei Könige.

Gunhild beschloß, mit ihnen zu ziehen. Sie bat die Äbtissin also um ein Pilgerkleid und zog mit ihrem kleinen Sohn davon. Ein Pilger hatte Anspruch auf eine Abendsuppe, ein Nachtlager und einen Morgenimbiß, dazu einen Zehrpfennig, davon konnte sie sich notdürftig ernähren. So wanderten sie gemeinsam durch das Land, und wenn sich keine Pilger-

herberge fand, nahmen die Bauern sie auch um Gotteslohn für eine Nacht auf.

Aber die Zeiten waren schlecht, und die Menschen durch den Krieg verarmt. Die Abendsuppe war oft sehr wässerig und der Morgenbrei so dünn, daß man den Tellerboden hindurchscheinen sah. Gunhild sparte sich so manchen Bissen am Mund ab, um das Kind satt zu bekommen. Sie waren drei Monate unterwegs gewesen, die Schuhe waren durchgelaufen, ihre Füße voller Schwielen und Blutblasen.

Gestern abend hatten sie Köln erreicht, hatten vor den Mauern der Stadt geschlafen, weil die Stadttore schon geschlossen waren. Im ersten Frühlicht durften sie dann hinein, und Gunhild hatte so lange um Almosen gebettelt, bis sie genug Geld hatte, um eine Kerze zu kaufen. Die hatte sie dann vor dem Schrein der Könige entzündet, nachdem sie zuvor gebeichtet und kommuniziert hatte. Dann hatte sie sich zu dem Haus des Kaufmanns Gottschalk durchgefragt, voller Hoffnung und voller Angst – und nun waren alle ihre Hoffnungen zerstoben und die Angst geblieben, und sie wußte nicht, wie es weitergehen sollte.

Ach, Mathilde, ich wünsche dir, daß du niemals einen solchen Ansturm von schlimmen Gefühlen erleben mußt wie ich in dieser Stunde. Allerdings glaube ich auch nicht, daß dein Löwe dich betrügen würde, dafür liebt er dich zu sehr. Auch ist er ja schon etwas älter und darum ruhiger. Und selbst wenn es, während einer langen Abwesenheit etwa, doch einmal geschehen sollte, dann käme wohl keine Frau auf den Gedanken, an der Tür des Herzogs (nunmehr von Braunschweig) zu klopfen.

Auch ich glaube, daß mein Gottschalk mich liebt, aber das hat ihn nicht davon abgehalten, dieses blutjunge Mädchen zu verführen. Das Kind, nun ja, das war natürlich nicht vorgesehen. Aber hätte Gottschalk nicht wissen müs-

sen, daß bei einer Liebelei auch ein Kind herauskommen kann?

Ich war wütend. Ich war verletzt. Aber schlimmer noch: Ich war maßlos enttäuscht von meinem Mann. Auf Gunhild, das arme junge Ding, konnte ich nicht zornig sein, sie war ja genauso hintergangen worden wie ich. Und sie war wirklich in einer schlimmen Situation.

Und dann das Kind. Er war etwas jünger als mein kleiner Gottschalk und hatte auch gerade laufen gelernt. Nun strebte es vom Arm seiner Mutter herunter und tapste neugierig durch die Stube. Es entdeckte einen bunten Faden auf dem Boden, den Gottschalk wohl vorhin aus meinem Strickzeug gezogen hatte, hob ihn auf und brachte ihn seiner Mutter. Dabei lachte er, als mache er ihr ein wundervolles Geschenk. Genauso lacht auch mein Sohn Gottschalk.

Was nun? Sag selbst, Mathilde: Hätte ich sie hinausweisen können mit dem Befehl, sich niemals mehr bei uns blicken zu lassen? Hätte ich sie und ihr Kind, das auch Gottschalks Kind ist, auf der Straße verderben lassen sollen? Hätte ich mich dann jemals noch an dem Lachen meines Kindes erfreuen können, ohne an dessen unschuldigen kleinen Bruder zu denken?

›Du kannst heute nacht hierbleiben, Gunhild. Wenn Gottschalk morgen heimkommt, werden wir eine Lösung finden.‹ Ich brachte es nicht über mich, ›mein Mann‹ zu sagen.

Ehe ich es verhindern konnte, war sie vor mir niedergekniet und küßte meine Hand. Ich zog sie eilig fort, und sie zuckte zusammen wie ein geschlagener Hund.

›Hab keine Angst‹, sagte ich darum freundlich zu ihr. Sie blickte mir ins Gesicht und sagte demütig: ›Vielleicht freut er sich ja doch, wenn er sieht, was ich ihm für einen schönen lieben Sohn bringe!‹

Da konnte ich es mir nicht verkneifen, zu sagen: ›Oh, das

wollen wir doch sehr hoffen. Er hat sich ja auch über jedes der sieben Kinder gefreut, welche ich ihm geboren habe.‹

Da blieb Gunhild der Mund offen stehen, und sie blickte mich ganz verwirrt an.

Ich selbst brachte Gunhild nicht etwa auf den Dachboden, wo die übrigen Bediensteten schliefen, sondern in das winzige Kämmerchen neben unserer Schlafstube, richtete ein Lager für sie und das Kind und stellte ihnen Brot, Milch und einen Teller Äpfel hin. Ich wollte nicht, daß sie in aller Unschuld der Köchin und der Magd Gottschalks Sohn präsentierte, ehe ich Gelegenheit gehabt hatte, mit dem frischgebackenen Vater ein Wörtchen zu reden. Ich verlor beim Abendessen mit den Kindern kein Wort über die unbekannten Gäste.

Aber ich hatte Gunhild unterschätzt. Nach einer schlimmen Nacht, in der ich meinen Zorn in die Kissen geweint hatte, erwachte ich spät und stand in aller Eile auf. Ich fand den kleinen Waldemar in der Küche sitzen, wo die Köchin ihn begeistert mit Brei fütterte, während Gunhild fleißig Gemüse putzte und vorgab, unsere Sprache nicht zu verstehen. Ich merkte dabei zum erstenmal, daß dieses Mädchen zwar einfältig sein mochte, aber nicht dumm, und daß sie ein mitfühlendes Herz hatte und fest dazu entschlossen war, mir, die sie als ihre Schutzherrin ansah, keinerlei Verdruß zu bereiten.

Die Ähnlichkeit zwischen Waldemar und Gottschalk sprang so ins Auge, daß sie vermutlich auch unserer Köchin nicht verborgen geblieben war. Sie verlor aber nicht ein einziges Wort darüber.

Den ganzen Tag machte ich mir Gedanken, was denn nun zu tun sei und wie ich mit Gottschalk nach seiner Heimkehr reden sollte. Ich hätte mir gern Rat bei meiner Mutter oder Tante Engilradis geholt, aber vielleicht wäre mein Mann dann gerade während meiner Abwesenheit nach Hause gekommen, das mußte ich unbedingt vermeiden.

Als ich ihn dann kommen hörte, holte ich Gunhild und ihr Söhnchen schnell aus der Küche, brachte sie in das Kämmerchen und bat sie, dort zu bleiben, bis ich sie riefe. Sie nickte nur. Als ich den Raum verließ, hatte sie schon den Korb mit den zerrissenen Hosen meiner Buben und das danebenliegende Nähzeug ergriffen und fing an, sie auszubessern.

Ich begrüßte meinen Mann freundlich, sorgte dafür, daß er zu essen bekam, und hatte ein warmes Bad für ihn vorbereitet. Erst als er wohlig alle viere von sich streckte, nahm ich neben ihm Platz und sah ihn fest an.

Es kostete mich viel Mühe, sanft und sachlich mit ihm zu sprechen und auf jeden Vorwurf zu verzichten. Aber alles lief schief. Er versuchte zuerst, alles abzustreiten. Als ich darauf hinwies, der Beweis für sein Tun in Schleswig sei unter unserem eigenen Dach, fuhr er wütend in die Höhe: Wie ich es hätte wagen können, eine hergelaufene Schlampe ohne sein Wissen und seinen Willen bei uns zu beherbergen. Da kochte ich schon und mußte mich außerordentlich anstrengen, nicht auch loszuschreien. Mit Mühe würgte ich hervor, Gunhild sei so blutjung, daß sie wohl kaum irgend welche Erfahrungen vor ihm hätte sammeln können, die Bezeichnung Schlampe möge er also besser vermeiden. Da verlegte er sich darauf, sie hätte ihm so lange nachgestellt und ihm vor seinem Schlafgemach aufgelauert, bis es eben passiert sei. Es hätte überhaupt gar nichts zu bedeuten.

Ich holte tief Luft und nahm mich so sehr zusammen, wie ich nur konnte. Mit belegter Stimme sagte ich, es hätte allerdings etwas zu bedeuten, denn es sei ein Kind da.

Gottschalk zuckte die Schultern. Davon wisse er nun überhaupt nichts, und ob das Kind, das sie da in sein Haus eingeschleppt hatte, wirklich seins sei, könne auch niemand wissen.

Ich sah ihn schweigend an. Meine Kehle war wie zugeschnürt. Ich betrachtete meinen Ehemann: blendend aussehend, kräftig, gut ernährt, teuer gekleidet – und ausgerechnet dieser Mann hatte sich ein billiges Vergnügen bei einem unerfahrenen kindlichen Mädchen verschafft, das sich ewige Seligkeit davon versprochen haben mochte, und hielt es für selbstverständlich, sie die Rechnung dafür bezahlen zu lassen.

Es war wie damals mit Gudrun, der Amme unserer Drillinge: Gottschalk wies jede Verantwortung weit von sich. Das machte ihn so klein in meinen Augen, ja – ich muß es gestehen – ich verachtete ihn dafür. Dabei war Gudrun eine gestandene Frau gewesen, die sich zur Wehr setzen konnte, im Gegensatz zu Gunhild. Gottschalk hingegen hätte nun, da er älter und reifer war, endlich wie ein Mann reagieren können und nicht wie ein gekränkter, uneinsichtiger Knabe. Ich hatte große Lust, ihn anzuschreien, ihm meinen Groll darüber ins Gesicht zu schleudern, daß er sich ein Abenteuer gesucht hatte, während ich in Braunschweig saß und vor Angst um ihn fast verging. Aber ich sagte nichts Derartiges.

Statt dessen sagte ich mit kalter Stimme, ein einziger Blick auf das Kind genüge, um den Erzeuger (das Wort Vater schien mir völlig unangebracht) zu erkennen. Dann fragte ich kühl, was denn nun seiner Meinung nach geschehen solle, ob er wolle, daß dieses Kind mitsamt seiner Mutter auf der Straße verkommen und verderben solle. Diese Frage trieb ihn auf der Stelle aus dem Zimmer. Im Hinausgehen murmelte er etwas von Geld geben, und fort war er, ich hörte nur noch die Haustüre zuschlagen.

Ich blieb wie erstarrt sitzen und dachte nach. Dann hatte ich meinen Entschluß gefaßt. Mir war klar, daß es viel Gerede geben würde, aber das mußte ich eben ertragen. Ich ging zu Gunhild, die inzwischen geduldig sämtliche Hosen meiner Söhne geflickt hatte, und teilte ihr mit, daß ich sie als Kindsmagd bei mir aufnehmen wollte, unter meinem persönlichen Schutz und gegen guten Lohn, falls dies ihr Wunsch war – und selbstverständlich mit ihrem kleinen Jungen.

Gunhild schaute eine Weile stumm auf ihren herumkrabbelnden Sohn. Dann stellte sie leise fest: ›Er hat nicht nach dem Kind gefragt.‹

Ich nickte. Es war so, es hatte keinen Zweck, es zu beschönigen.

Da verblüffte Gunhild mich wieder. ›Er interessiert sich nicht für uns, meinen Waldemar und mich‹, sagte sie und holte tief Luft. ›Dann kann ich also bleiben.‹

Und dann, ganz leise: ›Was sollte ich sonst machen? Ich habe ja keine Wahl.‹

Und dabei blieb es. Gunhild zog nun mitsamt dem Kind auf den Dachboden zu den übrigen Dienstboten. Sie kümmerte sich um meine jüngeren Kinder, und der kleine Waldemar wurde sehr rasch der unzertrennliche Freund seines Halbbruders Gottschalk.

Das von mir befürchtete Getratsche blieb aus. Die flüchtigeren Bekannten, die in unser Haus kamen, pflegten unsere Kinder nicht nachzuzählen und bemerkten offenbar nicht, daß zwischen der großen Kinderschar plötzlich ein weiteres herumlief. Die Verwandten hingegen, vor allem meine eigenen Eltern, waren nicht blind. Da aber die Mutter des überzähligen Kindes mit Gottschalks Gesicht mir mit offensichtlicher Hingabe diente, ich hingegen nicht den kleinsten Kommentar dazu abgab, erlaubten auch sie sich keine Bemerkung. Gottschalks Mutter war seit geraumer Zeit bettlägerig und suchte uns daher nicht mehr auf, sein Vater lebte damals schon nicht mehr. Nur sein Bruder Regenzo kam, der unbeschwerte und nicht allzu tiefsinnige Regenzo. Als er Waldemar sah, gingen seine Augenbrauen in die Höhe, und er setzte an:

›Aber er sieht ja genauso aus wie …‹

›Ja!‹ unterbrach ich ihn mit sehr lauter Stimme und schaute ihm fest in die Augen. Da zog mein Schwager den Kopf ein, und wechselte sofort das Thema. Er kam nie wieder darauf zurück, hatte aber, wenn er uns besuchte, meistens eine Kleinigkeit für Waldemar in seiner Tasche.

Eine Idylle? Nicht ganz. Ohne ein Wort darüber zu verlieren, hatte Gottschalk das eheliche Schlafgemach verlassen. Er schlief ab sofort in dem winzigen Kämmerlein nebenan, tat aber des Tags über, als sei alles in bester Ordnung. Wenn Gunhild es nicht vermeiden konnte, seinen Weg zu kreuzen, gab er sich den Anschein, als ob er sie noch niemals gesehen hätte. Sie grüßte dann höflich, aber mit niedergeschlagenen Augen, und eilte rasch davon. Falls Gottschalk sich jemals den kleinen Waldemar anschaute, dann vermied er sorgfältig, dies etwa vor meinen Augen zu tun.

So, nun weißt du es. Und der Brief endet darum so plötzlich und ohne Gruß, weil ich mich entschlossen hatte, ihn nicht abzuschicken.

Und nun begreifst du auch, warum zwischen Gottschalk und meinem nächsten Kind, deiner Schwester Margarete, eine so große Lücke klafft. Woher hätte auch ein Kind kommen sollen, wenn Gottschalk unser Schlafgemach nur betrat, um sofort durch die Tür des Kämmerchens zu entschwinden? Und ich lag allein in dem großen Bett und weinte oft in die Kissen – so leise, daß er es nebenan nicht hören konnte. Ich vermißte ihn sehr und sehnte mich danach, in seinen Armen zu liegen; aber ich war auch zu stolz, um den ersten Schritt zu ihm hin zu tun. Was hatte ich schließlich verbrochen, daß ich gestraft werden mußte?

Dieser Zustand dauerte ein gutes Jahr an, und mir schien schon, dies sei nun für immer so. Ich glaubte, dies sei unser von niemand im Haus entdecktes Geheimnis geblieben, aber irgend jemand muß etwas gemerkt und es meiner Mutter zugeflüstert haben. Sie fragte mich nämlich eines Tages ganz harmlos, ob ich Gunhild für zwei Stunden entbehren könne, sie bräuchte deren Hilfe. Das wiederholte sich in der nächsten Zeit. Ich dachte mir nichts dabei, stellte aber fest, daß Gunhild einerseits etwas zerstreut wirkte, andererseits aber aufblühte. Und dann stand eines Tages meine Mutter mit einem Mann vor unserer Tür, den ich flüchtig kannte. Es war ein Schneidermeister aus der Markmannsgasse, und er trug offenbar seinen besten Anzug.

»Du kennst Meister Hermann?« stellte Mutter ihn vor. Ich nickte und hieß ihn willkommen.

»Nehmt Platz, Meister Hermann«, sagte ich zu ihm. »Was kann ich für Euch tun?«

Er bemerkte, daß er noch den Hut auf dem Kopf hatte, nahm ihn hastig ab und knetete ihn in den Händen.

»M- meine G-Geschäfte gehen g-gut. Ich habe v-v-viele Kunden«, erklärte er. Ich nickte freundlich, war aber etwas befremdet.

»M-mein W-weib –« setzte er wieder an, aber da kamen ihm die Tränen, er wischte sie mit dem Handrücken weg und schniefte leise.

»Seine Frau ist leider vor kurzem gestorben, Gott schenke ihr den ewigen Frieden. Sie war eine meiner Gürtelmacherinnen und eine sehr brave Frau«, erklärte Mutter.

»M-meine K-kinder …« wollte Meister Hermann fortfahren, aber wieder flossen seine Tränen so reichlich, daß er nicht sprechen konnte.

»Sie hat drei kleine Mädchen zurücklassen müssen«, half Mutter abermals aus und sah mich erwartungsvoll an. Leider begriff ich nicht, um was es ging.

»K-könntet Ihr die Dienste Eurer M-magd Gunhild v-vielleicht e-e-entbehren?« brachte Meister Hermann mit sichtlicher Mühe heraus.

Endlich glaubte ich zu verstehen. »Ihr wollt Gunhild als Kindsmagd anstellen!« rief ich. Aber Meister Hermann schüttelte empört den Kopf.

»Ich b-bin ein f-f-fleißiger Mann und k-kann eine Familie ernähren«, fügte er erklärend hinzu. Leider verstand ich noch immer nicht, um was es ging, aber er sagte nichts mehr und blickte hilfesuchend zu meiner Mutter.

Sie sah den Schneidermeister aufmunternd an, aber er schwieg und lächelte nur verlegen. Der Hut in seinen Händen war inzwischen in einen betrüblichen Zustand geraten.

»Nur heraus damit, Meister Hermann«, machte Mutter ihm Mut, aber da er den Mund nicht mehr aufbrachte, erklärte sie:

»Meister Hermann ist ein tüchtiger und freundlicher Mann; er möchte gern deine Magd Gunhild heiraten. Ich bin sicher, daß sie es gut bei ihm haben wird.«

Endlich begriff ich und schämte mich, daß mir der Gedanke gar nicht gekommen war, ein Handwerksmeister könne ein Mädchen mit einem Sündenkind zur Frau wollen. Darum fragte ich noch zögernd:

»Und der kleine Waldemar? Soll er bei uns bleiben?«

Aber da richtete Meister Hermann sich empört auf. »Selbstverständlich bleibt er bei seiner Mutter. Wie könnte man es Gunhild antun, sie von ihrem Kind zu trennen? Ich werde ihn als meinen eigenen Sohn annehmen«, erklärte er mit fester Stimme und ganz ohne zu stottern.

Ich schämte mich nochmals, weil ein Schneidermeister Ehre und Mitgefühl zeigte, wo der Kaufherr Gottschalk Overstolz völlig versagt hatte. Dann dämmerte es mir, daß dies offenbar alles hinter meinem Rücken bereits abgesprochen war.

»Nun, dann wollen wir Gunhild fragen, was sie dazu meint«, sagte ich und ging zur Tür, um sie zu rufen. Aber als ich öffnete, tat es einen Rumms und einen leisen Aufschrei. Gunhild hatte mit dem Ohr am Schlüsselloch gelauscht und die Tür an den Kopf bekommen.

Sie rieb sich die Stirn, als sie hereinkam, und wir lachten alle. Es stellte sich heraus, daß Mutter Gunhild schon mehrere Male unter verschiedenen Vorwänden mit zu dem Schneidermeister genommen hatte und die beiden sich bald einig geworden waren.

Gottschalk befand sich damals auf einer Handelsfahrt von mehreren Monaten und erfuhr nichts davon. Meister Hermann bestand darauf, daß die Hochzeit in seinem eigenen Haus gefeiert werden sollte, und holte Gunhild am Hochzeitsmorgen mit großem Gefolge aus der Schneiderinnung bei mir ab. Ihr wurden alle Ehren zuteil, die einer Braut gebühren; nur das Kränzlein durfte sie nicht tragen, hatte der Pfarrer ihr bedeutet. Aber Mutter gab ihr ein ebenso schönes und kostbares Haarband als Schmuck, wie vor langer Zeit die Prinzessin Mathilde es von uns erhalten hatte.

Ich ließ es mir nicht nehmen, Gunhild eine ordentliche Aussteuer mitzugeben, damit sie nicht mit leeren Händen zu Meister Hermann gehen mußte. Daß wir in Zukunft die meisten unserer Kleider nur bei ihm nähen lassen würden, stand für mich fest. Darüber hinaus wollte Gunhild aber in der Folgezeit nie wieder etwas als Geschenk von uns annehmen, auch nicht in mageren Zeiten. Und als Waldemar heranwuchs und ich anfragte, ob ich mich nach einer Lehrstelle als Kaufmann für ihn umsehen sollte, da wehrten Hermann und Gunhild nachdrücklich ab. Er sollte ein Schneider werden und damit zufrieden sein.

Ja, du hast es längst begriffen, meine Tochter: Ich erzählte dir gerade die Geschichte unseres guten alten Schneidermeisters und seiner Familie. Nachdem Gunhild ihm noch zwei weitere Töchter geschenkt hat, ist Waldemar sein einziger Sohn geblieben. Er ist zur Zeit auf Wanderschaft und wird, so Gott will, zur rechten Zeit wohlbehalten nach Köln zurückkehren und das Handwerk seines Adoptivvaters weiterführen.

Gunhild hat übrigens nicht zugelassen, daß Waldemar noch einmal unser Haus betreten hat. Er war ja damals noch sehr klein und hat die Zeit bei uns längst vergessen. Ich hingegen bin oft bei ihr gewesen und habe sein Aufwachsen mit Anteilnahme verfolgt. Er sieht seinem Halbbruder Gottschalk heute nicht mehr so ähnlich wie als kleines Kind. Das mag auch daran liegen, daß er vom Wesen her ganz anders ist; er ist sanft und ruhig, während Gottschalk das feurige Temperament seines Vaters geerbt hat, wie du weißt.

Wie es bei uns dann weiterging? Als Gottschalk zurückkam und bemerkte, daß Gunhild und Waldemar nicht mehr in unserem Hause waren, zog er wieder in unser eheliches Schlafgemach, als sei gar nichts geschehen. Er hat niemals nach den beiden gefragt, und so habe ich zu ihm auch nicht von ihnen gesprochen. Wir lebten wieder zusammen als Mann und Frau, aber es war nichts mehr so, wie es vorher gewesen war. Ich hatte keine Freude in seinen Armen, und ich wurde auch nicht schwanger.

Für meine Mutter war die Angelegenheit aber noch nicht abgeschlossen. Nach einigen Monaten kam sie darauf zu sprechen.

»Mir fällt auf, daß zwischen dir und deinem Mann nicht mehr der herzliche Ton herrscht wie früher. So geht das nicht, Sophia. Du mußt ihm verzeihen.«

Ich fuhr auf.

»Habe ich ihm etwa Vorwürfe gemacht wegen seiner Untreue? Habe ich nicht alles getan, um die Folgen seiner schändlichen Gleichgültigkeit und Gewissenlosigkeit wieder gutzumachen?« fragte ich empört.

Aber meine Mutter schüttelte mit Bestimmtheit den Kopf.

»Das genügt nicht, Sophia. Auch sein häßliches Verhalten mußt du ihm verzeihen, denn es kommt daher, daß er schwächer ist, als er zugeben könnte. Wir haben alle unsere Fehler, und jeder von uns ist ein armer Sünder, der Gottes Gnade und Vergebung braucht. Und darum müssen wir uns auch gegenseitig verzeihen. Nimm dich jetzt also gefälligst zusammen, und höre auf, dich in deiner Gerechtigkeit zu sonnen.«

Mir klingen noch heute die Ohren, wenn ich mich an diese strengen Worte meiner Mutter erinnere. Damals sprang ich auf, rannte hinaus und schlug die Tür hinter mir heftig zu. Aber zwei Tage später ging ich zu ihr und dankte ihr, weil sie mich dazu gebracht hatte, über mich selbst hinauszuwachsen. Und ganz allmählich wurde es wieder gut zwischen Gottschalk und mir.

*

Eine grausige Geschichte aus dem Jahr 1184 möchte ich dir noch erzählen. Gottschalk war mit einer großen Ladung Waffen nach Osten gereist, mit mehreren Mitgliedern unserer Sippe und einer Menge Knechte, denn die Zeiten waren unsicher. Er lieferte die Waffen an König Heinrich, Barbarossas Sohn, der einen Feldzug nach Polen unternehmen wollte. Gottschalk reiste also nach Erfurt, dort sollte im Juli ein kurzer Hoftag stattfinden. Nachdem der Löwe gestürzt war, rissen sich die übrigen Großen wie die Wölfe um einen möglichst großen Anteil aus dessen Besitz. Es gab pausenlos Streit, diesmal zwischen dem Erzbischof von

Mainz und dem Landgrafen von Thüringen. Den wollte der König in Erfurt schlichten.

Gottschalk hatte seine Waffen abgeliefert und den zugesagten Preis vom Kämmerer erhalten. Zufrieden saß er mit seinen Männern im Hof der Dompropstei. Der Abend war warm, und das letzte Tageslicht der untergehenden Sonne vergoldete die Mauern. Aus der Küche drangen verlockende Düfte, und Gottschalk wartete, daß der König und die hohen Herren, die sich in großer Anzahl im oberen Stockwerk versammelt hatten, mit ihrer Mahlzeit fertig waren und die geringeren Leute, zu denen auch die Kaufleute zählten, auch ihren Teil bekamen. Gottschalk unterhielt sich mit einem Knecht über den entzündeten Huf eines Pferdes und wie man ihn am besten behandelte. Plötzlich hörte man ein lautes Krachen. Gottschalk blickte hoch und sah ungläubig durch die dem Hof zugewandten Fenster, wie Menschen nach unten stürzten. Es folgte ein weiteres Krachen, und dann lautes Geschrei. Die Leute, die im Hof gesessen hatten, rannten zu dem Gebäude hin, und Gottschalk mit ihnen. Die Türen standen weit offen, und gellendes Geheul empfing sie. Ein unglaubliches Bild bot sich ihnen: Vom Fußboden waren nur noch Reste vorhanden, gesplitterte Balken ragten aus dem Mauerwerk. Unter dem Boden war eine tiefe Abtrittsgrube, und darin zappelten zahllose Menschen. Der Gestank war bestialisch. Fassungslos richtete Gottschalk den Blick nach oben; auch der Fußboden des oberen Geschosses war fast nicht mehr vorhanden. Offenbar war der Boden morsch gewesen und unter dem Gewicht der vielen Männer durchgebrochen, und der Boden des unteren Stockwerkes hatte unter den aufprallenden Körpern ebenfalls nachgegeben. Einzig in der gemauerten Fensternische der steinernen Außenwand war noch etwas vom Boden stehengeblieben, und dort war der Platz des Königs gewesen. Gottschalk erkannte ihn unter den wenigen Männern, die vom Sturz in die Tiefe verschont geblieben waren und sich nun oben an die Fensterbrüstung klammerten, um nicht doch noch hinunterzufallen.

»Rettet den König!« brüllte Gottschalk; »Holt Leitern und Seile, rasch!« In aller Eile wurde das Nötige aus den Ställen und Schuppen herbeigeschafft, die längste Leiter unter der Fensternische aufgestellt. Sie war aber immer noch viel zu kurz. Gottschalk kletterte hinauf, während seine Leute die Leiter festhielten, und warf dem König ein Seil zu. Beim dritten Wurf gelang es dem König, das Seil zu fangen, und er band es am Fensterstock fest. Dabei befand er sich fortwährend in Gefahr, doch noch abzustürzen. Dann stieg er aus dem Fenster und ließ sich am Seil herunter, bis er die Leiter erreichte. Als er wohlbehalten wieder festen Boden unter den Füßen hatte, war er kreidebleich, krümmte sich und erbrach dann die ganze schöne Festmahlzeit.

Inzwischen hatte man versucht, die Menschen aus der Kloake zu bergen. Es war inzwischen völlig dunkel geworden. Über Leitern kam man nicht hinab, denn sie fanden keinen Grund. Also banden sich Männer Seile um die Hüften, falls sie bei der Arbeit in dem durchdringenden Gestank ohnmächtig wurden, und ließen sich hinab. Sie retteten noch manche; aber dennoch lagen zum Schluß etwa sechzig Tote im Hof, die sich entweder beim Sturz in die Tiefe das Genick gebrochen hatten oder elend in der Abtrittsgrube ertrunken oder erstickt waren. Auch hatten nachfallende Balken und Steine noch mehrere Männer erschlagen oder verletzt.

König Heinrich reiste sofort ab. Er vergaß dabei, sich bei Gottschalk für die Rettung zu bedanken.

1184

Schau bitte noch einmal in meinen Schrein. Da muß noch ein Brief von Mathilde sein, mit einem grünen Band verschnürt. Hast du ihn? Ja, genau den meine ich. Mathilde schrieb ihn mir im Jahre des Herrn 1184. Hör zu, ich werde ihn dir vorlesen.

»Mathilde, von Gottes Gnaden glückliche Ehefrau des Herzogs Heinrich, genannt der Löwe, und Mutter seiner Kinder, an Sophia Overstolz in Köln.

Liebste Freundin, viel zu lange schon ist unser Kontakt unterbrochen. Da der Erzbischof von Köln gerade in England weilt, nutze ich die Gelegenheit und gebe seinem Sekretär einen Brief für dich mit.

Das Wichtigste zuerst: Meinem Löwen, den Kindern und mir geht es gut. Gott hat uns einen weiteren Sohn geschenkt. Im April erblickte er glücklich in Winchester das Licht der Welt. Mein Vater hat getanzt vor Freude, ganz, als sei er selbst der Vater des Kindes, und hat das Neugeborene, mich, meinen Löwen und unsere anderen Kinder mit Geschenken überschüttet. Dann hat er bestimmt, das Kind solle Wilhelm heißen – wie Mutters Vater, der Herzog Wilhelm von Aquitanien. Wilhelm hieß aber auch der Herzog der Normandie, der das Königreich England eroberte und dessen Krone an sich riß.

Vater hat noch immer große Schwierigkeiten mit seinen Söhnen, das macht ihm das Herz schwer, und er findet viel Trost im Umgang mit meinen Kindern. Weiß der Himmel, welchen Hintergedanken er hatte, als er so selbstherrlich den Namen meines Jüngsten bestimmte. Er hat doch wohl nicht im Sinn, ihn zum König von England zu machen? Jedenfalls braucht er keine Sorge zu haben, daß dieses Kindlein in der Wiege ihn von seinem Thron stoßen will, ehe er selbst bereit ist, diesen zu räumen.

Ich glaube indes nicht, daß es dazu kommen wird. Wie ich schon schrieb, weilt Erzbischof Philipp von Köln gerade hier. Er hatte meinen Vater um die Erlaubnis ersucht, eine Wallfahrt zum Grab des Thomas Becket zu machen. Dort trat er mit riesigem Pomp auf und betete so lange mit zum Himmel gerichtetem Blick, daß es auch den letzten Gaffern langweilig wurde. Ich muß dir gestehen, daß ich Euren Erzbischof nicht leiden mag. Er ist so ein feines Herrlein, prächtig gewandet und mit gezierten Bewegungen. Ich traue ihm nicht über den Weg und bin sicher, daß er sofort zum Verrat bereit ist, wenn sich ihm ein Vorteil bietet. Natürlich habe ich auch nicht vergessen, daß er sich einen riesigen Bissen aus dem Reich meines Gemahls und damit aus dem Erbe meiner Kinder genommen hat. Möge er daran ersticken. Soweit mir zu Ohren gekommen ist, ist er seitdem mit Arbeit überhäuft, und mit Schulden dazu. Ich gönne ihm beides. Aber darüber wirst du sicher mehr wissen als ich.

Außerdem mag ich es nicht, wie die Erzbischöfe sich aufspielen. Sollten sie nicht demütige Diener Gottes sein, brave Hirten ihrer Schäflein, weitab von eitlem Tand und weltlicher Macht, frei von Eitelkeit? Statt dessen putzen sie sich heraus, ziehen in den Krieg, gehen auf die Jagd und lassen sich auch noch heiligsprechen. Ich kannte Thomas Becket, und hätte ich nicht selbst auf seine Heiligsprechung hingewirkt, um meinem Vater zu helfen, so wäre es mir nie in den Sinn gekommen, ihm die Eigenschaften eines Heiligen zuzusprechen. Und was ist mit eurem früheren Erzbischof Anno, dem im letzten Jahr diese Würde vom Papst zuerkannt wurde? Ich erinnere mich noch gut daran, was du mir über ihn berichtet hast, wie überheblich und grausam er die Kölner Bürger behandelt hat. Ich vermute, seine Heiligspre-

chung geschah, weil der Papst sich die Unterstützung seines Nachfolgers Philipp von Köln sichern will. Vielleicht strebt dieser die gleiche Würde an?

Wie es auch sei, der wahre Grund für den Besuch eures Erzbischofs auf unserer Insel war vermutlich ein Auftrag des Kaisers. Nachdem mein Vater Philipp von Köln ehrenvoll empfangen hatte, machte er sich gleich stark für die Wiedereinsetzung meines Löwen.

Der Kölner ließ sich eine ganze Weile bitten, dann erklärte er gnädig, er sei bereit, sich mit meinem Mann zu versöhnen! Hast du schon einmal eine solche Unverschämtheit erlebt? Ich befürchtete, mein Löwe würde ihm an die Gurgel gehen, aber statt dessen saß er ruhig da, und kein Muskel zuckte in seinem Gesicht. Als ich ihn später, allein in unserem Gemach, für diese Selbstbeherrschung bewunderte, sagte er: »Liebste, für das zukünftige Wohl meiner Familie kann ich auch die schlimmsten Demütigungen ertragen.«

Gott segne meinen Mann!

Erzbischof Philipp bot im Auftrage Barbarossas dann noch an, den englischen Thronfolger, meinen Bruder Richard, mit einer Tochter Barbarossas zu vermählen. Nun, die ältere Tochter des Kaisers zählt neun Jahre und die jüngere erst vier, bis zu ihrer Heirat wird noch viel Wasser die Themse entlangfließen, oder den Rhein hinab.

Obwohl mein Vater über dieses Angebot erfreut war, ließ er es sich nicht anmerken. Er ließ durchblicken, er erwarte als Gegengabe (wahrhaftig, so drückte er sich aus) die Beendigung der Verbannung seines geliebten und hochgeschätzten Schwiegersohns. Philipp möge den Heiligen Vater bitten, über die Rückkehr Herzog Heinrichs zu vermitteln.

Dies sagte Philipp bereitwillig zu und reiste wieder ab.

Ich vermute, das war alles nur ein Schauspiel und die Entscheidung des Kaisers längst gefallen. Ob er inzwischen erkannt hat, daß er mit der Entfernung des Herzogs von Sachsen und Bayern den Schutzschild zerschlagen hat, der seinem Reich über viele Jahre Ruhe im Norden und Osten verschafft hat? Ob er annahm, mein Löwe könne diese Aufgabe wieder übernehmen, obwohl seine Macht und seine Mittel drastisch beschnitten wurden? Wie dem auch sei: Erstaunlich bald erreichte uns die Einwilligung Barbarossas. Im nächsten Jahr dürfen wir zurückkehren.

Obwohl mein Vater mit allen Mitteln für die Wiedereinsetzung meines Löwen gekämpft hat – jetzt, wo sie greifbar ist, klagt er sehr darüber, daß er sich von seiner ältesten Tochter und deren Kindern trennen muß. Er hat mir so zugesetzt, bis ich schließlich einwilligte, daß nicht nur meine älteste Tochter bei ihm bleibt; hier in England kann man übrigens ihren Namen Richenza nicht aussprechen, sie wird hier statt dessen Mathilde genannt. Auch meinen kleinen Sohn Wilhelm will er nicht mehr hergeben, er hat einen Narren an dem Kind gefressen und will ihn auf seine Kosten zu einem Fürsten erziehen lassen. Ich kann noch gar nicht daran denken, daß ich mich schon wieder von zwei Kindern trennen soll; aber wie kann ich es meinem Vater abschlagen, der so unendlich viel für uns getan hat?

Ich habe einen großen Wunsch: Wenn ich im kommenden Jahr wieder nach Braunschweig zurückkehre, dann möchte ich dich so bald wie möglich wieder als meinen geliebten Gast in Burg Dankwarderode begrüßen!

Deine treue Freundin Mathilde.

Diesmal mußte ich meine Familie zur Handelsfahrt nach Braunschweig überreden. Mein Vater, Gottschalk und auch mein Vetter Constantin meinten, inzwischen gäbe es Handelsplätze, die mehr Gewinn versprachen, die Zeiten hätten sich geändert. Aber ich drängte so sehr, daß sie mir schließlich den Willen ließen, und so trafen wir im Frühjahr 1186 in Braunschweig ein. Mathilde und ich sanken uns mit Freudentränen in die Arme.

Gottschalk und meine Vettern Theoderich und Heinrich reisten weiter nach Lübeck, nachdem ich sie streng ermahnt hatte, nicht zu lange auszubleiben und allen Schneiderstöchtern beflissen aus dem Weg zu gehen. Übrigens hatten die Männer die Lage nicht richtig eingeschätzt; Herzog Heinrich war nicht als Bettler in seine Lieblingsstadt zurückgekehrt, sondern sein Schwiegervater hatte ihm acht Schiffe zur Verfügung gestellt, auf denen er seinen Besitz transportieren konnte. Auch hatte er kein verarmtes, heruntergekommenes Land vorgefunden: Seine Beamten im Braunschweiger und Lüneburger Gebiet hatten seinen Besitz so treu verwaltet, wie es ihnen möglich gewesen war, und das Land war rasch wieder aufgeblüht, als Frieden herrschte. Es war also nicht schwierig, unsere Waren bei den Braunschweiger Kaufleuten und an Heinrichs Hof abzusetzen.

Der größte Unterschied zu früher aber war: Der Löwe war nicht mehr ständig unterwegs, um aufsässige Grafen zur Ordnung zu rufen und raublustige Ritter mit eiserner Hand zu strafen. Sein Reich war doch sehr klein geworden. Ruhig saß er in seiner Burg Dankwarderode und beobachtete die wilden Kämpfe im Osten, die rings um sein überschaubar gewordenes Gebiet toben. Die wendischen Vettern, Niklot und Heinrich Borwin, schlugen dort wild aufeinander los. König Knut von Dänemark, der Schwiegersohn des Löwen, sah dem erfreut zu: Wenn sich die Wenden erst gegenseitig zerfleischt hatten, dann wollte er das erschöpfte Gebiet dem dänischen Reich zuschlagen. Zur gleichen Zeit stritten sich der Erzbischof von Bremen und der Schauenburger um Dithmarschen, wie zwei Hunde, die erbittert am gleichen

Stück Fleisch zerren. Die gequälte Bevölkerung, von zwei Seiten überfallen und ausgeplündert, wußte sich nicht anders zu helfen und stellte sich unter den Schutz des Bischofs Waldemar von Schleswig. Dieser, ein Bruder des Dänenkönigs, konnte sich die Hände reiben, dem Reich Barbarossas aber ging abermals ein Gebiet verloren. Dies alles wäre niemals geschehen, wäre der Löwe nicht entmachtet worden.

Ich war bei Heinrich und Mathilde, als der Bote von König Knut ankam, um dem Löwen diese Geschehnisse zu melden. Heinrich hörte genau zu und verzog keine Miene. Dann nickte er, warf dem Boten seinen Lohn zu und ging hinaus, um mit seinen Söhnen Heinrich und Otto den Schwertkampf zu üben.

Sosehr ich mich danach gesehnt hatte, meine liebe Freundin Mathilde nach Jahren wiederzusehen, sosehr freute ich mich auch über die Heimkehr. Wir kamen in Deutz an und warteten auf die Fähre, die uns über den Rhein bringen sollte. Mit großer Vorfreude blickte ich hinüber auf unsere Stadt mit ihren starken Mauern, Wällen und Gräben, auf die vielen Kirchtürme, auf das lebhafte Treiben im Kölner Hafen. Ich wußte inzwischen, daß ich nach mehreren Jahren jetzt wieder ein Kindchen trug, und wollte es zu Hause zur Welt bringen. Das war dann deine Schwester Margarete.

Wir fanden alle Angehörigen bei guter Gesundheit vor, der Heiligen Mutter Gottes sei Dank dafür. Aber Köln war zur Zeit eine brodelnde Gerüchteküche. Es ging um Erzbischof Philipp und sein Verhältnis zum Kaiser. Du mußt wissen, daß Philipp eitel war wie eine verwöhnte Frau, nicht nur was sein Äußeres anging, sondern auch sein Ansehen war ihm überaus wichtig. Überall erzählte man, wie er sich bei dem großen Ritterfest in Mainz aufgeführt hatte, von dem

Mathildes Löwe damals so gedemütigt und niedergeschlagen zurückkehrte.

Es muß ein großartiger Anblick gewesen sein, als die feierliche Prozession der Gläubigen, angeführt vom Kaiserpaar, am Pfingstsonntag zum Dom schritt. Die Fürsten überboten sich im Glanz von schimmernder Seide und mattem Samt mit Pelzverbrämung, Juwelen funkelten so prächtig im Sonnenlicht, daß das staunende Volk geblendet wurde. Freundlich nach allen Seiten grüßend, zog Barbarossa in der Kirche ein. Aber als er mit der Kaiserin zur Seite Platz genommen hatte, setzte sich Philipp von Köln wie selbstverständlich flugs zu seiner Linken nieder. Nun gehörte dieser Platz aber traditionsgemäß dem Fürstabt von Fulda, und dieser ärgerte sich mächtig und zischte den Kölner an, ihm sofort den Stuhl zu überlassen. Als Philipp sich nicht von der Stelle rührte und nur herablassend die Augenbrauen hochzog, packte ihn der Abt an Arm und Kragen und zog ihn vom Stuhl. Das fiel ihm nicht schwer, denn Philipp war ein kleiner, zierlicher Mann, der Abt von Fulda dagegen einen Kopf größer und doppelt so breit wie der Kölner. Schwupps, saß der Abt auf dem umkämpften Stuhl und Philipp stand daneben und zeterte. Der Kaiser, indigniert und peinlich berührt über diese Kindereien, bat den Kölner, er möge doch bitte nachgeben, und Philipp rauschte tödlich beleidigt davon, gefolgt von allen seinen Lehensleuten. Da rettete der junge König Heinrich die Lage. Er eilte Philipp nach, erwischte ihn noch innerhalb der Kirche, umarmte ihn und beschwor ihn unter Tränen, doch nicht die Freude des Festes zu zerstören und zurückzukommen. Ein strenger Blick des Kaiscrs, und der Abt machte erschrocken den umkämpften Stuhl wieder für den Kölner Erzbischof frei.

Somit war der Zwist für den Augenblick wieder beigelegt, aber Philipp pflegte seine Kränkungen mit Sorgfalt zu hegen und sich ihrer zu erinnern.

Übrigens wurde der junge Heinrich, Thronerbe Barbarossas, noch im gleichen Jahr verlobt. Er war neunzehn Jahre alt, die Auserwählte zählte bereits dreißig Lenze. Es war Konstanze, die Tochter von König Roger von Sizilien. Sie hatte ihr bisheriges Leben im Kloster verbracht, und eine Heirat mit dem Kaisersohn war vermutlich das letzte, was sie sich wünschte. Wäre sie so klug gewesen wie meine blutjunge Mathilde damals, und hätte sich die Liebe zu dem ihr bestimmten Mann zum Lebensziel gesetzt, dann hätte sie vielleicht auch das Glück gefunden.

Als wir diese Nachricht erfuhren, konnten wir es kaum glauben. Was mochte sich der Kaiser nur von dieser Verbindung versprechen? Sicher, der Neffe Konstanzes, König Wilhelm von Sizilien, war ein wichtiger Verbündeter. Auch hörte man, daß im Heiratsvertrag vereinbart war, daß Konstanze die Nachfolge des Neffen antreten würde, sollte dieser kinderlos bleiben. Wilhelm war übrigens schon vier Jahre mit Mathildes Schwester Johanna von England verheiratet, und die Ehe war noch nicht mit Kindern gesegnet worden. Aber konnte man sich darauf verlassen, daß dies auch so bleiben würde? Auch Barbarossas Gemahlin hatte erst nach sechs Ehejahren ihr erstes Kind geboren – das erste von zwölfen! Das kam davon, daß die jungen Fürstinnen oft schon als Kinder vermählt wurden – es konnte viele Jahre dauern, bis man sicher war, ob sie fruchtbar waren oder auch nicht. Ich denke da an Mathildes Mutter, die berühmte Alienor von Aquitanien, die in ihrer ersten Ehe lange kinderlos geblieben war, ihrem zweiten Gatten aber in rascher Folge ein Kind nach dem anderen schenkte.

Aber dennoch: Die vage Möglichkeit, das Kaiserreich und das Königreich Sizilien könnten einmal in eine Hand kommen, schreckte die Kurie auf. Wo blieb denn dann der Stuhl Petri? Als Papst Lucius, ein schwacher Greis, aus dem Leben schied, wählten die Kardinäle den schärfsten Gegner des Kaisers: Erzbischof Humbert von Mailand bestieg als Urban III. den Papstthron. Er haßte den Kaiser mit größter Erbitterung für alles, was dieser seiner Vaterstadt angetan hatte, und zögerte keinen Augenblick, sich sofort mit ihm anzulegen, indem er bei der nächsten Bischofswahl seinen eigenen Kandidaten gegen den Willen des Kaisers durchsetzte.

Den Wunsch des Kaisers, seinen Sohn und Erben schon zu Lebzeiten des Vaters zum Kaiser zu krönen, lehnte er brüsk ab mit der Begründung, es könne immer nur einen Kaiser geben.

Mir hätte das ja eingeleuchtet, aber mein kluger Vetter Fordolf, der so viele Folianten studiert und sich den Kopf mit Wissen gefüllt hat, belehrte mich, es sei schon vor tausend Jahren im römischen Reich Sitte gewesen, daß es zwei Kaiser gleichzeitig gab, einen für den Osten und einen für den Westen des Reiches; und dazu hatte jeder einen Cäsar, eine Art Unterkaiser zur Seite, welcher nach dem Tod des Kaisers an seine Stelle rückte, also waren es eigentlich sogar vier Kaiser. Diese Maßnahme habe man getroffen, weil das römische Reich viel zu groß geworden war, als daß man es von einer Stelle aus hätte regieren können.

Aha, jetzt begriff ich. Es lag ganz und gar nicht im Interesse des Papstes, daß der Kaiser ein unüberschaubar großes Reich beherrschte, und darum legte er ihm jeden Stein in den Weg, den er finden konnte.

Kaiser Friedrichs Antwort auf diese Brüskierung war ironisch: Er setzte das Hochzeitsfest für seinen Thronfolger ausgerechnet in Mailand an und lud den Papst höflich dazu ein. Wie dieser sich dazu geäußert hat, ist mir nicht bekannt, er erschien jedenfalls nicht.

Auch ich war leider nicht bei diesem glanzvollen Fest anwesend, wohl aber Constantin mit mehreren jungen Männern unserer Familie und einem Dutzend Gehilfen und Knechte. Darum habe ich auch aus erster Hand erfahren, wie Konstanze in Mailand einzog, geleitet von ihrem jungen Bräutigam und gefolgt von sage und schreibe hundertfünfzig Tragtieren, die ihren Brautschatz schleppten. Ihre Mitgift von vierzigtausend Goldpfunden – eine Summe, die sich auch ein großer Handelsherr nicht vorstellen kann – lag bereits in der kaiserlichen Schatzkammer. Constantin hat mir genau beschrieben, wie die Braut zur Kirche zog: auf einem weißen Zelter, gekleidet in roten Samt, starr vor schwerem Goldbrokat, was ihr nicht besonders gut zu Gesicht stand. Sie hatte die demütige Kopfhaltung einer Frau, die viele Jahre im Kloster gebetet hat, strahlte aber dennoch eine große Würde aus, wenn auch jedes Anzeichen von Freude vergeblich gesucht wurde. Da der Erzbischof von Mailand, zugleich Papst, es vorgezogen hatte, die Einladung zu mißachten und der Hochzeit fernzubleiben, nahm der Patriarch von Aquileja die Trauung des hohen Paares vor.

Zu diesem großen Fest waren zahlreiche gekrönte und mit Mitren geschmückte Häupter anwesend. Einer fehlte allerdings: Den Erzbischof Philipp von Köln suchte man vergebens unter den Gästen. Nein, meine Tochter, ich glaube nicht, daß man vergessen hatte, ihn einzuladen. Vielmehr war er einen Tag später als meine Verwandten und die übrigen Kölner Kaufleute nach Süden aufgebrochen, gefolgt von vielen glänzend gerüsteten Rittern und Höflingen. Er holte den schwerfälligeren Handelszug bald ein und scheuchte ihn hochmütig an den Straßenrand, um für den hohen Herrn und sein Gefolge den Weg freizugeben. Bald sah man nur noch in der Ferne eine Staubwolke.

Aber was geschah am folgenden Tag? Der Erzbischof kehrte auf der gleichen Straße zurück! Mit finsterer Miene und grußlos preschte er abermals am Zug seiner Kaufleute vorbei, diesmal aber Richtung Norden. Er hielt es natürlich nicht für nötig, hierfür eine Erklärung abzugeben, aber Constantin sandte eiligst einen Mann auf einem schnellen Pferd hinter ihm her. Als der Erzbischof sein Abendlager aufschlug, suchte der Bote nach einem bekannten Gesicht und fand es auch: Für ein Geldstück und einen Krug Wein, den sie gemeinsam leerten, erfuhr er, was Constantin wissen wollte. Angeblich war ein Bote des Erzbischofs von Mainz zu Philipp gekommen mit der Warnung, er solle keinesfalls nach Mailand reisen, da er vom Kaiserhof nicht lebend zurückkehren werde. Darauf habe Philipp erschrocken sofortige Umkehr befohlen.

Eine merkwürdige Geschichte. Ich weiß noch heute nicht, was man davon halten soll. Wenn ich auch nicht allzu gut auf Barbarossa zu sprechen bin, so scheint es mir doch völlig undenkbar, daß er den ersten Kirchenfürsten seines Reiches auf der Hochzeit seines Sohnes ermorden lassen würde. Oder hat der Greis aus Mainz vielleicht nur einen schlimmen Traum gehabt und darum die Warnung ausgesprochen? Sicher ist jedenfalls, daß Philipp auf halbem Weg zur Fürstenhochzeit wieder umkehrte.

Außer dem Erzbischof von Köln fehlte noch jemand bei dieser glanzvollen Hochzeit: Die Kaiserin Beatrix war schon bald nach der Verlobung ihres Ältesten gestorben, und das kurze Zeit nach dem Tod ihres jüngsten Kindes Agnes. Seit deren Geburt (der letzten von zwölfen) soll sie gekränkelt und sich nicht mehr erholt haben. Ich denke, ich sollte bei keinem Abendgebet vergessen, Gott dafür zu danken, daß ich so viele Kinder zur Welt bringen und dabei gesund bleiben durfte. Bis auf meine alten Knochen, die mir heute zu schaffen machen.

Und dann geschah etwas völlig Unerwartetes: Kaiser Friedrich ernannte mit großem Zeremoniell seinen Sohn Heinrich zum Cäsar, ganz so, wie Fordolf es mir von den lange zu Staub gewordenen römischen Kaisern berichtet hatte. Er tat dies aus seiner kaiserlichen Machtvollkommenheit und machte damit deutlich, daß eine päpstliche Salbung bedeutungslos war und künftig nicht mehr zu erfolgen brauchte. Anschließend schickte Friedrich seinen Sohn durch Italien, und es wurde ihm überall gehuldigt. Nur nicht in Siena, aber die Stadt mußte das büßen. Schließlich stand der junge Heinrich an der Grenze des Kirchenstaates, dem Patrimonium Petri.

Das war ein mehr als deutliches Zeichen. Würde Urban nun einen Rückzieher machen und den friedlichen Ausgleich suchen? Nichts dergleichen. Er untersagte dem Klerus in der Lombardei jegliche Gefolgschaft für den Kaiser.

Damit hatte er den Bogen überspannt. Auf Befehl seines Vaters besetzte König Heinrich den Kirchenstaat. Urban hielt sich in Verona auf, und Heinrich ließ sämtliche Straßen im Umkreis sperren, um den Papst von der Außenwelt abzuschneiden.

Aber Urban war noch immer weit davon entfernt einzulenken. Philipp von Köln stand auf seiner Seite. Wenn dieser mächtigste deutsche Erzbischof, der dem Kaiser soviel verdankte, diesem dennoch nicht treu war – könnte Urban dann nicht auch die anderen Kirchenfürsten auf seine Seite ziehen? Der Papst zählte besonders auf Mainz. Dessen Erzbischof Christian, eine treue kaiserliche Stütze, war gerade gestorben, und seinen Platz hatte Konrad von Wittelsbach eingenommen, der just diesen Erzstuhl vor zwanzig Jahren friedlich geräumt hatte. Auch die übrigen süddeutschen Kirchenfürsten standen traditionell dem Papst näher als dem Kaiser. Der Heilige Vater konnte sich also einen Sieg über Barbarossa trotz seiner bedrohten Lage durchaus vorstellen.

Aber er hatte nicht mit dem gewieften Politiker Friedrich gerechnet. Als er von den Anknüpfungsversuchen Urbans erfuhr – und er hatte genügend Spitzel bei sämtlichen Kirchenfürsten, um rechtzeitig Informationen zu erhalten –, kehrte er schleunigst heim und berief die gesamte Reichskirche nach Gelnhausen in seine prächtige, allseits bewunderte neue Kaiserpfalz. Der Kaiser eröffnete die Versammlung mit einer glänzenden Rede. Er sprach nicht etwa über die Kränkungen, die der Nachfolger Petri ihm zugefügt hatte, denn die hätten die Bischöfe nicht sonderlich geschmerzt; vielmehr führte er den Kirchenfürsten die Anmaßung der päpstlichen Legaten vor Augen, die in Deutschland herumreisten und sich wie die Maden im Speck bei den Klöstern durchfraßen sowie sich dort Reliquien und andere Kostbarkeiten aneigneten und in ihre Heimat schleppten.

Das wirkte. Jeder der Bischöfe hatte sich schon schwarz geärgert über die unverschämten und kostspieligen Übergriffe der Legaten. Ein einheitlich zustimmender Chor antwortete auf diese Rede des Kaisers.

Da erhob sich der Kölner Erzbischof. Er verlangte eine Abschaffung des Spolienrechts. Fordolf hat mir erklärt, was es mit diesem Recht auf sich hatte: Es berechtigte den Kaiser, nach dem Tod eines Kirchenfürsten dessen Habe an sich zu nehmen. Dieses Recht stammte aus sehr früher Zeit, als die Kaiser noch allein über die Einsetzung der kirchlichen Fürsten entscheiden konnten, und es war eine Weile in Vergessenheit geraten, bis Barbarossa es wieder einführte. Philipp gab sich nun als Legat des Papstes zu erkennen und erklärte, der Heilige Vater fordere mit Nachdruck die Aufhebung dieses Ärgernisses.

Eigentlich war dies ein gar nicht so sehr wichtiger Punkt, aber Philipp von Köln hatte damit deutlich gemacht, wessen Interessen er vertrat. Wer konnte sich durchsetzen, Papst oder Kaiser? Philipp rechnete natürlich damit, daß diese

Forderung alle Kirchenfürsten betraf und sie ihn einstimmig unterstützen würden.

Der Kaiser erklärte aber nur gelassen, er erkenne bereits an, daß das kaiserliche Recht zur Einsetzung der Bischöfe abgeschafft sei, wolle aber niemals auch noch den kleinen Rest an Rechten aufgeben. »Laßt euch an euren neuen Rechten genügen wie wir an unseren alten«, sagte er. Aber er war noch nicht fertig. Er schaute Philipp, der so viele Gnadenerweise von ihm erhalten hatte und nun auf die Gegenseite getreten war, in die Augen und fügte hinzu:

»Solange die Bischofsstühle noch nach dem Willen der Kaiser besetzt wurden, fanden sich dort mehr anständige Männer als heute ...«

Philipp fuhr zurück, als habe er einen Schlag erhalten, besonders als er den Mienen seiner Amtsbrüder ansah, daß sie auf seiten des Kaisers standen. Ehe er sich noch zu einer Erwiderung aufraffen konnte, nahm der ehrwürdige Greis Konrad von Mainz das Wort. Er äußerte die Ansicht, der Kaiser fühle sich zu Recht vom Heiligen Vater beleidigt, und niemand bedauere dies mehr als er. Er schlug vor, alle Bischöfe gemeinsam sollten ein Schreiben an den Papst in Verona verfassen mit der Bitte, dieser möge seinen Frieden mit dem Kaiser machen, damit die deutschen Kirchenfürsten nicht darüber entscheiden müßten, ob sie dem Kaiser oder aber dem Papst gehorchen sollten.

Und so geschah es. Woher ich das alles weiß, obwohl ich doch nicht dabei gewesen bin?

Ja, meine Tochter, bei einer solchen hochoffiziellen Versammlung sind nicht nur die hohen Herrschaften anwesend, deren Namen dann im Protokoll verzeichnet sind. Niemand spricht von den vielen Schreibern, welche dieses Protokoll führen, und von den Dienern, die schweigend ein und ausgehen und die Anwesenden mit Erfrischungen versorgen. Aber auch diese haben Augen und Ohren. Wer ein paar

Münzen springen läßt, kann alles erfahren, was er will, und mein Vetter Constantin hatte diese Münzen immer übrig. Es konnte lebensrettend für uns Kaufleute sein, über die Querelen unseres eigenen Erzbischofs genau informiert zu sein und auch darüber, wieviel Macht und Einfluß er hatte oder nur zu haben glaubte.

Für etliche weitere Geldstücke erfuhr er auch noch dies: Papst Urban hatte die deutschen Verhältnisse völlig verkannt und mit einem sicheren Sieg des Kölners gerechnet. In reichlicher Überheblichkeit hatte er bereits einen Befehl an den Kaiser abgesandt, er möge sich mitsamt seinem Sohn König Heinrich in Verona einfinden, um sich vor dem Heiligen Vater zu rechtfertigen; er hatte schon seine willigen Kardinäle beschließen lassen, den Kaiser als Ketzer zu verdammen, als der Brief der deutschen Bischöfe aus Gelnhausen in Verona eintraf.

Der Tod hinderte Papst Urban daran, den Kaiser mit dem Bann zu verfluchen.

1187

An dieses Jahr erinnere ich mich noch mit Grauen, weil ein entsetzliches Verbrechen geschah. Am 17. Februar tötete ein Jude in Neuß ein christliches Mädchen. Ein Aufschrei der Wut ging durch die Stadt. Der Täter wurde gefaßt, er und einige weitere Juden wurden erschlagen und aufs Rad geflochten.

Constantin hat, um unseres Großvaters willen und auch für seine ehemals jüdische Ehefrau, Nachforschungen angestellt und folgendes erfahren: Der Täter, der als »wahnsinnig« bezeichnet wurde, war ein geistesgestörter Mann gewesen, der von seinen Angehörigen daheim gehalten und bewacht wurde. Dieses Mal aber war es ihm gelungen, ihnen zu entwischen und das Haus zu verlassen. Neugierig, aber auch verstört hatte er eine Weile an einer Ecke gestanden und das lebhafte Treiben von herumeilenden Menschen beobachtet. Ein Mädchen, blond, hübsch und gut gekleidet, war ihm aufgefallen, und er war ihm nachgegangen. Schließlich hatte er es angesprochen – so wie er eben sprach. Das Mädchen hatte sich vor seinem stechenden Blick und seiner unverständlichen Sprache gefürchtet und angefangen zu schreien. Das hatte der Jude nicht vertragen und es am Hals gepackt und gewürgt. Seine Hände waren so stark, daß er ihr schon das Genick gebrochen hatte, als man ihn von ihr fortriß. Dies alles war in aller Öffentlichkeit geschehen, aber so rasch, daß das Leben des armen Mädchens nicht gerettet werden konnte.

Ich kann die Reaktion der wütenden und verständnislosen Menge ja verstehen, die den Mörder auf der Stelle erschlug. Daß die Leute dann aber nach weiteren Juden suchten, die mit dem Verbrechen nicht das geringste zu tun hatten, und sie ebenfalls umbrachten, war ein klarer Rechtsbruch und nicht gerechtfertigte Grausamkeit.

Daß allerdings unser Erzbischof diese schrecklichen Vorkommnisse zum Anlaß nahm, die übrigen Juden mit einer Buße von hundertzwanzig Silberstücken zu belegen, kann ich eigentlich nur als Räuberei ansehen. Ebenso, daß er und mehrere Grafen unserer Gegend Vermögen bei Juden konfiszierten, die gar nicht in Neuß lebten.

Alles, was Constantin erreichen konnte, war die großmütige Genehmigung des Erzbischofs an die Juden, die Leichen der Ihrigen von den Rädern abzunehmen – am 28. März, als sie schon verfault waren, und auch diese Genehmigung mußte noch erkauft werden. Oh, christliche Barmherzigkeit!

Übrigens hielt Herr Philipp zu dieser Zeit in Köln eine Synode ab, die eher wie ein Hoftag wirkte. Er hatte alle seine Suffraganbischöfe und den gesamten Adel seiner Länder einberufen. Es kamen tatsächlich etwa viertausend Ritter nach Köln! Die Stadt platzte aus allen Nähten, und die Bürger schliefen auf den Dachböden und vermieteten ihre Schlafzimmer für ein enormes Geld. Selbst das kleinste Kämmerlein brachte noch stattliche Summen. Meine Familie machte das allerdings nicht, wir hatten so viel Verwandtschaft unter dem kleinen Adel, daß wir schon Mühe hatten, sie alle bei uns unterzubringen – ohne Miete natürlich.

Damit leistete sich unser Erzbischof eine eindeutige Demonstration gegen den Kaiser. Es konnte einem Angst und Bange werden dabei, denn wir glaubten nicht, daß Philipp dem gewieften Kämpfer und Politiker Friedrich Barbarossa gewachsen war.

Nun habe ich dir sehr viel von der Geschichte berichtet; damals war mir dies alles natürlich bei weitem nicht so klar wie heute. Viele Dinge erscheinen aus größerem Abstand viel deutlicher als aus der Nähe, oder man erfährt erst später Einzelheiten, welche Bruchteile zu einem erkennbaren Bild zusammenfügen.

Uns Kölner bereiteten die Differenzen zwischen unserem Erzbischof und dem Kaiser übrigens so manche schlaflose Nacht. Wir sahen, daß der Erzbischof große Mengen an Lebensmitteln in die Stadt schaffen ließ und seine Truppen bis an die Zähne bewaffnete. Sofort sprach ganz Köln davon, daß Herr Philipp offensichtlich mit einer Belagerung der Stadt durch den Kaiser rechnete – ein Gedanke, der uns nicht im geringsten gefiel. Hatte der Erzbischof noch vor wenigen Jahren die Kölner gerügt, weil sie eigenmächtig die Befestigungsanlagen verstärkt hatten, so ließ er jetzt selbst die Gräben vertiefen, die Wälle erhöhen, die Tore ausbessern. Wir erfuhren auch, daß der Kaiser jetzt über »diesen Kölner Pfaff« grollte – bisher hatte er ihn stets »unser geliebter Philipp« genannt.

Weißt du, meine Tochter, ich hatte damals schreckliche Angst davor, daß der Kaiser unsere Stadt belagern könnte. Wir Bürger würden in die Verteidigung einbezogen, müßten nachts auf den Mauern Wache halten, Verteidigungsmaterial bereitstellen und bei längerer Belagerung wohl hungern müssen. Gelänge es dem Kaiser, die Stadt zu erobern, so wären wir hilflos den plündernden und mordenden Soldaten ausgeliefert. Ich erinnerte mich, wie sich Mathilde eigenhändig im Schwertkampf geübt hatte, um in die Verteidigung der von ihr verwalteten Stadt gegen Barbarossa eingreifen zu können. Ich selbst hatte aber eher das Bedürfnis, mich und meine Lieben in Sicherheit zu bringen, und zerbrach mir den Kopf, ob ich einen versteckten Kellerraum unter dem Garten anlegen sollte. Aber hätte man dort auch genug Luft? Dann überlegte ich, einen Teil des Dachbodens mit einer Wand abzutrennen. Aber wenn das Haus angezündet würde?

Oder was könnte sonst noch an schrecklichen Dingen geschehen?

Bald darauf ließ der Kaiser im ganzen Land wissen, daß er ein Bündnis mit König Philipp August von Frankreich geschlossen hatte. Uns war klar, daß dieses sowohl gegen den englischen König wie auch gegen unseren Erzbischof gerichtet war, und meine Angst wuchs, so daß ich nachts nicht mehr schlafen konnte.

Die Lage spitzte sich zu, niemand konnte vorhersehen, wohin das noch führen würde. Der Kaiser erfuhr natürlich von den Aufrüstungen in Köln und griff zu einer rigorosen Maßnahme: Er ließ den Rhein oberhalb unserer Stadt sperren! Damit traf er unseren Lebensnerv. Über den Strom bezogen wir unseren Wein, und, schlimmer noch, unser Getreide. Und unser Handel war damit auch weitgehend lahmgelegt. Anschließend setzte der Kaiser einen Reichstag in Worms fest und lud Erzbischof Philipp dorthin. Er beschuldigte ihn und die Kölner, daß sie Barbarossa verdächtigten, er plane einen Übergriff gegen sie. Ja, Angriff ist manchmal die beste Verteidigung.

1188

Allerdings erschien Philipp nicht bei diesem Reichstag, auch nicht bei den folgenden. Der Krieg schien nun unmittelbar bevorzustehen, aber da starb zum Glück (jedenfalls für uns Kölner) der Papst, auf den unser Erzbischof gebaut hatte, und damit löste sich die Opposition gegen den Kaiser in Luft auf. Vielleicht hätte sich jetzt auch Herr Philipp gern in Luft aufgelöst, da das aber nicht möglich war, blieb ihm nur der bittere Weg der Unterwerfung. Auf dem Hoftag in Mainz im Jahre 1188 lag Erzbischof Philipp im Staub vor des Kaisers Thron, so wie vor einigen Jahren der Löwe. Damals hatte Philipp noch triumphiert und mit gierigen Händen die Beute aus Heinrichs Besitz an sich gerissen. So dreht sich das Rad des Lebens. Wir Kölner Bürger aber mußten nun nicht mehr fürchten, unseren Kaiser als Belagerer vor unserer Stadt zu sehen, und atmeten auf.

Ich war sehr erleichtert, daß die von mir erwogenen Maßnahmen zum Schutz meiner Familie nun nicht nötig waren.

Übrigens hielt der Kaiser dem in die Knie gezwungenen Philipp auch mit väterlicher Strenge die häßliche Geschichte mit den Neußer Juden vor. Er hatte erfahren, daß Philipp das Verbrechen des geisteskranken Juden zu seiner Bereicherung benutzt hatte, und schöpfte mehr als diesen Gewinn wieder ab, indem er ihn zur Zahlung einer Buße von zweitausend Mark an den Kaiser und weiteren zweihundertsechzig Mark an dessen Hof verurteilte.

Übrigens erfolgte diese Verurteilung nicht etwa wegen besonderer Grausamkeit oder dergleichen: Nein, die Buße war fällig, weil der Erzbischof die Rechte Barbarossas mißachtet hatte, denn die Juden standen unter kaiserlichem Schutz und hätten nur von diesem abgeurteilt werden dürfen.

Und ausschließlich von ihm ausgeplündert werden dürfen, natürlich.

Zum Zeichen seiner Ungnade, welche der »Kölner Pfaff« zu beschwichtigen hatte, ordnete Barbarossa auch an, daß eins der Kölner Stadttore bis zum Gewölbe abgetragen werden mußte. Der Graben, welcher die Mauern schützte, mußte an vier verschiedenen Stellen zugeschüttet werden, und zwar auf eine Strecke von jeweils vierhundert Fuß. Eine klare Demonstration der kaiserlichen Macht.

Ob uns Bürgern das wieder angst machte? Ach, so sehr eigentlich nicht. Diese Äußerung staufischen Machtwillens galt nämlich nur für einen einzigen Tag – am folgenden Morgen durften die Gräben wieder freigeschaufelt, das Tor wieder eingesetzt werden. Die Zimmerleute hatten zu tun, und viele Tagelöhner verschafften sich mit der Schaufel einen sicheren Tagesverdienst. Das Geld, welches dafür aufzuwenden war, blieb in der Stadt.

Übrigens haben die führenden Kölner Bürger die Gunst der Stunde genutzt und sich mehr und mehr an der Regierung der Stadt beteiligt. Zuerst ließ Philipp dies zu, um sich der Unterstützung der Bürger zu versichern, und nach seiner Mainzer Demütigung war er zu schwach, um es zu verhindern. Wir hatten mit Dietrich von der Mühlengasse und mit Henrich Flacco zwei sehr durchsetzungsfreudige Männer als Bürgermeister, die beherzt zugriffen und die Machtverhältnisse in Köln zu ändern verstanden.

Nachdem Kaiser Friedrich unseren Erzbischof solcherart zurechtgestutzt hatte, ging er den ihm weitaus wichtigeren Punkt des Mainzer Hoftages an. Im Oktober des Vorjahres hatte Sultan Saladin Jerusalem erobert! Barbarossa, inzwischen ein siebzigjähriger Greis, sah es als letzte große Aufgabe in seinem Lebenswerk an, sich auf eine Fahrt im Zeichen des Kreuzes zu begeben und das Heilige Grab erneut aus den Händen der Ungläubigen zu befreien. In einer ergreifenden Zeremonie nahm er gemeinsam mit seinem Sohn Friedrich das Kreuz, während der junge König Heinrich in seiner Abwesenheit das Reich verwalten sollte.

Wie immer, plante er auch diesmal sein großes Unternehmen mit Bedacht und Gründlichkeit. Gesandtschaften wurden ausgeschickt: an Sultan Saladin mit der Aufforderung, sich aus dem Heiligen Land zurückzuziehen, die christlichen Gefangenen freizulassen und die erbeutete Lanze Christi wieder herauszugeben, andernfalls sage ihm die gesamte Christenheit Fehde an. Der Kaiser von Byzanz, der König von Ungarn sowie der Großzupan von Serbien wurden um freies Geleit für das Kreuzheer ersucht, ebenso der Herrscher des Seldschukenreiches.

Ich verstand nicht ganz, warum der Kaiser den Landweg wählte, und ging zu Constantin, um es mir erklären zu lassen.

»Ich verstehe nicht, warum Barbarossa diesen anstrengenden und beschwerlichen Marsch auf sich nimmt. Er ist doch inzwischen ein Greis von siebzig Jahren, eigentlich müßte man ihn in ›Weißbart‹ umbenennen. Warum tut er sich das an? Die Könige von England und Frankreich nehmen doch auch den Seeweg, wie man hört.«

Constantin nahm mich bei der Hand und führte mich in den mir so gut vertrauten Hof seines Hauses, wo seine kleinen Kinder spielten. Seine Frau Elizabeth wünschte sich eine große Familie und schenkte fast jedes Jahr einem Kind das Leben. Drei der Kinder waren in der Schule, aber Karl und Philipp ritten auf ihren Steckenpferden durch den Garten und aßen dabei die ersten heruntergefallenen Äpfel – alle wurmstichig, natürlich, und unreif dazu. Heute abend würden sie Bauchweh haben.

»Es gibt schon vernünftige Gründe für seinen Entschluß, Sophia.«

Er hob einen Finger.

»Erstens: Er kann es sich nicht leisten, seine Kräfte zersplittern zu lassen, und das kann auf See ganz leicht geschehen. Darum marschiert er auf dem gleichen Weg wie damals Herzog Heinrich der Löwe – nur war es bei diesem eine friedliche Pilgerfahrt und kein Kriegszug. Übrigens regiert im Seldschukenreich noch immer Kilidsch Arslan, der damals den Löwen so begeistert als seinen Vetter empfangen hat. Die Gesandtschaft an seinen Hof ist bereits zurückgekehrt mit Kilidschs freudiger Zusage, er wolle den Kaiser ›wie seinen Herrn‹ empfangen. Offenbar scheint dieser Sultan eine Vorliebe für christliche Fürsten zu haben – nur natürlich nicht für den Kaiser von Byzanz, der ihm zu nah auf der Pelle hockt. Kaiser Friedrichs Delegation an diesen ist übrigens noch nicht wieder zurück, wie üblich gibt es vermutlich monatelange Verhandlungen darüber, welche Wege das Kreuzheer zu benutzen hat und wo es Station machen darf. Das ist bei den Byzantinern immer so.«

Ich war noch nicht ganz überzeugt. »All dies hätte der Kaiser aber doch durch den Seeweg vermeiden können. Ich an seiner Stelle hätte die bequemere Strecke gewählt und hätte darauf gehofft, daß nur leichte Brisen die Segel füllen und kein Sturm sich regt.«

Constantin räkelte sich in der Sonne und hob einen weiteren Finger.

»Zweitens: Er rechnet mit einem Heer, das etwa hunderttausend Mann umfaßt. Hast du eine Ahnung, wieviel Schiffe er brauchen würde, um sie alle samt Pferden und Troß zu transportieren?«

Ich überlegte. Auf sehr großen Schiffen, ohne jede Bequemlichkeit, eng zusammengepfercht – höchstens vierhundert bis fünfhundert Männer pro Schiff.

»Ungefähr zweihundert Schiffe?«

»Eben. Die hat er nicht. Die kann er auch nicht bauen lassen, sonst ist seine Kasse leer, ehe er überhaupt losgezogen ist.

Constantin blinzelte in die Sonne. Sein Gesicht, von Brandnarben entstellt, hatte noch immer kaum Falten, obwohl er die Fünfzig inzwischen längst überschritten hatte, und seine Haare leuchteten fast noch im Goldblond seiner Jugend. Er hob einen dritten Finger.

»Ich will dir jetzt etwas verraten, Sophia. Du würdest es vielleicht auch so erfahren, denn ich kenne ja deine Neugierde. Da du aber zum Glück nicht außerdem noch eine Klatschbase bist, verlasse ich mich darauf, daß du es für dich behältst.«

Jetzt brannte ich vor Wißbegierde.

»Drittens: Ein Ritter ist auf dem Hoftag in Mainz, ehe er sich für das Kreuz entschied, zu einer Wahrsagerin gegangen. Sie sollte ihm sagen, ob seine Frau ihm während einer möglicherweise langen Abwesenheit treu bleiben würde oder nicht, in welchem Fall er doch lieber zu Hause geblieben wäre. Er fragte, an welchem Tag die Sterne so stünden, daß sie diese befragen könnte, aber die Frau winkte ab. Sie sähe die Zukunft nicht nur während des Dunkels der Nacht, soll sie gesagt haben. Sie forderte zuerst ihre Gebühr und steckte sie ein; dann nahm sie eine große Schale und füllte sie mit Wasser, goß dann einige Tropfen Öl dazu und schaute, wie die Schlieren sich im Wasser verteilten. Dabei murmelte sie leise etwas vor sich hin, was der Ritter nicht verstand. Plötzlich fing sie an zu schreien, weh und ach. Der Ritter fragte erschrocken, was sie denn von seiner Frau gesehen hätte; aber sie winkte nur ab. »Ach, deine Frau! Soweit war ich noch gar nicht. Nein, der Kaiser, unser Kaiser! Oh weh und ach, er wird auf diesem Kreuzzug ertrinken. Wer wird uns dann schützen, wenn er nicht mehr ist?« Und weinend ging sie davon. Der Ritter stand ganz belämmert da und ärgerte sich, daß er so dumm gewesen war, schon vorher zu zahlen. Jetzt war er nicht klüger als zuvor, was seine Frau betraf. Dann ging er in das nächste Gasthaus, betrank sich und erzählte allen Leuten von der Wahrsagung, die sich so in Windeseile verbreitete.«

Ich saß da, voller Unbehagen und nachdenklich. Der kleine Karl ritt zu wild auf seinem Holzpferd, stolperte über seine Füße, fiel hin und begann zu schreien. Constantin erhob sich, packte seinen Jüngsten, klopfte ihm den Schmutz von den Knien, wischte zwei oder drei Blutstropfen weg und wiegte das Kind liebevoll im Arm, worauf das Geschrei prompt verstummte und Karl wieder zum Boden strebte, um seine Ritte fortzusetzen, genauso wild wie zuvor.

»Constantin«, fragte ich zaghaft, »das ist doch wohl Unsinn, oder? Wie soll sie denn aus Ölspuren im Wasser etwas über des Kaisers Schicksal erkennen?«

Constantin nickte. »Es ist Unsinn, da hast du ganz recht. Aber wenn hundert Leute den Unsinn gehört und ihn tausend anderen weitererzählt haben, dann will niemand mehr mit dem Kaiser auf ein Schiff steigen, um nicht mit ihm gemeinsam zu ertrinken.

Und wenn mir vor einer Reise jemand weissagen würde, ich käme dabei durch einen Sturz vom Pferd zu Tode – vielleicht fiele mir dann ein, daß ich eigentlich schon lange wieder einmal zu Schiff hätte reisen wollen …«

Constantin legte sein Wams ab, weil die Sonne jetzt immer stärker schien.

»Außerdem, Sophia, war ich gestern abend im Rathaus. Dort wurde ein Schreiben des Kaisers an die Stadt verlesen, wonach er wünscht, die Bürger mögen sich am Kreuzzug beteiligen. Es dürfen allerdings nur die mitziehen, die reich genug sind, ihre Ausrüstung selbst zu kaufen und sich für zwei Jahre auf eigene Kosten zu verpflegen. Damit will er verhindern, daß wieder eine Menge beutelüsternes Gesindel mitzieht, das schon auf dem Hinweg durch christliche Länder stiehlt und raubt und die Kreuzfahrer damit in Verruf bringt. Wir haben uns im Rat die Ohren heiß geredet, schließlich wurde beschlossen, daß Köln vier Schiffe ausstatten wird für fünfzehnhundert Kämpfer und Proviant für drei Jahre. Jawohl, Schiffe, wir ziehen die Seefahrt dem Landweg vor. Soviel mir bekannt wurde, hat keine Wahrsagerin uns Kölnern Gefahr vor dem Wasser geweissagt. Wir treffen dann mit dem Kaiser und den Königen von England und Frankreich an der Küste Palästinas zusammen und ziehen gemeinsam gegen Jerusalem.«

»Constantin, was heißt denn: wir?«

»Oh nein, liebe kleine Base, ich gehe ganz bestimmt nicht mit. Ich habe auch im Rat gegen diese Fahrt gestimmt, aber die Abenteuerlust einerseits bei den jungen Ratsherren und die Angst vor dem Unmut des Kaisers bei den älteren hat gesiegt, meine Überredungskunst hatte dieses Mal keinen Erfolg. Also geht es im Februar nächsten Jahres los. Paß nur gut auf deinen Gottschalk auf, sonst ist er schneller auf und davon, als du glaubst.«

Da wurde mir angst und bange, und ich hatte es plötzlich

sehr eilig, mich zu verabschieden. Im Laufschritt eilte ich nach Hause, so als könne mein Mann bereits abgereist sein, solange ich bei meinem Vetter zu Besuch war. Dabei hatte ich die Neuigkeit doch aus allererster Hand, sie konnte sich noch gar nicht verbreitet haben. Aber erstens: Als ich nach Hause kam, war Gottschalk schon informiert. Das geplante Unternehmen war bereits in aller Munde. Und zweitens: Als ich ihn anflehen wollte, doch bitte nicht mit in diesen Krieg zu ziehen, sah er mich nur ganz erstaunt an.

»Was kommt dir nur in den Sinn, Sophia? Ich denke nicht im Traum daran, mich auf diese Fahrt zu begeben. Ein heiliger Krieg, ja? Nun, ich bin Kaufmann und kein Ritter. Ich habe eine Familie, für die ich zu sorgen habe. Ich werde keinesfalls mitziehen.«

Ich war so erleichtert, daß ich fast in Tränen ausgebrochen wäre. »Ich dachte nur, weil du doch damals mit dem Löwen gezogen bist.«

»Ja, das war etwas ganz anderes. Herr Heinrich machte eine Pilgerfahrt, und ich machte in seinem Schutz eine Geschäftsfahrt. Wir waren keinen anderen Gefahren ausgesetzt, als wir es von unseren Handelsfahrten gewohnt sind, abgesehen vom gekenterten Schiff auf der Donau und vom Sturm auf dem Meer. Unsere Schwerter aber blieben schön ordentlich in der Scheide stecken. Wenn der Papst nicht so drängen würde und die ewige Seligkeit für jeden Kreuzfahrer versprechen, dann würde mancher sich gründlicher überlegen, wo der Nutzen eines solchen Kriegszugs wohl sein könnte. Du hast ja wohl von Constantin vernommen, welche Mittel jeder Kreuzfahrer aufbringen muß, ehe er auch nur die erste Meile gereist ist? So mancher jüngere Sohn der Ritter in diesem Land wird seine Eltern so lange quälen, bis sie Haus und Hof verpfänden, um ihm die notwendige Ausstattung zu verschaffen. Und ob er dann überhaupt zurückkehrt? Du selbst hast mir ja oft erzählt, daß dein Großvater von einem christlichen Kaufmann adoptiert wurde, nachdem dessen beide Söhne auf dem ersten Kreuzzug ihr Leben verloren hatten. Und der zweite Heerzug ins Heilige Land endete ja auch eher jammervoll, noch heute sitzen bettelnde Krüppel vor unserem Dom, die damals auf stolzem Roß ausgezogen sind.

Beruhige dich also, mein Weib, ich habe gar keine Lust, dich als Witwe mit einer Schar junger Kinder zurückzulassen, denn dann würden alle unverheirateten Männer unserer Vaterstadt sich die Finger nach dir lecken.«

Da fiel ich ihm um den Hals und weinte.

Aber nicht alle dachten wie Constantin und mein Mann. Constantin Crop, der Sohn meiner Base Liveradis, nahm das Kreuz, ebenso mein Vetter Hermann Scherfgin, der beinahe so alt war wie Constantin und einen Haufen junger Kinder zu Hause hatte.

Gottschalk regte sich sehr auf, als er feststellte, daß auch sein Bruder Regenzo das Kreuz ergriffen hatte. Er eilte zu ihm und redete auf ihn ein, sein Vorhaben aufzugeben; aber Regenzo wehrte ab. Verstockt erklärte er, er habe sich nun entschieden, und dabei sollte es bleiben.

»Er will einfach nicht auf mich hören, Sophia! Warum will er nur auf diese gefährliche Fahrt gehen? Er ist von Natur aus doch gar nicht abenteuerlustig, er hat, soviel ich weiß, keine größere Sünde begangen, die er damit abbüßen will, und Angst vor dem Papst hat er vermutlich auch nicht«, schimpfte Gottschalk.

Ich sagte nichts. Angst vor dem Papst wohl nicht, aber vielleicht Angst vor seiner Ehefrau? Regenzo und Methildis Hastator waren nun fast ein Jahrzehnt verheiratet, und noch immer lag kein Kind in der Wiege. Methildis lamentierte oft darüber; und Regenzo hatte mir, als er wieder einmal etwas zu tief ins Glas geschaut hatte, anvertraut, daß sie ihn ständig verfolgte und fast täglich – ja, man muß wohl sagen: in ihr Bett befahl.

»Ständig sagt sie zu mir: ›Mach mir endlich ein Kind!‹«, hatte Regenzo unglücklich in seinen Humpen gemurmelt. »Ich tue ja mein Bestes, aber jeden Tag? Das ist einfach zuviel. Und dann auch noch ohne Erfolg ...«

Aber das erzählte ich Gottschalk nicht. Wie Constantin festgestellt hat, ich mag zwar neugierig sein, aber eine Klatschbase bin ich nie gewesen.

1189

Am Nachmittag ging ich über den *Alter Markt.* Der Schreiber der Schreinsbücher hatte seinen Stand aufgeschlagen, und davor standen meine Base Engilradis, die Tochter meines Vetters Constantin und Frau des Hildeger Hardefust, und ihr Halbbruder Theoderich. Ich hatte ihn seit dem Tod von Gertrudis nicht mehr häufig gesehen, weil er ständig auf Reisen war, und fand ihn gealtert. Vielleicht kam das aber auch von seinem ernsten Gesichtsausdruck. Engilradis redete heftig auf ihn ein. Ich blieb stehen und wollte wissen, um was es da ging.

»Stell dir vor, Sophia, Theoderich hat sich auch für den Kreuzzug einschreiben lassen. Ist das nicht furchtbar? Und jetzt will er uns auch noch sein Vermögen übertragen. Nein, das halte ich nicht aus ...«

»Beruhige dich, Schwesterchen. Es ist ja nur für den Fall der Fälle, daß ich nicht heimkehren sollte.«

Ungeduldig mischte der Schreiber sich ein.

»Was ist denn nun, soll ich jetzt einen Eintrag machen oder nicht?«

»Natürlich sollst du. Also schreibe: Ich, Theoderich,

gehe zum Heil meiner Seele auf eine Pilgerfahrt. Sollte ich nicht zurückkehren, so übertrage ich meinen ganzen Besitz, insbesondere das Haus bei den Tuchhändlern mit den anschließenden Lagerräumen, auf die Kinder meiner Schwester Engilradis und ihres Ehemannes Hildeger Hardefust. Dafür soll der Kirche St. Mauritius jährlich achtzehn Schilling gezahlt werden, diese Belastung kann mit zwanzig Mark abgelöst werden.«

Theoderich hielt kurz inne, während der Schreiber den gewünschten Text in die rechtmäßig vorgeschriebene Form brachte. Er wandte sich an Engilradis.

»Es hat keinen Zweck, daß ich unseren Bruder Heinrich an diesem Besitz beteilige«, sagte er gedrückt.

Heinrich war schon seit geraumer Zeit recht krank. Er hustete Blut, und selbst Engilradis' liebevolle und sorgsame Pflege konnte ihn nicht heilen. Er konnte schon seit einem Jahr nicht mehr auf Handelsfahrt gehen und führte nur noch die Bücher. Ganz mager war er geworden, und seine Haut war grau. Früher war er fast jeden Abend bei seiner Halbschwester Engilradis erschienen und hatte mit ihren Kindern gespielt, die er sehr liebte, aber nun mied er ihr Haus, damit nicht eins der Kinder sich bei ihm anstecken könnte. Statt dessen saß er jetzt oft auf der Bank im Garten und schaute den spielenden Kätzchen zu, ganz wie Großvater früher.

»Aber falls ich es nicht mehr kann, mußt du für ihn sorgen. Darum nehmen wir noch folgenden Passus auf. Fahre fort, Schreiber! Meine Schwester und ihr Mann beziehungsweise deren Erben sollen meinem Bruder Heinrich sechs Mark jährlich zahlen, solange er lebt.«

Er hielt noch einmal inne und dachte nach. Dann setzte er hinzu: »Sollte Heinrich noch legitime Kinder bekommen, dann sollen meine Schwester und ihr Mann diesen zwanzig Mark nach dem Tode des Heinrich zahlen, und zwar innerhalb eines Jahres.«

Verblüfft starrte Engilradis ihn an.

»Ja, Theoderich, rechnest du denn damit, daß Heinrich noch heiratet, so krank, wie er ist?«

Theoderich zuckte die Achseln.

»Man kann ja nie wissen.«

Engilradis schüttelte den Kopf, aber dann faßte sie seinen Arm und begann wieder zu jammern.

»Theoderich, ich bitte dich so sehr, unternimm doch nicht dieses gefährliche Abenteuer. Was haben wir denn von deinem Geld, wenn wir dich verlieren?«

Aber Theoderich lachte nur, zupfte sie an ihrer Haube, so wie er sie früher an den Zöpfchen gezupft hatte, und meinte: »Ich komme ja wieder, Engilradis, und dann darfst du mir sogar eine Frau aussuchen, was du doch schon seit Jahren willst. Nicht, daß ich etwa Gertrudis vergessen hätte. Aber vielleicht ist es jetzt wirklich Zeit, daß ich eine Familie gründe. Du wirst also aller Voraussicht nach gar nichts von meinem Reichtum haben.«

»Halt«, machte der Schreiber sich wichtig, »es sollte noch eine Verfügung darin stehen für den Fall Eurer Rückkehr!«

Theoderich sah ihn an, sein Gesichtsausdruck war nicht zu deuten.

»Also, Schreiber, füge noch hinzu: Wenn ich aber heimkehre, kann ich wieder frei über meinen Besitz verfügen. So, und nun Schluß damit.«

»Das wird aber auch Zeit«, sagte da der junge Waldever, Sohn des Schöffen Waldever, der die ganze Zeit neben uns gestanden und gewartet hatte, bis die Reihe an ihn kam. »Ich will auch meine junge Frau absichern, falls ich nicht heimkehre. Ich habe noch soviel zu erledigen, und da schwatzt ihr und schwatzt!«

»Aber du hast doch erst letzte Woche geheiratet, und da gehst du schon von deiner Frau fort?« platzte ich heraus. Waldaver wurde rot und lachte verlegen, wandte sich dann aber dem Schreiber zu und ließ einen ähnlichen Eintrag machen wie Theoderich.

Ich stand neben Gottschalk im Hafen, als die Kreuzfahrer Anfang Februar des Jahres 1189 abfuhren, und winkte meinen Verwandten zu, vor allem aber Regenzo. Lieber, schlichter Regenzo! Wie oft bist du, ohne es zu wollen, in ein Fettnäpfchen gestolpert! Dabei bist du herzensgut und willst niemals jemand etwas zuleide tun. Fahr wohl, und kehre heil zurück!

Es war ein stolzer Anblick, als die vier gewaltigen Schiffe die Leinen lösten und langsam aus dem Unterrheinhafen trieben. Zunächst wurden sie von Booten in die Strommitte gezogen, dann setzten sie die Segel, fuhren die Ruder aus und trieben den Rhein hinab. Dabei herrschte gewaltiger Lärm, denn offenbar mußte jeder der fünfzehnhundert Kämpfer seinen Lieben am Ufer noch ein paar Abschiedsworte zurufen, und umgekehrt ebenso.

Neben uns stand Regenzos Frau Methildis, und auch sie winkte heftig mit einem großen weißen Tuch, damit ihr Mann sie leicht in der Menge entdecken konnte. Sie strahlte vor Stolz auf ihren Mann, den Kreuzfahrer, und hatte offenbar nicht die geringste Angst um ihn. Stand er denn nicht unter unmittelbarem und persönlichem Schutz Gottes? Wir sahen den Schiffen nach, bis sie in der Ferne verschwunden waren.

In den nächsten Wochen empfand ich es als etwas anstrengend, daß Methildis jeden Tag in unser Haus kam, um die Vermutung mit mir zu erörtern, sie könne nun doch endlich schwanger sein – von der letzten Nacht mit Regenzo. Sie machte tausend Pläne für das Kind – aber nach drei Wochen zeigte sich leider, daß ihre Hoffnung auch dieses Mal wieder nichtig war, und ihre Besuche hörten schlagartig auf.

Im Mai zog dann Kaiser Friedrich von Regensburg los, mit einem gewaltigen Heer, wie es hieß. Es war von hunderttausend Mann die Rede, und jeder war davon überzeugt, daß unser Kaiser, der schon so oft gesiegt und selbst seine Niederlagen letzten Endes immer in Siege umzuwandeln verstanden hatte, die Feinde aus dem Heiligen Land jagen würde.

Zur gleichen Zeit brachen Gottschalk und ich nach Braunschweig auf. Wir wußten, daß nun für Kaufleute eine schwere Zeit anbrach, denn viele Leute hatten all ihr Geld ausgegeben, um den Abreisenden Grundstücke abzukaufen oder in Pfand zu nehmen. Diese wiederum hatten den Erlös in Rüstungen gesteckt, Pferde und Proviant gekauft. Die Waffenschmiede hatten prächtige Geschäfte gemacht, aber viele von ihnen waren gleichfalls ins Heilige Land gezogen – ihre Dienste waren beim Heer mehr als gefragt. Wir rechneten damit, daß Herzog Heinrich Geld genug haben sollte, um einen großen Teil unseres Rheinweins zu kaufen, wir hatten einen hervorragenden Jahrgang anzubieten. So rumpelten unsere schwerbeladenen Wagen über die Straßen, die wir so gut kannten.

Aber als wir im Juni Braunschweig erreichten, war Herzog Heinrich nicht da. Wohl aber Mathilde, die sich zwar sehr über unsere Ankunft freute, mir aber trotzdem ziemlich niedergeschlagen erschien.

Ich fragte sie, ob ihr ein kleiner Ausritt guttun würde. Ich ritt inzwischen hervorragend, denn ich hatte mir längst angewöhnt, auf unseren Reisen lieber im Sattel als auf den arg holpernden und stoßenden Wagen zu sitzen. Aber Mathilde schüttelte den Kopf.

»Kein Ritt. Ich darf mich wieder auf ein Kind freuen. Das zeigt mir, daß Gottes Segen mit uns ist, wenn ich auch meinen Mann entbehren muß.«

Und dann erzählte sie mir, daß der Kaiser im vergangenen Jahr den Löwen nach Goslar zu seinem Hoftag befohlen hatte. Heinrich ging ungern dorthin, konnte sich aber der Anordnung seines Vetters nicht entziehen. Mathilde erzählte weiter:

»Der Kaiser empfing meinen Mann unter vier Augen.

›Ich wünsche, Vetter, daß du mich begleitest, wenn ich mich ins Heilige Land begebe‹, sagte er mit freundlichem Lächeln. Dieses Lächeln kennt mein Heinrich sehr gut. Es bedeutet in der Regel, daß Friedrich sein Gegenüber zu etwas zwingen will, was durchaus nicht dessen Wünschen entspricht.

›Ich bin schon einmal nach Jerusalem gepilgert und habe nicht die Absicht, dies zu wiederholen‹, antwortete er darum trocken.

›Wenn dir die Mittel fehlen sollten: Du kannst auf meine Kosten reisen. Ich werde sämtliche Aufwendungen tragen‹, bot Friedrich an.

In Heinrich begann es bereits zu sieden. Der Kaiser hat uns den größten Teil unseres Besitzes gestohlen, wollte er ihn mit diesem Angebot verhöhnen? Ach, dieses arglose, jungenhafte Lächeln! Heinrich kannte seinen Vetter gar zu gut. Er schüttelte darum nur stumm den Kopf.

Friedrich beobachtete den Löwen, ob er ihn nicht doch noch überreden konnte. Aber dessen verstockte Miene sagte das Gegenteil.

Der Kaiser zuckte mit den Schultern.

›Gut, wenn du nicht willst, dann nicht. Schade, du hättest dich auf diesem Zug vielleicht auszeichnen können. Also dann: Ich verbanne dich abermals. Geh wieder zu deinem Schwiegervater in die Normandie. Sagen wir: für drei Jahre.‹

Heinrich war wie vor den Kopf geschlagen. Damit hatte er nicht gerechnet.

›Warum?‹ entfuhr es ihm. Aber Friedrich lächelte nur abermals. Da sagte Heinrich bitter:

›Ach so, du hast noch immer solche Angst vor mir, daß du mich nicht in deinem Rücken zurücklassen willst? Angst, obwohl du mir doch fast allen Besitz, fast alle Macht weggenommen hast?‹

Da zischte der Kaiser mit leiser Stimme: ›Du gehst in die Verbannung, oder ich nehme dir den Rest auch noch weg. Mein Sohn steht mit ausreichend Truppen bereit. Es sei denn, du entschließt dich doch, mit mir auf den Kreuzzug zu gehen, wo ich dich unter Aufsicht habe.‹

Da machte Heinrich einen raschen Schritt auf den Kaiser zu, so daß dieser unwillkürlich zurückwich, lachte höhnisch und rief:

›Oh mein Vetter, solltest du etwa doch ein Feigling sein? Du großer, erfolgreicher, berühmter Kaiser. Ich war mein Leben lang ehrlich zu dir, habe dir die Treue geschworen und immer gehalten. Ich sehe nun, wie weit ich damit gekommen bin. Ich sage dir etwas, Friedrich: Ich bin fertig mit dir, ganz und gar fertig.

Zieh du nur nach Jerusalem, stell dich als großer Held dar, aber ohne mich.

Ich müßte ja jeden Tag speien, wenn ich dich sehe. Da gehe ich lieber in die Normandie.‹

Ungerührt von Heinrichs leidenschaftlichem Ausbruch sagte der Kaiser: ›Gut, so sei es. Hier ist meine Bibel. Du schwörst mir, daß du im April kommenden Jahres, also vor meiner Abreise, nach England gehst und vor Ablauf von drei Jahren nicht zurückkehrst. Dein ältester Sohn muß mit dir gehen.‹

Heinrich legte rasch die Hand auf das Heilige Buch und sagte leise: ›Ich schwöre. Außerdem schwöre ich, daß ich dich niemals mehr in diesem Leben sehen werde.‹

Dann wandte er sich ohne Gruß ab und ritt schnurstracks

nach Braunschweig zurück. Vor zwei Monaten ist er dann, seinem Eid entsprechend, in die Normandie abgereist.«

Ich sah sie an und legte den Arm um sie.

»Aber du bist hiergeblieben, Mathilde? Ohne ihn, und auch ohne deine Kinder?«

Sie seufzte.

»Ja, die Trennung von meinem Mann ist mir entsetzlich schwer gefallen. Und meine Kinder fehlen mir auch so sehr, sie sind alle in der Normandie. Außer Lothar, der noch immer in Augsburg weilt, als Geisel für das Wohlverhalten seines Vater«, sagte sie bitter.

»Aber ich muß jetzt dieses Land für meinen Löwen regieren, so gut ich nur kann. Und dann habe ich ja dieses Unterpfand seiner Liebe in meinem Leib. Außerdem – von den drei Jahren sind ja nun schon zwei Monate vorbei ...«

Und sie lächelte, aber ihre Augen schimmerten feucht, und sie wandte den Blick ab, damit ich es nicht sehen sollte.

Ich streichelte ihren Arm und bemerkte die ersten grauen Haare auf ihrem schön frisierten Kopf. Auch zarte Fältchen zeichneten sich in ihrem Gesicht ab, die Aufregungen und Sorgen der letzten Jahre waren nicht spurlos an ihr vorbeigegangen.

»Du siehst ein wenig müde aus«, sagte ich liebevoll.

Sie straffte sich. Mehr denn je erinnerte sie mich in ihrer Haltung an ihre Mutter, die Königin Alienor, die noch immer als Gefangene in England saß.

»Was heißt hier müde? Ich habe Pflichten, und ich werde sie erfüllen.

Aber nun bist du ja hier, und darüber bin ich sehr froh. Schick deinen Mann und seine Leute ruhig nach Lübeck, sie sollen sich Zeit lassen, wir brauchen eine Weile für uns allein. Laß uns gleich einmal planen, was wir alles unternehmen wollen.«

Wir verbrachten zwei herrliche Wochen miteinander. Wir gingen viel miteinander spazieren; ich sah, wie die Stadt Braunschweig aufblühte, und merkte mir genau, welche Waren wir hier in Zukunft am besten absetzen konnten. Mathilde hatte mir ein Lager in ihrem Schlafzimmer richten lassen und ihre Kammerfrau in den Vorraum verbannt. So konnten wir vor dem Einschlafen noch miteinander vergnügt schwatzen und kichern, so wie damals, als wir noch junge Mädchen waren. Das machte uns viel Freude. Mathilde verschob alle nicht zu dringenden Pflichten, um Zeit für mich zu haben. Und einmal wieder ganz sorglos zu sein …

Bis ich dann eines Nachts träumte, ich ritt auf einem sanften weißen Pferd über eine saftige Wiese. Mir war sehr wohl zumute, aber da fing das Pferd zu stöhnen an, immer lauter, und mir wurde angst. Ich wollte es beruhigen, aber es stöhnte weiter, wie ein Mensch. Und dann rief das Pferd auch noch meinen Namen! Da erwachte ich und fand mich im dunklen Schlafgemach, aber das Stöhnen war noch immer da.

»Mathilde?« flüsterte ich. Stille. Ich glitt aus meinem Bett, tappte im Dunkeln zu ihr hinüber, stieß mir den Zeh an einem Schemel. Es war eine sternklare Nacht, und langsam erkannte ich einen Umriß auf dem Kissen.

»Mathilde?«

Da ging das Stöhnen wieder los.

»Sophia, hilf mir, ich habe solche Schmerzen«, flüsterte sie.

Ich rief laut nach der Kammerfrau, und gleich darauf rumorte es nebenan, und sie kam mit dem Nachtlicht hereingestolpert. Ich sah, daß Mathilde kreidebleich war.

»Was hast du, Mathilde?« rief ich entsetzt.

Die Kammerfrau zog die Bettdecke fort und prallte zurück. Ein dunkler Fleck unter Mathilde, er wurde immer größer.

Es dauerte eine ganze Weile, bis der Arzt kam. Ich machte Mathilde einen kalten Umschlag um den Leib, um das Blut zu stillen, aber es half nichts. Ich merkte, wie ihre Hände und Füße eiskalt wurden, riß den Umschlag wieder fort und legte mich zu ihr, mitten in die Blutlache, um sie mit meinem Körper zu wärmen.

Mathilde wimmerte. »Es tut so weh, Sophia. Mein armes Kindchen. Ich hatte mich so darauf gefreut. Mein Löwe weiß noch gar nichts davon, ich hatte erst eine schwache Ahnung, als er abritt, und dachte, es soll eine Überraschung für ihn werden …«

»Alles wird gut, Mathilde. Alles wird gut«, murmelte ich in ihr Ohr. Sie klammerte sich an mich. Ganz leise sagte sie: »Ach, wie traurig wird mein Löwe sein …« und dann nichts mehr. Als der Arzt endlich ankam, hielt ich bitterlich weinend die Leiche meiner liebsten Freundin in den Armen.

*

Später erfuhr ich, daß nur eine Woche darauf auch ihr Vater, der große König Heinrich von England, gestorben war, gebrochen, krank und von den eigenen Söhnen verfolgt. Sein Schwiegersohn, der Löwe, hatte ihm nicht beistehen können. Er war in der Annahme, König Heinrich dort vorzufinden, nach England gesegelt. Als er hier erfuhr, daß der König auf dem Festland weilte, war der Löwe statt dessen zu Königin Alienor gereist, um ihr die liebevollen Grüße ihrer Tochter Mathilde zu überbringen. Er machte gerade mit der Königin einen gemächlichen Ausritt durch die sommerlichen Auen, als ein Bote von Richard Löwenherz erschien, nunmehr der neue König von England, der seiner Mutter den Tod ihres Gemahls anzeigte und ihre milde Gefangenschaft auf der Stelle beendete.

Darauf entschloß sich Heinrich, sich seinem Schwager anzuschließen. Gemeinsam mit Königin Alienor reiste er nach London, wo die Krönungsvorbereitungen für Richard Löwenherz in vollem Gange waren. Die Stadt prangte im Blumen- und Fahnenschmuck, die Bürger jubelten dem frisch gekrönten König zu, aber auch seiner Mutter, die nun nach so langer Haft endlich wieder frei war. Aber mitten im Krönungsmahl erschien ein blasser, schwarz gekleideter Ritter, und die frohe Stimmung nahm ein jähes Ende. Seine traurige Botschaft, die alle zutiefst erschütterte: Die älteste Schwester des Königs, die Tochter von Königin Alienor, des Löwen Gemahlin – Herzogin Mathilde lebte nicht mehr.

Der Löwe selbst hat mir dies berichtet, als ich später in Braunschweig war. Ich werde dir noch davon erzählen.

Aber ich bin jetzt vorausgeeilt.

Zum Glück teilt Gott uns nach großem Leid auch immer wieder Segen zu, damit wir die Freude am Leben nicht verlieren. So hatte ich auch in diesem ereignisreichen Jahr 1189 nicht die Zeit, mich lange meiner tiefen Trauer um Mathilde hinzugeben, denn im Herbst sollte das erste unserer Kinder heiraten. Meine älteste Tochter Blithildis, mein Feuerteufelchen, war die Braut.

Ehrlich gesagt war ich nicht traurig, wie viele Mütter, wenn ihr erstes Kind heiratet, sondern richtig erleichtert. Es wurde nämlich langsam etwas anstrengend, auf meine Älteste aufzupassen! Heute kann ich es ja ruhig erzählen, und du wirst vermutlich nur darüber lachen, denn unsere liebe Blithildis ist ja inzwischen eine reputierliche Ehefrau und Mutter und dazu eine gestandene Kauffrau. Aber damals war es so:

Es war bald nach meiner Rückkehr aus Braunschweig, wo ich sehr traurig an Mathildes Beisetzung teilgenommen hatte. Sie geschah im kleinsten Kreis, denn niemand aus ihrer Familie war anwesend. Eine große Trauerfeier konnte erst mit ihrem Gemahl stattfinden, aber der war ja auf drei Jahre verbannt, und niemand in Braunschweig wußte, wo er sich gerade aufhielt.

Zurück in Köln kam ich dann langsam wieder auf andere Gedanken. Zum Beispiel fiel mir auf, daß ich meine Katze seit zwei Tagen nicht gesehen hatte. Ich hatte mir, Jahre zuvor nach Großvaters Tod, zwei seiner Katzenkinder erbeten, ein Pärchen, und seitdem bevölkerte eine Katzenfamilie unser Haus und unseren Hof.

Meine Katze hatte eine deutlich gerundete Leibesmitte gehabt, und ich durfte davon ausgehen, daß sie sich ein stilles Eckchen gesucht hatte, um dort ihre Kinder zur Welt zu bringen. Ich schaute also in allen Winkeln nach und fand sie nicht. Schließlich kam ich auf den Gedanken, im Stall nachzusehen. Solch einen Luxus konnten wir uns erst leisten, seit meine Eltern mir damals in ihrer Großzügigkeit das Nachbarhaus geschenkt hatten. Nein, ich will dich gar nicht damit langweilen, du brauchst also nicht so klagend die Augen zum Himmel zu erheben. Ich wollte nur sagen, daß wir seit damals mit dem doppelten Hof hinter den Gebäuden genügend Platz für einen Stall hatten, und das war sehr angenehm, weil zwei Pferde so immer griffbereit waren. Es war auch ausreichend Platz, um den Misthaufen hinter dem Stall anzulegen, also etwas entfernt von unserem Wohnhaus, und aus diesem Misthaufen habe ich dich einmal herausfischen müssen, als du mit zwei Jahren versucht hast, den Hahn einzufangen, der darauf stand und krähte.

Aber ich schweife ab. Ich ging also zu dem Stall und öffnete die Tür. Unser Knecht hatte offenbar vor kurzem die Angeln geölt, denn die Tür ging ganz leise auf. Ich hoffte, daß die Katze nicht etwa ihr Nest unter den Füßen der Pferde angelegt hatte, und spähte in die Winkel. Da hörte ich oben vom Heuboden herab ein vernehmliches Kichern, eindeutig weiblicher Natur, und dann das leise Lachen einer

Männerstimme. Ich stand still und horchte. Du brauchst mir nicht meine Neugierde unter die Nase zu reiben; als Hausfrau war ich schließlich auch für die Sitten unserer Angestellten verantwortlich, nicht wahr? Ich versuchte, die Stimmen zu erkennen. War es die Köchin? Die Kinderfrau sicher nicht, die war aus dem Alter heraus, wo man sich im Heu herumtreibt. Oder endet dieses Alter vielleicht nie?

Da kicherte es wieder, und dann ein deutliches: »Nicht doch! Laß das, oder ich haue dir auf die Finger.« O weh! jetzt erkannte ich die Stimme. Es war meine eigene Tochter Blithildis. Bei der Köchin wäre ich ja möglicherweise ganz leise wieder fortgegangen, aber hier mußte ich natürlich sofort einschreiten. Ich hob die Heugabel, ließ sie mit Gepolter auf den Boden fallen und rief: »Blithildis, komm herunter, und zwar auf der Stelle!«

Betretenes Schweigen. Dann erschien meine Tochter oben an der Leiter und schaute zu mir herunter. Zögernd stieg sie herab und sah mich verlegen und trotzig an.

»Und du auch, aber ein bißchen plötzlich«, rief ich hinauf. »Oder bist du so feige, daß du Blithildis allein ihre Strafpredigt entgegennehmen läßt?«

Einen Moment lang war es ganz still, der Mann mußte offenbar erst seinen Mut zusammenkratzen. Dann sah ich oben das hochrote Gesicht von Werner Hardefust. Zögernd kletterte auch er herab und stand mit hängendem Kopf vor mir. Ein rascher, prüfender Blick von mir: Die Kleidung der beiden war nicht so sehr in Unordnung, daß ich das Schlimmste hätte befürchten müssen. Als ich sah, wie Blithildis verstohlen seine Hand ergriff, weil er sich offensichtlich sehr vor mir fürchtete, mußte ich mich zusammennehmen, um nicht etwa loszulachen.

»Was fällt euch eigentlich ein? Was macht ihr auf dem Heuboden?« setzte ich zu meiner Predigt an. Das war der falsche Anfang! Sofort zischte mein Feuerteufelchen auf mich los. »Ja, was denn wohl? Eine dumme Frage, muß ich sagen.«

Dafür wäre natürlich eine Ohrfeige fällig gewesen, aber ich wollte sie nicht vor Werner beschämen. Der hatte sich inzwischen gefaßt, nahm Haltung an und erklärte tapfer:

»Tante Sophia, ich bitte dich um Verzeihung. Es war natürlich allein meine Schuld, ich habe Blithildis überredet. Ich bitte dich hiermit um die Hand deiner Tochter.«

Um die Hand meiner Tochter? Da stand er, neunzehn Jahre alt, bartlos, die rotblonden Haare standen ihm zu Berge, vermutlich weil Blithildis darin gewühlt hatte, und er mußte all seinen Mut aufbringen, um mir in die Augen zu sehen. Eigentlich war er noch fast ein Kind. Meine fünfzehnjährige Tochter hingegen schien mir alles andere als kindlich. Kämpferisch schob sie das Kinn vor und funkelte mich an.

Ungerührt fuhr ich mit meiner Strafpredigt fort.

»Werner, ich bin tief enttäuscht von dir. Blithildis ist die Tochter einer sehr angesehenen Familie; sie hat absolut nichts im Heu zu suchen, sondern soll einst mit Ehren in die Ehe gehen. Außerdem seid ihr auch noch miteinander verwandt. Ihr solltet euch schämen«, schimpfte ich weiter.

Da hatte ich aber falsch mit meiner Tochter gewettet. »Verwandt? Das ist gar nicht wahr. Werners Mutter hat als Witwe deinen Verwandten Ludwig Crop geheiratet. Werner ist aber der Sohn von Albero Hardefust und darum gar nicht mit uns verwandt.«

Sie hatte recht, und das ärgerte mich.

»Aber seine Geschwister aus der zweiten Ehe seiner Mutter sind mit uns blutsverwandt!« sagte ich, und meine Stimme wurde schon deutlich lauter.

»Das hat damit gar nichts zu tun«, erklärte meine Tochter sehr richtig. »Es gibt also keineswegs ein Ehehindernis, und du hast ja gehört, daß Werner mich heiraten will!«

Ich wette, diese Idee war ihm vorher nie in den Sinn gekommen, aber jetzt nickte er heftig und preßte Blithildis' Hand so fest, daß sie »Au!« schrie und sie ihm entzog.

»Ich liebe Blithildis, Tante Sophia!« sagte er beschwörend. »Bitte gib sie mir, und ich werde alles tun, was du verlangst!« Und meine Tochter sank an seine Brust und strahlte ihn siegreich an.

Ich wußte, wann es an der Zeit für einen Rückzieher war.

»Ich werde mit deinem Vater darüber sprechen«, sagte ich zu Blithildis. »Aber damit das klar ist: Im Heu wünsche ich euch nie wieder zu finden!«

»Wir hätten auch nicht gedacht, daß uns jemand hier findet, denn sonst ist um diese Zeit ja niemand im Stall« erwiderte meine Tochter unbeirrt. »Was hast du denn eigentlich hier gesucht?«

Mir fiel es wieder ein. »Ich wollte sehen, ob die Katze hier ihre Jungen geworfen hat«, sagte ich lahm.

»Die haben wir längst entdeckt. Schau, Mutter, hier hinter dem Futterkorb liegen sie.« Und meine Tochter zog mich in eine dunkle Ecke und schob den staubigen Korb beiseite. Da lagen sie: drei winzige, blinde Wesen, zwei mit weißem Fell und schwarzen Flecken und rosa Pfötchen und ein kleines grauschwarzes Tigerchen. Eins gähnte, oder vielleicht sollte es auch ein Fauchen sein. Die Katze lag ausgestreckt, daß alle drei gleichzeitig an ihrem Leib Platz fanden, und schaute uns streng an, so daß wir es nicht wagten, eins der Kleinen in die Hand zu nehmen, sondern alle zusammen nur entzückt das junge Leben betrachteten.

Als wir den Stall verließen, sagte Blithildis noch ganz beiläufig: »Mutter, du hättest gar nicht so zu zanken brauchen, es war ja noch gar nichts passiert.«

Wenn dies der Fall war, was ich sehr hoffte, dann war das vermutlich nicht Blithildis' Schuld.

Es fiel mir nicht schwer, Gottschalk diese Eheverbindung schmackhaft zu machen. Wir kannten Werners Mutter als eine grundsolide Frau aus bester Familie, die ihre vier Kinder aus erster und die beiden aus zweiter Ehe alle gleich und gerecht erzog und ihrem Mann eine gute, tüchtige Gefährtin war. Und Werners früh verstorbener Vater Albero Hardefust war ein Bruder von Hildeger Hardefust gewesen, der meine Base Engilradis geheiratet hatte, am gleichen Tag, als auch Gottschalk und ich zum Traualtar schritten.

Werner hatte als ältestes Kind eine fundierte Kaufmannslehre bei seinem Stiefvater Ludwig Crop erhalten, es sprach also nichts gegen eine Ehe zwischen ihm und Blithildis. Gottschalk meinte zuerst, das eile wohl nicht so; wie die meisten Väter sah er seine Tochter nur als Kind. Ich aber hatte längst bemerkt, daß Blithildis zum Weibchen geworden war und ihre Schmeichelkünste nicht auf ihren Vater allein beschränkte. Darum schien es mir richtig, ihr rasch die neuen Aufgaben einer Ehefrau zu übertragen.

Also luden wir halb Köln zur ersten Hochzeit eines unserer Kinder ein.

Du wußtest gar nicht, daß dein Schwager Werner ein Hardefust ist? Ja, ich weiß auch nicht, wie es kam, aber er wird immer nur Overstolz genannt, seit er in unsere Familie eingetreten ist. Vielleicht kommt es daher, daß Blithildis in dieser Ehe das Sagen hat und Werner ihr treu ergeben und gehorsam ist, gleichsam ein Anhängsel zu Blithildis Overstolz?

Dein Vater hatte für diese Hochzeitsfeier das Bürgerhaus gemietet, das war bei der großen Anzahl an Gästen unumgänglich. Und natürlich blieb dem jungen Paar der Brauch auch nicht erspart, der den meisten jungen Bräuten gar nicht gefällt: daß nämlich die gesamten Hochzeitsgäste, davon wahrlich nicht ein einziger mehr nüchtern (außer mir allerdings), sie zum Brautlager geleiten wollten. Sie zogen also hinter den Neuvermählten her zu ihrem neuen Haus, ein Geschenk meiner Eltern. Dort hielten sie grölend inne, umgeben von sämtlichen Fackelträgern, die Köln aufzubieten hatte, und machten die üblichen derben Späße, über die Grenze des Anstands hinaus. Unsere Kinderfrau hatte das Haus gehütet und öffnete nun, hielt Salz und Brot für das junge Paar bereit und wünschte ihnen alles Glück der Welt für ihren beginnenden Ehestand.

Blithildis brach ein Stückchen von dem Brot ab, tunkte es in das Salz, ließ Werner davon abbeißen und steckte die andere Hälfte in den Mund. Dann hob Werner sie hoch und trug sie über die Schwelle, unter dem Jubel der Hochzeitsgäste, die hinterherdrängen wollten. Aber da hatten sie nicht mit Blithildis gerechnet. Drinnen sprang die Braut flugs aus Werners Armen und rief: »Und nun, gute Leute, geht nach Haus und schlaft euren Rausch aus. Wir kommen vermutlich auch ohne eure Hilfe zurecht. Und daß mir morgen keiner kommt, um das Brautlaken zu inspizieren, ich würde ihn auf der Stelle hinauswerfen.«

Damit schmetterte sie die Tür ins Schloß. Ja, meine Tochter ist schneidig, das muß man ihr lassen.

Gottschalk schüttelte den Kopf und lachte, als wir die wenigen Schritte zu unserem Haus gingen. Er war etwas angeheitert und schien mir noch recht unternehmungslustig.

»Nun sind wir also Schwiegereltern, meine Sophia«, sagte er. »Glaubst du, du kannst mir dennoch die Freuden spenden, die auch unsere Tochter heute hoffentlich erfährt?«

Und hoffentlich zum erstenmal, dachte ich. Aber laut sagte ich: »Nur, wenn du entweder eine Buße auf dich nimmst oder bei der Beichte ziemlich vergeßlich wirst.«

Gottschalk blieb stehen. Im Mondlicht sah ich, wie er nachdenklich die Stirn runzelte. Dann hellte sich seine Miene auf.

»Meinst du etwa damit …«

»Ja, wir machen dem jungen Paar noch einmal vor, wie man zu Eltern wird.«

Da lachte Gottschalk, hob mich hoch, schwenkte mich herum und sagte fröhlich: »Deshalb hast du also den ganzen Tag den Weinkrug an dir vorbeigehen lassen, ich habe mich schon gewundert. Komm, Liebste, wir feiern das jetzt zusammen; und bis zur nächsten Beichte habe ich es dann vergessen, angetrunken, wie ich jetzt bin …«

Februar 1190

Der Winter dieses Jahres war so kalt, daß dicke Eisschollen im Rhein trieben und Schiffahrt folglich nicht in Frage kam. Wegen der bitteren Kälte verschoben wir auch unsere Fahrten zu Lande, denn es lag überall eine hohe Schneedecke. Die Jugend fragte sich schon, ob der Rhein ganz zufrieren würde und der Umzug zur Fastnacht über den Strom führen könnte. Ich sage dir ganz ehrlich, dies ist zwei- oder dreimal während meines Lebens geschehen, aber nichts auf der Welt hätte mich dazu bringen können, über eine Eisdecke zu gehen, von der ich nicht sicher war, ob sie nicht doch brach und die Menschen in der eisigen Tiefe versinken ließ. Dies ist zwar nicht geschehen, solange ich lebe, aber niemand kann sicher sein, ob es nicht doch eines Tages passiert.

Es kam jedenfalls nicht dazu, denn mit dem Februar wurde es plötzlich warm und trübe. In wenigen Tagen schmolzen die Eisschollen dahin, grauer Regen spülte die Schneeklumpen von den Straßen, es troff von allen Dächern. Ich saß in meinem Kontor, träumte aber vor mich hin, statt zu arbeiten. Eine kleine Glutpfanne wärmte meine Füße, und ich dachte an das Kind, das ich trug. Auch Blithildis sah Mutterfreuden entgegen, aber mein scharfes Auge erkannte, daß dieses Kind im rechtmäßigen Abstand zur Eheschließung das Licht der Welt erblicken würde.

Da wurde die Tür aufgerissen. Gottschalk stand da, die Haare zerzaust, das Gesicht gerötet vom raschen Lauf.

»Schnell, zieh dich an und komm! Die Kreuzfahrer nähern sich! Bald werden ihre Schiffe im Hafen sein. Wir wollen gleich hin!«

Verwirrt zog ich mir meine Stiefel an, schlug ein warmes Tuch über die Haube und nahm meinen Umhang. Wie konnten sie denn schon zurück sein? Ich wußte doch nur zu gut, wie lange der Weg ins Heilige Land dauerte, und im Handumdrehen hatten die Kreuzfahrer doch wohl Jerusalem nicht erobert?

Als wir zum Hafen kamen, stand dort bereits eine dichtgedrängte Menge. Die übergroßen Schiffe waren schon in der Ferne zu erkennen. Alle Treidelpferde, welche die Gegend aufzubieten hatte, waren im Einsatz, um die Seeriesen nach Köln zu schleppen. Als sie endlich, eins nach dem anderen, an den Stegen festmachten, erhob sich ein ohrenbetäubender Lärm, ein Winken und Schreien zwischen Land und Schiffen.

»Schau mal, Gottschalk«, sagte ich betroffen, »die Schiffe haben aber sehr viel weniger Bemannung als bei der Ausfahrt!«

So war es. Die Mannschaft des ersten Schiffes ging von Bord. Ich war zu klein, ich konnte nichts sehen; aber Gottschalk meinte, er entdecke kein bekanntes Gesicht. Vermutlich waren es die Ritter des Kölner Umlandes, von denen wir nicht viele kannten. Beim zweiten Schiff war es ebenso.

Als die Besatzung des dritten Seeriesen ausgeschifft wurde, meinte Gottschalk, nun kämen ihm einige Gesichter bekannt vor. Auf diesem Schiff waren offenbar vor allem die jungen Ministerialen des Erzbischofs. Noch immer hatte Gottschalk niemand aus der Kaufmannschaft entdeckt.

»Du bist doch so groß, du kannst doch über alle hinwegblicken«, schimpfte ich.

»Schon, aber trotzdem habe ich noch niemand von den Unseren entdeckt. Sie werden sicher auf dem letzten Schiff sein.«

Auf dem vierten Schiff waren noch weniger Männer als auf den anderen, aber Gottschalk hatte recht, nun kamen die Kölner Kaufleute. Die Menschen um uns herum gerieten in Aufregung; jeder, der einen seiner Lieben entdeckt zu haben glaubte, schrie und winkte. Gottschalk drängte rücksichtslos nach vorn und zog mich hinterher. Noch immer keiner von den Unseren! Und dann kamen die Letzten. Die Menge um uns war nun deutlich lichter geworden, nachdem viele ihre Angehörigen entdeckt und mit diesen davongezogen waren.

»Da ist Waldever, der ist auch gleich aus dem Hochzeitsbett davongezogen, um nur ja nichts zu verpassen.« Und Gottschalk drängte zu dem jungen Kaufmann hin.

»Waldever, wir suchen nach den Unsrigen. Weißt du, wo mein Bruder Regenzo ist?«

Waldever zögerte. Dann sagte er sanft: »Ich habe keine gute Nachricht für dich, Gottschalk Overstolz. Dein Bruder Regenzo ist gefallen.«

Gottschalk erstarrte und wurde kreideweiß. Ich schlang meine Arme um ihn und brach in Tränen aus. Waldever wandte sich zum Gehen, aber ich hielt ihn flugs am Ärmel fest.

»Und mein Verwandter, Constantin Crop? Weißt du etwas über ihn?«

Waldever schüttelte traurig den Kopf.

»Auch er ist tot, Sophia.«

Ich schnappte nach Luft und brachte nur mühsam heraus: »Und mein Vetter Hermann Scherfgin?«

»Er war unser Führer und fiel an unserer Spitze. Es tut mir sehr leid.«

Und Waldever ging mit müden Schritten davon und ließ Gottschalk und mich verzweifelt zurück. Da kam meine Base Engilradis angelaufen, mühsam, denn auch sie war hochschwanger.

»Warte, Waldever; ich suche meinen Bruder Theoderich!«

Aber Waldever hatte nicht mehr die Kraft, weitere Todesbotschaften zu verkündigen. Er schüttelte nur stumm den Kopf, schlug ein Kreuz und ging. Engilradis blieb fassungslos bei uns zurück.

Wir standen am Hafen, hielten uns eng umschlungen und weinten lange. Männer, die die Schiffe entluden, rempelten uns an und schimpften, weil wir ihnen nicht aus dem Weg gegangen waren. Es waren zwar wenige Männer aus Köln zurückgekehrt, aber die Beute war sehr beachtlich. Die Schlange der Träger, welche Kisten und Ballen auf Karren zum Lagerhaus brachten, nahm kein Ende. Das interessierte uns jedoch nicht im mindesten.

Schließlich löste sich Gottschalk aus meinen Armen. »Du weißt, wohin ich jetzt gehen muß?« fragte er. Ich nickte beklommen. Methildis sollte nicht von Fremden erfahren, daß sie Witwe geworden war. Und dann war da auch noch immer die alte Godelive, Gottschalks und Regenzos Mutter; fast siebzig Jahre alt und ans Bett gefesselt schon seit Jahren. Wie sollte man ihr beibringen, daß ihr jüngerer Sohn ums Leben gekommen war?

»Oder ob ich doch erst einmal herausfinde, was genau geschehen ist?« überlegte Gottschalk. Ich schüttelte den Kopf.

»Nein, Liebster, schieb es nicht auf. Etwas ganz Schlimmes muß man immer sofort erledigen. Ich gehe mit dir.«

Das war die richtige Entscheidung. Methildis fing an zu schreien und zu wehklagen, als Gottschalk ihr die schreckliche Botschaft so schonend wie möglich beibrachte. Die alte Godelive aber gab keinen Ton von sich, nur die Tränen liefen in Strömen über ihr faltiges Gesicht. Ich sah Gottschalk an, daß er, der ja selbst vor Schmerz um den Bruder ganz zerstört war, am liebsten auf und davon gerannt wäre, und ich hielt seine Hand ganz fest, um ihn daran zu hindern.

Wir hätten fast das Klopfen an der Haustür überhört; aber die Magd, die weinend in der Küche gesessen hatte, kam herauf.

»Es sind Männer unten vom Rat, und Herr Gottschalk soll kommen«, sagte sie. Es zeigte sich, daß die Schiffe eine unermeßliche Beute mitgebracht hatten, die nun unter den Kämpfern verteilt werden sollte – auch den Gefallenen stand ihr Anteil zu. Darum sollten die Heimkehrer wie auch die Hinterbliebenen sich am nächsten Tag im Lagerhaus versammeln, bis dahin sollten Listen angefertigt werden. Was übrig blieb, wurde dann versteigert.

Der Anteil, der auf Regenzo entfiel, war gar nicht klein, denn er war erst ganz zum Schluß gefallen. Aber das tröstete seine Witwe nicht, und seine alte Mutter schon gar nicht. Godelive weinte sich eine Woche lang die Augen aus und wachte am achten Morgen nicht wieder auf. Methildis aber stand noch im gleichen Jahr mit Waltelm von der Aducht vor dem Traualtar; sie bekam in dieser zweiten Ehe noch drei Kinder, und aus der zänkischen Methildis wurde eine zufriedene Frau.

Nachdem wir uns einige Tage in unserem Schmerz vergraben hatten, gingen wir zu Waldever, um zu hören, was denn nun genau geschehen war. Dies aber erfuhren wir:

Die Kreuzfahrer, die wir so stolz den Rhein hatten hinabsegeln sehen, hatten sich an der Meeresküste mit sieben anderen Schiffen aus norddeutschen Landen zusammengefunden. Sie wollten gemeinsam mit dem englischen König Richard Löwenherz und Philipp August von Frankreich ins Heilige Land segeln. Aber keiner der beiden Herrscher war reisefertig. Richard führte Krieg mit seinem eigenen Vater, der zu dieser Zeit noch fünf Monate zu leben hatte, und Philipp August wollte sich offenbar gerne ganz vor diesem unerwünschten Kreuzzug drücken. Die Schiffsführer berieten also, was sie nun anfangen sollten: Allein ins Heilige Land segeln? Das wäre sicher unvernünftig gewesen. Auf die Könige warten? Sie waren nicht darauf vorbereitet, sich auf unbestimmte Zeit an der deutschen Küste herumzudrücken. Schließlich kam mein Vetter Hermann Scherfgin, der Anführer der Kölner, auf eine glorreiche Idee. Er erinnerte sich, daß beim letzten Kreuzzug vor vier Jahrzehnten die Kölner von vornherein nicht Palästina als Angriffsziel für ihre Heidenbekämpfung gewählt hatten, sondern dem Ruf des spanischen Königs gefolgt waren, welcher die Sarazenen an seiner Westküste zu bekämpfen wünschte. Sie hatten also Lissabon belagert und ausgehungert, bis die Sarazenen sich ergaben und ein saftiges Lösegeld bezahlten. Außerdem erhielten sie auch noch die vorher vereinbarte Summe vom spanischen König. Dann fuhren sie mit ihrer Beute heim, ohne sich um den Verlauf des Kreuzzugs zu scheren – der damit endete, daß König Konrad als kranker Mann heimkehrte und vierundzwanzigtausend Männer tot im Heiligen Land zurückließ.

Ich erinnerte mich: Großvater Eckebrecht war trotz seines stattlichen Alters bei diesem Zug dabeigewesen. Vielleicht war Hermann Scherfgin bestrebt gewesen, ihm nachzueifern. Jedenfalls hatte er vorgeschlagen, da sie doch nichts besseres zu tun hatten, an der portugiesischen Küste zu plündern.

Ich wollte es nicht glauben, als Waldever das sagte. »Wie konntet ihr denn nur so einen hirnverbrannten Plan fassen?« fragte ich entsetzt.

»Warum hirnverbrannt? Das war doch vor vierzig Jahren auch eine sehr einträgliche Sache«, sagte Waldever verwundert.

Ich griff mir an den Kopf. »Ja, aber damals haben unsere Leute Sarazenen bekämpft. Heute ist das Land aber doch wohl christlich? Habt ihr wirklich Christen überfallen und ausgeraubt?«

»Nein, natürlich nicht, Sophia«, sagte Waldever beleidigt. »Du bist nicht ganz im Bilde, im Land sind immer noch viele Plätze in den Händen der Sarazenen. Wir hatten erfahren, daß König Sancho die maurische Stadt Silves erobern wollte und dazu dringend tapfere Kämpfer brauchte. Das war ihm eine Stange Geld wert. Wir dachten, bis die Könige von England und Frankreich endlich eintrafen, könnten wir uns ruhig etwas verdienen, und so kamen wir König Sancho zu Hilfe, als er Silves belagerte.

Das war nicht einfach, das kannst du mir glauben. Die Stadt war schwer befestigt mit ihrem Maurenkastell aus rotem Sandstein, und die Mauren verteidigten sie verzweifelt und hofften dabei vergeblich auf Hilfe von ihren sarazenischen Brüdern. Ohne unsere Unterstützung hätte König Sancho Silves wohl kaum einnehmen können. Erst nach einer monatelangen Belagerung, nachdem die Mauren schon halb verhungert waren, gelang es uns, Silves zu stürmen und zu plündern. König Sancho hatte die Kölner Mannschaft an den allergefährlichsten Platz gestellt, und mehr als die Hälfte von uns ist gefallen, darunter leider auch eure Verwandten.

Sie fielen alle vier mit Ehren, jeder von ihnen hat mannhaft gekämpft.

Wir haben uns auch hinterher sehr beim König beschwert, daß er uns die Kastanien aus dem Feuer holen ließ, und darum gab er uns zur Entschädigung zusätzlich zur vorher vereinbarten Summe noch zwei Säcke mit Goldmünzen.

Als wir unseren riesigen Anteil an der Beute sahen, stellten wir fest, daß kein weiterer Platz mehr auf unseren Schiffen war, und darum fuhren wir wieder nach Hause. Und dann: Was hätte es denn gebracht, diese Schätze mit ins Heilige Land zu schleppen? Wir wußten doch gar nicht, ob wir sie dort hätten verkaufen können.«

Und er sah uns vorwurfsvoll an.

Nein, das wäre natürlich nicht sinnvoll gewesen, jeder Kaufmann hätte das eingesehen.

*

Der Frühsommer zog ins Land. War der frühe Winter bitterkalt gewesen, so war es jetzt brütend heiß. Mir war darum die Schwangerschaft mühsam, meine Beine waren geschwollen, und mir fiel jede Bewegung schwer. Darum war ich froh, als deine Schwester Sophia glücklich das Licht der Welt erblickte. Ihren Namen hat Gottschalk ausgesucht. Als meine Mutter ihn in die Wochenstube rief und ich ihm freudestrahlend entgegenblickte, das kleine Bündel Mensch zärtlich in meinen Arm gebettet, küßte er erst meine Hand, dann die des winzigen Mädchens, und dann sagte er: »Ich wünsche mir, daß sie Sophia heißen soll. Eine Sophia im Haus ist ja schon großartig, mit zweien muß es dann wohl doppelt so schön sein.«

Auch diese Worte habe ich mir in tiefem Glück angehört und eingeprägt; und wenn ich mich später über dieses oder und jenes bei meinem Gottschalk ärgern mußte, beispielsweise, wenn er bei einem Fest wieder einmal mit einer der anwesenden Frauen herumschäkerte, dann rief ich sie mir ins Gedächtnis zurück.

Sommer 1190

Zwei Monate nach mir, pünktlich neun Monate nach ihrer Hochzeit, bekam auch meine Blithildis eine Tochter, und auch diese wurde Sophia genannt – nach mir, denn ich war zwar selber wieder Mutter geworden, aber gleichzeitig auch eine Großmutter. Für Blithildis war es überhaupt kein Problem, für ihr Kindchen zu sorgen, denn das hatte sie hinreichend bei ihren jüngeren Geschwistern üben können. Sie regierte ihren Haushalt mit sicherer Hand, und nicht nur der Knecht und die Mägde gehorchten ihr aufs Wort, sondern auch ihr Ehemann. Zum Glück ist Blithildis anders als ich. Ich fürchte, ich hätte vor einem gehorsamen Gatten sehr schnell jeden Respekt verloren, aber Blithildis findet seine Ergebenheit völlig normal und ist mit diesem Zustand äußerst zufrieden. Zudem muß man zugeben, daß Werner alles andere als ein Dummkopf ist. Als Kaufmann ist er wahrhaftig gut und auch gerissen, da macht ihm niemand etwas vor; nur seine Ehefrau sieht er völlig neidlos als oberste Instanz seines Lebens an, das war schon so, als er zitternd im Stall vor mir stand, und das ist bis heute so geblieben.

In diesem Jahr ging ich natürlich auf keine Fahrt, sondern kümmerte mich um mein jüngstes Kindchen. Was hätte ich auch in Braunschweig zu suchen gehabt? Keine Mathilde erwartete mein Kommen mehr mit Sehnsucht. Auch sonst fuhr dieses Jahr niemand aus unserer Sippe dorthin. Wir hatten aber gehört, daß Heinrich der Löwe, nachdem er vom Tod seiner Gemahlin erfahren mußte, mit seinem ältesten

Sohn nach Sachsen zurückgekehrt war. Dies war ein klarer Bruch seines Eides; aber ich konnte ihn verstehen. Wer hätte den Rest seines Besitzes verteidigt, nachdem nun seine kluge Sachwalterin im Grab ruhte? Er wäre rasch zur Beute aller Nachbarn geworden, die nicht mit Barbarossa gezogen waren.

Kaum war er im Land, strömten ihm seine ehemaligen Vasallen zu: Es kam der getreue Bernhard von der Lippe; Gunzelin von Schwerin war tot, aber sein Sohn Helmold eilte zu Heinrich; selbst Bernhard von Ratzeburg, den der Löwe doch so sehr gekränkt hatte, zögerte keine Sekunde, ihm seine Dienste wieder zur Verfügung zu stellen. Graf Adolf von Schauenburg war mit dem Kaiser im Heiligen Land. Er wäre ganz sicher nicht gekommen, aber die Holsteiner waren unzufrieden mit ihm und erschienen auf der Stelle bei dem Löwen. Vor allem aber kam Erzbischof Hartwig von Bremen. Ich war ihm früher am Hofe Heinrichs begegnet, denn er war dessen Hofnotar gewesen.

Nach und nach sprach sich herum, was sich da oben im Norden abspielte, und rasch fielen Heinrich wichtige Festungen zu – Itzehoe, Plön, Hamburg.

Dann erschien der Löwe als Rächer vor Bardowiek, dessen Bürger ihn bei seinem Ritt in die Verbannung so sehr beleidigt und verhöhnt hatten. Die Strafe war grausam. Heinrich nahm die Stadt blitzartig ein. Kein Galgen blieb unbenutzt, die Stadtbewohner in der Gefangenschaft, die Stadt niedergebrannt, nur den Dom hatte der Löwe geschont. Dafür trägt dieser nun die Inschrift: »Vestigio leonis«. Ich habe meine Lateinstunden bei Fordolf noch nicht vergessen: »Des Löwen Spur«. Die Vernichtung einer einstmals blühenden Stadt war endgültig.

Kurz darauf stand der Löwe vor dem nun kaiserlichen Lübeck. Die Bürger hatten erfahren, was für ein schreckliches Ende Bardowiek genommen hatte, und sie zitterten, weil sie ähnliches für ihre Stadt befürchteten. Aber die Bürger dort hatten noch immer die Haltung, den Anstand, den Mut, den sie einst vor Barbarossa zeigten. Sie kuschten nicht, sie forderten. In ihren Mauern regierte Graf Adolf von Dassel, Stellvertreter des auf Kreuzzug befindlichen Schauenburgers und ein Neffe unseres unvergessenen Erzbischofs Rainald, mit ihm die gräfliche Familie. Die Lübecker forderten, der Löwe möge diesen freien Abzug gewähren, dann wollten sie sich kampflos ergeben. Aber sie hätten nicht zu zittern brauchen. Vor ihren Toren stand nicht der brutale Rächer von Bardowiek, sondern der gute alte sächsische Herzog Heinrich, wie sie ihn von früher kannten. Er ließ die Schauenburger ehrenvoll abziehen und ritt dann in Lübeck ein. Und siehe da: Die Menschen jubelten ihm zu. Sie erwarteten die guten alten Zeiten zurück, die sie vor seinem Fall einst unter dem Löwen erlebt hatten.

Wer hätte das gedacht? Nun, ich muß dir gestehen, ich schon. Ich kannte den Löwen seit vielen Jahren. Es wunderte mich nicht, daß er gerade jetzt, wo seine Mathilde nicht mehr bei ihm war, versuchte, das Erbe ihrer Kinder zurückzugewinnen. Ich hoffte von Herzen, daß er dabei Erfolg haben sollte – aber was er den Bardowiekern angetan hatte, verurteilte ich doch zutiefst.

1190

Der restliche Sommer dieses Jahres war herrlich. Es war wunderbar warm, aber nicht zu heiß, und es drohten keine Gewitter. Die waren immer eine große Gefahr, denn wenn ein Blitz innerhalb der Stadt einschlug, konnte ein sehr gefährlicher Brand entstehen. Ich hatte eigentlich einen Rundgang bei meinen Bortenstickerinnen geplant, aber statt dessen schickte ich meinen Gehilfen, ließ auch meine Bücher liegen und setzte mich mit meiner kleinen Sophia in den Garten. Blithildis kam mich besuchen und brachte ihr Töchterchen Sophia mit, und wir lachten über die beiden Kleinen, die noch nicht krabbeln konnten, es aber gerne üben wollten. Wir beiden Mütter unterhielten uns darüber, welche Nahrung die Kinder außer Muttermilch schon vertragen konnten, und aßen dabei aus einer Schüssel Spätkirschen.

In diese Idylle platzte mein ältester Sohn Gunther, küßte zuerst mich, dann seine Schwester und herzte die beiden kleinen Mädchen. Dann nahm er uns die Schüssel weg und aß sie leer, bis Blithildis sie ihm mit einem entrüsteten Ausruf fortnahm, um sich die letzten beiden Kirschen zu schnappen.

Wir Frauen hätten gern unser Kleinkindergespräch fortgesetzt, aber dies schien Gunther zu langweilen. Unruhig rutschte er auf seinem Sitz hin und her; schließlich sagte er:

»Mutter, ich bin eigentlich gekommen, weil ich etwas mit dir besprechen wollte.«

Er hielt inne und wußte offenbar nicht so recht, wie er fortfahren sollte.

»Mutter, erinnerst du dich an das Tanzfest im Bürgerhaus, auf dem die Kreuzfahrer vor ihrer Abfahrt gefeiert wurden? Dabei hat doch Vater mit dem Schöffen Cono von der Marspforte um die Wette getrunken. Und dabei haben sie darüber gesprochen, daß Richolf und ich zwei Töchter von Cono heiraten sollten. Erinnerst du dich?«

»Mein Sohn, ich bin noch nicht so vergeßlich, daß ich mich nicht an etwas erinnern würde, was gerade ein Jahr zurückliegt. Im übrigen haben Vater und der Schöffe Cono nicht um die Wette getrunken, sondern –«

»Ja, ja, Mutter«, unterbrach mich Gunther. »Darauf kommt es ja auch nicht an.«

»Sondern?«

»Es ist nur die Rede von einer Heirat gewesen, aber zur Verlobung ist es ja noch nicht gekommen. Und nun ist es so, daß ich diese Justine nicht nehmen möchte.«

Ich wunderte mich.

»Warum denn nicht? Justine ist doch ein sehr angenehmes Mädchen, hübsch, gut erzogen, freundlich, sie bekommt eine sehr gute Mitgift ...«

»Ja, Mutter, das mag alles sein. Aber ich möchte sie doch lieber nicht heiraten.«

»Aber warum denn nicht?«

»Vielleicht gefällt ihm ein anderes Mädchen besser«, mischte sich Blithildis ein und lächelte maliziös. Sie fuhr fort:

»Kann es sein, daß ich dich neulich am *Alter Markt* gesehen habe, als du –«

»Blithildis, halt deinen Mund«, unterbrach Gunther sie aufgebracht. »Es ist immer noch meine Sache, Mutter das zu sagen.«

Blithildis schürzte schnippisch den Mund und wandte sich ihrer kleinen Sophia zu, die mit kläglichen Lauten bekanntgab, daß sie hungrig sei.

»Ganz ruhig, Gunther«, beschwichtigte ich. »Also: Du hast ein anderes Mädchen im Sinn?«

Mein Sohn nickte heftig.

»Und wer ist es?«

Leise sagte er: »Johanna Suevus. Mutter, sie ist wundervoll.«

»Oh. Eine Tochter des Schöffen Evergeld Suevus?«

Gunther schüttelte den Kopf. »Nein, ihr Vater ist Bruno Suevus.«

Jetzt machte ich ein langes Gesicht. Bruno Suevus war ein kleiner Händler, ein friedlicher, unbedeutender Bürger ohne irgendwelche nennenswerten Erfolge. Kein Mann, den wir auch nur eine Sekunde als Schwiegervater eines unserer Kinder in Betracht gezogen hätten. Aber das mußte man einem über beide Ohren verliebten Jungen ja nicht gleich sagen.

Darum murmelte ich etwas Unverbindliches wie: mal sehen; abwarten, wie die Dinge sich entwickeln, es eilt ja nicht, und dergleichen.

So leicht ließ sich mein Gunther nun allerdings nicht abspeisen. Er drängte, er bohrte, er wollte eine klare Zusage von mir. Schließlich wurde es mir zuviel, und mir rutschte die Bemerkung heraus: »Ob dein Vater damit einverstanden sein wird ...«

Gunther nickte. Diesen Gedanken hatte er offenbar auch schon gehabt. »Darum bin ich ja auch zu dir gekommen, Mutter. Ich dachte, wenn du uns hilfst ...«

Oh, dieser vertrauensvolle Blick! Er brachte mich in eine gewaltige Zwickmühle. Einerseits ist es für eine Mutter ein wunderbares Erlebnis, wenn ihr Sohn sie als seine Zuflucht, die schon alles richten wird, ansieht. Andererseits war ich wirklich nicht von dieser Familie begeistert.

»Sieh mal, Gunther«, begann ich vorsichtig, »ihr seid acht Geschwister. Wir sind wohlhabende Leute, aber wenn unser Besitz durch acht geteilt wird, ist keiner von euch mehr gut gestellt. Also sollte jeder von euch Söhnen eine Frau nehmen, die eine ordentlich Mitgift mitbringt und gute Geschäftsverbindungen.«

Gunther rückte von mir ab. Enttäuscht, fast ein wenig feindselig, sah er mich an.

»Nach Geld soll ich heiraten? Und nach Johanna fragst du gar nicht, wie sie ist und wie sie denkt? So wenig bedeutet dir das Glück deines Sohnes?«

Das ärgerte mich nun gewaltig. Ich mußte mich sehr zusammennehmen, um nicht etwas zu sagen, was uns noch weiter entzweit hätte.

»Wir wollen heute nicht mehr weiter darüber sprechen«,

sagte ich kühl. »Warte, bis dein Vater wieder zu Hause ist.« Gottschalk war nach England gereist, er würde vielleicht noch Wochen ausbleiben. Vielleicht hatte sich die Angelegenheit bis dahin von allein erledigt.

Hatte sie sich jedoch nicht. Gottschalk war kaum eingetroffen, da stand Gunther schon vor ihm und eröffnete ihm, er wolle Johanna Suevus heiraten. Die oder keine.

Gottschalk fiel aus allen Wolken und schaute mich so vorwurfsvoll an, als wäre es meine Idee gewesen. Nun war Gottschalk aber alles andere als dumm, und so brachte er keine Argumente gegen diese Ehe vor, die den meinen geähnelt hätten, sondern meinte nur, es habe wohl keine Eile, man könne sich nach einem Jahr wieder über das Thema unterhalten. Ich fand das sehr klug von ihm. Ein Jahr ist eine lange Zeit, wenn man erst zwanzig Jahre zählt. In der Zwischenzeit konnte Gunther sich noch ein paarmal neu verlieben.

Aber wir hatten nicht mit seiner Beständigkeit gerechnet. Im Herbst verlangte Gunther eine Unterredung mit beiden Eltern. Ich ahnte schon, was er wollte, und versuchte vergeblich, diese Unterredung auf unbestimmte Zeit zu verschieben. Gunther bestand hartnäckig darauf, er müsse mit uns reden, und zwar sofort.

»Ich habe euch ja schon gesagt, ich möchte Johanna Suevus heiraten«, begann er. Gottschalk hob die Hand.

»Und wir hatten uns darauf geeinigt, daß wir nächstes Jahr noch einmal darüber sprechen«, wehrte er ab.

Gunther holte tief Luft.

»Dazu ist aber keine Zeit mehr. Die Hochzeit soll noch in diesem Jahr stattfinden. So bald es geht.«

Ich sah ihn mißtrauisch an. Mir drängte sich eine unerfreuliche Vermutung auf.

Und prompt fuhr Gunther fort:

»Johanna erwartet ein Kind von mir. Ihr werdet doch

wohl den Anstand haben und mir nicht etwa vorschlagen, ich solle sie im Stich lassen? Ich bitte euch also nochmals: Laßt uns sehr rasch heiraten.«

Gottschalk war völlig überrumpelt. Es war eine große Schande, wenn ein junges Mädchen nicht unberührt in die Ehe ging, auch wenn der Bräutigam selbst der Übeltäter war. Ich ahnte, daß mein Mann zu einer langen Strafpredigt ansetzen wollte, und schnitt ihm darum ganz schnell das Wort ab. Diese Heirat war zwar durchaus nicht nach meinen Vorstellungen, aber wenn sich etwas nicht mehr ändern ließ, konnte ich mich auch rasch darauf einstellen.

»Dann sollte die Hochzeit allerdings baldigst erfolgen«, sagte ich bestimmt, und sofort fiel mein Sohn mir um den Hals und küßte mich so innig, daß ich nicht mehr zu Wort kam.

Allerdings erklärte Richolf am nächsten Tag, wenn sein Bruder schon heiraten dürfe, der doch nur ein paar Minuten älter war als er, dann sähe er keinen Grund, warum er noch warten müsse. Im Gegensatz zu Gunther gefiel Richolf nämlich die von uns zugedachte Braut Elisabeth ausnehmend gut. Also richteten wir umgehend eine große Doppelhochzeit für unsere Söhne und behaupteten, dies sei schon seit Monaten so geplant gewesen.

Natürlich sagte ich zu dem Pfarrer, welcher die beiden Paare trauen sollte, kein Wort über Johannas Schwangerschaft. Schließlich waren es die beiden Brautpaare, die vor der Hochzeit bei ihm beichteten, nicht ich. Zu meiner großen Erleichterung verlangte der Pfarrer mit keinem Wort, daß die Trauung erst am Nachmittag stattfinden dürfe, wie es bei Paaren üblich war, die nicht die Geduld gehabt hatten, sich ihre liebevollen Gefühle bis nach der Trauung aufzusparen. Daran merkten sonst immer alle Leute, daß es sich um keine ehrenhafte Heirat handelte.

Und dann kam der festliche Zug am Hochzeitsmorgen: Unsere beiden Söhne führten die Familienangehörigen an, und eine große Schar von geladenen und auch einigen ungeladenen Gästen folgten ihnen. Wir klopften an das Haus des Schöffen Cono von der Marspforte. Durch die geschlossene Tür rief der Hausherr, wer da sei und was man wolle. »Meine Braut will ich, gib sie heraus«, rief mein Sohn Richolf, und seine Stimme war so belegt, daß er sich mehrfach räuspern mußte. Da öffnete sich die Tür, und heraus trat die liebliche, bekränzte Braut Elisabeth am Arm ihres Vaters. Mit den Mitgliedern dieses Hauses ging der Weg dann weiter bis zu dem wesentlich bescheideneren Haus des Bruno Suevus. Hier war es Gunther, der klopfte und Bescheid gab. Die Tür ging auf, und Johanna stand auf der Schwelle. Wir hatten sie natürlich schon zuvor kennengelernt, und ich hatte mich gefragt, warum mein Ältester unbedingt dieses Mädchen heiraten wollte, die mir auch von ihrer Persönlichkeit her eher durchschnittlich erschien. Aber wie sie nun dastand und ihren Bräutigam voller Liebe anstrahlte, fand ich sie plötzlich doch schön. Aber was war das? Auch Johanna trug einen Kranz auf ihrem offenen Haar, und der war Mädchen nicht gestattet, die sich zuvor versündigt hatten; sie mußten in der Mütze und ungeschmückt heiraten. Ich erschrak sehr. Offenbar hatte das junge Paar dem Pfarrer in der Beichte den Fehltritt verschwiegen. Das war eine schwere Sünde, und so wollten sie nun vor den Traualtar treten? Es war sinnlos, sich der Hoffnung hinzugeben, niemand werde etwas davon erfahren; alle Pfarrer rechneten genau nach, ob das erste Kind auch im ziemlichen Abstand zur Eheschließung geboren wurde.

Am liebsten hätte ich Gunther und Johanna angefleht, sich lieber der Demütigung der schmucklosen Hochzeit zu unterwerfen, als die Sünde der Beichtlüge und ihre Folgen auf sich zu laden. Aber ich scheute die Bloßstellung vor den vielen Menschen und zögerte. Und dann war es zu spät, der Zug setzte sich zur Laurenzkirche in Bewegung.

Die Trauung war sehr schön und ergreifend – für alle bis auf mich. Ich war voller Unruhe. Als der Pfarrer die Trauformel sprach, malte ich mir schlimme Dinge aus: wie mein Sohn und seine Frau nach der vorzeitigen Geburt ihres Kindes vor dem Kirchenportal stehen würden, um Buße zu tun. Auch bei dem festlichen Hochzeitsmahl im Bürgerhaus wollte es mir nicht schmecken. Da tippte mich jemand auf den Arm. Ich sah hoch: Es war meine Mutter. Sie winkte mir mit dem Finger, und gehorsam erhob ich mich und ging mit ihr in den Hof, um frische Luft zu schnappen. Meine Mutter war nun achtzig Jahre alt, aber sie wirkte noch vitaler als mein Vater, der doch erst in der Mitte der Siebziger war.

»Kommt es mir nur so vor, oder bist du wirklich an diesem Festtag bedrückt, meine Tochter?« fragte sie mich liebevoll.

Ich seufzte. Sollte ich es Mutter erzählen? Aber sie würde es ja doch merken, wenn es bei Johanna soweit war.

»Du hast recht, Mutter. Ich mache mir Sorgen. Johanna ist schwanger, und doch trägt sie den Jungfernkranz. Ich sehe großen Ärger mit der Kirche voraus. Der Pfarrer wird nicht nur eine riesige Opfergabe verlangen, sondern dazu kommt noch die Schande der Kirchenbuße, wegen der Unzucht und wegen der Beichtlüge.«

»So, so«, war alles, was Mutter von sich gab, und besonders besorgt sah sie auch nicht aus. Ich fragte mich, ob sie mich denn auch verstanden hatte.

»Woher weißt du denn, daß Johanna ein Kind erwartet?« fragte Mutter statt dessen.

»Nun, Gunther selbst hat es uns gestanden, sonst hätten wir wohl dieser Hochzeit auch nicht zugestimmt.«

»Ach ja«, sagte Mutter, und nun sah sie wahrhaftig noch erheitert aus.

»Wirklich, Gunther selbst? Ja, denn sonst hättet ihr der Hochzeit auch nicht zugestimmt.«

Ich sah sie fassungslos an und war verärgert, weil sie mich nachäffte; aber langsam dämmerte mir etwas. Ich ließ sie stehen und stürmte in den Festsaal. Mein Zeichen an Gunther, er möge mit nach draußen kommen, war so eindeutig und drohend, daß er mir auf der Stelle folgte. Ich schaute mich um; alle Gäste waren drinnen, außer Mutter, die mit sanftem Lächeln an der Wand lehnte, konnte uns niemand hören.

»Ich frage dich jetzt etwas, mein Sohn«, sagte ich drohend. »Wieso konnte die Trauung am Morgen stattfinden, und wie kommt es, daß deine Braut einen Kranz trägt?«

Er wich meinem Blick aus.

»Es ist so üblich, Mutter«, sagte er ruhig.

»Es ist nur bei unbescholtenen Brautleuten üblich. Und wann gedenkst du dem Pfarrer die Lüge zu beichten?«

»Ich habe sie schon gebeichtet, Mutter«, sagte er freundlich. »Ich habe dem Pfarrer gebeichtet, daß ich dich und Vater angelogen habe. Die Buße, die er mir dafür auferlegte, war nicht allzu schwer.

Ich muß mich doch ziemlich über dich wundern, Mutter, daß du sofort geglaubt hast, ich könnte das Mädchen entehren und der Schande aussetzen, das ich doch zu meiner Frau machen und mein ganzes Leben lang lieben und ehren will. Auch, daß du dasselbe ohne weiteres von meiner Braut angenommen hast, mißfällt mir sehr. Johanna trägt ihren Kranz mit vollem Recht, ich habe sie bis heute nicht angerührt. Und schwer genug ist mir das gefallen.«

Da blieb mir doch wahrhaftig die Luft weg. Aber in meiner Entrüstung nahm ich gerade noch den leichten Seitenblick wahr, mit dem er meine Mutter streifte, und nun war mir alles mit einem Schlag klar.

»Hast du ihm das etwa geraten, Mutter?« fragte ich empört.

Mutter nickte mit Nachdruck.

»Ja, das habe ich. Und es wäre nicht nötig gewesen, wenn du nicht so verbohrt wärst, daß du ihm die Ehe mit einem braven Mädchen verweigert hast, mit dem er sich schon seit über einem Jahr einig ist.«

»Wie?« rief ich entgeistert aus. »Seit einem Jahr schon? Das habe ich nicht gewußt.«

»Das erstaunt mich«, entgegnete meine Mutter mit kühlem Tadel. »Du hättest es wissen sollen, du bist schließlich seine Mutter. Und nun hast du etwas gegen diese Heirat, und das nur, weil ihre Familie zwar ehrenwert, aber erheblich ärmer ist als die unsere – was auf die allermeisten Sippen dieser Stadt zutreffen dürfte. Ja, laß nur, du brauchst mir darauf nicht zu antworten. Ich weiß, welche Gedanken und Hoffnungen man sich für die Zukunft seiner Kinder macht, aber du bist weit über das Ziel hinausgeschossen. Dein Vater und ich werden auch für Gunther und Johanna ein Haus kaufen, und er wird ab sofort meinen Handel übernehmen, für den ich mittlerweile nun wirklich zu alt bin. Seine Kinder werden also durchaus nicht hungern müssen. Das hättest auch du für deinen ältesten Sohn in die Wege leiten können und dir damit seine dankbare Liebe gesichert. Denke darüber nach, Sophia.«

Und dann ging sie wieder zum Fest zurück, an Gunthers Arm, nicht an dem meinen. Ich blieb niedergeschmettert noch eine Weile stehen und sammelte mich. Ich schämte mich, und das hatte Mutter wohl bezwecken wollen. Und nachdem ich meinen Groll, daß ich überlistet und belogen worden war, heruntergeschluckt hatte, mußte ich wieder einmal feststellen, daß meine Mutter wirklich und wahrhaftig eine großartige Frau war. Ich fürchte, ich werde niemals an ihre Größe heranreichen.

Ehe ich mich noch entschließen konnte, zur Hochzeitsgesellschaft zurückzukehren, kam mein Sohn Gunther wieder heraus und führte seine Braut an seiner Hand. Gunther blickte mich treuherzig an. »Mutter, verzeihst du uns die Lüge?«

Mühsam brachte ich heraus: »Mein Junge, verzeihst du mir meine Härte?«

Gunther lachte verschmitzt. »Auf der Stelle, aber nur, wenn du dich entschließen kannst, meine Johanna als Tochter in dein Herz zu schließen.«

Da nahm ich das Mädchen in die Arme und drückte sie an mich.

*

Bald nach dieser Hochzeit kam der ganz große Schlag. Wir hörten es, aber wir konnten und wollten es nicht glauben. Der Kaiser tot? Barbarossa ertrunken? Oh nein, das war völlig unmöglich. War er nicht schon öfters totgesagt worden, angeblich unter einem sterbenden Kriegsroß erdrückt? Ganz sicher war auch diese schlimme Nachricht falsch. Der Kaiser würde heimkehren, siegreich, als Befreier Jerusalems. Alles andere war ganz undenkbar.

Aber dann kam mein Vetter Constantin zu mir und sagte unter Tränen:

»Sophia, ich weiß ja, daß du auf seiten der Welfen stehst und nicht auf seiten der Staufer; aber nun mußt du doch mit mir in den Dom gehen, weil ich eine Messe gestiftet habe für den Kaiser, am Grab von Rainald von Dassel, der unser beider Freund war.«

Da erst begriff ich: Wenn Constantin glaubte, daß Barbarossa tot war, dann war es wohl so. Und so kniete ich an Constantins Seite im Dom, weinend wie er; denn wenn ich auch Herzog Heinrich seinem Vetter stets vorgezogen hatte: Der Kaiser war immer so unsterblich erschienen, eine entrückte Gestalt, die Schutz versprach und Frieden im Reich. Vergeblich versuchte ich, mir seine zahlreichen Kriege in Italien ins Gedächtnis zu rufen und seinen erbarmungslosen, wenn auch leisen Vernichtungszug gegen den Löwen, der doch auch meine Freundin Mathilde schwer getroffen und heimatlos gemacht hatte. Ich konnte nicht anders: Wie bei Großvaters Tod, so hatte ich auch jetzt das Gefühl, daß eine Zeit zu Ende gegangen war, und wer hätte glauben können, daß die nun anbrechende Ära besser würde?

Viel später hörten wir, wie Kaiser Friedrich gestorben war. Wir hatten natürlich zunächst vermutet, er sei gefallen; oder der Siebzigjährige sei den Strapazen der Pilgerfahrt nicht gewachsen gewesen und nach einer Erkrankung gestorben. Aber nein, so etwas Alltägliches kam für Friedrich Barbarossa nicht in Frage. Er hatte, genial wie immer, die größten Schwierigkeiten überwunden: mit der Wortbrüchigkeit des Kaisers von Byzanz war er auf diplomatischem Weg fertig geworden. Schwieriger war es schon mit den gebrochenen Versprechen des Sultans Kilidsch Arslan, desselben, der einst den Löwen als seinen Vetter begrüßt und an sein Herz gedrückt hatte und der Barbarossa ein ebenso herzliches Willkomm signalisiert hatte. Leider hatte er vergessen, seine Söhne zu fragen, ob sie diese Haltung unterstützen wollten. Das taten sie wahrhaftig nicht, sie peinigten das geschundene deutsche Heer. Und so kam es, daß die halbverhungerten Männer Barbarossas sich gezwungen sahen, des Sultans reiche und bestens befestigte Stadt Iconium anzugreifen. Gegen eine hoffnungslose Übermacht ritt der greise Kaiser mit flatterndem weißen Haar selbst an der Spitze der Kämpfer, die den Hunger, den Durst und die Strapazen der Wüstenglut überlebt hatten, mit solcher grimmigen Entschlossenheit gegen die Übermacht der Seldschuken an, daß ihm das Unglaubliche gelang und er sie in heillose Flucht schlug. Nichts und niemand schien sich dem entschlossenen, erfahrenen und mutigen Kaiser entgegensetzen zu können. Nun war die Befreiung des Heiligen Grabes in nächste Nähe gerückt.

Nur noch ein Gebirge versperrte dem christlichen Heer den Weg. Durch ein enges Tal strömte der eisige Saleph, von den Bergen kommend, dem Meer zu. Die einzige Straße führte immer wieder steil den Berg hinauf und wieder hinab. Für das Heer gab es zwar keine Ausweichmöglichkeit, vielleicht aber für einige Reiter? Der Kaiser wollte den Weg abkürzen über einen schmalen Pfad, der am Ufer des Stroms entlangführte. Mit wenigen Begleitern ritt er dem Heer davon und winkte noch einmal: »In Seleukia werde ich auf euch warten. Trödelt nicht herum«, rief er und entschwand.

Leider stellte sich heraus, daß der Abkürzungspfad zahlreiche Hindernisse aufwies. Er war oft so schmal, daß die Pferde nur mit größter Mühe vorwärtsgetrieben werden konnten und die Ritter, auch der Kaiser, auf allen vieren kriechen und sich am Gebüsch festhalten mußten, und dies alles bei glühender Hitze. Die meisten bereuten sehr, diesen Pfad gewählt zu haben, nur der alte Kaiser lachte und verspottete die Nörgler. Dann war der Weg plötzlich zu Ende. Bei dem Gedanken, sich über diesen Weg noch einmal zurückzukämpfen, murrten alle, aber Friedrich zeigte auf die andere Seite des reißenden Wassers.

»Nur Mut, da drüben geht der Weg weiter, und hier ist offensichtlich eine Furt. Wer wagt es, mir zu folgen?« Und er bestieg sein Pferd und trieb es in den Fluß. Das Wasser war tiefer als vermutet, aber Roß und Reiter erreichten schwimmend das andere Ufer. Fröhlich winkte der Kaiser seinen Begleitern zu. »Los, macht schon, ihr Memmen. Habt ihr Angst vor nassen Hosen? Ihr glaubt ja nicht, wie erfrischend das Wasser ist.«

Da folgten sie ihm. Am anderen Ufer angelangt, rasteten

sie zunächst einmal, packten ihre Mundvorräte aus und nahmen einen Imbiß, um sich für den weiteren Weg zu stärken. Die Sonne schleuderte ihre Glut mit voller Kraft herab.

»Ich bin schon wieder ganz naßgeschwitzt«, erklärte der Kaiser. »Ehe ich mich wieder auf den Weg mache, will ich noch einmal baden und mich erfrischen, das hat mir vorhin so gut getan.«

Seine Begleiter warnten ihn, nach dem Essen zu baden sei gefährlich, und in dieser Hitze sowieso. Sein hohes Alter zu erwähnen wagten sie nicht, das hörte Friedrich nicht gern. Er wollte aber nichts von ihren Bedenken wissen und rannte, fröhlich lachend wie ein spielendes Kind, noch einmal in die eisigen Fluten. Er drehte sich um, winkte seinen Begleitern zu und rief: »Los, kommt schon, es ist herrlich frisch!«

Da blieb sein Herz stehen. Staunend riß er die Augen auf, öffnete den Mund weit und warf die Arme empor. Im nächsten Augenblick riß ihn das kalte Wasser fort und trieb seinen Körper rasch davon.

Verstört und entsetzt rannten ihm seine Begleiter nach. Sie mußten lange suchen, bis sie seine Leiche fanden.

*

Die von Constantin gestiftete Messe für das Seelenheil unseres dahingeschiedenen Kaisers war sehr prächtig. Späte Sommerblumen und grüne Zweige schmückten den Dom, Weihrauchschwaden durchzogen das Gotteshaus, und die brokatenen Altartücher und Meßgewänder der Priester schimmerten geheimnisvoll. Wir knieten in der vordersten Reihe, so konnte ich deutlich die berühmten Kölner Borten erkennen. Du weißt nicht, was das ist? Ja, ich hätte dich nicht so lange Psalter im Kloster schreiben lassen, sondern dich öfters einmal zu meinen Stickerinnen mitnehmen sollen. Bitte geh zu der Truhe dort hinten und schau hinein. Ganz unten muß ein kleines Stück Seide liegen mit einer Borte daran, bring mir das bitte einmal her. Siehst du, hier ist der Schußfaden, der ist aus Seide, und die Bindekette mit der schönen roten Farbe auch. Aber der Fondfaden, das ist dieser hier, der besteht aus einem stark gedrehten Leinengarn. Hier ist er weiß, er kann aber auch blau sein. Wenn du die Borte jetzt herumdrehst und die Rückseite betrachtest, dann siehst du, daß der Unterschuß aus Leinen und blau gefärbt ist. Und dieser wunderbar schimmernde Schußfaden ist ein Häutchengoldfaden, an dem erkennst du die Kölner Borten. Sie sind sehr kostbar, sehr gesucht und darum zu Recht auch sehr teuer. Ich habe ständig mehrere Stickerinnen im Brot und verdiene sehr gut daran. Freilich kümmert sich jetzt deine Schwester Blithildis darum, denn ich kann ja nicht mehr gut laufen.

Als wir das Gotteshaus verließen, nahm mich Constantin am Arm.

»So seltsam das ist: Für deinen Löwen ist es ein wahres Glück, daß der Kaiser ums Leben gekommen ist«, bemerkte er.

Ich wunderte mich. »Das will ich meinen, er hatte schließlich nichts Gutes von seinem Vetter zu erwarten. Warum du das seltsam findest, ist mir allerdings ein Rätsel«, entgegnete ich.

»Denk doch einmal ein bißchen weiter, kleine Base. Schließlich gibt es jetzt einen neuen Kaiser. Du glaubst doch wohl nicht, daß der Staufer Heinrich ruhig mit angesehen hat, wie der Löwe wie ein heimgekehrter Vater in seine früheren Ländereien einmarschiert ist? Nein, ich weiß aus sicherer Quelle, daß er bereits Truppen zusammengezogen hat, um den Welfen zu strafen. Aber nun hat er sich um zwei Dinge zu kümmern: Erstens will er die Kaiserkrönung, und zwar rasch. Zweitens: Mit dem kinderlosen Tod des Königs von Sizilien ist der höchst unwahrscheinliche Erbfall eingetreten, und König Heinrich beansprucht Sizilien als Erbteil seiner Gemahlin. Nun haben die sizilischen Barone aber schleunigst einen neuen König gewählt. Ich weiß nur, daß er Tancred heißt und ein illegitimer Sproß des Hauses Hauteville ist. Illegitim, aber ein Mann; das, so meint er, berechtige ihn vor der Kaiserin Konstanze, die zwar ehelich geboren, aber eben eine Frau ist. Freiwillig wird Tancred also den Thron sicher nicht räumen; will Heinrich die Regierung dort im Namen seiner Gemahlin antreten, so muß er diesen Tancred erst einmal besiegen. Na, was schließt du daraus, Sophia?«

»Daß er schleunigst ein Abkommen mit dem Löwen braucht, damit dieser nicht in seinem Rücken macht, was er will«, sagte ich prompt.

»Bravo, Sophia. Und genau das ist bereits geschehen. Falls ich richtig informiert bin, hat der junge Kaiser nur zwei der Söhne des Löwen als Geiseln gefordert, ihm aber das, was er sich gerade erobert hat, nicht weiter bestritten. Wie ich Heinrich von Hohenstaufen einschätze, verschiebt er die Abrechnung mit dem Löwen nur auf später. Wie der Welfe die Situation sieht, kannst du dir sicher besser vorstellen als ich.«

Ja, ich konnte es mir vorstellen. Aber etwas wollte ich noch wissen, schließlich kannte ich Mathildes Kinder fast so gut wie meine eigenen.

»Welche Söhne mußten denn als Geiseln gestellt werden?«

»Du willst es ganz genau wissen? Ich kenne mich bei den Welfenkindern nicht so gut aus, ich habe nur gehört, der älteste soll mit dem jungen Kaiser nach Italien ziehen und der zweite in Augsburg bleiben.«

Aha, also Heinrich und Lothar. Ich erinnerte mich noch gut an den Tag, als der kleine Heinrich mir mit wichtiger Miene anvertraut hatte, er habe bereits eine Braut. Hoffentlich kommt er heil aus Italien zurück, dachte ich. Und

Lothar ist ja langsam daran gewöhnt, Geisel in kaiserlichem Gewahrsam zu sein.

Wehmütig dachte ich an die herzogliche Familie, die ich so lange und so gut kannte und der ich mich so eng verbunden fühlte. Der Familienrat hatte für das nächste Frühjahr wieder eine Handelsfahrt nach Braunschweig festgesetzt, und ich beschloß, mit dabeizusein. Wir brachen gleich nach dem Osterfest auf, nachdem wir mit allen anderen Kölnern für das neue Kaiserpaar gebetet hatten, das zu dieser Zeit in Rom gekrönt wurde.

Übrigens erinnere ich mich, daß wir gerade auf dieser Fahrt besonders viel Kölner Borte dabeihatten. Ich wußte, daß Herzog Heinrich seit Jahren an seinem Braunschweiger Dom baute, und schätzte, daß dieser nun weitgehend fertiggestellt sein müßte. Und ich war mir sicher, der Herzog würde nicht bei der Ausstattung sparen. Und da es keine prächtigeren liturgischen Gewänder und Altartücher gab als die unseren, könnte ich damit das Geschäft des Jahres machen.

1191

Nie zuvor war ich auf der weiten Reise nach Braunschweig so wach, so aufmerksam gewesen. Der Frühling war herrlich. Nachts war es noch frisch, aber bald nach Sonnenaufgang wurden die Temperaturen sehr angenehm. Das ganze Land lag unter einem Blütenteppich. Hummeln und Bienen summten schon, aber Stechmücken gab es noch keine. Es machte nichts aus, wenn wir abends kein Gasthaus erreichten und darum im Freien nächtigten. Waren die Pferde versorgt und die Mahlzeit gerichtet, dann kam die wundervolle Stunde der Ruhe. Ich aß dann ganz langsam und lauschte auf die Stille. Du kennst ja nur die Stadt, du hast keine Ahnung, wie still es im weiten Land sein kann. Und dann der Duft der Frühlingsblumen! Ich liebe unsere Stadt Köln, aber niemand kann bestreiten, daß sie immerzu stinkt – nach Fäulnis, nach Gärung im Viertel der Bierbrauer, nach Schmutz, nach Abfall, nach Exkrementen; von dem bestialischen Gestank im Viertel der Gerber will ich erst gar nicht reden. Da war es ein berauschendes Erlebnis, ganz still zu sitzen, den Duft blühender Kamille neben dem kräftigen Geruch des Essens einzuatmen, und kein Laut war zu hören außer unserem Atem und dem gelegentlichen Schnauben der Pferde.

Das Blut kreiste schneller in meinen Adern. Ich sehnte mich nach Liebe, aber Gottschalk hatte die erste Nachtwache, und so wickelte ich mich in eine Decke und legte mich auf den Wagen zum Schlafen. Ich wurde wach, als Gottschalk seine Wache beendet hatte und ein paar leise Worte mit Gunther wechselte, der die zweite Wache übernommen hatte. Dann stieg auch er auf den Wagen und legte sich nieder. Ich streckte die Hand nach ihm aus; jetzt wollte ich nichts weiter, als mich an ihn zu kuscheln und dicht bei ihm weiterzuschlafen, aber Gottschalk brummte leise: »Laß gut sein, Sophia, ich bin jetzt zu müde.« Das konnte ich zwar gut verstehen, aber ich fühlte mich dennoch abgewiesen und schlief gekränkt wieder ein.

Wie üblich, machten wir in Dortmund Station. Die liebe dicke Adelgunde war vor drei Jahren verstorben, aber ihr Sohn Reinhold nahm uns mit der gleichen Freundlichkeit auf. Wir hatten Wein für ihn geladen und kauften dafür Gewürze von ihm. Sie kamen von seinem Bruder Patroklus, der jetzt in Treviso, im Norden Italiens, lebte.

Weiter ging es nach Braunschweig. Dies war unser erster Besuch seit dem Tod meiner lieben Freundin Mathilde. Ich richtete mich daher mit meinem Mann, unseren Söhnen Gunther und Richolf sowie dem Gehilfen und den beiden Knechten im Wirtshaus ein. Das brachte mir bittere Vorwürfe vom Haushofmeister des Löwen, der unsere Familie gleich am nächsten Tag dort abholte und zur Burg Dankwarderode brachte. Der Herzog war zur Zeit in Braunschweig anwesend, und er empfing uns mit der gleichen Herzlichkeit wie eh und je. Interessiert erkundigte er sich, welche Waren wir dieses Mal mitgebracht hatten, und verlangte, gleich am nächsten Tag die liturgischen Gewänder aus Seide mit Kölner Borte zu sehen.

Während unsere Männer dies am nächsten Tag vorbereiteten, spazierte der Herzog mit mir durch Braunschweig, so wie ich es immer gern mit Mathilde getan hatte. Wir gingen zuerst in den Dom Sankt Blasii. Ich hatte jahrelang zugesehen, wie aus einer Baustelle mit Kränen und lärmenden Arbeitern rasch ein majestätisches Gotteshaus emporwuchs.

Gemeinsam beteten wir am Grab der Herzogin. Sie ruht vor dem Hohen Chor im Angesicht des Kreuzaltars.

»Hier ist ein echter Splitter vom Heiligen Kreuz«, vertraute mir Heinrich an. »Sein Segen strahlt auf das Grab meiner Mathilde herab.« Er wandte sich ab, und ich tat, als hätte ich nicht gesehen, wie seine Augen feucht wurden.

Er zeigte mir auch den Marienaltar und einen kostbaren siebenarmigen Leuchter. Heinrich hat einen unglaublich erlesenen Geschmack. Was er anfertigen ließ, war niemals zu klobig oder prunkvoll, sondern stets von vollkommenem Maß.

Der Hohe Chor und der Marienaltar waren übrigens 1188 so weit fertiggestellt, daß der Gottsdienst aufgenommen werden konnte. Der Bischof von Hildesheim weihte ihn, und das Herzogspaar war vorübergehend aus dem Exil nach Braunschweig gekommen, um an dieser Feier teilzunehmen.

Da das Wetter so schön war, wanderten wir anschließend durch den Hagen, das Gelände, welches der Herzog durch Flamen und Friesen hatte entwässern und roden lassen. Am großen rechteckigen Hagenmarkt plauderte der Herzog mit den flämischen Tuchmachern wie mit seinesgleichen. Ich erfuhr von einem alten weißbärtigen Wollweber, daß sein Haus in Flandern bei einer großen Sturmflut im Jahre 1164 fortgerissen wurde, mitsamt seiner Familie. Er war darum froh gewesen, in Braunschweig ein ganz neues Leben anzufangen.

Der Herzog kaufte alles, was wir an Seide und Kölner Borte dabeihatten, sowie den größten Teil der Gewürze. Den Rest setzten wir sehr rasch bei den Braunschweiger Händlern ab, so daß nach zwei Tagen unsere Wagen leer waren.

Gottschalk fragte mich, ob ich denn dieses Mal mit nach Lübeck fahren wollte. Aber da schaltete Herzog Heinrich sich sofort ein.

»Wenn du deine Frau nicht unbedingt für dein Geschäft brauchst, dann wäre ich dir doch sehr dankbar, wenn du sie für die Dauer deiner Reise bei mir lassen wolltest. Ich bin allein – zwei meiner Söhne hat der Kaiser sich genommen, und die andern Kinder halten sich bei ihrer Großmutter Alienor auf. Ich fände es so schön, mit Sophia über die guten alten Zeiten zu plaudern, als hier noch eine fröhliche Kinderschar herumtobte und meine geliebte Frau noch bei uns war.«

Gottschalk zögerte kurz, gab dann aber seine Zustimmung, und so winkte ich am folgenden Tag den Männern nach, als sie Richtung Lübeck abzogen.

»Laß uns zu Mathilde gehen und dann ein wenig spazieren«, meinte der Herzog.

»Gerne, Euer Gnaden«, antwortete ich.

Er seufzte. »Ach, Sophia!« sagte er betrübt. »Du kennst mich nun schon, seit ich als sehr aufgeregter Bräutigam meine Mathilde vor der Hochzeit besuchte. Das ist jetzt weit über zwanzig Jahre her, und seitdem warst du die beste Freundin meiner Frau, aber noch immer redest du mich mit ›Euer Gnaden‹ an. Es ist wohl, weil ich schon so alt bin?«

Ich sah ihn an. Herzog Heinrich zählte über sechzig Jahre, sein Haar war schon lange nicht mehr rabenschwarz, und der kurze Bart auch nicht. Sorgen und Mühen hatten ihre Spuren in seinem Gesicht hinterlassen, aber seine Augen funkelten noch so wach wie damals, als er Mathilde mit süßen, zarten Worten betörte – soweit ich das mitbekommen hatte.

»Ihr seid ein großer Fürst und verdient jede Ehrerbietung«, sagte ich.

Heinrich schüttelte wehmütig den Kopf. »Ich mag ein großer Fürst gewesen sein, habe jedoch das meiste von dem verloren, was einst mein war. Aber hast du in all den Jahren denn nicht bemerkt, daß ich auch ein schlichter Mensch bin, der wenig Wert auf Formalitäten legt?«

Oh ja, ich hatte oft gesehen, wie er mit seinen Soldaten, seinem Gefolge oder den Braunschweiger Bürgern redete: unbefangen und gar nicht von oben herab.

»Um deiner Freundschaft zu Mathilde willen, nenne mich bitte Heinrich«, bat er. »Auch ich brauche jemand, der mir ganz einfach nur seine Freundschaft schenkt …«

So hatte vor langen Jahren auch Mathilde zu mir gesprochen. Ich nickte beklommen, machte in den folgenden Tagen aber meist einen Bogen um die Anrede, weil es mir schwerfiel, mit dem Löwen plötzlich auf du und du zu stehen.

Wir spazierten dann in der Stadt herum, warfen Steine in

den Wendengraben, wobei Heinrich sie geschickt über das Wasser tanzen ließ, während meine immer nur mit einem Plumps hineinfielen. Wir besahen genau die Auslagen der Kaufleute, und Heinrich stellte mir viele Fragen, die mir zeigten, wie gut er selbst über den Handel Bescheid wußte.

Ich hörte ihm dagegen zu, wenn er Recht sprach, so wie dies einst auch Mathilde getan hatte, und fand seine Entscheidungen stets sehr weise. Ich suchte aber auch die alten Mönche auf, den rechtsgelehrten Adalbert und den geschichtskundigen Kunibert, die sich fast täglich über irgend eine Frage in die Haare gerieten und dann lange stritten. Das bereitete ihnen ein solches Vergnügen, daß sie vermutlich beide hundert Jahre alt würden. Auch der uralte Gärtner Konrad, den Heinrich einst aus Ravensburg mitgebracht hatte, lebte noch. Er suchte jeden Morgen die schönsten Blumenknospen aus seinem Garten aus und brachte sie zum Grab seiner Herzogin.

Aber junge Leute waren, außer ein paar Pferdeknechten, keine mehr auf Burg Dankwarderode, auch Frauen nicht, wenn man von der Köchin und zwei Küchenmägden absah. Nachdem ihre Herrin nicht mehr lebte, hatte der Löwe ihre Gesellschafterinnen alle verheiratet. Ich begriff, daß er sehr einsam sein mußte.

Die Tage vergingen wie im Flug. Gottschalk blieb auch dieses Mal viel länger aus, als ich erwartet hatte. Der Sommer kam und ging. Ich rechnete nun jeden Tag mit der Rückkehr der Unsrigen.

Ich stand in der Küche und schaute der Köchin über die Schulter, denn ich war immer neugierig und mir auch nie zu schade, noch etwas dazuzulernen. Ich hätte auch beim Kochen geholfen, aber die Köchin erlaubte mir das nicht. Sie lehnte meine Hilfe sehr respektvoll ab, so als sei ich zu vornehm für eine solche Arbeit, aber ich hatte den Verdacht, daß sie meine Kochkunst nicht besonders hoch einschätzte. Der Löwe war auf der Jagd, denn die Fleischvorräte der Burg gingen zu Ende, und die Köchin bereitete alles vor, um das Wildbret rasch zu verarbeiten und haltbar zu machen.

Da hörte ich Reiter im Hof, verließ die Köchin und ihre interessanten Kochrezepte und lief in die Halle. Der Löwe war zurückgekehrt und ließ gerade die Beute ausladen; viel Jagdglück hatte er an diesem Tag nicht gehabt.

Plötzlich preschte einer der Stadtsoldaten durch das Tor, sprang ab und verneigte sich tief vor dem Herzog. »Der Hauptmann schickt mich, ich soll melden: Der junge Herzog ist gerade eingetroffen und nun auf dem Weg zur Burg.«

Verblüfft sah der Herzog ihn an. »Einer meiner Söhne? Welcher denn?«

Das wußte der junge Soldat nicht und wurde verlegen. In diesem Augenblick kam der angekündigte Reiter aber auch schon an und sprang vom Pferd. Es war der älteste Sohn Heinrich, der im vorigen Jahr als kaiserliche Geisel in den Süden geritten war. Er war blaß und hatte dunkle Ringe unter den Augen. Offensichtlich war er zu Tode erschöpft.

Der Löwe war kein Mann, der gern überflüssige Fragen stellte. Er nahm seinen Sohn in den Arm, führte ihn die Treppe hinauf und rief mir zu: »Rasch in die Küche, Sophia, ich bitte dich. Das Abendessen soll auf der Stelle serviert werden.«

Ich richtete diesen Auftrag eiligst aus, womit ich bei der Köchin einen Tobsuchtsanfall auslöste, denn das Geflügel drehte sich noch am Spieß und war nicht gar. Da ich aber wußte, was junge Männer wieder aufblühen läßt, sagte ich der Küchenmagd, dann solle sie eben Wein, Wasser und Brot in das Zimmer des Herzogs bringen, das sei fürs erste genug. Als ich dort eintrat, fand ich den jungen Heinrich in den Armen seines Vaters, und beide weinten.

»Unser Lothar ist tot«, sagte der Löwe und wischte sich über das Gesicht.

»Heinrich war in Augsburg und stand an seinem Grab.«

Ich war fassungslos.

»Was ist ihm denn geschehen, war er krank?«

»Ich weiß es doch nicht«, klagte der junge Heinrich. »Ich wollte ihn abholen, ich bin geritten wie der Teufel. Aber als ich nach Augsburg kam, war er tot.«

»Abholen?«

Ich verstand gar nichts, und der Löwe offenbar ebensowenig. Mit gepreßter Stimme sagte er:

»Heinrich, bis jetzt habe ich nur verstanden, daß dein Bruder Lothar nicht mehr lebt. Ein neuer schwerer Schicksalsschlag für uns; die Familie wird immer kleiner. Mein Verstand hat es vernommen, mein Herz hat es noch nicht begriffen.

Was mir überhaupt nicht in den Sinn will: Als kaiserliche Geiseln mußte ich meine Söhne ziehen lassen – wie kamst du also nach Augsburg, und wieso darf ich dich jetzt wieder bei mir sehen?«

»Der Kaiser schickte Lothar nach Augsburg, ich hingegen mußte ihn begleiten. Der Staufer wurde zu Ostern in Rom gekrönt. Dann marschierte er los Richtung Süden. Er wollte diesem Tancred Sizilien wegnehmen, und ich mußte mit. Ich hatte den Befehl, mich niemals weiter als eine halbe Meile vom Kaiser entfernt aufzuhalten. Aber auf dem Weg brach bei glühender Augusthitze eine Fieberepidemie im Heer aus. Wir waren bei Neapel und konnten nicht mehr weiter. Nachdem es Tausende von Opfern gegeben hatte, vermochten wir die Toten nicht mehr zu bestatten. Dein Erzbischof war ebenfalls darunter, Sophia. Dann erkrankte auch der Kaiser schwer. Ich nahm an, daß er den Abend nicht mehr erleben würde, und ich merkte, daß ich mich auch schon angesteckt hatte. Ich wollte nicht sterben, da bin ich abgehauen, fort aus dieser Fieberhölle. Ich ritt einen halben Tag, dann konnte ich nicht mehr. Ich hatte nichts zu essen dabei, und so lag ich zwei Tage an einem Bach und trank nur ab und zu einen Schluck Wasser. Ich dachte, ich müßte ganz allein dort verrecken; aber dann ging es mir besser. Ich hatte Hunger und fand wilde Himbeeren. Dann fing ich einen fetten Vogel und briet ihn mir, das gab mir die Kraft, weiterzureiten, denn mein Pferd war zum Glück ganz friedlich in meiner Nähe geblieben, während ich im Fieber lag.

Ich dachte, wenn der Kaiser tot ist, gilt das Geiselgelübde nicht mehr, und ich kann endlich heim nach Braunschweig. Und da wollte ich meinen Bruder mitnehmen, über Augsburg zu reiten war ja kein großer Umweg. Ich freute mich so auf Lothar, aber als ich dort ankam, mußte ich mich lange nach seiner Unterkunft durchfragen. Schließlich erfuhr ich, daß man ihn bei einem sehr alten Priester untergebracht hatte. Dort klopfte ich lange an seiner Tür, bis endlich eine mürrische Haushälterin den Kopf herausstreckte. Ich fragte nach Lothar, und sie brachte mich, ohne ein Wort zu sagen, in die nahegelegene Kirche. Um diese Tageszeit war sie fast leer, nur der uralte Priester kniete betend vor einem Seitenaltar. Schließlich erhob er sich und schlurfte aus der Kirche. Als ich ihn nach Lothar fragte, führte er mich zum Friedhof und zeigte auf ein Grab. Er sagte, mein Bruder sei am 15. Oktober im vergangenen Jahr gestorben. Er habe des Morgens einfach tot in seiner Kammer gelegen. Mir blieb nichts anderes übrig, als mich auf den Weg nach Braunschweig zu machen.

Vater, wie kann ein Junge von fünfzehn Jahren plötzlich tot im Bett liegen? Sicher hat der Kaiser ihn ermorden lassen.«

Der Löwe dachte nach. Dann schüttelte er traurig den Kopf.

»Nein, mein Sohn, das gibt keinen Sinn. Mit meinem

Sohn als Geisel will der Kaiser mich zwingen, nichts zu unternehmen, was ihm schadet, weil er ihn sonst töten kann. Ihn grundlos zu ermorden nützt dem Kaiser nichts, sondern nimmt ihm nur ein Druckmittel gegen mich. Außerdem ist Kaiser Heinrich ein harter Mann, aber dennoch ein Ritter und kein Lump. Lothar hatte noch nicht einmal seine Schwertleite, galt also noch als Kind. Wir müssen uns wohl damit abfinden, daß Gott unsern Lothar aus für uns unerfindlichen Gründen zu sich gerufen hat. Ich bin froh, Heinrich, daß deine Geschwister im Schutz ihrer Großmutter Alienor sind, dort sind sie in bester Obhut.«

»Vater, ich habe hier noch etwas. Es ist eine Nachricht von Papst Coelestin an dich. Erzbischof Philipp von Köln gab sie mir, ehe er starb.«

Und er zog eine versiegelte Rolle aus seinem Wams.

Heinrich brach das Siegel und zog ein Pergament hervor. Er las; dann ging er zum Tisch, wo eine Kerze brannte, und las noch einmal. Danach schaute er zu Heinrich und mir herüber, als könne er es nicht glauben.

»Wollt ihr wissen, was der Papst mir schreibt? Hier steht, daß kein Kirchenfürst über mich oder ein Mitglied meiner Familie den Bann aussprechen darf – außer dem Papst selbst natürlich. Eine höchst eigenartige und ganz sicher einzigartige Nachricht, die mir Coelestin da zukommen läßt. Da ich nicht davon ausgehe, daß er dies aus inniger Liebe zu mir tut, muß ich es als Ermunterung, ja als Aufforderung zum Kampf gegen den Kaiser sehen.«

Er erhob sich voller Erregung und ging ein paar Schritte auf und ab.

»Bist du sicher, daß Kaiser Heinrich tot ist?« fragte er.

Heinrich zuckte mit den Schultern.

»Er war schwer krank, als ich mich aus dem Staub machte. Ich hätte keinen Pfifferling dafür gegeben, daß er die nächsten Tage überleben könnte.«

Der Herzog ballte die Fäuste.

»Wenn es so ist: Seine Ehe ist ja kinderlos. Es leben noch drei seiner Brüder, die sind alle kaum älter als du. Warum sollst dann nicht du der nächste König werden, Heinrich?«

Heinrich schreckte zurück.

»Warum nicht du, Vater?«

Der Löwe winkte ab.

»Die Zeit, da ich selbst nach der Krone gegriffen hätte, ist lange vorbei. Mein Großvater Lothar war fünfzig Jahre alt, als er König wurde, und ich bin jetzt schon so alt wie er bei seinem Tod. Ich brauche auch keine Königskrone mehr, jetzt, wo Mathilde nicht mehr da ist. Aber du, ihr ältester Sohn, als König: Das hätte sie gefreut.

Ich kann mir eine Opposition gegen die Staufer gut vorstellen: Die Könige von Sizilien und Böhmen, der Papst, ganz zu schweigen von meinem Schwager, König Richard von England – laß mich nachdenken, mein Sohn. Der morgige Tag soll der Trauer um unseren Lothar gewidmet sein, aber übermorgen denken wir an deine Zukunft.«

Was genau der Löwe sich ausdachte, um seinen Sohn auf den deutschen Thron zu bringen, habe ich dann nicht erfahren, denn am nächsten Tag kehrten Gottschalk und die übrigen zurück, und wir traten unverzüglich den Heimweg an.

Im folgenden Jahr wurdest du uns dann geboren, meine Methildis. Mein letztes Kind, mit dem ich nicht mehr gerechnet hatte, denn ich zählte damals schon zweiundvierzig Jahre. Das große, unerwartete Geschenk, welches das Schicksal mir zugedacht hat.

Und dann erfuhren wir etwas Unglaubliches: König Richard Löwenherz von England war auf der Rückkehr aus dem Heiligen Land in die Gefangenschaft des Herzogs von Österreich geraten! Wie war das möglich? Allen Kreuzfahrern wurde vom Papst garantiert, daß ihr Besitz und ihre Person nicht angetastet werden durften, solange sie auf der Fahrt ins Heilige Land waren; ohne diese Sicherheit wäre auch kaum jemand für ein, zwei Jahre außer Landes gegangen.

Allerdings hörte man auch: König Richards Kreuzzug war bisher sehr eigenartig verlaufen, um es gelinde zu sagen. Während Kaiser Friedrich Barbarossa schon große Heldentaten in Kleinasien vollbrachte, ließ Richard zunächst einmal die christliche Stadt Messina plündern, weil er sich über die schlechte Behandlung seiner Schwester Johanna, Königinwitwe von Sizilien, geärgert hatte. Dann eroberte er das gleichfalls christliche Zypern, nahm dessen Kaiser Isaak Komnenos gefangen und verkaufte die Insel anschließend an Guido von Lusignan. Er hatte es offenbar keineswegs eilig, ins Heilige Land zu kommen, denn nun heiratete er erst einmal in aller Ruhe die junge Berengaria von Navarra. Ehrlich gesagt, staunte ich darüber nicht wenig, denn wie mir Mathilde angedeutet hatte, war ihr Bruder Richard eigentlich dem weiblichen Geschlecht nicht sonderlich zugetan – seine Mutter und Schwestern ausgenommen. Nun weiß ich ja, daß dies gelegentlich vorkommt, wenn es auch zumeist totgeschwiegen wird, aber muß ein solcher Mann dann unbedingt ein Weib nehmen? Das kann doch nur schiefgehen.

Schließlich fiel Richard wieder ein, zu welchem Zweck er eigentlich ausgezogen war, und er begab sich nach Akkon. Wie man hört, vollbrachte er bei der Belagerung und Eroberung dieser Stadt aus den Händen der Muselmanen zwar gewaltige Heldentaten, aber, wenn die Gerüchte stimmen, auch ebenso gewaltige Eseleien. Er machte sich den Herzog von Österreich zum unversöhnlichen Feind. Die Österreicher hatten den schönsten Palast in Akkon erobert und wollten sich dort häuslich einrichten, und der Anfang davon war, daß sie die Standarte des Herzogs Leopold aufs Dach setzten. Richard war hingegen der Ansicht, er als König habe selbstverständlich den Vorrang vor einem Herzog. Er drängte also die Österreicher aus dem Palast hinaus, und seine Männer warfen die nun überflüssige Standarte achtlos in den Burggraben, statt sie höflich den Besitzern zu überreichen – eine Beleidigung, die selbst mit Blut kaum noch abzuwaschen ist.

So sehen es jedenfalls die Männer. Mir persönlich kommt dies eher wie Gezänk in der Kinderstube vor. Jede Mutter weiß, wie sie mit so etwas umzugehen hat, aber die Fürsten hatten nach Barbarossas Tod in den Fluten niemand, der ihnen Vernunft beigebracht hätte.

Auch mit König Philipp August legte sich Richard so gründlich an, daß dieser beleidigt den Kreuzzug abbrach und nach Frankreich zurückkehrte. Ein Streitpunkt war angeblich, daß Richard sich seit längerem geweigert hatte, die Halbschwester des französischen Königs zu heiraten; das Verlöbnis war geschehen, als beide noch Kinder waren, und die kleine Prinzessin Alix war dem englischen Hof zur Erziehung übergeben worden. Solange Königin Alienor dort zu befehlen hatte, war auch noch alles in bester Ordnung. Aber nachdem sie von ihrem Mann in Haft gehalten wurde, war Alix ohne Beschützerin, und prompt hat König Heinrich Plantagenet, der ihr als Schwiegervater zugedacht war, das Mädchen verführt. Sie hat diesem zwei Kinder geboren, und deshalb hatte Richard verständlicherweise kein Verlangen danach, sie zu heiraten. Diese unerfreulichen Geschichten hat mir Mathilde im Laufe der Zeit anvertraut. Heute lebt keiner der Beteiligten mehr, und darum darf ich sie dir verraten.

Nach seiner Heimkehr nach Frankreich mauschelte König Philipp August rachsüchtig mit Richards letztem überlebenden Bruder. Das war Johann, mit dem Königin Alienor damals schwanger gewesen war, als ich meine liebe Freundin Mathilde kennenlernte. Man nannte ihn Johann Ohneland, weil alle Fürstentümer seiner Eltern bereits an seine älteren Brüder verteilt waren. Als Richard dies zu Ohren kam, ließ er den Kreuzzug Kreuzzug sein und machte sich sofort auf den Heimweg. Und dies Ende Oktober, wo es ein Wunder wäre, die gefährlichen Winterstürme zu überstehen.

Ich kann dazu nur bemerken: Wenn ein Kaufmann seine Handelsfahrten so ausführen wollte, könnte er sehr bald betteln gehen.

Richards Schiff wurde prompt von Piraten angegriffen und geentert, doch auf seltsame Weise entging der Engländer dem sicheren Tod. Es heißt, der Piratenkapitän hätte den Koch auf Richards Schiff gekannt und darum den König verschont und bei Aquileia an Land gesetzt. Ich habe keine Ahnung, warum er ihn nicht einfach erschlagen und ausgeraubt hat, es hätte ja niemand davon erfahren. Aber Richard war, laut seiner Schwester, bei all seiner Tollkühnheit und Unvernunft eben auch ein unglaublich charmanter Mann und eine strahlende Persönlichkeit.

Wie dem auch sei, es steht jedenfalls fest, daß Richard nunmehr als Fußgänger in Italien stand und sich die Frage stellte, wie er denn nun möglichst rasch nach Hause käme, um dort für Ordnung zu sorgen, ehe sein Bruder Johann das angevinische Reich an sich reißen konnte. Zwei Möglichkeiten hatte er: Entweder zog er über die verschneiten Alpenpässe oder über den Semmering nach Wien. Richard entschloß sich für den zweiten Weg. Was er sich dabei gedacht hat, frech und frohgemut mitten durch das Fürstentum eines Mannes zu spazieren, den er gekränkt und beleidigt hatte und der ihn dafür erbittert haßte, wird mir immer ein Rätsel bleiben. Immerhin versuchte er, unerkannt zu bleiben, und gab sich für einen durchreisenden Kaufmann aus. Oh, welche Einfalt! Einen Plantagenet kannst du in einen Bettlerkittel stecken, die Arroganz wird durch jedes Loch schimmern. Natürlich wurde er erkannt und festgenommen, und Herzog Leopold rieb sich die Hände und versteckte seinen hochgeborenen Gefangenen auf einer Burg. Da ihm schon klar war, daß er diesen Menschenraub nicht ohne sehr mächtigen Beistand durchführen konnte, verhandelte er mit Kaiser Heinrich, in dessen Hände er Richard übergeben wollte. Leopold stellte eine Reihe von Bedingungen, von denen mir nur zwei im Gedächtnis geblieben sind: Zum einen eine ungeheure Lösegeldforderung, nämlich sage und schreibe dreiundzwanzig Tonnen Silber; die andere Forderung war derart unverschämt, daß man es kaum glauben mag: Richard selbst sollte sich beim Papst dafür einsetzen, daß Leopold nicht für die Gefangennahme eines heldenhaften Kreuzfahrers exkommuniziert werden sollte!

Dies alles wurde natürlich erst sehr viel später bekannt. Monatelang galt der englische König als verschollen, vermutlich tot. Auch wir in Köln glaubten daran, und ich dachte traurig, daß mit dem Verlust dieses mächtigen Verbündeten die Hoffnungen des Löwen auf Wiedereinsetzung wohl völlig geschwunden waren. Daß König Richard noch lebte, erfuhr man erst, als der Kaiser plötzlich einen Schauprozeß gegen ihn ankündigte. Ich will dich jetzt nicht mit allen Einzelheiten langweilen. Es wurden dem Engländer allerlei Verfehlungen angelastet, gegen die er rhetorisch geschickt argumentierte. Richard rechnete schon mit seiner baldigen bedingungslosen Freilassung – da teilte der Kaiser ihm mit sanftem Lächeln mit, er könne ihn auch an König Philipp August von Frankreich übergeben. Dieser würde mit Wonne an Richards Stelle alle Forderungen erfüllen, wenn der Kaiser ihm den Gefangenen nur auslieferte.

Diese Drohung genügte. Richard war es durchaus klar, daß der Franzose ihn bis an sein Lebensende gefangenhalten würde, hätte er ihn erst einmal in seinen Händen. Also willigte er in sämtliche Vertragspunkte ein, nur einen lehnte er ab, nämlich dem Kaiser bei einem Kriegszug gegen Sizilien Hilfestellung zu leisten. Statt dieses Punktes wurde ein anderer aufgenommen. Er hing mit den Welfen zusammen, aber niemand hat erfahren, um was es dabei eigentlich ging. Sollte allerdings Richard diese Verpflichtung nicht einlösen können, so würde sich das Lösegeld noch einmal um weitere zwölf Tonnen Silber erhöhen.

Dieser Fall trat ein: Richard war nicht imstande, diese Bedingung, was immer sie beinhalten mochte, zu erfüllen. Ich habe mir oft und oft den Kopf darüber zerbrochen, was der Kaiser sich da ausgedacht hatte. Ob er verlangt hatte, sämtliche Welfen sollten auf alle Besitzungen im Reich verzichten und auf Nimmerwiedersehen in England verschwinden, damit die Hohenstaufen sich nicht mehr mit ihnen herumärgern mußten? Ich werde es wohl nie erfahren, obwohl ich schon sehr neugierig wäre. Es kann keine Kleinigkeit gewesen sein, sonst wäre die Nichterfüllung nicht so teuer gewesen. Jedenfalls kostete es König Richard weitere zwölf Tonnen Silber, also nun schon insgesamt fünfunddreißig.

Nach Unterzeichnung dieses unglaublichen Vertrags sollte Richard freigelassen werden. An seiner Stelle waren zweihundert namentlich bezeichnete englische Adlige als Geiseln an den Kaiser zu senden, darunter Richards Neffen Otto und Wilhelm, die Söhne Heinrichs des Löwen. Sie sollten erst nach der endgültigen Bezahlung des Lösegelds zurückkehren dürfen.

In Köln, vermutlich in ganz Europa, redete man über nichts anderes mehr.

Hast du eine Vorstellung, wieviel das ist, fünfunddreißig Tonnen Silber? Sagen wir einmal, ein starker Mann kann fünfzig Pfund Gewicht tragen – nicht allzuweit und allzulange, natürlich. Dann brauchst du vierzehnhundert Männer, um das Silber davonzutragen. Eine ganz und gar unvorstellbare Summe Geld. Sie entspricht, wenn ich meine Rechenkunst noch nicht ganz verlernt habe, ungefähr hundertvierzigtausend Mark Silber. Zum Vergleich: Erzbischof Philipp hat eine Liste über hundertdrei Städte und Ländereien aufgestellt, die er gekauft und seinem Erzbistum zugeschlagen hat; und er hat für alle zusammen den Wert von viertausendsiebenhundert Mark Silber bezahlt.

Du schüttelst den Kopf? Ja, ich sehe schon, diese Rechnungen kannst du nicht nachvollziehen. Aber ich habe als Kind bei Großvater gelernt, rasch im Kopf große Summen auszurechnen, und ich bin stolz darauf, daß ich es noch nicht vergessen habe. Wenn du willst, übe ich mit dir so lange, bis du es auch kannst.

Und wofür sollte eigentlich dieses unvorstellbar riesige Lösegeld gezahlt werden? Was hat König Richard denn verbrochen, außer daß er sich gern unbeliebt machte? Das Unrecht der Fürsten ist gewaltig: das des Herzogs Leopold, des Kaisers, des französischen Königs, die alle nach dem geldbringenden Gefangenen geiferten.

Ich soll mich nicht so aufregen, sagst du? Doch, ich rege mich darüber auf, auch nach so vielen Jahren noch. Einen Pilger auf seinem Weg abfangen und ihm dann die Daumenschrauben anziehen – das ist doch wohl das verbrecherische Handeln von Wegelagerern und Räubern und gehört sich nicht für Fürsten.

Aber so geschah es nun einmal. Richard hatte den Vertrag unterschrieben, und die zweihundert Geiseln waren gestellt. Und nun kommt Königin Alienor ins Spiel. Du wunderst dich? Ja, sie lebte noch. Zwei Ehen, zwölf Geburten und den Tod von vier ihrer Kinder, sechzehn Jahre Gefangenschaft – das alles hatte sie überstanden, ohne ihren Charme, ihre Klugheit und ihre Stärke zu verlieren. Keinesfalls würde sie zulassen, daß ihr Richard, ihr Erbe in Aquitanien, ihr

Lieblingssohn in einem Kerker verrotten würde. Sie machte sich also auf, zog durch ihre Lande, bat ihre Untertanen, was sie nur aufbringen konnten für die Freiheit des Königs zu opfern. Sie verkaufte, was sie hatte: Schmuck, Silbergeschirr, Pferde, auch Ländereien. Ihr jüngster Sohn Johann versuchte, sie daran zu hindern. Er hatte nicht das geringste Interesse daran, daß das angevinische Reich völlig ausblutete, um einem Mann die Freiheit wiederzugeben, den Johann sehr gern hinter Schloß und Riegel sah. Aber Alienor setzte sich durch. Sie bat, sie bedrängte, sie schacherte; ein Kaufmann kann es nicht besser. Ich habe sie ja erlebt, damals in London. Und schließlich hatte sie den größten Teil des Geldes zusammen.

1194

Dann machte sie sich auf den Weg. Sie selbst wollte Richard die Nachricht überbringen, seine Freilassung erleben und ihn gleich mitnehmen. Sie sehnte sich sehr nach ihm, denn sie hatte ihn drei Jahre lang nicht gesehen. Und weißt du, welchen Weg sie nahm? Sie kam über Köln! Am Dreikönigstag des Jahres 1194 traf die Flotte aus England ein. Halb Köln stand am Ufer und beobachtete, wie die Treidelpferde die Schiffe über den Strom zogen. Tief lagen sie im Wasser, alle Welt wußte ja, daß sie schwer vom Silber waren. Darum auch die schwerbewaffneten Soldaten auf vier weiteren Schiffen. So hatten keine Piraten auch nur daran denken können, die einzigartige Beute zu erobern.

Auch ich stand in der Menge und sah, wie Königin Alienor ihr Schiff verließ. Sie hatte sich sorgfältig zurechtgemacht, das längst graue Haar war nicht unter einer Haube verborgen, sondern nur von einem durchsichtigen Schleier bedeckt, auch eine Krone zierte ihr Haupt. Natürlich war sie inzwischen alt geworden, aber ich fand sie noch immer schön. Sie hielt sich sehr aufrecht, lächelte und grüßte in die Menge, die ihr zujubelte. Erzbischof Adolf, gerade gewählt, aber noch nicht inthronisiert, trat auf sie zu und begrüßte sie ebenso höfisch wie ehrerbietig. Er reichte ihr den Arm und führte sie die paar Schritte zu der wartenden Sänfte. Sie bestieg sie mit der Leichtigkeit und Anmut einer sehr viel jüngeren Frau, schob sofort die Vorhänge zurück und winkte lächelnd nach allen Seiten. Ich stand in der ersten Reihe hinter den absperrenden Soldaten und konnte sie sehr gut sehen. Gerne würde ich jetzt erzählen, daß sie mich sah und wiedererkannte, aber das wäre schlicht gelogen. Wie hätte sie auch eine Frau, eingehüllt in einen dicken Mantel und eine warme Kapuze, von der kaum mehr zu sehen war als die Nasenspitze, mit einem jungen Mädchen aus ferner Vergangenheit in Verbindung bringen können? Sie hatte mich vermutlich in dem Augenblick für immer vergessen, als ich den Palast in London verließ. Aber ich hatte mich immer wieder in Gedanken mit ihr beschäftigt.

Nun, dies war das letzte Mal, daß ich jemand aus der englischen Königsfamilie gesehen habe. Der Erzbischof reiste bald darauf mit der Königin und den Silberschiffen ab, um sich bei Kaiser Heinrich für Richards Freilassung zu verwenden. Im Monat Februar kehrten sie, ohne das Silber, aber dafür mit König Richard, zurück. Drei Tage lang wurde im erzbischöflichen Palast ein rauschendes Fest für die hohen Gäste gefeiert. Davon bekam ich aber nichts mit, denn ich hatte mir beim stundenlangen Warten in der Eiseskälte bei der Ankunft der Königin eine so schlimme Erkältung geholt, daß ich noch immer nicht das Haus verlassen konnte. Das tat mir sehr leid, denn ich hätte gar zu gern den englischen König, Mathildes geliebten Bruder, gesehen.

Ehe der König mit seiner Frau Mutter Richtung Antwerpen abreiste, verlieh er den Kölner Bürgern ein bedeutsames Privileg, nämlich allgemeine Abgabenfreiheit in seinem Herrschaftsgebiet, besonders in der Gildehalle zu London. Bis jetzt mußten dort bei jedem Besuch zwei Solidi gezahlt werden. Außerdem durften sie frei (und gebührenfrei) in seinem Land reisen.

Ich sehe schon, der riesige Silberschatz beschäftigt dich noch. Du fragst, was denn der Kaiser und der Herzog mit soviel Geld angefangen haben? Nun, Kaiser Heinrich finanzierte damit seinen Kriegszug nach Sizilien, eroberte es und plünderte es aus. Herzog Leopold hingegen gründete die österreichische Münze, die aus dem ganzen vielen Silber schöne Geldstücke prägte. Mit diesem Geld baute Leopold seine Städte aus, vor allem Wien.

Übrigens hat dem Papst die ganze Sache wenig gefallen. Schließlich hatte er selbst für die Sicherheit und Unversehrtheit der Kreuzfahrer gebürgt. Wer würde in Zukunft schon noch wagen, auf den Ruf des Heiligen Vaters ins Heilige Land zu ziehen? Papst Coelestin ärgerte sich sehr, als er erfuhr, um welche gewaltige Summe Kaiser und Herzog den König von England geschröpft hatten, und verlangte unter Androhung der Exkommunikation, sie sollten das Geld an König Richard zurückzahlen. Übrigens, ich vermute, daß sich der Herr Papst besonders darüber geärgert hat, daß er von dem Lösegeld nichts abbekommen hatte.

Der Kaiser antwortete bedauernd, er wäre natürlich gern der Anregung des Heiligen Vaters gefolgt, aber leider habe er das ganze Geld schon für seinen Kriegszug ausgegeben.

Herzog Leopold, schon wesentlich schüchterner, meldete ebenfalls, das Geld sei bis auf einen kleinen Rest ausgegeben. Nun erlitt er aber Ende des Jahres einen schlimmen Sturz vom Pferd und sah dem Tod ins Auge. Er zitterte davor, als Gebannter niemals das Himmelstor durchschreiten zu dürfen. Auf dem Totenbett schwor er darum, gemeinsam mit seinem Sohn Friedrich, daß sie den Engländern das Geld zurückgeben würden. Daraufhin nahm der Papst die Exkommunikation zurück, und Leopold starb erleichtert und mit ruhigem Gewissen.

Tatsächlich wollte Friedrich von Österreich nach dem Tod seines Vaters den Schwur halten, was mich sehr wunderte. Er ließ die englischen Geiseln frei, denn nun mußten sie ja nicht mehr für die Zahlung der noch ausstehenden Restsumme bürgen, und wollte ihnen das bereits bezahlte Geld mitgeben. Wie dein Bruder Heinrich später in London erfuhr, wehrten diese das Ansinnen entsetzt ab! Sie hatten keine Lust, für Silber, das nicht ihnen gehörte und das sie in England wieder abzuliefern hätten, das Ziel sämtlicher Räuber auf ihrem Heimweg zu werden. Nun kehrten sie also ohne das Geld zurück, und bei diesem großherzigen Angebot des Herzogs ist es dann wohl geblieben – jedenfalls hat niemand etwas darüber erfahren, daß er einen weiteren Anlauf zur Rückerstattung unternommen hätte.

Eine wunderschöne Geschichte möchte ich dir noch erzählen, die sich ganz kurz vor dem Besuch von Königin Alienor zutrug. Du warst noch ganz klein, hattest gerade laufen gelernt und machtest das ganze Haus unsicher, als dein Bruder Gunther auf einer Handelsfahrt die Burg Stahleck besuchte, wo der Pfalzgraf bei Rhein residierte. Er traf jedoch den Hausherrn nicht an, Pfalzgraf Konrad von Hohenstaufen befand sich gerade am Hof seines Neffen, des Kaisers Heinrich. Das war ärgerlich für Gunther, denn er hatte eine Ladung kölnischer Schwerter bei sich, die er dem Pfalzgrafen gerne verkauft hätte. Immerhin war die Pfalzgräfin an seinen Kölner Borten interessiert.

»Ich lasse gerade Festgewänder für die ganze Familie nähen«, bemerkte sie und rieb prüfend über die Seidenfäden. »Unsere einzige Tochter Agnes wird bald heiraten.«

Gunther sah zu dem jungen Mädchen hinüber, das am Fenster saß und sich nicht für seine Borten interessierte. Nicht der kleinste Freudenschimmer huschte über ihr Gesicht bei den Worten der Mutter. Das wunderte Gunther.

»So wünsche ich der jungen Pfalzgräfin alles Glück der Welt«, bemerkte er höflich. Dann fiel ihm etwas ein.

»Meine Mutter hat uns oft erzählt, wie Herzogin Mathildes kleiner Sohn Heinrich auf einem Steckenpferd durch die Kemenate seiner Mutter ritt und sich damit wichtig machte, er habe schon eine Braut …«

Verblüfft ließ die Pfalzgräfin die Borte fallen. »Wie? Eure Mutter kennt die Familie des Herzogs von Sachsen?«

Gunther lachte verlegen. »Ja, sie war seit früher Jugend eine enge Freundin der Herzogin. Sie weilte oft an ihrem Hof. Auch ich bin öfters dort gewesen, denn unsere Handelsfahrten führen regelmäßig nach Braunschweig.«

Da sprang Agnes auf und trat zu ihrer Mutter.

»Ihr kennt also den jungen Heinrich?« fragte sie mit glänzenden Augen. »Bitte, erzählt mir von ihm!«

»Das tue ich sehr gern. Er ist ein bemerkenswerter Mann: Von kräftiger Statur wie sein Vater, der Löwe, aber mit den feinen Gesichtszügen seiner Mutter, der englischen Königstochter. Ein glänzender Reiter, ein gewandter Kämpfer; dabei ein wohlerzogener, freundlicher, liebenswerter Mensch, der mit einfachen Leuten ebensogut umzugehen weiß wie mit dem höchsten Adel. Alle Welt redet davon, wie kühn er aus dem kaiserlichen Lager vor Neapel geflohen ist.

Aber das werdet ihr ja besser wissen, da ihr mit ihm verlobt seid und, wie ich von Eurer Frau Mutter höre, bald seine Frau sein werdet.«

Da brach Agnes in Tränen aus. Die Mutter legte tröstend den Arm um das schluchzende Mädchen.

»Ihr seid nicht ganz auf dem laufenden«, sagte sie dann zögernd. »Es ist richtig, daß unsere Agnes schon als kleines Mädchen mit dem Erben Herzog Heinrichs verlobt wurde; aber der Kaiser hat nun befohlen, daß sie die Gemahlin des Königs von Frankreich werden soll.«

Gunther blinzelte verblüfft.

»Wahrscheinlich kenne ich mich nicht gut genug mit den Angelegenheiten der Fürstenhöfe aus«, sagte er. »Mein Onkel Constantin weiß das alles sicher viel besser. Aber ich dachte, daß der König von Frankreich verheiratet ist, und das erst seit ganz kurzer Zeit?«

Die Pfalzgräfin nickte gewichtig. »Das ist richtig. Er hat im August die dänische Königstochter Ingeborg zur Frau genommen.«

»Dann verstehe ich nicht …« stammelte Gunther.

»Nach der Hochzeitsnacht hat König Philipp erklärt, auf keinen Fall wolle er mit dieser Frau eine Ehe führen. Sobald er in ihre Nähe käme, befiele ihn ein unerklärliches Zittern. Darum hat er sie vor vier Wochen verstoßen und dem Kaiser zu dessen Freude mitteilen lassen, er wünsche eine Verbindung mit der hohenstaufischen Familie. Und zur Zeit gibt es dort kein heiratsfähiges Mädchen, außer meiner Tochter, die, wie Ihr sicher wißt, die Base des Kaisers ist.«

»Mutter, ich habe solche Angst«, rief Agnes, und die Tränen liefen in Strömen über ihr niedliches Gesicht. »Was soll ich mit einem Ehemann, der mich vielleicht auch am Morgen nach der Hochzeit verstößt? Außerdem hört man, daß er häßlich ist mit seinem roten Haarschopf, und man nennt ihn Philipp den Ungekämmten. Und herzenskalt muß er auch sein, sonst hätte er Ingeborg nicht verstoßen.«

»Ja, meine Tochter«, sagte die Pfalzgräfin grimmig, »ich wüßte auch nicht, was ihn empfehlen könnte, außer natürlich, daß er König von Frankreich ist. Aber wie könnten wir uns dem ausdrücklichen Wunsch, ja eigentlich dem Befehl des Kaisers widersetzen?«

Agnes weinte noch verzweifelter, und Gunther dachte, um wieviel besser es ihm doch ging, der seine geliebte Johanna hatte heimführen dürfen. Das weinende Mädchen weckte in ihm den Wunsch, sie zu beschützen; aber schließlich war er kein Ritter, der den Drachen Philipp hätte bekämpfen können.

»Ihr sagtet, nach der Hochzeitsnacht? Aber dann ist seine Ehe doch rechtsgültig. Wie kann er dann an eine neue Heirat denken?« fragte er.

»Sie ist rechtsgültig, falls sie in dieser Nacht vollzogen wurde. Ob das geschehen ist, weiß ich natürlich nicht, ich war ja nicht dabei«, sagte die Pfalzgräfin gereizt.

»Oh, Mutter, ich will ihn nicht. Ich will Heinrich, mit dem ich mein ganzes Leben lang verlobt bin!« jammerte Agnes.

Gunther spukten immer noch Bilder seiner eigenen, glücklichen Hochzeit im Kopf herum; und da kam ihm der rettende Einfall.

»Und wenn Ihr den Sohn des Löwen einfach ganz rasch heiratet, ohne es dem Kaiser vorher zu sagen? Wie Eure Frau Mutter sagt: Ist eine Ehe vollzogen, dann kann sie nicht mehr aufgelöst werden, auch durch den Kaiser nicht …«

Schlagartig verstummte das Weinen. Die beiden Frauen starrten ihn an.

»Mutter, wäre das möglich?« fragte Agnes schüchtern. Die Pfalzgräfin erhob sich, trat zum Fenster; es war inzwischen dunkel geworden, und sie sah nur den Lampenschein aus dem Pförtnerhäuschen dringen.

Sie dachte lange nach, und als sie sich schließlich umwandte, ging ein spitzbübisches Lächeln über ihr Gesicht.

»Gunther, für diesen klugen Gedanken habt Ihr eine Menge bei uns gut. Ich muß gestehen, ich wäre selbst gar nicht auf die Idee gekommen, mich dem Befehl des Kaisers zu widersetzen. Und dazu gegen den Auftrag meines Gemahls zu handeln, was für mich wesentlich schwerer wiegt. Aber ich habe nur diese eine Tochter, und ihre Zukunft ist mir das Wichtigste auf der Welt. Ich bin bereit, dem Kaiser zu trotzen, und ich nehme sogar den Zorn meines Ehemannes auf mich, wenn ich meinem Kind sein Glück sichern kann.

Allerdings müßte es sehr, sehr rasch gehen. Der Pfalzgraf weilt zur Zeit beim Kaiser, wie ich Euch schon sagte. Er kann aber schon bald zurückkommen, und dann würde er verhindern, daß Agnes den Löwensohn heiratet. Ich brauche einen schnellen, zuverlässigen, vertrauenswürdigen Boten, nur habe ich den nicht, weil mein Gemahl alle jungen Männer mitgenommen hat. Gunther, würdet Ihr uns den großen Gefallen tun und für das Glück meiner Tochter nach Braunschweig reiten?«

Gunther schluckte. Einerseits wollte er gern der jungen Agnes helfen, andererseits war er unserer Familie die Verantwortung für die Handelsfahrt schuldig.

»Meine Waren …« begann er zögernd. Aber die Pfalzgräfin fiel ihm sofort ins Wort.

»Ich kaufe Euch alles ab, was Ihr bei Euch habt. Fuhrwerk, Pferde und Knechte sind bei mir in guter Obhut bis zu Eurer Rückkehr – mit dem jungen Heinrich.«

»Oh, bitte!« flehte Agnes und ergriff Gunthers Ärmel. »Ich würde Euch bis ans Ende meiner Tage danken!«

Was blieb Gunther anderes übrig? Er hatte eigentlich gehofft, zum Weihnachtsfest wieder in Köln zu sein. Statt dessen machte er sich am nächsten Tag in aller Frühe auf den Weg, versehen mit dem besten Pferd des Stalles, reichlich Geld und ausreichend Proviant für ihn wie auch Hafer für das Tier. Zum Glück hatte die Pfalzgräfin gute Landkarten, so daß Gunther vor der Abreise festlegen konnte, wo er jeweils übernachten und bei Bedarf das Pferd wechseln konnte.

Während er so rasch wie möglich durch das Land ritt, haderte Gunther mit sich selbst und seiner Gutmütigkeit. Was, wenn das milde Winterwetter sich verschlechterte? Was, wenn der junge Heinrich sich nicht in Braunschweig aufhielt? Was, wenn Pfalzgraf Konrad zu früh nach Burg Stahleck zurückkehrte? Was, wenn …

Aber nach nur sieben Tagen traf er in Braunschweig ein. Er stürzte nicht vom Pferd. Das hervorragende Tier, das er doch nicht gewechselt hatte, brach sich kein Bein. Das Wetter war ihm günstig gesinnt geblieben. Der junge Heinrich war anwesend, allein, denn sein Vater befand sich in Lüneburg.

Hungrig und erschöpft meldete sich Gunther bei dem Hauptmann der Wache und wurde sogleich zu Heinrich geführt. Gunther bat, mit ihm allein sprechen zu dürfen. Dann sagte er: »Eure Euch verlobte Braut Agnes entbietet Euch ihren Gruß und ihre Liebe. Wollt Ihr sie noch immer zur Frau nehmen, so macht Euch auf der Stelle auf den Weg zu ihr. Andernfalls wird der Kaiser sie mit König Philipp August verheiraten.«

Heinrich wurde blaß. Er hatte nichts davon erfahren, daß der französische König sich um Agnes bewarb. Sofort rief er den Haushofmeister und übertrug ihm alle Vorbereitungen, um gleich am nächsten Morgen loszureiten.

»Du kannst hierbleiben und dich erst einmal von dem Ritt hierher erholen«, bot er Gunther an. Aber dieser schüttelte empört den Kopf. Er wollte um jeden Preis miterleben, wie diese aufregende Geschichte weiterging. Ich muß wohl davon ausgehen, daß meine Neugierde sich an meinen Sohn vererbt hatte.

Nur mit einem Pferdeknecht ging der Ritt bei Morgengrauen los. Das Pferd der Pfalzgräfin blieb zurück, der Löwe hatte ebenso gute im Stall. Der Pferdeknecht ritt langsamer mit drei Ersatzrossen, so konnten die Reiter jeden Tag ein frisches Tier nehmen.

Dieses Mal brauchten sie nur sechs Tage. Sie trafen am Abend des Neujahrsmorgens auf Burg Stahleck ein. Die Pfalzgräfin hatte wohl einen Späher auf dem Turm gesetzt, denn kaum waren sie in den Hof eingeritten, eilte sie schon die Treppe herab.

»Ihr seid da, Heinrich. Daraus schließe ich, daß Ihr meine Tochter heiraten wollt?«

»Ich wünsche mir nichts mehr auf der Welt«, rief Heinrich und beugte das Knie vor Frau Irmgard.

»Dann kommt«, sagte die resolute Dame, reichte ihm die Hand und führte ihn nach oben, zur Kapelle. Sie winkte Gunther, er solle folgen.

In der Kapelle stand der Kaplan und Beichtvater der Familie schon bereit. Der Raum war schön geschmückt, Kerzen brannten, Weihrauch duftete.

Der Bräutigam wartete nur wenige Augenblicke, dann kehrte die Pfalzgräfin mit ihrer Tochter zurück. Als sie den anziehenden jungen Mann sah, brach sie schon wieder in Tränen aus, und Gunther dachte, er sei doch sehr damit zufrieden, daß seine Johanna nicht derart nah am Wasser gebaut hatte.

Aber nachdem die Tränen der Braut getrocknet waren und ihre Nase geputzt war, bot sie wirklich einen liebreizenden Anblick. Sie streckte sehnsüchtig beide Hände nach Heinrich aus, und der Priester mußte mahnend hüsteln, damit die jungen Leute sich auf die gebotene Ordnung besannen. Nur Frau Irmgard und Gunther nahmen als Trauzeugen bei der Zeremonie teil, welche die beiden für ihr Leben vereinte.

»Das Festmahl folgt morgen. Geht jetzt zur Ruhe, Kinder, der Bräutigam ist todmüde«, sagte Frau Irmgard und geleitete das junge Paar zum Hochzeitsbett. Fürsorglich stand ausreichend Essen und Trinken auf einer Bank, und schon war die Türe zu und die beiden blieben allein.

»Geschafft!« sagte Frau Irmgard zu Gunther. »Ich hatte solche Angst, daß mein Mann uns zuvorkäme. Ich hoffe nur, daß der Bräutigam nicht gar zu müde ist …

Aber Ihr sollt nun in aller Ruhe und reichlich mit mir speisen. Ich kann Euch niemals genug für diesen Gewaltritt danken.« Sie ging voraus und leuchtete Gunther. Ihr Schritt war federnd und munter, wie bei jemand, der einen großen Erfolg errungen hat. Gunther folgte ihr, müde und ziemlich erschöpft, aber sehr fröhlich und restlos mit sich selbst und der Welt zufrieden.

Die Eile dieser überstürzten Heirat war in der Tat nötig gewesen, denn gleich am nächsten Vormittag meldete das Horn des Türmers die Heimkehr des Hausherrn. Während Pfalzgraf Konrad noch auf seine Burg zuritt, eilte seine Frau zum Hochzeitsgemach und horchte an der Tür. Alles war still. Sie klopfte, einmal, zweimal. Schließlich antwortete eine schlaftrunkene Stimme. Vorsichtig und langsam öffnete Frau Irmgard die Tür. Ihre Tochter, noch ganz verschlafen, lächelte der Mutter zu, während Heinrich noch in tiefen Träumen versunken war.

»Habt ihr …?« fragte Frau Irmgard leise. Ihre Tochter errötete und nickte schamhaft, aber selig.

Die Mutter atmete auf. »Dann ist ja alles gut. Dein Vater reitet soeben ein, rasch, zieht euch an!«

Gleich darauf stand sie auf der Treppe zum Burghof. Hinter ihr stand Gunther; das Horn des Wächters hatte auch ihn geweckt, und obwohl ihm der vieltägige Ritt noch schwer in den Gliedern lag, hatte seine Neugierde ihn spornstreichs vom Strohsack getrieben. Er wurde also Zeuge, wie der Pfalzgraf seine Frau herzlich in die Arme schloß. Seine kluge Frau hatte für den Fall seiner Rückkehr ein erfreulich üppiges Frühmahl vorbereitet. Im Vorbeigehen gab sie Gunther einen leisen Wink, sich der Familie anzuschließen. Er setzte sich bescheiden an das untere Ende der Tafel und beobachtete, wie der Pfalzgraf mächtig zulangte, wobei seine Frau ihm liebevoll Honig auf den Brei schöpfte. Gunther aß rasch, damit er gesättigt war, ehe es spannend wurde.

Da – jetzt war es soweit. Der Pfalzgraf sah sich suchend um. »Ich vermisse unsere Tochter. Wo steckt sie? Etwa noch bei der Frühandacht?« Und er lachte schallend.

»Das vielleicht nicht gerade. Oder doch so ähnlich«, sagte Frau Irmgard geheimnisvoll. Sie stand auf und verließ den Raum, gefolgt von dem verwunderten Blick ihres Mannes. Nach ganz kurzer Zeit war sie wieder da, und mit ihr die Tochter, verschämt lächelnd und mit rosigen Wangen. An der Hand führte sie einen jungen Mann.

Dem Pfalzgrafen blieb der Mund offenstehen. Verständnislos starrte er sein einziges Kind an. Dann fragte er, mit dumpf grollender Stimme:

»Und wer ist dieser Jüngling, wenn ich fragen darf?«

Heinrich trat vor, verbeugte sich makellos und ehrerbietig vor dem Pfalzgrafen.

»Mein Name ist Heinrich, mein Vater ist Herzog Heinrich von Braunschweig, meine selige Mutter war Frau Mathilde. Gestern wurde ich zu meiner großen Freude mit Eurer Tochter Agnes vermählt. Für diese meine sehr geliebte Ehefrau danke ich Euch von Herzen, hochverehrter Herr Schwiegervater. Ich biete Euch meine bedingungslosen Dienste an.«

Die Stirn des Pfalzgrafen färbte sich in einem bedenklichen Dunkelrot. Da schob Agnes ihren Bräutigam beiseite, warf sich dem Vater zu Füßen und umklammerte seine Knie.

»Liebster, liebster Vater, ich hatte solche Angst vor diesem schrecklichen Franzosenkönig. Nun bin ich die Ehefrau meines geliebten Heinrich und kann wieder froh und glücklich sein. Vater, bitte gib uns deinen Segen.«

Und wahrhaftig, die Tränen rollten schon wieder über ihr zartes Gesicht.

Während Gunther diese häufigen Tränenströme völlig überflüssig fand, weichte der Pfalzgraf schon bei dem ersten Tränlein auf. Die Röte wich aus seinem Gesicht, und er strich seinem Kind über die Wange. Darauf erhob sie sich und warf sich in seine Arme.

Beherzt trat Ehefrau Irmgard näher und legte ihrem Mann die Hand auf die Schulter.

»Danke, du lieber und großzügiger Mann, daß dir das Glück deines Kindes wichtiger ist als der Wille des Kaisers, der ja immerhin nur dein Neffe ist. Ich wußte gleich, daß du unsere Agnes niemals unglücklich machen willst. Darum bin ich ganz sicher, daß du diesen edlen und tapferen Schwiegersohn in dein Herz schließen wirst – zumal die Ehe ja bereits vollzogen wurde.«

Das letzte betonte sie sehr.

Der Pfalzgraf sah seine Frau lange an und seufzte. Dann küßte er seine Tochter, erhob sich, trat auf den jungen Heinrich zu und reichte ihm die Hand.

»Da es nun einmal so ist: So sei mir willkommen, Heinrich von Braunschweig. Wenn ich auch nicht die Ehre hatte, an der Hochzeit meiner einzigen Tochter teilnehmen zu dürfen, erkenne ich dich doch als meinen Schwiegersohn an.

Ich stelle allerdings eine Bedingung. Da Agnes unser einziges Kind ist, wirst du nach mir Pfalzgraf bei Rhein sein. Ich will, daß ihr hier lebt, bei uns auf Burg Stahleck. Dein Vater hat, wie ich höre, noch mehrere Söhne, die ihm nachfolgen können.«

»Dann wollen wir jetzt ein großes Fest richten«, rief Agnes fröhlich. Aber ihr Vater schüttelte den Kopf.

»Zuerst muß ich mich gleich wieder auf den Weg zum Kaiser machen. Was er zu dieser Geschichte zu sagen hat, kann ich mir leider lebhaft vorstellen. Aber da hilft ja nun nichts. Wenn ich diesen schweren Gang hinter mir habe, kannst du dein Fest haben, mit allem, was du dir wünschst, mein Kind.«

Soweit hat mein Sohn Gunther mir mit Genuß von diesen Ereignissen berichtet. Er mußte natürlich noch bis zu dem Fest auf Burg Stahleck bleiben und konnte mir darum sagen, daß der Pfalzgraf sehr rasch von seinem Ritt zum Kaiser zurückkam. Die harschen Kommentare des Kaisers zu dieser unerwünschten Heirat, welche die familiäre Bindung an den König von Frankreich zunichte machte, dazu noch mit einem Angehörigen des verpönten welfischen Hauses, hatten den Pfalzgrafen nicht zu einem längeren Verweilen ermuntert. Aber schließlich hatte der kühle realistische Kaiser sich damit abgefunden, was sowieso nicht mehr zu ändern war; und Konrad hatte gleich nachgestoßen. Er sei ein alter Mann; der Kaiser möge doch bitte den jungen Schwiegersohn gleich zum Pfalzgrafen ernennen, damit die Nachfolge geregelt sei.

Der Kaiser nickte ungnädig. Es kam schon nicht mehr darauf an.

Da setzte Konrad noch einen drauf. Übel würde es aussehen, wenn der Vater seines Schwiegersohns weiter in kaiserlicher Ungnade stehe. Und diese Heirat böte doch nun die Möglichkeit, endlich den unseligen Konflikt zwischen zwei nah verwandten Familien zu beseitigen, ein für allemal. Wie groß, wie edel werde der Kaiser – der zur Zeit wahrhaftig genügend anderweitige Schwierigkeiten hätte – dastehen, wenn er jetzt dem alten Welfen die Hand zur Versöhnung reichte!

Und kosten würde ihn das ja nichts.

Der Kaiser wollte gerade lostoben über diese unverschämte Zumutung; aber, wie gesagt, er war immer Realist. Die Gelegenheit, seinen mehrfach beschädigten Ruf mit dem Glanz des Edelmuts aufzupolieren, sollte vielleicht doch genutzt werden?

Und so kehrte Konrad nach Hause zurück und konnte dem Schwiegersohn mitteilen, der Kaiser erwarte den alten Löwen beim nächsten Reichstag, um mit ihm endgültig Frieden zu schließen.

Das Fest überbot alles an Pracht, was mein Sohn jemals erlebt hat. Nur seine eigene Hochzeit, mag sie auch weit bescheidener gewesen sein, war ihm in glanzvollerer Erinnerung als diese. Anschließend kehrte er mit vollen Taschen und übersprudelnd vor Neuigkeiten zu uns zurück.

Soweit Gunthers Schilderung. Woher er alle Einzelheiten wußte? Nun, Pfalzgraf Konrad hatte seiner Gemahlin alles haarklein berichtet. Diese hatte es Tochter und Schwiegersohn, dessen Charme auch das Herz der Pfalzgräfin eingenommen hat, erzählt. Und Heinrich meinte, es dem Jugendfreund und rettenden Engel Gunther schuldig zu sein, seine Neugierde zu stillen.

Und ich hatte es wahrhaftig nicht nötig, meinen Sohn erst lange zu bitten, meine Wißbegier zu befriedigen.

1195

Eigentlich hatte ich ja nie mehr nach Braunschweig reisen wollen, aber als die Fahrt im nächsten Jahr anstand, entschloß ich mich in letzter Minute, doch mitzufahren. Gottschalk zeigte sich erfreut über meine Gesellschaft. Wir reisten im Sommer, in gemächlichem

Tempo. Unsere Ladung bestand hauptsächlich aus bestem Rheinwein, der berühmten Kölner Borte, Seide und Brokat, auch Tuche und Gewürze wie Pfeffer und Safran fehlten nicht. Die Tage waren lang und sonnig; so leisteten wir uns mittags eine Ruhepause im Schatten der Wälder und nutzen statt dessen die frühen Morgen- und späten Abendstunden für die Fahrt. Angst vor Räubern brauchten wir nicht zu haben, denn wir hatten uns mit einem Dutzend Kaufleuten zusammengeschlossen und blieben bis weit ins Westfälische hinein zusammen.

In der späten Abenddämmerung saß ich dann mit Gottschalk am Lagerfeuer. Die üblichen Arbeiten wie Versorgung der Tiere, Bereitung der Mahlzeit und auch die Wachen verrichteten inzwischen die jungen Leute – gleich drei unserer Söhne begleiteten uns auf dieser Fahrt, und dazu noch mehrere Knechte. So hatte ich einmal Zeit, in Ruhe mit meinem Mann zu plaudern. Zu Hause gab es immer so viele Pflichten zu erledigen, da kamen wir selten zu einem ruhigen Gespräch. Wir redeten über unsere geschäftlichen Pläne, über unsere Kinder und die übrige Familie, nur nicht über uns selbst. Im Frühling hatte unser Sohn Gerhard Ida von der Lintgasse heimgeführt, ihr Vater Mathias bekleidete das Amt des Schöffenamtmanns. Dies war eine erstklassige Verbindung und eröffnete auch unserem dritten Sohn eine glänzende Laufbahn.

Ich sah meinen Mann von der Seite an. Seine Haare, seine wilde Lockenmähne, war jetzt schon stark mit Grau durchsetzt, aber seine Gestalt war jugendlich und straff geblieben. Ich dachte bei mir, es sei doch gut, daß eine Frau sich unter langen, lockeren Gewändern verbergen kann, denn die vielen Geburten waren nicht spurlos an mir vorbeigegangen. Zum Glück war ich nicht dick geworden wie viele andere Frauen mittleren Alters, sondern sah noch immer zierlich aus – angezogen. Und dann dachte ich, daß mein Mann, mit dem ich nun seit einem Vierteljahrhundert das Lager teilte, noch immer sehr anziehend für mich war, und das ließ Sehnsucht und Zärtlichkeit in mir erwachen. Genau in diesem Moment sah Gottschalk mir ins Gesicht, und er muß meine Gedanken wohl gelesen haben, denn in seinen Augen begann es zu funkeln.

»Kommst du, Sophia?« fragte er mit schmelzender Stimme. Ich nickte, und er nahm meine Hand, half mir auf und führte mich zu dem kleinen Zelt, das meine fürsorglichen Söhne für mich aufgeschlagen hatten. Ich glaube, so zärtlich und hingebungsvoll wie in dieser Nacht haben wir uns nie zuvor geliebt, und ich denke noch heute mit großem Glück daran zurück.

Es war Juli, als wir in Braunschweig eintrafen. Wie gewohnt, holte der Haushofmeister mich in der Herberge ab.

»Leider ist unser Herr Heinrich sehr krank«, sagte er traurig zu mir. »Wie schön, daß Ihr kommt. Vielleicht gelingt es Euch, ihn ein wenig aufzuheitern.«

Heinrich krank? Er, der immer ein Bild männlicher Kraft gewesen war? Gottschalk brachte mich bis zur Burg Dankwarderode, ließ mich dort aber dann allein.

Es dauerte eine Weile, bis Heinrichs Diener mich in sein Gemach führte. Offenbar hatte der Herzog Wert darauf gelegt, mich nicht im Bett empfangen zu müssen. Er saß im Sessel neben dem Fenster, zu müde, mir entgegenzugehen. Aber er streckte die Hand aus, als ich auf ihn zueilte.

»Du bist mich besuchen gekommen, Sophia. Das freut mich sehr«, sagte er. Wie schwach war seine tiefe, klangvolle Stimme geworden! Und seine Gestalt hatte nichts Löwenhaftes mehr, war gleichsam eingeschrumpft. Das traf mich so tief, daß mir die Stimme versagte und ich nur seine Hand nahm, mit den Tränen kämpfend. Aber als ich in das Gesicht meines lieben alten Freundes blickte, wurde ich ganz ruhig. Seine Augen sprachen nicht von Krankheit und Siechtum, nicht von nahendem Tod. Sie waren klar und fröhlich, und es war ein Frieden darin zu lesen, den ich zuvor nur dann bei dem Herzog beobachtet hatte, wenn er seine Frau ansah oder mit seinen Kindern spielte.

»Ich grüße dich, Heinrich«, sagte ich, und meine Stimme zitterte noch immer. »Was fehlt dir denn, lieber Freund?«

»Meine Ärzte wissen sich keinen Rat mehr. Und es ist mir auch gleich, welchen Namen sie für meinen elenden Zustand finden würden«, sagte Heinrich fröhlich. »Ich weiß, daß mein Leben sehr bald zu Ende gehen wird, und das ist nicht schlimm, denn dann kehre ich heim zu unserer Mathilde. Mal sehen, welchen Empfang sie mir bereitet.« Und wir lachten.

In den nächsten Tagen hielt ich mich fast ständig bei dem Herzog auf. Ich erzählte ihm, was ich von Gunther über die überstürzte Hochzeit seines Erben erfahren hatte, und Heinrich amüsierte sich sehr darüber.

Von ihm vernahm ich dann, daß er keineswegs in dankbarer Freude diese Nachricht aufgenommen hatte.

»Als der Pfalzgraf angeritten kam und mich von der Heirat in Kenntnis setzte, habe ich schlimmer gebrüllt und getobt als der Kaiser. Ich wollte nichts mit dieser Familie zu tun haben, die uns soviel genommen hatte, und mit meinem Namensvetter und Verwandten, dem Kaiser, schon einmal gar nicht«, erzählte mir der Löwe.

»Ich fürchte, Pfalzgraf Konrad mußte sehr viel Geduld und Überredungskunst aufbringen; schließlich hatte ich mich beruhigt und mich sogar bei Konrad für die klaren Worte entschuldigt, die ich über die Sippe der Hohenstaufen zu bemerken für nötig gehalten hatte.

Mein Sohn ist, glaube ich, nicht so jähzornig wie ich, hatte ich mit einem schiefen Lächeln hinzugefügt. Und so war es folgerichtig, daß ich auch zustimmte, im Februar am Reichstag in Saalfeld teilzunehmen, um dort mit Kaiser Heinrich zusammenzutreffen.

Und nun, Sophia, kommen wir dazu, warum ich heute so elend vor dir sitze. Saalfeld ist gar nicht weit von Braunschweig weg, früher wäre dieser Ritt mir wie ein Spaziergang erschienen. Aber nun merkte ich jeden Tag, daß ein Alter von fünfundsechzig Jahren auf mir liegt, in denen ich unzählige Meilen geritten bin, endlose Nächte bei Wind und Wetter im Freien kampiert und zahllose Kämpfe bestritten habe. Es war eisig kalt, alle Wege mit hohem Schnee verweht. Und da ist es passiert. Mein Pferd glitt aus und fiel. Ich rutschte aus dem Sattel, stürzte zu Boden, und das Ross auf mich. Du kannst dir nicht vorstellen, was ein Pferd wiegt! Ich hatte das Gefühl, zermalmt zu werden. Meine Hüfte bekam einen harten Schlag, und mein Oberschenkel brach. Es tat höllisch weh. Zum Glück war ein Kloster nicht allzuweit entfernt, und meine Männer schafften mich dorthin, aber frag mich nicht, wie. Sie schlugen Äste von den Bäumen und machten eine Art Schlitten daraus, opferten ihre Mäntel, um wenigstens ein kleines Polster für mich zu schaffen, und zogen mich selbst, weil ich die Erschütterung beim Ziehen durch ein Pferd wohl nicht überlebt hätte.

Seit frühesten Kindertagen habe ich im Sattel gesessen. Ich galt als einer der brillantesten Reiter meiner Zeit. Niemals zuvor bin ich vom Pferd gefallen, und nun gleich das!

Einige meiner Gefolgsleute ritten zum Kaiser, um ihn über meinen Unfall zu informieren. Er äußerte mit bösem Lächeln die Vermutung, dies sei wohl wieder eine meiner Finten, um den Friedensschluß zu vermeiden. Schließlich verlor der Stederburger Propst die Fassung und rief laut aus, ich läge erheblich verletzt und unter schrecklichen

Schmerzen im Kloster Walkenried, davon möge der Kaiser sich selbst überzeugen, wenn er es nicht glauben wolle. Da runzelte der Staufer mißmutig die Stirn und verschob das Treffen auf den Monat März.

Und so kam es. Ich konnte, wenn auch mühsam hinkend, wieder laufen. Du hättest sehen sollen, Sophia, was für eine Zeremonie der Kaiser daraus machte! Viele Umarmungen und Beteuerungen, liebwerter Onkel hier und da. Nun ja, aber er hielt immerhin sein Wort und belehnte meinen Sohn mit der rheinischen Pfalzgrafschaft. Dafür hielt ich auch die falschen Küsse des Kaisers aus. Was tut man nicht alles für seine Kinder? Zumal er meine Söhne Otto und Wilhelm noch immer als Geiseln festhält.

Mein Sohn mußte sich, zum Dank für das kaiserliche Entgegenkommen, dazu verpflichten, mit auf dessen Kriegszug zur Eroberung Siziliens zu gehen. Das war nicht allzu gefährlich, denn König Tancred war im Januar gestorben, kurz nach seinem ältesten Sohn und Thronerben Roger. Was meinst du, wie der Kaiser dort Ordnung geschaffen hat! Er zwang die Witwe des Königs, ins Kloster zu gehen. Ihren kleinen Sohn Wilhelm, ein Kind von nicht einmal zehn Jahren, der jetzt die sizilische Krone trug, traf es weit schlimmer. Der Kaiser ließ ihn blenden und entmannen und dann in den Kerker stecken. Nicht einmal die Toten waren sicher vor ihm: Er ließ die verwesten Leichen von Tancred und seinem Sohn Roger aus dem Grab zerren und enthaupten. Du schüttelst den Kopf und willst es nicht glauben, Sophia? Ich weiß es aber aus erster Hand. Mein Sohn Heinrich war nach diesem Italienzug kurz bei mir, ehe seine Pflichten ihn wieder nach Burg Stahleck riefen, so sagte er. Ich denke, es war eher die Sehnsucht nach seiner jungen Frau, die mir die Dauer seiner Gesellschaft verkürzte.

Und nun bin ich hier, in meinem geliebten Braunschweig, allein. Wenn meine Kräfte es zulassen, besuche ich meine Mathilde; es sind ja nur ein paar Schritte bis zu ihrem Grab. Es sind auch nur noch ein paar Schritte zu meinem eigenen Grab. Das ist schon in Ordnung. Schau, Sophia: Habe ich nicht viel mehr erlebt als die meisten anderen Menschen? Und so vieles hat Gott mir geschenkt: Zwei Herzogtümer, zwei Ehefrauen, von denen ich Mathilde bis zu meinem letzten Atemzug lieben werde, gesunde, prächtige Kinder, die meine Freude und mein Stolz sind.

Freilich, davon wurde mir auch vieles wieder genommen: Mein Weib, vier meiner Kinder, meine Länder und nun zum Schluß auch die Gesundheit. Aber ich will mich nicht beklagen. Wenn es dir nicht zu mühsam ist, Sophia, einen alten Mann beim Gehen zu stützen, dann könnten wir vielleicht in den Dom gehen und unsere Mathilde besuchen.«

Wir taten es. Auf Mathildes Ruhestätte war inzwischen ihr Abbild angebracht. Wir sprachen gemeinsam ein Gebet für sie. Ein gleißender Lichtstrahl fiel durch ein Fenster, es tanzten Stäubchen darin. Draußen glühte ein heißer Julitag, aber im Dom war es angenehm kühl.

Dann ging Heinrich, mühsam hinkend, mit mir zum Steinmetzen, der seine Werkstatt unmittelbar neben dem Dom betrieb. Dort zeigte er mir das Abbild für sein eigenes Grab. Er fand es tröstlich, aber für mich war es sehr traurig. Mich trennten eben mehr als zwanzig Jahre vom Löwen, ich konnte mich mit dem Tod noch keineswegs abfinden so wie er. Freilich, alle seine Töchter waren im Ausland verheiratet, die drei Söhne fern von ihm. Seine Getreuen waren alle tot, bis auf Jordan von Blankenburg, der damals Barbarossas Krone vom Boden aufhob. Selbst Heinrichs alter Onkel Welf war gestorben, auf der Ravensburg, die fast vierhundert Jahre das Heim der Welfen war und nun mit dem gewaltigen

Gut in Süddeutschland und Italien an die Staufer fiel – weil der Löwe damals nicht pünktlich an seinen Onkel gezahlt hat. Aber all das war ihm jetzt nicht mehr wichtig.

Gegen Abend verdunkelte sich die Sonne, schwere Gewitterwolken zogen in der Ferne auf. Es war schon Nacht und die Bewohner Braunschweigs vom Tagelöhner bis zum Herzog lagen zu Bett; Blitze zischten durch den Himmel und erhellten ihn. Ich wurde wach und trat an das kleine Fenster. Da sah ich einen grellen Blitz in das Dach des Doms einschlagen, und gleich darauf schlugen Flammen aus dem Dachstuhl. Sie wuchsen mit beängstigender Geschwindigkeit – jetzt griffen sie auf die Burg über! Ich schlüpfte rasch in meinen Rock, lief barfuß aus meiner Kemenate, durch den Gang und hinüber zur Schlafkammer des Herzogs. Dort waren schon Diener, so notdürftig bekleidet wie ich, sie schrien durcheinander. Der Herzog lag ganz ruhig im Bett. Er war wach, blickte aber ungerührt durch das Fenster in die fauchenden Flammen. Der aufgeregte Haushofmeister befahl den Dienern, das Bett mitsamt dem Löwen hinauszutragen, um ihn vor dem Inferno zu retten. Der Herzog winkte ab – wozu Rettung? Er ließ auch nicht zu, daß sie ihn aus dem Bett hoben.

»Ihr müßt den Herrn Herzog überreden, Frau Sophia, wenn er nicht bei lebendigem Leib verbrennen soll«, sagte der Haushofmeister verzweifelt.

Ich sah zum Fenster. Die wilden Flammen machten den Raum fast taghell. Ich hatte entsetzliche Angst. Ohne jeden Respekt packte ich den Löwen bei der Schulter und schüttelte ihn.

»Los, Heinrich, steh sofort auf und flieh mit mir!« rief ich. Und, als der Herzog störrisch den Kopf schüttelte: »Wenn du unbedingt wissen willst, wie es in den Flammen ist, solltest du dich schon bis zum Fegfeuer gedulden!«

Und, du wirst es nicht glauben: Da lachte der Herzog! Er lachte, mitten in dem Inferno! Und dann hörte ich, wie es draußen prasselte – aber nicht vom Feuer, sondern den Blitzen folgte nun eine Sturzflut von Regen. Er löschte die Flammen in wenigen Minuten. Die Gefahr war gebannt, und dem Löwen war es nicht gelungen, seinem Leben zu entwischen.

Zwei Tage darauf kehrten Gottschalk und unsere Söhne zurück, und wir machten uns zur Abreise fertig. Bevor wir davonzogen, schenkte der Herzog mir ein sehr schönes, kunstvoll bemaltes Psalterbuch, eine Kostbarkeit, die bis heute mein größter Schatz ist. Du kennst es, du hast mich schon oft darin lesen sehen.

1195

Die Heimkehr war beschwerlich. Tagsüber war es oft so drückend heiß, daß wir die Fahrt unterbrechen mußten, damit die Zugpferde nicht zusammenbrachen. Gegen Abend gab es dann des öfteren starke Gewitter und Regenfluten. Einmal erwischte uns ein solches Unwetter auf freiem Feld. Wir zurrten die Planen über den Wagen mit der kostbaren Fracht, die mein Mann und seine Söhne in Lübeck erstanden hatten, besonders sorgfältig fest und machten uns ein notdürftiges Zelt unter einer starken alten Eiche. Aber auch ihr dichtes Blattkleid konnte den Wassergüssen nicht standhalten. Der nahe gelegene Bach stieg über die Ufer, es rauschte und gurgelte um uns herum. Weder Fackel noch Lagerfeuer hätte den Regenmassen standgehalten, und so konnten wir nur im Schein der Blitze kurz wahrnehmen, was um uns vorging. An Schlaf war natürlich keinen Augenblick zu denken, und so waren wir alle völlig durchnäßt, durchfroren und mißgelaunt, als der

Tag graute. Da erkannten wir, daß das Bächlein, das gestern so harmlos durch die Wiese geplätschert war, über Nacht zu einem reißenden Fluß angeschwollen war, der uns fast erreichte. Eilig fütterten wir die Tiere, rieben sie, so gut es ging, trocken und setzten schleunigst unsere Reise fort. Für uns gab es nur ein paar kalte Bissen aus dem Mundvorrat. Die Wege waren tief verschlammt, lagen voll abgebrochener Äste, so mußten wir ständig vor den Wagen herlaufen und die schlimmsten Hindernisse beseitigen, ehe sie sich in den Wagenspeichen verfangen konnten. Mehrmals blieb einer der Wagen im Schlamm des Weges stecken, und wir mußten alle mit anpacken, um ihn wieder flottzumachen. Du siehst mich zweifelnd an? Nun ja, mich ließen die Männer nicht den Wagen anschieben, aber statt dessen zog ich das Pferd am Zügel vorwärts, das war auch schwer genug.

Schien die Sonne, dann nahmen wir die Planen ab und achteten sorgfältig darauf, daß die Ware gut von allen Seiten trocknete. Schließlich hatten wir Felle und Honig geladen, beides konnte rasch verschimmeln und verderben. Nur Wachs und Bernstein waren nicht gefährdet.

Auf diese Weise war die Reise natürlich sehr mühsam und anstrengend und dauerte wesentlich länger als sonst. Kein Wunder, daß der schnell reitende Bote aus Braunschweig vor uns die Stadt Köln erreichte. Als wir endlich in Deutz angelangt waren und unsere Wagen auf der Fähre verstauten, begannen auf der anderen Seite des Stroms die Trauerglocken zu läuten. Sie taten unserer Heimatstadt kund, daß Herzog Heinrich der Löwe, ein großer Fürst und bedeutender Mann, in die Ewigkeit eingegangen war.

*

Von dieser Reise kehrte ich sehr erschöpft zurück. Ich hatte mich in den regennassen Nächten erkältet, meine Nase lief, mein Kopf schmerzte. Aber ich wußte, Mutter würde mich schon pflegen. Das hatte sie doch immer getan, wenn mir etwas fehlte. Ebenso selbstverständlich war es für mich, daß sie während meiner Abwesenheit für meine Kinder und meinen Haushalt sorgte, natürlich unterstützt von unseren Dienstboten. Und auf unseren Handel hatte sie auch ein Auge während unserer Abwesenheit, jederzeit konnte der Gehilfe bei ihr oder meinem Vater anfragen.

Auch dieses Mal erwartete mich wieder ein tadellos geordneter Haushalt, gekämmte Kinder, ein funktionierendes Geschäft. Dankbar umarmte ich meine Eltern und ging gleich zu Bett. Oh, wieder in einem richtigen Bett schlafen! Trocken! Warm! Eine Kammer ohne Stechmücken, gelüftetes Bettzeug! Wohlig legte ich mich zur Ruhe.

Es dauerte zwei Tage, bis ich merkte, daß meine Mutter matt und müde war und ziemlich blaß aussah. Ich hatte mich inzwischen erholt und schämte mich, daß mir ihr besorgniserregendes Aussehen nicht sofort aufgefallen war. Aber als ich Mutter fragte, was ihr fehlte, wehrte sie ab.

»Es ist nichts, Sophia«, sagte sie. »Ich bin nur ein wenig matt und habe Kopfschmerzen. Und Verstopfung, seit einigen Tagen.«

»Ich bereite dir sofort einen Abführtee«, sagte ich und widmete mich schleunigst wieder meinen Pflichten. Warum vergaß ich denn immer wieder, daß meine Mutter inzwischen fünfundachtzig Jahre alt war? Wie konnte ich nur einer Greisin meine Arbeit auf den Rücken laden? Meine Mutter schien mir immer gleich, obwohl ihre Haut die Glätte der Jugend längst verloren hatte. Aber sie hielt sich noch immer gerade, und sie klagte nie über Beschwerden. Außerdem teilte sie ihre verbliebenen Kräfte so klug ein, daß man deren Schwinden kaum bemerkte.

Ich nahm mir vor, mich jetzt besonders um meine Eltern zu kümmern. Nun, da auch der Herzog tot war und niemand von seiner Familie mehr in Braunschweig lebte, gab es künftig keinen Grund mehr für mich, auf weite Reisen zu gehen.

Ich eilte also zu den Ursulinen und erbat mir Kräuter aus ihrer Apotheke, braute selbst den Tee und saß bei meiner Mutter und sah ihr zu, wie sie ihn austrank.

Spontan legte ich meine Hand auf ihre.

»Mutter, ich merke gerade, wie selbstsüchtig ich bin und wie ich deine unermüdliche Hilfsbereitschaft nicht nur ausgenutzt, sondern auch noch als selbstverständlich gesehen habe. Bitte, verzeih mir das. Ich will es in Zukunft besser machen. Mutter, ich liebe dich.«

Hadewigis nahm bedächtig den letzten Schluck und lächelte. »Meine Tochter liebt mich. Dafür ist mir keine Mühe zuviel. Laß gut sein, Sophia. Ich habe das alles immer gern für dich und deine Familie getan. Man möchte ja auch wissen, daß man noch auf dieser Erde gebraucht wird.

Aber ich stimme dir darin zu, daß dies nun anders werden sollte. Ich merke, daß ich inzwischen doch zu müde bin. Vor allem um deine jüngsten Töchter mußt du dich in Zukunft selbst kümmern, die Sorge um sie geht über meine Kräfte.«

Ich nickte und nahm mir fest vor, Mutter ihre unermüdliche Fürsorge zu entgelten.

Ach, hätte ich diesen Vorsatz doch nur schon früher gefaßt! Mir blieb kaum noch Zeit dazu. Am nächsten Tag ging es Mutter noch schlechter, und sie fing an zu fiebern. Tante Engilradis kam, um bei Mutters Pflege zu helfen; aber nach zwei weiteren Tagen lag sie selbst krank zu Bett. Ich machte mir große Sorgen und suchte Hilfe bei den Ursulinen. Dort hörte ich, daß es viele Krankheitsfälle in der Stadt gäbe.

Auch die Äbtissin lag fiebernd auf ihrem Lager und konnte mir nicht beistehen. Aber die Priorin kam, zusammen mit der Schwester, welche die Apotheke verwaltete. Nachdem sie die Kranke besucht hatten, nahm die Priorin meine beiden Hände.

»Kind, du mußt jetzt tapfer sein«, sagte sie traurig. »Dies ist eine sehr schlimme Krankheit. Sie heißt Typhus, und sie verläuft meistens tödlich. Deine Mutter ist sehr alt, sie hat keine Kraft mehr. Du kannst jetzt nur noch für sie beten, und wir wollen das auch tun.«

Damit gingen sie. Mir war entsetzlich elend, und ich sank auf den nächsten Stuhl, weil meine Beine unter mir nachgaben. Mutter, oh, meine Mutter! Und wie sollte ich das Vater beibringen? Ich ging wieder in die Krankenstube, wo Vater am Bett saß und Mutters Hand hielt.

Ich wollte mich zusammenreißen, aber ich konnte nicht. Der Schmerz überwältigte mich, und ich sank bitterlich weinend am Bett zusammen. Mein Vater legte tröstend seine Hand auf meine Schulter.

»Ist ja schon gut, Sophia. Weine dich nur aus, wenn du das nötig hast. Aber uns brauchst du nicht zu bemitleiden«, hörte ich die Stimme meines Vaters. Ich blieb liegen, bemühte mich aber, mein krampfhaftes Schluchzen zu unterdrücken, damit ich verstehen konnte, was er mir zu sagen hatte.

»Mutter kann dich nicht mehr hören, sie liegt im Delirium. Wir wollen alles tun, um sie nicht zu sehr leiden zu lassen. Ich werde ihr sehr bald folgen, seit heute morgen hat das Fieber mich auch gepackt. Ich muß nicht ohne meine Hadewigis weiterleben, das ist sehr tröstlich für mich. Unser Testament ist längst gemacht, unser Haus ist bestellt. Nun laß uns in Frieden gehen, Tochter. Mein letzter Gedanke wird dir gelten, unserem einzigen Kind, unserer Herzensfreude. Im Himmel sehen wir uns dann wieder.«

Es war, wie Vater gesagt hatte. Mutter starb am nächsten Morgen, umsorgt von Vater und mir bis zum letzten Atemzug. Dann legte Vater sich in ihr Bett und war am gleichen Abend tot. Die Nonnen wunderten sich, daß die Krankheit bei ihm so rasch fortgeschritten war, aber ich wußte, daß er Hadewigis nicht warten lassen wollte.

Auch Tante Engilradis starb, Gott hüte ihre liebevolle Seele in seiner Gnade. Wir begruben alle drei am gleichen Tag, und meine Eltern lagen gemeinsam in einem großen Sarg. Der Friedhof konnte die Trauergäste nicht fassen, sie standen bis weit in die angrenzenden Straßen hinein. Nicht nur die großen Familien waren ausnahmslos vertreten, auch riesige Scharen von armen Leuten waren gekommen; sie weinten und schluchzten in tiefem Kummer, weil Engilradis tot war, die sich seit Jahrzehnten um sie gekümmert hatte. Wer würde sich nun um sie sorgen?

Nach der Beerdigung konnte ich mich nicht gleich von dem Grab trennen. Ich schickte alle Verwandten weg, nur Gottschalk durfte bei mir bleiben. Hier lagen sie alle: meine Eltern, Großvater und meine vor meiner Geburt verstorbene Großmutter, Onkel Fordolf mit seiner Frau, auch sein Bruder Johannes mit Richlinde; sie waren auch schon etliche Jahre lang tot.

»Alle, die vor uns waren, sind nun fort«, meinte ich nachdenklich. »Wir werden dann wohl die nächsten sein.«

Gottschalk schüttelte heftig den Kopf. »Wo denkst du hin, Sophia?« sagte er. »Du doch nicht. Du wirst ewig leben, das ist doch klar.«

Als wir da standen, wußte ich noch nicht, daß ein noch schlimmerer Schlag auf uns wartete. Die Seuche war fast zum Erlöschen gekommen, da griff sie sich mit ihren Knochenfingern noch ein letztes Opfer – unseren Sohn Gunther. Ein junger, kräftiger Mann; wir dachten, er würde die Krankheit ganz gewiß überwinden. Ich holte ihn in unser Haus zur Pflege, damit Johanna und die Kinder sich nicht ansteckten, schickte darum auch dich und deine Schwester Sophia zu ihr. Blithildis bot mir an, bei der Pflege des Bruders zu helfen; aber das gestattete ich ihr natürlich nicht, denn sie war schwanger.

Das Fieber stieg und stieg bei Gunther, und kein Mittel wollte dagegen helfen. Er hatte täglich mehrere Durchfälle und magerte bis auf die Knochen ab. Ich wich nicht aus dem Krankenzimmer. Der Arzt kam täglich, eine Nonne der Ursulinen wechselte sich mit mir bei den Nachtwachen ab. Auch Gottschalk nahm immer wieder meinen Platz an Gunthers Bett ein und zwang mich, doch wenigstens ein paar Stunden zu schlafen.

Jeden Morgen, nachdem ich ihn sorgsam mit kühlem Wasser abgewaschen hatte, ging ich nach St. Laurenz oder in eine andere Kirche und flehte die Gottesmutter oder einen der vielen Heiligen um Fürsprache bei Gott an, daß er unserem Sohn das Leben ließe, zündete Kerzen an, spendete reichlich. Aber mein Flehen war nicht laut genug, meine Bitten wurden nicht erhört. Eines Nachts hörte Gunther einfach auf zu atmen.

Ich hatte die Hoffnung nicht aufgegeben, daß er wieder genesen würde; viele Kranke hatten überlebt, darunter auch Alte und Schwache; mein Sohn war jung und kräftig, warum sollte gerade er die Seuche nicht bezwingen?

Als ich endlich begriff, daß er nie wieder die Augen öffnen würde, überfiel mich der Jammer mit solcher Wucht, daß ich laut zu schreien anfing. Mir fiel der grauenhafte Augenblick ein, als ich Gunthers Bruder Regenzo tot in seiner Wiege gefunden hatte, und ich schrie und schrie. Ich wollte mit dem Kopf gegen die Wand rennen, um meinen entsetzlichen Schmerz zu beenden. Doch dann stand Gottschalk mir zur Seite und hielt mich ganz fest, bis mein Geschrei in trostloses Weinen mündete. Nach langer Zeit schlief ich völlig erschöpft ein, und als ich viele Stunden später wieder aufwachte, war mein Sohn schon bereit, um zur letzten Ruhe getragen zu werden. Schleppend stand ich auf, um ihn zu begleiten; aber als der Sarg zur Tür hinaus getragen wurde, brach ich zusammen. Ich fiel in eine so tiefe Ohnmacht, daß meine Angehörigen fürchteten, sie müßten nun auch noch mich betrauern.

Es dauerte Tage, bis ich wieder aufstand, und Wochen, ehe ich imstande war, meinen üblichen Pflichten nachzugehen. Aber ich hatte mich verändert. Still und ernst war ich geworden. Und ich fand ständig neue Vorwände, um nicht in die Kirche zu gehen. Ich grollte allen: den Heiligen, der Gottesmutter, die ich mir gut vorstellen konnte, und auch Gott, von dem ich mir kein Bild zu machen vermochte. Warum hatten sie alle meinem Sohn nicht geholfen, da sie es doch gekonnt hätten? Ich wußte, daß die Seuche viele hundert Todesopfer in Köln gefordert hatte, ganz besonders in den Armenvierteln, und daß es außer mir unzählige Mütter, Kinder und Ehegatten gab, die jetzt trostlos und allein waren. Aber das half mir nicht. Zu viele letzte Abschiede waren es in diesem Jahr gewesen. Das Maß war übervoll, ich wankte unter der Last meiner Trauer. Das einzige, was mich noch auf meinen Füßen hielt, war die Fürsorge für meine junge Schwiegertochter Johanna, die nun Witwe war, und ihre kleinen verwaisten Kinder. Und langsam besann ich mich auch auf meine eigenen jüngsten Kinder, die mich brauchten. Ich weiß noch, wie du im Garten eine letzte, späte Rose pflücken wolltest und dir an den Dornen die Fingerchen blutig gestochen hast. Du brachst in Geschrei aus, und ich eilte herbei und herzte und tröstete dich. Da hieltest du mir, noch mit dicken Kullertränen auf den Bäckchen, die Blume hin und sagtest: »Mutter wieder froh sein!«

Das war der erste Trost seit dem Tod meines Sohnes. Von diesem Tag an ging es mir langsam wieder besser, wenn es auch nie mehr wurde wie zuvor.

*

Man sagt, die Zeit heile alle Wunden. Nun, vielleicht schließen sich alle Wunden, an denen man nicht stirbt, aber auch Narben können schmerzhaft sein. Ich führte nun ein stilleres Leben als zuvor. Ich unternahm keine Handelsfahrten mehr, in Braunschweig wartete niemand mehr auf mich, nachdem Mathilde und ihr Löwe nebeneinander im Grab ruhten und keines ihrer Kinder dort weilte. Gottschalk reiste also ohne mich, und ich war Wochen und Monate allein – wie andere Händlersfrauen auch. Jeden Tag merkte ich, wie schmerzlich mir meine Eltern und Tante Engilradis fehlten. Auch die alte Äbtissin von St. Ursula war an der Seuche gestorben, und ich hatte keine weise Frau mehr, bei der ich mir Rat holen oder mich auch einfach nur aussprechen konnte. Ich begriff, daß jetzt ich selbst die ältere Frau war, zu der die jungen kamen. Ich nahm mir viel Zeit für meine jüngsten Töchter, für dich, meine Methildis, und Sophia. Auch Blithildis kam häufig mit ihren Kindern.

Eure ältere Schwester Margarete war mir schon eine tüchtige Hilfe. Sie versprach, eine glänzende Hausfrau zu werden; für den Handel zeigte sie allerdings weder Neigung noch Begabung. Sie konnte gutes Tuch nicht von minderwertigem unterscheiden und wollte es auch nicht lernen. Nun, wir würden sie an einen Kaufmann verheiraten, der auch ohne die Hilfe seiner Frau zurechtkam.

Auch Henrich und Gottschalk lebten noch in unserem Haus. Sie waren es nun, die ihren Vater auf den Handelsfahrten begleiteten, und sie gingen durch eine gute Schule. Niemand würde sie später übervorteilen können, da war ich mir sicher.

Ich hatte auf den Rat meiner Mutter gehört und mir immer erstklassige Helfer gesucht, sowohl für meinen Handel wie auch für meinen Haushalt. Ich behandelte und bezahlte sie sehr gut, und so blieben sie mir lange Jahre treu. Und ich fand daher noch genügend Zeit, um Informationen zu sammeln – die Grundlage für einen gut funktionierenden Fernhandel, und Labsal für meine nie versiegende Neugierde. Wir lebten im Wohlstand, der sich Jahr für Jahr vermehrte.

Nach dem Tod des Erzbischofs Philipp in der Fieberhölle vor Neapel wurde Bruno von Berg gewählt – das war gut für die Kölner Bürger, denn Bruno war ein alter Herr von über siebzig Jahren, milde und müde. Er verbrachte viel Zeit im Gebet und kam daher nicht dazu, sich groß in die Regierung der Stadt einzumischen. Nach zwei Jahren erklärte er allerdings, seine körperlichen und geistigen Kräfte seien im Schwinden begriffen, und er könne diesem hohen Amt nicht mehr gerecht werden. Er dankte also ab und zog sich als bescheidener Mönch in das Kloster Altenberg zurück. Ihm folgte sein Neffe Adolf. Er wurde zunächst einmal zum Priester und gleich am folgenden Tag zum Erzbischof geweiht. So schnell kann das gehen, wenn man ein Grafensohn ist.

Immerhin will ich zugeben, daß Adolf vorher schon viele Jahre als Domherr, Domdechant und Dompropst in Köln gelebt hatte. Aber wenn ich bedenke, wie viele Jahre lang ein angehender Kaufmann lernen muß, bevor er seinen Beruf ausüben darf, dann scheint mir, daß bei hochadeligen

Klerikern ein anderer Maßstab angelegt wird, was ihre Ausbildung angeht.

Jedenfalls war Adolf ein Mann in den besten Jahren und dementsprechend tatkräftig. Zum Glück für uns gingen seine Interessen weit über die Verwaltung seines Erzbistums hinaus; er wollte in der großen Politik mitspielen. Ich erzählte dir ja schon, daß er der Königin Alienor einen prunkvollen Empfang in Köln bereitete und sich sehr um die Freilassung ihres Sohnes, König Richard, bemühte. Den Vorteil davon hatten wir Kölner Kaufleute, wegen der Privilegien, die Richard uns zum Dank zugestand.

Am Ende dieses Jahres geschah etwas, womit niemand mehr gerechnet hatte. Kaiserin Konstanze, seit acht Jahren mit Kaiser Heinrich vermählt, zur Nonne erzogen und vierzig Jahre alt, bis dahin kinderlos trotz hinreichender Bemühungen ihres Gemahls (so vermute ich jedenfalls, denn wozu hätte er sie sonst heiraten sollen?) – sie gebar einen Sohn! Die Nachricht verbreitete sich wie ein Lauffeuer im ganzen Reich. Es gab ungläubiges Kopfschütteln, aber Frau Konstanze war eine sehr kluge Frau, die gar nicht erst Zweifel an der Rechtmäßigkeit dieses so sehnlich erwünschten Erben aufkommen lassen wollte. Als die Niederkunft nahte – ihr Gemahl war wieder einmal fern von ihr –, ließ sie ein großes Zelt aufstellen, in dem sie das Kind gebar, und alle verheirateten Frauen des Ortes, die Zeugen sein wollten, hatten Zutritt. Später setzte sie sich mit ihrem Kind auf den Marktplatz und stillte es in aller Öffentlichkeit, damit niemand anzweifeln konnte, daß sie die Mutter war. So beugte sie den Gerüchten vor, die trotzdem das Reich durchschwirrten – wie etwa: der kleine Knabe, den die Mutter Roger Constantin nannte, während der Vater ihm den Namen Friedrich gab, sei in Wahrheit das Kind eines Metzgers und dergleichen.

Dem Kaiser ging die Sicherung der Zukunft dieses Kindes, für das er die Ehe mit einer ungeliebten Frau ertragen hatte, über alles. Er schlug dem Reichstag vor, die deutsche Königskrone erblich zu machen. Dieser Vorschlag wurde verworfen, nachdem vor allem unser Erzbischof sich dagegenstellte. Der Kaiser steckte einen Schritt zurück und wollte den kleinen Knaben jetzt zum König wählen lassen, doch auch dies mißfiel dem Erzbischof Adolf. Er hatte wohl damit gerechnet, daß die übrigen Kurfürsten so dachten wie er; aber siehe da, diese kamen dem Wunsch des Kaisers nach, und Adolf stand plötzlich allein da. Eilfertig gab er darum im August des Jahres 1197 noch nachträglich seine Zustimmung. Kaiser Heinrich weilte wieder einmal in Sizilien, darum leistete Adolf den Treueid vor dessen jüngerem Bruder Philipp von Hohenstaufen. Ob der Kaiser ihn bestochen hat? Oder ob er ihm gedroht hat? Ich habe nichts darüber erfahren können.

Vielleicht hätte Adolf seine Ergebenheitsbezeugung noch etwas zurückhalten sollen, denn schon im folgenden Monat starb Kaiser Heinrich, erst zweiunddreißig Jahre alt, an einer Seuche. Vetter Constantin ließ dem Sekretär des Erzbischofs immer wieder etwas zukommen, und darum erfuhren wir auch als erste, daß Erzbischof Adolf bei der Todesnachricht einen Tobsuchtsanfall bekam und wertvolle venezianische Glasgefäße, die er erst kurz zuvor bei Constantin für viel Geld erstanden hatte, an die Wand schmetterte.

Nachdem er sich wieder etwas beruhigt hatte, dachte er scharf nach und kam auf eine Lösung. Er erklärte, die Königswahl sei nichtig, da der kleine König nicht getauft sei! Außerdem habe der Kaiser die Kurfürsten unter Druck gesetzt.

Ich muß sagen, daß ich mich über diese Begründung doch sehr gewundert habe. Jeder Gläubige ist verpflichtet, sein Neugeborenes am Tag nach der Geburt, spätestens am dritten Tag, taufen zu lassen. Und ausgerechnet die Kaiserin sollte das unterlassen und damit ihr Kind der Gefahr ausgesetzt haben, die ewige Seligkeit nicht zu erlangen, falls es plötzlich und unerwartet sterben sollte?

Wie dem auch sei, nach dieser Stellungnahme unseres Herrn Erzbischof nahm niemand mehr den Knaben in der Obhut seiner Mutter ernst. Herr Adolf gebärdete sich jetzt so, als habe er persönlich die höchste Krone des Reiches zu vergeben, und sah sich selbst nach geeigneten Kandidaten um. Geeignet hieß für Adolf: Es durfte auf gar keinen Fall ein Staufer sein. Zuerst bot er die Krone dem Herzog Bernhard von Sachsen an, was mich ebenso erstaunte wie ärgerte. Erstaunte, weil dieser Sohn Albrechts des Bären weder von seiner Abstammung noch von seiner Persönlichkeit her von sich reden gemacht hatte; und ärgerte, weil Bernhard das arg beschnittene Herzogtum Sachsen erhalten hatte, das nach meiner Ansicht zum Erbe des verstorbenen Löwen gehörte.

Aber siehe da: Bernhard wollte die deutsche Königskrone gar nicht haben, vielleicht aus der Erkenntnis, daß sie allzu schwer auf seinem Haupt lasten würde. Nun lud Erzbischof Adolf zu einem allgemeinen Fürstentag nach Köln ein. Eine ganz besonders dringende Einladung erging dabei an Herzog Berthold von Zähringen, und mein Vetter Constantin sagte mir mit Behagen, er wisse aus bester Quelle, daß in dem Einladungsschreiben an Berthold so etwas stehe wie, der Zähringer möge bitte eintausendsiebenhundert Mark Silber mitbringen, dafür könne er dann die Königskrone gleich mitnehmen.

Vermutlich zögerte der Herzog Berthold, denn als nächstes erfuhr Constantin, daß Adolf jetzt Richard Löwenherz als

Kandidaten im Sinn hatte. Obwohl der englische König sich gut mit Adolf verstanden hatte, nachdem dieser zu seiner Befreiung beigetragen hatte, wollte auch er dem Angebot des Kölner Königsmachers nicht folgen; er hatte schon alle Hände voll zu tun mit dem Königreich, das er bereits besaß. Er gab darum dem Kölner Abgesandten die Antwort mit, man möge doch an seiner Statt den jungen Grafen von Poitou berücksichtigen.

Du fragst, wer in aller Welt das denn wieder sei? Ganz einfach: Poitou hatte Königin Alienor ihrem Lieblingssohn Richard zugedacht. Nachdem dieser nun zum König aufgerückt war, hatte er die Grafschaft seinem Neffen Otto überlassen – dem Sohn des Löwen und seiner Frau, meiner Freundin Mathilde.

Als ich davon hörte, erinnerte ich mich daran, wie Mathilde vor vielen Jahren davon geträumt hatte, eins ihrer Kinder auf dem deutschen Thron zu sehen. Und mir fiel auch ein, wie der kleine Otto auf seinem Steckenpferd durch die Kemenate seiner Mutter geritten war. Nun, das lag viele Jahre zurück, und seine Eltern waren beide tot und konnten sich nicht mehr über die Aussicht ihres Sohnes freuen.

1198

Jedoch so einfach war es nicht. Erzbischof Adolf mochte noch so gebieterisch tun, aber es tanzten keineswegs alle Fürsten nach seiner Pfeife. Während er im März des Jahres 1198 seinen Fürstentag in Köln abhielt, wurde bekannt, daß in Erfurt ebenfalls eine Versammlung von Fürsten stattfand – und diese wählten Philipp von Hohenstaufen, den Bruder des verstorbenen Kaisers. Er hatte im Jahr davor die Regentschaft für seinen kleinen

Neffen übernommen, das hätte Erzbischof Adolf zu denken geben sollen. Aber er war so versessen darauf, den nächsten König nach seinem Geschmack zu bestimmen, daß er für die Ernennung von Herzog Berthold als Kandidaten sorgte, dieser sollte noch im gleichen Monat in Andernach gewählt werden.

Aber stell dir vor: In Andernach war alles bereit, der Erzbischof stand dort in seinem schönsten Ornat, nur der vorgesehene Kandidat Berthold erschien nicht. Er hatte sich gemütlich mit Philipp verständigt und sich von ihm die eine oder andere Abrundung seiner süddeutschen Gebiete zusagen lassen. Das schien ihm vermutlich viel lohnenswerter, als sich mit diesem in einen Kampf um die Krone zu stürzen. Ich muß sagen, daß ich das recht klug von ihm fand.

Unser armer Erzbischof durfte also wieder schäumen und toben, weil es nicht nach seinem Kopf ging. Obwohl Philipp ihm ein sehr freundliches Schreiben sandte und etliches dafür bot, wenn Adolf seine Wahl anerkennen wollte, mochte dieser davon überhaupt nichts wissen. Ein Eilbote ging ab, der Otto nach Deutschland rief.

Der Erzbischof eilte ihm entgegen und kehrte mit dem jungen Welfen nach Köln zurück.

Die Bürger bereiteten ihm einen rauschenden Empfang. Er war jung, sah gut aus, und Köln hatte seit je seine Beziehungen zu England gepflegt.

Wieder stand ich in der dichtgedrängten Menge, wie damals, als seine Großmutter Alienor Köln besucht hatte. Aber während damals bitterkaltes Winterwetter gewesen war, lockte uns dieses Mal schon der Mai mit seinen Frühlingsdüften. Die Sonne strahlte auf die wartenden Leute herab, und ich hatte ein leichtes Kleid an und schwitzte dennoch zwischen den vielen Menschen. Schon aus der Ferne kündigte sich die

Ankunft des Prinzen an, man hörte es am Jubel. Und dann sah ich ihn. Es war lange her, daß ich ihn in Braunschweig getroffen hatte, aber ich hätte ihn dennoch erkannt – zu groß war die Ähnlichkeit mit seinem Vater, dem Löwen. Er strahlte und winkte in die Menge, seine dunklen Augen blitzten. Ich hielt eine Blume in der Hand, die wollte ich eigentlich auf seinen Weg werfen, aber statt dessen flog sie dem Prinzen an den Kopf. Er fing sie auf, lachte, suchte in der Menge – und, anders als bei seiner Großmutter damals, fiel sein Blick auf mich. Er schaute gleich weiter über die Köpfe, suchte offenbar nach einem jungen Mädchen, das die Werferin gewesen sein mochte, dann kam sein Blick zu mir zurück. Er lenkte sein Pferd etwas zur Seite und hielt an.

»Sophia?« fragte er ungläubig. Ich konnte es nicht fassen. Es war so lange her; daß er mich noch wiedererkannte! Aber freilich hatte ich mich nicht mehr so sehr verändert wie er in seiner Jugend. Ich nickte ihm begeistert zu. Jetzt blickte auch der Erzbischof herüber und wollte sehen, was den Prinzen aufhielt. Otto sagte etwas zu ihm, was ich bei der lauten Menschenmenge nicht hören konnte, und rief mir dann zu: »Sophia, wir sehen uns später.«

Auf einen Wink des Erzbischofs kam einer seiner Reiter zu mir und fragte mich nach meinem Namen und nach unserem Haus. Dann lud er mich ein, am abendlichen Begrüßungsmahl teilzunehmen – mitsamt meinem Gatten, natürlich.

Und so kam es, daß ich mit Gottschalk doch wieder, wenn auch weit unten, an einem Fürstentisch saß, obgleich ich gedacht hatte, diese Zeiten seien nun endgültig vorbei. Übrigens waren wir nicht allein unter den Edelleuten der fürstlichen Hofhaltung: Mein Vetter Constantin war anwesend und Simon, welcher die Burggrafschaft als Pfand erworben hatte und der darum »comes« genannt wurde, auch die vornehme Rigmudis, Witwe und Schwiegertochter von Kölner Vögten, die dabei war, aus ihrem bedeutenden Besitz ein großes Frauenkloster zu gründen und auszustatten.

Ja, Erzbischof Adolf brauchte eben viel Geld. Er hatte gehofft, die Fürsten würden dafür bezahlen, wenn er ihnen zur Wahl verhalf – aber nein, die Rechnung ging nicht auf. Er selbst war es, der große Mittel aufbringen mußte, wollte er seine Absichten verwirklichen. Woher nehmen? Er lieh, er verpfändete, er borgte – bei den reichen Kölnern. Constantin machte glänzende Geschäfte, ließ sich wertvolle Sicherheiten verschreiben und Pfänder überantworten – und er beteiligte die ganze Sippe.

Auch in den folgenden Tagen kam der Prinz des öfteren in unser Haus und ließ sich von mir immer wieder erzählen, was ich ihm von seinen Eltern berichten konnte, die er in ihren letzten Jahren nicht mehr hatte sehen dürfen.

Inzwischen arbeitete der Erzbischof fieberhaft. Boten kamen und gingen, seine Sekretäre waren vor lauter Arbeit dem Zusammenbruch nahe. Bischöfe und Fürsten vom Niederrhein und aus Lothringen reisten an und brachten ihr anspruchsvolles Gefolge mit, es wurde nach Kräften geschmaust, gezecht und eingekauft. Als im Monat Juni die letzten, ernsthaften Verhandlungen und Besprechungen stattfanden, erschien ein besonderer Stern am Himmel.

Das gab ein großes Aufsehen, weil jedermann dies für ein gutes Vorzeichen hielt. Am 9. Juni wurde dann Otto von Braunschweig, Graf von Poitou und Herzog von Aquitanien, zum König gewählt.

An diesem Tag zündete ich in drei Kirchen große Kerzen an, sprach Dankgebete und dachte daran, wie glücklich meine liebe Mathilde und ihr Löwe an diesem Tag gewesen wären. Sie hatten so große Hoffnungen gehegt, die brutal zerschlagen worden waren und sich nun wider alles Erwarten doch noch erfüllten.

Nun ist es mit der Wahl allein ja noch nicht getan. Ein König muß auch feierlich gekrönt werden, sonst gilt er nicht als König. Und das hat, so wollen es Herkommen und Brauch, in Aachen zu geschehen, durch den Kölner Erzbischof, mit den Reichsinsignien. Was das ist? Nun, soviel ich weiß, gehören dazu ein Reichsschwert, eine Reichskrone (jeder Fürst hat eine oder auch mehrere Kronen, aber dies ist eine besondere, die nur bei der Königskrönung getragen wird), die Heilige Lanze, ein Krönungskreuz und ein uraltes Evangeliar, auf das der König seinen Eid ablegt. Vielleicht gehört auch sonst noch etwas dazu, aber mehr weiß ich nicht.

Und nun wurde es schwierig. Der Kölner Erzbischof stand Otto nur allzugern zur Verfügung, aber die Stadt Aachen hatte bedeutet, sie sei staufertreu und wolle keine Krönung des Welfen in ihren Mauern sehen. Und die Reichsinsignien? Ja, die waren im Besitz des verstorbenen Kaisers Heinrich gewesen, und nun hatte sie sein Bruder Philipp.

Die Stadt Aachen konnte zur Krönung überredet werden, wenn auch nur durch ein starkes kölnisches Heer, nicht aber Philipp zur Herausgabe der Insignien. Und so gab es, und das wird hoffentlich einmalig bleiben, zwei Krönungen, die sich beide nicht so recht an das offizielle Protokoll hielten: In Aachen, am richtigen Ort, wurde vom richtigen Erzbischof der Welfe Otto zum König gekrönt, aber mit den falschen Insignien.

In Mainz, am falschen Ort, erfuhr vom falschen, dort zufällig anwesenden Erzbischof von Tarantaise der Staufer Philipp seine Krönung – dafür aber mit den echten Insignien.

Nun hatten wir zwei Könige. Zwei nicht ganz rechtmäßige Könige. Was sollte daraus wohl werden? Es war nicht zu erwarten, daß sie sich vertragen würden.

Das taten sie auch nicht. Da König Otto von seinem Onkel, Richard Löwenherz von England, unterstützt wurde, verbündete sich König Philipp folgerichtig mit dem Franzosen. Wir standen auf Seiten Ottos, und zwar sowohl der Erzbischof wie auch die Bürger. Zu unserem Entsetzen marschierte Philipp im Herbst 1198 gegen Köln. Auf seinem Weg zu uns brannte er verschiedene Orte nieder, die zum Kölner Bereich gehörten. Wir richteten uns fieberhaft auf Kampf und Belagerung ein; aber zu unserem grenzenlosen Staunen machte Philipp nur zwei Meilen vor unserer Stadt kehrt und zog nach Süden ab. Den Grund hierfür habe ich nicht erkennen können, aber es war uns auch gleich, Hauptsache, er war wieder fort.

1198

Im nächsten Jahr mußten wir das gleiche erleben: wieder rückte Philipp gegen unsere Stadt und kehrte kurz zuvor um. Aber dieses Mal nahm ich die Bedrohung gar nicht recht wahr. Unsere Sippe erlitt einen neuerlichen schweren Verlust: Mein Vetter Constantin starb. Das traf mich tief, denn ich hing sehr an diesem Mann, der wohl der begabteste unserer ganzen Sippe gewesen ist (ja, meine Tochter, auch begabter als ich selbst). Ich hatte sehr viel von ihm gelernt und nach Großvaters Tod oft vertrauensvoll seinen Rat gesucht.

Constantin war das ganze Jahr nicht recht gesund gewesen und hatte wohl eine Ahnung, daß sein Ende nicht mehr allzu fern war. Es war ihm daher sein Seelenheil in den Sinn gekommen, und als guter Kaufmann war er bereit, für das, was er wünschte, auch einen anständigen Preis zu zahlen. Er ließ darum mit ungeheuren Kosten eine ganze Anzahl von Marmorsäulen aus Italien herbeischaffen und stiftete sie für den Bau der neuen Kunibertskirche. Ich denke mir, daß Gott für diese äußerst großzügige Spende Constantin etwas schuldig war und ihm darum anstandshalber das Fegefeuer erließ.

*

König Otto wollte uns wohl für den Schrecken der Bedrohung durch König Philipp entschädigen. Er hielt am 6. Januar des Jahres 1200 einen Hoftag in Köln und stiftete an diesem ihrem Gedenktag drei goldene Kronen für die Heiligen Drei Könige.

Am nächsten Morgen hatten wir gerade unseren Frühbrei zu uns genommen, als eine Reiterschar in unsere Gasse ritt. Sie sprangen von den Pferden und setzten sich auf die Stiegen vor den Häusern. Einer der Reiter aber betrat unser Haus, und als ich nach unten eilte, erkannte ich König Otto. Ich machte einen tiefen Knicks vor ihm, aber Otto war ähnlich umgänglich wie seine Eltern.

»Laß das bitte, Sophia«, rief er fröhlich. »Ich habe das Gesäusel eures Erzbischofs jetzt zwei Tage lang ertragen und möchte mich davon erholen. Hast du noch etwas von diesem Brei übrig? Mir fällt gerade ein, daß ich vergessen habe zu frühstücken. Und falls du schon fertig bist, weißt du ja, was ich mir von dir wünsche. Übrigens, ich möchte nicht unhöflich sein, aber ich stelle besorgt fest, daß du blaß und dünn bist.«

»Ich hatte große Angst, daß König Philipp unsere Stadt erobern würde, und habe nicht schlafen und nicht richtig essen können«, gestand ich. »Ich fürchtete mich vor großen Steinbrocken, die in unsere Stadt geschleudert würden. Und vor dem Hunger und den Entbehrungen einer längeren Belagerung. Und vor großen Eichenstämmen, die mit Wucht gegen unsere Stadttore gerammt würden. Und vor brutalen

Soldaten, die schließlich unsere Mauern überwinden könnten und uns alles mögliche Schreckliche antun. Nicht so sehr um mich hatte ich Angst, denn mich alte Frau hätten sie wohl kurzerhand totgestochen; aber um meine Kinder und meine Enkel.«

»Ich kenne deine Ängste, Sophia«, sagte König Otto sanft. »Ich kann mich noch erinnern, wie meine Mutter sich gegen die Belagerung durch Kaiser Friedrich rüstete und wie sie sich den Kopf darüber zerbrach, wo sie uns Kinder verstecken könnte, falls er ihre Stadt erobern sollte. Aber nun ist die Gefahr ja gebannt. Möchtest du mir die Freude machen und mir wieder von meinen Eltern erzählen?«

Und so setzte ich mich neben ihn, während er hungrig den Rest unseres Frühbreis mit Honig und Butter verschlang, und erzählte ihm. Otto war ein Mensch, der sehr an seiner Familie hing. Nachdem seine Eltern tot und seine Geschwister in alle Winde zerstreut waren, hatte er sich viel bei seinem Onkel Richard Löwenherz aufgehalten, aber der englische König war im letzten Jahr gestorben. Bei einem belanglosen Gefecht hatte ein Pfeil ihn in der Halsbeuge getroffen. Die Verwundung war gar nicht einmal so schwer, aber acht Tage später starb der König am Wundbrand, in den Armen seiner schmerzerfüllten Mutter, Königin Alienor. Otto hatte damit nicht nur einen Onkel verloren, an dem er persönlich sehr hing, sondern auch seinen Gönner, denn der neue König, Richards letzter Bruder Johann Ohneland, machte sich wenig aus seinen Verwandten.

Nach einer Stunde fiel mir nichts mehr ein. Nicht alles, was ich von Mathilde im Vertrauen erfahren hatte, war geeignet für die Ohren ihres Sohnes.

»Warum heiratet Ihr nicht und gründet selbst eine Familie?« fragte ich spontan. Aber Otto winkte ab.

»Du weißt sicher nicht, Sophia, daß ich mit Maria von Brabant verlobt bin, der Tochter von Herzog Heinrich. Aber sie ist erst zehn Jahre alt und kann ruhig noch ein paar Jahre bei ihren Eltern bleiben.«

Er erhob sich und streckte sich.

»Leider muß ich jetzt gehen. Meine Reiter draußen sind sicher schon böse auf mich, daß ich sie so lange in der Kälte habe warten lassen.«

»Das sind sie nicht«, erklärte ich. »Ich habe sie im Pferdestall untergebracht. Da sitzen sie im Warmen, und Bier und Brot habe ich ihnen auch bringen lassen.«

Otto lachte.

»Du bist wirklich fabelhaft, Sophia. Ich bin sehr gern in deiner Gesellschaft, denn du erinnerst mich an meine glückliche Kindheit in Braunschweig, an meinen großartigen Vater, an meine wundervolle Mutter. Nun leb wohl. Darf ich wiederkommen?«

»Sooft Ihr Zeit und Lust habt, Majestät«, sagte ich.

König Otto bedachte unsere Vaterstadt auch im folgenden Jahr reichlich. Man sollte denken, daß Erzbischof Adolf ihm dafür dankbar gewesen wäre, aber dem war nicht so. Gottschalk, der teilweise die Funktionen meines Vetters Constantin übernommen hatte und als Haupt meiner Sippe galt, bezahlte jetzt mehrere Informanten in der erzbischöflichen Kanzlei und hatte bald den Verdacht, daß unser Fürst es mit der Treue zu dem von ihm selbst gewählten und gekrönten König nicht mehr so genau nahm. Im Jahr 1204 trat er dann offiziell auf die Seite des anderen Königs, Philipp von Hohenstaufen. Die einflußreichsten Kölner versuchten vergeblich, ihn wieder auf Ottos Seite zu ziehen, aber Adolf ließ sich nicht davon abhalten, am Dreikönigstag des Jahres 1205 nunmehr Philipp und seine byzantinische Gemahlin Irene zu krönen, und zwar in Aachen. Dieses

Mal war es der richtige Ort, der richtige Erzbischof, und die echten Reichsinsignien hatte Philipp ja sowieso.

Ich besuchte an diesem Tag Otto, um ihn aufzuheitern. Er lag verwundet in unserer Stadt, denn er hatte sich, man soll es nicht glauben, an seinem eigenen Schwert verletzt, als er sein Pferd besteigen wollte, um Philipp auf seinem Weg nach Aachen aufzuhalten. Von solch einem peinlichen Ungeschick hatte ich noch nie gehört!

Einige Tage später gab Adolf eine Erklärung zugunsten seiner Münzer heraus, die deren Rechte erheblich stärkten. Solange sie dem vom Erzbischof eingesetzten Münzmeister gemäß dem Münzrecht gehorchen wollten, waren sie nur diesem verantwortlich und konnten weder vor das erzbischöfliche noch vor ein anderes Gericht gezogen werden. Ach, hätte mein Vetter Constantin dies noch erlebt! Das hätte ihn, den langjährigen Münzmeister, in seiner Bedeutung in unserer Stadt noch gesteigert. Ich sah darin ein weiteres Zeichen, daß die Bürger an Einfluß gewannen und der Erzbischof ihnen Zugeständnisse machte, um sich ihrer Unterstützung zu versichern.

Übrigens hat dem Papst die Eigenmächtigkeit, mit der Erzbischof Adolf Könige aussuchte und krönte, nicht gefallen, besonders weil der Heilige Vater selbst anders entschieden hätte. Gottschalk hörte im Rat Gerüchte und schmierte darum unsere Kontaktpersonen beim Erzbischof. Er erfuhr, daß Botschaften von mehreren Kirchenfürsten eingegangen waren, die im Auftrage des Papstes versuchten, Adolf wieder auf die Seite von König Otto zu ziehen. Aber unser Erzbischof wollte nichts davon wissen. Wir Kölner Bürger hatten Adolfs Schwenk nicht mitgemacht und standen weiterhin hinter dem jungen Welfen.

Am 19. Mai des Jahres 1205 gab es dann einen Paukenschlag. Es war der Himmelfahrtstag, und ich war mit meiner Familie schon in der Frühmesse gewesen, weil wir den herrlichen Tag ausnutzen wollten, um auf dem Rhein in einem Boot spazierenzufahren. Nun saßen wir gemächlich beim Frühstück, als unser Schwiegersohn Werner Hardefust wie ein Blitz zur Tür hereinfuhr.

»Rasch, kommt so schnell wie möglich«, rief er aufgeregt. »In dem Dom sind soeben Legaten des Papstes feierlich eingezogen. Da liegt irgend etwas in der Luft.«

Wir ließen alles stehen und liegen, verschwendeten keinen Gedanken mehr an den Bootsausflug und eilten im Laufschritt zum nahen Dom. Der lange, starke Gottschalk pflügte wie ein Schiff durch die dichte Menge, und wir in seinem Kielwasser hinterher. Wir kämpften uns rücksichtslos bis in das Gotteshaus durch, wo die Legaten ein feierliches Hochamt zelebrierten. So etwas dauert, und wir hatten genügend Zeit, uns weit nach vorn zu schieben. Schließlich war der Gottesdienst vollendet. Einer der Legaten trat vor; seine weißen Meßgewänder schimmerten. Er sagte ein paar Sätze auf lateinisch. Ich habe lange genug diese Sprache mit Fordolf geübt und verstand darum jedes Wort – aber ich konnte es nicht glauben. Im Dom setzte ein heftiges Gesumm von Stimmen ein, viele fragten ihre Nachbarn, was denn der Legat gesagt hätte.

Dann jedoch trat ein zweiter Legat vor und wiederholte das, was sein Amtskollege gerade vorgebracht hatte, und diesmal in unserer Muttersprache. Ich hatte also das völlig Unglaubliche richtig verstanden: Der Heilige Vater exkommunizierte den Kölner Erzbischof! Und mehr noch: Er befahl ihn binnen Monatsfrist nach Rom, um sich vor dem Papst zu rechtfertigen. Andernfalls würde der Exkommunkation noch die Absetzung folgen.

Jetzt war es in dem Gotteshaus so still, daß man einen

Schmetterling hätte flattern hören. Keiner wollte es glauben. Wann hätte man je gehört, daß der Papst einen Erzbischof exkommuniziert hätte? Einen weltlichen Fürsten, ja, das hatte es schon gegeben; aber einen der höchsten Kirchenfürsten? Den meisten Bürgern war eins klar: daß dies großen Ärger bringen würde.

Dann setzte sich die Menge in Bewegung und drängelte hinaus. Sie mußten diese unglaubliche Neuigkeit draußen weitergeben und darüber diskutieren. Wir wurden mitgeschoben. Aus unserer Bootsfahrt wurde übrigens nichts.

Unser Erzbischof war weit davon entfernt, dem Befehl des Papstes zu gehorchen. Statt sich in Rom zu rechtfertigen, eilte er zu König Philipps Hoftag nach Speyer und beklagte sich – nein, nicht etwa über den Papst, sondern über uns, die Kölner Bürger, die es wagten, gegen den erzbischöflichen Willen noch immer König Otto anzuhängen. Philipp, der diesem wichtigen Verbündeten gefällig sein wollte, versprach ihm einen Kriegszug gegen Adolfs Feinde, und damit waren wir Kölner gemeint. Dann sperrten die Anhänger des Erzbischofs den Rhein, und zwar sowohl oberhalb wie auch unterhalb Kölns, und schnitten uns damit unsere Lebensader ab.

Wir schlugen zurück: König Otto, der Herzog von Limburg (der die Verwaltung des Erzbistums nach Adolfs Exkommunikation übernommen hatte) und die Kölner Bürger eroberten Burg Hochstaden, nordwestlich von Köln. Was das eine mit dem anderen zu tun hatte, weiß ich nicht und habe es auch damals nicht verstanden. Über Kriegstaktik habe ich eben nie etwas gelernt.

Wenige Tage später befanden die päpstlichen Delegierten, die dem Erzbischof zugestandene Frist zur Rechtfertigung vor dem Heiligen Vater sei nunmehr abgelaufen, ohne daß

Adolf sie genutzt hätte, und sie erklärten ihn in einer feierlichen Handlung im Dom, an der auch König Otto anwesend war, für abgesetzt und sämtlicher geistlichen und weltlichen Würden verlustig.

Auch dieses Mal war der Dom zum Platzen mit Menschen gefüllt. Aber obwohl die Kölner Otto anhingen und damit zu Adolfs Gegnern zählten, hörten sie den Spruch der Delegierten in bangem Schweigen und ohne jede Freudenbekundung an. Wir ahnten, daß dies sehr teuer für uns werden könnte.

Ende Juli wurde dann als neuer Erzbischof Bruno von Sayn gewählt. Prompt fiel darauf der abgesetzte Erzbischof Adolf in das Gebiet des Herzogs von Limburg ein, der zu Ottos Anhängern zählte. Deutz auf der gegenüberliegenden Rheinseite war von den Männern des Grafen von Berg besetzt, aus dessen Familie Adolf stammte, und sie ärgerten uns Kölner nun, wo sie nur konnten. Der Rhein konnte uns zur Zeit gar nicht breit genug sein.

Im Gegenzug ritt Erzbischof Bruno dafür in das Gebiet des Grafen von Hochstaden ein und verheerte es. Beide Erzbischöfe schlugen also auf die Verbündeten des anderen ein, sosehr sie nur konnten. Das bedeutet: geraubtes Vieh, niedergebrannte Behausungen, zertrampelte Ernten und unzählige Tote – auf beiden Seiten.

Im Krieg gibt es nur Verlierer.

Und dann trat ein, was wir lange gefürchtet hatten: König Philipp rückte wieder gegen Köln vor. Er verkündete, er wolle unsere Stadt, die sich des Majestätsverbrechens schuldig gemacht habe, vom Erdboden vertilgen. Ende September sahen wir sein mächtiges Heer nahen. Es umklammerte unsere Stadt von allen Seiten. Hilflos mußten wir mit ansehen, wie die Belagerungsgeräte in Stellung gebracht wurden: Rammböcke, die unsere Tore aufbrechen sollten, und Leitern mit Haken, mit denen die Feinde unsere Mauern erklettern wollten, Schleudern, welche dicke Steinbrocken in die Stadt prasseln ließen und damit wahllos Menschen erschlugen.

Ich möchte nichts gegen Erzbischof Bruno sagen. Er setzte jeden Mann, den er hatte, zur Verteidigung ein. Aber wie viele Männer hatte er schon? Wir Bürger wußten, daß wir uns selbst wehren mußten, sozusagen mit Zähnen und Klauen. Jeder Mann mußte anpacken, auch die Greise. Die Scharfäugigsten als Späher, die Stärksten auf der Mauer, um jede Leiter sofort umzustoßen, jedes Hakenseil abzuschneiden oder hochzuziehen. Alle Frauen waren vollauf damit beschäftigt, Wasser zu kochen und Öl zu erhitzen, um es auf die Angreifer zu schütten oder Kalk hinunterzuwerfen, der die Augen verätzte. Als der Kalk zur Neige ging, nahmen wir statt dessen Sand. Jedes Kind, das schon laufen konnte, schleppte an Steinen herbei, was sich nur fand, um sie auf die Angreifer zu schleudern. Auch mußten die Kämpfer mit Nahrung und Wasser versorgt werden. Zum Glück hatten die Bauern der Umgebung ihr Vieh beim Nahen von König Philipps Heer schleunigst in die schützenden Mauern der Stadt getrieben; wir konnten also eine Weile der Belagerung standhalten, ohne zu hungern. Der Rat ließ sämtliche Lebensmittel zählen und berechnete, wie lange man damit die Menschen in Köln ernähren könnte, denn an eine Zufuhr von außen war nicht zu denken. Wir hetzten uns ab vom ersten bis zum letzten Tageslicht, und auch nachts waren die Mauern eng mit Wächtern besetzt.

Ich komme jetzt an einen Punkt, der mich auch heute noch in tiefster Seele schmerzt – zum Tod deines Vaters. Du winkst ab und meinst, ich solle mich nicht mit diesem

Bericht quälen, ganz Köln wüßte schließlich genau, daß er ehrenvoll bei dieser Belagerung gefallen sei?

Ach, meine Methildis. Das glauben alle, aber so war es nicht. Ich selbst habe die Legende vom tapferen Helden Gottschalk Overstolz in die Welt gesetzt. Dir ganz allein werde ich jetzt sagen, wie es wirklich war.

Ich sagte ja schon, daß selbst die Greise bei der Verteidigung der Stadt mit anpacken mußten. Nun, dein Vater wirkte zwar durchaus nicht greisenhaft, wenn er auch bereits sechzig Jahre alt war. Aber er gehörte zu denjenigen, die bei einer Erstürmung der Stadt am meisten zu verlieren hatten und die sich darum auch besonders eifrig um die Verteidigung bemühten. So hatte er auch ohne weiteres eine Nachtwache auf dem Mauerabschnitt der Tuchkaufleute übernommen, und ich schlief allein in unserer Kammer.

Ich war zwar todmüde von der harten Arbeit des Tages, aber die Angst hielt mich fest in ihren Krallen. Nach kurzem Schlaf wachte ich wieder auf, und mein Bauch schmerzte. Ich schlüpfte in mein Hemd und tappte auf bloßen Füßen in die Küche. Vielleicht war noch etwas Kräutertee vom Abendessen übrig? Der würde mir sicher guttun. Ich machte mir nicht die Mühe, ein Licht anzuzünden, und blieb einen Augenblick stehen, um meine Augen an den schwachen Schimmer der Restglut im Herd zu gewöhnen. Da hörte ich unten ein Geräusch, aber nicht von der Haustür, sondern von der Gartenpforte. Ich wunderte mich; es konnte nur Gottschalk sein, aber der wäre doch wohl ins Haus gekommen? Ich lauschte noch eine Weile, hörte aber nichts mehr. Ich hatte keine Lust, im Hemd und barfuß jetzt nach unten zu gehen, fand die irdene Kanne, trank die letzten paar Schlucke Tee aus und ging dann wieder zu Bett.

Aber ich konnte nicht einschlafen. Von Zeit zu Zeit hörte

man von verschiedenen Stellen der Stadt ein lautes Krachen, dann hatten die Belagerer wieder mächtige Steine geschleudert, ganz zu schweigen von den Brandpfeilen, welche die Belagerer in unregelmäßigen Abständen in die Stadt abschossen. Niemand konnte sicher sein, daß nicht gerade sein Haus von dem einen oder dem anderen getroffen wurde, und so hatten die erschöpften Bürger keine erholsame Nachtruhe. Eilig sprach ich ein Gebet zur Jungfrau Maria, daß sie unser Heim beschützen möge, und lauschte wieder. Da hörte ich abermals ein Geräusch aus dem Hof, das ich nicht einordnen konnte. Jetzt war ich doch so beunruhigt, daß ich ganz rasch in Hemd und Rock fuhr und die Treppe hinuntereilte, zu der Hintertür, die in den Hof führte. Draußen war es viel heller als im Haus, denn der Vollmond schien von einem wolkenlosen Himmel. So erkannte ich die Gestalt, die mir aus der geöffneten Stalltür entgegenrannte: Es war Bela, die junge Nichte unseres langjährigen Pferdeknechts Hermann. Sie schrie vor Schreck auf, als ich so unvermutet vor ihr auftauchte.

»Was ist hier los?« fragte ich und packte sie am Arm. Sie stammelte etwas, was ich nicht gleich verstand; es kam nur mehrfach »der Herr« darin vor. Ich hielt sie bei den Schultern und schüttelte sie.

»Rede so, daß ich dich verstehen kann«, befahl ich zornig. Sie fing an zu heulen, ihre Sprache wurde dadurch keineswegs deutlicher. Bis ich dann begriff, daß sie gesagt hatte, sie glaube, der Herr sei tot.

Mir wurde eiskalt.

»Ist er da drinnen?« fragte ich heiser und deutete mit dem Kopf auf die offene Stalltür. Sie nickte und heulte weiter.

Ich nahm meinen Kopf zusammen. Ein Licht mußte her, im Stall war es stockdunkel. »Du bleibst hier stehen«, befahl ich und eilte in die Küche, so schnell ich konnte, fachte mit zitternden Händen einen Kienspan an der verdeckten Glut im Herd an und entzündete damit eine Funzel. Damit rannte ich in den Stall, stieß mir unterwegs die Zehe blutig, merkte es in diesem Augenblick gar nicht. Bela stand noch an der gleichen Stelle.

»Wo ist er?« fragte ich und zog sie zum Stall hin. Aber ich sah ihn gleich, als ich eintrat, ein dunkles Bündel am Fuße der Heubodenleiter. Mir drehte sich der Kopf. Eins der Pferde wieherte unruhig, und ich nahm mich zusammen. Ich kniete neben Gottschalk nieder und leuchtete in sein Gesicht. Er war sehr bleich, der Schweiß stand ihm auf der Stirn, von der Schläfe troff Blut. Er sah mit glasigen Augen an mir vorbei. Aber er lebte offensichtlich. Ich befühlte vorsichtig seinen Kopf – soweit ich feststellen konnte, war der Schädel heil.

Ich atmete tief auf. »Und jetzt sagst du mir ganz genau, was hier geschehen ist«, sagte ich mit kalter Stimme zu dem Mädchen, das gleich wieder losheulte. Auf meinen drohenden Blick hin nahm sie sich so weit zusammen, daß ich aus ihrem Gestammel entnehmen konnte, was geschehen war. Gottschalk war von der Wache heimgekommen; aber statt sich zu seiner Ehefrau in die Schlafkammer zu begeben, war er in den Stall zu Bela gegangen. Darum war er auch durch die Gartenpforte gekommen, ich hatte also doch richtig gehört. Mitten in seinem Schäferstündchen auf dem Heuboden hatte er dann plötzlich innegehalten, sich ans Herz gegriffen und gestöhnt. Dann hatte er von ihr abgelassen, hatte etwas gesagt wie »Luft, ich brauche Luft!«, war zur Leiter getorkelt und beim Abwärtsklettern abgestürzt. Dabei hatte er sich offenbar eine Platzwunde am Kopf zugezogen.

Um mich drehte sich alles. Ich war wütend, und mir war ganz übel vor Zorn und Kummer.

Mit gepreßter Stimme fragte ich: »Hat er dir Gewalt angetan?«

Bela zögerte. Dann schüttelte sie den Kopf. Ohne mich

anzusehen, murmelte sie etwas von einem Kleiderstoff und einem Gürtel, den er ihr dafür versprochen hatte.

Ich hätte sie liebend gern ins Gesicht geschlagen, aber ich nahm mich mit aller Kraft zusammen und tat ihr nichts. Ich dachte nach.

»Hole deinen Onkel«, sagte ich dann kalt. Hermann hatte seine Schlafstelle in einem Verschlag hinten im Stall; unvorstellbar, daß er nichts mitbekommen hatte.

Bela verschwand und kam verdächtig rasch mit Hermann zurück. Er wagte mir nicht ins Gesicht zu sehen und starrte statt dessen auf seinen am Boden liegenden Herrn; aber ich hielt mich jetzt nicht mit Diskussionen auf.

»Hermann, du hilfst mir jetzt, Gottschalk hinauf in unsere Schlafkammer zu schaffen. Damit du weißt, was heute Nacht geschehen ist: Gottschalk wurde am Ende seiner Wache auf der Stadtmauer von einem Stein am Kopf gestreift. Du warst bei ihm und hast ihn auf dem Heimweg gestützt. Als ihr unser Haus erreicht habt, hat Gottschalk durch die Schmerzen und die Aufregung einen Herzanfall erlitten. Kannst du bestätigen, daß sich dies so abgespielt hat?«

Hermann starrte mich an und bewegte die Lippen, während er meine Worte verarbeitete. Dann nickte er heftig.

»Ich war heute nacht bei Herrn Gottschalk auf der Stadtmauer«, deklamierte er. »Er bekam einen Stein an den Kopf und blutete. Ich habe ihn auf dem Heimweg gestützt. Dann kriegte mein Herr einen Herzanfall.«

»Richtig, Hermann. Und nun zu dir, Bela: Du gehst morgen zu deinen Eltern in dein Heimatdorf zurück. Pack also bitte gleich morgen früh deine Sachen. Deinen Lohn werde ich dir noch auszahlen.

Ach ja, den Stoff und den Gürtel gebe ich dir natürlich auch.«

Dann wandte ich mich wieder Gottschalk zu. Seine Augen

waren geschlossen, aber ich rüttelte ihn an der Schulter. Darauf machte er die Augen auf und sah mich an mit einem Ausdruck, den ich nicht ergründen konnte.

»Kannst du aufstehen? Wir wollen dich jetzt in dein Bett schaffen«, sagte ich ruhig. Gottschalk nickte. Hermann und ich halfen ihm hoch. Er atmete mühsam, konnte aber stehen. Auf beiden Seiten gestützt, ging er schwerfällig die paar Schritte über den Hof bis zur Pforte. Zweifelnd blickte er zur Treppe. Ich überlegte schon, ob ich ihm im Laden ein Lager richten sollte, aber er holte tief Luft und quälte sich Stufe für Stufe hinauf – und das alles im schwachen Licht der Funzel. Ich war heilfroh, als wir oben ankamen und ich ihn im Bett verstauen konnte. Die Köchin hatte uns gehört und erschien, und ich bat sie, rasch Wasser heiß zu machen. Dann wandte ich mich an Hermann.

»Kannst du jetzt noch für mich zu St. Ursula laufen? Es ist bald Morgen, die Nonnen sind gewiß schon auf. Bitte die Schwester aus der Apotheke, rasch zu uns zu kommen.«

»Zu St. Ursula, die Schwester aus der Apotheke soll kommen, weil mein Herr auf der Nachtwache verletzt wurde und dann einen Herzanfall hatte«, sagte Hermann gelehrig.

Dann griff er nach meiner Hand.

»Soll ich auch morgen früh gehen, Herrin?« fragte er bang. Aber ich schüttelte den Kopf. Der alte Hermann war seit Jahrzehnten bei uns im Haus, ein anderes Heim hatte er nicht.

»Du bleibst, Hermann«, sagte ich. »Und es ist nicht nötig, daß du über heute nacht mit jemand sprichst, außer der Schwester von St. Ursula.«

»Das habe ich verstanden«, sagte Hermann und machte sich auf den Weg.

Nun hatte ich endlich Zeit, mich um Gottschalk zu kümmern. Ich zog ihm die Kleider aus und befühlte seine Arme und Beine; aber er hatte sich bei dem Sturz wohl nur den Kopf angeschlagen, gebrochen war nichts.

»Du suchst an der falschen Stelle, Sophia«, hörte ich Gottschalk plötzlich sagen. Ich sah hoch und schaute ihm in die Augen.

»Wo sonst?« fragte ich knapp.

»Es ist das Herz, wie du im Stall schon ganz richtig vermutet hast«, erklärte er. »Und es ist nicht das erste Mal …«

»Wieso hast du mir nichts davon gesagt?« rief ich erbittert aus. Gottschalk zuckte nur mit den Achseln.

Ich wußte nicht, was ich ihm an Medizin hätte geben sollen, denn mit Herzerkrankungen kannte ich mich gar nicht aus. Statt dessen holte ich mir warmes Wasser aus der Küche und begann vorsichtig, das Blut von seinem Kopf zu waschen.

»Alter Narr, schon wieder! Immer und immer wieder! Wann wirst du endlich damit aufhören?« fletschte ich die Zähne. »Ehe Bela morgen früh unser Haus verläßt, werde ich ihr den Kleiderstoff und den Gürtel geben, weil du es ihr versprochen hast. Wir bleiben niemand etwas schuldig. Jetzt hast du es also schon nötig, dir die Gunst der Mädchen gegen Geschenke zu erkaufen, vermutlich wirst du langsam alt«, fügte ich hämisch hinzu. »Und den Gürtel wolltest du vermutlich aus meinen Beständen nehmen?«

»Ach, Sophia«, seufzte Gottschalk. »Immer noch eine so spitze Zunge.«

Er schnappte nach Luft, preßte die Hand auf das Herz und verzog das Gesicht vor Schmerzen. Mir wurde himmelangst.

»Ich mag ein lausiger Ehemann gewesen sein, aber ich habe immer nur dich geliebt«, murmelte Gottschalk dann und biß die Zähne zusammen. »Immer nur dich, meine Sophia.«

Der Schmerz packte ihn erneut, Schweiß trat auf seine

Stirn. »Habe nie begriffen, warum du gerade mich genommen hast. Bist so klug und tüchtig. Hättest jeden haben können, jeden. Meine süße, schöne kleine Sophia ...«

Ich hielt den Atem an. Immer hatte ich mich danach gesehnt, solche Worte von meinem Mann zu hören.

Er versuchte, nach meinem Arm zu greifen, aber mitten in der Bewegung fiel seine Hand zurück, und ich sah, wie das Leben aus seinen Augen wich.

Als bald darauf Hermann mit Agathe, der Schwester von St. Ursula herbeigeeilt kam, saß ich stumm neben der Leiche meines Mannes. Mein Schmerz war zu tief für Tränen.

Schwester Agathe, eine gelehrte, aber auch geschwätzige Frau, war es dann, welche in der ganzen Stadt die Geschichte von dem Helden Gottschalk verbreitete, der bei der Verteidigung der Stadt eine Wunde davongetragen hatte und ihr erlegen war. Ich selbst habe nie mehr ein Wort dazu verloren. Da mein Liebster tot war, war es nicht mehr wichtig für mich.

Von den Jahren meiner Witwenschaft will ich nichts weiter berichten. Du hast ja selbst erlebt, wie meine Gelenke erkrankten, so daß ich mich nur mühsam aus meinem Stuhl erheben, nur kurze Strecken humpeln kann – ich, die ich mein Leben lang immer geschwind, immer auf den Beinen war. Ich habe nun Zeit gehabt, nachzudenken; über Gottschalk, dessen Tod mein Lebensgespinst für immer zerrissen hat. Über meine Familie, über die Geschicke meiner Vaterstadt, und auch über mich selbst und die Fehler, die ich in meinem Leben angehäuft habe. Es lohnt nicht, darüber noch mehr Worte zu verlieren.

Aber, meine Tochter, etwas sehr Wichtiges habe ich mir zum Schluß aufgehoben. Ich habe nämlich eine Sache ausgelassen, von der du erfahren mußt. Ich habe dir berichtet, wie ich das letzte Mal in Braunschweig war und den Löwen kurz vor seinem Tode ein letztes Mal besuchen durfte. Aber bei meinem vorletzten Besuch, drei Jahre vorher, bald nach Mathildes Tod, ereignete sich etwas, was ich dir bisher verschwiegen habe.

Ich saß damals mit dem Herzog in der Kemenate, die seine Frau stets bewohnt hatte. Es dämmerte schon stark, und ich konnte sein Gesicht nicht genau sehen. Er nahm meine Hand und drückte sie. Dann sagte er zu mir:

»Du weißt, was mir Mathilde bedeutet hat. Sie war das ganz große Geschenk des Himmels für mich. Ich habe mir lange Jahre Sorgen gemacht, was aus ihr würde, wenn ich sterben müßte; denn da ich so viel älter war als sie und so oft im lebensgefährlichen Kampf, habe ich nie daran gezweifelt, vor ihr gehen zu müssen. Später glaubte ich dann, ihre Söhne seien nun alt genug, um sie zu schützen, wenn ich nicht mehr wäre. Nie hätte ich gedacht, daß ich es sein würde, der an ihrem Grabe weint. Es ist sehr hart für mich, daß ich nicht bei ihr war, um ihr Trost zu spenden, als ihr Leben zu Ende ging, und ich werde es nie vergessen, daß du sie dabei in deinen Armen gehalten hast.«

Diese Worte des Herzogs habe ich genau behalten; sie gehören zu den Kostbarkeiten im Schatzkästlein meiner Erinnerungen.

Wir schwiegen lange. Das letzte Tageslicht schwand, Heinrich zündete eine Kerze an; ihr schwaches Licht auf dem Tisch flackerte müde.

»Mathilde gehörte zu den beneidenswerten Menschen, die ihren Lebensweg ganz klar und deutlich vor sich sehen«, begann ich zögernd. Und ich erzählte dem Herzog von der blutjungen, fast noch kindlichen Prinzessin, wie ich sie in London kennengelernt hatte; die eisern entschlossen gewesen war, den Mann, welchen ihre Eltern ihr bestimmt hatten und den sie noch nie gesehen hatte, zu lieben bis ans Ende ihrer Tage – und so war es dann ja auch gekommen. Heinrich lachte, als ich von unseren Unterrichtsstunden berichtete. »Herr Heinrich, Euer Anblick erfreut mein Herz – das war das erste, was sie später zu mir sagte, und sie hat mich damit doch sehr verblüfft. Nun höre ich, daß ihr beide das so abgesprochen und eingeübt hattet«, sagte er erheitert.

»Mathilde hat sich immer vor dem Tag gefürchtet, der ihr ihren geliebten Löwen entreißen würde«, sagte ich. »Diesen Tag hat sie jetzt niemals erleben müssen. Wem ist es schon beschieden, seinem Partner in Liebe verbunden zu sein, jeden Tag, bis zum Tod?«

Heinrich wandte mir sein Gesicht zu und blickte mich aufmerksam im schwachen Licht der Kerze an.

»Das klingt so, als gehörtest du nicht zu diesen?« fragte er behutsam.

Ich zögerte. Ich war nicht gewohnt, über meine persönlichen Schwierigkeiten zu reden. Aber dies war offenbar eine Stunde des Vertrauens, von denen es nicht viele im Leben gibt.

»Ich liebe meinen Mann und wäre sehr froh, wenn ich mir seiner Zuneigung auch so unerschütterlich sicher sein könnte, wie Mathilde es war. Freilich bin ich nicht so schön, wie sie es gewesen ist, und vermutlich auch nicht so liebenswert.«

Ich war froh, daß es fast dunkel war.

Heinrich legte den Arm um mich und wiegte mich wie ein kleines Kind.

»Liebe kleine Sophia«, sagte er sanft, »du bist sogar sehr liebenswert.«

»Nein«, sagte ich, entschlossen, alle meine Fehler auf einmal aufzudecken. »Ich bin neugierig, rechthaberisch und ungeduldig mit allen, die langsamer denken als ich. Kein Wunder, daß mein Mann gelegentlich nach anderen Frauen schaut.«

Fast erwartete ich, daß der Herzog mich auslachen würde, aber das tat er nicht.

»Sophia«, sagte er liebevoll zu mir, »wir haben alle unsere Schwächen, und wir machen auch alle Fehler. Gott hat keinen von uns vollkommen geschaffen. Es kommt immer darauf an, wie es unter dem Strich aussieht – so wie in deinen Geschäftsbüchern. Ich weiß, wie penibel du sie führst, denn ich habe die Haushaltsbücher gesehen, die du für meine Mathilde angelegt hast. Und unter dem Strich des Buches Sophia sieht es sehr gut aus, da ist ein erhebliches Guthaben: Freundlichkeit, Witz, Treue, Klugheit – und, wenn ich nicht irre, auch Verzeihenkönnen. Das ist eine Kunst, die nicht viele beherrschen.«

»Ich beherrsche sie auch nicht. Aber wenn es nötig ist, kommt meine Mutter und stutzt mir den Kopf zurecht«, erklärte ich.

Jetzt lachte der Herzog doch.

»Da hast du aber Glück.« Und er legte den Arm um meine Schultern, so daß ich meinen Kopf bequem an ihn lehnen konnte. »Erzähle mir noch ein wenig von euren Jungmädchengeheimnissen, Sophia«, bat er. Und ich erzählte, was auch immer mir über unsere geliebte Mathilde einfiel. Die Nacht schritt fort, und ich redete noch immer. Von Zeit zu Zeit hob ich den Kopf und sah nach, ob der Löwe mir noch zuhörte oder vielleicht eingeschlafen war, aber er schaute mich jedesmal ganz wach und aufmerksam an. Schließlich fiel mir nichts mehr ein, und ich wurde auch müde.

»Danke, Sophia«, sagte der Herzog einfach. Und dann ist es passiert, ich weiß noch heute nicht, wie es dazu kam. Wir umarmten uns, in Erinnerung an die Frau, die uns beiden so viel bedeutet hatte. Und dann liebten wir uns. Keiner von uns beiden hatte das vorausgesehen oder gar beabsichtigt, es geschah einfach. Da war nichts von der heftigen, manchmal schmerzlichen Leidenschaft, die ich von Anfang an und bis zu seinem Tod für deinen Vater empfunden habe, da war nur sachte, zärtliche Anteilnahme am andern, vertrauensvolle Zuwendung und liebevolles Verstehen.

Du wendest dich von mir ab und machst ein böses Gesicht, meine Methildis? Ich würde an deiner Stelle wohl ebenso reagieren. Einmal, weil du dir deine Mutter durchaus nicht in dieser Situation vorstellen möchtest; und dann, weil jede Tochter der Mutter grollt, wenn diese ihren Mann betrügt, den die Tochter doch liebt und verehrt.

Aber, Methildis, du verstehst das nicht. Kein junges, unschuldiges Mädchen kann das verstehen. Du denkst natürlich, die Liebe ist ein Frühling, ein Rausch, Schmetterlinge, die über Blumen tanzen, Sterne, die vom Himmel fallen, was weiß ich – jedenfalls etwas, das sich auf einen einzigen Menschen bezieht und darin niemals wanken kann. Ich sage dir aber, daß ich wirklich und wahrhaftig immer nur deinen Vater geliebt habe. Dieses eine, einzige Mal in meinem Leben, wo ich mit einem anderen Mann so nahe zusammen war – es war etwas ganz anderes. Eher eine Art Gedächtnisopfer im Gedenken an unsere Mathilde. Oh weh, jetzt wird dein Gesicht noch böser. Ich dachte mir ja schon, daß du das nicht verstehen kannst.

Aus Trotz sage ich dir jetzt, was du durchaus nicht hören möchtest: Nach dieser Nacht konnte ich verstehen, was ich vorher in meinem tiefsten Innern nie ganz begriffen hatte: warum nämlich meine Mathilde mit unbeirrter Liebe an diesem Mann hing, der älter war als ihr eigener Vater. Ich hätte nicht geglaubt, daß ein Mann ein so zärtlicher, so behutsamer, so einfühlsamer Liebhaber sein könnte wie dieser raue Krieger, Heinrich der Löwe …

Methildis, so lauf doch nicht fort.

Methildis, was fällt dir ein, die Tür so heftig zuzuschlagen?

*

Ich freue mich, daß du wieder zu mir gekommen bist, meine Tochter. Du hast mich viele Tage warten lassen, und ich fürchtete schon, du hättest es endgültig satt, dich um deine alte Mutter zu kümmern. Ich hätte es dir nicht einmal übelnehmen können. Nun bist du doch wieder da, und dafür danke ich dir.

Du möchtest wissen, warum in aller Welt ich dir dieses Geheimnis anvertraut habe, das doch vor zwanzig Jahren geschehen ist? Du meinst, niemals hätte jemand etwas davon erfahren müssen, du selber schon gar nicht?

Du irrst, meine Methildis. Ich mußte es dir sagen, und du kannst mir glauben, daß ich viel Mut dazu gebraucht habe. Übrigens hat sich das, was dich so ärgert, was mir aber tiefen Frieden geschenkt hat, nicht wiederholt. Als der Morgen heraufdämmerte, sah der Herzog mich an und streichelte meine Hand.

»Kannst du mir verzeihen, Sophia?« fragte er mich. »Ich weiß, daß ich das nicht hätte tun dürfen – wenn man die Meinung der Pfaffen dazu hören würde, was ich aber nicht will.

Ich habe ein großes Unrecht gegen deinen Ehemann begangen, der dich arglos meiner Obhut anvertraut hat. Dabei stehe ich sowieso in seiner Schuld, denn er hat mich damals auf meiner Pilgerfahrt vor dem Ertrinken gerettet. Nun habe ich ihm diesen großen Dienst mit Untreue gedankt.

Das belastet mich, und ich weiß noch nicht, wie ich das wiedergutmachen kann.

Aber gegen dich, Sophia, habe ich nicht gesündigt. Bitte glaub mir, daß ich dir ganz gewiß nichts Böses tun wollte, erst recht nicht dich herabwürdigen oder zu meiner Lust gebrauchen. Ich wollte dir nur meine Zuneigung schenken, das kann ich auch heute morgen in meiner tiefsten Seele nicht bedauern. Ich wollte dir zeigen, daß ich dich als eine schöne und begehrenswerte Frau sehe, wenn ich es auch für möglich halte, daß dir die Meinung eines alten Mannes, wie ich es bin, nicht viel bedeutet. Ich achte und schätze dich hoch, und so wird es bleiben. Diese Nacht war etwas Besonderes, und unsere Mathilde, die jetzt über menschliche Eifersüchteleien erhaben ist, hat droben im Himmel sicher über uns gelächelt.«

Dem war nichts hinzuzufügen. Auch ich konnte diese Begegnung nicht bedauern; sie war einmalig, wie Heinrich gesagt hatte, obwohl ich mich noch sechs Wochen in Dankwarderode aufhielt.

Wochen später, am Abend des Tages, bevor der junge Heinrich ankam, bat ich den Löwen, noch einmal mit mir in den Dom zu Mathildes Grab zu gehen.

»Jetzt noch?« fragte er erstaunt, denn es war schon dunkel, und die Nachtwächter zogen durch die Straßen und Gassen. Ich nickte. Es mußte am gleichen Tag sein, sofort. So rief der Löwe seinen jungen Knappen herbei, er sollte uns mit einer Fackel den Weg leuchten. Der Dom war ja nur ein paar Schritte entfernt. Als wir dort anlangten, fiel Heinrich ein, daß die Kirche um diese Zeit abgeschlossen war, und der Knappe mußte den Dompfarrer herausklopfen, damit er uns öffnete. Der Pfarrer schlurfte heraus, unter dem flüchtig übergeworfenen Mantel schauten seine dünnen, krummen Beine hervor. Er schloß umständlich mit dem großen Schlüssel das Kirchentor auf und wollte uns neugierig hineinbegleiten, aber Heinrich winkte ihn fort, entzündete eine Kerze an der Fackel, ging mit mir in das Gotteshaus und schloß die Tür hinter uns.

Ich kniete am Grab Mathildes nieder.

»Mathilde«, berichtete ich ihr, »dein Gemahl möchte eine Steinfigur von dir anfertigen lassen, die soll auf deinem Grab liegen, damit auch spätere Generationen sehen können, was für eine schöne und bewundernswerte Fürstin du stets gewesen bist.

Er will auch eine Figur von sich, die soll neben dir ruhen, wenn er einst zu dir kommt. Ich hoffe, daß dies noch recht lange dauert. Du möchtest ihn vermutlich eher bald bei dir haben, aber da Zeit für dich jetzt keine Rolle mehr spielt, kannst du von da oben ruhig eine Weile zuschauen, was er auf Erden noch erleben darf. Übrigens soll seine Figur kleiner sein als die deine, er meint, du habest ihm ja auch im Leben auf den Kopf schauen können.

Ich bin überzeugt, daß auf dich kein Fegefeuer gewartet hat, denn womit hättest du das verdient? Also kannst du nur im Himmel sein. Ich weiß nicht, wie es dort ist, aber ich stelle mir vor, daß du mit liebevoller Anteilnahme auf die Deinen herabschaust, zu denen ich auch ein wenig gehöre.

Deshalb weißt du vermutlich auch, was neulich geschehen ist, und daß es in liebevollem Gedenken an dich geschah. Falls es dich doch ärgern sollte, bitte ich dich um Verzeihung. Aber ich glaube eher, daß du es verstehst.

Du durftest dein letztes Kind, auf das du dich gefreut hast, nicht mehr zur Welt bringen. Nun werde ich es an deiner Stelle gebären, und falls es ein Mädchen ist, möchte ich es gern Methildis nennen, so heißt dein Name bei uns in Köln. Darf ich das?«

Es wäre gelogen, wenn ich jetzt sagen würde, daß eine Stimme meinen Ohren geantwortet hat. Nein, es blieb still im Dom. Aber in meinem Kopf hörte ich Mathildes Lachen, und sie meinte, ich trüge in der Tat ein kleines Mädchen, und sie wolle gern die Namenspatin des Kindes sein.

Der Löwe sagte kein Wort, jetzt nicht und auf dem Heimweg nicht. Aber er nahm mich bei der Hand und führte mich sorgsam um jeden kleinen Stein auf der Straße, den er im flackernden Licht der Fackel entdecken konnte.

In der Burg begleitete er mich zu Mathildes Kemenate; dort sagte er zu mir: »Liebe Sophia, ich würde dir jetzt sehr gern etwas schenken, etwas Kostbares. Aber das könnte dir mißfallen, so als solltest du bezahlt werden. Und darum sage ich nur zu dir: Danke. Danke für die lange Freundschaft. Danke für deine Anteilnahme an meiner Familie. Und danke, danke, danke für das Kind. Was kann ich für dich und das junge Leben tun?«

Ich lächelte ihn an. »Nichts, Heinrich. Es wird Gottschalks Kind sein, ich werde ihm die Wahrheit verschweigen. Meinem Beichtvater übrigens ebenso. Dies bleibt ein Geheimnis zwischen dir, Mathilde und mir. Lebe wohl, und wenn ich für Mathilde bete, dann will ich jedesmal auch ein Gebet für ihren Löwen sprechen.«

Ja, meine Methildis, nun weißt du, warum ich dir dies alles erzählt habe, obwohl du es vermutlich lieber nicht gehört hättest. Aber du hast ein Recht darauf, die Wahrheit zu erfahren. Ich habe den Löwen dann nur noch das eine Mal kurz vor seinem Tod wieder gesehen, habe aber stets mit großer Zuneigung und Achtung an den Vater meines jüngsten Kindes gedacht. Er war ein großer Mann, ein starker Mann, der sein Schicksal mutig angenommen hat, auch, als das Unglück über ihn kam. Das ist mehr, als die meisten Menschen fertigbringen. Ich möchte nicht behaupten, daß ich ihn in dir wiedererkenne; du bist kein solcher Kraftmensch, wie er es war, hast aber wohl die sanften, fürsorglichen Züge, die auch ein wichtiger Teil seines Wesens waren. Du siehst ihm auch ähnlich, da aber dein Vater die gleichen wilden schwarzen Locken und feurigen dunklen Augen hatte wie der Herzog, ist die Ähnlichkeit bisher keinem Menschen aufgefallen. Ich bin überzeugt, daß du ganz besondere Begabungen hast, und darum habe ich dir mein Leben und meine Gedanken anvertraut, damit du aus meinen Erfahrungen und auch meinen Fehlern lernst und mein Werk fortsetzen kannst – der alte Wunsch aller Eltern für ihr Lieblingskind. Die letzte Aufgabe in meinem Leben soll nun sein, daß ich den richtigen Ehemann für dich finde, an dessen Seite du glücklich leben wirst. Ein besonderer, starker, kluger Mann muß es sein, der beste, den ich in Köln finden kann. Du wirst eine höchst erfolgreiche Kauffrau werden, und deine Kinder werden nicht nur meine Enkel sein, sondern auch die des großen Herzogs von Sachsen und Bayern, von Heinrich dem Löwen.«

*

Das Abendlicht fiel durch die teuren Glasfenster in den Raum und malte bunte Flecken auf den gescheuerten Dielenboden. Die alte Frau saß aufrecht in ihrem bequemen Lehnstuhl; erwartungsvoll richtete sich ihr Blick auf ihre Tochter.

Methildis schwieg lange. Dann erhob sie sich und trat auf ihre Mutter zu. Sie lächelte sie liebevoll an, griff die Büchse mit der schmerzstillenden Salbe und rieb Sophia behutsam die empfindlichen Gelenke ein. Dann kniete sie vor ihr nieder und nahm ihre Hände.

»Mutter, ich danke dir für dein Vertrauen. Ich habe alles gewissenhaft aufgezeichnet, was du mir gesagt hast, aber nicht, weil ich davon Gebrauch machen möchte, sondern nur, weil du es so wolltest. Bis auf das, was du mir heute anvertraut hast, das werde ich nicht aufschreiben, das bleibt unser Geheimnis. Mutter, du brauchst keinen Ehemann für mich zu suchen. Ich habe mich schon vor längerer Zeit entschlossen, mein Leben dem Dienst Gottes zu weihen. Ich bin mir mit meinen Geschwistern einig, daß ich mich um dich kümmern werde, solange du atmest. Wenn du meiner Fürsorge eines Tages nicht mehr bedarfst, werde ich zu den Ursulinen gehen.«

Sophia richtete sich jäh auf und starrte ihre Tochter entgeistert an. »Aber warum, Methildis, warum? Du könntest doch ein solch schönes Leben haben, so wie ich es auch hatte. Du sollst dich nicht in ein Kloster vergraben und dort verblühen. Oh weh, Methildis, willst du damit etwa für meine Sünde büßen, die ich niemals bereut habe?«

Methildis erhob sich, strich die schwarzen Locken hinter die Ohren und sah mit liebevollem Spott auf die entrüstete Mutter herab.

»Ich habe dir nun monatelang zugehört, wie du über dein Leben berichtet hast, Mutter, und es hat mich sehr beschäftigt. Ich weiß, welcher rote Faden sich durch dein Leben zieht: Es ist der Versuch, nicht der Macht der Männer zu unterliegen. In diesem Sinne hast du auch unermüdlich auf deine Töchter eingewirkt. Und wie erfolgreich du damit bist! Ohne meine Schwester Margarete trifft ihr Gatte Constantin Crop keine wichtige Entscheidung, und ebenso ist es bei deiner Tochter Sophia und ihrem Mann Waldeverus. Ganz zu schweigen von Blithildis, die du so liebevoll dein Feuerteufelchen nennst; sie ist ganz eindeutig diejenige, die in ihrem Haus das Sagen hat. Ja, deine Töchter dürften deinen strengen Ansprüchen voll und ganz genügen.

Aber für mich, Mutter, spielt das gar keine Rolle. Der Macht Gottes kann und will ich mich gerne fügen, und sonst werde ich mit Männern wenig zu tun haben. Laß es mich einmal ganz freiheraus sagen: Du, liebe Mutter, hast deine Jugend, deinen Mann und deine Gesundheit verloren, und weil dir das nicht gefällt, soll ich jetzt dein Leben an deiner Stelle weiterführen. Da ich aber von dir erzogen wurde, kann ich meine eigenen Entschlüsse fassen und auch durchsetzen. Darum höre, Mutter: Ich werde keine große Kauffrau, keine Ehefrau, die ihren Mann lenkt, wenn er das zuläßt, und auch nicht die Mutter von Herzog Heinrichs Enkeln. Und glaube nur nicht, daß ich das wollte, um etwa für dich zu büßen – falls das nötig sein sollte, mußt du das schon selbst erledigen. Sondern, weil ich mein Leben selbst wähle. Es kann nicht immer alles nur nach deinem Kopf gehen.

Nun schlaf gut, Mutter. Ich liebe dich. Morgen bin ich wieder bei dir, und alle anderen Tage deines Lebens auch.«

Die wichtigsten Personen der Handlung

Alle historischen Personen sind mit einem * gekennzeichnet.

*Sophia, geboren 1150 als einzige Tochter
des Kölner Handelsherrn Gunther und seiner
Frau Hadewigis,
sie heiratet 1169 *Gottschalk Overstolz,
geboren 1145,
Sohn des Kölner Tuchkaufmanns *Regenzo
und seiner Frau *Godelive
Ihre Kinder:

1. die Drillinge Regenzo, geboren 1170
2. *Gunther, geboren 1170
3. *Richolf, geboren 1170
4. *Gerhard, geboren 1172
5. *Blithildis, geboren 1174
6. *Henrich, geboren 1177
7. *Gottschalk, geboren 1180
8. *Margaretha, geboren 1186
9. *Sophia, geboren 1190
10. *Methildis, geboren 1192

Sophias Eltern:
*Gunther, jüngerer Sohn des Kaufmanns Eckebrecht, geboren 1114
verheiratet seit 1140 mit *Hadewigis von Lechenich, geboren 1110
Witwe des Kaufmanns Bertram
(ihr Sohn aus erster Ehe: Hildebrand, geboren 1133, gestorben 1162)

Sophias Großvater:
*Eckebrecht, Kaufmann in Köln, geboren 1086, Großvater von Sophia
Sohn des jüdischen Kaufmanns Alexander und seiner Frau Rachel;
als Waise adoptiert durch den christlichen Kaufmann Wolbero und seine Frau Blithildis
Vorsteher eines bedeutenden Handelshauses, Bürgermeister in Köln

Die weitere Familie:
*Fordolf, geboren 1106, ältester Sohn von Eckebrecht und Onkel von Sophia
heiratet 1128 *Engilradis, geboren 1112
Kinder: *Constantin, *Helperich, *Gertrudis und *Liveradis

*Constantin, ältester Sohn von Fordolf und Engilradis, geboren 1130, Vetter von Sophia
Kaufmann, Zollmeister und Münzmeister
heiratet in erster Ehe 1152 *Durechin, geboren um 1120, gestorben 1158
Witwe des Kaufmanns *Dietrich von Wile (sie hat aus dieser Ehe die Söhne *Theoderich und *Heinrich)

Kinder dieser Ehe:
1. Richmodis, geboren 1153, gestorben 1158
2. *Engilradis, geboren 1154, sie heiratet 1169 Hildeger Hardefust
3. Fordolf, geboren 1156

*Constantin heiratet in zweiter Ehe 1159 *Friederun, geboren 1125, gestorben 1163, Witwe des Ritters *Godefried
Kind dieser Ehe: *Helperich, geboren 1160

*Constantin heiratet in dritter Ehe 1170 *Elizabeth, Tochter des jüdischen Kaufmanns *Zacheus
viele Kinder aus dieser Ehe

*Helperich, jüngerer Sohn von Fordolf und Engilradis, geboren 1133, Vetter von Sophia heiratet 1158 Petrissa, Tochter des *Alexander von der Rheingasse und von *Cristine
Kinder:
1. Cristine, geboren und gestorben 1161
2. *Engilradis, geboren 1161

*Gertrudis, Tochter von Fordolf und Engilradis, geboren 1135, Base von Sophia sie heiratet 1152 *Marcmann, † 1158 Sohn des Kaufmanns *Meginzo
Sohn *Meginzo, geboren 1158 nach dem Tod des Vaters

*Liveradis, jüngste Tochter von Fordolf und Engilradis, geboren 1139, Base von Sophia

sie heiratet 1155 *Erinfried (Stammvater der Familie Crop von Lyskirchen),
Kinder:
1. *Ludwig, geboren 1156
2. *Constantin, geboren 1160

*Johannes, jüngster Sohn Eckebrechts, geboren 1119, Onkel von Sophia
verheiratet seit 1147 mit *Richlinde
1. *Apollonius, geboren 1153
2. Constantin

Die Erzbischöfe von Köln:

***Arnold** I. (von Merxheim?),
geboren um 1100, gestorben 1151
Propst von Sankt Andreas in Köln, Erzbischof 1138, 1150 vom Papst wegen Simonie und Vernachlässigung seiner Amtspflichten suspendiert

***Arnold** II. von Wied, geboren um 1098, gestorben 1156, stirbt bei Wettlauf zu Ostern
Sohn von Graf Meffried von Wied
1122 Propst von Limburg, 1127 Dompropst von Köln, 1138 Kanzler, 1147/49 Teilnehmer am Zweiten Kreuzzug, 1151 Erzbischof von Köln, krönt 1152 Friedrich I. Barbarossa in Aachen zum deutschen König, nimmt 1154 an dessen Italienzug teil

***Friedrich** II. von Berg, geboren um 1120, gestorben 1158, stirbt nach Sturz vom Pferd
Sohn von Graf Adolf II. von Berg-Altena und von Irmgard von Schwarzenburg,
Neffe von Erzbischof Bruno II.
1135 Propst zu Sankt Georg in Köln,
1156 Erzbischof von Köln

***Rainald** von Dassel, geboren um 1120, gestorben 1167, stirbt an Seuche bei Heerfahrt
Sohn von Graf Rainald I. von Dassel und von Mechtild von Schauenburg
Domschule Augsburg, Studium Paris,
1146 Subdiakon in Hildesheim,
1156 Reichskanzler, 1159 zum Erzbischof von Köln gewählt, obwohl er zu diesem Zeitpunkt weder Priester noch Bischof war

***Philipp** von Heinsberg, geboren um 1130, gestorben 1191, stirbt vor Neapel an der Pest
Sohn von Graf Goswin II. von Heinsberg und von Adelheid von Sommerschenburg
Domdechant in Köln, Dompropst in Lüttich, 1167 Leiter der Reichskanzlei und Erzbischof von Köln

***Bruno III.** von Berg, geboren um 1125, Bruder von Erzbischof Friedrich II.,
Neffe von Bruno II., legt 1193 wegen hohen Alters das Amt nieder und tritt als Mönch in das Familienkloster Altenberg ein, gestorben dort 23.4.1200

*__Adolf__ I. von Altena, geboren 1157,
gestorben in Neuß 15.4.1220,
Sohn von Graf Eberhard I. von Altena und Adelheid von Arnsberg, Neffe von Bruno III., am 26.3.1194 zum Priester, am folgenden Tag zum Erzbischof geweiht. 1205 exkommuniziert und abgesetzt

*__Bruno IV.__ von Sayn, geboren 1165,
gestorben 2.11.1208 Festung Blankenberg/Sieg,
Sohn von Graf Eberhard I. von Sayn und Kunigunde von Isenburg,
Erzbischof 1205-08

Die Fürsten

*Friedrich I. Barbarossa, Kaiser
heiratet *Beatrix von Burgund
viele Kinder aus dieser Ehe, unter anderem Kaiser Heinrich VI. und König Philipp

*Konrad Pfalzgraf bei Rhein, Halbbruder von Kaiser Friedrich I.
heiratet *Irmgard von Henneberg
Tochter *Agnes heiratet *Heinrich, Sohn von Heinrich dem Löwen

*Heinrich VI., Kaiser
heiratet *Konstanze von Sizilien

*Heinrich II. Plantagenet, König von
England
heiratet *Alienor, Herzogin von Aquitanien
Ihre Kinder:
* Heinrich, *Mathilde (sie heiratet Heinrich
den Löwen, Herzog von Sachsen und
Bayern), *Richard Löwenherz, *Gottfried,
*Alienor, *Johanna, *Johann Ohneland

*Heinrich der Löwe, Herzog von Sachsen
und Bayern
heiratet *Mathilde von England
Kinder:
*Richenza, *Heinrich, *Lothar, *Otto IV.,
Kaiser, *Wilhelm

Worterklärungen

Abakus	Rechenbrett
Agraffe	spangenartiges Schmuckstück
Bruch	Unterhose
Friedelfrau	Ehefrau zur linken Hand, ohne kirchliche Einsegnung
Reisiger	schwerbewaffneter Reiter
Sankt Brigida	1. Februar
Tocke	Puppe

Faszinierend, düster und packend – ein neuer Fall für Kay Scarpetta

»Hand Gottes«: So nennt sich der mysteriöse Anrufer, der dem Ermittler Pete Marino mitten in der Nacht in Form von Bibelzitaten droht und Andeutungen über einen ungeklärten Todesfall macht. Dr. Kay Scarpetta, die Marino unterstützt, ist alarmiert. Denn eines ist klar: Sie haben es mit einem Psychopathen zu tun, der einen grausamen, blutigen Kreuzzug führt …

344 Seiten
ISBN 978-3-442-46100-4

Die Kay-Scarpetta-Romane bei Goldmann:

Ein Fall für Kay Scarpetta	978-3-442-44138-9
Ein Mord für Kay Scarpetta	978-3-442-44230-0
Das fünfte Paar	978-3-442-45807-3
Body Farm	978-3-442-46104-2
Die Tote ohne Namen	978-3-442-43536-4
Trübe Wasser sind kalt	978-3-442-43537-1
Der Keim des Verderbens	978-3-442-43902-7
Brandherd	978-3-442-43903-4
Blinder Passagier	978-3-442-43904-1
Das letzte Revier	978-3-442-43905-8
Die Dämonen ruhen nicht	978-3-442-45436-5
Staub	978-3-442-45437-2
Defekt	978-3-442-46100-4
Totenbuch	978-3-442-46101-1

Überall, wo es Bücher gibt und GOLDMANN unter www.goldmann-verlag.de